Du même auteur, aux éditions Bragelonne, en grand format :

Georgina Kincaid :
1. *Succubus Blues*
2. *Succubus Nights*
3. *Succubus Dreams*
4. *Succubus Heat*
5. *Succubus Shadows*
6. *Succubus Revealed*

Chez Milady, en poche :

Succubus :
1. *Succubus Blues*
2. *Succubus Nights*
3. *Succubus Dreams*
4. *Succubus Heat*
5. *Succubus Shadows*
6. *Succubus Revealed*

Cygne noir :
1. *Fille de l'Orage*
2. *Reine des ronces*
3. *Le Sacre de Fer*
4. *L'Héritier de l'ombre*

Chez Castelmore :

Vampire Academy :
1. *Sœurs de sang*
2. *Morsure de glace*
3. *Baiser de l'ombre*
4. *Promesse de sang*
5. *Lien de l'esprit*
6. *Sacrifice ultime*

Bloodlines :
1. *Bloodlines*

CE LIVRE EST ÉGALEMENT DISPONIBLE
AU FORMAT NUMÉRIQUE

www.bragelonne.fr

Richelle Mead

L'Échiquier des dieux

L'Ère des Miracles – tome 1

Traduit de l'anglais (États-Unis) par Lionel Évrard

Bragelonne

Collection dirigée par Stéphane Marsan et Alain Névant

Titre original : *Gameboard of the Gods*

ISBN : 978-2-35294-727-1

Bragelonne
60-62, rue d'Hauteville – 75010 Paris

E-mail : info@bragelonne.fr
Site Internet : www.bragelonne.fr

Pour Jay,
Celle-ci t'attendait.

Remerciements

Il m'a fallu beaucoup de temps pour écrire cette histoire, et de nombreuses personnes m'ont aidée à lui donner le jour. Merci à mon mari de tenir bon malgré les couchers tardifs et les spéculations religieuses ; à mon agent, Jim McCarthy, pour son soutien constant et ses séances de thérapie ; à mon éditrice, Jessica Horvath, qui me laisse faire « juste une dernière révision ». Merci également aux lecteurs suffisamment courageux pour me suivre dans cette nouvelle et très différente aventure. C'est vous qui me permettez de continuer, et j'espère que vous aimerez cette série. Mon père, philosophe et grand spécialiste de religion et de spiritualité, s'est éteint tandis que j'écrivais ceci, et j'espère qu'il l'aime aussi.

« En tant que principal corps de troupe à Rome, ils constituaient l'instrument de l'empereur pour décourager les complots et les rébellions et pour écraser les troubles sociaux. Et en tant que sa plus proche ligne de défense, ils pouvaient également devenir, à l'occasion, ses plus mortels ennemis. »

The Pretorian Guard (La Garde prétorienne), Boris Rankov

« Aux noces de Pélée et Thétis, tous les dieux furent conviés, à l'exception d'Éris (ou Discorde). Furieuse de son éviction, la déesse lança alors dans la foule des invités une pomme en or portant l'inscription "À la plus belle". Junon, Vénus et Minerve réclamèrent chacune le trophée. Jupiter, préférant ne pas trancher lui-même un si délicat débat, envoya les déesses sur le Mont Ida. Au beau berger Pâris, qui y paissait ses moutons, fut laissé le soin de décider. Les déesses apparurent donc devant lui et toutes trois tentèrent de faire pencher la balance en leur faveur. Junon lui promit la puissance et les richesses, Minerve la gloire et les honneurs de la guerre, Vénus la plus belle des femmes pour épouse. Pâris décida en faveur de Vénus, lui donna la pomme, et ce faisant, il se fit deux ennemies des autres déesses. »

Bulfinch's Mythology, Thomas Bulfinch

1

Le noir est sa couleur

La mort, Mae y était régulièrement confrontée. Ce n'était pas un problème pour elle.

Sur le terrain, celle-ci faisait partie de la règle du jeu, aucune raison de s'attarder sur ce qu'elle signifiait. Chaque coup mortel entrait dans le cadre d'une mission à accomplir. Les adversaires n'avaient pas d'identité propre. C'était eux, ou vous. Et quand tout était fini, il n'y avait plus qu'à rentrer chez soi.

Mais confrontée à ce qui l'attendait ce jour-là, elle n'allait pas pouvoir tourner le dos et s'enfuir. Aujourd'hui, c'était vers la mort qu'elle allait devoir marcher. Cela suffisait à lui foutre une trouille bleue. Il n'y avait plus grand-chose, désormais, pour lui faire cet effet-là.

Mae inspira à fond et posa la joue sur le miroir du living-room, tirant du réconfort de la fraîcheur du verre contre sa peau. Le credo du soldat tournait en boucle sous son crâne. Habituellement, ces mots si familiers suffisaient à l'apaiser. *Je suis un soldat de la République. Je n'ai de volonté que celle de mon pays. Je suis son instrument et je suis prêt à sacrifier ma vie pour la gloire de la nation. Je suis un soldat de la République. Je n'ai de volonté que celle de mon pays...*

Brusquement tirée de son mantra, elle se redressa en entendant frapper à la porte. Une autre profonde inspiration mit un terme au tremblement de ses mains. Résolument, elle relégua ses émotions dans un coin reculé de son esprit. Ainsi mises en quarantaine, elles seraient incapables de la dominer. Et n'ayant plus d'emprise sur elle, elles n'empiéteraient plus sur sa liberté. Pour faire bonne mesure, elle vérifia son expression dans le miroir, mais son visage ne trahissait rien. Il était vide, inexpressif. Tout était sous contrôle.

Comme elle s'y attendait, elle trouva Dag et Val sur le seuil de son appartement. Ils la saluèrent, et leurs sourires crispés n'auraient pu paraître plus éloignés de leur habituelle camaraderie bon enfant. Tous deux portaient des uniformes identiques au sien : col Mao, veste et pantalon noirs, bottes noires. Tout était noir, jusqu'aux boutons eux-mêmes. Seul un point, sur le col, aussi écarlate qu'une goutte de sang, venait égayer cette noirceur uniforme. Aux yeux du profane, ces uniformes ne différaient en rien de ceux que les prétoriens* portaient sur le champ de bataille. Mais pour Mae, la meilleure qualité du tissu de leur tenue d'apparat et sa légèreté faisaient toute la différence et ravivaient ses craintes anciennes de vulnérabilité. Se savoir désarmée, qui plus est, n'arrangeait rien à l'affaire.

— Les baby-sitters sont arrivés ? plaisanta-t-elle amèrement.

Souriant comme à son habitude, Dag se laissa trahir par ses yeux.

— Quelle idée ! protesta-t-il. On est juste une bande de chouettes copains qui sortent ensemble.

— À t'entendre, on part en virée dans un bar…, maugréa Mae.

Elle retourna se camper devant le miroir et vérifia le chignon tressé sur lequel elle s'était échinée longuement. En grimaçant, elle enleva quelques épingles à cheveux et commença à tout défaire.

Val s'installa sur un accoudoir du divan, aussi souple et indolente qu'un chat, même en ces circonstances.

— Qu'est-ce que tu fais ? s'étonna-t-elle.

— Il était tout défait.

— Il n'y avait pas un cheveu qui dépassait !

Mae ne lui répondit pas. Dans la glace, elle vit ses amis échanger dans son dos un regard troublé. Val semblait dire : « C'est pire que je ne le pensais ». L'expression qu'arborait Dag lui signifiait son approbation et son désarroi. Briser la nuque d'un ennemi, soulever de la fonte, avaler un maximum de donuts en un minimum de temps : tout cela était dans ses cordes. Mais se lancer dans une séance de thérapie sauvage ? Beaucoup moins.

Cela ne faisait pas non plus partie des compétences de Val. Pas plus que Dag elle ne savait quoi faire pour elle, et ce n'était pas Mae qui allait les aider, tout simplement parce qu'elle ne voulait pas qu'ils fassent quoi que ce soit. Elle voulait être traitée par eux avec leur désinvolture coutumière. Et ce qu'elle désirait par-dessus tout, c'était que cette journée se termine, afin de pouvoir reprendre normalement le fil de son existence.

— Combien de fois as-tu refait ce chignon ? s'enquit Val avec une gentillesse qui ne lui ressemblait guère.

— Il y a quelque chose qui cloche, répondit Mae en éludant la question. Tu ne peux pas comprendre.

C'était la huitième fois qu'elle recommençait. Elle avait tiré si fort sur ses cheveux que son cuir chevelu était rouge. La douleur n'était pas

* Les mots suivis d'un astérisque renvoient au glossaire en fin de volume. (*NdT*)

un problème. Le petit implant de métal dans son bras se chargeait de l'amoindrir.

Ni Val ni Dag ne se posaient ce genre de problème capillaire. Dag gardait ses cheveux noirs soigneusement rasés, quant à Val, elle arborait une coiffure courte de lutin on ne peut plus assortie à sa silhouette menue. *Je devrais couper les miens*, songea Mae. Elle y avait pensé à de nombreuses reprises, sans jamais se décider.

— C'est normal, tu sais... La tristesse est une étape naturelle du processus de – hum ! – deuil. Tu peux même pleurer, si tu veux.

Manifestement, Dag avait pris la peine de consulter quelques ouvrages spécialisés avant de venir.

— Pourquoi ferais-je une chose pareille ? protesta-t-elle, tirant si fort sur une mèche que cette fois elle sentit la douleur.

— Parce que c'est quelque chose que les gens font quand ils perdent un être cher, répondit Val. Tu es tellement tendue et refermée sur toi-même que tu vas exploser si tu ne décompresses pas. Et ne défais pas une nouvelle fois ce chignon : il est très bien comme ça !

Mae avait terminé. Au bas de sa nuque, le chignon semblait parfaitement noué, mais effectivement ses doigts la démangeaient de le refaire encore une fois.

— Assez, Mae ! reprit son amie en lui saisissant le poignet. On va finir par être en retard.

Que Val l'appelle par son prénom plutôt que par son surnom – Finn – était plutôt mauvais signe. Qui plus est, elle n'avait pas tort : il était temps de partir. Après avoir jeté un dernier regard au miroir, elle se laissa entraîner à l'extérieur et jusque dans la bouche de métro de l'autre côté de la rue. Ils empruntèrent la ligne bleue pour se rendre à la base, s'attirant les regards étonnés de nombre de passagers. La présence de prétoriens en dehors des centres militaires fédéraux n'était pas si courante que cela, et croiser tout un groupe d'entre eux l'était encore moins. Les occupants de la rame gardaient leurs distances et jetaient des regards anxieux autour d'eux, se demandant sans doute s'ils devaient redouter une attaque terroriste.

Le trio finit par rejoindre la base suffisamment tôt, même si bien d'autres prétoriens avaient déjà pris place dans le hall d'honneur. Ce fut à l'entrée que Mae flancha. Le soleil printanier semblait bien trop éclatant pour une pareille journée.

— Est-ce que ça va ? s'inquiéta Dag en lui touchant le bras.

— Tu n'es pas obligée d'y aller, renchérit Val.

Mae salua les couleurs qui flottaient au-dessus de leurs têtes et poursuivit son chemin jusqu'au scanner palmaire.

— Tout va bien, assura-t-elle.

Des rangs de chaises parfaitement alignées emplissaient la salle, déjà presque pleine de prétoriens. La nouvelle étant parvenue moins d'une semaine plus tôt, il avait fallu faire des prouesses pour rapatrier tant d'éléments de la garde disséminés dans leurs différentes affectations. Naturellement, certains ne pourraient être là. C'était le boulot qui voulait ça. Cependant, la mort d'un prétorien était un événement d'une telle importance que l'état-major avait fait des pieds et des mains pour qu'un maximum de monde puisse assister à ces funérailles.

Il n'y avait pas de plan de salle, mais les prétoriens s'étaient arrangés pour se regrouper par cohortes. Val salua de la main quelqu'un à l'autre bout de la salle. Les Écarlates avaient investi une position centrale et leur faisaient signe de les rejoindre. Val et Dag s'engagèrent dans cette direction, mais Mae marqua un nouvel arrêt, laissant ses yeux se poser sur le catafalque, au bout de l'allée centrale.

Il n'y avait pas eu de corps à rapatrier, mais il y avait quand même une bière taillée dans un bois noir et laqué : le noir des prétoriens. Un drap de soie indigo la couvrait, lui-même recouvert par le drapeau de la RUNA*. Des gerbes de gardénias avaient été déposées de chaque côté, et la douceur des fleurs contrastait avec la dureté des lignes strictes du cercueil.

Sans se soucier de savoir si Val et Dag la suivaient, Mae s'engagea dans l'allée principale. Une bulle d'émotion – chagrin et panique combinés – montait en elle, qu'elle fit passer par un effort de volonté. Les épaules carrées, le menton fièrement pointé, elle entama l'éprouvante et longue marche jusqu'au fond de la salle. Les gens se poussaient pour la laisser passer. Ceux qui n'avaient pas encore noté sa présence se tournaient pour la regarder. Elle ignora résolument ces regards, de même que les murmures qui s'ensuivirent. Les yeux fixés droit devant elle, elle se répétait mentalement son credo : *Je suis un soldat de la République. Je n'ai de volonté que celle de mon pays.* À ces paroles faisaient écho celles de sa mère, proférées bien des années plus tôt : *Tu peux ignorer les autres, parce que tu vaux mieux qu'eux. Vide-toi de toutes tes émotions. Si les autres les devinent, ils s'en serviront contre toi.*

Le petit groupe qui se tenait près du cercueil s'écarta également pour la laisser passer. Non loin de là, une conversation en cours cessa prématurément. Il y avait une plaque dorée vissée sur le couvercle, juste sous le drapeau. PORFIRIO ALDAYA, COHORTE INDIGO. Ses dates de service étaient inscrites en dessous, de même qu'une citation latine qui devait faire mention de l'honneur et du devoir. Mae laissa ses doigts courir sur le nom gravé, et soudain le parfum des gardénias se fit entêtant et oppressant. Le monde se mit à tourner autour d'elle. Elle ferma les yeux.

Porfirio est mort. Il semblait impossible qu'un homme qui avait été si plein de vie, débordant de passion et d'énergie, puisse réellement avoir quitté ce monde. Elle ne parvenait pas à imaginer ce qui avait pu advenir de lui après sa mort. Sa conscience avait-elle tout simplement cessé d'exister ? Où avait-il rejoint un de ces paradis dont les prêches des fanatiques religieux étaient pleins ?

— C'est toi qui l'as tué. J'espère au moins que tu le sais.

Mae ouvrit les yeux et se tourna lentement. Drusilla Kavi se tenait devant elle, les mains sur les hanches, ses yeux sombres étincelants d'un mélange de douleur et de rage qui faisait écho à ses propres sentiments. Kavi était une demi-tête plus petite, et Mae parvenait mieux qu'elle à garder un visage de marbre en dépit de son humeur. Les prétoriens qui se trouvaient aux alentours immédiats les observaient avidement.

— C'est toi qui l'as tué, répéta-t-elle.

Le point indigo, sur son col, était identique à celui qu'avait arboré l'uniforme de Porfirio. Elle poursuivit d'une voix tranchante :

— Tu aurais aussi bien pu poser la bombe toi-même, putain de garce castée* ! Il ne serait pas parti si tu n'avais pas été là.

Pour avoir essuyé des noms d'oiseaux plus infamants, Mae n'y prêtait plus attention depuis longtemps.

— Porfirio est seul responsable des choix qu'il a faits, objecta-t-elle. Personne ne pouvait lui faire faire quoi que ce soit.

Refusant de mordre à l'hameçon, elle fit un pas de côté pour contourner la jeune femme. *Sois calme, supérieure...*

— Excuse-moi, conclut Mae. Je dois rejoindre ma cohorte.

— N'essaie pas de te défiler ! s'écria Kavi.

Sa voix résonna dans tout le hall. Ceux qui avaient jusqu'alors tout ignoré du mélodrame qui se jouait ne le pouvaient plus.

— T'arrive-t-il de ressentir quelque chose ? reprit Kavi en lui empoignant le bras. As-tu ressenti quoi que ce soit quand il est mort ? Comment peux-tu être aussi glaciale ?

Mae libéra son bras d'un geste sec et sentit les premières morsures de la colère.

— Ne t'avise pas de me toucher de nouveau ! lança-t-elle sèchement. Et n'insulte pas sa mémoire en faisant une scène.

Mae tourna les talons et vit que Val et Dag se trouvaient non loin de là, ainsi qu'un certain nombre d'Écarlates. Derrière Kavi, plusieurs Indigos s'étaient aussi rassemblés. Tous les visages étaient tendus, et chacun se tenait prêt à défendre les siens. Les prétoriens avaient une longue histoire de confrontations dangereuses, mais une rixe à un enterrement devait être une première.

Kavi lui empoigna de nouveau le bras et la força à lui faire face.

— Voilà ce qui arrive aux hommes qui te baisent ? cracha-t-elle. Tu les sacrifies ?

— Je t'avais interdit de me toucher.

C'est alors que tout bascula. Kavi n'avait pas seulement réussi à venir à bout de la discipline de fer de Mae, elle avait aussi ouvert toutes les boîtes dans lesquelles elle emprisonnait ses sentiments. D'un coup, sa douleur, sa fureur et sa culpabilité – toutes ces émotions négatives qui l'avaient visitée depuis l'annonce de la mort de Porfirio – se répandirent en elle. Les flots s'en déversèrent librement… et Kavi se trouvait sur leur route.

Les prétoriens disposaient d'une rapidité surhumaine. Leurs réflexes surpassaient ceux de tous les autres soldats. C'était ce qui les définissait et ce que l'implant qu'ils portaient amplifiait. Lorsque Mae, d'une brusque détente, frappa Kavi au visage, celle-ci aurait au moins dû voir le coup venir. Peut-être n'aurait-elle pas eu le temps de réagir pleinement, mais elle n'aurait pas dû être surprise. Pourtant, alors qu'elle valsait vers l'arrière dans un rang de chaises, les yeux écarquillés, il parut évident qu'elle ne s'était pas attendue à cela.

Le combat entamé, cependant, ses réflexes se mirent en branle. Elle se redressa sans délai, mais déjà Mae se précipitait sur elle. Kavi fit bien quelques tentatives pour taper dans le mille, mais toutes échouèrent. Un bond sur le côté, aussi parfaitement réalisé que lors des combats de canne de sa jeunesse, donna à Mae l'opportunité d'envoyer une nouvelle fois son adversaire dans le décor. Kavi alla s'étaler à terre, bien moins gracieusement qu'elle l'aurait dû. Les prétoriens étaient censés être aussi souples et agiles que des chats, pourtant elle éprouva quelques difficultés à se rétablir. Sa réactivité demeurait élevée d'après les critères du commun des mortels, mais selon leurs standards, il lui manqua une ou deux secondes. Ainsi n'eut-elle aucune chance d'échapper au coup de pied que Mae lui assena à l'estomac, immédiatement suivi d'un autre qui l'atteignit au genou. Un craquement sec se fit entendre, juste avant que Kavi s'effondre sur le sol en hurlant de douleur.

Mae avait si instinctivement basculé en mode combattant que c'était à peine si elle réalisait ce qu'elle faisait. Rien d'autre ne comptait que la nécessité de garder son adversaire au sol. Endorphines et neurotransmetteurs inondaient son système nerveux, la rendaient plus puissante et plus rapide. Mais ce jour-là, elle eut la certitude qu'autre chose encore la boostait. Une étrange force ténébreuse semblait s'être emparée de ses sens, la poussant à détruire. Cette puissance extérieure s'était insidieusement introduite en elle et l'habitait, l'incitant à jouir de la violence et de la souffrance infligée. Elle connut un moment de panique en reconnaissant cette fâcheuse sensation – *Oh, non ! Ça recommence…* –, mais l'excitation du combat fit bientôt taire ses protestations.

Kavi se débattit un peu, essaya vainement de se redresser, mais Mae faisait en sorte de la maintenir à terre et frappait, frappait, encore et encore. Au bout d'un moment, elle eut vaguement conscience du sang qui inondait le visage de son adversaire et des cris qui prenaient de l'ampleur autour d'elles. Une seule pensée tournait en boucle sous son crâne depuis le début du combat : *Porfirio est mort, Porfirio est mort…*

Combien de temps s'écoula-t-il ainsi ? Mae n'était plus en état de le dire. Sa vision s'était teintée de rouge. L'adrénaline, catalysée par l'implant, se déversait à flots dans ses veines. Elle ne cessa de frapper que lorsque des bras puissants vinrent l'arracher à sa victime. Alors, lentement, douloureusement, le monde retrouva ses bases pour elle. La rage qui s'était emparée d'elle reflua, de même que la puissance noire qui l'avait investie. De simples soldats, habillés d'uniformes gris et marron, accoururent dans le hall d'honneur, avec la police militaire. Aucun d'eux ne prit cependant le risque de la toucher. Deux prétoriens la maintenaient fermement, et nul autre qu'eux n'y serait parvenu.

— Doucement, Finn, doucement…, marmonna Dag, qui était l'un des deux. Tu as gagné. C'est fini.

C'est alors que Mae regarda enfin à ses pieds. Kavi n'était pas morte. Sa respiration était rauque et irrégulière. Ses yeux n'étaient plus que deux masses boursouflées. Une de ses jambes était tordue à un angle bizarre. Son visage ravagé était couvert de sang. Sans doute avait-elle aussi le nez brisé. Mae contempla, saisie par l'effroi, ce qu'elle avait fait, incapable d'y croire. Les bagarres entre prétoriens se produisaient plus souvent qu'on ne voulait bien l'admettre, mais au sein d'un groupe d'individus à l'entraînement physique irréprochable et dotés d'implants, il était difficile qu'une altercation tourne ainsi. Habituellement, l'équilibre des forces entres adversaires limitait les dégâts. Bien sûr, il y avait un vainqueur, mais jamais à ce prix.

Ce qui venait de se passer n'avait aucun sens. À aucun moment Kavi n'avait fait le poids. Jamais ses coups n'avaient porté. Tandis que l'implant de Mae métabolisait l'excès d'adrénaline, elle s'efforça d'y voir plus clair. Les prétoriens qui la retenaient finirent par l'estimer suffisamment calme pour que les hommes de la police militaire puissent l'emmener. Ceux-ci n'en menaient pas large, mais elle ne leur offrit aucune résistance et se laissa entraîner, non sans avoir jeté un dernier regard incrédule à Kavi.

On la fit mijoter toute une journée en cellule, ce qui lui donna amplement le temps d'analyser ce qui s'était passé. Une chose était certaine : elle avait craqué. Elle s'était montrée faible et avait laissé ses émotions prendre le dessus. Le fait d'avoir à le reconnaître était humiliant. Il avait suffi d'une petite provocation pour que son armure se craquelle.

Mais Kavi n'était pas seule en cause. Mae se sentait encore glacée et nauséeuse au souvenir de la sombre puissance qui l'avait investie, et qui n'avait rien à voir avec son implant ou la profondeur de son chagrin. *Cela m'est encore arrivé...* songea-t-elle, découragée. Garder la maîtrise d'elle-même constituait pour elle une priorité dans l'existence. L'idée qu'une force étrangère puisse la dominer allait à l'encontre de ce pour quoi elle se battait. Ce devait être un tour que lui jouait son esprit, décida-t-elle. Il ne pouvait en être autrement. *Je devrais en parler à quelqu'un, voir un docteur.* Mais cette perspective était presque aussi terrifiante. Les prétoriens qui allaient s'allonger sur le divan d'un psy étaient en général rapidement débarqués. Instabilité mentale et implant formaient une association trop explosive que nul n'avait envie de voir se produire.

Un autre mystère tarauda Mae tandis que la journée s'écoulait lentement. Pourquoi Kavi avait-elle été si lente ? À moins qu'elle ait été elle-même trop rapide pour elle ? Non. Plus elle y réfléchissait, plus elle était convaincue que ses propres réactions n'avaient rien eu d'ordinaire. Et le fait qu'elle s'était laissé dominer pas ses émotions ne suffisait pas à tout expliquer, pas plus que l'intervention de cette mystérieuse influence extérieure.

Pourquoi Kavi avait-elle été en dessous de tout ?

Quand on vint l'extraire de sa cellule, Mae n'avait toujours pas de réponse. L'escorte de la police militaire la conduisit jusqu'à une salle de conférences où l'attendait le général Gan, assis au bout d'une longue table. Il portait l'uniforme de l'armée régulière, désormais, intégralement gris à l'exception de la moitié supérieure de la veste, de couleur marron. Seules ses médailles et ses galons l'ornaient, ainsi qu'une bande noire, au cou, rappelant qu'il avait été prétorien. Il avait les cheveux un peu plus gris que la dernière fois qu'ils s'étaient vus, des années plus tôt, mais le charisme qui émanait de lui et l'intensité de son regard n'avaient pas changé.

Mae se sentit dans ses petits souliers en le découvrant. Elle avait espéré que quelqu'un d'autre viendrait lui faire la leçon – un de ses sous-fifres, peut-être. Ce n'était pas tant à cause de son rang qu'elle le redoutait que par peur de le décevoir. Gan adressa un petit signe de tête aux gardes, qui sortirent, fermant la porte derrière eux. Un silence pesant se fit dans la grande pièce.

—Asseyez-vous, ordonna-t-il enfin.

Mae s'installa sur la chaise qu'il lui désignait, au milieu de la table.

—Donc, il s'est produit un léger incident aujourd'hui...

Gan était le roi de la litote.

Mae garda le regard fixé droit devant elle. Elle n'avait jamais fui ses responsabilités, et ce n'était pas maintenant qu'elle allait commencer.

— J'ai manifestement enfreint le règlement, sir. J'accepterai avec joie la sanction que vous jugerez utile de prendre contre moi.

Je vais être suspendue, songea-t-elle tristement. *Cela ne fait pas un pli. À moins qu'ils préfèrent m'éjecter, tout simplement.*

Gan haussa les épaules et reprit :

— C'était une dure journée. On peut comprendre que les émotions prennent le dessus quand on perd un ami.

Le général n'ignorait pas que Porfirio avait été plus qu'un ami pour elle, et la sympathie qu'il lui témoignait inquiétait autant Mae que celle de Dag et Val. Elle aurait préféré qu'il lui hurle dessus et lui fasse comprendre à quel point son comportement avait été honteux et inadapté – ce qu'il avait effectivement été. Elle décida de le lui rappeler, car manifestement l'affection qu'il avait pour elle obscurcissait son jugement.

— Ce que j'ai fait est inacceptable, sir. Inexcusable.

Son insistance fit naître un petit sourire sur les lèvres de Gan, qui ne suffit pas à adoucir ses traits.

— J'ai vu pire, assura-t-il. Et la moitié de votre cohorte est venue témoigner que vous aviez été gravement provoquée. Valeria Jardin et Linus Dagsson se sont rendus particulièrement insupportables.

Voilà qui n'était pas pour surprendre Mae…

— Cela ne signifie pas que nous pouvons ignorer ce qui s'est passé, poursuivit le général. L'incident sera inscrit dans votre dossier, et vous êtes suspendue de vos fonctions jusqu'à nouvel ordre.

« Suspendue de vos fonctions… » Elle avait eu beau s'y attendre, le coup n'en était pas moins rude.

— Ne vous inquiétez pas, enchaîna-t-il aussitôt. Vous ne resterez pas en cellule ni enfermée dans un bureau. J'imagine mal pouvoir donner à aucun de vous un job de gratte-papier. J'ai même du mal à vous imaginer assis très longtemps sur vos fesses. Les prétoriens sont trop précieux pour qu'on se prive de leurs services, et j'ai une mission à vous confier.

— Je suis à vos ordres, sir.

Gan pianota quelques instants du bout des doigts sur la table, perdu dans ses pensées.

— Cette tâche vous paraîtra étrange, reprit-il enfin. Mais elle est nécessaire. Le dossier vient de tomber sur mon bureau, et ce pourrait être l'opportunité pour vous de… surmonter les événements récents. Naturellement, je ne ferais pas appel à vous si ce n'était pas un job important.

— Naturellement, sir.

Qu'il ait pu employer les mots « tâche » et « job » ne la rassurait pas le moins du monde, mais elle espérait au moins être envoyée sur un théâtre d'opérations instable. Elle ne méritait pas mieux, et peut-être pourrait-elle se racheter en s'illustrant au combat.

— Vous allez devoir vous rendre à Panama City. Y êtes-vous déjà allée ?

Mae ne put lui répondre tout de suite. *Panama City ?* Il n'y avait là-bas aucun front, aucun combat en cours. La RUNA* n'était engagée dans aucun conflit dans cette région. En fait, elle avait entendu dire que des négociations d'accords commerciaux étaient en bonne voie. Panama était encore un État provincial*, bien sûr. On y trouvait nombre de cultes religieux non enregistrés, un gouvernement mafieux, et des classes aristocratiques nouvelles ou anciennes luttant pour le pouvoir. Un petit paradis, comparé à d'autres...

— Non, sir. Je n'y suis jamais allée.

— Eh bien, vous aurez l'occasion de découvrir... Je vais vous faire parvenir vos instructions par écrit, et nous pourrons nous revoir quand vous les aurez étudiées.

— Entendu, sir.

Mae hésita à poser la question qui lui brûlait les lèvres. Vu ce qu'elle avait fait, elle avait intérêt à faire profil bas. Pourtant, même si elle ne l'aurait reconnu pour rien au monde devant les autres, elle se savait être dans les petits papiers du général. C'est ce qui l'autorisa finalement à demander :

— Sir... comment se porte la prétorienne Kavi ?

— Aussi bien que possible, étant donné... les circonstances. Elle restera hospitalisée un certain temps et sera dispensée de service pendant sa convalescence. Vous n'avez pas raté votre coup en lui brisant la jambe...

Une grimace de dépit échappa à Mae tandis que lui revenait en mémoire le visage de Kavi, ensanglanté et défiguré par les coups. Il était difficile de blesser un prétorien à ce point. *Et encore plus de le tuer.* Pourtant, Porfirio était mort.

— J'en suis désolée, sir, assura-t-elle. Je vais lui rendre visite pour lui présenter mes excuses.

Gan eut un petit rire et répondit :

— Je ne vous le conseille pas. Je ne pense pas qu'elle accepte de vous voir de sitôt. Et à votre place, j'éviterais tout contact avec la cohorte Indigo.

Sur ce, il laissa s'appesantir sur son visage ce regard qui semblait lire en elle à livre ouvert.

— Allez-y, l'encouragea-t-il. Posez votre question.

— Sir...

Mae dut détourner le regard avant de pouvoir poursuivre :

— Kavi ne s'est pas battue de manière habituelle au cours de ce combat. Elle a manqué de vitesse, de réactivité, et je me demande bien pourquoi. Qu'est-ce qui clochait, avec elle ?

Gan ne lui répondit pas tout de suite, si bien que Mae se risqua à reporter son attention sur lui.

— Peut-être n'y avait-il rien d'inhabituel chez elle, hasarda-t-il enfin. C'est peut-être vous qui étiez meilleure encore que d'habitude.

Mae se savait douée, mais elle était certaine que là n'était pas l'explication. Bien que titillée par ce mystère, elle préféra laisser tomber. Cela ne se faisait pas de contredire un général... Gan l'ayant libérée, elle se dirigea vers la porte, mais avant de sortir, une autre question fusa de ses lèvres.

— Sir... la désactivation de mon implant fait-elle partie de la sanction ?

Elle savait que c'était de l'ordre du possible, et cela la terrifiait presque autant que d'être mise à pied.

Gan parut surpris, ce qui lui arrivait rarement.

— Quoi ! s'exclama-t-il. Bien sûr que non... Jamais je ne vous enverrais sans protection pour une mission en province*. Vous garderez également votre grade et votre rang. Cependant...

Mae se figea. Elle ne savait à quoi s'attendre, mais quelque chose, dans son attitude, contredisait son apparente décontraction. Sans compter qu'elle s'en tirait avec trop de facilité.

— Ce n'est pas grand-chose, reprit-il. Vous n'êtes plus autorisée à porter l'uniforme des prétoriens jusqu'à nouvel ordre. Cela ne vous sera pas nécessaire au cours de cette mission, quoi qu'il en soit, mais si pour une raison ou pour une autre le port de l'uniforme s'imposait, il vous faudrait vous mettre en gris.

Gan n'avait pas tort : ce n'était vraiment pas grand-chose. Ses paroles n'en firent pas moins autant d'effet à Mae que s'il l'avait condamnée à de la taule. *Plus de noir...* Jusqu'à cet instant, elle n'avait pas réalisé à quel point l'uniforme jouait un grand rôle dans sa vie pour définir qui elle était. L'implant et le titre de prétorien avaient leur importance aussi, mais la puissance du noir était différente : il la séparait des autres, en l'élevant. Baissant les yeux, elle considéra la tenue qu'elle portait, cet uniforme d'apparat qu'elle avait méprisé ce matin-là. À présent, elle aurait donné n'importe quoi pour pouvoir le garder. *Quand pourrai-je le porter de nouveau ?*

La tête penchée sur le côté, Gan la dévisagea d'un air intrigué et demanda :

— Cela vous pose un problème ?

— Non, sir ! Aucun problème.

Mae déglutit péniblement. *Plus de noir...*

— Je suis un soldat de la République, conclut-elle.

2

Un mendiant à la porte

Les corbeaux la virent avant Justin. Pour des produits de son imagination, ils étaient drôlement observateurs...

— *Canon !* lança Horatio.

Des deux, c'était lui le plus déluré.

— *D'habitude, le noir est sa couleur*, renchérit Magnus.

Ses commentaires tendaient à être plus abscons. Justin avait connu un type comme lui, à la fac, qui n'avait pas atterri durant quatre ans. Ce qui ne l'avait pas empêché d'obtenir son diplôme avec mention.

Même si ce volatile n'était qu'une nuisance dans sa tête, Horatio avait raison. Cette nana était une bombe, et que toute l'assemblée n'ait pas fait silence à son arrivée pour l'admirer était à n'y rien comprendre. Elle s'était arrêtée sur le seuil, laissant courir son regard sur la foule. Sans doute avait-elle rendez-vous avec un type, décida-t-il. Ou alors, elle cherchait juste le bar... Justin entamait son troisième verre et n'était pas certain que cela lui suffirait. C'était la sixième fête à laquelle il assistait en autant de soirées, et il était fatigué de sourire.

La jeune femme fit quelques pas, sans cesser de fouiller la salle du regard à travers l'écran de fumée. Il y avait quelque chose, dans sa façon de bouger, qui l'intriguait. Une sorte de grâce, mais qui n'était pas celle d'une danseuse. Son pas était trop déterminé, et elle gardait la tête haute d'une manière qui trahissait la confiance en soi, voire un complexe de supériorité. Une athlète, peut-être ? Ce n'était pas tout à fait cela non plus, mais il ne trouvait pas mieux.

— *Sa chevelure est comme un soleil d'hiver*, souffla Magnus dans sa tête.

À croire qu'il était amoureux... Pourtant, la comparaison tenait la route. Les cheveux de l'inconnue n'avaient pas tout à fait la couleur de l'or, mais pas non plus celle du platine. Sa coiffure, tirée vers l'arrière et repliée sur la nuque, accomplissait l'exploit d'être à la fois stylée et délicieusement surannée. Elle mettait en valeur un long cou élégant et tout à fait à son goût.

— Justin !

En guise d'avertissement, il n'eut pas plus que cette apostrophe sonore, avant qu'une main puissante s'abatte dans son dos, l'envoyant bousculer la table de craps et renversant une partie de son verre. Avec un dernier regard pour la grande blonde, il plaqua sur ses lèvres le sourire qui était attendu de lui et reporta son attention sur la partie en cours.

— Tu vas miser ?

Cristobal Martinez, l'hôte de la soirée et – plus important encore – le bienfaiteur de Justin, lui adressa un sourire aux dents si blanches qu'elles paraissaient briller. Littéralement. C'était le fait d'un nouveau traitement UV à la mode. À Panama City, rien n'était trop extrême.

— Tu n'es pas encore fauché, si ? ajouta-t-il.

Le ton sur lequel il avait dit cela impliquait qu'il savait comment s'achèverait la soirée de Justin.

— Non, bien sûr.

Justin avança sa mise sur le tapis et jeta discrètement un coup d'œil vers la porte. La blonde avait disparu.

— *Elle est au bar*, l'informa Horatio.

Effectivement, elle y était, occupée à réceptionner son verre au distributeur automatique.

— Savez-vous qui elle est ? demanda Justin en touchant le bras de Cristobal et en la désignant d'un signe de tête.

L'hôte de la soirée regarda dans la direction indiquée et fronça les sourcils. La moitié de son visage était couverte par un tatouage représentant une flamme, emblème de son gang.

— Jamais vue, répondit-il. Mais ce doit être la plus ravissante pique-assiette de cette soirée.

Il la dévisagea un moment encore, puis passa à autre chose, avec l'instabilité qui le caractérisait. Quelqu'un venait de faire rouler un sept sur la table de craps, lui arrachant des cris d'enthousiasme.

— Qui qu'elle puisse être, c'est un soldat…, commenta Huan, son ami et voisin de jeu.

— Elle ? s'étonna Justin en y regardant de plus près. Non. Pas possible…

— Entre collègues, on se reconnaît… C'est sa façon de se tenir qui la trahit.

Huan examina attentivement la jeune femme avant d'en revenir à la partie en cours.

— Elle est également de chez nous, ajouta-t-il. AEO* ou RUNA.

Lui était originaire d'AEO, où Justin se serait transporté dans la minute s'il l'avait pu. Malheureusement, l'Alliance de l'Extrême-Orient* avait passé des accords de réciprocité avec le grand frère nord-américain pour ce qui était des autorisations de séjour.

— Comment le sais-tu ? s'étonna-t-il.

— La robe. Faites vos jeux…

Justin déposa obligeamment un peu plus d'argent sur la table en réfléchissant à la remarque de Huan. C'était bien vu. L'inconnue portait une robe en crêpe de Chine prune sans manches et au décolleté très sage.

— *Qui sait encore ce qu'est le crêpe de Chine ?* demanda Horatio.

— *J'ai dû en entendre parler il y a bien longtemps,* répondit Justin.

La coupe ajustée de la robe moulait le corps de la jeune blonde jusqu'au-dessus du genou. À ses yeux, le vêtement était sexy mais élégant – et d'un classicisme assommant selon les critères locaux. La mode panaméenne au goût du jour préférait les couleurs criardes et les fioritures voyantes, de même que les décolletés mettant en valeur un maximum de chair et un minimum de bon goût.

— *Trop classieuse pour être du coin*, approuva Magnus.

Au moins appréciait-il l'expertise de Justin en matière de mode.

— *Une femme entre les femmes…*, reprit-il. *Vois-tu ses étoiles et ses fleurs ?*

« *Ses étoiles et ses fleurs…* » Ces mots-là, Justin ne les avait plus entendus depuis longtemps, et il n'était pas sûr d'être prêt à les entendre de nouveau. Huan, en lui donnant un coup de coude, mit fin à ses cogitations.

— À toi de lancer.

Justin lança et s'attira une série de grognements en faisant un trois. Résigné, il se sépara de sa mise et chercha des yeux l'inconnue, qui avait une nouvelle fois disparu.

— Pourquoi joues-tu à ça ? s'étonna Huan. Tu perds toujours. Tu ferais un malheur aux tables de poker, tu sais…

Justin savait. Cristobal lui posait souvent la même question, mais il ne pouvait lui expliquer en quoi la notion de hasard pouvait être alléchante pour un homme comme lui. Une trop grande part de son existence était consacrée à déchiffrer les expressions sur les visages et autres indices comportementaux. Il observait trop, déduisait trop, et c'est pourquoi il avait parfois besoin de s'en remettre à un hasardeux coup de dés pour déterminer son avenir.

À Huan, il répondit simplement :

— Trop facile.

Cela fit rire son ami, qui secoua la tête. Ce type avait une nature accommodante qui lui plaisait. Qu'il soit en plus originaire d'AEO n'était pas pour lui déplaire non plus. Son héritage génétique était aussi mélangé que le sien, même s'il y avait un peu plus d'Asiatiques que de Caucasiens parmi ses ancêtres. L'argot de la RUNA faisait des gens comme eux des plébéiens*, terme qui éveillait en lui un mal du pays qu'attisait encore le fait qu'ils devaient être les seuls individus civilisés dans cette salle. De fait, leur amitié reposait en grande partie sur le fait qu'ils passaient beaucoup de temps à se plaindre des petits et gros travers du Panama. Mais à la différence de Huan, qui pourrait regagner son pays une fois sa mission diplomatique achevée, Justin était coincé ici.

— Cristobal, vous voilà !

Une femme venait de s'incruster entre Cristobal et lui. En la voyant sourire au maître des lieux, Justin s'appliqua à rester de marbre. Du moins s'était-elle efforcée de sourire, car trop d'injections antirides faisaient sur son visage une gageure de la moindre expression. Un fard à paupières magenta débordait jusqu'à ses sourcils, et la robe en lamé or qu'elle portait était trop petite d'au moins une taille pour ses amples rondeurs féminines.

— Il fallait que je vienne vous féliciter pour cette merveilleuse *party* ! s'extasia-t-elle en se pressant contre le grand homme.

— Ça ? fit mine de s'étonner Cristobal en essayant vainement de jouer les modestes. Rien qu'une petite sauterie organisée à la dernière minute. Juste une petite fête entre amis.

Justin savait reconnaître un appel du pied à la flatterie.

— Certainement pas ! protesta-t-il. C'est sans nul doute votre plus belle réussite jusqu'ici. J'ignore comment vous faites. Je n'ai jamais vu un groupe comme celui-ci.

C'était la stricte vérité. Cristobal était allé dégotter un groupe local dont le principal titre de gloire consistait à jouer en manipulant des serpents. Ce qui n'avait rien d'un exploit, les pauvres bêtes se montrant particulièrement amorphes, sans doute assommées par l'éprouvante musique. Mais comme ce groupe était à la mode, il avait absolument fallu qu'il soit là. Justin, quant à lui, aurait préféré être sourd que d'avoir à les supporter.

— Garde ton charme pour d'autres ! répliqua Cristobal en riant. Il ne marche pas sur moi.

Rien n'était moins sûr. Le señor Martinez n'était que trop heureux d'offrir le gîte et un peu d'argent de poche à Justin pour qu'il continue de se montrer et de sourire à ses invités lors de ses petites sauteries. Beaucoup restaient intrigués à l'idée de rencontrer un Gemméen* exilé pour de mystérieuses raisons. Sa situation paraissait donc assurée, mais Justin craignait qu'un jour son mécène puisse céder aux sirènes d'une nouveauté plus attractive à exhiber. Il paraissait plus prudent, dans ces conditions, de flatter de temps à autre son ego.

La nouvelle venue se tourna vers lui. Ses yeux s'arrondirent comme des soucoupes, ce qui n'améliora en rien son apparence.

— Est-ce votre Gemméen ? s'enquit-elle. Je n'en ai jamais rencontré auparavant…

L'accent de Justin avait dû lui mettre la puce à l'oreille.

Cristobal s'empressa de faire les présentations.

— Justin, cette adorable créature n'est autre qu'Ana Santiago. Son mari est un ami très cher et l'un de mes associés.

— Vous exagérez…, protesta Justin en serrant la main qu'Ana lui tendait. « Adorable » n'est pas le mot qui convient pour rendre hommage à sa beauté.

Une autre vérité, mais pas dans le sens où l'intéressée le comprit.

Ce « compliment » arracha un rugissement de rire à Cristobal, qui lui assena une nouvelle tape dans le dos. Au moins, cette fois, s'y était-il attendu.

— Attention, attention, elle est mariée… précisa-t-il en adressant un clin d'œil à Ana. Je vous laisse discuter tous les deux. Mais prenez garde, ma chère… Il est redoutable !

Après avoir ramassé ses gains, il s'éloigna de la table de craps, à la recherche d'une autre distraction.

Ana battit des cils. Ils étaient décorés de cristaux colorés, ce qui même en fonction des hideuses habitudes locales était excessif. Pour assister à une fête comme celle-ci, elle ne pouvait qu'être une parvenue. Et si son mari était l'un des « associés » de Cristobal, l'argent qu'il avait amassé ne devait pas sentir très bon. Dans ce coupe-gorge géant qu'était Panama City, on ne reculait devant rien pour se faire une place au soleil. Ana donnait l'impression d'en faire des tonnes pour compenser ses origines populaires.

Cristobal n'étant plus là, il ne lui restait plus qu'à déployer son discutable charme à l'intention de Justin. Il la gratifia de ce séduisant sourire accroché à ses lèvres et qui allait finir par lui donner des crampes, mais il savait que les invités du boss devaient être choyés.

— Cristobal n'avait pas besoin de me dire que vous êtes redoutable, roucoula-t-elle en se serrant contre lui. Une petite voix dans ma tête me l'a tout de suite dit.

— Vous entendez des voix dans votre tête ? s'étonna-t-il, soudain très intéressé.

Surprise de sa réaction, elle tempéra ses paroles.

— Enfin… façon de parler. Seuls les fous entendent des voix.

— Bien sûr, maugréa-t-il.

Ana fit une nouvelle tentative de sourire, aussi peu concluante que la précédente, et enchaîna :

— On ne voit pas beaucoup de Gemméens, par ici…

— Ils ont bien tort de ne pas y venir. Croyez-moi, leurs femmes n'arrivent pas à la cheville de celles que l'on trouve à Panama City.

D'un trait, Justin vida son verre, puis le contempla d'un air consterné.

Ana gloussa avec une coquetterie complètement inadaptée pour quelqu'un de son âge.

— Ce que vous êtes chou ! s'extasia-t-elle. Et aussi mignon que Blanca le prétendait.

Justin fut à deux doigts d'en perdre le sourire.

— Blanca Jessup ? demanda-t-il prudemment.

Ana acquiesça d'un hochement de tête.

— C'est une très bonne amie à moi. Elle m'a raconté tant de choses sur vous !

Merveilleux... La dernière rencontre de Justin avec Blanca avait entraîné une fatale erreur de jugement et un usage plus fatal encore de la tequila. Sûrement pas l'un de ses meilleurs souvenirs... Au moins Blanca n'était-elle pas mariée, mais ses frères avaient adopté l'obsession protectrice – et occasionnellement violente – si commune dans les familles de la haute bourgeoisie. Rapidement, il se demanda ce que voulait dire « tant de choses » et si Ana s'attendait de sa part à un traitement similaire. Si c'était le cas, il n'y aurait jamais assez d'alcool dans cette fête pour lui permettre de la satisfaire.

Après s'être brièvement éclairci la voix, il préféra changer de sujet.

— Laissez-moi vous présenter Huan Korokov, citoyen d'AEO.

Son ami ne manquait pas de charme, et Justin espérait détourner à son profit l'attention de son encombrante voisine. Pas de chance... Après l'avoir à peine regardé et salué d'un vague marmonnement, elle s'empressa d'en revenir à lui. Du coin de l'œil, Justin vit Huan lutter pour ne pas trahir l'amusement que lui procurait ce qui devait être le clou de son voyage.

Accoudée à la table, Ana se pencha de manière à donner à son décolleté davantage d'ampleur, ce qui n'était vraiment pas nécessaire.

— Blanca m'a dit que vous êtes une sorte de... chasseur de sorcières ?

Ce n'était pas la première fois qu'il entendait cela depuis son arrivée au Panama. Il arrivait aussi qu'on fasse de lui un « tueur de prêtres ».

— Rien d'aussi excitant, hélas..., répondit-il. J'étais chargé de surveiller différents groupes religieux pour le gouvernement. Afin d'éviter qu'ils ne deviennent dangereux.

— Ne pense-t-on pas en RUNA que toutes les religions sont dangereuses ?

— *Ah, ah ! Elle n'est peut-être pas aussi transparente qu'elle en a l'air*, intervint Horatio.

— *Si tu veux te rendre utile, tu n'as qu'à te matérialiser et m'apporter un autre verre*, le tança Justin.

— *Elle ne demanderait pas mieux que de t'offrir un dernier verre chez elle...*, fit valoir Magnus.

Justin plaça un nouveau pari, remarquant au passage que son pécule n'arrêtait pas de fondre.

— C'est un peu plus compliqué que ça, dit-il. Connaissez-vous la charte gemméenne ?

Naturellement, elle ne la connaissait pas.

— « Croire en des entités imaginaires constitue une menace pour la société. De telles pratiques doivent être encadrées et régulées pour le bien de tous les citoyens. »

Ces mots étaient gravés en lui. C'était tout juste s'il n'en rêvait pas la nuit...

— *C'est ça ! On va te croire...*, croassa Horatio.

— J'aimerais tant en apprendre un peu plus, minauda-t-elle en se serrant davantage contre lui. Nous pourrions peut-être trouver... un coin plus tranquille pour parler ?

Jamais de la vie !

Heureusement, Huan vint à son secours.

— Il n'aime pas parler de son passé, expliqua-t-il avec une mine grave et pénétrée. Trop de douloureux souvenirs. Justin... tu devrais lui raconter pourquoi tu es parti.

Quelques joueurs dressèrent l'oreille à la table de jeu. Le Gemméen de compagnie de Cristobal demeurait un sujet d'un grand intérêt, et plus encore son mystérieux exil.

Évitant de croiser le regard de son ami, Justin se composa le visage torturé qu'il avait perfectionné pour raconter cette histoire.

— Je ne sais pas..., feignit-il d'hésiter. C'est dur pour moi d'en parler, et je ne voudrais pas vous accabler avec mes problèmes.

— Je suis sûr que cela ne gêne en rien la señora Santiago. Elle me donne l'impression d'être une personne qui sait écouter.

Huan se plaisait à jouer le comparse de service et il excellait dans ce rôle. Peut-être Justin aurait-il dû faire appel à lui plus souvent.

— C'est vrai, approuva-t-elle en hochant frénétiquement la tête.

Il lui décocha un petit sourire et assura :

— Je l'ai tout de suite deviné. Cela se voit dans vos yeux, vous savez. Ne dit-on pas qu'ils sont les fenêtres de l'âme ? Ce genre d'empathie, de gentillesse... cela vient directement du cœur.

— On n'arrête pas de me le répéter ! assura-t-elle en se plaquant tout à fait contre son flanc. À présent dites-moi : que s'est-il passé ?

Justin prit une ample inspiration et raconta d'une voix traînante :

— Pas grand-chose, en fait. Voyez-vous... Il y avait cette fille.

— Je le savais ! s'exclama-t-elle en serrant entre ses mains moites l'une des siennes. Dès que je vous ai vu, je me suis dit : « C'est un grand romantique… »

— On n'arrête pas de me le répéter, dit-il en écho à ses paroles.

— *Chapeau !* le félicita Horatio. *Je ne pensais pas que tu parviendrais à dire ça sans éclater de rire.*

— *La ferme !* répliqua-t-il.

— Quoi qu'il en soit, dès que je l'ai vue… cela a été le coup de foudre. Comme entre vous et votre mari, je présume ?

D'une mimique, Ana lui fit comprendre qu'il devait en être autrement et demanda :

— Comment s'appelait-elle ?

— Phoebe, répondit-il sans réfléchir.

— Ce n'était pas plutôt Pamela ? s'étonna Huan.

— Phoebe ! insista Justin en fronçant les sourcils à son intention. Jamais je ne me suis senti si proche d'aucune autre femme. C'était comme si nous étions faits l'un pour l'autre, parfaitement assortis, dans tous les domaines. J'ai senti que nous étions destinés à passer notre vie ensemble. Je me suis décidé à la demander en mariage, sur une plage, alors que nous regardions le soleil se coucher. Un vol de tourterelles traversait le ciel… Je revois encore son visage rayonnant de joie quand elle m'a dit « oui ».

— Et ensuite ? fit Ana, le souffle court. Que s'est-il passé ensuite ?

Justin soupira et laissa son regard faire le tour de la table. La moitié des joueurs écoutaient à présent.

— Oh, rien que de très banal, répondit-il. Nous avons commencé à faire des plans pour le mariage. Cela devait se passer sous une tonnelle : l'endroit le plus vert que vous puissiez imaginer, rempli de fleurs et de papillons. Nous avions prévu un violoncelliste et un chœur d'enfants pour interpréter les chants de mariage.

— N'oublie pas le cheval ! intervint Huan. Pamela devait arriver juchée sur un cheval.

— Phoebe devait arriver à cheval, rectifia Justin.

— Un cheval blanc ? voulut savoir Ana.

— Oui, naturellement.

Jamais il ne mentionnait la couleur de la monture quand il racontait cette histoire. Mais à chaque fois, il y avait une femme pour en faire un cheval blanc.

— Tout se déroulait parfaitement, poursuivit-il d'une voix empreinte de mélancolie. Jusqu'à ce que nous fassions, à quelques jours de la cérémonie, notre test de compatibilité. Vous savez ce que c'est ?

— On vous force à faire ce test pour savoir si vous pouvez vous marier, répondit-elle promptement.

Ce n'était plus tout à fait vrai, mais Justin avait découvert que c'était une croyance bien ancrée dans les provinces. Cela offrait davantage de ressorts dramatiques. Ils adoraient ça.

— Eh bien… le test a montré que nous n'étions pas faits l'un pour l'autre, conclut-il d'une voix éteinte. Pas selon leurs critères en tout cas.

Ana poussa un petit cri qu'elle fit taire sous sa main.

— Donc, on ne vous a pas autorisés à vous marier ?

— Oh, nous le pouvions, mais il y avait… des pénalités.

Il n'en dit pas plus, sachant que l'imagination fertile de son auditoire pourvoirait aux détails qu'il ne donnait pas.

— Bien sûr, nous nous en fichions ! poursuivit-il. Nous avons poursuivi nos préparatifs, et nous avions prévu de quitter le pays ensuite, avant qu'ils aient pu nous mettre la main dessus. Mais le jour venu… elle… elle ne s'est pas montrée.

— Ils… ils l'en ont empêchée ?

Justin secoua négativement la tête.

— Pire. Elle a changé d'avis, par peur de ce qui pouvait advenir. Elle n'était pas assez courageuse pour rester auprès de moi. Aussi, après cela… eh bien… comment aurais-je pu rester dans ce pays qui nous avait séparés ? C'était trop douloureux. Je devais partir.

Ana en avait les larmes aux yeux. Elle serra plus fort sa main en gémissant :

— Pauvre, pauvre, pauvre de vous ! J'ai du mal à imaginer par quelles souffrances vous avez dû passer.

Justin espérait qu'elle n'allait pas se mettre en tête de le « réconforter » plus tard. Cela arrivait parfois quand il racontait cette histoire. C'était même le but recherché de temps à autre… mais pas cette fois.

— Cela semble inimaginable, n'est-ce pas ? demanda Huan. Comment peut-on survivre à une tragédie pareille ? Justin, tu es *out*.

Baissant les yeux, il vit qu'effectivement sa pile avait disparu. Pris par son récit, il n'avait pas prêté attention à ce qui se passait à la table de jeu. Ainsi avait fondu son argent du week-end…

— Merde ! maugréa-t-il.

Huan secoua la tête, feignant la compassion.

— La tragédie te poursuit, dirait-on…

En le foudroyant du regard, Justin demanda :

— Tu ne devais pas rentrer chez toi ?

— En fait, oui, dès ce soir…

Huan déclina d'un geste de la main quand son tour vint de parier et rassembla ses gains en une impressionnante pile.

— En fait, je devrais déjà être parti, précisa-t-il. L'avion doit m'attendre pour décoller.

La nouvelle prit Justin par surprise. Des négociations diplomatiques en cours avec le Panama avaient retenu Huan et sa délégation plus longtemps que d'ordinaire, et il s'était habitué à l'avoir près de lui. Son départ précipité lui donnait l'impression qu'un grand vide ténébreux allait de nouveau l'engloutir.

— Hé !

Le glapissement d'Ana tira Justin de son abattement. Un groupe d'hommes passant dans l'allée venait de bousculer une serveuse, qui l'avait elle-même percutée. Preuve de son habileté, la jeune femme était parvenue à se rétablir sans renverser son plateau. Ana en était donc pour une simple frayeur, ce qui ne l'empêchait pas de foudroyer l'employée du regard.

— Faites attention où vous mettez les pieds, espèce de petite garce ! lança-t-elle d'un ton venimeux. Renversez une seule goutte sur moi, et j'irai me plaindre à Cristobal, qui vous jettera à la rue comme ça...

De manière théâtrale, Ana claqua des doigts, mais il lui fallut s'y reprendre à deux fois pour y parvenir.

— Vous n'aurez plus qu'à aller vous terrer dans le trou dont vous êtes sortie ! poursuivit-elle, intraitable. Et vous faire baiser par le proprio pour payer le loyer !

— *Classe*..., commenta Horatio.

Justin connaissait cette serveuse. Après quatre années passées dans ce trou, tous ceux qui travaillaient pour Cristobal lui étaient devenus familiers. Elle s'appelait Sara et devait avoir la moitié de l'âge et du poids d'Ana. Elle avait la tête sur les épaules et un joli minois. Dans un océan de femmes semblables à Ana Santiago, elle faisait partie de celles que Justin n'aurait pas détesté connaître mieux. Mais Sara était trop intelligente pour fricoter avec aucun des invités du patron. Elle avait clairement fait savoir que si elle acceptait de côtoyer des gangsters ivres morts et de pseudo-mondaines, c'était uniquement dans le but de nourrir les deux enfants qui l'attendaient à la maison. Justin ne l'en respectait que davantage. Il y avait en elle quelque chose qui lui rappelait sa sœur, ce qui le touchait et lui serrait le cœur à la fois.

Même dans ces circonstances, Sara était trop avisée pour protester. Après avoir encaissé les remontrances sans broncher, elle s'excusa platement en délivrant sa commande. Justin lui tendit l'un des jetons de Huan et se vit remercier d'un hochement de tête.

Ana la regarda s'éloigner d'un air triomphant, apparemment satisfaite d'avoir piétiné quelqu'un qui lui était déjà si inférieur dans l'échelle sociale.

— Je comprends que Cristobal puisse avoir envie d'avoir sous la main de la fesse facile, pérora-t-elle d'un air pincé, mais comment peut-il supporter tant d'incompétence ? Elle a bien de la chance de ne pas avoir ruiné cette robe ! C'est une importation gemméenne…

Cette remarque, adressée à Justin, devait viser à l'impressionner. D'un air profondément dégoûté, elle ajouta :

— Mais allez faire comprendre ça à une souillon pareille…

— Une souillon ? répéta-t-il. Elle vient du même coin que vous, non ?

Sans élever la voix, il s'était arrangé pour que tous, autour de la table, puissent l'entendre.

— Je vous assure que non ! protesta Ana, les yeux écarquillés. Je vis dans les quartiers ouest…

Huan s'éclaircit longuement la voix en guise d'avertissement, mais un déclic venait de se faire dans l'esprit de Justin. Il se sentait tellement, tellement fatigué de cet endroit… Fatigué de ces jeux, des femmes toutes semblables à Ana… Fatigué de faire le pitre pour amuser Cristobal et sa clique. Les corbeaux qui s'adressaient à lui sous son crâne lui parlaient souvent de grandeur, de plans divins en réserve pour lui, mais Justin ne voyait aucune grandeur dans son proche avenir. Il se sentait condamné à demeurer dans cet endroit sordide, et cela le mettait d'autant plus en colère que Huan était sur le point de l'y laisser seul.

— Certes, mais vous avez grandi à San Garcia, précisa-t-il.

Voyant qu'elle s'apprêtait à protester, il s'empressa d'ajouter :

— Cela s'entend à la façon dont vous prononcez les « s » et lorsque vous employez des expressions telles que « fesse facile ». Tout l'argent, toute la puissance du monde ne transformeront jamais en palais le ruisseau d'où vous venez. Et tenter de cacher vos origines sous des monceaux de faux bijoux n'y changera rien non plus.

Ana rougit violemment et s'étrangla :

— Mais… ils ne sont pas faux !

— Bien sûr que si, ils le sont. Je vois d'ici le plaqué or qui se ternit. Quant à cette robe, elle n'est pas gemméenne, à moins que vous ne l'ayez récupérée dans un stock de vêtements au rebut. Je parierais que ce tissu hautement inflammable vient plutôt du Guatemala. Je le sais parce que j'en ai vu un coupon dans la boutique d'un fripier de Flores Street chez qui j'achète des fringues merdiques.

Justin éleva son verre pour boire une gorgée, se rappelant trop tard qu'il était à sec.

— Vous avez beau prendre de grands airs, conclut-il, vous n'arriverez pas à masquer le fait que vous êtes comme cette robe : une pâle imitation bon marché qui ne trompe personne.

La table entière retenait son souffle. Le visage cramoisi, les yeux étincelants de fureur, Ana projeta le contenu de son verre sur la chemise de Justin et lança d'une voix venimeuse :

—Allez donc vous acheter une autre fringue merdique !

Sur ce, elle s'éclipsa telle une furie, sans doute pour aller se plaindre illico à Cristobal. Attrapant Justin par le coude, Huan l'entraîna loin de la table de craps et plaisanta :

—Je crois qu'il est temps d'aller fumer une petite cigarette, Vengeur masqué...

—Tu ne fumes pas, fit remarquer Justin en se laissant faire.

—Ce n'est pas pour moi. Tiens...

Huan venait d'enlever sa veste et la lui tendait.

—Il ne faudrait pas qu'on croie que tu t'es pris une balle. Ce qui pourrait t'arriver si tu attends que son mari débarque.

Sans doute son ami était-il venu directement après une séance de négociations, car il portait l'uniforme de sa charge : veston croisé bleu marine, avec le drapeau de l'AEO brodé sur la poche de poitrine et une série de bandes de couleurs au cou indiquant son grade et sa fonction. Justin trouvait étrange d'avoir à le porter, mais pas autant que de devoir déambuler avec sa chemise tachée de vin.

—Serait-ce mon passeport pour me tirer d'ici ? demanda-t-il d'un air espiègle.

En guise de réponse, Huan lui offrit un sourire amical et ouvrit la porte menant à l'allée de service. Même chaud et humide, l'air de la nuit lui parut infiniment rafraîchissant en comparaison de l'étuve et de la tabagie qui régnaient à l'intérieur. Les insectes nocturnes bourdonnaient autour d'eux. Au-dessus de leurs têtes, des nuages faisaient la course dans le ciel. Au loin, Justin crut percevoir le bruit du tonnerre. Une brusque saute de vent fit ployer une rangée d'arbres, de l'autre côté de la ruelle. Les orages avaient tendance à se lever vite, dans ce pays, et à faire de gros dégâts.

Justin poussa un grognement consterné et avoua :

—Je ne sais pas pourquoi je supporte tout ça.

—Parce que Cristobal te permet de vivre comme un prince ? suggéra Huan en lui assenant une tape dans le dos. Quand tu n'insultes pas ses invités.

—Je préfère être un mendiant à la porte de la RUNA qu'un prince dans ce cauchemar...

—Si ça peut te consoler, ce soir tu as fait des étincelles avec cette histoire. Une de tes meilleures performances – même si je suis à peu près sûr que cela te replonge à chaque fois en enfer.

—Je ne crois pas à l'enfer. Alors ça va...

Le silence retomba entre eux. Ce fut en hésitant que Huan reprit la parole au bout d'un moment.

—Je me suis rendu dans ta mère patrie dernièrement. J'avais un rendez-vous à Vancouver.

Il s'était exprimé d'un air presque compatissant. Huan savait à quel point ce sujet pouvait être éprouvant pour Justin… et à quel point il crevait d'envie d'en parler.

—Ah oui ? fit-il en redressant la tête.

Vancouver… Le nom lui-même était terriblement évocateur.

—C'était comment ? demanda-t-il, la gorge serrée.

—Comme d'habitude. Magnifique et parfait. Le Joyau du monde.

—Le Joyau du monde…, répéta Justin d'une voix éteinte.

Il éleva sa cigarette non allumée en l'air, comme pour porter un toast. Une douleur lui pesait sur la poitrine, cette langueur familière qui le submergeait chaque fois qu'il était question de la RUNA. Tout l'alcool, toutes les drogues et tous les autres vices en accès libre à Panama ne parviendraient jamais à l'en guérir.

—Désolé, s'excusa Huan.

—C'est comme ça…, répliqua-t-il, fataliste. Tu n'y es pour rien.

L'ombre de son habituel sourire reparut sur les lèvres de son ami.

—Je suppose que tu ne me diras jamais pourquoi tu es parti ?

—Nan ! lâcha Justin d'un ton catégorique. Je sais combien tu apprécies l'histoire avec Penelope. Je ne voudrais pas gâcher ton plaisir.

—Je pensais que c'était Phoebe… Ou Pamela ?

D'un geste de la main, Justin balaya l'objection.

—Aucune importance. De toute façon, c'était une sale pute.

—Exact. Tu es mieux sans elle.

—Et comment !

Huan eut un petit rire et s'inquiéta :

—Ça va aller, si je te laisse ?

Justin serra la main qu'il lui tendait et répondit :

—Tout dépend si je peux garder la veste ou pas.

—Garde-la. J'en ai bien d'autres là d'où elle vient.

La main sur la poignée de la porte de service, Huan ajouta :

—À la prochaine ?

—À la prochaine…, répéta Justin.

Le brouhaha qui régnait dans le club se fit brièvement entendre, puis Justin se retrouva seul et sentit la déprime le gagner. Pour conjurer la solitude, il alluma sa clope.

Fumer dehors était une habitude de Gemméen. Au Panama, il était possible de fumer ce qu'on voulait, où on voulait, sans déranger personne, mais en RUNA les lois étaient strictes. Il tira longuement sur sa cigarette et sentit l'effet qu'elle lui faisait se conjuguer à celui de l'alcool qui lui tournait la tête. Il ne lui aurait pas été possible de fumer des cigarettes comme celles-ci, chez lui. La RUNA prenait soin de la santé de ses citoyens. Mais comme la RUNA ne se souciait plus de lui, il estimait avoir le droit d'adopter tous les comportements autodestructeurs qui lui plaisaient. Les paroles de Huan tournaient en boucle dans son esprit.

« Magnifique et parfait. Le Joyau du monde. »

— Bon Dieu de merde ! jura Justin.

— *De quel dieu parles-tu ?* s'enquit Horatio.

— *De celui qui m'a envoyé ici.*

— *Le seul responsable de ton exil, c'est toi*, répliqua Magnus. *Les dieux ont juste donné un petit coup de pouce.*

Apparemment, les corbeaux avaient retrouvé leur insolence coutumière. Quand ils ne passaient pas leur temps à critiquer sa vie, c'était pour le bassiner avec leurs histoires de dieux.

— *La paix !* leur intima-t-il. J'ai besoin d'être tranquille.

— *Tu ferais mieux d'ouvrir l'œil*, conseilla Horatio.

Six silhouettes d'aspect menaçant venaient de jaillir des ténèbres sur sa droite. Le clair de lune arracha un reflet au crâne rasé de Paolo Jessup, ainsi qu'aux multiples et peu discrets anneaux d'oreille qu'il arborait. À côté de lui se tenait son frère Miguel, et Justin reconnut dans les autres petites frappes les habituels soutiens de la famille. En les voyant s'avancer vers lui, il eut le sentiment que la fin de sa nuit serait sans doute plus proche de l'enfer évoqué par Huan qu'il ne l'aurait voulu.

— Salut, Paolo ! Comment va ?

En s'arrachant un sourire, Justin se demanda s'il y avait une chance pour que Blanca ne soit pas la cause de cette rencontre.

— Me fais pas perdre mon temps, grogna l'autre. Tu pensais t'en tirer comme ça ? Tu pensais pouvoir tranquillement baiser ma sœur et ne pas nous rendre de comptes ?

Manifestement, ses chances n'étaient pas bonnes…

— *Dis-lui qu'elle était consentante*, suggéra Horatio.

Justin décida de l'ignorer.

— C'est un malentendu, répondit-il à Paolo. Je n'ai rien fait de tel avec Blanca.

— Ce n'est pas ce qu'elle a raconté à Dora Ramirez, maugréa Miguel.

Dora ? Après Ana ? Auprès de combien de personnes Blanca s'était-elle épanchée ? Il espérait au moins qu'elle avait commenté ses exploits nocturnes de manière flatteuse…

Il se demandait également où pouvaient être passés les gorilles de la sécurité. Les abords de l'établissement regorgeaient habituellement de gros bras. Peut-être les frères Jessup les avaient-ils soudoyés ? Justin préférait ne pas envisager que son mentor puisse s'accommoder de la disparition aussi soudaine que tragique de son habituel hôte de marque. Hélas, rien n'était moins sûr. Imaginer Martinez en faire des tonnes après ce drame n'avait rien que de très envisageable. Il lui semblait déjà l'entendre : « C'était presque un frère, pour moi… »

D'un pas menaçant, Miguel s'avança. Il montrait les dents comme un des chiens méchants de Cristobal, et il puait comme eux.

— Je vais te déchirer ! menaça-t-il.

— *Il me semble que Blanca n'en valait pas la peine*, estima Horatio sous le crâne de Justin. *Elle n'était pas douée.*

Le commentaire de Magnus fut plus énigmatique :

— *Voilà ta walkyrie…*

L'avance de Miguel fut stoppée par l'ouverture de la porte, qui livra le passage à une femme. Pas n'importe quelle femme : elle, la blonde que Justin avait repérée à l'intérieur. Tous se figèrent l'espace d'un battement de paupières, puis, à une vitesse phénoménale, elle vint s'interposer entre lui et les Jessup, dans une posture de défense agressive et menaçante. Une posture de combattante. Les paroles de Huan lui revinrent en mémoire. « *Qui qu'elle puisse être, c'est un soldat.* » Elle demeurait parfaitement immobile, mais il y avait en elle une tension semblable à celle d'une lionne prête à bondir.

— *Pas faux…*, nota négligemment Magnus. *Les lionnes se tapent tout le boulot pendant que les lions se la coulent douce.*

— Restez derrière moi ! ordonna-t-elle à Justin.

Ces quelques paroles lui confirmèrent qu'elle était bien gemméenne. Il n'y avait plus que quelques centimètres entre eux, ce qui le rendait douloureusement conscient de la nuque et des épaules qui avaient fait son admiration, de même que de la soie prune qui moulait admirablement ses formes. Quelques mèches avaient échappé à sa coiffure stricte et lui encadraient le visage. Un soupçon de parfum évoquant les fleurs de pommier flottait jusqu'à lui.

Les Jessup avaient eu le temps de se reprendre.

— Échange de bons procédés, grogna Paolo avec un sourire suffisant. Tu as baisé l'une des nôtres, on va rendre à présent la pareille à cette beauté. Et si tu as de la chance, on te laissera conscient pour pouvoir regarder.

Les autres se mirent à rire, et Paolo, une lueur meurtrière au fond des yeux, fit deux pas en avant. Malheureusement pour lui, il ne put aller plus loin.

3

Un fardeau moins lourd à porter

L'espoir que Mae avait pu entretenir de trouver la gloire au Panama s'était évanoui lorsque Gan lui avait expliqué sa mission en détail. Il n'était pas question de déjouer une tentative d'assassinat. Encore moins d'assassiner qui que ce soit. Au lieu de cela, elle devait mettre son savoir-faire et ses années d'entraînement au service de deux fonctionnaires du ministère de la Sécurité intérieure* souhaitant récupérer un serviteur* en exil.

Aucun de ces deux ronds-de-cuir ne l'avait impressionnée. L'un d'eux, une femme qui avait l'infortune de s'appeler Cornelia Kimora, était directeur d'une division de la Sécurité intérieure, le Bureau de surveillance des sectes et cultes*. Âgée d'une cinquantaine d'années, elle avait choisi pour ses cheveux une coupe au carré et une teinture orangée qui donnaient à son crâne l'allure fâcheuse d'un abricot. Tous ses vêtements et tous ses accessoires étaient beiges, et c'était la femme la plus réfrigérante que Mae eût jamais rencontrée, ce qui n'était pas peu dire étant donné ses propres antécédents. Au moins, dans la caste* nordique dont elle était issue, ce genre d'attitude dédaigneuse était-il contrebalancé par un sourire de façade et un feint intérêt pour autrui. De telles subtilités étaient étrangères à Cornelia, qui ne faisait pas mystère de l'indifférence qu'elle portait au monde.

Son compagnon, Francis Kyle, différait d'elle en tout. À peu près du même âge que sa collègue, c'était un homme très chaleureux et un peu tête en l'air qui avait tendance à se montrer trop démonstratif. Une attitude qui avait le don d'exaspérer Cornelia, mais comme il occupait un poste hiérarchiquement plus élevé que le sien, elle n'avait d'autre choix que de subir son sort en grinçant des dents. S'il était vrai que son enthousiasme juvénile avait un côté exaspérant, au moins se montrait-il d'une politesse sans défaut avec Mae.

Les deux fonctionnaires avaient également des points de vue diamétralement opposés quant à leur mission, dont ils ne se privèrent pas de faire étalage au cours du long vol de neuf heures à destination du Panama. Cornelia pensait que ce voyage était une perte de temps et demeurait manifestement opposée à l'objectif qu'ils poursuivaient. Francis, pour sa part, parvenait à peine à contenir son excitation au fur et à mesure qu'ils approchaient du but.

— J'ai tellement hâte d'arriver ! lança-t-il à sa collègue à un moment donné.

Cornelia leva les yeux de sa liseuse en grimaçant et attendit patiemment qu'il poursuive.

— Cela fait tellement longtemps que j'ai envie de rencontrer le docteur March... Son travail est exceptionnel.

— Il l'était, rectifia-t-elle sèchement. Et en ce qui le concerne, il vaut mieux ne pas confondre l'homme et l'œuvre...

Loin de se laisser décourager, Francis parut enchanté à la perspective d'une petite controverse.

— Vous croyez ? J'aurais tendance à penser qu'il est difficile de distinguer l'un de l'autre...

Cornelia ricana de façon assez disgracieuse.

— Détrompez-vous ! Et attendez de l'avoir rencontré.

— Reconnaissez qu'il est brillant..., insista-t-il.

— Certes, admit-elle avec réticence.

Avant de poursuivre, elle brandit ses mains devant elle pour marquer sur ses doigts chaque point de sa démonstration.

— Mais il est également arrogant, impertinent et manipulateur.

— Ce n'est pas forcément une mauvaise chose, dans son travail...

— Ce sont des défauts qu'il s'efforce de faire passer pour du charme. Cela, sans parler de sa sujétion à toutes sortes d'addictions.

Il lui fallut le secours de sa seconde main pour en venir à bout.

— Stimulants, alcool, jeux de hasard, femmes... s'il y a un excès dans lequel tomber, vous pouvez compter sur lui pour le trouver. Il a dû se fondre parfaitement dans le décor, au Panama. Il ne voudra plus rentrer.

Le naturel bon enfant de Francis en prit un coup.

— J'en doute sincèrement, dit-il. De toute façon, vous n'ignorez pas que nous avons besoin de lui. Personne d'autre ne possède son... point de vue.

— C'est bien ce qui me pose problème. Je ne pense pas, personnellement, que nous ayons besoin de son point de vue.

Le ton avait imperceptiblement monté, si bien que tous deux demeurèrent silencieux pendant un bon moment.

Mae n'avait aucune idée de ce que pouvait être ce fameux « point de vue », ni ce qui pouvait requérir le déplacement de deux hauts fonctionnaires de la Sécurité intérieure en province. Ce docteur March, tel que le décrivait Cornelia, cumulait tout ce qu'elle détestait le plus chez un homme. Elle espérait avoir à le côtoyer le moins possible lors du voyage de retour. Pourtant… elle ne pouvait nier qu'elle était intriguée par son exil. Que diable avait-il bien pu faire pour être mis au ban de la RUNA ? S'il avait commis un crime, pourquoi ne pas l'emprisonner ? Et plus étrange encore : si ce qu'il avait fait était assez grave pour lui valoir le bannissement, pourquoi aller toutes affaires cessantes le rechercher ?

Mais ces questions dépassaient de loin ses compétences et le rôle qu'elle devait jouer. De même qu'aux quatre hommes en gris que Francis et Cornelia emmenaient avec eux, on ne lui demandait rien d'autre que de jouer des muscles. Un travail de bas étage, mais elle ne devait pas oublier qu'elle ne méritait rien de mieux après son exploit aux funérailles de Porfirio. *Un seul petit voyage en province*, s'efforça-t-elle de relativiser. *Je les aide à retrouver ce serviteur arrogant et camé qu'ils recherchent, et je pourrai récupérer mon affectation et mon uniforme.*

Le port de l'uniforme n'était pas nécessaire au Panama – du moins, le port de l'uniforme militaire. Bizarrement, on avait donné pour instruction à Mae de ne se munir que de vêtements civils. Quand leur petit groupe eut débarqué et qu'ils furent installés dans ce qui devait être l'hôtel le plus sûr de la ville, elle fut un peu étonnée d'apprendre à quoi allait servir la robe qu'elle avait emportée.

— Vous voulez que j'aille… porter une lettre ?

— Oui !

Les prétoriens n'impressionnaient pas Cornelia, et son froncement de sourcils montrait à quel point il lui déplaisait qu'elle ait pu poser cette question.

— Il est logé par une espèce de gangster local – Cristobal Martinez –, qui possède toutes sortes de clubs et de biens immobiliers. Nos services n'ont pas réussi à déterminer où se trouve exactement March dans cette jungle, mais Martinez lui-même devrait être facile à repérer. C'est un homme extravagant qui aime donner des fêtes. Tout ce qu'on vous demande, c'est de vous faire belle, de vous montrer dans une de ses boîtes de nuit, de rester discrète et de lui donner ceci.

Cornelia lui remit une enveloppe sur laquelle « Justin March » avait été écrit à la main.

— Cela ne devrait pas être trop difficile pour vous vu la formidable étendue de vos compétences…

Mae s'arrangea pour se montrer aussi polie et respectueuse qu'elle aurait pu l'être envers Gan, mais intérieurement elle bouillait. « *Tout ce qu'on vous demande, c'est de vous faire belle.* » Le ton sarcastique et le rictus de Cornelia tendaient à prouver qu'elle ne portait pas dans son cœur les patriciens*, mais il devait y avoir autre chose pour motiver son attitude. Elle se sentait juste menacée par une femme plus jeune qu'elle – point final –, et peu lui importait que cette femme puisse être un des soldats les plus redoutés de la RUNA.

C'était pourtant cette femme-là qui allait se risquer où aucun d'eux n'aurait osé le faire, et ce détail avait son importance. Cornelia aussi bien que Francis avaient clairement fait comprendre qu'il n'entrait pas dans leurs intentions de mettre un pied dehors, sauf pour regagner l'aéroport. Malgré leurs grands airs, la province les terrifiait, et Mae ne pouvait s'empêcher d'en tirer de l'amusement.

Elle garda néanmoins toutes ces pensées pour elle, en se rappelant qu'elle était un soldat et qu'elle était ici pour se racheter. Elle supporta sans broncher la condescendance de Cornelia, se bornant simplement à poser une question quand celle-ci eut terminé :

— Voulez-vous qu'après avoir délivré la lettre j'attende là-bas pour ramener moi-même le docteur March ici ?

— Non. Martinez ne pourra peut-être pas lui remettre le pli tout de suite, et il y a toutes les instructions nécessaires pour nous trouver dans l'enveloppe. Quand March lira cette lettre, il viendra, croyez-moi.

Avec un rictus méprisant elle ajouta :

— J'imagine également qu'il n'a pas besoin d'escorte. S'il a réussi à survivre aussi longtemps ici, il peut bien le faire quelques heures de plus.

Sans doute fallait-il y voir le dernier effort de sa part pour torpiller un plan auquel elle était si fermement opposée. Que March puisse se faire flinguer en chemin vers l'hôtel n'aurait pas été pour lui déplaire.

Ainsi Mae se retrouva-t-elle dans sa chambre, un peu plus tard ce soir-là, maquillée et habillée d'une robe mauve, en train d'arranger ses cheveux en un impeccable *Gibson tuck*. Ce genre de coiffure à l'ancienne était très en faveur dans les castes, et même si elle avait coupé les ponts avec sa famille depuis longtemps, les vieilles habitudes avaient la vie dure. « *Tout ce qu'on vous demande, c'est de vous faire belle.* » Peut-être n'aurait-elle pas dû juger si sévèrement Cornelia, car elle n'avait pas oublié qu'à seize ans, apprêtée et pomponnée avec le même soin, elle s'était prêtée sans rechigner à ce genre d'exhibition.

Tu n'es plus cette fille-là, se dit-elle en contemplant son reflet dans le miroir. *Tu es un soldat de la République.*

Une prétorienne n'avait sans doute rien à craindre dans les rues de Panama City, mais une femme seule – surtout étrangère et habillée légèrement –, ne pouvait passer inaperçue. Une faille dans le plan de la Sécurité intérieure… S'ils voulaient réellement délivrer ce message sans attirer l'attention, il leur aurait fallu choisir un homme. Mais bien sûr, ils n'en avaient probablement aucun sous la main qui se soit rendu suffisamment insupportable pour mériter une aussi triviale mission.

Mae en venait presque à espérer qu'un autochtone se risquerait à se montrer entreprenant. Après le fiasco des funérailles, elle avait encore les nerfs suffisamment à vif pour espérer trouver à se défouler dans une petite correction impromptue. Mais même si son apparition déclencha quelques regards appuyés et quelques remarques salaces en espagnol, les jeunes membres de gang tatoués qui faisaient le pied de grue à l'extérieur de l'hôtel la laissèrent tranquille. Ensuite, ce fut en taxi qu'elle se rendit au club de Cristobal Martinez. Le chauffeur ne cessa durant tout le trajet de loucher sur elle dans son rétroviseur, mais il garda ses distances lui aussi.

En fait, elle n'eut de contact qu'avec un homme qui s'intéressait bien plus à son âme qu'à son corps. À un demi-bloc de l'entrée du club, un type au crâne rasé, vêtu d'un manteau élimé, apostrophait les passants en leur agitant sous le nez des brochures mal imprimées. Bien que ne parlant pas l'espagnol, Mae n'eut aucun mal à saisir le sens des mots «*dios*» et «*salvación*». Elle ignorait s'il faisait la retape pour d'anciennes religions ou pour une des nombreuses autres qui étaient apparues après le Déclin*, mais peu lui importait. Ces sectes proliféraient sans restriction dans les provinces, toutes aussi néfastes les unes que les autres. Aucune d'elles n'avait d'intérêt à ses yeux, ce qu'elle fit clairement comprendre à ce type quand il ne tint pas compte de son refus polis. Après avoir valsé contre un mur, il se montra plus raisonnable et décida de garder son salut divin pour lui.

Ainsi que dans la plupart des boîtes de nuit de chez elle, les femmes pouvaient entrer à peu près à leur guise dans le club. Mais contrairement à n'importe quel autre établissement gemméen, ici il fallait déposer ses armes au vestiaire. Cela dépassait l'entendement. La RUNA ne voyait absolument aucune raison pour que ses citoyens soient armés. Les yeux ronds, elle vit des play-boys et des escort-girls sur leur trente et un remettre leurs flingues à des gardes à l'entrée, aussi facilement qu'ils auraient déposé leurs manteaux.

À l'intérieur, un puissant système d'air conditionné luttait pour contrebalancer la chaleur dégagée par tant de gens réunis sans parvenir à avoir le dessus. L'odeur ambiante – corps surchauffés, fumées de diverses cigarettes – se révélait aussi oppressante que la chaleur. Le tout formait une sorte de brume dans la salle plongée dans la pénombre qui amenait les larmes aux yeux. Entre ces sollicitations et celles de la musique assourdissante, les sens de Mae étaient mis à rude épreuve. C'était peut-être une fête, mais elle n'était pas sans danger, et sa méfiance enclencha aussitôt l'implant.

Les complexités du statut réservé aux femmes dans la société panaméenne ne lui étaient pas entièrement familières, mais elle savait qu'en fonction des classes sociales il pouvait varier. Une frange aristocratique préférait garder celles-ci à l'écart de toute manifestation publique, tandis que des groupes émergents de nouveaux riches se montraient plus souples. Ce dernier segment de population semblait offrir le plus gros contingent des invités de la soirée. S'y mêlait une minorité de femmes de plus basse extraction n'éprouvant aucun scrupule à se rendre « disponibles » pour des hommes plus fortunés. Le fait qu'elle ne soit pas accompagnée rangeait Mae dans cette catégorie, aussi lui tardait-il d'avoir rempli sa mission avant que quiconque décide de le vérifier.

Il se trouva qu'elle fut quand même importunée cinq fois avant de localiser Cristobal Martinez. Un seul de ses « soupirants » se montra agressif après avoir été éconduit, mais un regard menaçant d'un vigile qui passait par là suffit à lui éviter d'avoir à se défendre elle-même. C'était préférable pour la discrétion recherchée, même si son humeur noire la poussait à l'affrontement.

Elle repéra enfin Cristobal près d'un bar automatique ancien et doté d'une déplorable reconnaissance vocale, qui lui servit une tequila quand elle lui demanda un rhum. Le maître des lieux, un homme imposant et d'apparence très sociable, était en train d'en raconter une bien bonne à ses amis. Lorsqu'il eut repéré Mae, son visage s'illumina et il s'exclama :

— Hé ! Mais c'est mon adorable pique-assiette...

En un geste théâtral, il écarta les mains devant lui et poursuivit :

— Bienvenue dans mon humble demeure. Enfin... l'une d'entre elles.

— Merci de votre hospitalité.

Mae ponctua sa déclaration d'un sourire, comme s'ils avaient été en train de boire un thé dans un établissement huppé de la concession nordique.

— Je me demandais s'il vous serait possible de remettre un message à Justin March, ajouta-t-elle.

— Vous pouvez lui remettre vous-même. Il est justement...

Du regard, Cristobal fouilla en vain la partie de la salle réservée aux tables de jeu.

— Eh bien, il n'est plus là, conclut-il. Inutile de demander où il est passé : probablement dans le lit d'une femme.

Avec un regard d'excuse à l'attention de Mae, il poursuivit :

— Mais difficile de dire, avec lui. Il n'est peut-être pas trop tard, si c'est lui que vous voulez.

Le sourire de Mae se figea. Elle produisit l'enveloppe et assura :

— J'ai juste besoin de lui remettre ceci. Pouvez-vous m'aider ?

— Naturellement.

Cristobal fit disparaître l'enveloppe dans sa poche avec l'habileté d'un illusionniste effectuant un tour de cartes.

— À présent, reprit-il, qu'est-ce que je peux faire d'autre pour vous ? Vous n'avez qu'à demander...

Son accès de générosité ne visait pas qu'elle. Il englobait également ceux qui l'entouraient.

— Je vous aime bien, vous les Gemméens, prétendit-il. Je voudrais vous encourager à venir me rendre visite en plus grand nombre.

Mae songea à lui demander le rhum qu'elle n'avait pas eu mais préféra décliner l'offre en secouant la tête avec un sourire poli.

— Je vous remercie, c'est bien assez. Je dois y aller, mais... merci de penser à remettre ce pli au docteur March.

Le répéter ne pouvait pas faire de mal, Cristobal lui paraissant être quelque peu sujet à la distraction.

En un geste de désespoir surjoué, il posa ses mains sur son cœur.

— Vous êtes si cruelles, vous autres Gemméennes... Pas étonnant que Justin se soit enfui... Faites au moins un petit tour, avant de me briser davantage le cœur. Le buffet est dans cette pièce, là-bas. Et vous trouverez sans problème un dealer qui vous procurera de la bonne came – pas ces merdes qu'on trouve en RUNA. Quant au groupe, impossible de passer à côté.

Sur ce point, il n'avait pas tort. Difficile d'ignorer les musiciens, même si elle s'y efforçait. Une nouvelle fois, Mae le remercia, croisa les doigts pour qu'il n'oublie pas l'enveloppe, puis se dirigea vers la porte par laquelle elle était arrivée. Un groupe d'hommes venait d'entrer, tous du même gang, à en juger par leurs tatouages. Ils portaient le genre d'uniforme tape-à-l'œil qui passait dans le coin pour le top de la mode et avaient la démarche arrogante du mâle en chasse. Préférant ne pas avoir à les croiser, Mae changea de direction et obliqua vers une série de portes qu'elle aperçut dans le fond de la salle.

Il lui fallut en essayer plusieurs avant de trouver celle qu'elle cherchait. La première ouvrait sur une pièce où plusieurs personnes sniffaient quelques rails d'une poudre indéterminée sur une table basse en verre. La deuxième était celle d'une sorte de remise, même si un couple entreprenant avait décidé d'en faire une chambre à coucher. Enfin, elle trouva avec soulagement celle qui menait à l'allée de service et tomba après l'avoir poussée... en pleine rixe.

L'adrénaline inonda son système nerveux dès qu'elle eut compris de quoi il retournait, même si elle ignorait tout du contexte. Une bande de six vauriens, eux aussi tatoués au visage, criait des insultes en espagnol à un homme seul qu'ils étaient en train de cerner. À sa veste, elle reconnut un diplomate de l'AEO et, en une fraction de seconde, se mit en mouvement. La loyauté envers l'allié inconditionnel de la RUNA l'y poussait autant que son dégoût d'une telle disproportion dans les forces en présence.

Pour elle, ce n'était pas un problème. Il suffisait de les regarder pour comprendre que ces voyous ne feraient pas le poids, mais mieux valait un combat facilement gagné que pas de combat du tout. Elle avait besoin de se défouler, et au moins il n'y avait pas dans cette ruelle de funérailles à perturber. En plus, en réglant le problème vite fait bien fait, elle resterait aussi « discrète » qu'on le lui demandait.

Elle s'avança donc rapidement pour venir se placer devant le diplomate, qui parut bien évidemment estomaqué de la découvrir là.

— Restez derrière moi, le prévint-elle.

Les Panaméens parurent tout aussi surpris, avant de céder bien vite à la raillerie. L'un d'eux clama quelque chose qui fit s'esclaffer tous les autres, puis s'avança imprudemment. Elle l'empêcha de faire un pas de plus en le cognant en plein visage. Après avoir été percuter un mur dans un bruit mou, il glissa au sol, inconscient. Mae lui assena un bon coup de pied pour s'assurer qu'il y resterait et put passer à l'un de ses amis stupéfaits. Aucun d'eux n'avait réellement d'entraînement. Ils ne faisaient illusion que par l'intimidation et la force brute, ce qui ne suffisait pas pour avoir le dessus sur elle. Seul le cinquième et le plus imposant lui posa problème, et uniquement à cause de sa taille. Sa vitesse et sa force démultipliées par l'implant compensèrent cependant la différence de gabarit. Dès qu'elle fut parvenue à le mettre à terre, il lui fut assez facile de lui appuyer sur la trachée jusqu'à ce qu'il tourne de l'œil.

En se redressant, Mae s'aperçut que le dernier des gangsters avait profité qu'elle était occupée pour s'en prendre à sa victime. Le diplomate de l'AEO gisait au sol, une main dressée en l'air pour parer l'attaque de son agresseur. Elle les rejoignit en un éclair et s'empara du gamin panaméen – ce qu'il était littéralement, en fait –, avant de faire valser sa tête contre un mur. Il n'en fallut pas plus pour le mettre KO. À peine une minute après avoir commencé, le combat était terminé. Les endorphines inondaient son système et la faisaient planer. Elle s'aperçut alors que cette présence étrange et sombre qui s'était emparée d'elle aux funérailles l'avait une nouvelle fois visitée et refluait lentement.

L'Asiatique* lui rendit avec étonnement le coup d'œil qu'elle lui jeta.

— Ça va ? s'inquiéta-t-elle.

Elle lui tendit une main pour l'aider à se relever. Il s'en saisit après un moment d'hésitation.

— Ou... oui, répondit-il.

Non sans mal, il se remit sur pieds et examina d'un œil rond ses attaquants décimés autour d'eux.

— Vous étiez... fantastique, reprit-il. Un peu terrifiante aussi, mais surtout... fantastique!

Il parlait le même anglais qu'elle, sans aucun accent asiatique, ce qui ne la surprenait pas trop. Les enfants gemméens apprenaient le mandarin en classe, comme leurs homologues de l'autre côté du Pacifique apprenaient l'anglais. Quant aux diplomates de chacun des deux pays, ils excellaient dans chacune des deux langues.

Mae se surprit à sourire, autant à cause du combat victorieux que sous le coup de l'attraction physique inattendue que cet homme exerçait sur elle. À côté de lui, tous ceux qu'elle avait rencontrés ce jour-là faisaient pâle figure.

— Normal qu'on fasse équipe, pas vrai?

D'un signe de tête, elle avait désigné en parlant la veste d'uniforme armoriée.

— Équipe? répéta-t-il.

Il baissa les yeux et parut découvrir ce qu'il portait.

— Oh, oui! reprit-il en hâte. Tout à fait normal.

Il reporta son attention sur elle et lui rendit son sourire. Son assurance lui revenait rapidement.

— Puis-je connaître votre nom? s'enquit-il. Ou allez-vous disparaître dans la nuit en ne me laissant qu'un doux souvenir?

Son sourire était sympa – et même très sympa. Après avoir grandi dans un milieu où prédominaient largement les cheveux blonds et les peaux pâles, Mae avait développé un goût pour les complexions plus sombres. L'homme avait la peau hâlée et les cheveux noirs d'un plébéien, ainsi que des traits exotiques que seules trois générations de mélange ethnique pouvaient expliquer. Un chaume de barbe couvrait sa mâchoire, lui conférant une sorte de charme espiègle. Cela aurait pu être le signe d'une hygiène douteuse, mais il paraissait par ailleurs tellement soigné de sa personne qu'il fallait sans doute y voir un effet de style. Ses endorphines se déchaînèrent de plus belle quand elle eut plongé au fond de ses yeux malins et gravé dans sa mémoire ses traits ciselés. L'homme en lui-même était déjà un piège, mais son sourire avait scellé le sort de Mae.

— Mae Koskinen, répondit-elle, une main tendue vers lui.

Il la serra puis hésita un instant avant de répondre:

— Enchanté. Je m'appelle... euh... Huan Korokov.

Il avait la main chaude, et il ne lâcha pas la sienne tandis que son regard enveloppait Mae, d'une manière à la fois intime et provocante.

— Nordique ? hasarda-t-il.

Mae fut incapable de masquer sa surprise. Pour un Gemméen, déjà, il n'était pas facile de distinguer les membres de sa caste de ceux des autres castes ayant des caractères physiques identiques, alors pour un Asiatique...

— Comment le savez-vous ? s'étonna-t-elle.

— Je sais reconnaître une walkyrie quand j'en vois une..., répondit-il, manifestement très satisfait de lui-même. Ce que j'ignore, c'est comment il se fait qu'une si jolie walkyrie soit venue me sauver. Êtes-vous dans l'armée, ou juste une fana de l'autodéfense ?

— Les deux.

Elle préférait ne pas lui dire qu'elle était prétorienne. Cela avait tendance à rendre les gens nerveux, qu'ils soient originaires de la RUNA ou de L'AEO, et elle ne tenait pas à gâcher une si belle rencontre. Admettre qu'elle était issue d'une caste et qu'elle faisait partie des forces armées était déjà une curiosité en soi. Pour justifier sa présence, elle lui servit la première histoire plausible qui lui passa par la tête.

— Je suis de passage ici, en tant... qu'assistante de recherche pour notre attaché militaire.

Un peu tard, Mae réalisa que revendiquer un lien avec des diplomates de la RUNA n'était peut-être pas une bonne idée. S'il faisait partie d'une délégation de l'AEO, il pouvait avoir des relations qui allaient suffire à la démasquer. Elle se raidit, dans l'attente qu'il lui demande si elle connaissait untel ou untel, mais il laissa tomber le sujet, préférant noter d'un air espiègle :

— En RUNA, on donne un entraînement d'enfer aux simples assistantes, dites-moi...

— Autrement, on ne pourrait nous envoyer dans les provinces, fit-elle valoir sans se troubler.

L'homme jeta un dernier coup d'œil aux voyous inconscients et parut accepter son histoire, ou du moins s'y résigner. Avant qu'il ait pu ajouter quoi que ce soit, un trait de lumière zébra le ciel, immédiatement suivi par un coup de tonnerre assourdissant et un déluge de pluie. De concert, ils allèrent trouver un refuge illusoire dans le renfoncement de la porte. En quelques secondes, les cheveux et la robe de Mae furent trempés.

Huan observa la porte de service avec une moue dégoûtée et demanda :

— Vous voulez qu'on aille boire un verre ailleurs ?

Il s'empressa de préciser :

— Par « ailleurs », je veux dire « chez moi ». Vous devez en avoir assez de ce rade. J'imagine que vous vous êtes suffisamment amusée à éviter les mains baladeuses provinciales.

— Pourquoi pas, répondit-elle.

Accepter l'invitation d'un type qu'elle venait de rencontrer aurait pu être dangereux pour toute autre qu'elle. De plus, elle avait l'intuition qu'avec lui elle ne risquait rien, ou du moins beaucoup moins qu'avec ceux qu'elle avait rencontrés ce soir-là. Et comme Cornelia l'avait autorisée à prendre autant de temps que nécessaire pour délivrer son message...

Rapidement, il l'aida à retraverser le club bondé, et ils se retrouvèrent dans la rue. Les clients qui faisaient la queue pour entrer se pressaient contre le mur, dans l'espoir de protéger leurs habits de soirée de la pluie. Le spacieux appartement dans lequel il l'emmena ensuite ne se trouvait qu'à quelques pâtés de maisons de là, au-dessus de ce qui s'avéra être une autre boîte de nuit appartenant à Cristobal. Cet établissement-là était en plein boum, lui aussi, mais la musique qui leur parvenait faiblement se réduisit à un tempo assourdi quand le compagnon de Mae ferma la porte.

— Désolé, s'excusa-t-il. C'est un des inconvénients de l'endroit. Je pourrais allumer un contre-feu en passant quelque chose. À moins que vous ne jouiez ?

D'un geste, il désigna un piano poussiéreux à l'autre extrémité de la salle de séjour, puis il enleva sa veste, révélant une chemise tachée de vin.

— Vous pas ? s'étonna Mae en allant s'asseoir devant l'instrument.

— Non, répondit-il. Il était là quand je suis arrivé. Je reviens.

Sur ce, il sortit et disparut au bout d'un couloir. Mae commença à jouer quelques mesures de *Danse macabre*, puis s'interrompit quand sa main se mit à trembler sous l'influence de l'implant occupé à réguler son métabolisme. Le lieu, contrairement au club et à l'hôtel, était décoré avec autant de goût qu'aurait pu l'être un appartement gemméen : couleurs neutres, tissus d'ameublement luxueux sans être ostentatoires.

Huan revint habillé d'une chemise propre et lui tendit une serviette. Mae fit de son mieux pour se sécher, puis elle alla prendre place sur le divan couvert d'un cuir marron. Deux verres vides étaient disposés sur la table basse.

— Je n'ai que des vins rouges argentins, expliqua-t-il en ouvrant un bar voisin. Ils boivent ce truc comme de la bière, ici. Mais ce n'est pas mauvais.

— Ça ira très bien.

Peu importait, pour elle. L'implant identifiait l'alcool comme une toxine et le métabolisait aussitôt, empêchant les prétoriens de connaître les vertiges de la cuite.

Après avoir fait le service, il se redressa en grimaçant sous l'effet de la douleur et vint s'asseoir à côté d'elle.

— Un autre jour de rêve au Panama, maugréa-t-il. Au moins, je n'ai rien de cassé.

— Pourquoi s'en sont-ils pris à vous ? s'étonna Mae.

Ses mains tremblant toujours, elle les gardait serrées dans son giron pour ne pas attirer l'attention sur elles.

— Je les ai battus au poker, répondit-il rapidement. Mais n'importe quel autre prétexte aurait fait l'affaire. Ces jeunes ont tellement à prouver pour se faire une place qu'ils ont la tête près du bonnet. En tenant compte d'où ils viennent, on pourrait presque les plaindre – presque.

Il ne prit pas la peine d'expliquer les raisons de sa présence au Panama. Elle en déduisit qu'il devait être en service commandé pour son gouvernement et tenait à rester discret. En fait, alors que la soirée s'avançait, ce fut à peine s'il parla de l'AEO. Huan avait nombre d'expériences panaméennes savoureuses à partager, mais il paraissait surtout avide de l'entendre parler de la RUNA.

— Vous feriez mieux d'y aller voir vous-même, vous savez…, plaisanta-t-elle quand il la pressa de questions sur Vancouver.

La moitié de la bouteille avait été vidée.

— Vous n'aurez qu'à me contacter, poursuivit-elle. Je vous ferai visiter.

— Connaissez-vous l'Île de Vancouver ? demanda-t-il.

Il parut étonné de la voir secouer négativement la tête et enchaîna :

— C'est magnifique. Et au milieu de l'île, il y a cet observatoire qui date d'avant le Déclin. Il a été restauré, l'endroit est public. On peut se tenir sur cette colline et s'imaginer au centre de la galaxie.

Il étendit ses mains devant lui, et ajouta avec enthousiasme :

— Des étoiles partout ! Et c'est si tranquille… Il n'existe plus guère d'endroits aussi paisibles que celui-là.

Bien que n'étant pas d'un naturel romantique, Mae s'y voyait presque et se surprit à rêver d'une escapade au clair de lune en compagnie d'un type qu'elle venait à peine de rencontrer.

— Alors, il faudra me montrer ça, conclut-elle.

Huan lui adressa son habituel sourire ravageur, mais teinté d'une certaine mélancolie.

— J'adorerais ça, mais… je suis plutôt occupé ici, expliqua-t-il. Je ne rentre pas chez moi – et je ne vais pas ailleurs – très souvent.

— La diplomatie est un boulot exigeant, n'est-ce pas ?

Du regard, elle désignait la veste abandonnée sur une chaise.

— On peut le voir comme ça, dit-il d'un air amusé. Mais je ne me considère pas vraiment comme un diplomate. En fait... j'essaie de déchiffrer les énigmes que constituent les gens.

— Vous êtes bon pour ça ?

Il avait raison à propos du vin : il était excellent, et elle regrettait de ne pouvoir en ressentir tous les effets.

— Eh, bien... Si j'avais pour mission de vous percer à jour, je risquerais d'être viré. Vous restez une énigme pour moi.

Comme elle ne lui répondait pas, il eut un petit rire et ajouta :

— Mais vous aimez que je vous dise ça, ce qui me donne une piste, finalement.

Étonnée, Mae leva les yeux de son verre.

— Laquelle ?

Pendant qu'il réfléchissait quelques secondes à sa réponse, elle se laissa une nouvelle fois captiver par son regard.

— Vous avez bâti – et continuez de bâtir – toute votre vie sur différentes images de vous-même, dit-il enfin. Ce que les gens pensent que vous êtes. Ce que les gens voudraient que vous soyez. Ce que vous voudriez être vous-même. Vous n'aimez pas que l'on présume des choses à votre sujet, mais vous n'êtes pas prête non plus à laisser voir la vérité.

— Et de quelle vérité s'agit-il ?

Elle s'était efforcée de le prendre sur le ton de la plaisanterie, mais les paroles de Huan faisaient mouche. De nouveau, il prit son temps pour lui répondre.

— Pour commencer, que vous êtes triste.

Il tendit la main et mit un peu d'ordre dans les mèches humides collées sur le front de Mae. C'était un geste simplement gentil, mais qui suffit à l'électriser. D'une voix caressante, il ajouta :

— Quelles raisons d'être triste peut bien avoir une dévastatrice beauté nordique capable de battre à plates coutures des durs à cuire panaméens et de jouer du Saint-Saëns ?

Mae sentit un déclic se faire en elle. Soudain, elle dut lutter contre l'impulsion de tout dire à ce séduisant étranger : son père, Porfirio, les prétoriens, l'impression récurrente d'être le jouet d'une force inconnue. Mais au lieu de cela, elle préféra rebondir sur autre chose.

— Vous connaissez Saint-Saëns ?

— Bien sûr, que je connais Saint-Saëns ! répliqua-t-il d'un ton faussement outré. Mais vous, vous éludez ma question...

— Et vous, y répondriez-vous ? rétorqua-t-elle. Vous-même, pourquoi êtes-vous triste ?

Car il ne faisait pas de doute pour elle qu'il l'était. Mae ne l'avait pas remarqué avant qu'il ne commence à la cuisiner. Il n'avait été jusqu'alors que charme et esprit, et son sourire désarmant et sa belle allure avaient réussi à la distraire pour l'empêcher d'aller voir ce que cachait cette séduisante façade. Mais à présent qu'il se concentrait sur elle, elle la sentait distinctement, cette mélancolie qui était en lui et qui entrait si fortement en résonance avec la sienne.

Alors qu'elle s'attendait à une pirouette de sa part, il la surprit en lui répondant sérieusement.

— Je suis triste parce que vous me rappelez d'où je viens.

Il laissa retomber sa main, qui s'était attardée sur le front de Mae, et poursuivit :

— Parce que vous êtes belle, brillante, dynamique et un tas d'autres choses dont j'ai été privé pendant si longtemps… et dont je risque d'être privé encore longtemps.

Mae prit sa main dans la sienne. La souffrance qu'elle percevait en lui la faisait elle-même souffrir, tout comme sa chaleur se communiquait à elle par le biais de ses doigts. Il y avait à peine deux heures qu'ils se connaissaient, mais il y avait chez cet homme qui ne cessait d'osciller entre légèreté et gravité quelque chose qui l'émouvait profondément. Elle-même avait été malmenée par la vie, dernièrement, et ce moment passé avec lui était pour elle le premier répit depuis très longtemps.

Elle ne pouvait se cacher non plus qu'il exerçait une forte attirance sur elle. Ce n'était pas qu'une histoire de physique, même s'il était évident que cela jouait beaucoup. Il y avait plus que cela, décida-t-elle. Son attitude lui plaisait aussi : cette manière de la regarder, de flirter avec elle, avec une confiance en lui qui suffisait à le rendre irrésistible. *Il a cette assurance des hommes qui se savent bons au lit*, songea-t-elle. La biochimie du désir ne différait pas beaucoup de celle du combat. L'implant, alerté par son trouble, accentua les réactions de son corps. Mae se dit qu'au fond, même si elle aurait pu s'en passer, cela pouvait être utile. Le sexe et la guerre n'étaient-ils pas, chacun à leur façon, aussi dangereux l'un que l'autre ?

— Vous parlez comme si je n'étais plus là, fit-elle remarquer.

— Tôt ou tard ce sera le cas, dit-il.

— Mais pour l'instant, ça ne l'est pas.

Mae se pencha vers lui alors qu'il faisait de même de son côté. Leurs lèvres se joignirent, s'entrouvrirent, et par ce seul baiser, elle sut qu'elle était conquise. Elle ne pouvait pas plus résoudre les problèmes de Huan qu'il ne pouvait résoudre les siens, mais en passant ses bras autour de lui et en le laissant la serrer contre son corps, elle espéra que quand viendrait le matin ils auraient l'un et l'autre un fardeau moins lourd à porter.

4

La perte l'un de l'autre

Elle était le rêve incarné, et son corps se révélait bien plus exquis encore qu'il n'avait pu l'imaginer au premier regard. Sa peau, aussi blanche que l'albâtre et douce comme la soie, offrait un contraste saisissant avec la tonicité des muscles dont il éprouvait la dureté sous ses doigts, en caressant ses longues jambes galbées. Il ne s'était pas trompé tant que ça en la prenant pour une athlète. De toute évidence, Mae s'était entraînée durement, mais cela n'avait pas été au prix de sa féminité. Elle était restée svelte et adorable, avec des courbes féminines dont ses mains ne se lassaient pas.

Le bleu de ses yeux tirait légèrement sur le vert. Ses cheveux, séchés et à présent dénoués, encadraient son visage comme un voile doré. Elle était si belle qu'il en avait le souffle coupé. Ce qui rendit encore plus incompréhensible le fait qu'elle aille éteindre la lumière. Une femme comme elle devait être admirée – et même vénérée – par son amant, pendant l'amour. Pourtant, Justin ne protesta pas, trop enivré qu'il était par le goût de ses lèvres que le vin parfumait et par son odeur corporelle relevée à la fleur de pommier.

Ce fut tout doucement qu'il pénétra en elle, presque avec révérence, exultant de sentir sa chair si douce, si accueillante, céder à la pression de son sexe. Et lorsque peu à peu il accéléra la cadence, elle s'arc-bouta, murmurant des paroles fiévreuses en finnois. Justin se perdit en elle, et le monde disparut à ses yeux. Seule demeurait l'urgence d'unir son corps au sien. Il sentit les ongles de Mae s'enfoncer dans son dos, puis, sans autre avertissement, elle le fit basculer sur le dos et le chevaucha. Roulant des hanches au-dessus de lui, elle le plongea dans un état d'oubli extatique, jusqu'à ce qu'enfin il ne puisse plus résister au plaisir qui le submergeait. Justin jouit dans un grand cri, goûtant longuement la délivrance que lui offrait ce corps parfait. Ensuite, très lentement, ils s'apaisèrent tous deux, figés dans la position où l'orgasme les avait surpris et s'accrochant à la plénitude de l'instant. Mae, au-dessus de lui, n'était qu'une tache sombre qui se détachait en ombre chinoise sur le fond plus clair de la porte, mais l'espace d'un instant, il la vit couronnée d'étoiles et de fleurs, ce qui le laissa pantois pour toutes sortes de raisons.

Repue, elle se sépara de lui et vint se lover contre lui. Justin passa un bras autour d'elle et la serra tandis qu'ils luttaient tous deux pour reprendre leur souffle. Ils demeurèrent ainsi longuement, puis, avec réticence, il se leva afin d'aller chercher la bouteille de vin. Au moins cela lui donna-t-il l'occasion d'allumer la lumière et de profiter pleinement du spectacle qu'elle lui offrait en allant la rejoindre. Un voile de transpiration poissait son front. L'orgasme lui avait laissé les joues empourprées. Ses cheveux défaits couvraient l'oreiller, et il la trouva plus belle encore dans cet état que lorsqu'elle lui était apparue au club, habillée et coiffée pour la fête. D'une main tremblante, elle accepta le verre de vin qu'il lui offrait.

Ainsi l'admira-t-il, attendri, durant un long moment, stupéfait de constater à quel point elle le faisait craquer. Sa stupéfiante beauté n'était pas seule en cause. Il ne lui avait pas menti en lui affirmant qu'elle lui rappelait d'où il venait. En plus de cela, il y avait le fait qu'elle était à ses yeux un nœud de troublantes contradictions : princesse de caste nordique, walkyrie vengeresse. Ce genre de puzzle était ce qui le faisait vivre. Mae était en elle-même source d'excitation pour lui, à tous les sens du terme.

Et à en juger d'après le long sourire langoureux qu'elle lui adressa, il n'était pas le seul à être captivé. Ils risquaient d'être la perte l'un de l'autre.

— Pourquoi une femme dotée d'une beauté aussi ravageuse que la tienne tient-elle à faire l'amour dans le noir ? demanda-t-il. J'en connais pour qui c'est nécessaire. Ce n'est pas ton cas.

— C'est juste que je préfère comme ça, voilà tout.

Justin effleura les lèvres de Mae du bout des doigts et eut la satisfaction de la voir frémir de désir. Ils avaient pris tout leur temps, mais la nuit était encore jeune.

— Tu as vraiment dressé muraille après muraille autour de toi, pas vrai ? reprit-il. Qu'as-tu donc peur que je puisse voir, avec la lumière allumée ?

Il laissa ses doigts descendre le long de son cou, puis tracer le contour d'un de ses seins.

— Tout, répondit-elle simplement.

— Tu aimes que tout soit sous ton contrôle, hasarda-t-il. Et tu as peur que je – ou qui que ce soit d'autre – puisse te voir perdre les pédales, peur de laisser tes émotions te dominer ou de laisser voir ton âme.

Le sourire de Mae se fit plus large encore.

— Tu crois aux âmes ? s'étonna-t-elle.

— Je crois que la prochaine fois que nous remettrons ça, la lumière restera allumée.

— Pour t'imaginer qu'il y aura une prochaine fois, tu dois avoir une haute opinion de toi-même…

— Pourquoi pas ? Tu n'as pas semblé passer un si mauvais moment que ça. Et puis… on t'attend quelque part ?

Après avoir hésité un instant, elle répondit :

— Non. Pas que je sache.

— Alors, c'est réglé ! décréta-t-il en s'adossant à la tête de lit. Nous allons faire une petite pause pour déguster ce vin, et ensuite… avec la lumière allumée.

Cela lui valut un grand rire.

— Pour la lumière, s'amusa-t-elle, tu devras me passer sur le corps.

— Avec plaisir !

— Je ne pense pas que tu gagneras.

Justin reposa son verre sur la table de chevet et se pencha sur elle.

— Dans ce cas, susurra-t-il, je n'aurai plus qu'à te ligoter pour que tu te tiennes tranquille.

Cela parut amuser Mae davantage encore, mais aussi éveiller sa curiosité. En avisant ses pupilles dilatées, il comprit qu'elle était prête à remettre ça.

— J'espère que tu sais faire de bons nœuds, dit-elle.

— Je suis très doué pour ça. Ensuite, quand je t'aurai ligotée, je pourrai faire traîner les choses autant qu'il me plaira, et te faire tout ce qui me passera par la tête… Tu n'es pas du genre à supplier, pas vrai ? Mais je te garantis que cette fois tu le feras… et que tu aimeras ça.

Justin laissa ses lèvres descendre le long de la joue de Mae et constata que son excitation était revenue. Il imaginait déjà le visage qu'elle ferait quand il la regarderait jouir, plongé en elle.

— Et pendant tout ce temps, conclut-il, j'admirerai en pleine lumière ton corps, ton visage quand tu connaîtras l'extase, toutes ces émotions que tu veux cacher à tout le monde.

Mae avait le souffle court. Son verre glissa de sa main et se répandit sur le sol. Justin s'en fichait. Ses lèvres, de nouveau, s'emparèrent des siennes. Plus rien ne comptait que ce besoin impérieux de la posséder encore et de…

Une sonnerie cristalline, qu'il entendit à peine, fit se redresser Mae sur son séant. Elle le repoussa et, avec cette vitesse remarquable dont elle était coutumière, elle quitta la chambre, le laissant en plan. Elle revint quelques instants plus tard, moins pressée, les yeux fixés sur un accessoire qu'elle tenait au creux de sa main. D'abord, Justin fut trop ébloui par la beauté de son corps nu pour se soucier d'autre chose. Il ne réalisa qu'elle se servait de son ego* que dans un deuxième temps.

—*Prudence...*, intervint Horatio. *Le fringant Huan Korokov, diplomate de l'AEO, ne prêterait même pas attention à ça.*

—*Je sais, je sais...*, protesta mollement Justin.

Il aurait voulu pouvoir y jeter un coup d'œil supplémentaire, mais le corbeau avait raison. Les télécommunications étaient sommaires, dans le coin. Il était déjà difficile de se procurer un bon téléphone portable, alors quelque chose d'aussi sophistiqué qu'un ego... La vie entière d'un Gemméen était gouvernée par cet appareil de poche. Il lui permettait de passer des appels, d'accéder sans limite au flow*, de régler toute transaction financière, de justifier de son identité... Vivre sans ego depuis quatre ans n'avait pas été une mince affaire pour Justin. Il avait grandi en ayant un accès direct et permanent à tous et à toutes les informations. En exil, ce manque avait accentué encore le sentiment d'isolement qu'il ressentait.

En soupirant, Mae leva les yeux de l'écran.

—Je dois y aller, annonça-t-elle. Je suis restée absente trop longtemps.

Elle chercha sa robe dans la pièce et ajouta :

—Je suis désolée.

—Tu n'as pas à l'être, assura-t-il. Je suis déjà honoré d'avoir pu partager – même si brièvement – la vie d'une walkyrie...

Justin avait beau faire le galant, il sentait de nouveau son cœur sombrer lentement, un peu comme lorsque Huan lui avait annoncé son départ.

Mae acheva de se rhabiller, puis lui adressa un sourire désabusé.

—Tu as déjà réussi à m'amener dans ton lit, dit-elle. Plus besoin de faire le charmeur.

—Je ne sais pas comment m'arrêter.

Cette réplique lui valut un sourire plus franc. Après être allé passer un peignoir, Justin la raccompagna à la porte. Elle l'ouvrit et s'attarda sur le seuil, en réussissant l'exploit de lui adresser un regard qui était à la fois timide et provocant.

—J'espère que tu trouveras quelque chose pour te rendre heureux, dit-elle.

—C'est déjà fait.

—Cela n'arrête donc jamais, avec toi...

Mae lui donna un long baiser d'adieu, auquel elle eut elle-même du mal à mettre un terme.

—Si un jour je reviens ici, je passerai te voir, assura-t-elle.

Il lui rendit son sourire.

—Il me tarde déjà.

— *Voilà qui risque de ravir Huan…*, plaisanta Horatio.

Sans lui répondre, Justin regarda Mae s'éloigner. Le poids qu'il portait sur les épaules lui parut simultanément plus lourd et plus léger.

— *L'affaire est dans le sac !* se réjouit Magnus. *Tu viens de faire tienne la femme couronnée…*

Il n'en fallut pas plus pour le tirer de sa mélancolie.

— *Quoi !* protesta-t-il. *Qu'est-ce que vous racontez ? Non… pas elle.*

— *Tu as vu toi-même la couronne d'étoiles et de fleurs*, insista le corbeau.

Justin connut un moment de panique en se remémorant ce bref instant d'extase postcoïtale où il avait aperçu Mae en majesté, ceinte de la couronne d'étoiles et de fleurs. Une conversation qu'il avait eue autrefois avec un mystérieux personnage au visage mangé par les ténèbres lui revint en mémoire. Il connaissait ces paroles par cœur : *« Tu la reconnaîtras à sa couronne d'étoiles et de fleurs. Alors, quand tu l'emmèneras dans ta couche et que tu la feras tienne, tu me jureras allégeance et loyauté. »*

Après y avoir réfléchi un instant, il se détendit.

— *Non*, répliqua-t-il à l'intention des corbeaux. *Je n'ai pas emmené la femme couronnée dans mon lit et je ne l'ai pas faite mienne.*

— *Tu te moques de nous ?* croassa Horatio, incrédule. *Tu étais au lit avec elle. Et certainement pas pour dormir…*

— *Ce n'est pas ainsi que cela devait se passer. Je devais voir la couronne, et alors la faire mienne. « Alors » est ici le mot-clé. La femme que j'ai entraînée dans mon lit était une adorable Nordique. Ce n'est qu'ensuite que je l'ai vue couronnée. Donc, si je ne l'avais pas reconnue, je ne pouvais pas la faire mienne.*

Les corbeaux gardèrent le silence pendant un long moment. Justin retint son souffle, plus terrifié par le précipice qui s'ouvrait devant lui qu'il ne voulait bien l'admettre. L'argument était mince, mais il avait l'intuition que leur maître apprécierait de telles subtilités. Il se demandait si à l'instant même ils étaient en train d'en discuter avec lui. Enfin, Horatio admit de mauvaise grâce :

— *Tu as raison. Tu es un fieffé filou, tu sais. Et c'est bien pour cette raison qu'il t'apprécie.*

— *Mais désormais, tu la connais*, le prévint Magnus. *Tu as vu sa couronne. Tu sais qui elle est. La prochaine fois que tu feras l'amour avec elle, l'affaire sera entendue. Tu devras remplir ta part de marché et prêter serment. C'est bien compris ?*

— *Oui*, répondit-il, non sans une certaine fierté de s'en tirer à si bon compte. *Et je comprends également que je ne la reverrai jamais.*

À cet instant, l'un des hommes de main de Cristobal apparut au coin de la rue. Justin soupira, songeant qu'il se serait bien passé de ça.

— Tu viens m'exploser les genoux pour avoir déplu à la señora Santiago ?

— Nan, répondit l'autre en tirant une enveloppe de sa poche. Je dois juste te remettre ça.

Justin prit la lettre et faillit la lâcher en apercevant le sceau dont elle était revêtue. La RUNA utilisait rarement le papier pour sa correspondance, mais lorsqu'elle s'y résignait, une sorte de sticker sophistiqué garantissait la confidentialité du document. Celui-ci était un carré d'aspect métallique portant l'emblème de la République dans un bleu brillant. Dès que les bords en étaient soulevés, même légèrement, le sceau virait au noir.

— D'où est-ce que ça vient ?

— Je n'en sais rien. Quelqu'un l'a donné au patron.

L'homme de main ne se décidant pas à partir, Justin comprit qu'il attendait un pourboire.

— Je suis à cours, maugréa-t-il. Reviens me taper la semaine prochaine.

— Tu as tout dépensé pour payer la blonde que je viens de croiser ?

— Pas eu besoin…

Justin ferma la porte sans rien ajouter et alla tel un somnambule s'asseoir sur le divan. Il ne parvenait pas à quitter le sceau des yeux. Enfin, après avoir pris une ample inspiration, il se décida à ouvrir l'enveloppe, qui contenait un petit morceau de papier sur lequel figurait une inscription manuscrite. « Peut-être, après tout, existe-t-il des forces surnaturelles dans le monde que nous ne pourrons pas écarter. – C.K. » En dessous figurait l'adresse d'un hôtel chic, de l'autre côté de la ville, et le numéro d'une chambre.

Justin sentit sa bouche s'assécher. Il ferma les yeux. Cela devait être un piège, une mauvaise blague. Il n'y avait aucune chance – pas après quatre ans – que cela puisse être vrai.

— *Un seul moyen de le vérifier…*, fit valoir Magnus.

Justin ouvrit les yeux et bondit hors du divan. Il fit l'effort de se vêtir de vêtements secs, mais il n'alla pas plus loin pour se rendre présentable. Cinq minutes et deux rasades de bourbon fortifiantes plus tard, il se retrouva dehors, en chemin pour l'hôtel indiqué dans la note.

Il connaissait l'endroit, propriété d'une des plus vieilles familles de la ville qui se maintenait dans une prudente position de neutralité. Cela présentait un avantage certain pour les clients qui ne tenaient pas à être réveillés par le bruit de la mitraille ou pris entre deux feux. Le lobby n'en était pas moins fréquenté par le mélange habituel de prostituées et de dealers qui leur garantissait un séjour agréable.

La chambre qu'il recherchait était située au troisième étage. La part de lui-même qui redoutait encore un piège ou une plaisanterie se mit en alerte lorsque, au sortir de l'escalier, il vit deux soldats gemméens en uniforme gris et marron monter la garde devant la porte. Il se figea, se demandant si sa dernière heure était venue, mais aucun d'eux ne réagit en l'apercevant, même s'ils ne le quittaient pas des yeux. Il les rejoignit donc et annonça d'une voix hésitante :

— Je suis Justin March. Je voudrais voir... Cornelia Kimora.

Les initiales « C.K. » ne pouvaient qu'être les siennes.

Le soldat hocha brièvement la tête et cogna du doigt contre la porte. Une voix, à l'intérieur, cria d'entrer. Il disparut quelques secondes dans la chambre, puis revint et lui fit signe qu'il pouvait y aller. Sans hésiter davantage, Justin fonça, prêt à faire face à ce qui l'attendait, quoi que cela ait pu être.

Il se retrouva en présence de celle qu'il avait redouté et espéré en même temps trouver là : Cornelia Kimora, son ancienne patronne, égale à elle-même, avec ses fringues ennuyeuses à mourir et sa teinture de cheveux ratée. Elle ressemblait exactement à celle qui lui avait annoncé quatre ans plus tôt que son dernier rapport était inacceptable et qu'elle était « désolée que cela se termine ainsi. » Un instant plus tard, l'escorte militaire qui devait l'emmener était arrivée.

Ils se trouvaient dans le petit salon d'une suite luxueuse. Elle se leva pour l'accueillir avec un sourire dont il savait qu'il était faux.

— Justin..., minauda-t-elle. Quel plaisir de vous revoir !

Cela, également, était un mensonge. Il répliqua par un autre mensonge en se forçant à l'embrasser sur la joue.

— Moi de même.

Mille questions se pressaient sous son crâne. Il lui fallait se retenir de l'attraper par le col afin de lui réclamer des comptes pour ce qu'elle avait fait de sa vie. Au lieu de cela, il lui fit bonne figure, comme s'ils étaient les meilleurs amis du monde enfin réunis après une courte séparation. C'était la technique qu'il utilisait pour interroger les responsables des cultes sur lesquels il enquêtait afin de découvrir leurs ressorts cachés.

— Vous êtes aussi adorable que de coutume, susurra-t-il. Voulez-vous que nous sortions faire une petite balade en ville ? Je serais ravi de vous servir de guide.

Le sourire de Cornelia se figea. Manifestement, elle ne goûtait toujours pas son humour.

— Et vous, aussi drôle que d'habitude, répliqua-t-elle sèchement. Prenez un siège, que nous puissions discuter.

Ça ne plaisantait pas... Il était bon de savoir que certaines choses ne changeraient jamais. Reportant son attention sur le soldat qui l'avait fait entrer, Cornelia ordonna :

— Allez chercher les autres, je vous prie.

Justin prit la chaise qui lui était offerte, l'une des quatre réunies autour d'une petite table en bois. Sur un mur voisin était accroché un ordinateur portable que l'entourage de Cornelia avait dû emporter dans ses bagages. Justin ressentit en le découvrant le même élan de convoitise que pour l'ego de Mae. L'engin, très fin et élégant, offrait une image claire comme le cristal. Tout son hardware était intégré à l'écran : pas besoin d'unité séparée pour le faire fonctionner. Les Panaméens ne disposaient d'aucune technologie comparable. À ses yeux, leurs ordinateurs semblaient aussi grossiers et malcommodes que lents et peu fiables.

Aux pieds qui avaient creusé la moquette un peu plus loin, il semblait évident que la table avait été déplacée afin que ses occupants puissent avoir une meilleure vision de l'écran. Devait-il s'attendre à une présentation vidéo ? Cornelia ne lui offrit aucune explication. Elle se contenta de venir s'asseoir à son tour, les jambes croisées, apparemment satisfaite de devoir attendre que « les autres » arrivent avant d'apporter des éclaircissements quant à cette étrange convocation. Il devait lui rendre cette justice : elle n'avait pas changé d'un iota. Aucune gêne de sa part, pas d'excuses embarrassées du genre « désolée d'avoir dû vous exiler, vous savez ce que c'est », ou « heureuse de constater que vous êtes toujours en vie ». Sa décision ne lui avait certainement pas fait perdre le sommeil, et elle n'allait pas se donner la peine de prétendre qu'il en était autrement.

La porte s'ouvrit à la volée, livrant le passage à un grand homme dégingandé. Sensiblement du même âge que Cornelia, il avait des cheveux grisonnants en voie de raréfaction. Dès qu'il eut aperçu Justin, son visage s'illumina et il se précipita à sa rencontre. Il eut tout juste le temps de se lever pour recevoir une chaleureuse poignée de main.

— Docteur March ! s'exclama-t-il. Enfin... Je suis tellement, tellement heureux de vous rencontrer. Je suis un grand admirateur de votre œuvre...

— *Je me demande de quelle œuvre il peut s'agir*, murmura Horatio d'un air songeur.

— *Et moi, donc...*, renchérit Justin.

Mais comme avec Cornelia, il se prêta à cette comédie avec politesse et modestie.

— Eh bien, merci beaucoup ! C'est très aimable à vous, monsieur...

— Je vous présente le directeur Francis Kyle, de la Sécurité intérieure, intervint Cornelia.

Elle avait dit « Sécurité intérieure », et rien d'autre. Ce qui signifiait que n'étant rattaché à aucune sous-division précise, ce type devait occuper un poste élevé, et même très élevé. Sans doute plus élevé que celui de Cornelia, qui cachait difficilement à quel point elle n'aimait pas son supérieur.

— S'il vous plaît, appelez-moi juste « Francis », reprit l'intéressé. Je voudrais que cette petite réunion soit aussi amicale que possible.

Cela en fait au moins un…, songea Justin en épiant du coin de l'œil les réactions de son ancienne patronne. Il ignorait toujours ce qu'il faisait en leur compagnie, mais une chose était sûre : Francis était ravi d'être là, contrairement à Cornelia.

— Nous devrions commander à boire, d'ailleurs ! suggéra-t-il d'un ton enjoué. Je suis sûr que…

La fin de sa phrase mourut sur ses lèvres lorsqu'une autre personne fit son entrée dans la pièce. Il se dressa d'un bond, incapable d'en croire ses yeux.

Elle ?

Mae n'était pas nue, elle ne portait pas non plus de belle robe mauve, mais il lui aurait été difficile de ne pas la reconnaître. Elle portait un pantalon gris-bleu et un simple tee-shirt blanc en coton. À la voir achever en hâte de nouer une queue-de-cheval, sans doute finissait-elle de sécher ses cheveux quand on l'avait appelée. Elle ne portait plus de maquillage, mais elle n'en avait nul besoin. Dans son ensemble sport, elle paraissait énergique, efficace, et toujours aussi irrésistiblement belle… mais très surprise aussi.

En le découvrant, elle se figea au milieu de la pièce. Ses mains retombèrent lourdement le long de ses flancs. Elle écarquilla les yeux. Justin perdit le contrôle de ses émotions et sentit qu'un étonnement identique se lisait sur son visage. L'espace d'un instant, il parvint à se raccrocher à une explication plausible. En tant qu'assistante d'un attaché militaire gemméen, elle devait être là pour…

— Prétorienne Koskinen ! s'exclama Francis en lui adressant un sourire radieux. Vous voilà de retour. Magnifique… Laissez-moi vous présenter le docteur March.

Sans quitter Justin des yeux, Mae le salua d'un vague hochement de tête.

— Prétorienne ? répéta-t-il faiblement.

Après avoir subi le choc de ces présentations, son esprit reprenait le dessus. Un terrible doute s'insinua en lui, qu'il verbalisa sans y penser.

— Vous êtes là… pour me tuer ?

Le premier instant de surprise passé, Mae reprenait le contrôle d'elle-même, elle aussi. Son visage s'était figé en une expression froide et décidée, bien plus glaciale qu'aucune de celles qu'elle avait réservées à Justin cette nuit-là.

— Docteur March, dit-elle calmement. Si j'avais voulu vous tuer, vous seriez déjà mort.

5

Un pont en feu

Même Cornelia parut surprise par cette réponse. Sans doute parce qu'elle aurait aimé qu'il puisse en être ainsi.

— Elle plaisante, docteur March..., assura Francis en prenant un siège à son tour, à côté d'elle.

Justin, qui scrutait le visage de Mae, n'en était pas si sûr. *Bon sang! Une prétorienne...* C'était à glacer le sang. Quel idiot il faisait! Dire qu'il se vantait de son pouvoir d'observation et d'être capable de découvrir n'importe quelle vérité à partir des plus infimes détails... Comment avait-il pu s'imaginer qu'une simple « assistante de recherche » avait pu triompher en si peu de temps des frères Jessup et de leurs sbires ? Le tout en robe de soirée et talons hauts... Il n'avait pas été en mesure d'observer le combat – la faute à Miguel –, mais quiconque aurait aperçu le carnage que Mae avait laissé derrière elle aurait compris que quelque chose clochait.

— *Tu ne regardais pas le carnage non plus*, dit Horatio.

Justin ne pouvait prétendre le contraire. Trompé par l'alcool et la dope, il n'avait pas demandé mieux que de croire qu'une ravissante Gemméenne lui trouvait un charme fou. Avec une distraction comme celle-là, qui aurait songé à prêter attention aux détails ou à redouter une mort imminente ?

Francis les observait, et son regard courait de l'un à l'autre.

— Avez-vous remis le message en main propre ? demanda-t-il à Mae. Vous devez avoir été à cette réception à peu près en même temps, tous les deux.

— Non, répondit-elle. Nous nous sommes manqués.

— Peut-être étiez-vous... occupée ? suggéra innocemment Justin.

Mae lui adressa un regard qui lui fit comprendre que taquiner une prétorienne n'était peut-être pas une excellente idée. Une prétorienne... Il avait couché avec une foutue prétorienne ! Personne ne faisait un truc pareil.

Ou peut-être ceux qui le faisaient n'étaient-ils plus là pour le raconter ? Son apparence flatteuse prit à ses yeux un aspect plus sinistre tandis qu'il prenait conscience de tout ce dont elle était capable. Pourquoi lui avait-elle menti ? Elle avait été aussi surprise que lui de le retrouver là, ce qui tendait à prouver qu'elle était tout autant que lui le jouet des événements, mais soudain il n'en était plus si sûr. L'avait-elle sciemment cherché, à la petite fête de Cristobal, et lui avait-elle caché sa véritable fonction pour mieux se rapprocher de lui ? Fallait-il y voir l'indice d'un plus vaste complot de Cornelia ? Pour ce qu'il en savait, ils avaient fort bien pu monter toute cette mise en scène avec les Jessup afin de donner à Mae l'occasion de le « sauver ». Cela paraissait tiré par les cheveux, mais Justin avait appris depuis bien longtemps à ne pas sous-estimer le gouvernement de la RUNA.

— *Oublie tout ça*, recommanda Magnus. *Contente-toi de te souvenir de notre marché.*

— *Oh, je ne risque pas de l'oublier !* répondit-il, prenant soudain conscience de l'autre danger que cette réunion présentait. *Et je ne risque pas non plus de la retoucher un jour...*

— Eh bien, nous sommes tous là ! se réjouit Francis, jovial et bon enfant. Alors, allons droit au but. Une tâche exaltante nous attend.

Justin alla se rasseoir sur sa chaise. Quelques secondes plus tard, Mae fit de même, en se positionnant aussi loin que possible de lui.

Cornelia paraissait soulagée d'être dispensée de perdre du temps en présentations. D'un bref signe de tête, elle remercia les gardes. Quand ils eurent quitté la pièce, elle s'éclaircit la voix et déclara :

— Oui. Allons droit au but. Justin... Si je suis ici, c'est pour vous offrir la chance de redevenir serviteur.

Justin eut l'impression que son cœur s'arrêtait de battre, mais il refusa d'en laisser rien paraître, et ce d'autant plus que celle qui venait de lui faire cette proposition semblait souffrir d'avoir dû le faire.

— Que je sache, on n'a pas besoin de serviteurs au Panama, répondit-il. Ici, la paix de l'âme s'achète au coin de la rue.

Francis laissa échapper un petit rire ravi.

— *Il se délecte de tout ce que tu peux dire*, fit remarquer Horatio.

À la voir se rembrunir, Cornelia ne partageait pas cette attitude.

— Pas ici, précisa-t-elle sèchement. Là-bas...

Inutile de demander où ce « là-bas » pouvait être. *La RUNA...* Une petite voix intérieure, qui n'était pas celle des corbeaux, lui conseilla sagement de rengainer ses sarcasmes.

— Vous me rendez ma citoyenneté ? s'enquit-il.

— Je vous rends votre job, clarifia Cornelia. Notre pays ne donne pas la citoyenneté à la légère.

— Certes, maugréa-t-il. Mais il peut lui arriver de la reprendre sans aucun état d'âme.

Le visage figé, Cornelia plissa les yeux et demanda :

— Êtes-vous intéressé, oui ou non ?

Bon sang, oui ! Comment aurait-il pu ne pas l'être ? Si on le lui avait offert, il serait allé prendre l'avion à l'instant même… Mais la situation était trop étrange – et il y avait encore trop de variables inconnues – pour qu'il puisse se permettre de prendre des risques aveuglément. Cette nuit, déjà, il avait manqué de discernement, et cela l'avait mené au lit avec une femme dangereuse.

— Pourquoi moi ? demanda-t-il sans lui répondre. Pourquoi maintenant ? Vous ne manquez pas de petits jeunes inconscients et fraîchement diplômés prêts à faire ce que je faisais pour moins d'argent et en faisant preuve de plus d'ambition.

— Certaines personnes, répondit-elle d'un ton impliquant qu'elle n'en faisait pas partie, pensent que vous avez certaines qualifications vous permettant d'être l'homme de la situation pour un… problème qui se pose à nous. Je ne peux vous en dire davantage tant que vous n'aurez pas donné votre accord pour revenir chez nous.

Francis semblait sous pression.

— Oh, Cornelia ! intervint-il avec excitation. Montrez-lui donc l'offre, et qu'on n'en parle plus…

Cette brusque interruption de son petit numéro la fit grimacer, mais un instant plus tard, elle sortit un ego et lança :

— Affichage de l'offre Justin March !

Cela fait, elle tendit l'appareil à Justin.

Pendant un long moment, à présent qu'il pouvait en avoir un en main, Justin fut davantage intéressé par l'appareil lui-même que par ce qui s'y inscrivait. Les nouveaux egos semblaient plus petits et plus légers que ceux qu'il avait connus, et la commande vocale avait fait des progrès significatifs. Se rappelant soudain qu'une chance inespérée lui était offerte de retrouver cette technologie dont il avait été privé durant si longtemps, il se concentra sur l'écran. L'offre qui lui était faite était des plus généreuses. Le salaire qu'on lui proposait était beaucoup plus élevé que le précédent, de même que les autres avantages, dont un « logement luxueux » à Vancouver. L'offre précisait également qu'il rentrerait au pays avec un visa provisoire de durée non spécifiée, ce qu'il ne trouva pas rassurant.

— Jusqu'où êtes-vous autorisée à monter ? demanda-t-il à Cornelia en lui rendant l'ego.

— Je vous demande pardon ?

— Ceci est une offre. Vous venez me trouver pour en discuter, ce qui signifie qu'il y a une marge de négociation. Quel que puisse être le salaire maximum que la Sécurité intérieure vous a autorisée à m'offrir, c'est celui que je veux.

Son expression hostile et son acquiescement contraint lui apprirent deux choses. La première était que tout cela était bien réel : ils tenaient énormément à le récupérer. Ce qui l'amenait tout droit à sa seconde conclusion : il disposait dans la négociation en cours de plus de cartes que Cornelia était prête à l'admettre.

— Très bien, dit-elle d'un air pincé. C'est donc réglé ?

— Non. Si je dois reprendre le collier, je veux un certain nombre d'autres compensations.

Un silence stupéfait accueillit cette déclaration. Sans doute n'en revenaient-ils pas qu'il ne soit pas déjà à genoux devant eux pour les supplier de le reprendre. D'une certaine manière, Justin en était aussi étonné qu'eux.

— Je veux que des dispositions soient prises pour ma sœur, précisa-t-il.

— Votre… sœur ? répéta Cornelia.

— Je suppose qu'elle est toujours coincée à Anchorage. Sortez-la de ce trou et ramenez-la à Vancouver, où elle disposera d'un logement aussi confortable que le mien. Dans une banlieue résidentielle.

Plus la discussion avançait, plus Justin comprenait quelles étaient les dynamiques de groupe et quel était le rôle de chacun. Francis, avec sa prééminence hiérarchique, était celui qui détenait le plus grand pouvoir de décision, mais c'était Cornelia qui était en charge de la négociation. À en juger d'après le manque de réactions de Francis jusqu'à présent, Justin n'avait pas encore présenté de requête irréaliste. Après tout, s'ils étaient déjà décidés à investir tant d'argent sur lui, cela ne leur coûtait pas beaucoup plus de prendre en charge le déménagement d'une femme et de son fils. Mae observait tout cela avec le visage impassible d'une joueuse de poker, mais elle était si concentrée sur ce qui se disait qu'elle ne devait pas être au courant des plans de la Sécurité intérieure. Peut-être faisait-elle partie du voyage uniquement pour assurer la sécurité… ou peut-être également était-elle là pour le liquider en cas de refus de sa part.

— Très bien, répéta Cornelia. Nous nous occuperons de votre sœur. À présent, voyons…

— Une dernière chose ! l'interrompit Justin.

Même le conciliant Francis parut surpris par son audace. Le temps était venu de déterminer jusqu'à quel point la RUNA était décidée à récupérer son serviteur…

— *Sois prudent*, conseilla Horatio. *Eux aussi ont leurs limites.*

— *Je le sais. Mais je dois quand même demander, tu le sais bien.*

— Il y a ici certaines personnes..., commença-t-il. Une famille. Je voudrais que vous leur fournissiez des visas. Le père est en relations commerciales avec la RUNA, ce ne devrait donc pas être si difficile.

— Vous voulez faire entrer toute une famille panaméenne en RUNA ? résuma Cornelia, incrédule.

— Ouais. Ils sont en fait...

En comptant sur ses doigts, Justin poursuivit :

— Une... deux... je pense qu'il faudrait l'emmener, elle aussi... sans oublier... Neuf. Ils seront neuf.

— Pas question ! répliqua-t-elle sans hésiter. Il n'y a absolument aucune chance que nous puissions faire entrer neuf Panaméens en RUNA.

Justin l'ignora et interrogea Francis du regard, présumant que cela requérait l'intervention d'un supérieur hiérarchique. Le conflit qui l'agitait se lisait sur ses traits. Il lui était manifestement pénible de lui refuser quoi que ce soit, mais comme Horatio l'avait dit, même eux avaient leurs limites.

— Je suis désolé, dit-il enfin. Nous ne pourrons obtenir autant de visas, à moins qu'il ne s'agisse de dissidents porteurs d'informations critiques sur le gouvernement panaméen. Ce que je suppose qu'ils ne sont pas.

Il avait raison. Panama n'était pas sur le globe un point chaud nécessitant une vigilance particulière de la RUNA. Il n'y avait pas non plus dans ce pays de gouvernement suffisamment stable pour mériter l'attention des services secrets. Justin ne s'était pas fait d'illusions quant à son coup de bluff, mais l'échec était néanmoins difficile à avaler. *Je lui ai promis*, songea-t-il avec tristesse. *J'ai promis à Sergio que je les tirerais de là.*

Sous le coup d'une soudaine inspiration, il ajouta :

— Et une seule personne, vous pourriez ? Il s'agirait d'un visa d'étude. Parfaitement inoffensif.

— Vous voulez amener un enfant avec vous ? s'étonna Cornelia.

— Une fille, rectifia-t-il. Tessa... je veux dire : Teresa Cruz. Elle a seize ans. Un vrai prodige !

— Une gamine de seize ans ! s'écria-t-elle d'un ton accusateur.

— Ce n'est pas ce que vous pensez ! s'emporta Justin en perdant un peu de son calme. Elle est pratiquement une deuxième sœur, pour moi, sauf qu'elle ne me casse pas autant les pieds que ma vraie sœur.

Le silence retomba dans la pièce. Incapable de le supporter plus longtemps, Justin insista :

— Allez, ce n'est pas grand-chose... Un petit visa de rien du tout ! On accepte bien un quota d'étudiants étrangers en RUNA, chaque année. Faites ça pour moi, et je suis votre homme.

À peine lui eut-elle échappé qu'il regretta cette formulation, mais il était trop tard pour faire machine arrière. Les dés étaient lancés. Si la chance lui souriait, sa vie allait lui être rendue. Bien sûr, un petit détail restait en suspens : il ne savait absolument pas ce qu'on attendait de lui, mais cela valait sûrement ce qu'il allait obtenir en échange.

— Marché conclu ! lança Francis d'une voix ferme. Je vais faire en sorte que ce soit possible.

Au-dessus de la table, il lui tendit la main, que Justin serra après un bref instant d'hésitation.

Cornelia, pendant ce temps, mettait à jour ses dossiers pour tenir compte des dernières concessions. Quand tout fut terminé, elle le fit signer à l'écran. En plus du salaire et des avantages qui lui étaient octroyés, il y avait dans cette offre pas mal de clauses légales qui devaient laisser à leur discrétion un emprisonnement possible ou un retour en exil. Il signa néanmoins et dut faire appel à toute sa volonté pour empêcher sa main de trembler.

Enfin, il allait rentrer chez lui… Comment cela était-il arrivé ? Comment une nuit qui avait débuté avec une Panaméenne extravagante lui jetant un verre de vin pouvait-elle s'achever par son retour au pays avec les honneurs ?

— *Ne t'emballe pas*, conseilla Horatio. *Tu n'y es pas encore.*

— *Et n'oublie pas le reste de ce qui s'est passé cette nuit !* ajouta Magnus, qui paraissait presque offensé.

Justin releva les yeux et rencontra ceux de Mae. Non, décida-t-il. Cela, il ne risquait pas de l'oublier.

Même si elle n'était pas farouchement partisane de son retour, Cornelia semblait plus détendue à présent que les formalités étaient réglées. Après tout, elle redevenait son boss, ce qui signifiait qu'elle regagnait un peu de pouvoir sur lui, et ce qui justifiait sans doute sa magnanimité. Francis, lui, était aux anges. S'il avait existé un fan-club de Justin March, il en aurait été le premier adhérent…

Mae demeurait plus que jamais une énigme. Elle réussissait à conserver une expression parfaitement neutre, ce qui n'avait rien de surprenant de la part de quelqu'un qui avait grandi au sein d'une caste et subi l'entraînement des prétoriens. Son langage corporel la trahissait pourtant de temps à autre, et ce fut le cas lorsque Cornelia s'apprêta à révéler le fin mot de l'histoire. Voyant l'écran du portable s'illuminer, Mae se pencha en avant, les coudes posés sur la table, laissant un bref instant transparaître son excitation.

Elle ne sait pas ce qu'elle fait là, songea-t-il. *Et elle ne sait pas davantage pourquoi je suis là moi aussi. Finalement, il est peut-être possible que notre rencontre ait été une totale coïncidence.*

— Maintenant que les choses déplaisantes ont été balayées, reprit Cornelia en s'adressant à lui, vous vous demandez sûrement pour quelle raison nous souhaitons votre retour.

— Laissez-moi deviner... Vous avez décidé que j'ai compris la leçon ?

Sans doute aurait-il dû se montrer un peu moins triomphant, mais ce retournement de situation l'emplissait d'une allégresse qui ne l'aidait pas à faire profil bas.

— Non, dit-elle sans paraître comprendre le trait d'humour. Je n'ai pas pensé cela un instant. Et c'est bien pourquoi je n'étais pas favorable à cette solution... hétérodoxe.

Justin se rembrunit. S'entendre dire qu'ils n'avaient pas passé l'éponge douchait son enthousiasme.

— Vous devez avoir entendu parler des meurtres de patriciens* qui ont récemment été commis ? poursuivit-elle. C'était dans tous les journaux.

Elle marqua une pause, qu'elle ponctua d'un rire contrit censé témoigner de son embarras.

— Suis-je bête..., minauda-t-elle. J'imagine que les nouvelles de chez nous ne doivent pas parvenir jusqu'au Panama.

— Cela dépend de la vaillance des pigeons voyageurs.

Cornelia ne broncha pas, mais du coin de l'œil, Justin remarqua l'ombre d'un sourire sur les lèvres de Mae. Elle se reprit bien vite en se rappelant qu'elle était fâchée et remit son masque en place.

— Affichage du dossier sur les meurtres de patriciens ! ordonna Cornelia à l'écran.

Une liste de cinq noms apparut. Sous chacun d'eux figuraient quatre lignes légendées : âge, nom de caste, lieu du crime, date du crime. Justin oublia aussitôt l'attitude hostile de sa patronne et les circonstances étranges de son retour. En prenant connaissance de ces informations, un mode de fonctionnement s'enclencha en lui qui n'avait plus servi depuis longtemps : l'aptitude à faire sens de bribes disparates de connaissances. Il existait toujours un motif inscrit dans la trame des événements. Et sans rien connaître d'autre du dossier, il commença immédiatement à en dresser les contours.

Chacune des victimes appartenait à une caste différente : irlandaise, lakota, nordique, écossaise, nippone. Toutes étaient âgées de vingt-sept ou vingt-huit ans, et toutes avaient été tuées sur le territoire de leurs castes respectives. Les meurtres avaient été commis à un mois d'intervalle au cours des six derniers mois, et le dernier remontait à quelques jours à peine.

— Ces meurtres ont fait la une des médias, ajouta Cornelia. En dépit de la grande disparité ethnique, ils présentent certaines similitudes qui nous amènent à croire qu'ils ont été commis par la même personne : l'âge des victimes et le mode opératoire.

— Qui est ? s'enquit Justin.

— Un coup de dague en argent en plein cœur une nuit de pleine lune. Plutôt brutal.

Pour un peu, on aurait pu croire qu'elle compatissait...

— L'hypothèse principale est que le meurtrier doit être un plébéien animé de sentiments antipatriciens.

— Manifestement, approuva Justin.

Sans quitter l'écran des yeux, il croisa les bras sur la table et se pencha en avant. Le simple fait d'avoir enfin quelque chose de substantiel pour s'occuper l'esprit provoqua en lui un frisson de plaisir.

— Mais un plébéien qui doit avoir ses entrées, puisque chaque meurtre a été commis au sein même de chaque caste.

Les castes surveillaient jalousement leurs frontières et l'accès à leur territoire. Les agents fédéraux bénéficiaient naturellement d'un libre accès, et les patriciens des autres castes avaient dans une certaine mesure un droit de visite. Mais pour ce qui était des simples plébéiens, ils ne pouvaient entrer que s'ils disposaient d'une permission spéciale, par exemple le parrainage d'un ami ou une affaire à traiter.

Cornelia émit un vague grognement. Impossible de déterminer si elle était impressionnée ou déçue.

— Ce qui rend également ces crimes remarquables, reprit-elle, c'est qu'ils ont été commis dans des logements ou des bureaux dont les portes n'ont pas été forcées, et dont certaines étaient même fermées de l'intérieur.

— Ce qui veut dire qu'on a invité l'assassin à entrer. Ou qu'il est plus malin que vous ne le pensez.

Justin réfléchit un instant aux différentes possibilités avant d'ajouter :

— Vous devez songer à un livreur, un plébéien ayant de bonnes raisons de se rendre dans toutes ces castes. Et quelqu'un d'assez fort pour manier une dague de la sorte. Probablement un homme.

— Oui, répondit-elle. La police est arrivée aux mêmes conclusions que vous.

Justin quitta enfin l'écran des yeux pour la regarder en face.

— Dans ce cas, en quoi tout cela me concerne-t-il ? demanda-t-il. Cette affaire est du ressort de la police, et apparemment ils ont déjà déduit de ces indices ce que je viens de déduire – sans doute pas aussi rapidement, certes...

— Je vais vous dire en quoi ces meurtres vous concernent, répondit-elle en ignorant sa fanfaronnade. Les investigations scientifiques ont prouvé que l'argent ayant servi à fabriquer l'arme du crime est d'origine antique et que sa lame n'a pas été manufacturée. Un choix pour le moins inhabituel qui pourrait avoir de nombreuses implications spirituelles et rituelles. Tout comme le fait que chacun des meurtres ait été commis une nuit de pleine lune.

—Et c'est pourquoi nous sommes concernés, conclut Justin. Vous pensez qu'un groupe religieux est responsable.

Ce ne serait pas la première fois que des extrémistes religieux auraient recours au crime, forçant les agents du Bureau de surveillance des sectes et cultes à s'assurer le concours des forces de police locales.

—Mais cela reste une tâche que n'importe quel serviteur pourrait accomplir, ajouta-t-il.

—*Attends un peu*, conseilla Magnus.

Francis, un sourire jusqu'aux oreilles plaqué sur les lèvres, ne put patienter plus longtemps.

—Il existe un autre élément de preuve, dit-il sur le ton de la confidence. Quelque chose qui n'est destiné qu'à vous et à votre expertise. Personne d'autre ne pourra y voir clair.

Après l'avoir foudroyé du regard, Cornelia expliqua :

—La plupart des victimes disposaient de caméras de surveillance, à l'extérieur aussi bien qu'à l'intérieur. Toutes ont été neutralisées au moment des crimes, aussi n'avons-nous aucune image – à une exception près. La dernière victime – de la caste irlandaise – avait fait installer une caméra secrète qui n'était pas reliée au réseau général. Il semblerait qu'elle ne faisait pas confiance à son équipe de nettoyage. Elle les soupçonnait de lui voler des bijoux.

—Je n'en ai pas entendu parler…, intervint Mae, prenant la parole pour la première fois.

—Nous avons préféré garder le secret, expliqua Francis. C'est trop incroyable.

—Diffusion de la séquence Madigan ! ordonna Cornelia à l'écran.

Une vidéo se mit immédiatement à défiler. La caméra semblait placée au plafond, dans un coin de la pièce, une impressionnante et somptueuse chambre à coucher. Les fenêtres noircies indiquaient qu'il faisait nuit. Une femme aux cheveux roux apparut dans le cadre et s'arrêta devant un miroir pour examiner son reflet. Après quelques instants, elle retira ses chaussures et défit ses boucles d'oreilles, des anneaux à motif d'entrelacs celtiques. Elle allait faire de même avec un collier d'apparence identique représentant un oiseau quand une ombre noire jaillie de la droite traversa l'écran. Cela ne dura pas plus de quelques secondes. À son apparition, l'ombre n'avait aucune forme et ressemblait à une nébuleuse traînée de fumée, sauf qu'une traînée de fumée ne se serait pas déplacée aussi vite. Lorsque cette masse noire atteignit la femme rousse… elle prit soudain forme humaine. On vit à l'écran un bras armé d'une dague frapper la victime à la poitrine. Celle-ci ouvrit la bouche sur un cri silencieux, et avant qu'elle se soit effondrée à terre, la silhouette noire avait disparu de l'image.

Justin bondit sur ses pieds et s'exclama :

— Qu'est-ce que c'est que ça ?

— Ça, répondit Cornelia, c'est exactement ce que nous avons besoin que vous découvriez pour nous.

— Repassez la bande !

Elle s'exécuta deux fois de suite, la première à vitesse normale, la seconde au ralenti.

— Encore ! ordonna Justin.

Il était allé se planter devant l'écran. En l'entendant réclamer un cinquième visionnage, Cornelia finit par s'énerver.

— Vous pourrez la regarder autant de fois que vous voudrez sans que cela change quoi que ce soit !

— C'est un trucage, décréta-t-il. La bande a été trafiquée.

— Nos meilleurs spécialistes l'ont examinée, expliqua Francis, qui paraissait beaucoup s'amuser. Ils n'ont repéré aucune trace de manipulation de l'image. La caméra utilisée aurait selon eux rendu l'opération difficile à masquer.

— Dans ce cas, vous devriez changer de spécialistes, car ils ne sont manifestement pas les meilleurs, assura Justin en retournant s'asseoir. Donnez-moi une copie. J'ai quelqu'un – ou plutôt je l'aurai quand nous serons rentrés – qui découvrira en cinq minutes comment cette bande a été trafiquée.

— Vous pourrez l'examiner autant qu'il vous plaira, dit Cornelia d'un ton acerbe. Et croyez-moi, je ne demande pas mieux que vous fassiez la preuve de la fraude.

— Si c'est une fraude ! lança Francis, les yeux brillants.

Une expression de profonde perplexité sur le visage, Mae se tourna vers lui et demanda :

— Qu'est-ce que cela pourrait être d'autre ?

Sans tenir compte de sa remarque, Cornelia poursuivit :

— Pendant que vous ferez analyser la vidéo à votre guise, vous aurez toute liberté et tous les moyens nécessaires pour enquêter sur ces meurtres, en espérant que vous pourrez découvrir quel groupe en est responsable.

Avec un regard entendu à l'intention de Justin, Francis ajouta :

— Et c'est là que votre expertise va faire toute la différence. Vous seul pouvez démêler cette affaire.

Il n'en fallut pas davantage pour que Justin comprenne enfin pour quelle raison le Bureau tenait tant à le récupérer. Cornelia et Francis avaient des points de vue diamétralement opposés sur ces crimes et sur le rôle qu'il pouvait jouer pour les résoudre. C'était le supérieur hiérarchique de sa patronne qui insistait pour qu'on fasse appel à lui. Or, à son niveau de responsabilité, il devait avoir pris connaissance du dernier et dangereux rapport qui lui avait valu son éviction et son exil. Il avait dû être frappé par un élément de ce document explosif, un constat que Justin ne s'était pas résigné à formuler clairement, et qui devait se murmurer sous le sceau du secret dans les hautes sphères du pouvoir.

— *Ils sont au courant de ce que tu as vu*, dit Magnus.

— *Je parie que tu n'aurais jamais deviné que les choses se passeraient ainsi*, hasarda Horatio.

Sans doute que non, il devait bien le reconnaître. Il lui apparut également que Cornelia et Francis se gardaient de préciser quelle part de son « expertise » serait nécessaire dans ce dossier. Ils ne tenaient pas à mettre Mae au courant des secrets auxquels il avait été involontairement mêlé, ce qui le rendait d'autant plus curieux de découvrir ce qu'elle faisait là.

— Jusqu'à quel point tenez-vous à être mis au courant de mes méthodes ? s'enquit-il prudemment.

Il savait à qui il s'adressait et se doutait que cette conversation resterait secrète. Cornelia et Francis échangèrent un regard, qui fut pour une fois complice et entendu.

— Nous avons besoin que ce problème soit réglé aussi vite que possible, répondit-elle. Tout cela attire trop l'attention et risque d'entraîner un sentiment de panique. Si le bruit se met à circuler qu'un culte meurtrier pourrait être en cause, tout ce sur quoi notre république est fondée pourrait en pâtir.

— En d'autres termes, traduisit Justin, les résultats importent plus que les méthodes.

Le silence qui s'ensuivit lui apporta la réponse qu'il cherchait. Cornelia passa ensuite au chapitre de la logistique, lui expliquant à quoi il pouvait s'attendre dès qu'ils seraient de retour à Vancouver. Justin ne l'écouta qu'à moitié. *Vancouver ! Je rentre à Vancouver !* Pouvoir fouler le sol de la plus humble bourgade de la RUNA l'aurait déjà rendu extatique, alors sa glorieuse capitale…

— Vous ne courez probablement aucun danger en enquêtant sur ces crimes.

Justin ne l'aurait pas juré, mais il lui avait semblé discerner une pointe de regret dans le ton employé par Cornelia.

— Mais comme il faut s'attendre à tout avec les fanatiques, poursuivit-elle, nous avons prévu de vous adjoindre un agent de sécurité, au cas où…

— Comme un de ces groupes a déjà tenté de m'incinérer vivant, je n'y vois pas d'inconvénient, répondit-il. Adjoignez-moi autant de gorilles que vous voudrez.

Cornelia secoua négativement la tête et précisa :

— Je suis sûre que la prétorienne Koskinen devrait suffire.

— Quoi ?

C'était dans un bel ensemble que Justin et Mae s'étaient récriés.

— Le général Gan ne vous a pas expliqué les détails de votre mission ? s'étonna Cornelia, légitimement surprise.

— Non, répondit Mae, qui s'efforçait de se reprendre. Il m'a juste demandé de vous accompagner ici.

— Ce dont nous vous sommes très reconnaissants, ma chère…, susurra Francis en la couvant d'un œil de grand-père gâteux. Et dès cet instant, vous voilà devenue le garde du corps du docteur March dans le cadre de cette mission.

— Un garde du corps, répéta Mae. Vous voulez que je sois son garde du corps.

— *Une tâche assommante pour une walkyrie*, commenta Magnus. *Si tu veux la remettre dans ton lit, tu as intérêt à t'attirer les foudres de quelqu'un de suffisamment dangereux, afin qu'elle ait quelque chose d'intéressant à faire.*

Francis ajouta :

— La présence à vos côtés d'une patricienne pourrait également vous être utile s'il vous faut enquêter au sein des castes, docteur March. Vous savez comment ils sont – sans vouloir vous offenser, ma chère.

— Pas d'offense, murmura Mae.

En dépit de ses efforts pour n'en rien montrer, elle paraissait sous le choc, ce que Justin pouvait comprendre. Voilà qui réduisait au moins à néant l'hypothèse qu'elle puisse être là pour le tuer.

— Pouvez-vous me préciser la durée de cet… engagement ? demanda-t-elle.

Cornelia paraissait irritée que la réunion n'ait pas encore pris fin alors que l'essentiel avait été dit. D'un ton pincé, sans la regarder, elle répondit :

— Nous avons besoin que tout cela soit réglé dans moins de quatre semaines.

— Pourquoi quatre semaines ? insista Mae.

— La prochaine pleine lune…, expliqua Justin.

Ce détail avait suffi à le faire retomber sur terre.

— Remarquable déduction ! se réjouit Francis, tout sourires.

— Brillante, en effet…, marmonna Cornelia.

— Et que se passera-t-il si je n'ai pas trouvé le fin mot de l'histoire dans ce délai ? insista-t-il.

Cornelia leva les yeux et soutint tranquillement son regard.

— Eh bien… nous traverserons ce pont quand il se présentera devant nous, n'est-ce pas ?

Justin parvint à en sourire, mais il ne put s'empêcher de penser que ce serait probablement un pont en feu, et que les crocodiles feraient cercle en contrebas pour l'empêcher de sauter.

La déception manifeste dont témoignait à présent l'expression de Mae lui tapait sur les nerfs. Elle n'avait pas eu l'air si malheureuse, cette nuit-là, dans son lit.

— Cela ne devrait pas être aussi pénible que vous l'imaginez, tenta-t-il de la rassurer. Quand on a appris à me connaître, je ne suis pas si terrible que cela.

Sous cette lumière, ses yeux paraissaient plus bleus que verts. La colère les fit étinceler brièvement, lui rappelant la passion qu'il avait vu s'y manifester précédemment. *Dommage qu'elle soit si sexy…*, songea-t-il avec regret.

— *Tu dois lui venir en aide*, conseilla Magnus. *Les dieux rôdent autour d'elle, et elle n'a aucun moyen de les retenir.*

— *Stop !* protesta Justin. *Arrête avec tes histoires de dieux. Ce n'est pas le moment, alors que je suis sur le point de reprendre le fil de mon existence.*

— *C'est toujours le moment*, rétorqua-t-il. *De toute façon, à quoi crois-tu donc que tu vas être confronté à ton retour ?*

Sans répondre au commentaire de Justin, Mae se leva et reporta son attention sur les deux autres.

— Avez-vous encore besoin de moi cette nuit ?

— Non, non, répondit Francis en étouffant un bâillement sous sa main. Vous en avez fait plus qu'assez, ma chère. Allez dormir.

Il marqua une pause et se mit à rire avant d'ajouter :

— Suis-je bête : vous ne dormez pas. Alors faites ce qu'il vous plaira. Vous êtes jeune. Peut-être pourrez-vous trouver un flirt fringant et exotique pour passer le temps.

Mae ne cilla même pas.

— Je vais simplement rester dans ma chambre, annonça-t-elle. Il n'y a personne ici qui en vaille la peine.

Sur ce, elle tourna les talons avec une précision toute militaire, mais son attitude témoignait surtout de son arrogance de caste : refuser de voir les personnes – ou plus exactement la personne – qu'elle considérait si indigne d'elle-même. En la regardant sortir, Justin entendit à peine Francis prendre congé de lui également, lui conseillant d'aller chercher sa « petite provinciale » sans attendre.

Une prétorienne aussi hautaine que sexy en guise de garde du corps… Un délai hyper serré pour mettre la main sur d'insaisissables fantômes… Le prix de son retour chez lui commençait à être très élevé.

— *Et tu es quand même prêt à payer la note ?* s'enquit Horatio.

— *Et comment !*

6

Génie et arnaqueur

Tessa ne s'était pas encore endormie quand quelqu'un se mit à cogner contre la porte d'entrée.

Elle n'était pas supposée être éveillée. Sa mère l'aurait tuée, si elle l'avait su, mais Tessa n'y pouvait rien. Son père lui avait offert ce matin-là une liseuse venue tout droit de l'Alliance de l'Extrême-Orient. Bien sûr, elle savait que chez eux ce modèle devait être dépassé – tout ce qui parvenait au Panama l'était. Mais pour elle, cet appareil minuscule et léger qui lui donnait accès à des centaines de livres était un prodige et un petit bijou de technologie. Certes, la plupart de ces livres étaient écrits en mandarin, qu'elle ne pouvait lire. Mais pas mal d'entre eux avaient été édités en RUNA, ce qui suffisait à l'occuper longuement, puisqu'elle lisait l'anglais aussi parfaitement que l'espagnol. Son père y avait veillé.

La liseuse passa cependant au second plan de ses préoccupations quand le bruit se fit entendre. Elle se redressa en position assise dans son lit, tendue, les yeux écarquillés. Cela faisait des années que les chefs de gangs n'organisaient plus de raids dans les demeures de leurs rivaux, et son père se tenait soigneusement à l'écart de tout ce qui pouvait attirer l'attention ou lui valoir des représailles. Pourtant, les exercices d'alerte auxquels elle et ses sœurs avaient été soumises sous la contrainte de leurs parents s'étaient ancrés en elle. *« Courez vous réfugier dans le tunnel ! N'emportez rien ! »* Il suffisait d'un cri lancé par un des gardes du corps pour qu'en un clin d'œil Tessa se précipite hors de sa chambre.

Mais aucun cri n'avait retenti. Quiconque se trouvait à la porte y cogna de plus belle, et quelques instants plus tard elle entendit de fortes voix d'hommes engager une conversation animée. Aucune alerte. Pas de bruits de pas précipités ni de coups de feu.

Tessa attendit un long moment encore, mais quand ce raffut ne cessa pas, sa curiosité prit le dessus. C'était un problème auquel elle se trouvait souvent confrontée. Se glissant hors de son lit, elle trouva sa robe de chambre, l'enfila et la referma soigneusement. En un geste réflexe, elle s'apprêtait à relever ses cheveux en chignon mais elle y renonça pour gagner du temps. Aussi silencieusement que possible, elle se glissa hors de sa chambre, priant pour ne pas faire grincer une lame de parquet. La possibilité d'une attaque nocturne n'avait pas quitté son esprit. Mais plus elle se rapprocha du palier, plus elle se détendit, tranquillisée. Elle reconnaissait les voix qui s'exprimaient en bas. Il n'y aurait pas de raid sanglant cette nuit-là.

Après avoir descendu l'escalier à pas de loup, Tessa s'immobilisa devant la porte menant au vestibule, hors de vue de ceux qui s'y trouvaient mais capable de voir tout ce qui s'y passait. Sa mère était là. Elle avait passé une robe de chambre assez semblable à la sienne, mais elle avait pris le temps de faire un chignon. Pour rien au monde Marta Cruz ne se serait laissé surprendre les cheveux dénoués, même au cœur de la nuit. Le père de Tessa se tenait non loin d'elle, et à sa tenue on devinait que lui ne s'était pas couché. Deux des gardes du corps de la famille étaient également présents et paraissaient bien plus embarrassés que concernés par ce qui se passait.

Mais Tessa ne s'attarda sur aucun d'eux, tout occupée qu'elle était à dévorer des yeux Justin March, debout devant la porte.

Elle ne l'avait plus vu depuis longtemps. Après que sa mère avait insisté pour qu'il déménage, Justin n'était venu qu'occasionnellement rendre visite au père de Tessa. La plupart de leurs rencontres avaient pour cadre des restaurants ou des clubs, endroits qui lui demeuraient inaccessibles. Elle n'avait jamais rencontré quelqu'un comme lui, et sa présence lui manquait. À ses yeux, il avait un prestige inégalable, et plus important encore, il ne la prenait jamais de haut et s'adressait toujours à elle de manière franche, sans craindre d'aborder les sujets dont aucun autre n'aurait voulu discuter avec elle. Sa mère avait un jour dit à Tessa : « Cet homme n'a aucun sens des convenances. » Et d'un ton méprisant, elle avait ajouté : « Mais que peut-on attendre de plus de la part de gens qui vivent sans Dieu ? »

Cette nuit-là, en tout cas, Justin avait perdu un peu de sa superbe. La pluie avait détrempé ses vêtements, et ses cheveux habituellement impeccables étaient eux aussi mouillés et en désordre. De plus, un éclat fiévreux faisait briller son regard, que Tessa reconnaissait pour ce qu'il était : Justin était soûl, ou camé, ou les deux à la fois.

— Parle plus doucement ! l'exhorta le père de Tessa. On ne comprend rien à ce que tu racontes.

— Je me fais parfaitement comprendre, s'écria-t-il.

Passant une main tremblante dans ses cheveux, il se mit à arpenter le tapis, habitude qu'il avait lorsque son cerveau entrait en ébullition.

— C'est son billet de retour, Sergio ! reprit-il. Et mon billet de retour aussi. Ne commets pas l'erreur de dédaigner cette chance, elle ne se représentera pas.

— Monsieur March, reprenez-vous ! Vous dépassez les bornes.

La mère de Tessa refusait obstinément de donner du « docteur » à Justin. Et pour bien marquer sa réprobation, elle s'était adressée à lui en utilisant la Voix – celle qu'elle n'utilisait que pour réprimander Tessa et la consigner dans sa chambre.

— Si vous avez réellement quelque chose d'important à nous annoncer, reprit-elle d'un ton qui impliquait qu'elle en doutait, revenez nous voir demain quand vous serez... plus présentable.

Justin l'ignora, préférant se focaliser sur le père de Tessa.

— Je t'assure que je ne déconne pas ! Nous devons...

Comme s'il avait pu sentir sa présence, son regard dériva jusqu'à la porte, au fond de la pièce, devant laquelle se tenait Tessa.

— Te voilà ! lança-t-il. Viens donc ici. Ta vie est sur le point de changer. Tu me remercieras plus tard.

Tessa n'hésita qu'un court instant avant de réaliser que, puisqu'elle était découverte, mieux valait assumer et plonger dans le bain tête la première. Comme on l'y invitait, elle s'avança, et il n'en fallut pas plus pour que sa mère frôle la syncope.

— Teresa ! s'exclama-t-elle d'une voix étranglée. Que penses-tu donc être en train de faire ? Retourne tout de suite dans ta chambre !

Un peu tard, Tessa réalisa qu'elle aurait peut-être dû relever ses cheveux après tout. Il n'était déjà pas correct qu'on puisse la voir en robe de chambre, même si celle-ci couvrait intégralement sa chemise de nuit. Mais se présenter avec les cheveux dénoués devant un étranger, à son âge, était quelque chose d'inconcevable pour une jeune fille de sa condition. C'était le genre de fantaisie que seuls les nouveaux riches et les classes inférieures pouvaient tolérer, eux qui laissaient leurs femmes côtoyer les hommes, travailler et s'aventurer librement à l'extérieur de la maison.

— Non, non ! Reste ! ordonna Justin en s'avançant vers elle.

Il n'alla pas très loin, cependant. Soûl ou pas, même lui savait que s'approcher de trop près d'une jeune fille en robe de chambre pouvait entraîner l'intervention des gardes du corps. Ils le connaissaient et l'aimaient bien – d'autant plus qu'il leur avait rapporté pas mal d'argent –, mais certaines limites ne pouvaient être franchies.

— C'est important, ajouta-t-il, un ton plus bas.

— Je ne sais même pas de quoi il est question, regretta le père de Tessa avec lassitude.

Justin prit une ample inspiration et parut réaliser qu'il avait besoin d'aborder le sujet plus calmement.

— Je rentre chez moi, Sergio ! annonça-t-il enfin. Je regagne la RUNA.

Le visage du père de Tessa s'anima.

— Ils t'ont rendu ta citoyenneté ?

Tessa remarqua que la nouvelle paraissait réjouir sa mère également, mais probablement parce qu'elle signifiait qu'ils seraient ainsi débarrassés de Justin March une fois pour toutes.

— Pas exactement, répondit-il avec beaucoup moins d'enthousiasme. Mais peu importe. Ce qui compte, c'est que je suis parvenu à leur extorquer un visa supplémentaire.

Tessa vit le front de son père se plisser sous l'effort qu'il fournissait pour donner un sens à ces paroles. Soudain, une joie rayonnante illumina ses traits.

— Tu as réussi ! lâcha-t-il dans un souffle. Tu nous ramènes avec toi.

Justin détourna le regard et s'agita.

— Non, précisa-t-il d'un air gêné. Pas tout à fait. Je n'ai obtenu qu'un seul visa.

La joie délirante du père de Tessa avait fait long feu.

— Tu as pourtant toujours dit..., protesta-t-il faiblement.

— Je sais, je sais. J'ai essayé, mais nos frontières sont trop fermées. Ils ne peuvent permettre l'immigration de tout un groupe, mais...

De nouveau, Justin inspira à fond avant de conclure :

— Je peux emmener uniquement Tessa avec moi.

La seule fois où Tessa avait vu sa mère aussi horrifiée, c'était le jour où elle l'avait vue débarquer au thé de printemps de Donna Carlos avec des chaussures noires aux pieds.

— Pourquoi diable feriez-vous une chose pareille ? s'enquit-elle.

— À votre avis ? s'exclama-t-il. Pour la sortir d'ici ! Je ne peux emmener que l'un de vous, et le choix est vite fait. Vous ne pouvez abandonner votre famille, alors que l'occasion s'offre enfin à elle de bâtir son propre avenir. Elle peut obtenir un visa d'études, compléter sa scolarité là-bas, acquérir une véritable éducation...

Justin rejoignit le père de Tessa et lui empoigna l'avant-bras avant de poursuivre :

— Sergio... Peux-tu imaginer ça ? Ta fille, dans une école de la RUNA, obtenant un diplôme gemméen... Cela pourrait lui valoir la citoyenneté, tu sais. Cela s'est déjà vu. Et à partir de là, c'est la porte ouverte pour chacun d'entre vous.

Tessa vit son père, les yeux écarquillés, en perdre le souffle. Justin savait exactement comment lui parler, quels mots employer pour capter son attention et le convaincre. Elle l'avait déjà vu exercer sur d'autres ce petit talent.

Ses arrière-grands-parents avaient fui la RUNA alors qu'ils étaient encore jeunes, au temps où avaient été instaurées là-bas les premières lois de diversification génétique. Aux prémices de leur association, l'AEO et la RUNA avaient « échangé » des pans entiers de leurs populations afin de créer les conditions d'un brassage régénérateur. Ceux qui s'obstinaient alors à avoir des enfants « non optimaux » étaient condamnés à de lourdes amendes, voire emprisonnés. Finalement, le port obligatoire d'implants contraceptifs avait été mis en place pour parachever le contrôle exercé par l'État. Les arrière-grands-parents de Tessa avaient préféré prendre le chemin de l'exil et se faire une place dans la haute société panaméenne, convaincus que demeurer ensemble et avoir les enfants qu'ils désiraient avoir valait ce sacrifice. Mais cela ne les avait pas empêchés de continuer à chanter les louanges de leur pays d'origine, instituant dans la famille un véritable culte de la RUNA qui s'était transmis de génération en génération. Pour Tessa, le « Joyau du monde » était presque devenu un mythique pays de cocagne, ce qui expliquait également pourquoi Justin March faisait à ses yeux figure de héros.

Mais son père, lui aussi, était obsédé par ce pays. Son adoration de tout ce qui était gemméen s'était encore accrue lorsqu'il avait été autorisé à effectuer quelques voyages d'affaires là-bas. Il en était revenu avec des étoiles plein les yeux, faisant l'apologie de la technologie de la RUNA et du style de vie raffiné et luxueux de ses habitants. Les gens pouvaient se promener en toute sécurité sur les trottoirs, avait-il raconté avec émerveillement. Tout y était propre, parfait, impeccable. C'est au cours d'un de ces voyages qu'il avait rencontré Justin, ce qui avait fait que celui-ci était tout naturellement venu habiter chez eux quand il s'était retrouvé seul à Panama City.

— C'est impossible, décréta enfin son père.

Mais à son regard absent, Tessa devina que cette impossibilité, dans sa tête, il la visualisait fort bien.

— C'est complètement possible ! protesta Justin.

Donnant l'impression de revenir à la réalité, le père de Tessa demanda :

— Pourquoi te laissent-ils revenir ?

— Ils veulent que je reprenne mon ancien job, répondit Justin dans un haussement d'épaules. J'étais très bon dans ma partie, tu sais. Un des meilleurs. Tu as vu comment je vivais. J'avais accès à toutes sortes de relais et d'opportunités – ce dont Tessa pourrait profiter elle aussi. Elle pourrait vivre comme une reine.

De nouveau reparaissait l'émerveillement dans les yeux de son père. Tessa avait toujours pris Justin pour un génie, mais sa mère prétendait qu'il n'était qu'un arnaqueur. Et lorsqu'elle avait demandé à son père ce qu'il en pensait, il avait répondu que Justin était les deux à la fois.

La mère de Tessa jugea préférable de rappeler sa présence aux deux hommes.

— Sergio ! Tu ne vas tout de même pas y réfléchir, n'est-ce pas ? Elle n'a que seize ans ! Tu ne peux pas la laisser partir à l'étranger vivre seule avec un homme – surtout un homme… comme lui !

Même lorsqu'elle était en colère, elle ne pouvait se résoudre à recourir à un langage vulgaire et se contentait de périphrases.

— Oh, mais elle ne vivrait pas avec moi ! s'écria Justin. Elle vivrait avec ma sœur. C'est… euh… une véritable lady. Elle prendra bien soin de Tessa. Elle fera tout son possible pour la protéger et veiller à ce qu'elle se conduise convenablement. Et elle veillera à ce qu'elle se nourrisse de manière saine. De toute façon… parlons franchement. Qu'allez-vous faire d'elle, si elle reste ?

Tessa entendit sa mère répondre sèchement :

— Elle fera ce qu'une jeune fille de sa condition doit faire. Après avoir achevé son éducation, elle épousera un homme convenable.

Justin secoua la tête d'un air apitoyé.

— Son éducation, hein…, répéta-t-il. Vous voulez dire d'autres cours à domicile à base de lectures insipides et de cours de soutien en mathématiques. Vous imaginez-vous vraiment qu'il sera si facile de la marier ?

En aparté, il lança à Tessa :

— Ne le prends pas mal, petite.

Puis, à ses parents :

— Elle fait tapisserie lors des bals auxquels elle assiste, elle dit des choses qu'elle ne devrait pas dire en public et, plus grave encore, elle est intelligente… Mais elle est jolie, et j'admets que vous devriez finir par lui trouver un parti. Il pourrait être intéressant pour un jeune ambitieux de s'allier à votre famille. Mais il n'empêche qu'elle détestera cela, et que vous aurez dépensé une fortune avant de trouver ce mari providentiel.

Tessa ignorait si elle devait se sentir insultée ou flattée, mais ses deux parents restèrent silencieux. Même sa mère n'aurait pu nier ce que Justin venait de souligner. Placer ses filles sur le marché matrimonial requérait pour une famille de lourds investissements. Il fallait organiser nombre de fêtes, acheter des tonnes de vêtements et offrir pas mal de cadeaux. Laurentia, la sœur aînée de Tessa, qui était une beauté, avait trouvé à se caser dans le mois. Regina, sa deuxième sœur, quoique jolie, avait dû patienter presque un an avant de trouver à se marier, sans que l'on sache pourquoi. Leur famille n'était pas dans le besoin, mais cette année de dépenses supplémentaires avait mis leurs finances à mal.

Comprenant qu'il faisait des progrès, Justin insista :

— Vous en aurez deux autres à marier après Tessa. Les affaires vont bien, mais... vont-elles si bien que ça ?

— Comment savoir si ce qu'il dit est vrai ? répliqua la mère de Tessa. Tout cela pourrait n'être qu'une mise en scène afin qu'il puisse abuser d'elle !

— Justin ne ferait jamais ça ! assura sèchement son père.

Il avait beau ne pas être sûr de devoir accepter cette offre, il avait toute confiance en son ami. Il en avait toujours été ainsi.

Mais les certitudes de son époux n'étaient pas de nature à rassurer la mère de Tessa.

— Je n'aime pas ça ! décréta-t-elle. On n'a jamais entendu parler d'une chose pareille. Je ne le permettrai pas !

Le silence retomba dans le hall. Tessa vit que Justin dévisageait son père intensément. *Il sait*, songea-t-elle. *Il a compris qu'il a réussi à convaincre papa*. Aucune offre n'aurait pu être plus tentante à ses yeux, sauf s'il lui avait proposé de faire partir avec lui toute la famille. C'était pour lui le rêve de toute une vie. Les arrière-grands-parents de Tessa, toute leur vie, n'avaient cessé d'espérer que la législation s'assouplirait en RUNA, permettant leur retour. C'était le cas, désormais. Les amendes infligées pour cause de naissance « non optimale » n'étaient plus que symboliques, et ceux qui continuaient à se plier aux règles anciennes étaient généreusement récompensés. Mais cela ne changeait rien aux politiques gemméennes très strictes à l'égard des immigrants. Pourtant, le père de Tessa s'était accroché au rêve familial qu'un miracle pourrait permettre leur retour. Et le miracle était arrivé, et risquait de ne jamais se reproduire.

— C'est d'accord, dit-il enfin, le visage sévère. Elle peut te suivre, mais tu devras veiller sur elle. Jure-moi que tu le feras !

Une main dressée devant lui, Justin lança :

— Je le jure ! Je veillerai sur elle comme sur ma propre fille.

— Non ! s'écria la mère de Tessa. Il n'en est pas question ! Je ne le permettrai pas !

Jamais Tessa n'avait vu sur le visage de son père une mine aussi farouche.

— C'est moi qui le permets ! répliqua-t-il en regardant sa femme droit dans les yeux.

La tension était si forte qu'il lui semblait presque la voir circuler entre eux.

— Laissons Tessa décider, suggéra Justin.

Lui paraissait très calme, diplomate jusqu'au bout des ongles.

Tous les regards se tournèrent vers elle. Tessa recula d'un pas. Que les autres puissent continuer à ne pas s'apercevoir de sa présence n'aurait pas été en fait pour lui déplaire...

— Ce n'est que justice, décida son père, ignorant le cri de stupeur de sa femme. À toi de décider, ma fille.

Justin paraissait sûr de lui. Elle comprenait pourquoi il venait de remettre la décision entre ses mains. *Il pense savoir quelle sera ma réponse, parce qu'il obtient toujours ce qu'il désire.* Enfin... à part pour son exil dont aucun d'entre eux ne connaissait le motif.

— Allez..., l'encouragea-t-il. Quelle que soit ta réponse, elle mécontentera l'un de tes deux parents. Autant décider selon ce qui te fait envie.

— Je ne sais pas si j'ai envie d'aller en RUNA, dit-elle d'un ton hésitant.

Le sourire de Justin se figea. Tessa n'avait dit que la vérité. Elle était tout aussi fascinée par ce pays mythique que le reste de sa famille, mais partir du jour au lendemain refaire sa vie au sein d'une société aussi différente était une perspective terrifiante. La sienne ne la satisfaisait pas toujours, mais au moins elle avait un côté familier, quelque chose de rassurant qui lui convenait. En quelque sorte.

Puis, Tessa songea à la liseuse, ce magnifique et miraculeux appareil. À quoi ressemblerait sa vie si elle se retrouvait entourée d'objets de ce genre, s'il lui était possible d'aller où elle voulait, si on la laissait prendre ses propres décisions ? À supposer, naturellement, que la sœur de Justin la laisserait faire. Elle ne pouvait savoir jusqu'à quel point celle-ci se montrerait stricte.

— Mais je ne sais pas non plus si j'ai envie de rester ici, reprit-elle.

Sa mère poussa un petit cri étranglé. Tessa prit une ample inspiration et se lança :

— Alors... j'irai.

Justin fit claquer ses mains et poussa un cri de joie.

— Tu ne le regretteras pas ! promit-il. Aucun d'entre vous ne le regrettera. C'est ce qui va changer votre vie.

Tessa acquiesça d'un faible hochement de tête, sans savoir vraiment à quoi elle venait de donner son accord. À en juger par le regard noir et le visage empourpré de sa mère, elle se doutait que ses parents allaient poursuivre cette conversation en privé. Son père aurait le dernier mot, bien entendu. C'était ainsi qu'il en allait, ici : les hommes dirigeaient la maisonnée. *Mais pas en RUNA*, songea-t-elle.

Son père, le visage radieux, jeta un coup d'œil à Justin et lui fit signe d'avancer.

—Entre donc te sécher! lui lança-t-il. On va te donner quelque chose à manger… et de l'eau à boire. Tu peux passer la nuit ici, je demanderai à mon chauffeur de te raccompagner demain chez Cristobal.

C'en fut trop pour la mère de Tessa, qui quitta la pièce telle une furie. Tessa suivit discrètement les hommes à la cuisine, puisque nul ne semblait remarquer qu'elle était encore là. Son père ayant pris les devants, elle se paya l'audace d'attraper Justin par le bras. Il baissa la tête et lui sourit. Ni l'averse qui l'avait douché ni la cuite n'étaient parvenus à le rendre moins fringant.

—Tu as fait le bon choix, lui assura-t-il. Dès que tu auras mis les pieds là-bas, tu ne voudras plus revenir.

—Mais pourquoi as-tu fait ça pour moi? insista-t-elle. J'ignore ce qui s'est passé, mais je me doute que tu as dû te battre pour obtenir que je puisse te suivre.

La fierté qui le transfigurait s'estompa quelque peu. Son regard se fit lointain quand il répondit:

—Parce que ton père m'a accueilli quand personne d'autre ne voulait le faire. Et quand il l'a fait, j'étais si sûr de moi – et si désespéré – que je me suis juré de rentrer chez moi un jour. Je lui ai alors promis que ce jour-là, je l'emmènerais avec moi – que je vous emmènerais tous avec moi. Il a parié sur moi et m'a fait confiance, et je sais qu'il l'a fait sans rien attendre en retour. Mais je lui étais redevable, et je le suis toujours. Je n'ai pu tenir entièrement ma promesse… sauf en ce qui te concerne. Il faudra bien que cela suffise pour le moment.

Tessa, qui n'avait jamais rien su de tout cela, demanda:

—Mais pourquoi moi?

Sur son visage, le sourire optimiste était de retour.

—Parce que tu le mérites et parce que tu sauras en tirer profit, dit-il. Tu es intelligente – davantage que tu ne le sais toi-même. Tu remarques des choses que personne d'autre ne voit. Enfin si, un seul peut-être…

—Toi? hasarda-t-elle.

Un peu présomptueux, certes, et d'une assurance frisant l'arrogance.

—Exactement, répondit-il. Tu vois? C'est ce dont je parlais. Continue d'observer le monde comme tu le fais, et tu iras loin. Tu n'aurais pu le faire en restant ici, et je déteste le talent gâché.

Tessa le dévisagea un moment encore. Peut-être était-elle aussi observatrice qu'il le disait, car elle eut soudain la certitude qu'il n'y avait pas que cela pour expliquer son attitude.

—Quelle est l'autre raison? demanda-t-elle. Pourquoi tenir à ce point à me sortir d'ici?

Sa remarque le fit sourire, sans doute parce qu'elle confirmait ce qu'il pensait d'elle.

— Parce qu'autrefois, quelqu'un a fait la même chose pour moi, répondit-il.

7

Un pays de cocagne

Tessa n'avait jamais pris l'avion. En traversant le lendemain la piste d'envol avec Justin, elle douta soudain de pouvoir s'y résoudre. Elle n'avait pas pu fermer l'œil la nuit précédente, et à présent qu'il lui fallait affronter le voyage jusqu'au pays de cocagne, sa nervosité s'était muée en un irrépressible accès de panique.

Justin, quant à lui, avait autre chose en tête.

— Tu ne peux pas savoir comme c'est primitif, en fait, de devoir traverser le tarmac pour monter dans l'avion.

Il fumait une cigarette, et en dépit de ses jérémiades, c'était d'un pas léger et conquérant qu'il arpentait la piste. Il s'était réveillé sans souffrir de la moindre gueule de bois, ce qui selon la mère de Tessa ne pouvait être que le résultat d'un pacte avec le démon.

— Tu verras, quand nous serons arrivés à la maison…, enchaîna-t-il. Il y a des passerelles couvertes pour accéder à tous les vols, et les aéroports ne ressemblent pas à des bidonvilles.

Tessa hocha vaguement la tête. Il la « régalait » depuis le matin d'histoires merveilleuses sur la RUNA, qu'il n'appelait déjà plus que « la maison ». Avant, quand il en parlait, c'était du ton envieux et désabusé que l'on emploie pour évoquer un paradis inatteignable, comme dans la famille de Tessa. Désormais, Justin se conduisait comme s'il n'avait jamais quitté son pays, comme si le Panama n'avait été pour lui qu'une escale, et non le lieu où il avait vécu pendant quatre ans.

Deux soldats armés, en uniforme marron et gris, montaient la garde au pied de l'avion, mais Tessa ne les trouvait pas aussi impressionnants que l'engin lui-même. Tout le monde à Panama City se promenant armé, elle était habituée à voir des hommes en armes. Rien d'étonnant à cela. En revanche, la jeune femme qui émergea bientôt de l'appareil lui fit forte impression.

— Prétorienne Koskinen…, la salua Justin en lui adressant une parodie de salut militaire. Bonjour à vous.

La jeune femme croisa les bras et répondit :

— Docteur March… Quel plaisir de vous revoir !

Son visage était aussi figé que celui d'une statue.

Justin s'arrêta et passa un bras autour des épaules de Tessa.

— Premier test, lui murmura-t-il. Dit-elle la vérité ?

— Non, répondit-elle sans hésiter.

— C'est bien ce qu'il me semblait.

Puis, élevant la voix, il ajouta :

— Tessa, laissez-moi vous présenter Mae – Mae, Tessa. C'est la jeune prodige dont je vous ai parlé. Elle est excellente à ce petit jeu. Presque aussi douée que moi. Attendez un peu, vous allez être impressionnée.

— Waouh ! s'exclama Mae. Presque aussi douée que vous ? C'est donc possible ?

Du coin de l'œil, Tessa l'observait avec appréhension. Elle n'était pas en uniforme, mais il émanait d'elle, néanmoins, une aura de force et de dignité. Justin avait passé beaucoup de temps à la lui décrire et à s'attarder sur son cas, ce matin-là. Il ne parvenait pas à comprendre comment une jeune Nordique avait réussi à s'intégrer dans l'élite de l'armée gemméenne. Il lui était arrivé également de s'égarer en parlant surtout de ses cheveux et de ses yeux. Tessa, quant à elle, avait cessé de lui prêter attention dès qu'il avait prononcé le mot « prétorienne ». Naturellement, elle avait entendu parler des prétoriens, ces monstres au service de la RUNA. Qui ne connaissait pas leur existence ? Et même si cette jeune beauté blonde ne ressemblait pas à une machine à tuer, elle ne tenait pas à dire quoi que ce soit qui puisse lui permettre de vérifier qu'elle en était vraiment une. Aussi se contenta-t-elle de la saluer d'un hochement de tête en gravissant les marches.

Le visage impassible qu'elle avait réservé à Justin s'éclaira cependant d'un sourire lorsque Tessa passa près d'elle.

— Prodige ou pas, je suis ravie de faire ta connaissance, dit-elle. Tu vas adorer la RUNA.

Tessa se sentit rougir et hocha de nouveau la tête, impressionnée par cette inconnue qui s'arrangeait pour être éblouissante et dangereuse à la fois. Justin, lui, s'attardait sur le tarmac. Enfin, jetant son mégot à terre, il le couva d'un œil affectueux avant de se résoudre à l'écraser sous son talon.

— C'est la seule chose qui me manquera, marmonna-t-il. J'arrête. Rien ne sera aussi bon à la maison que ce qu'on trouvait ici, de toute façon. Enfin… rien de légal.

Après avoir rajusté son sac à l'épaule, il rejoignit Tessa. C'était son seul bagage, puisqu'il avait décrété que rien d'autre de ce qu'il possédait ne valait la peine d'être emporté. Tessa commençait à se demander pourquoi il avait un jour mis les pieds au Panama, s'il détestait ce pays tant que ça…

— Mae disait la vérité, murmura-t-elle à Justin une fois qu'ils eurent embarqué.

— À quel propos ?

— À propos de moi. Elle était vraiment ravie de me connaître.

— Frimeuse ! plaisanta Justin.

Les autres membres de la délégation gemméenne répondirent à leurs salutations avec plus ou moins de politesse, et on les dirigea vers l'arrière de l'appareil. En plus des soldats et des officiels de la Sécurité intérieure, il y avait là une jeune femme du nom de Candace qui avait l'air d'être une assistante. Elle bondissait chaque fois qu'un de ses supérieurs s'adressait à elle, mais, quand ses yeux se posaient sur Justin, elle rougissait en souriant timidement.

Tessa avait déjà vu des femmes se conduire ainsi en sa présence et ne parvenait pas à comprendre comment l'on pouvait se rendre ridicule à ce point devant un homme, fût-il séduisant. Sa mère avait toujours eu une opinion très arrêtée quant à l'apparence de Justin. « *Il est bien trop beau*, disait-elle. *Assure-toi d'épouser un homme au physique quelconque, Tessa. Ainsi, il n'ira pas courir, et il n'aura pas trop d'ascendant sur toi.* » Tessa préférait ne pas se demander ce qu'elle devait en conclure au sujet de son père.

Même si Justin avait poétiquement dépeint la chose comme faire un bond dans la nouvelle vie qui l'attendait, Tessa se sentit tétanisée dès l'instant où l'avion décolla. L'intérieur du jet lui paraissait si petit, et le ciel tellement vaste… Alors que l'appareil entamait sa lente ascension, il lui parut impossible qu'il puisse se maintenir en l'air très longtemps, et elle s'attendit à ce qu'il s'écrase au sol d'un instant à l'autre. Elle regrettait de ne pas avoir son rosaire sur elle. À la dernière minute, elle avait préféré le ranger dans ses bagages. Les sentiments antireligieux des Gemméens n'étaient un secret pour personne, et elle n'avait pas voulu attirer l'attention.

Elle préféra fermer les yeux et sentit la main de Justin se poser sur les siennes.

— Respire, petite…, lui conseilla-t-il. Ça va aller. Tu n'as absolument rien à craindre.

Tessa se força à rouvrir les yeux et lut de la compassion sur son visage.

— Combien de temps ça va durer ? s'enquit-elle.

— Neuf heures. Nous ferons probablement une escale pour faire le plein des réservoirs une fois que nous serons dans l'espace aérien de la RUNA. C'est un petit avion pour un si long voyage.

Avec un sourire amer, il ajouta :

— Je suppose que je ne méritais pas la première classe.

Son regard se porta vers l'avant, où Mae parlait à la femme aux cheveux orange qui faisait partie de la Sécurité intérieure.

Tessa ferma de nouveau les yeux. Pour penser à autre chose qu'à sa mort imminente, elle demanda :

— Pourquoi es-tu obsédé par elle ?

— C'est ma patronne, répondit-il. Ma vie est entre ses mains.

— Pas elle : Mae.

— Je suppose que d'une certaine manière ma vie est entre ses mains également. Mais je ne suis pas obsédé par elle. Je ne la connais même pas.

Il s'était exprimé d'un ton trop détaché, même pour lui, et dès qu'il pensait que personne ne le voyait, son regard revenait se fixer sur la prétorienne. Mae, quant à elle, l'ignorait avec une telle constance que cela ne pouvait être fortuit.

Tessa s'essaya finalement à dormir, mais en vain. Elle n'aurait su dire combien de temps s'était écoulé lorsque Mae vint les rejoindre. Chaque minute semblait une éternité. L'avion ayant fini par se stabiliser, au prix d'un grand effort elle rouvrit les yeux. Mae la dévisageait d'un air amical.

— As-tu besoin de quelque chose ? s'enquit-elle.

— Je prendrais bien un verre, répondit Justin.

Mae le fusilla du regard et lâcha sèchement :

— Ce n'est pas à vous que je parlais !

À la cantonade, elle demanda de l'eau, et Candace ne tarda pas à en apporter.

— Merci, lui dit Justin.

Ce n'était qu'un mot, mais il l'avait prononcé de telle manière que Candace en perdit ses moyens et trébucha en retournant s'asseoir.

Après l'avoir regardée faire d'un œil méprisant, Mae reporta son attention sur Tessa, avec toujours autant de sollicitude, si bien qu'elle se sentit plus gauche et empotée encore qu'à l'embarquement. Elle avait été idiote de s'imaginer pouvoir se faire une place dans ce monde époustouflant dont son père rêvait et dont Justin était la personnification. C'était sa mère qui avait raison, et cet avion devait être pour elle une sorte de châtiment divin.

— Veux-tu quelque chose à regarder ou à lire ? demanda Mae.

Tessa secoua négativement la tête et répondit :

— J'ai une liseuse.

— Vraiment ?

Même Justin paraissait surpris. Tessa se pencha sur sa valise et l'entrouvrit, heureuse d'avoir un peu de distraction. Elle en tira sa liseuse bien-aimée, qu'elle lui tendit.

— Technologie asiatique, commenta-t-il après l'avoir observée. Où l'as-tu trouvée ?

— Quelqu'un l'a donnée à mon père, répondit Tessa.

Ayant manifestement perdu tout intérêt pour la chose, Mae s'adossa à son siège.

— Cet appareil est obsolète, et même très obsolète, commenta-t-elle. Ils se replient sans abîmer l'écran, désormais, et doivent contenir trois fois plus de livres.

Justin leva les yeux de l'appareil et demanda :

— Disposent-ils de la commande vocale ?

— Sur les modèles les plus récents, répondit-elle. De véritables petits egos…

— Je doute même qu'ils se soient souciés de reconnaissance vocale sur celui-ci, commenta Justin.

Il paraissait aussi dédaigneux que Mae. Tessa récupéra son bien d'un geste sec, elle-même surprise par l'agacement qu'elle ressentait.

— À vous entendre, maugréa-t-elle, elle ne vaudrait guère mieux qu'une tablette en pierre.

— Elle n'en est pas si loin.

Justin lui tapota gentiment le bras et ajouta :

— Nous t'en procurerons une nouvelle, bien meilleure que celle-ci. Tu mérites mieux qu'un surplus venu d'AEO.

— Je préfère la mienne assura-t-elle.

Bien vite, craignant à moitié qu'il ne s'en débarrasse tout de suite, Tessa rangea sa liseuse dans sa valise.

— Parce que tu ne connais rien de mieux, répliqua-t-il.

Un trou d'air fit soudain tanguer l'avion. Il se rétablit bientôt, mais Tessa, accrochée à son siège, n'avait pu retenir un petit cri. Avec le coude, Justin lui poussa gentiment le bras.

— Tiens, prend ça…

En baissant les yeux, Tessa vit qu'il lui présentait une petite pilule blanche au creux de sa paume.

— Qu'est-ce que c'est ? s'étonna-t-elle.

— Quelque chose qui t'aidera à te sentir mieux. Laisse-le se dissoudre sous ta langue.

Il fit jaillir du tube une seconde pilule en marmonnant :

— Prends-en une deuxième. De toute façon, elles ne vont pas passer à la douane.

Tessa les prit sans discuter. Mae n'approuvait pas, manifestement, mais sa désapprobation visait davantage Justin qu'elle-même. Sur ce, elle renvoya d'un geste ses cheveux par-dessus son épaule et regagna l'avant de l'avion.

— Tu as vu ce qu'elle a fait ? glissa Justin dans un souffle. Avec ses cheveux… Je suis sûre que dans les castes les filles doivent s'entraîner dur pour arriver à ça.

— Tu vois : elle t'obsède…

Telles furent les dernières paroles qu'elle put prononcer avant que les pilules fassent effet et que de lourds rideaux noirs obscurcissent sa vision.

Quelqu'un la secouait en l'appelant par son nom.

— C'est l'heure ! Allez, réveille-toi, petite…

Tessa cligna des yeux et s'efforça de reprendre pied dans la réalité. Ses paupières, qui semblaient avoir été passées au papier de verre, ne lui facilitaient pas la tâche. Les rouages se mettaient difficilement en branle sous son crâne, et l'espace d'un instant, elle fut incapable de se rappeler où elle se trouvait. Puis, lentement, elle se souvint de ce satané avion dans lequel elle avait embarqué et comprit que c'était Justin qui la réveillait.

— On s'arrête pour faire le plein ?

Sa propre voix lui paraissait distante et enrouée.

— Déjà fait, répondit-il. Tu ne t'es pas réveillée. Si tu tournes la tête, tu découvriras Vancouver derrière le hublot.

Tessa sentit l'appareil virer sur l'aile, et quand elle suivit son conseil, elle vit qu'ils survolaient une étendue d'eau gris-bleu. Le soleil était bas, le ciel parsemé de nuages épars. Un groupe de gratte-ciel aux façades scintillantes se dressaient sur la côte, semblables à des sentinelles veillant sur l'eau. La vue était jolie, mais pas vraiment plus stupéfiante que celle qu'on découvrait en survolant Panama City, sauf que la plupart des buildings panaméens avaient été abandonnés au cours du Déclin et tombaient en ruine.

Justin contemplait ce panorama citadin d'un œil émerveillé. C'était à croire qu'il s'attendait à atterrir dans une cité d'or perchée sur les nuages et peuplée d'anges et de licornes. Dans son regard, elle découvrait une émotion qu'elle ne lui avait jamais connue, un tourment intime contrastant avec l'attitude blasée et nonchalante qu'il affectait habituellement.

Les dents de Tessa s'entrechoquèrent à l'atterrissage, mais peu lui importait. Elle était de nouveau sur le plancher des vaches, qu'elle n'aurait jamais dû quitter. Elle se promit de ne plus jamais prendre l'avion, si cela lui était possible, sauf bien sûr pour retourner chez elle. Et encore, peut-être pourrait-elle prendre le bateau.

— Un aéroport civil ? s'étonna Justin.

Mae, qui les attendait près de la sortie, l'entendit et expliqua :

— Il vous faut débarquer ici pour mettre en règle votre visa, et pour obtenir que Tessa puisse être marquée.

Tessa tourna violemment la tête vers Justin.

— Mais je ne veux pas porter de puce !

Elle était naturellement au courant du marquage généralisé de la population en RUNA. Leur loi était ainsi faite. Tous les citoyens devaient porter une puce intégrée à leur main gauche qui permettait à l'État de suivre leurs moindres faits et gestes. La mère de Tessa disait qu'ils portaient le chiffre de la Bête, signant ainsi leur pacte avec le démon. Elle n'avait quant à elle pas réalisé qu'il lui faudrait en porter une pour résider en territoire gemméen. Voyant qu'elle paniquait, Justin la rassura en lui disant qu'il serait toujours temps de s'en inquiéter plus tard.

— Tu as bien d'autres sujets de préoccupation pour le moment.

Ils venaient de s'engager dans la passerelle couverte menant à l'intérieur de l'aéroport. Par les hublots était visible l'incessant ballet des avions sur le tarmac.

— As-tu déjà eu l'occasion de te trouver dans une très grande foule ? demanda-t-il.

— Pourquoi me demandes-tu…

Sans finir sa phrase, Tessa se figea sur place et eut le réflexe de faire demi-tour. Ils venaient d'émerger de la passerelle, et le hall de l'aéroport leur apparaissait brusquement, encombré par une foule telle qu'elle n'avait jamais eu l'occasion d'en côtoyer, même lors de ses rares balades en famille à Panama City. Elle se retrouva noyée dans un océan de corps, de tous âges et des deux sexes, perpétuellement en mouvement. De plus, tout ici était si… éclatant ! De gigantesques luminaires dans les hauteurs douchaient les lieux d'une lumière froide et blanche que reflétaient les nombreuses surfaces métalliques. Il y avait des écrans partout, plus fins et plus nets que tous ceux qu'elle avait vus jusque-là, sur lesquels apparaissaient et défilaient des flots d'informations. Tous ces gens, toutes ces machines généraient un brouhaha si gênant qu'il l'empêchait presque de penser. Le souffle coupé, elle vit le monde se mettre à tourner autour d'elle.

— Besoin de t'asseoir ? s'enquit Justin en la soutenant.

Tessa déglutit péniblement et fit « non » de la tête. Elle pouvait le faire. Tout irait bien pour elle tant qu'elle resterait près de Justin. Il ne la laisserait pas se perdre. Elle s'accrocha à sa main, remarquant à peine Cornelia Kimora et Francis Kyle qui assortissaient leurs adieux d'une promesse de reprendre contact ultérieurement. En compagnie de leur escorte de soldats, tous deux se dirigèrent ensuite vers un guichet dont le moniteur affichait : FORCES ARMÉES/GOUVERNEMENT. Tessa remarqua alors que même si le chaos semblait régner dans le hall, la plupart des gens se rangeaient en files d'attente que filtraient des postes de contrôle surmontés d'un écran. Celui vers lequel ils se dirigeaient portait la mention RÉPUBLIQUE UNIE NORD-AMÉRICAINE – DOUANE ET IMMIGRATION.

—Bien ! lança Mae, qui jetait un coup d'œil à son ego. Vous voilà confiés à moi, désormais. Je vais vite vous tirer de là.

En tapotant gentiment l'épaule de Tessa, elle ajouta :

—Accroche-toi. Je sais qu'il y a ici un tas de choses nouvelles auxquelles tu dois t'habituer. Tu seras bientôt à la maison.

Sûrement pas, songea-t-elle. Sa maison, elle en était désormais très éloignée.

—Je pense qu'elle s'adaptera mieux à la technologie qu'à la foule, intervint Justin. Avant mon exil, je me moquais souvent des filles de caste élevées dans du coton, mais j'ai trouvé pire. Vous ne pouvez imaginer comment les classes supérieures séquestrent leurs femmes, en province.

Mae acquiesça d'un signe de tête.

—Nous allons prendre cette file, juste devant, expliqua-t-elle en l'indiquant d'un geste. C'est tout droit. Voilà...

Tessa se laissa guider par Justin dans la direction indiquée. Ils s'intégrèrent dans une file menant à un guichet signalisé « CITOYENS » et s'immobilisèrent pour attendre leur tour. Bien que plongée dans cette foule qu'elle redoutait, elle se sentait mieux. La file d'attente était disciplinée. Mae et Justin la flanquaient de part et d'autre, formant une sorte de barrière protectrice. Elle parvint à se calmer suffisamment pour étudier un peu ce qui l'entourait. La plupart de ceux qu'elle voyait possédaient des caractéristiques physiques plébéiennes semblables à celles de Justin : teint hâlé et cheveux sombres. Certains visages ne témoignaient d'aucune origine précise. D'autres trahissaient un héritage génétique un peu plus marqué – africain, caucasien, asiatique – mais rien de très flagrant. Et parmi tous ceux-là, de rares individus affichaient clairement de bien plus distinctes lignées. On y trouvait des gens à la peau claire, semblable à celle de Mae, et d'autres dont l'épiderme était presque noir. Des gens aux yeux en amande, d'autres aux yeux plus ronds, bleus ou bruns. Et pourtant, à mieux y regarder, elle réalisa que les différences n'étaient pas si tranchées. Elle découvrit des associations de teints foncés et de chevelures blondes ou rousses. Dans certains cas les cheveux étaient teints, mais dans d'autres il aurait été difficile de l'affirmer. Tessa savait que des gènes récessifs pouvaient resurgir, même après plusieurs générations de brassage génétique agressif, mais elle n'était pas certaine de pouvoir distinguer un choix esthétique d'une caractéristique naturelle.

—Comment peut-on faire la différence entre les plébéiens et les cas...

Tessa se retint juste à temps. Elle connaissait suffisamment la société gemméenne pour savoir que les termes d'argot utilisés par Justin n'étaient pas à répéter en présence de Mae.

—Euh... entre les plébéiens et les patriciens, conclut-elle.

— Tout est dans l'attitude, répondit promptement Justin.

Tessa reporta son attention sur la foule, s'efforçant de comprendre ce qu'il voulait dire par là. Tous ceux sur qui se posaient ses yeux, hommes et femmes mêlés, semblaient sûrs d'eux, quelle que puisse être leur apparence physique. Personne n'était ouvertement armé, ce qui lui paraissait étrange, mais nul non plus ne donnait l'impression de vouloir s'en prendre à son voisin. Les femmes dont l'apparence trahissait une condition sociale plus élevée se déplaçaient sans chaperon, habillées de pantalons, comme Mae, ou de courtes jupes, les cheveux tombant librement sur leurs épaules ou coupés étonnamment court.

Justin n'ajouta rien d'autre sur les différences entre plébéiens et patriciens, mais alors qu'ils arrivaient près du guichet, il lui murmura à l'oreille :

— Prête attention à ce qui s'affiche à l'écran. C'est ainsi qu'on en apprend le plus sur quelqu'un.

Tessa ne comprit ce qu'il voulait dire par là que lorsqu'ils passèrent devant l'agent de la douane. Tout de suite, Mae posa la main, paume en dessous, sur une boîte en verre rectangulaire. À côté du fonctionnaire, un écran s'illumina. Sa photo d'identité apparut dans un coin : visage impassible et déterminé, regard calme fixé droit devant elle. Juste à côté, sous son nom inscrit en caractères gras – Koskinen, Mae Eris –, figurait une mention en plus petits caractères : Koskinen, Maj Erja (patriarcat* nordique). D'autres rubriques renseignaient sur sa nationalité, sa profession, son adresse, son âge et d'autres détails encore. Tessa n'eut pas le temps de tout voir, mais il y avait également une rubrique pour les signes particuliers. La sienne mentionnait : « Autorisation de port d'armes ».

Le douanier, surpris par ce qu'il découvrait, lança à Mae un bref regard trahissant sa nervosité. Devant lui se trouvait un écran plus petit, visible de lui seul, sur lequel il commença à pianoter. Quelques secondes plus tard, il redressa la tête et lui demanda :

— Avez-vous des armes à déclarer ?

Mae sortit un revolver de son sac et le posa sur une table. Puis, elle tira de sa ceinture une arme plus petite, cachée par la tunique longue qu'elle avait portée durant le voyage. Enfin, de la tige d'une de ses bottines, elle retira une arme blanche.

— Un couteau dans la chaussure…, commenta Justin.

— Personne ne s'y attend jamais, se justifia-t-elle.

Le douanier rabattit un couvercle en verre sur la table et actionna un bouton, déclenchant un flash de lumière. Après avoir relevé le couvercle, il fit signe à Mae qu'elle pouvait récupérer ses armes et passer, mais elle ajouta :

— J'ai des visas pour ces deux personnes.

Justin, à son tour, posa la main sur le scanner palmaire. Le mot « néant », à l'endroit où aurait dû figurer sa nationalité, fut ce qui attira l'attention de Tessa dans le flot d'informations qui venait de s'afficher. Elle vit également quelque chose qu'elle n'avait pas repéré dans la fiche de Mae. À côté d'un champ libellé « Résistance génétique », le chiffre neuf était indiqué. Mais le plus stupéfiant restait l'indication figurant dans le cadre « Mentions particulières », en lettres rouges clignotantes : « Interdit d'entrée sur les territoires contrôlés par la RUNA. Appréhender immédiatement et prévenir les autorités ».

— On sait recevoir, chez nous…, marmonna Justin.

Le douanier paraissait sur le point de s'en tenir aux instructions, mais Mae lui tendit son ego, cet appareil sur lequel Justin n'avait cessé de lorgner durant tout le voyage. L'agent le passa au-dessus du scanner palmaire, et un hologramme du sceau de la RUNA apparut brièvement. Quelques secondes plus tard, l'avertissement en lettres rouges avait disparu, remplacé par une plus sobre mention : « Visa provisoire, Ministère de la Sécurité intérieure ». Le fonctionnaire n'eut plus qu'à scanner le petit sac à dos de Justin et à le laisser passer.

Lorsque Mae lui eut montré une liasse de documents, le douanier remit à Tessa une petite carte en plastique en lui recommandant de la garder précieusement tant qu'elle ne serait pas marquée. La carte arborait le sceau de la RUNA et indiquait son nom, sa nationalité, ainsi qu'une longue suite de chiffres et la mention « Visa provisoire, Étudiante ».

— Plus qu'un dernier contrôle, expliqua Justin quand l'agent de la douane les eut libérés.

— Pas très facile d'entrer dans ce pays, constata Tessa.

— Non, approuva-t-il. Mais beaucoup plus facile d'en sortir.

Ils passèrent sans encombre le dernier contrôle, avant de pouvoir enfin pénétrer dans le hall surchargé de monde de l'aéroport. Il n'y avait plus ni files d'attente ni discipline. Les gens s'agitaient en tous sens, chacun pressé d'atteindre son propre but. Une rangée de portes en verre éclairées par le soleil couchant brillait devant eux. Au-dessus, le drapeau de la RUNA : mi-marron, mi-violet soutenu, avec en son centre une couronne de feuilles de laurier dorée. Et juste en dessous, également en lettres dorées : *Gemma mundi* – « le Joyau du monde » –, la devise qui avait donné leur nom aux Gemméens.

Tessa sentit Justin se figer à côté d'elle. Elle tourna la tête et le vit regarder fixement le drapeau. L'expression de son visage lui rappelait celle qu'il avait eue lorsque leur avion avait amorcé sa descente vers la ville. Elle reconnut le tourment intime, le désir ardent, mais il y avait plus. Son regard trahissait également de la joie, du soulagement… et de l'incrédulité.

Jusqu'à cette minute, il n'y a pas vraiment cru…, songea-t-elle.

Mae s'était arrêtée également et regardait Justin dévorer des yeux l'emblème national de son pays. Pour la première fois depuis leur départ, elle ne paraissait ni indifférente ni exaspérée. Tout au contraire, il y avait une certaine douceur, sur son visage. Ce bref élan d'affection prit Tessa par surprise.

— Bienvenue à la maison, murmura Mae.

8

Pas cool du tout !

Justin ne croyait pas à l'enfer évoqué par Huan, mais à peine eut-il posé un pied en RUNA qu'il se crut arrivé au paradis.

Tout était identique à son souvenir : brillant, ordonné, efficace, propre et surtout moderne. Ici, pas de voyous armés dans les rues ou d'immeubles en ruine. En exil, il avait tout de suite pu constater le retard technologique accumulé par les provinces, mais le fait de se retrouver soudain dans un bain de modernité le rendait plus criant encore. Les lecteurs de puces, les moniteurs, les egos : le monde était ici tel qu'il devait être. Ce pays – son pays, sa mère patrie – avait survécu au Déclin pour ressusciter plus brillant et admirable encore.

— *Arrête de baver !* lança sèchement Horatio. *La petite est sur le point de tourner de l'œil.*

D'un regard, Justin put vérifier que le corbeau n'était pas loin de la vérité. Plus que jamais, elle paraissait pâle et anxieuse.

— Ça va aller, assura-t-il gentiment. Reste avec moi…

Cela avait beau être dur pour elle, il ne regrettait pas sa décision d'avoir demandé à Tessa de l'accompagner. Elle était parfaitement capable de s'adapter, et elle le méritait. Sergio l'avait accueilli sans poser de question quand il avait débarqué sans le sou au Panama. Marta Cruz avait beau être convaincue qu'il n'était qu'un profiteur, il avait pour habitude de payer ses dettes. Choisir un lieu d'exil au pied levé avait constitué le pari le plus risqué qu'il ait jamais fait, avec sa vie elle-même pour enjeu. Les autorités gemméennes l'avaient fait escorter directement de son bureau au plus proche aéroport et lui avaient signifié qu'il pouvait choisir d'aller « n'importe où hors du territoire de la RUNA ». On ne lui avait laissé que quelques minutes pour prendre sa décision. L'Amérique centrale ou l'Amérique du Sud lui avaient semblé s'imposer. Leurs populations mélangées leur avaient permis de mieux résister au Déclin que d'autres de par le monde, et elles étaient politiquement plus stables que la plupart des autres provinces.

— *N'oublie tout de même pas que tu te retrouves en elle*, fit valoir Horatio.

Justin ne pouvait le nier. L'espace d'un instant, le visage de Tessa s'estompa et un autre le supplanta dans son souvenir. Le visage d'une femme plus âgée, qui avait paru si belle aux yeux du gamin de dix ans qu'il était. Les bruits et les odeurs du marché d'Anchorage s'élevaient autour d'eux. Non loin de là, le patron de Justin beuglait pour réclamer son retour. « *Comment as-tu fait ça ?* » lui avait demandé la belle inconnue. « *C'est facile,* avait-il répondu. *Il suffit d'étudier leurs visages.* » Et grâce à ces quelques mots, sa vie avait changé.

En observant Tessa, il fut frappé de constater à quel point dans ce décor elle paraissait déplacée. Avec sa jupe qui lui arrivait aux chevilles et son épaisse chevelure, elle paraissait débarquer d'une autre époque. Comme elle ne passait pas inaperçue et s'attirait nombre de regards, il valait sans doute mieux que la panique l'empêche de trop observer ce qui se passait autour d'elle. Marcher à côté de Mae, magnifique et sophistiquée dans son tailleur fait sur mesure, n'aidait pas non plus à la rendre moins anachronique. Lorsqu'elle s'imaginait que nul ne l'observait, la prétorienne se laissait aller à couler vers sa protégée un regard affectueux, empreint de sympathie. Impitoyable machine à tuer, hautaine princesse de caste, amer flirt d'un soir… quoi qu'elle ait pu être pour lui, Mae avait une faiblesse pour les petites provinciales apeurées.

— On ne peut pas prendre une voiture ? s'étonna-t-il en constatant qu'elle les entraînait vers la station de métro de l'aéroport.

Mae secoua négativement la tête.

— Il faut avant toute chose faire marquer Tessa, expliqua-t-elle. Et de cette façon, nous serons plus vite au ministère de la Citoyenneté.

— Je ne veux pas porter de puce ! gémit l'intéressée, abandonnant une peur pour une autre.

— Cela n'a rien de terrible, la rassura-t-il. Et ça te facilitera grandement la vie.

Elle paraissait sceptique, sans doute parce que sa cinglée de mère lui avait fourré dans le crâne une idiotie faisant des citoyens gemméens des suppôts de Satan.

À point nommé pour illustrer le propos de Justin, Tessa déclencha une alarme en passant le portique de la station. Le garde de service leur fit signe de passer une fois que Mae lui eut montré la carte provisoire qu'on venait de lui remettre. Il ne faisait aucun doute pour lui que même sans ce document elle serait parvenue à le convaincre en lui agitant son flingue sous le nez, en le menaçant de son couteau, ou simplement en le foudroyant de ce regard que Justin avait eu à affronter quand elle avait compris qu'il n'était pas Huan Korokov.

—Cela va se reproduire chaque fois que tu auras à passer un contrôle si tu ne portes pas de puce, expliqua-t-il à Tessa. Des capteurs sont disséminés dans toute la ville.

—Pour nous suivre à la trace, dit-elle d'un ton morose.

—Les informations qu'ils recueillent ne sont pas stockées. Il s'agit juste de vérifier que chacun est dûment marqué ou possède les papiers nécessaires pour justifier qu'il ne l'est pas. Le capteur ne recueille les identités que pour nous protéger d'intrusions extérieures. La plupart des données sont détruites ensuite.

—La plupart ?

Petite futée... Il pouvait compter sur elle pour souligner les nuances verbales qu'il affectionnait.

—La plupart, répéta-t-il alors qu'ils débouchaient sur le quai de la ligne jaune. Les endroits sensibles – comme cet aéroport – sont équipés de capteurs reliés directement au Registre national*. Tous ceux qui s'y rendent ou qui en sortent sont contrôlés pour vérifier que leurs papiers sont en règle.

—Si ce n'est pas être suivi à la trace, ça..., s'entêta Tessa. Personne ne peut aller nulle part sans être repéré. Et puis... ce Registre ne contrôle-t-il pas les noms ?

Ruminer sur ce sujet l'empêchait au moins de s'attarder sur ses petites misères. Justin pesa un instant ses paroles avant de répondre :

—Parler de contrôle est un peu excessif. C'est juste un moyen de renforcer l'unité nationale.

Tout citoyen de la RUNA était obligé de porter un nom d'origine grecque ou latine pour figurer dans le Registre national. Les castés* avaient beau pouvoir se donner sur leur territoire les noms en usage dans leur communauté, pour l'état civil leurs prénoms devaient répondre aux mêmes critères que ceux des plébéiens.

—De toute façon, ajouta-t-il, cela laisse des milliers de possibilités.

—C'est quand même une limitation.

—Puisque tu le dis, *Teresa*. Ton père n'est pas stupide. Il a donné à chacun de vous des prénoms compatibles avec le Registre de la RUNA, au cas où vous finiriez par venir vous y installer...

Cette révélation parut frapper Tessa de stupeur. Dans un deuxième temps, qu'on ait pu la faire entrer sans qu'elle en ait connaissance et sans qu'elle ait donné son accord dans un tel système parut l'offenser. Elle en resta toute songeuse tandis que la rame fonçait à vive allure vers la cité. Elle ne sortit de sa torpeur que lorsqu'ils émergèrent en pleine lumière.

Le métro les déposa entre ciel et terre, sur une plate-forme aérienne de débarquement, mais elle ne manifesta pas la moindre panique cette fois. Justin y vit un signe encourageant. En un rien de temps, elle se serait habituée à ce qui était un nouveau monde pour elle.

Dès qu'ils furent descendus sur le quai, Justin put pourtant constater qu'il se sentait tout autant qu'elle impressionné et dépassé par ce qui les entourait. Les buildings élancés brillaient dans le soleil couchant, baignant dans leur ombre les piétons qui, en contrebas, passaient à leur pied. La ligne de métro aérienne serpentait entre eux, laissant dans les rues le trafic automobile automatisé s'écouler librement et sans à-coups. Un défilé d'images changeantes animait les écrans installés en devanture des boutiques et des restaurants. D'autres, beaucoup plus grands et accrochés aux façades des immeubles, diffusaient les dernières nouvelles, des spots de propagande politique, et des publicités pour tous les biens de consommation possibles et imaginables. Elles étaient loin, les rues sales de Panama City, encombrées de flots de piétons plus ou moins louches, de véhicules à essence, de vendeurs à la sauvette et même parfois de chevaux.

La station de métro à laquelle ils descendirent ne se trouvait qu'à deux pâtés de maisons de Hale Square, occupé en son centre par un grand parc verdoyant flanqué de trois immeubles fédéraux. Le ministère de la Citoyenneté, celui de la Sécurité intérieure et celui des Affaires étrangères dressaient sur le pourtour du verdoyant quadrilatère leurs façades de marbre et leurs colonnades. Ici, aucun écran criard pour distraire l'attention : seul le drapeau gemméen hissé à leur fronton avait droit de cité. Le ministère de la Citoyenneté avait dans ses compétences la gestion des puces d'identité et celle du Registre national. Alors qu'ils s'en approchaient, Justin jeta un coup d'œil au ministère de la Sécurité intérieure. C'était dans ce bâtiment austère que travaillaient les serviteurs, et c'était là qu'il avait disposé d'un bureau. Le temps où il avait marché dans ces rues pour se rendre chaque matin au travail, confiant en son avenir et sûr d'être au top de sa carrière, lui semblait remonter à une préhistoire lointaine. Il avait eu l'impression de tenir le monde entre ses mains, à cette époque, sans se douter que celui-ci, du jour au lendemain, pouvait lui être arraché.

Un groupe d'individus arpentait le parvis de la Sécurité intérieure, brandissant des pancartes, mais ils étaient trop loin pour que Justin puisse les lire.

— Qu'est-ce qui se passe ? demanda-t-il à Mae.

— Il y a eu pas mal de battage pour réclamer la liberté religieuse, dernièrement. Les manifestants se rassemblent ici chaque jour.

— Vous plaisantez ? s'offusqua-t-il.

Une poignée de principes fondamentaux n'avaient jamais changé depuis la fondation de la RUNA. Parmi eux, le danger représenté par les croyances religieuses en des forces surnaturelles n'était pas le moindre.

— Rien n'en sortira vraiment, assura-t-elle. Ils font beaucoup de bruit, c'est tout.

Les bureaux ayant fermé leurs portes au public, le grand hall du ministère de la Citoyenneté était vide, à l'exception de deux soldats qui montaient la garde. Ils saluèrent Mae lorsqu'elle alla s'identifier, mais ce fut à peine si elle leur accorda un regard avant de se diriger vers les cabines d'ascenseur.

À part le technicien que la présence d'une prétorienne mettait dans ses petits souliers, les bureaux du marquage identitaire étaient vides eux aussi. Rassurée par la tranquillité des lieux, Tessa s'était calmée et ne s'insurgeait plus contre le port de la puce. L'homme la conduisit jusqu'à un fauteuil qu'encadraient un écran et une table en acier inoxydable. En s'asseyant, elle adressa à Justin un sourire brave.

Il prit un siège non loin d'elle, suffisamment près pour la rassurer, mais pas trop pour ne pas gêner l'employé. Mae vint s'asseoir à côté de lui et commença immédiatement à envoyer des messages depuis son ego. Sans doute réclamait-elle un supplément de flingues et de lames ou passait-elle le temps comme les prétoriens le faisaient en dehors des heures de service. Justin partageait son attention entre Tessa et le profil génétique qui apparaissait peu à peu sur l'écran.

— Six ! s'exclama-t-il, satisfait, lorsque le score apparut. Pas mal, pour une provinciale.

Mae n'avait pas levé le nez de son ego quand il ajouta :

— Même si ce n'est pas autant que le neuf dont peuvent se prévaloir certaines personnes…

À la douane, il avait mémorisé chaque détail de sa fiche de renseignements.

— Et alors ? demanda-t-elle en redressant enfin la tête. Quelle conclusion en tirez-vous ?

D'un coup de menton, il désigna Tessa et expliqua :

— Un cinq ou un six, c'est exactement le score qu'elle pouvait espérer atteindre. Mais pour une cas… patricienne, je dirais qu'un résultat normal se situe quelque part entre deux et quatre – cinq au grand maximum.

Après avoir marqué une pause afin de ménager son effet, il conclut :

— Pas un neuf, en tout cas. C'est un score de plébéien.

— Apparemment pas, commenta simplement Mae.

— C'est trop élevé, insista-t-il. Moi-même, j'ai un neuf.

— Et vous vous sentez menacé ?

— Bien sûr que non. C'est juste étrange, voilà tout. Cela ne vous paraît pas bizarre, à vous ?

— Pas vraiment. J'ai eu ce neuf toute ma vie.

La tête penchée sur le côté, Justin étudia avec un intérêt renouvelé l'épiderme et les cheveux sans défaut qui étaient les siens.

— Vous n'avez pas eu besoin de masquer quoi que ce soit, pas vrai ? Aucune trace de Caïn…

— Non.

Sans plus s'occuper de lui, elle retourna à son ego.

Le virus Méphistophélès, après avoir balayé le monde et décimé la moitié de sa population durant le Déclin, avait causé des dommages héréditaires à nombre de ceux qui lui avaient survécu : problèmes de fertilité, d'asthme, lésions épidermiques et capillaires. Cette mutation avait reçu un nom scientifique long et compliqué, mais les fanatiques religieux, qui croyaient déjà que Méphistophélès était un châtiment divin, l'avait appelée « Marque de Caïn ». Le nom était resté. Jusqu'à ce qu'un vaccin soit découvert, les programmes de diversification génétique menés en RUNA et en AEO avaient constitué la seule parade contre Méphistophélès. Le virus faisait des ravages dans les populations dotées d'un génotype trop homogène. Le métissage aidait également à tenir Caïn à l'écart. Chez les plébéiens, il avait quasi disparu, mais les castés, du fait de leur plus grande pureté génétique, en souffraient encore, même si nombre de techniques réparatrices permettaient d'en masquer les effets. Pour parer l'infertilité et l'asthme, cependant, il n'y avait rien à faire. Et à en juger d'après son comportement au lit, Mae ne manquait ni de souffle ni d'énergie…

— *Elle n'a pas de problèmes de fertilité non plus*, assura obligeamment Horatio. *Inquiet ? Tu n'as pas pris de précautions.*

— *Non, pas inquiet du tout. Les femmes civilisées – surtout dans l'armée –, ont recours aux vaccins et implants contraceptifs.*

À mi-voix, Justin demanda à Mae :

— Allons-nous parler de ce qui s'est passé ?

Elle resta concentrée sur son ego, mais il aurait juré qu'elle ne lui portait plus la même attention quand elle lui répondit :

— Il s'est passé un tas de choses, docteur March…

— Je veux parler de ce qui s'est passé la nuit dernière, lorsque vous et moi étions au lit et que je…

— … et que vous vous faisiez passer pour un diplomate de l'AEO, conclut-elle pour lui. Est-ce à cela que vous faites référence ?

— Je n'ai pas besoin d'artifices de séduction, répliqua-t-il en grimaçant. Et ce n'est pas comme si je l'avais fait exprès. C'était en quelque sorte… un accident.

Désormais, elle lui accordait davantage d'attention qu'à son ego.

— Comment peut-on revêtir un faux uniforme diplomatique et donner un faux nom par accident ? s'étonna-t-elle.

— Ni l'un ni l'autre n'étaient faux, rectifia-t-il. Huan existe vraiment, et c'est bien un diplomate de l'AEO.

— Je ne suis pas sûre que cela arrange votre cas.

Ses yeux couleur de mer se plissèrent, et elle ajouta :

— En fait, il me semble que cela ne fait que l'aggraver.

— Hé ! protesta-t-il. C'est vous qui avez commis l'erreur de me prendre pour ce que je n'étais pas. Je n'ai fait que me conformer à ce que vous pensiez de moi. En plus...

Il avait encore un atout dans son jeu.

— ... c'est l'assistante de recherche d'un attaché militaire, que j'ai emmenée chez moi. Pas une prétorienne.

Mae eut au moins la délicatesse de paraître embarrassée.

— Auriez-vous amené chez vous une prétorienne ? demanda-t-elle.

En hochant la tête, elle répondit à sa propre question.

— Oui, naturellement, vous l'auriez fait...

— Que suis-je censé comprendre ? s'enquit-il, méfiant.

— Que je sais tout de vous. Cornelia m'en a appris de belles à votre sujet au cours du vol de retour.

Merveilleux ! Cornelia Kimora comme témoin de moralité...

Une expression de mépris sur son charmant visage, Mae poursuivit :

— Je sais combien il vous est facile de manipuler autrui et à quelle vitesse vous parvenez à séduire les femmes.

— Ce n'était pas si rapide et...

— ... et si votre but était d'emballer une soldate et une patricienne en usant du mensonge et de la manipulation, toutes mes félicitations ! J'obéirai à l'ordre qui m'a été donné de vous protéger. Nul ne portera la main sur vous. Mais ce qui s'est passé au Panama est bel et bien passé et ne se reproduira plus. Plus jamais.

Justin en resta pantois pour plusieurs raisons. La première était qu'habituellement, c'était lui qui rompait. La seconde, que cette conversation ne se déroulait pas du tout comme il l'avait imaginé. Afin de s'éviter de futures tentations, il avait voulu s'assurer que tout était fini entre eux, mais pas de cette façon. Il n'était pas habitué à être rejeté. Entendre Mae se débarrasser de lui ainsi froissait son amour-propre et lui donnait envie de la reconquérir.

Tu ne peux pas faire ça ! se morigéna-t-il. *Si elle est cette fameuse femme couronnée, mieux vaut ne pas risquer de découvrir jusqu'à quel point le marché que tu as passé est contraignant. Cette fois, tu pourrais ne plus pouvoir t'esquiver.* Le temps était venu de porter le coup de grâce. Et si elle devait être furieuse contre lui, cela n'en serait que mieux. Résolument, il adopta ce qu'il espérait être une expression désinvolte.

—Bien évidemment, que cela ne se reproduira plus, dit-il d'un ton méprisant. Je ne donne jamais de second rendez-vous. Encore que « rendez-vous » soit un bien grand mot pour ce qui s'est passé la nuit dernière. Je n'ai pas eu à vous inviter à dîner. Ni à vous séduire.

Sans même avoir bronché, elle répliqua sèchement :

—Et moi, je ne donne jamais de premier rendez-vous à un plébéien. Les Nordiques ayant un score de neuf vous intriguent ? Sachez que par désœuvrement, dans un trou paumé, elles peuvent s'offrir de rapides parties de jambes en l'air et ne plus y penser.

—Ce n'était pas si rapide que ça, répéta-t-il. Mais peut-être voulez-vous parler de la vitesse à laquelle vos vêtements sont tombés ?

Le ton condescendant de Mae et son expression hautaine, si typiques d'une patricienne, suscitaient en lui une colère inattendue. Elle se conduisait comme si elle avait été blessée par ce qui s'était passé entre eux, alors que c'était lui qui avait été abusé. Comment aurait-il pu ne pas se laisser séduire par son charme, sa grâce, son esprit… et même cette poignante tristesse qu'il avait fugitivement perçue en elle ? Tout cela n'avait été qu'une comédie, un jeu, le moyen employé par une princesse nordique glaciale pour se taper un plébéien crédule.

Sans tenir compte de sa remarque, Mae conclut :

—J'ajoute que si vous tentez de vous vanter de ce qui s'est passé, personne ne voudra vous croire. Qu'un type comme vous puisse coucher avec une femme comme moi, qui pourrait avaler ça ?

Cela lui fit l'effet d'un direct à l'estomac, et il se résigna à lui laisser le dernier mot, car il ne put trouver quoi que ce soit à répliquer. S'il avait voulu s'assurer qu'ils ne risquaient pas de coucher de nouveau ensemble, il avait brillamment réussi.

Le technicien, après avoir achevé de dresser le profil génétique de Tessa, le téléchargea simultanément sur la puce et dans le Registre national. Justin reporta son attention sur l'écran et s'efforça de se concentrer sur ce qui s'y affichait. C'était à peu près ce à quoi il s'était attendu : la nationalité de Tessa, les informations de base la concernant et les détails du visa qu'il lui avait obtenu. Ensuite, il n'y eut plus qu'à insérer la puce au creux de la pince formée par le pouce et l'index de sa main gauche. Tessa grimaça comme sous l'effet de la douleur, mais il aurait juré que sa réaction était davantage d'ordre psychologique qu'autre chose. L'opération terminée, elle fit jouer ses doigts longuement, comme si elle était surprise qu'ils bougent encore.

— Bienvenue dans le monde civilisé ! lui lança-t-il d'un ton joyeux.

Rien dans son attitude ne laissait supposer que son échange d'amabilités avec Mae l'avait marqué d'une quelconque façon. Après tout, n'avait-il pas désormais à portée de main pléthore de jeunes femmes civilisées et nettement plus conciliantes ?

Son accès de mauvaise humeur passé, Mae avait retrouvé ce qu'il pensait être son mode de fonctionnement habituel : une attitude formelle et dénuée d'émotions.

— Voilà ! lança-t-elle en se levant. Il ne me reste plus qu'à vous conduire chez vous.

Après avoir remercié le technicien d'être resté travailler tard, elle se dirigea vers la porte, présumant sans doute que Justin et Tessa feraient de même. Soudain très fatigué, il la suivit sans poser de questions. L'excitation initiale que son retour lui avait procurée était retombée. Le manque de sommeil de la nuit précédente, combiné à la fatigue du vol du retour, pesait lourdement sur lui. Tessa, elle aussi, dormait pratiquement debout, mais cela pouvait être également un effet secondaire du sédatif qu'il lui avait donné dans l'avion.

Mae leur fit regagner la station de métro, et ils voyagèrent en gardant tous trois le silence. La tête appuyée sur l'épaule de Justin, Tessa somnolait. Il essayait quant à lui de se concentrer sur le paysage qui défilait derrière la vitre et non sur la prétorienne. Elle était plongée dans la lecture de son ego, et à la voir inconsciemment entortiller une mèche autour de son index tout en lisant, il pouvait être sûr qu'elle ne faisait pas semblant.

— *Bien joué*, commenta Horatio dans un soupir. *On peut dire que tu as réussi ton coup.*

Ignorant délibérément l'oiseau, Justin décida de réfléchir à l'enquête qui lui avait valu son billet de retour : les meurtres de patriciens commis par une ombre insaisissable. Son esprit bourdonnait déjà d'idées sur la méthodologie à adopter pour résoudre l'énigme. Il savait quelles données rechercher et quelles questions poser lorsqu'il enquêterait sur le terrain. Confier l'étude de la vidéo à Léo serait déterminant, car réussir à prouver que la bande était un faux suffirait à dissiper une bonne partie du mystère qui entourait cette affaire.

— *Si c'est un faux, ils n'auront plus besoin de ton « expertise »*, le prévint Horatio.

Au moins avait-il cessé de se focaliser sur Mae.

— *Oui, je le sais*, répondit-il. *Mais pour l'instant, je suis davantage préoccupé par la date butoir, dans quatre semaines.*

La rame finit par ralentir aux abords d'une station. Alors, seulement, Justin prêta attention au paysage, typique d'une banlieue résidentielle.

— Que faisons-nous là ? s'étonna-t-il.

Mae lui donna une réponse des plus vagues et alla louer une voiture. Selon elle, la distance qui leur restait à parcourir aurait pu être franchie à pied, mais elle souhaitait ainsi rassurer Tessa. En réalité, elle ne parvint qu'à réveiller ses craintes quand l'adolescente comprit que le véhicule se conduisait tout seul. Ils descendirent devant une demeure élégante, dans ce qui était de toute évidence un quartier chic. Des réverbères épars éclairaient les ténèbres, installés de manière à assurer la sécurité sans gêner le sommeil des riverains. De grands arbres bordaient la rue, et Tessa paraissait beaucoup plus à son aise dans cet environnement constitué de belles demeures entourées d'impeccables pelouses. Ce n'est qu'en remontant l'allée menant à l'entrée que Justin en revint à la question qui le troublait.

— Vous pouvez me dire ce qu'on fait là ?

Sans lui répondre, Mae cogna du doigt contre la porte, qui s'ouvrit presque aussitôt. Il eut à peine le temps de reconnaître sa sœur avant que celle-ci le repousse violemment, le faisant trébucher en arrière sur les marches du perron.

— Tu ne manques vraiment pas de toupet ! cria-t-elle en marchant sur lui d'un air menaçant.

Justin battit prudemment en retraite. Mae n'avait-elle pas assuré qu'elle ferait en sorte que personne ne porte la main sur lui ?

— Qu'est-ce que j'ai fait, au juste ? demanda-t-il prudemment.

En puisant dans le stock de leurs souvenirs communs, il prit conscience que les griefs ne manquaient pas…

Cynthia ne lui répondit pas. La rage noire qui obscurcissait son visage s'envola, et elle parut soudain sur le point de se mettre à pleurer.

— J'ai cru que tu étais mort ! gémit-elle en se jetant dans ses bras.

Maladroitement, il lui tapota le dos et répondit :

— Pas encore, tu vois. Pas encore… Euh… si on rentrait ?

L'intérieur de la maison valait amplement l'extérieur. Même selon ses critères exigeants, elle était décorée avec autant de soin que de goût. Il n'eut cependant pas le temps d'admirer les lieux, car à peine avaient-ils atteint la cuisine que la colère de Cynthia reprit le dessus. Justin avait grandi en déguisant ses émotions et en manipulant celles des autres, mais sa sœur ne jouait pas à ces petits jeux-là. Tout était transparent, chez elle.

— Bon sang, mais à quoi tu joues ? s'emporta-t-elle. Qu'est-ce qui t'a pris de leur demander de m'amener ici ?

Les négociations de la nuit précédente revinrent à l'esprit de Justin, qui commença enfin à y voir plus clair. Il devait admettre qu'ils ne s'étaient pas moqués de lui et qu'ils avaient choisi, dans un temps record, une résidence des plus luxueuses pour sa sœur.

— Que reproches-tu à cette maison ? s'étonna-t-il. Cet endroit est magnifique. Ne me dis pas que tu vivais dans un tel cadre à Anchorage ! Tu vivais bien toujours là-bas, n'est-ce pas ?

Les poings posés sur les hanches, Cynthia raconta :

— Un groupe de soldats est venu m'enlever sur mon lieu de travail ! Sans aucun avertissement, sans me laisser le temps de me préparer. Ils m'ont simplement dit que je devais les suivre. Comprends-tu à quel point c'est humiliant ?

Il pouvait s'en faire une petite idée. La situation faisait écho à celle qu'il avait dû affronter lorsqu'il avait été exilé. En adressant un regard interrogateur à Mae, il demanda :

— Que s'est-il passé ?

Appuyée contre un comptoir, les bras croisés, elle paraissait parfaitement à son aise.

— Vous avez dit que vous la vouliez immédiatement ici, répondit-elle. Vous avez été exaucé.

— Ils m'ont pris au pied de la lettre ?

— De quelle autre façon étaient-ils censés vous prendre ?

Cynthia suivait leur échange, mais ses yeux s'arrondirent quand elle finit par remarquer la présence de Tessa.

— Qui sont ces gens ? s'enquit-elle.

— Je te présente la prétorienne Mae Koskinen, répondit-il.

Sans lui laisser le temps d'être choquée de ce qu'elle venait d'apprendre, il ajouta :

— Et voici Tessa Cruz. Elle arrive tout droit du Panama.

— Le Panama ?

À en croire sa réaction, Tessa aurait tout aussi bien pu débarquer de la lune.

— C'était là-bas que je me trouvais, expliqua-t-il, comme s'il venait d'y passer de longues vacances. J'ai emmené Tessa avec moi pour qu'elle puisse étudier ici.

Cynthia fronça les sourcils et, quand ce qu'elle venait d'entendre eut fini par faire sens en elle, elle s'écria avec horreur :

— Vous n'êtes tout de même pas…

— Non ! répondit-il vivement. Pourquoi tout le monde s'imagine-t-il une chose pareille ?

Tessa, heureusement pour elle, ne paraissait pas avoir compris de quoi il était question.

— Sans doute parce que tout le monde connaît ta réputation, répliqua Cynthia.

— J'ai mes limites, grommela-t-il.

Préférant ignorer le regard entendu de Mae, il précisa :

— Le père de Tessa est un de mes amis. Il m'a rendu service, et je les aide en retour. Elle va rester ici avec toi.

Le visage de sa sœur se figea.

— Je vois, dit-elle. Et je suppose qu'il ne t'est pas venu à l'idée de me demander d'abord mon avis, tout comme cela ne t'a pas gêné de me faire honte devant tous mes collègues.

— Mais, bon sang ! Quel est le problème ? s'exclama-t-il. Tu devrais m'être reconnaissante... Cette maison ressemble à un palace !

Ces retrouvailles ne se passaient vraiment pas comme il l'avait imaginé.

— Reconnaissante ? répéta-t-elle. Reconnaissante ?

Justin craignit qu'elle ne s'en prenne de nouveau physiquement à lui, et s'il devait en croire une expérience récente, celle qui était censée être son garde du corps n'allait rien faire pour l'en empêcher.

— Justin..., reprit-elle en faisant un effort manifeste pour rester calme. J'étais sur le point d'obtenir une bourse qui m'aurait permis de retourner à l'université. L'entretien devait avoir lieu... aujourd'hui !

— Et alors ? dit-il en se détendant quelque peu. Tu n'as plus besoin de bourse, à présent. Je couvrirai tes frais de scolarité, et les universités sont bien meilleures ici.

Le plus gros de la colère de sa sœur semblait l'avoir quittée. Elle paraissait désormais fatiguée et un peu triste.

— Tu ne comprends vraiment pas où est le problème, n'est-ce pas ? demanda-t-elle. Tu n'as décidément pas changé. Toujours aussi têtu et convaincu que...

Sans finir sa phrase, elle laissa son regard dériver vers un point situé derrière lui. Il se retourna et découvrit un jeune garçon dans l'encadrement de la porte de la cuisine.

— Quentin ! murmura-t-il, surpris de constater à quel point son neveu avait grandi.

Quel âge pouvait-il avoir, maintenant ? Huit ans ?

— Tu te souviens de moi ? reprit-il, le premier instant de surprise passé.

Quentin ne répondit pas, mais il était manifeste qu'il ne le reconnaissait pas.

— C'est ton oncle Justin, intervint Cynthia.

Le visage du petit garçon s'éclaira.

— Ah, oui..., dit-il. Le salaud qui nous a laissés tomber.

— Celui-là même.

La mère paraissait très fière de l'excellente mémoire de son fils.

Justin pouffa de rire.

— Pas de doute : tu fais bien partie de la famille…

Les traits de son neveu, plus que tout encore, prouvaient à quelle famille il appartenait. Il ressemblait à Cynthia de manière stupéfiante : mêmes pommettes hautes, mêmes yeux en amande. Ceux-ci étaient de couleur noisette, parsemés de paillettes vertes, variation récessive assez inhabituelle. Mais ses cheveux, de cette teinte de brun presque noire que Cynthia et Justin tenaient de leur mère, étaient quant à eux parfaitement plébéiens.

— Je vais y aller, annonça Mae. Il me semble que vous avez quelques petits problèmes à régler en famille.

Elle était parvenue à formuler cet euphémisme avec le plus grand sérieux.

— Quand entendrai-je de nouveau parler de vous ? s'enquit-il.

Elle se redressa et adopta cette posture exquise qu'elle devait avoir acquise dans sa caste, ou dans l'armée, ou acquise dans l'une et perfectionnée dans l'autre.

— Quand votre patronne me le demandera, répondit-elle. J'ai été ravie de vous rencontrer. Tous…

Mae n'était plus qu'à deux pas de la porte lorsqu'une évidence frappa Justin de plein fouet.

— Attendez ! Où vais-je loger ?

Le visage parfaitement inexpressif, elle répondit :

— Ici, je suppose. On ne m'a pas fourni d'autre adresse.

— Ici ?

D'un regard circulaire, il embrassa la cuisine, comme s'il la découvrait.

— Ici, c'est l'endroit où habite ma sœur ! Cornelia m'avait promis mon propre appartement…

— Hé ! Ne me regardez pas comme ça ! protesta-t-elle. Je n'y suis pour rien.

Le visage de Mae se fit pensif.

— Vous avez demandé un logement de qualité pour vous, résuma-t-elle au bout d'un moment. Puis un logement de qualité pour votre sœur. Mais vous n'avez pas spécifié qu'ils devaient être différents.

— *Elle a raison*, intervint Horatio. *Et c'est une faille que Cornelia s'est fait une joie d'exploiter.*

Justin en resta pantois un instant.

— Mais, je… je… non ! balbutia-t-il. Je ne peux pas vivre avec ma sœur ! Ce n'est pas cool ! Pas cool du tout ! J'étais censé disposer d'un chouette appartement en ville, pas d'un palace en banlieue !

Mae ne parut pas impressionnée par son plaidoyer. Elle ne s'était pas départie de son impassibilité de façade, mais il aurait juré qu'elle s'amusait beaucoup à ses dépens.

— Vous n'aviez qu'à être plus clair, répliqua-t-elle. De toute façon, par la ligne violette, vous serez en ville en un rien de temps.

— Tu devrais te montrer reconnaissant, intervint Cynthia d'un ton fielleux. Cet endroit ressemble à un palace !

Elle aussi paraissait beaucoup s'amuser. Ce retournement de situation semblait même lui faire davantage plaisir que le retour de Justin. Après une semaine de vie commune, elle aurait sûrement changé d'avis…

— Vous n'aurez qu'à harceler quelqu'un à la Sécurité intérieure jusqu'à obtenir gain de cause, conseilla Mae. Je suis sûre que vous saurez vous montrer persuasif.

Justin acquiesça d'un hochement de tête. Dans l'immédiat, elle ne pouvait rien faire pour lui de toute façon. Il aurait pu lui adresser d'autres reproches, mais pas celui-ci. Peut-être, après tout, cet aléa était-il pour le mieux. Ainsi, il pourrait choisir lui-même l'endroit où il voulait vivre et ne pas subir celui qu'on aurait choisi pour lui. Sans se plaindre davantage, il remercia Mae de mauvaise grâce. Il la regarda gagner la sortie, puis il détourna vivement le regard en constatant qu'il admirait ses jambes.

— Je crois que je l'aime bien, constata Cynthia quand ils entendirent la porte se refermer.

— C'est une castée…, maugréa-t-il, sachant que sa sœur n'allait pas aimer ça.

D'un coup d'œil en biais, il constata que Tessa titubait de sommeil. En hâte, il la rejoignit et passa un bras autour de ses épaules pour la soutenir.

— Pauvre petite, elle est morte de fatigue…, la plaignit-il. Il faut aller la mettre au lit, Cyn.

Une crainte se fit soudain jour en lui.

— Rassure-moi… Cet endroit est meublé ?

La salle de séjour qu'ils avaient traversée l'était, mais après sa dernière déconvenue, il se mettait à douter de tout.

— Dans le moindre détail, répondit sa sœur.

Puis, elle posa les yeux sur Tessa, et son visage s'adoucit. Elle pouvait se montrer dure et véhémente, parfois, mais elle était mère depuis huit ans, et cela se voyait quand il le fallait.

— Viens, suis-moi…, dit-elle en ramassant la valise de Tessa. J'ai exactement la chambre qu'il te faut.

À l'intention de Justin, elle ajouta sèchement :

— Toi, tu ne bouges pas d'ici !

Comme s'il pouvait faire autrement…

— Je viendrai te dire au revoir une fois que tu seras installée, lança-t-il à Tessa.

Toutes deux quittèrent la pièce, le laissant seul avec Quentin, dans un silence gêné.

—Il y a du vin dans ce placard, annonça son neveu au bout d'un moment.

—Qu'est-ce qui te fait croire que je pourrais en avoir envie ? s'étonna Justin.

Mais comme cela paraissait être une grande idée, il alla ouvrir la porte que son neveu lui désignait.

—Quand m'man a fouillé tous les placards, répondit Quentin, elle les a vues et elle a dit : « Je crois que nous sommes parés si un des soûlards de la famille débarque ».

Justin prit une bouteille au hasard : du syrah.

—Ta mère est une classieuse lady, dit-il.

—Pourquoi ai-je le sentiment que « classieuse » n'est pas le premier mot qui t'est venu à l'esprit ? demanda l'intéressée.

Elle alla dénicher un tire-bouchon dans un tiroir, un verre dans un placard, et les lui tendit. Un instant plus tard, Justin remplissait à ras bord un verre du précieux breuvage.

—Parce que tout le monde dans la famille est très futé, répondit-il. Déjà revenue ?

Un sourire triste flotta sur les lèvres de sa sœur.

—Pauvre gosse…, murmura-t-elle. Elle s'est effondrée sur le lit et a tout de suite sombré dans le sommeil.

D'un coup de menton, elle désigna l'escalier à Quentin.

—Va dans ta chambre, lui ordonna-t-elle. J'ai besoin de parler à ton oncle.

Il rechignait à rater la grande explication qui s'annonçait, mais un ordre plus sec de sa mère suffit à le faire décamper.

—Tu en veux ? demanda Justin en élevant la bouteille en l'air.

—Je ne voudrais pas te priver.

Les coudes posés sur l'îlot central de la cuisine, elle se pencha en avant.

—Tu sais, je suis heureuse que tu sois revenu, reprit-elle. Tu m'as presque manqué. Mais je suis toujours en colère contre toi.

—Je sais, dit-il. Tu m'as manqué également.

Jusqu'à cet instant, Justin n'avait pas réalisé à quel point ces paroles étaient vraies. Cynthia le rendait fou, parfois, mais elle était parvenue à le garder dans le droit chemin. En plus d'être sa sœur, elle avait été sa première et sa meilleure amie. Devoir rester si longtemps loin d'elle lui avait laissé un vide dans le cœur. Après avoir reposé la bouteille, il alla la prendre dans ses bras. Il pouvait enfin se permettre un instant de vulnérabilité. Ils avaient traversé trop d'épreuves, ensemble, pour qu'il puisse conserver auprès d'elle son habituelle réserve.

— Et je suis vraiment désolé, ajouta-t-il. Je sais dans quelle position délicate tu t'es trouvée après mon départ.

La joue posée contre sa poitrine, Cynthia répondit :

— Je suppose que j'ai fini par m'y faire. Mais… pourquoi es-tu parti ? Et que faisais-tu au Panama ? Sais-tu comme il est étrange, pour moi, de te voir soudain débarquer, après des années d'absence, en compagnie d'une prétorienne et d'une jeune provinciale ?

— Oui, dit-il en la lâchant. Crois-moi, je sais parfaitement combien cela doit te paraître étrange.

— Tu n'as pas répondu à ma question. Pourquoi es-tu parti ?

— Je ne peux pas te le dire, Cyn. Secret d'État…

Devinant la question qu'elle allait lui poser ensuite, il ajouta :

— Et je ne peux pas te dire non plus pourquoi je suis revenu. Mais je ne commettrai pas deux fois la même erreur. Tu auras procuration sur tous mes avoirs, sur tous mes comptes. Plus question que tu te retrouves sans rien du jour au lendemain.

Les sourcils froncés, elle le dévisagea et demanda :

— Tu vas partir encore ?

Justin aurait bien aimé le savoir. Francis avait l'air de s'imaginer que la RUNA ne pouvait survivre sans lui, mais Horatio avait eu raison de souligner qu'il n'aurait plus aucune valeur à leurs yeux s'il parvenait à prouver que la vidéo était truquée. Il ne devait pas oublier non plus que, s'il ne trouvait pas le fin mot de l'histoire dans les quatre semaines à venir, il serait revenu au point de départ. Néanmoins, il s'arrangea pour sourire à sa sœur de manière encourageante, avant de vider son verre d'un trait.

— Bien sûr que non, répondit-il enfin.

Dans sa tête, il entendit Horatio protester :

— *Ne fais pas de promesses que tu ne pourras pas tenir.*

9

Ces guerriers invincibles qui nous protègent

Un prétorien avait beau ne pas dormir, Mae se sentit épuisée en reprenant le métro pour rentrer en ville. Sa brève incursion dans le nouveau foyer de la famille March s'était révélée comique et poignante à la fois, et elle n'osait imaginer quels autres développements allaient se produire ce soir-là.

Un autre sujet de préoccupation – Justin March lui-même – éclipsait pourtant de son esprit leur petit drame familial. Son estomac se rebellait chaque fois qu'elle pensait à ce terrible instant, dans la suite de l'hôtel panaméen, où elle avait découvert que son exotique amant d'un soir faisait profession d'entrer dans la tête des gens et séduisait les femmes à la chaîne. Il lui avait fallu faire appel à tout son self-control pour ne pas perdre son calme et pour prêter ensuite attention à ce qui s'était dit au cours de cette réunion.

Elle avait presque fini par espérer qu'il tenterait de la convaincre que leur rencontre signifiait quelque chose à ses yeux, mais au cours de leur brève conversation au ministère, il n'avait fait que confirmer tout ce que Cornelia lui avait révélé de son arrogance et du traitement scandaleux qu'il réservait aux femmes. Mae aurait bien aimé croire qu'elle avait réussi à transcender les principes de l'éducation nordique qu'elle avait reçue, mais elle ne s'était pas entièrement libérée du complexe de supériorité que sa famille avait instillé en elle. On l'avait adulée et amenée à s'imaginer qu'elle avait quelque chose de spécial. Elle savait à présent que ce n'était pas vrai, qu'il ne s'agissait que d'une manifestation d'arrogance patricienne. Pourtant, habituée qu'elle était à voir les hommes capituler devant elle, elle supportait mal d'avoir été manipulée par l'un d'eux. On avait trop cherché à se servir d'elle, au cours de son existence, pour qu'elle ne sache pas immédiatement repérer ceux qui s'y efforçaient. Apparemment, il lui restait des progrès à faire dans ce domaine…

Il paraissait tellement sincère, songea-t-elle avec tristesse. Sous le masque du charmeur, elle avait été certaine d'apercevoir une réelle douleur et même une mélancolie assez semblable à la sienne… Avait-il fait semblant ? Ou pas… Mae ne savait plus que croire. Ce qui était certain, c'est qu'il l'avait blessée, et qu'il avait été jouissif d'enfiler de nouveau son masque de princesse nordique hautaine et méprisante pour lui rendre la pareille. Mais même au plus fort de leur échange fielleux, elle s'était sentie étrangement attirée par lui. Il aurait suffi d'un rien pour que de la confrontation naisse la passion.

C'était une faiblesse qu'elle ne pouvait se permettre. Il n'y avait qu'une chose à faire : les effacer de son souvenir, lui et cette nuit passée dans ses bras. Elle avait une mission à accomplir – certes bizarre et très éloignée de ses compétences habituelles –, et c'était sur celle-ci qu'elle devait se concentrer, tout comme lui.

Il devait y avoir derrière ces meurtres qui avaient fait la une bien plus que ce que les médias à sensation avaient pu en dire. Mae avait également l'intuition qu'on ne lui avait pas tout dit. Entre Cornelia, Francis et Justin, elle avait senti comme une entente secrète, un sujet tabou connu d'eux seuls. De quoi pouvait-il s'agir ? Étranges ou pas, les objectifs de sa mission étaient parfaitement clairs et ne prêtaient à aucune interprétation. L'aspect potentiellement rituel de ces meurtres nécessitait l'intervention du Bureau de surveillance des sectes et cultes. Un serviteur pouvait avoir de l'affaire une vision plus globale et ne négligeant pas les aspects religieux. Et si un fanatique meurtrier était en liberté, une sécurité renforcée autour du serviteur chargé de l'enquête était nécessaire. D'où la présence de Mae.

On semblait avoir une haute opinion des talents de Justin. Du moins était-ce le cas de Francis qui, s'il l'avait pu, lui aurait demandé un autographe. Elle pouvait presque comprendre pourquoi. Il avait été fascinant de le voir visionner la vidéo du crime et analyser les premiers éléments de l'enquête. Il s'était montré si passionné, si concentré, si totalement investi dans cette brève présentation du dossier, qu'il lui avait été possible de voir en lui ce serviteur émérite que vantait Francis, et dont la sévère Cornelia elle-même ne pouvait nier le talent.

Mae fut interrompue dans ses cogitations lorsque la rame atteignit l'arrêt où elle devait descendre : le quartier des loisirs. Ici, la nuit était vibrante et brillait de mille feux, à l'opposé de la tranquille quiétude des banlieues. Réverbères et écrans de rue, chassant les ténèbres, nimbaient toutes choses d'éclats de lumières vives et colorées. Même en semaine, ce quartier prisé des amateurs de sorties et de plaisirs nocturnes demeurait animé tard la nuit. Se frayant un chemin à travers la foule, Mae traversa l'avenue en empruntant une passerelle aérienne à quelques pâtés de maisons de son arrêt. La vitrine du bar devant lequel elle déboucha proclamait que les martinis lavande étaient en promotion ce soir-là.

Au ministère, elle avait fait semblant d'être absorbée par des communications importantes alors qu'elle organisait en fait une réunion impromptue dans un bar. Ses yeux s'ajustèrent rapidement à la pénombre ambiante lorsqu'elle entra. Aucun plafonnier n'éclairait la salle. Tout l'éclairage provenait de tubes de néon violets installés sous les tables et en bordure du bar. Il en résultait une lueur fantomatique qui nimbait les consommateurs branchés installés autour de tables hautes au plateau de verre. Ceux-ci discutaient entre eux en observant l'air de rien les nouveaux arrivants. L'établissement était l'un de ces endroits où il fait bon voir et être vu. Les serveurs qui s'agitaient derrière le bar rappelèrent à Mae l'antique distributeur automatique du club de Cristobal Martinez. Ces machines avaient également connu une certaine popularité en RUNA, mais c'était le « service humain » qui était en vogue désormais.

Val et Dag étaient déjà là et s'étaient octroyé une table près de la vitrine. Leur tenue décontractée – jean et tee-shirt – leur valait des coups d'œil réprobateurs de la part de clients plus élégamment vêtus. Au moins n'avaient-ils pas passé leur uniforme, ce qu'ils faisaient à l'occasion, uniquement pour créer un peu de remous autour d'eux. La dernière fois qu'ils s'y étaient risqués, la serveuse qui s'occupait d'eux avait été tellement impressionnée qu'elle avait renversé son plateau deux fois de suite. Mae s'était sentie obligée de lui laisser un généreux pourboire pour compenser.

Dag émit un sifflement admiratif en l'apercevant.

— Regardez-moi cette beauté..., plaisanta-t-il. Tu reviens du country-club ?

— On porte la robe, au country-club ! le corrigea Val, comme si elle était experte en la matière. La petite revient plus sûrement d'une réunion de travail. Je me trompe ?

— Vous vous trompez tous les deux.

Mae prit place à leur table et pianota immédiatement pour passer sa commande. Sans même consulter la carte, elle opta pour un mojito.

— Eh bien ? reprit Val.

Tous deux la dévisageaient avidement. Depuis les funérailles, ils ne s'étaient pas revus. En butte à son silence, son amie insista :

— Où étais-tu passée ? Pas en détention, manifestement. On se demandait s'ils t'avaient collée à la circulation. Ou aux visites guidées d'un musée militaire ?

— Cela pourrait encore venir, répondit Mae. Mais cette semaine, on m'a chargé d'une mission en province.

Ses amis parurent impressionnés.

— Déjà de retour sur le terrain ? demanda Dag.

Mae décida qu'avoir rossé ces petites frappes panaméennes n'avait rien d'un coup d'éclat.

— Non, répondit-elle. Simple mission… d'intendance au Panama.

Un serveur vint déposer son mojito devant elle, ainsi qu'une autre tournée pour Dag et Val. Il s'agissait juste pour eux de boire un pot, ce soir-là. Autrement, ils auraient déjà eu une dizaine de verres vides devant eux. Le seul moyen pour un prétorien de contrer les effets de l'implant qui réduisait à néant les effets de l'alcool consistait à en ingurgiter une dose massive en un minimum de temps. Cela provoquait une très légère ivresse qui ne durait guère plus qu'une dizaine de minutes. Les prétoriens appelaient cette méthode « écrabouiller l'implant ».

La présence de Justin et Tessa en RUNA ne relevant pas du secret, Mae offrit à ses amis un bref – et très expurgé – compte rendu de ses aventures panaméennes. Elle passa sous silence les meurtres rituels, expliquant simplement qu'elle servait de garde du corps à Justin March. Au vu de leur réaction de perplexité, elle comprit qu'elle n'était pas la seule à trouver tout cela très bizarre.

— Qu'est-ce que ce type a bien pu faire pour mériter l'exil ? s'étonna Dag.

Ses yeux sombres perdus dans le vague, Val caressa d'un doigt le pourtour de son verre et renchérit :

— Apparemment, rien de suffisamment grave pour qu'on n'aille pas le rechercher.

— On ne m'a pas mise dans la confidence, expliqua Mae d'un ton aussi détaché que possible. Je n'étais que la messagère.

Le visage de Dag s'anima.

— Toujours plus intéressant que la garde des monuments, dit-il. Mais moins prestigieux.

— La garde des monuments ? répéta-t-elle, surprise. Où êtes-vous affectés ?

— Aux Jardins nationaux, répondit Val en sifflant son verre d'un trait.

Peut-être n'écrabouillait-elle pas l'implant, mais elle ne se retenait pas beaucoup non plus… Au souvenir de la vinasse panaméenne qu'elle avait dû ingurgiter, Mae fut tentée de l'imiter.

— Vous êtes tous les deux aux Jardins nationaux ?

De concert, ses amis acquiescèrent d'un hochement de tête.

— Il y a même toute une brochette d'Écarlates là-bas.

En s'aidant de ses doigts, Val commença à énumérer :

— Whitetree, Mason, Chow, Makarova…

— Bande de veinards ! marmonna Mae.

Ils n'étaient peut-être pas de cet avis, mais si l'on avait affecté un détachement d'Écarlates dans la capitale, sans les événements récents elle aurait dû en faire partie elle aussi. Les affectations les plus prestigieuses, pour un prétorien, étaient celles qui le plaçaient en première ligne, comme dans les provinces ou les régions frontalières. Il s'agissait de missions potentiellement mortelles, nécessitant un engagement total, vingt-quatre heures sur vingt-quatre. Mais les prétoriens étaient également affectés par roulement dans la capitale, afin d'assurer la sécurité des sénateurs et de monter la garde autour des principaux monuments et bâtiments nationaux. Il s'agissait d'un boulot plutôt assommant pour des soldats de leur trempe, mais qui procurait un certain prestige. Les prétoriens symbolisaient la force de la RUNA et sa perfection. Les affecter aux endroits stratégiques de Vancouver rassurait les citoyens quant à la supériorité de leur pays, même s'ils les trouvaient également effrayants parfois. Le service dans la capitale s'effectuait par gardes successives, ce qui procurait aux prétoriens qui y étaient affectés pas mal de temps libre. Et le fait que plusieurs éléments de leur cohorte s'y retrouvent en même temps constituait un avantage peu courant, étant donné qu'ils étaient tous habituellement dispersés à travers le monde.

Val et Dag étaient parfaitement conscients d'avoir bénéficié d'une affectation de choix, mais Dag s'efforça diplomatiquement de consoler Mae.

— Je suis sûr que tu vas voir des trucs chouettes, aux côtés d'un serviteur. Peut-être que tu pourras mettre hors d'état de nuire un culte de dingos. J'ai entendu parler aux actualités de ce groupe qui faisait des sacrifices d'animaux et dansait à poil sous la lune.

Il se fit songeur et ajouta dans un soupir :

— Ça ne me déplairait pas moi non plus de voir ça. La danse à poil au clair de lune, je veux dire. Pas les animaux sacrifiés. Je crois qu'ils ont essayé de lapider le serviteur qui les a coincés...

Mae le récompensa de ses efforts par un sourire.

— Dissoudre un culte illégal nécessite généralement plus de paperasses que d'emploi de la force, précisa-t-elle. On ne montre à la télé que les cas les plus spectaculaires.

— N'oublie tout de même pas que cela aurait pu être pire.

L'avertissement de Val avait été délivré avec bienveillance mais fermeté. Personne n'avait évoqué les funérailles, mais sans doute y pensaient-ils tous les trois.

— Et puis te voilà embarquée dans une aventure un peu folle avec un mystérieux serviteur exilé et une jeune provinciale, reprit-elle. Le genre de truc qu'on ne voit pas tous les jours.

— C'est vrai, reconnut Mae en songeant à la scène à laquelle elle venait d'assister. C'est même le moins qu'on puisse dire.

— Il est mignon ? demanda Val avec un sourire que Mae ne connaissait que trop.

Mae n'avait pas l'intention de leur souffler un mot de son aventure avec Justin. Elle ne tenait pas à les avoir sur le dos.

— Ne commence pas, répondit-elle. Je n'ai vraiment pas besoin de te voir débarquer devant sa porte.

Une lueur s'alluma dans les yeux de Val.

— Ah ! s'exclama-t-elle. Il est mignon.

Dag secoua la tête d'un air dégoûté.

— Ne fais pas attention à elle, conseilla-t-il. Cela doit faire une semaine qu'elle n'a pas couché. C'est un miracle qu'elle soit encore en vie.

Il plaisantait, mais il était vrai que les prétoriens avaient une vie sexuelle plutôt active. C'était un autre des effets secondaires du port de l'implant, celui-ci tendant à exacerber les réactions physiologiques naturelles. Mae avait mis fin en couchant avec Justin à une période d'abstinence de près de six mois. Une durée plutôt inhabituelle, mais après Porfirio elle avait préféré faire un break.

Val salua la plaisanterie de Dag en lui donnant un coup de coude dans les côtes, et Mae eut ainsi la réponse à une question qu'elle se posait. Ces deux-là étaient constamment en train de se séparer et de se rabibocher, si bien qu'elle ne savait jamais où ils en étaient. Apparemment, ils n'étaient plus ensemble pour l'instant, ce qui la rendait un peu triste, mais au moins parvenaient-ils à rester bons amis.

Après avoir jeté un coup d'œil à l'heure qu'il était, Mae vida son verre. Elle adorait ses amis, mais soudain elle aspirait à un peu de tranquillité.

— Je vais devoir y aller, annonça-t-elle. Je vous raconterai la suite de mes passionnantes aventures la prochaine fois qu'on se verra. À moins que vous n'en entendiez parler d'abord à la télé.

— Où est-ce que tu vas ? s'enquit Val. Un rencard avec un mec hot ? Ça ne te ferait pas de mal de prendre un peu de bon temps, toi aussi. Sans quoi, tu risques vite de retomber dans ta vieille froideur patricienne...

Si elle savait !

— Elle ne s'en débarrassera jamais tout à fait, intervint Dag. Mais elle a raison, Finn. Tu as besoin de te détendre.

Dag avait commencé à l'appeler ainsi lorsqu'ils s'étaient retrouvés dans la même cohorte et avaient débuté l'entraînement. Incapable de mémoriser son patronyme, il s'était raccroché au fait qu'elle était d'origine nordique pour lui trouver ce surnom, que Val à son tour avait adopté.

Tout le monde devinait au premier coup d'œil son statut de patricienne, ce qui n'avait pas facilité son assimilation. Val et Dag avaient immédiatement et sans condition sympathisé avec elle, peut-être parce qu'ils avaient besoin d'un troisième larron qui ne rirait pas à toutes leurs blagues.

— Je n'ai pas le droit de me détendre, répondit-elle en se levant et en sortant son ego pour payer. Je ne suis pas en vacances, moi. Je veux dire… de garde aux Jardins nationaux.

Val se mit à rire, manifestement soulagée de la tournure prise par les événements. Mae se sentait un peu coupable de ne pas les avoir tenus au courant plus tôt. Après les funérailles, ils avaient tout ignoré du sort qui lui avait été réservé et devaient avoir envisagé le pire. Elle se sentait en fait plus proche de Val et de Dag que de sa propre famille.

Les mains posées sur le dossier de son siège, Mae hésita à poser la question qui lui brûlait les lèvres.

— Vous n'auriez pas par hasard des nouvelles de Kavi ? se décida-t-elle enfin à demander.

— Toujours hospitalisée, répondit Dag en reprenant son sérieux. Enfin… c'est ce que dit la rumeur. Nous ne sommes plus dans les confidences des Indigos, tu sais.

Le malaise qui s'emparait de Mae chaque fois qu'elle pensait à Kavi se fit de nouveau sentir.

— Je suppose que c'est normal, commenta-t-elle platement. Cela ne fait pas si longtemps.

Il était rare qu'un prétorien se blesse, mais quand cela arrivait, il devait se résigner à guérir à la même vitesse que le commun des mortels. Il se murmurait que des traitements à base de cellules souches ou d'autres avancées biotechnologiques pouvaient être à même de hâter les processus de guérison, mais, même pour le bien de ses soldats d'élite, la RUNA ne pouvait enfreindre les lois interdisant les manipulations biologiques et génétiques. La recherche médicale était une bonne chose, mais nul ne voulait prendre le risque d'abus susceptibles de mener à une nouvelle pandémie et à un nouveau Déclin.

Val se leva à son tour et prit Mae dans ses bras.

— Ce n'est pas ta faute, lui assura-t-elle à mi-voix.

— Je lui ai brisé la jambe. Si ce n'est pas ma faute, je ne vois pas de qui ça peut l'être…

— Elle l'a cherché, renchérit Dag avec loyauté.

Après s'être levé lui aussi, il lui offrit une de ces rudes étreintes dont il avait le secret.

— La mort de Porfirio l'avait bouleversée, murmura Mae. Comme nous tous.

Le simple fait de prononcer son nom avait suffi à réveiller en elle une douleur familière.

— Bon sang, Dag ! s'exclama Val. Tu as entendu ça ? Je pense qu'elle vient de reconnaître qu'elle éprouve des émotions, comme tout le monde…

Mae aurait voulu avoir le courage de leur demander pourquoi Kavi avait été si lente à réagir – cette question la taraudait toujours –, mais elle supposait qu'eux non plus n'en savaient rien. Ils lui auraient simplement répondu, comme Gan mais dans un langage moins châtié, qu'elle devait simplement avoir été meilleure et plus rapide qu'elle.

— On devrait y aller, nous aussi ! suggéra Val après avoir vidé son verre d'un trait. Cette fête organisée par les Ambres devrait bientôt commencer.

Une chose était certaine lorsque les prétoriens étaient en ville : il y avait toujours, quelque part, une fête où ils pouvaient se retrouver. Val et Dag invitèrent Mae à se joindre à eux, mais elle déclina leur invitation. L'ambiguïté de son statut la rendait morose. Elle n'était pas en service actif, ni comme eux de garde pour le prestige. Il aurait été bizarre de les accompagner. Elle ne tenait pas à se faire rappeler sans cesse qu'elle avait manqué une occasion d'être affectée dans la capitale avec les autres Écarlates.

Le lieu de la fête étant situé sur le chemin de la station de métro, tous trois se fondirent dans la foule qui encombrait les trottoirs. Entre le moment où Mae était entrée dans ce bar et celui où elle en était sortie, l'affluence avait presque doublé. Certains entamaient à peine leur soirée, tandis que d'autres, quittant salles de spectacles et restaurants, s'apprêtaient à rentrer chez eux. Après avoir laissé ses amis en chemin, Mae eut la bonne fortune de trouver une rame au départ dès qu'elle atteignit la plate-forme.

En sortant de la station à quelques pâtés de maisons de chez elle, Mae retrouva une ambiance plus sereine que dans le quartier des loisirs. C'était toujours la ville, mais il n'y avait dans ce secteur résidentiel ni enseignes ni écrans pour troubler la quiétude de la nuit. Des chênes verts, stratégiquement plantés pour orner la rue bordée de façades en briques pimpantes, alternaient avec des réverbères ornementés dont la faible lumière trouait à grand-peine de vastes pans d'obscurité. Mae avait presque atteint sa porte lorsqu'elle sentit une présence, non loin d'elle sous un arbre. Déjà, elle avait fait volte-face, l'arme au poing.

— Mince ! Vous êtes vraiment rapide…

Un homme sortit lentement de la pénombre, les mains dressées devant lui en un geste apaisant.

— Du calme…, reprit-il.

Sans baisser son arme, Mae le toisa attentivement. Elle ne l'avait jamais vu. Il avait à peu près son âge, cheveux blonds, yeux bleus, et devait comme elle appartenir à une caste du nord-ouest européen. Il pouvait fort bien être nordique, mais le manque de lumière rendait impossible toute certitude sur ce point. Son attitude n'était en rien menaçante, mais il y avait en lui quelque chose qui la mettait sur ses gardes.

— Qui êtes-vous ? demanda-t-elle.

L'homme lui sourit, parfaitement à l'aise.

— Vous pouvez m'appeler Emil, prétorienne.

Mae ne broncha pas et ne lui demanda pas non plus comment il savait ça.

— Et ? reprit-elle. Que voulez-vous ?

— Vous, répondit-il abruptement. Vous deviez bien vous douter que nous finirions par vous envoyer un émissaire.

— Vraiment ? Seriez-vous un genre de chasseur de primes envoyé par ma mère pour me ramener à la maison ?

— Quelque chose me dit qu'une telle mission ne serait pas facile à remplir...

Il eut un petit rire moqueur et ajouta :

— Mais c'est drôle que vous évoquiez votre famille, parce que j'ai ici quelque chose qui la concerne et qui pourrait vous intéresser. Un gage de bonne volonté, pour vous prouver notre désir de vous accueillir chez nous.

L'adrénaline afflua dans les veines de Mae. Elle s'arrangea pour garder un visage parfaitement neutre, refusant de laisser paraître qu'elle n'avait pas la moindre idée de ce que ce type lui voulait. Révéler son ignorance aurait été un aveu de faiblesse.

Emil amorça un geste vers sa poche. Mae crispa son doigt sur la détente.

— Voyons si ce visage vous semblera familier, dit-il.

De sa poche, il tira un ego sur lequel il pianota négligemment. Quand il eut trouvé ce qu'il cherchait, il le montra à Mae qui fit de son mieux, une fois encore, pour demeurer impassible, ce qui s'avéra moins facile.

— Je ne l'ai jamais vue, assura-t-elle.

La petite fille de la photo devait avoir huit ans et portait une robe de fabrication maison bizarre taillée dans un morne tissu brun. Un foulard blanc lui couvrait la tête, mais des mèches blondes s'en échappaient. Elle se tenait à l'extérieur, debout sur une étendue herbeuse ne présentant aucun autre signe distinctif. *Elle ressemble trait pour trait à Claudia*, songea Mae. *Enfin... une version plus jolie de Claudia, ce qui peut se comprendre.*

— Aimeriez-vous la voir ? demanda Emil en rempochant son ego. Nous avons les moyens de vous y aider.

Mae sut alors à quoi s'en tenir et en eut le souffle coupé. *Brödern, enfin...* Cela faisait des années qu'elle cherchait à obtenir qu'ils lui vendent des informations, mais la mafia suédoise ne paraissait pas désireuse de venir en aide à quelqu'un qui appartenait aux forces armées. Elle avait presque renoncé à espérer qu'ils la contacteraient un jour.

— Dites-moi où elle est.

En réponse à l'injonction de Mae, Emil secoua négativement la tête, sans se départir de son expression condescendante.

— Je ne peux vous donner satisfaction si facilement.

Cela allait de soi, mais Mae était préparée à cela. Elle ne pouvait que l'être, étant donné les contacts sordides auxquels il lui avait fallu avoir recours dans sa quête.

— Combien cela coûtera-t-il ? demanda-t-elle tout de go. Je peux payer en monnaie asiatique.

— De l'argent ? répondit-il. Bah ! Nous en avons déjà beaucoup. Mais ce dont nous ne disposons pas, c'est d'une jeune femme entreprenante dans une des unités d'élite de l'armée.

L'insinuation était ridicule.

— Il n'est pas question que j'utilise ma position pour aider votre groupe dans un quelconque de ses petits complots.

— Vous devriez déjà nous avoir rejoints..., dit-il de manière inquiétante. Par la naissance, tel est votre droit.

Une attitude qui n'était pas pour la surprendre. Des organisations telles que Brödern tendaient à avoir des inclinations séparatistes plus marquées encore que les patriarcats réguliers. Lui faire savoir que ses origines étaient davantage finnoises que suédoises n'aurait sans doute rien changé à l'affaire.

— Désolée, dit-elle. Me joindre à vous ne m'intéresse pas.

Du plat de la main, Emil tapota la poche dans laquelle il avait rangé son ego.

— Pourtant, ceci vous intéresse.

— Ce pourrait être un faux, répliqua-t-elle. Cette gamine pourrait être n'importe qui.

— Peut-être...

De nouveau, il plongea la main dans sa poche et en tira cette fois un petit étui en plastique scellé. Il le tendit à Mae, et après avoir hésité quelques instants, elle s'en saisit de la main gauche. Elle vit qu'une mèche de cheveux blonds se trouvait à l'intérieur.

— Mais ceci ne peut appartenir qu'à une seule personne, reprit-il.

— Vous bluffez !

— Faites-les analyser, suggéra-t-il dans un haussement d'épaules. Peut-être, ensuite, montrerez-vous un peu plus d'empressement à remplir votre devoir.

Mae dut se retenir de porter le sachet à ses yeux pour observer la mèche de cheveux.

— Vous ne m'avez toujours pas expliqué précisément ce que vous attendez de moi en retour, fit-elle remarquer.

— Cela dépendra de la façon dont nous aurons besoin d'utiliser vos services.

— Vous vous imaginez vraiment que je suis prête à vous accorder une faveur en échange ?

À en juger d'après l'expression de son visage, c'était exactement ce qu'il s'imaginait.

— En comparaison de tout ce que nous avons fait pour vous, dit-il, et de tout ce que nous pouvons encore faire, ce n'est pas grand-chose.

D'un regard, il désigna le sachet et conclut :

— Faites-les tester. Nous en reparlerons ensuite.

Sur ce, il tourna les talons et commença à s'éloigner. Mae joua quelques instants avec l'idée de lui tirer dessus, ou au moins de le plaquer à terre, mais techniquement il ne s'était pas mis en tort, et elle n'avait rien à lui reprocher. Aussi demeura-t-elle figée sur place, à le regarder se fondre peu à peu dans la nuit. Alors, seulement, elle rengaina son arme et se dirigea lentement vers sa porte, serrant au creux de sa main la mèche de cheveux qu'il lui avait remise.

10

Maître et apprentie

La semaine qui suivit le retour de Justin s'écoula comme dans un rêve. Il dut passer une bonne partie de ce temps-là à renouer avec le Bureau de surveillance des sectes et cultes. Pour l'essentiel, il devait être réinscrit sur les listes de service, ce qui supposait nombre d'obstacles administratifs à franchir et des monceaux de paperasses à remplir, comme souvent dans les sphères gouvernementales. Ce répit lui offrit pas mal de temps libre, qu'il employa à s'immerger de nouveau dans ce monde qui l'avait fait fantasmer durant quatre ans.

Il passa de longues journées en ville, autant pour reconstituer sa garde-robe – finies les fringues merdiques – que pour explorer d'anciens lieux de perdition. Il n'eut aucun mal à reprendre ses vieilles habitudes. Évidemment, les drogues disponibles en RUNA n'étaient pas aussi redoutables que celles qu'on trouvait à foison au Panama, mais la débauche constituait l'habitude la mieux partagée sous toutes les latitudes, et il trouva sans peine les dealers et médecins marrons prêts à lui fournir les stimulants qu'il utilisait durant le jour et les substances plus euphorisantes qui lui permettaient de décompresser.

Mais ce qui le prit par surprise, ce fut le bond technologique qu'il put rapidement constater. Il était couramment admis que sans le Déclin, l'humanité aurait atteint les étoiles. Le progrès avait été stoppé net – et il y avait même eu décadence – durant cette ère de chaos, surtout dans d'autres parties du monde. Principalement au cours de la dernière décennie, la RUNA, enhardie par son triomphe contre le Méphistophélès, avait rapidement rattrapé le temps perdu. Les années d'exil de Justin n'avaient pas fait exception. Il se trouva confronté à des innovations stupéfiantes, et pas seulement pour ce qui concernait les egos. Il était même un peu embarrassant pour lui d'avoir à assimiler des choses qui pour Quentin relevaient déjà d'une seconde nature…

Bien sûr, ces petites difficultés n'avaient rien de comparable aux efforts que Tessa devait fournir. Elle avança à grands pas dans son acclimatation lors de cette première semaine, même si, rechignant à s'aventurer en ville comme Justin le faisait, elle le fit principalement grâce au mediaflow*. Elle passa des heures et des heures en tête à tête avec un écran, à regarder tout ce qui lui tombait sous la main : programmes récréatifs, informations, documentaires pédagogiques. Depuis l'abri très sûr de leur salon, elle goba tout cela pour assimiler en quelques jours l'essentiel de la culture gemméenne.

Mais aux yeux de Justin, cela n'était pas suffisant. Il n'avait pas fait entrer Tessa en RUNA pour qu'elle reste confinée à domicile comme elle l'avait été au Panama. Ainsi, le soir précédant son retour officiel à son poste, il sacrifia une nuit de fête pour lui-même afin de pouvoir emmener sa famille dîner en ville. Cela ne pouvait également que renforcer ses liens avec sa sœur. Même en vivant sous le même toit, chacun d'eux se retrouvait tellement occupé à s'adapter à sa nouvelle vie qu'ils n'avaient pu se parler comme ils l'auraient dû après une séparation de quatre années.

Les yeux ronds, Tessa observait le restaurant qu'avait choisi Justin. On y servait la meilleure cuisine thaïe de Vancouver, mais la direction avait décidé de rentabiliser la popularité de l'établissement en couvrant chaque mur d'écrans diffusant de la publicité en continu. Même Justin, qui avait grandi dans un constant déferlement d'images, devait admettre que c'était un peu perturbant. Mais après avoir été privé au Panama de cuisine asiatique digne de ce nom, il avait décidé qu'il pouvait s'en accommoder.

— Il y a tellement de… trucs, commenta Tessa. C'est la cinquième pub que je vois pour des coques d'ego. Vous avez vraiment besoin qu'ils soient en permanence coordonnés à vos vêtements ?

— Oui, répondit Justin.

— Parfois, répondit Cynthia.

Justin ne prêta pas attention à la moue dubitative de Tessa. La coque qu'elle venait de montrer semblait le complément idéal d'un costume qu'il avait acheté la veille. Brandissant son ego, il capta le code de l'écran publicitaire et passa commande en quelques secondes.

Les sourcils froncés, Cynthia protesta :

— C'est trop cher ! Tu pourrais avoir le même à bien meilleur prix dans cette boutique, sur Market Street.

— Peut-être, mais celui-ci est un Bloomfield, fit-il valoir.

Cela ne suffit pas à la convaincre.

— *Fashion victim !*

Justin lui répondit d'un sourire. Il était trop heureux pour se fâcher à propos de quoi que ce soit. Sa vie lui avait été rendue, sa famille aussi, de même que son job. Seul le fait de récupérer sa citoyenneté aurait pu parfaire sa félicité.

—*Ainsi que la garantie de ne pas redevenir un paria un jour ou l'autre*, intervint Horatio.

—*Ainsi que la certitude que Mae ne te hait pas*, renchérit Magnus.

— *Vous n'en avez pas marre de jouer les rabat-joie, tous les deux ?*

Pourtant, ces deux objections étaient valides, surtout la première. Il avait apprécié les vacances impromptues que la manie procédurière du Bureau lui avait laissées, mais il y avait perdu des journées entières de travail qu'il ne pouvait se permettre de gaspiller. Au moins lui avaient-ils restitué son accès aux bases de données, ce qui lui avait permis de ne pas tout à fait perdre son temps. En écumant les rapports de serviteurs relatifs aux groupes susceptibles d'avoir la lune et l'argent dans leurs obsessions rituelles, il avait pu dresser une liste de certains d'entre eux à visiter en priorité. Il n'était toujours pas sûr d'avoir intérêt à résoudre l'énigme rapidement, mais il ne servait à rien de gâcher sa dernière soirée de liberté en s'en préoccupant.

Un serveur vint déposer plusieurs plats à leur table, qui laissèrent tous Tessa sur ses gardes – du moins jusqu'à ce que le plat de riz fasse son apparition. Son visage s'éclaira en l'apercevant... avant de s'assombrir quand elle réalisa qu'elle allait devoir se servir de baguettes. Justin eut pitié d'elle et demanda une fourchette à son intention mais la prévint qu'elle aurait à goûter à tout.

—Ça ressemble donc à ça, être parent..., murmura-t-il à l'oreille de Cynthia.

Quentin s'était spontanément porté volontaire pour apprendre à Tessa à se servir des baguettes, tout comme il s'était offert pour devenir son mentor dans le domaine des médias. Ses explications claires de simple utilisateur faisaient merveille, et Justin aurait juré que son neveu était sur le point de tomber amoureux.

Cynthia secoua négativement la tête et lui répondit à mi-voix :

—Tu ne sais rien de ce que c'est qu'être parent. C'est beaucoup plus difficile que tu ne l'imagines. En parlant de ça... je suppose que tu n'as pas prévenu maman que tu es rentré ?

Justin remercia d'un signe de tête le serveur qui lui apportait le bourbon qu'il avait commandé. Ce n'était pas ce qu'il y avait de mieux pour accompagner le curry, mais il estimait avoir droit à une petite compensation avant de reprendre le travail le lendemain.

—Je pense qu'elle ne s'est même pas rendu compte que je n'étais plus là, répondit-il. De toute façon, si elle apprend que nous vivons ensemble, elle voudra s'incruster. Tu veux prendre ce risque ?

Cynthia lui répondit d'une grimace. Bien qu'ayant divergé sur bien des points en grandissant, sa sœur et lui demeuraient d'accord sur quelques sujets essentiels.

— Oh ! Regardez ça…

Délaissant son repas, Tessa venait de poser les yeux sur un spot vantant l'élégance d'une robe de soirée fuchsia.

— Voyez-vous ça…, commenta Justin, amusé. Tu serais donc une vraie jeune fille, après tout ? Tu la veux ?

Détournant le regard, elle répondit par la négative d'un signe de tête.

— Je ne sais pas à quoi je ressemblerais, avec ça sur le dos.

Sa garde-robe gemméenne ne s'était enrichie jusqu'à présent que d'articles de première nécessité commandés sur le flow. À la surprise de tout le monde, elle avait immédiatement adopté le port du jean. Et dire que Justin s'était inquiété à ce sujet pour elle, qui n'avait jamais porté que des robes et des jupes longues… Notant l'adresse au bas de l'écran, il ajouta :

— C'est à deux pas d'ici. Nous pourrions nous y arrêter après le dîner.

— Sans moi ! intervint Cynthia. Je ne mettrai pas les pieds dans cette boutique. Je n'y croiserai que des gamines deux fois plus jeunes que moi. Je ne veux pas donner l'impression de me raccrocher à ma jeunesse.

— Puisque c'est comme ça, ma vieille, j'irai seul avec Tessa.

— C'est ça… Avec toi, ça paraîtra moins bizarre, pour sûr !

Ils se séparèrent donc à la sortie du restaurant : Cynthia rentrant chez eux avec Quentin, Justin emmenant Tessa faire du shopping. Il dut cependant reconnaître que les craintes de sa sœur étaient fondées. Être le seul homme trentenaire dans une boutique fréquentée par des adolescentes avait quelque chose de dérangeant, même s'il n'avait aucune intention coupable vis-à-vis de sa protégée. Il s'empressa donc de la livrer aux mains d'une vendeuse compétente, qui se fit un plaisir de faire essayer à Tessa la robe qu'elle avait repérée… et bien d'autres encore.

En l'attendant, Justin alla s'asseoir sur un confortable divan mauve installé près des cabines d'essayage. Un écran, sur le mur d'en face, diffusait les dernières nouvelles.

Cyn se trompe, songea-t-il. *Être parent n'est pas si dur que ça, tant qu'on a le portefeuille bien garni…*

Horatio n'était pas de cet avis.

— Si c'est ce que tu penses, remercions les dieux que tu n'aies encore fécondé personne…

— Je t'ai déjà dit de laisser les dieux de côté à présent que nous sommes revenus, protesta Justin. *J'ai déjà assez de soucis comme ça.*

— *S'abstenir de parler de quelque chose ne suffit pas à le faire disparaître,* répondit sentencieusement le corbeau.

Sa conversation intérieure fut brusquement interrompue lorsqu'un visage familier apparut à l'écran. Justin en resta un instant bouche bée.

— Ce ne serait pas Lucian ? s'enquit-il à voix haute.

La question ne s'adressait qu'à lui, mais une vendeuse qui passait par là l'entendit et répondit :

— Lucian Darling ? Bien sûr que c'est lui !

Le son était coupé, mais un bandeau en bas de l'écran précisait : « Élections consulaires : un candidat en campagne ». Justin n'en croyait pas ses yeux.

— Il veut devenir consul ?

La vendeuse, qui avait eu l'air de trouver Justin à son goût quand il était entré, le dévisageait à présent comme s'il sortait de l'asile.

— Mais... comment pouvez-vous ne pas être au courant ?

— Même moi je suis au courant, intervint Tessa, qui sortait de la cabine d'essayage vêtue de la robe fuchsia.

— Forcément..., maugréa-t-il. Tu campes devant l'écran.

Justin reporta son attention sur l'aspirant consul qui serrait des mains, tout sourires, dans une foule.

— Qu'est-il arrivé à ses cheveux ? s'étonna-t-il. Mais... il s'est fait faire un balayage !

— Ça lui va bien ! roucoula la vendeuse.

Justin s'abstint de tout commentaire, préférant se focaliser sur Tessa et sa nouvelle robe. La couleur vive contrastait avec sa mine anxieuse mais suffisait à lui donner un nouveau look : une véritable jeune gemméenne...

— Tu es ravissante, commenta-t-il en lui souriant.

Tessa en rougit de plaisir.

— Je ne vois toujours pas où je pourrai porter ça, objecta-t-elle.

— Nous trouverons..., assura-t-il, confiant. Peut-être pour la Feriae, pendant les vacances d'été.

— *Ou peut-être pour un rendez-vous,* hasarda sournoisement Horatio. *Les garçons ne vont pas tarder à sonner à ta porte, histoire de te faire goûter à tes propres grimaces...*

— *Et si tu la fermais, un peu ?*

En définitive, Justin insista pour que Tessa accepte de repartir avec les deux robes qui lui plaisaient le plus. Tandis que la vendeuse les empaquetait, il lui demanda :

— Dis-moi, experte en médias... Tu as une idée de ce qui pousse Lucian à devenir consul ?

D'abord un peu désarçonnée, elle lui répondit bientôt avec le sérieux d'un véritable éditorialiste politique.

— Parce qu'il veut diriger le pays ? Je ne sais pas. En tout cas, il fait la une des journaux télé tous les jours. C'est un des candidats les plus populaires. On fait un tas de blagues sur son nom, qui contribuent à sa notoriété. Son grand truc, c'est qu'il est temps de faire passer la société gemméenne dans la phase suivante de son évolution. Il dit que comme l'ère du Déclin* avant elle, l'ère du Renouveau* doit prendre fin à son tour. Il veut croire que le temps est venu de passer à quelque chose de plus grand encore. « Accompagner un âge nouveau ! » C'est son slogan de campagne.

— Habile... J'étais sûr que cette mémoire extraordinaire qui est la tienne se révélerait utile.

Tessa lui répondit d'un sourire et prit le sac que la vendeuse lui tendait.

— Ses adversaires lui reprochent de n'être pas assez précis, ajouta-t-elle. Ils ont baptisé ce nouvel âge qu'il appelle de ses vœux « le grand trou noir de Darling » ou « l'ère des Miracles ». Tu le connais ?

— En fac, il partageait ma chambre, répondit Justin.

Il avait encore du mal à croire à cet étrange développement. Il avait toujours cru que Lucian s'était lancé dans la politique pour mener la belle vie et se taper la cloche aux frais des lobbyistes. Une théorie que sa participation aux commissions les plus peinardes du Sénat avait semblé confirmer. De là à l'imaginer investi de la charge consulaire...

— Vous avez tous les deux le même sourire... fit remarquer Tessa après y avoir réfléchi un instant. Vous vous êtes entraînés ensemble ?

Justin se dirigea vers la porte, lançant par-dessus son épaule :

— C'est lui qui me l'a piqué.

Sa première mission pour le Bureau ne fut pas pour explorer l'une des scènes de crime ou pour rendre visite à l'un des groupes religieux dont il avait fait de potentiels coupables. En affirmant à Cornelia qu'il avait l'homme de la situation capable d'analyser la bande vidéo, Justin n'avait pas menti. Si celle-ci était un faux, son contact saurait le prouver. Hélas, l'homme providentiel ne se montra pas très coopératif au premier abord. Léo Chan, le meilleur ingénieur en biotechnologies que Justin eût jamais rencontré, lui avait servi de conseiller scientifique exclusif. Tous les autres spécialistes, comparés à lui, faisaient figure d'amateurs. Apparemment, au cours des quatre dernières années, Léo avait renoncé à son job pour le gouvernement et s'était installé près de Portland. Et puisqu'il refusait de se déplacer, Justin allait devoir lui rendre visite là-bas. Il n'était pas question de lui faire parvenir par le biais du flow le dangereux document que Cornelia lui avait confié. Celui-ci devait lui être remis en mains propres.

Le jour venu, il se leva tôt pour aller faire son jogging. C'était devenu pour lui une pratique obligatoire depuis qu'il avait renoué avec l'Exerzol, un vieux démon. Même sans être aussi puissant que son homologue panaméen, l'Exerzol était cent fois plus efficace que la caféine pour réveiller le corps et affûter l'esprit. Mais au contraire de cette grossière drogue provinciale, l'Exerzol gemméen ne risquait pas de lui valoir une crise cardiaque. Il lui donnait le petit coup de fouet dont il avait besoin au réveil, provoquant un brusque afflux d'énergie que Cynthia avait tout de suite repéré.

—Je ne veux pas te voir planer dans cette maison, l'avait-elle prévenu la première fois qu'elle l'avait vu ainsi.

Elle avait dit cela d'un air qu'il lui connaissait bien, et que seul un inconscient n'aurait pas pris au sérieux. Ainsi le jogging était-il devenu pour lui un moyen de dépenser l'excès d'énergie initial dû à l'Exerzol. Une boucle d'une heure dans leur tranquille banlieue résidentielle suffisait à le rendre présentable, et l'exercice ne pouvait être mauvais pour lui. Devoir vivre dans un monde empli de menaces où pullulaient les hommes en armes et les gardes du corps lui avait appris à rester en bonne condition physique. Il ne tenait pas à perdre cet acquis.

En regagnant leur demeure ce matin-là, il découvrit Mae qui s'en approchait. Il ne pensait pas que le voyage jusque chez Léo nécessitait la présence d'un garde du corps, mais le Bureau avait insisté pour qu'elle le suive comme une ombre dès qu'il était en mission.

—Pourquoi me regardez-vous comme ça ? maugréa-t-il.

Mae croisa les bras, le visage impassible. Il s'était surpris à toujours détailler sa tenue. Elle avait revêtu ce matin-là un chemisier vieux rose à motifs et un jean ajusté qui rendait grandement service à ses jambes. Cela lui paraissait approprié, puisque ses jambes pouvaient rendre de grands services.

—Pourquoi je vous regarde comment ? s'étonna-t-elle.

—Comme quelqu'un qui n'arrive pas à croire que je puisse me livrer à quelque exercice physique que ce soit.

Justin ouvrit la porte et l'invita d'un geste à entrer.

—Vous vous trompez, répondit-elle avec une amabilité glaciale. Je vous crois tout à fait capable de vous livrer à toutes sortes d'exercices physiques. Je pensais juste qu'ils se limitaient à faire rouler des dés sur une table de jeu et à déshabiller les femmes.

—Eh bien vous pourrez ajouter le jogging à mes petits talents.

Justin se passa la main sur le front et grimaça en la ramenant poissée de sueur. L'un des aspects déplaisants de ces courses matinales – à part de devoir contempler durant une heure des pelouses toutes semblables – était de finir en nage.

—Je file sous la douche, reprit-il. Ensuite, nous pourrons nous rendre à la gare. Au fait, Tessa nous accompagne.

Cette précision parut la déstabiliser.

—En mission ? s'étonna-t-elle.

—Nous ne sommes pas en mission aujourd'hui. Pas vraiment. C'est davantage un voyage d'agrément pour rendre visite à un vieil ami.

Il se rembrunit en jetant un coup d'œil dans la salle de séjour, où Quentin expliquait à Tessa le principe d'un service du flow permettant à plusieurs spectateurs d'échanger leurs commentaires à l'écran autour d'un même programme. Tessa se montrait intriguée, mais aussi déroutée par ce qu'elle estimait être un besoin de se regarder parler.

—Elle devrait sortir davantage, ajouta-t-il. Et ce, d'autant plus qu'elle intégrera l'école dans deux jours.

L'expression figée que Mae lui réservait s'estompa quand son regard se posa sur la jeune fille. Au cours de leurs rares rencontres cette semaine-là, il avait pu constater qu'elle s'humanisait ainsi chaque fois qu'elles étaient en contact, toutes les deux. Dans ces moments-là, elle lui rappelait celle qui avait partagé une bouteille de vin avec lui et avait fini dans son lit.

—Comment croyez-vous qu'elle s'en sortira ? s'enquit-elle.

—Parfaitement bien…, répondit-il, avec davantage d'assurance qu'il n'en ressentait en réalité. Une fois qu'elle sera plongée dans le bain, elle apprendra d'elle-même à nager.

—Jetée en pâture aux loups, tu veux dire…

Ignorant le sarcasme de Horatio, Justin alla se doucher. À son retour, il trouva Mae en grande conversation avec Quentin et Tessa, qui discutaient toujours de l'utilité des commentaires de spectateurs défilant à l'écran.

—Il vous faudra remettre à plus tard votre colloque sur l'exhibitionnisme dans les médias, dit-il. C'est l'heure d'y aller.

Tessa fit grise mine et demanda :

—Je dois vraiment vous suivre ?

—Tu vas adorer, lui assura-t-il. Portland est une chouette ville. Tu n'as qu'à prendre ça comme une dernière escapade avant l'école.

Cela sembla lui remonter le moral. Même lorsqu'elle se montrait réticente à l'idée de faire quelque chose, il suffisait qu'il insiste un peu pour qu'elle s'y résigne. Elle pouvait se montrer impertinente selon des critères panaméens, mais d'un point de vue gemméen, elle était plutôt docile. Justin se demandait combien de temps il lui faudrait pour se débarrasser de cette docilité, et s'il serait fier ou inquiet le jour où cela se produirait.

Tessa ressemblait chaque jour davantage à une jeune gemméenne, et ce d'autant plus qu'elle aimait les jeans. Elle portait toujours ses cheveux longs et savamment arrangés dans son dos, mais même si cela semblait un peu curieux et vieux jeu, elle attirait moins l'attention ainsi que dans ses vêtements provinciaux.

Le voyage jusqu'à Portland, par la ligne à grande vitesse, dura près de deux heures. Léo résidant à l'extérieur de la ville, dans la région viticole qui n'était pas desservie par les transports publics, il leur fallut se résoudre à louer une voiture. Le trajet, parmi les vertes collines émaillées de vastes demeures perdues dans les vignes, fut un enchantement pour l'œil. Le plus gros du chaos et des dévastations engendrés par le Déclin s'étant produit dans les centres urbains, nombre de citadins étaient allés chercher refuge dans un cadre plus bucolique. Certaines de ces demeures dataient de cette époque.

Panorama pittoresque ou pas, Justin avait du mal à imaginer son vieil ami branché faire son trou dans ce pays. Léo était – ou avait été – une créature citadine s'il en était. C'était dans un des quartiers les plus chauds de Vancouver qu'il avait élu domicile, préférant sacrifier un peu d'espace vital pour être plus près des clubs et bars les plus tendance de la ville. Ils étaient souvent sortis ensemble, à l'époque, et Justin avait passé plus d'une nuit ivre mort sur la moquette de son salon.

Midi approchait lorsqu'ils parvinrent enfin à destination. La maison de Léo n'avait rien des gigantesques demeures centenaires devant lesquelles ils étaient passés en chemin. C'était petit, mignon, bien entretenu, mais tout au plus pouvait-on parler d'un cottage pour décrire l'endroit. Le bâtiment semblait implanté sur un vaste terrain couvert de rangs de vignes à l'arrière. Ce devait être le coin le plus calme et le plus assommant qu'il eût visité depuis son retour en RUNA.

— Mouais…, fit-il tandis qu'ils se dirigeaient vers la porte.

— Un problème ? s'étonna Mae en lui jetant un regard de côté.

— Non. Ce n'est simplement pas ce à quoi je m'attendais.

Ils atteignirent le devant de la maison, et il fut davantage surpris encore de constater que la rustique porte en bois avait été renforcée à l'aide d'un nombre impressionnant de verrous et d'un panneau de sécurité électronique. Léo n'avait manifestement pas renoncé à sa sensibilité urbaine en venant s'installer à la campagne.

— Je ne m'attendais pas non plus à trouver cet endroit barricadé comme un immeuble fédéral.

— Et moi qui pensais que le crime n'existait pas en RUNA…

Difficile de ne pas noter le ton moqueur de Tessa.

— Détrompe-toi, nous avons nos criminels, nous aussi.

Il cogna du doigt contre la porte et ajouta :

— Mais nous n'avons pas de quidams armés dans les rues.

La porte s'ouvrit, et Léo apparut. Peut-être les corbeaux avaient-ils raison de prétendre qu'il ne voulait pas voir Justin, mais il n'en laissa en tout cas rien paraître. Son visage s'illumina d'un grand sourire dès qu'il le vit. D'un geste, il les invita à entrer, serrant chaleureusement sa main.

— Tu es bien la dernière personne dont je m'attendais à avoir des nouvelles cette semaine, dit Léo. Ou n'importe quelle autre semaine, d'ailleurs.

Grand et mince, les traits fins, les cheveux sombres lissés vers l'arrière, il n'avait pas changé. Vêtu comme il l'était, on ne se serait pas étonné de le voir sortir d'un gratte-ciel de Vancouver.

— J'ai été très occupé, répondit Justin. Léo, laisse-moi te présenter Mae, ma garde rapprochée aristocratique. Et voici Tessa, la fille d'un ami qui habite avec Cyn et moi.

Ces présentations n'étaient pas des plus habiles, mais « garde du corps » sonnait comme dans un de ces romans à l'ancienne, et présenter Tessa suffisait à éveiller de sordides théories dans la tête des gens.

— Attends..., s'étonna Léo en le dévisageant curieusement. Tu viens de dire que tu habites avec Cynthia ?

— C'est une longue histoire. J'ai en quelque sorte vu du pays.

— Je ne pense pas que « voir du pays » figurait au nombre des hypothèses, quand les collègues et moi essayions de deviner ce qui t'était arrivé. Les paris étaient ouverts, dans l'immeuble de la Sécurité intérieure. « Parti en cure de désintox » et « parti fonder sa propre secte » tenaient la corde.

— Ne va pas t'imaginer que je n'y ai pas pensé !

Justin prit place sur le divan d'un petit salon. Du parquet du sol au lambris des murs, tout y était en pin clair. Voilà qui changeait singulièrement des meubles design noirs et acier et de l'équipement média high-tech de son ancien appartement. Tessa vint timidement s'asseoir à côté de lui. Mae, quant à elle, resta debout près de la cheminée, apparemment détendue mais les sens aux aguets.

— Comment diable as-tu échoué ici ? s'étonna Justin. Dois-je ouvrir les paris pour le découvrir ?

— Je n'ai pas « échoué » ici, rectifia Léo avec un sourire un peu crispé. J'ai choisi d'y vivre.

— Pourquoi donc ?

— Pour la plus noble des raisons.

D'un signe de tête, il désigna la porte et conclut :

— Je me suis marié.

Une fois encore, ses fantastiques dons d'observation étaient pris en défaut. Justin n'avait même pas remarqué l'alliance en or que portait désormais son vieil ami. L'homme qui venait de les rejoindre portait la même, mais il semblait aussi différent de Léo qu'on pouvait l'être. Là où Léo était grand et mince, ce type était plus petit et râblé. Sa musculature était de celles que l'on acquière durement en salle de sport, en suant sur des appareils sophistiqués. Il avait les yeux et les cheveux sombres de la plus grande partie de la population, et une coupe courte qui encadrait son visage carré. Une balafre, le long de sa mâchoire, tendait à prouver qu'il faisait partie des rares plébéiens que Caïn n'avait pas épargnés. Habillé de manière moins élégante que Léo, il paraissait aussi bien plus timide – ou moins ouvert – que lui.

Léo alla le prendre par le bras et le fit s'approcher en faisant les présentations.

—Dominic, voici le gars dont je te parlais.

Justin se dressa d'un bond et serra la main que Dominic lui tendait en se demandant ce que Léo avait pu lui dire à son sujet.

—Eh bien… félicitations ! lança-t-il en forçant sur ses lèvres son sourire le plus aimable. Si j'avais su, je vous aurais amené un cadeau. On a toujours besoin d'un peu de linge de maison…

Cela fit rire Léo, mais pas son époux, qui répondit platement :

—Nous avons tout ce qu'il nous faut.

—Justin ne le dira jamais, mais il est épouvanté par nos conditions de vie, expliqua Léo. Il conçoit mal que l'on puisse vivre dans un endroit aussi « primitif ».

À côté de lui, Justin entendit Tessa toussoter dans son poing. Dominic alla se poster à l'autre bout de la pièce, les bras croisés, adoptant une posture distante et froide qui rappelait étrangement celle de Mae.

—Oh ! Mais je n'ai pas peur de le dire, assura Justin. Le mariage n'implique pas nécessairement de tout plaquer et d'aller vivre dans une ferme. Ou alors, je suis encore plus opposé qu'auparavant à cette institution !

—Dominic essaie de lancer son propre vin, expliqua Léo. Toutes ces vignes à l'extérieur, c'est son œuvre.

C'était avec une admiration et une adoration sans borne qu'il regardait son époux.

—Et toi, que fais-tu ? demanda Justin. Tu dessines les étiquettes ?

Il lui était tout simplement impossible d'imaginer le minutieux Léo occupé à gratter la terre.

—Non, répondit-il en secouant la tête. Je vais travailler en ville. Enfin… grâce au télétravail, il m'arrive aussi de travailler ici. Je bosse pour une filiale d'Estocorp, à Portland.

— Ce n'est pas la porte à côté, si tu dois faire le trajet tous les jours.

Estocorp… Ce nom lui rappelait vaguement quelque chose, mais il lui fallut un moment pour se rappeler quoi.

— Tu travailles sur des implants contraceptifs ? réalisa-t-il enfin.

— Cela paie mieux que mon ancien job. Et peut-être même mieux que le tien.

— M'étonnerait fort…

Justin dévisagea un instant son ami avant d'argumenter d'un ton raisonnable :

— Léo… tu pourrais hacker une puce d'identité, si tu le voulais. Pourquoi perdre ton temps à travailler dans les contraceptifs ?

Léo avait l'air de prendre tout ça avec le plus grand naturel, mais il était vrai que lui avait eu plus de temps pour s'habituer à ce revers de fortune.

— Eh ! protesta-t-il. C'est un travail noble, d'éviter à notre démographie d'exploser. En plus, le ministère de la Santé et des Services sociaux envisage de changer de fournisseur. Tu imagines l'argent qu'on peut se faire avec un contrat du gouvernement ?

— Je peux t'obtenir un contrat du gouvernement ! fit valoir Justin. Je suis rentré depuis une semaine à peine, et j'ai déjà un dossier à te confier.

— Vous n'avez pas d'autres techniciens, dans votre service, pour s'en occuper ? demanda Dominic.

Sa voix, rocailleuse et bourrue, était au diapason de son aspect extérieur.

— Aucun d'eux n'arrive à la cheville de Léo.

Les coudes posés sur ses genoux, Justin se pencha en avant, pressé de convaincre son ami, avant de poursuivre :

— Je suis sûr que Vancouver te manque. Laisse tomber ton boulot et reviens. Tu pourrais récupérer ton ancien poste sans problème. Tu obtiendrais un meilleur salaire et davantage d'action et d'aventure que tu ne peux en rêver. Cette charmante jeune femme qui m'accompagne est prétorienne. Si ce n'est pas de l'étoffe de héros…

Justin s'était exprimé sur le ton de la plaisanterie, pensant que mentionner la fonction de Mae flatterait le goût du changement de son ami. Tout au contraire, les deux hommes semblèrent tiquer, et Léo devint soudain très pâle. Leur réaction fit que Mae parut sur ses gardes à son tour.

— Waouh ! Désolé, les amis…, s'excusa-t-il en observant les deux époux à tour de rôle. Inutile d'avoir peur. Elle est parfaitement apprivoisée.

— *Sauf au lit*, croassa Magnus.

— Aucun être humain gavé de manière habituelle de neurotransmetteurs ne peut être apprivoisé…, objecta Dominic, dont le visage s'obscurcissait. Et nous ne partirons pas d'ici.

Mae fronça les sourcils mais ne répondit à cette pique que par un léger changement de posture. Justin lança un regard suppliant à Léo, espérant toujours qu'il finisse par reprendre ses esprits.

Tout au contraire, ce dernier déclara fermement :

— C'est ici que se trouve le travail de Dominic. Et j'aime ce que je fais. Comme je te l'ai dit quand tu as appelé, ce sera un contrat de sous-traitance ou rien du tout. Et uniquement si c'est intéressant.

Justin avait bien du mal à ne pas trahir son mécontentement. Lorsqu'il avait réfléchi aux raisons pour lesquelles son ami pourrait refuser de revenir, il n'avait pas imaginé que ce pourrait être à cause d'un attachement à une chaumière paumée dans la cambrousse et par amour pour son ours de mari. Ce qui lui était venu à l'esprit, c'est que peut-être il ne pourrait lui pardonner d'avoir disparu sans prévenir.

— *Tout ne tourne pas autour de ta petite personne*, intervint Horatio.

— *C'est complètement dingue !* enragea Justin. *On parle du type qui a voulu partir quand plusieurs familles ont emménagé dans son immeuble de peur que celui-ci ne devienne trop quelconque…*

— *Il est amoureux*, constata Magnus. *Il ne faut pas chercher plus loin. Trouve une autre tactique. Tu n'arriveras à rien si tu continues à faire comme si cela ne comptait pas.*

— Ça, pour être intéressant, c'est intéressant ! s'exclama soudain Tessa. Justin travaille sur un dossier qui va vous souffler !

Justin avait presque oublié sa présence… Il était certain qu'elle ne savait rien des meurtres ou de l'insaisissable assassin, mais elle avait suffisamment entendu Mae et lui en discuter à mots couverts pour se douter qu'il se tramait quelque chose d'important.

Son intervention, plus encore que tout ce qui s'était passé jusque-là, parut beaucoup amuser Léo.

— Dis-moi…, plaisanta-t-il. Tu es sûr que c'est la prétorienne, ton escorte ?

Justin comprit alors qu'il s'était comporté comme un idiot. Tessa, elle, avait tout de suite mis le doigt sur l'essentiel. Lui qui se faisait une fierté de lire à livre ouvert dans le cœur des gens… Il avait essayé d'appâter Léo avec le prestige et l'argent, mais les gens comme lui ne devenaient pas experts dans leur champ de compétence pour ces raisons-là. Combien de fois avait-il vu son ami rester debout toute une nuit afin de trouver la solution d'un mystère ? Il était passionné par ce qu'il faisait, et même s'il clamait le contraire, Justin savait que ce nouveau job dans les contraceptifs n'était pas digne de lui.

Déjà, il se sentait mieux. Tout était sous contrôle.

— Elle a raison, dit-il. Personne n'a pu trouver le fin mot de l'histoire, et les meilleures agences s'y sont collées.

Une lueur d'intérêt s'alluma dans le regard de Léo.

— Tu n'auras pas à quitter ton petit nid d'amour, promit Justin. À moins que tu n'aies besoin de faire appel aux ressources de la Sécurité intérieure. Hé ! J'ai une idée… Dans ce cas, les gars, vous n'aurez qu'à vous payer un petit week-end en amoureux à la ville !

— Je n'aime pas la ville, précisa Dominic, les yeux plissés. N'importe quelle ville.

— Très bien !

Justin s'efforçait de masquer son exaspération, mais cela lui devenait difficile. Il ne parvenait pas à comprendre ce qui avait pu pousser ces deux-là dans les bras l'un de l'autre. Sans compter que le vin de Dominic devait être une horrible piquette.

— Tu n'auras qu'à venir tout seul, Léo…, reprit-il. On fera la fermeture du *Silver Spike* tous les deux, comme au bon vieux temps.

Léo ne répondit pas, mais Justin aurait juré que cette fois il était parvenu à le ferrer. Son sourire demeurait inébranlable, mais quelque chose avait changé dans son regard. « *Personne n'a pu trouver le fin mot de l'histoire.* » Il était incapable de résister à ça. Il n'y avait plus qu'à attendre. Justin avait quant à lui joué toutes ses cartes et devait patienter pour savoir s'il avait gagné le jackpot.

— OK, dit enfin Léo.

Dominic poussa un grognement sourd. Ou peut-être était-ce un grondement de rage ? Difficile à dire.

— J'en suis, poursuivit Léo. Je vais t'aider. Quand pourrai-je être mis au parfum de ce dossier qui doit me souffler ?

Justin se leva et tapota l'attaché-case qui ne l'avait pas quitté.

— Tout de suite, répondit-il. J'ai tout ce qu'il faut ici.

Léo lança à son époux un dernier regard hésitant puis se leva.

— Allons d'abord déjeuner, décréta-t-il. Vous avez fait une longue route. Ensuite, nous nous mettrons au boulot. J'ai hâte de vous voir goûter le pinot noir de Dom…

Heureux d'avoir eu gain de cause, Justin se glissa sans rechigner dans le rôle de l'invité aimable et souriant.

— Je suis sûr que je n'ai jamais goûté rien de tel, assura-t-il.

Quand il y eut goûté, Justin dut bien admettre en son for intérieur que ce vin n'était pas si mauvais, même s'il n'était pas vraiment bon non plus. Jamais il ne remporterait de médaille à un concours, à moins que Dominic parvienne à exporter sa production dans les provinces.

Le déjeuner terminé, Justin et Mae suivirent Léo dans son atelier pour visionner la vidéo loin de Dominic et Tessa. Justin était soulagé qu'il dispose d'un endroit retiré, où s'accumulaient toutes sortes de projets personnels en cours – ce qui signifiait que le bon vieux Léo qu'il avait connu n'avait pas entièrement disparu.

Il ne paraissait pas enchanté que Mae reste avec eux, mais il oublia sa présence dès qu'il commença à visionner la bande. Quand elle eut défilé, sa réaction immédiate fut identique à celle de Justin.

— C'est truqué !

— C'est bien mon avis, approuva-t-il. Mais il paraît qu'on ne peut pas le prouver.

— Qu'est-ce que ça pourrait être d'autre ? s'interrogea Léo.

S'il était resté à Justin le moindre doute qu'il allait accepter, sa réaction aurait suffi à le dissiper. Léo était cuit…

— À toi et à ton brillant esprit de démontrer qu'il ne peut s'agir d'autre chose, renchérit Justin. Moi, je me charge du reste du merdier.

En quelques phrases, il résuma à son intention les informations dont il disposait et insista pour qu'il veille sur l'original de la bande et sur la caméra avec la plus extrême attention.

— C'est ma tête qui va voler s'il leur arrive quoi que ce soit. Tu as de la chance que je te fasse confiance. Jamais je ne les aurais confiés à quelqu'un d'autre.

— C'est l'avantage de vivre au milieu de nulle part, répondit-il avec un grand sourire. Personne pour venir fourrer son nez dans tes affaires.

Dans le train du retour, Tessa surprit Justin en lui révélant que Dominic et elle avaient sympathisé en les attendant au salon.

— Il n'est pas si terrible que ça, une fois qu'on a engagé la conversation. Il est citoyen de la RUNA, mais il a été élevé dans l'une des provinces. Alors, il comprend un peu ce que je ressens.

Dominic était en partie provincial ? Du point de vue de Justin, cela expliquait beaucoup de choses.

— Finalement, je suis heureux qu'il ne quitte jamais cette maison, dit-il. Il m'aurait probablement donné la chasse pour me punir, et je ne suis pas certain que ma galante escorte serait intervenue.

Mae, qui regardait le paysage défiler derrière la vitre, tourna la tête vers lui.

— Pourquoi dites-vous ça ? s'étonna-t-elle.

— Parce que vous n'avez rien fait quand ma sœur a tenté de m'assommer.

— Vous êtes toujours vivant, n'est-ce pas ?

Sans rien ajouter, elle retourna à sa contemplation.

Tessa avait essayé de goûter au vin, ce qui la rendait somnolente. Avant de céder tout à fait au sommeil, elle ouvrit une dernière fois les yeux et regarda fixement Justin.

— Dominic ne s'est pas montré inamical à notre arrivée, dit-elle. Il était juste timide. Ou plutôt, peu à l'aise en société. Il n'a changé d'attitude que quand tu lui as révélé que Mae était une prétorienne.

Après y avoir réfléchi un instant, Justin répondit :

— Non. Dominic me détestait déjà quand j'ai franchi leur porte. Tu as entendu ce qu'a dit Léo : il lui avait parlé de moi.

Tessa secoua négativement la tête.

— Tu te trompes, insista-t-elle.

Justin songea que sa protégée commençait à perdre de sa docilité.

— *Parce qu'elle te tient tête ?* s'amusa Horatio. *Quelle audace, en effet !*

— Eh ! protesta-t-il. C'est moi le maître, ici. Et toi l'apprentie.

— Le maître était trop abasourdi de se retrouver en pleine nature pour prêter attention à ce qui se passait, répliqua-t-elle. Je te dis que j'ai raison.

— La prochaine fois, tu resteras à la maison, maugréa-t-il.

Mais l'insistance de Tessa avait fait mouche. Avec le temps, avait-il perdu un peu de son savoir-faire ?

11

Licence de vénération

La rencontre avec le petit génie présumé de la technique n'avait pas manqué d'intérêt, mais Mae était pressée d'en venir au cœur de la mission qui leur avait été confiée. Elle avait besoin d'action, et même s'il ne s'agissait pas d'une tâche habituelle pour une prétorienne, la satisfaction d'être utile pour le plus grand bien de son pays demeurait. Elle ne savait pas grand-chose des méthodes de Justin March, sauf qu'il devrait enquêter sur des suspects et des groupes potentiellement dangereux, et cela paraissait prometteur.

Le mépris qu'elle lui vouait n'avait pas diminué. Chaque matin, elle le retrouvait sous l'influence d'une quelconque substance et elle n'avait aucun respect pour ce genre d'addiction. Sa dépendance aux femmes était tout aussi évidente. Elles le repéraient au premier coup d'œil, et lui ne passait pas à côté d'elles non plus. Quelques paroles habiles, un sourire… et elles étaient prises au piège, offrant librement numéro où les joindre et promesses de futurs rendez-vous. Son propre accès de faiblesse lui revenait en tête à chacune de ces rencontres.

Pourtant, malgré ses mauvaises habitudes, Justin faisait occasionnellement preuve de ces éclairs de génie qui faisaient l'émerveillement de Francis. Des plus infimes détails, il tirait des déductions auxquelles Mae ne serait jamais parvenue. Son implication dans l'enquête était totale. Et lorsqu'il en parlait en évoquant pour elle les ressorts cachés de certains groupes religieux, elle ne pouvait s'empêcher d'être fascinée.

Son attachement inconditionnel à Tessa et à sa propre famille constituait le dernier élément qui l'étonnait chez lui. Bien sûr, le sarcasme semblait la chose la mieux partagée sous leur toit, mais son attitude farouchement protectrice à leur égard ne pouvait être mise en doute. Une telle conduite était contradictoire avec l'égoïsme qu'elle lui supposait, et Mae n'aimait pas les contradictions.

Les premiers jours de leur mission les conduisirent sur les différentes scènes de crimes au sein des castes, ce qui ressemblait bien plus à une simple enquête de police qu'au travail d'un serviteur. La plupart du temps, il s'agissait d'interroger les familles et les amis des victimes, ce qui donna à Mae l'occasion d'observer de quelle manière Justin parvenait subtilement à manipuler autrui. Ce n'était pas frontalement, à la manière d'un flic, qu'il abordait ses interlocuteurs. Il engageait simplement la conversation, comme s'il s'agissait de faire plus ample connaissance, gagnant ainsi leur confiance sans cesser un instant d'étudier leur discours et leur langage corporel.

— Rien de très difficile, lui expliqua-t-il. Il suffit de trouver ce qui a le plus d'importance aux yeux de celui avec qui l'on parle et de dévider la pelote.

Il lui fit cette confidence à l'issue d'un entretien avec un patricien de la caste lakota qui s'était initialement révélé hostile à son égard. Cet homme ayant quatre enfants – une rareté au sein des castes, que frappaient les problèmes de fertilité –, Justin avait orienté la discussion sur ce sujet, jouant de la fierté paternelle manifeste de ce Lakota. Bien que fortement marqué par Caïn – graves problèmes de peau et asthme chronique –, il estimait qu'il avait été chanceux d'épouser la victime, une beauté en parfaite santé et dont la fertilité ne faisait aucun doute. Lorsque Justin en eut terminé avec lui, ils étaient devenus les meilleurs amis du monde et il n'ignorait plus rien des entraînements de foot et des leçons de danse de ses rejetons. La famille n'était en rien liée à quelque groupe religieux que ce soit, et Justin avait acquis la conviction que l'homme disait la vérité en affirmant ne rien savoir du meurtre de sa femme. Avec les proches des autres victimes, il était parvenu aux mêmes conclusions.

Après s'être rendu sur trois des scènes de crimes, Justin décida d'attendre que Léo puisse les accompagner pour se rendre sur les deux autres. Les interviews ne donnant aucun résultat, de nouvelles investigations techniques mèneraient peut-être à de nouvelles pistes. Même s'il n'était pas encore parvenu à percer le mystère de la vidéo qu'il lui avait remise, Justin était persuadé que son ami pourrait découvrir de quelle manière le réseau de surveillance vidéo des victimes avait été désactivé. Mais Léo n'étant pas immédiatement disponible, le temps était venu pour eux de commencer à enquêter au sein des groupes religieux suspects, ce que Mae attendait avec impatience.

Ils quittèrent Vancouver pour un voyage qui devait les conduire dans le Midwest, où le culte que vouait une secte à sa déesse était en relation avec la lune et l'utilisation de l'argent. Mais avant de se rendre au temple de cette secte, Justin décida de faire un crochet par une autre établie dans la même localité.

— Une faveur que je fais à Cornelia, expliqua-t-il quand leur voiture de location les eut déposés à l'endroit voulu. L'autre église est à deux pas d'ici, et c'est juste pour un renouvellement de licence. Nous n'en aurons pas pour très longtemps. Ce groupe-ci est assez restreint et inoffensif. Cela vous permettra de constater que tout n'est pas glorieux dans ce boulot, et qu'il ne s'agit pas toujours d'affronter des foules hostiles qui lancent des pierres.

Ils se tenaient à l'extérieur d'un bâtiment petit mais que toutes sortes d'aménagements rendaient joli : vitraux en ogive, cadres de portes et de fenêtres dorés, frises de dentelle en bois en bordure de toit. Un panonceau ornementé au-dessus de la porte annonçait : TEMPLE DE NOTRE DAME DU LIVRE, MADISON BLUFF, 21E CIRCONSCRIPTION.

Figé dans l'allée qui y conduisait, Justin examina tout cela d'un œil critique.

— C'est pimpant, commenta-t-il d'un air sévère. Bien plus pimpant qu'à la dernière inspection. Un temple bien entretenu signifie une maintenance régulière, qui elle-même nécessite de l'argent, qui lui-même est le fruit d'un certain soutien.

La porte s'ouvrit à leur approche. Un plébéien entre deux âges, dont les cheveux se raréfiaient, sortit pour les accueillir. Il paraissait nerveux mais il se força à leur sourire.

— Bienvenue, dit-il. Je m'appelle Claude Diaz et je suis le prêtre de cette église. Vous devez être le docteur March ?

— Oui.

Justin présenta Mae puis plaça son ego devant la plaque de licence accrochée à côté de la porte. Celle-ci était un petit écran carré sur lequel apparaissait, en plus du sceau de la RUNA en vert, une mention datée sous laquelle figurait une signature. Entre l'ego et la plaque, une image holographique du sceau se forma, certifiant que la licence du temple était valide.

Claude les invita à pénétrer à l'intérieur.

— Entrez, je vous en prie. J'ai hâte de vous montrer notre lieu de dévotion et de répondre à toutes vos questions.

Mae n'avait pas souvent mis les pieds dans un temple. Bien sûr, elle avait assisté à quelques services de l'Église de l'Humanité*, mais cela ne comptait pas vraiment. De temps à autre, il arrivait aussi qu'un illuminé veuille réintroduire dans la caste nordique l'un des cultes scandinaves anciens. Ceux qui ne disparaissaient pas tout de suite vivotaient grâce à de rares fidèles. La mère de Mae, en rendant visite à un ami de la caste pancelte, l'avait conduite un jour dans un temple alors qu'elle n'avait que cinq ou six ans. Cela avait été pour elle une expérience terrifiante qui la marquait encore. Des prêtres masqués et cagoulés avaient entonné de lugubres mélopées. Des effigies de leur terrifiante déesse avaient semblé épier Mae depuis chaque coin de la pièce. Elle ne se souvenait pas du nom de ce culte, mais elle espérait bien qu'il avait été dissous depuis.

Entre ce souvenir et ce qu'elle avait vu des pratiques religieuses dans les provinces, Mae était heureuse de se tenir à l'écart de tout cela. Elle soutenait entièrement la politique antireligieuse de la RUNA. Les gens qui se laissaient influencer par de telles superstitions pouvaient devenir des dangers pour la société, comme le Déclin l'avait prouvé. Mae ne croyait véritablement qu'en une seule chose : son pays.

Le temple dans lequel ils venaient de pénétrer n'offrait aucune ressemblance avec celui qui hantait ses cauchemars. C'était un lieu chaleureux et accueillant, où flottaient de délicates odeurs de bois, de cire d'abeille et de roses. Des rangées de bancs en bois ciré s'alignaient devant le chœur. Des étagères chargées d'antiques livres en papier garnissaient les murs de chaque côté. Et tout au fond, dominant tout le reste, s'élevait une statue de femme vêtue d'amples robes et tenant un livre d'une main et une bougie allumée de l'autre. Des bâtonnets d'encens fumaient à ses pieds.

En observant la sculpture, Mae se sentit soudain étrangement désorientée. À ses yeux, la statue n'offrait plus le même aspect. Une épée avait remplacé la chandelle, et en lieu et place du livre, des fleurs occupaient le creux de son bras. Désormais, un collier d'ambre ornait son cou et, sur sa tête, une couronne de petites étoiles scintillantes la nimbait de lumière. Mae n'avait jamais rien vu d'aussi beau. Elle ne s'aperçut qu'elle s'était sentie irrésistiblement attirée qu'en se retrouvant devant l'effigie. L'intensité du phénomène lui rappelait les intrusions de cette force ténébreuse qui s'emparait d'elle au combat. Mais cette fois, c'était une douce et enivrante chaleur qui l'envahissait, lui donnant l'impression d'être légère et rayonnante.

Justin vint la rejoindre.

— Alors que pensez-vous de...

Le souffle coupé, il laissa sa phrase en suspens en apercevant son visage. Une expression d'émerveillement illuminait ses traits. Le monde semblait étinceler entre eux. Mae comprit que d'une façon ou d'une autre il devait percevoir cet éclat dont elle se sentait auréolée. L'espace d'un instant, elle se vit elle-même dans ses yeux, vibrante de vie et de beauté. Alors, quelque chose de plus remarquable encore se produisit. Elle perçut qu'une puissance l'habitait lui aussi. L'impression que laissait celle-ci était différente – elle évoquait une sagesse antique plus qu'une sensuelle présence –, mais le phénomène était de même nature. Jamais elle n'avait vécu d'expérience semblable avec quiconque.

Soudain, cette glaciale force ténébreuse que Mae commençait à bien connaître lui explosa en plein visage. Le rayonnement qui émanait d'elle baissa d'intensité. Elle sentit la poigne de l'influence obscure s'appesantir lourdement sur elle et s'efforcer de la couper de la puissance émanant de la statue. Les deux forces luttaient l'une contre l'autre. La chaleureuse et bénéfique influence ne renaissait en elle que pour se voir aussitôt anéantie par l'autre, impitoyable et sombre. Mae se sentit écartelée et sur le point de se rompre jusqu'à ce qu'enfin le noir l'emporte. L'influence bénéfique, de vie et de lumière, avait disparu. Au-dessus d'elle, la Dame du Livre était redevenue une simple statue d'érudite en pierre, dont le regard fixait le vide.

Après avoir triomphé, la force obscure s'évanouit sans s'attarder, laissant Mae tout étourdie. Elle vacilla et se sentit sur le point de tomber. Justin lui prit la main pour la retenir. Elle se surprit à incliner la tête vers son épaule et se reprit bien vite.

—Ne me touchez pas ! s'exclama-t-elle en lui retirant vivement sa main.

—Doucement..., protesta-t-il faiblement.

Plus aucune expression d'émerveillement sur son visage, ni de présence étrangère en elle.

—Est-ce que ça va ? reprit-il.

—Parfaitement !

Mae se détourna, préférant éviter de croiser son regard. En venant se placer devant elle, il ne la laissa pas faire.

—Oubliez une minute que vous me détestez ! J'essaie juste de vous aider...

—Vous êtes bien la dernière personne qui pourrait m'aider.

—Vous avez vu quelque chose, insista-t-il en scrutant son visage.

—Oui, répondit-elle. Une simple statue.

Manifestement, il ne la croyait pas. Il savait ce qui venait de se passer. Ou du moins, il en savait davantage qu'elle sur l'étrange événement qui venait de se produire.

—Vous n'avez pas un boulot à faire ? maugréa-t-elle, irritée.

L'arrivée de Claude empêcha Justin de répliquer.

—Sa flamme illumine le chemin, commenta-t-il en admirant la statue.

—C'est très joli, dit Mae sans y penser.

Mais ce n'était rien d'autre : un bloc de pierre habilement sculpté. Aucune force de vie en lui, et encore moins de puissance divine.

—C'est nouveau, intervint Justin.

Après avoir lancé à Mae un dernier regard scrutateur, il se tourna vers le prêtre et lui décocha un regard amical. Le serviteur était de retour.

—Cette statue ne figure pas à l'inventaire de l'année dernière, reprit-il. Je ne suis pas un grand amateur d'art, mais sa présence ici ne semble pas coller avec vos ressources. À moins que vous ayez négligé le reste de vos charges de fonctionnement.

Il jeta autour de lui un regard entendu et conclut :

— Ce qui n'est manifestement pas le cas.

— Ne vous méprenez pas ! répondit Claude avec un rire crispé. Ce n'est pas le temple qui a acheté cette statue. C'est un cadeau. L'un des membres les plus fortunés de notre congrégation a été assez généreux pour nous l'offrir.

— Ah, je comprends. C'est heureux...

Justin prit quelques notes, avant de reprendre sa minutieuse inspection des lieux. Lorsqu'il eut terminé, il s'installa avec le prêtre de part et d'autre d'un bureau dans ce qui tenait lieu de sacristie. Mae, qui avait récupéré de son étrange expérience, s'installa dans un coin d'où elle pouvait les observer et intervenir au besoin, mais sans les gêner.

— Donc..., commença Justin.

Assis sur sa chaise de bureau en cuir, sa liseuse à portée de main, il semblait aussi à l'aise et décontracté qu'un visiteur prêt à avoir avec son hôte une aimable petite discussion.

— Vous souhaiteriez renouveler la licence qui vous permet d'adorer une entité fictive, poursuivit-il.

Claude, qui avait presque commencé à se détendre, s'empourpra violemment et marmonna :

— Elle n'est pas fictive, docteur March.

— Je sais que vous pensez cela, mais puisque vous êtes dans l'incapacité de prouver son existence aux autorités, nous sommes dans l'obligation de la considérer ainsi.

Il n'y avait aucune trace d'agacement dans le ton qu'il employait, simplement la lassitude de celui que les circonstances amenaient à répéter maintes et maintes fois la même chose. D'un geste vague, il désigna sa liseuse et enchaîna :

— Naturellement, j'ai tout un dossier dans le jargon voulu là-dedans, mais j'aimerais vous entendre parler de votre groupe avec vos propres mots. Dites-moi ce à quoi vous croyez, comment vous opérez.

Il semblait à nouveau aimable et disponible. Le visage du prêtre s'éclaira et s'anima quand il commença à expliquer ses croyances.

— Nous adorons la Déesse aux Neuf Visages dans son incarnation d'érudite. Elle nous apporte dans ce monde la compréhension et la perspicacité qui nous permettent d'engranger toutes sortes de connaissances.

— Et de sagesse, ajouta Justin.

Claude lui adressa un sourire indulgent. On le sentait jubiler à présent que son tour était venu de démontrer sa science dans son propre champ d'expertise.

—La connaissance n'est pas la même chose que la sagesse, comme je suis sûr que vous pouvez le comprendre. Un érudit qui apprend sans cesse et s'acharne à exceller dans son domaine possède la connaissance. Un homme de quatre-vingt-dix ans inculte qui a vécu une vie pleine et riche possède la sagesse. La sagesse est recherchée par ceux qui adorent notre déesse dans son incarnation de gardienne des clés. Bien que nos voies divergent, nous avons naturellement beaucoup en commun avec eux, et nous nous efforçons de tisser des liens entre nos deux groupes. Il existe une congrégation vouée à Notre Dame des Clés, à une centaine de kilomètres d'ici, avec qui nous sommes en contact.

—Ah! commenta Justin, qui secouait la tête en souriant. Je comprends mieux à présent.

Un serviteur ne pouvait ignorer chaque religion établie, et encore moins un culte aussi répandu que la Déesse aux Neuf Visages. Justin savait sans doute aussi parfaitement ce qui séparait Notre Dame du Livre de Notre Dame des Clés. Il demeurait l'incarnation du charme et de l'amabilité, mais il y avait dans son regard sombre une acuité à laquelle son interlocuteur avait tort de ne pas prêter attention. Chaque intonation, chaque geste, chaque tournure de phrase était analysée. Amener le prêtre à évoquer la déesse qu'il adorait n'avait pour autre but que lui permettre d'engranger un maximum d'informations. Une parfaite illustration de sa technique : découvrir le principal ressort d'un individu pour en tirer profit. Par exemple, le coup de blues d'une femme seule de passage au Panama…

Lorsque Justin l'y incita, le prêtre s'empressa également de lui décrire les pratiques religieuses de son groupe.

—Nombre de nos réunions ont simplement pour but de nous réunir et de partager les lectures que nous aimons. Ensuite, nous échangeons nos connaissances et essayons d'apprendre les uns des autres au travers d'enrichissantes discussions. Notre principal service hebdomadaire est généralement consacré à un livre lu en commun par toute la congrégation. J'écris mes sermons en me basant sur les enseignements de cet ouvrage, mais naturellement, toutes les opinions sont les bienvenues, et nous nous efforçons de rester respectueux dans nos analyses. Nous adressons également notre dévotion à notre déesse lors de ces réunions. Nous lui chantons des chants, nous lui récitons des prières, nous la couvrons de fleurs et nous bénissons les érudits qui requièrent son aide. Nous étudions également les histoires et les mythes qui rendent compte de ses différentes incarnations, ainsi que de celles des autres dieux. Il est édifiant de se frotter aux vérités d'autrui.

Sa liseuse en main, Justin procéda ensuite à quelques vérifications administratives et financières avec Claude et au remplissage d'un formulaire fiscal. Incapable de voir ce qui défilait à l'écran, Mae s'efforça de suivre autant qu'elle le put. Cela lui donnait un nouvel aperçu des différentes facettes du métier de serviteur: théologien, psychologue, détective, comptable. Elle se surprit à partager l'intensité qui se lisait sur le visage habituellement déjà si décidé de Justin. Il se consacrait à son travail avec une concentration sans défaut qu'elle comprenait.

—Je n'ai même pas besoin d'étudier ces pièces comptables pour constater à quel point tout vous sourit, conclut-il.

Justin marqua une pause afin d'étudier la pièce confortable dans laquelle ils se trouvaient avant d'en revenir à son écran.

—Le nombre de vos fidèles s'élève à... cent cinquante?

Claude acquiesça de la tête avec empressement. Manifestement, il était enchanté de la réussite de son église.

—Oui, oui, c'est merveilleux! lâcha-t-il dans un souffle. Pour notre précédente licence, nous n'étions que soixante-quinze.

La vitesse à laquelle Justin redressa la tête fut pour Mae la seule indication que ce chiffre lui déplaisait.

—Vous avez doublé vos effectifs en un an? s'étonna-t-il.

Il revint à son écran, sur lequel il fit défiler un document.

—En effet, dit-il. Tout est ici.

Ils échangèrent ainsi pendant une dizaine de minutes encore, puis Justin se leva et serra la main du prêtre.

—Eh bien, ce fut un plaisir de discuter avec vous!

—C'en fut un pour moi également, assura Claude.

Il rayonnait littéralement de plaisir quand il ajouta:

—Je suis si content que vous ayez pu voir toutes les belles choses que nous accomplissons ici.

—Moi de même, répondit Justin. Et je suis d'autant plus désolé de ne pouvoir renouveler votre licence.

Claude se figea, comme foudroyé sur place.

—Je... je vous demande pardon? balbutia-t-il.

Justin secoua la tête d'un air désolé mais curieusement parvint à conserver cet air enjoué dont il ne se départait pas.

—Je ne renouvelle pas votre licence, répéta-t-il. Vous devez suspendre toutes vos activités immédiatement.

Claude ouvrit la bouche pour protester, mais il lui fallut une bonne demi-minute pour y parvenir.

—Mais... nous ne sommes absolument pas dangereux! Et nous ne violons aucune des réglementations religieuses en vigueur...

—Vous êtes en infraction avec la fiscalité sur les œuvres d'art. Cette statue a beau être un don, elle a une valeur et comme telle aurait dû être déclarée et assujettie au paiement des taxes réglementaires. Ce que, si je ne me trompe, vous n'avez pas fait.

— On ne nous a jamais dit qu'il fallait le faire !

— La loi est ainsi faite, monsieur Diaz. Et nul n'est censé l'ignorer.

Sur ce, Justin se dirigea vers la porte, le prêtre sur ses talons. Mae leur emboîta le pas sans tarder, prête à parer toute réaction violente.

— Alors donnez-nous une chance de rectifier cette erreur ! plaida Claude. Nous ferons évaluer la statue et paierons ce qu'il faudra, y compris les pénalités.

Les mains jointes devant lui, il alla jusqu'à implorer.

— Je vous en supplie, docteur March. Notre déesse est au centre de ma vie ainsi que de celles de beaucoup d'autres. Par pitié, ne nous la retirez pas…

— Je n'ai pas le choix, répondit Justin. Il y a dans ce pays des lois très strictes pour des groupes tels que le vôtre, et j'ai le devoir de les faire appliquer, quoi que cela puisse me coûter.

L'attitude bon enfant n'était plus qu'un souvenir.

— S'il vous plaît…, implora le prêtre de plus belle. S'il vous plaît ! Il doit y avoir une solution…

Ils venaient d'émerger à l'extérieur. Justin marqua une pause à côté de la porte et pianota quelque chose sur son ego, qu'il présenta ensuite devant la plaque de licence. Aussitôt, celle-ci vira au rouge. La date et la signature s'effacèrent, bien vite remplacées par le paraphe de Justin et une autre échéance distante d'une année.

Ensuite, Justin fit face à Claude, une expression solennelle sur le visage, et se mit à réciter :

— Monsieur Diaz, la République unie nord-américaine suspend votre licence de vénération. Les pratiques religieuses de toutes vos ouailles et de vous-même doivent cesser immédiatement. Vous disposez de vingt-quatre heures pour vider ce temple, délai au-delà duquel celui-ci sera fermé et abandonné. Les actifs financiers de votre organisation seront saisis et conservés sur un compte fédéral. Vous ne pourrez rencontrer plus de trois membres de votre ancienne congrégation à la fois. Vous pouvez communiquer avec eux par le biais de messages écrits, mais un double de toute correspondance devra être adressé au Bureau de surveillance des sectes et cultes du ministère de la Sécurité intérieure. Dans un an, vous pourrez déposer une nouvelle demande de licence. Tout manquement à l'une de ces obligations vous vaudra d'être arrêté et mis en détention, ainsi que vos éventuels complices. Avez-vous bien compris, monsieur Diaz ?

Le prêtre était anéanti.

— Docteur March…, gémit-il. Ce… ce n'est pas possible.

Justin lui tendit sa liseuse et lui ordonna :

— Signez ici, monsieur Diaz.

En se demandant s'il allait s'exécuter, Mae se prépara au pire. S'il y avait un moment où un fanatique religieux pouvait faire un coup de sang, c'était bien celui-ci. Mais en examinant plus attentivement l'homme effondré qu'elle avait devant elle, elle comprit qu'il ne fallait attendre de sa part aucune réaction extrême. En fait, il paraissait bien plus sur le point de se mettre à pleurer. Avec un soupir résigné, il signa la liseuse que Justin lui tendait.

Et avec cette dernière formalité, le job fut accompli et Justin et Mae purent passer à la réelle attraction du jour. Elle s'était attendue à le trouver satisfait de lui-même et de son travail, mais alors que leur voiture se mettait en route pour leur destination suivante, elle constata que son moral était en berne.

— Une entourloupe fiscale, marmonna-t-il. Une saloperie d'entourloupe fiscale…

— C'était ingénieux, reconnut-elle, même si elle détestait le complimenter d'avoir manipulé quelqu'un. Un bon moyen pour qu'ils ferment boutique sans vous impliquer personnellement.

Justin ne paraissait pas convaincu.

— C'était un chic type. Et ils ne représentent aucun danger pour le moment.

— Pour le moment, répéta-t-elle. Mais cela aurait-il duré ? Leur organisation prenait de l'ampleur, et leur message est raisonnable. Ne m'avez-vous pas dit que c'est ce genre de groupe qui représente le plus grand danger ?

Pendant le trajet, Justin avait donné à Mae une leçon sur les principaux signes que les serviteurs devaient guetter. Les sectes les plus désorganisées et propageant les messages les plus délirants étaient paradoxalement celles qui présentaient le moins de danger et pouvaient garder leurs licences. Elles se discréditaient elles-mêmes et donnaient une mauvaise image des religions. Les groupes les plus extrémistes et dangereux ne posaient pas de vrai problème non plus. Il suffisait de les dissoudre sans attendre. Mais ceux qui, comme celui de Claude, ne faisaient pas de bruit et pouvaient séduire un grand nombre de fidèles par la sagesse de leur message constituaient de petites bombes à retardement. À cause des dissensions qui pouvaient survenir entre eux ou avec les autorités, ils étaient potentiellement les plus dangereux.

Justin jeta un bref coup d'œil à Mae, assorti d'un sourire.

— Ainsi, vous m'avez écouté…, constata-t-il. Et moi qui pensais que vous ne faisiez pas attention.

— Je fais attention à tout ce qui peut se révéler dangereux.

Le sourire de Justin se figea sur ses lèvres.

— Oui, murmura-t-il. Un jour ou l'autre, ces groupes peuvent devenir très dangereux. Autant les arrêter tout de suite.

— Pourquoi paraissez-vous douter, dans ce cas ?

Son comportement n'avait aucun sens à ses yeux.

— C'est triste, c'est tout.

Justin jeta un coup d'œil par la vitre et ajouta :

— Ses croyances représentaient beaucoup pour lui.

— Ses croyances en une entité fictive, lui rappela-t-elle.

Cela eut le don d'attirer son attention.

— Vous le croyez vraiment ? demanda-t-il en la regardant droit dans les yeux.

— Naturellement ! s'exclama-t-elle, ébahie qu'un serviteur puisse remettre en cause l'un des fondements de leur nation.

Pourtant, à peine eut-elle parlé que le souvenir de la vision qu'elle avait eue devant la statue s'imposa à elle. Elle se corrigea aussitôt. *Non, pas une vision : une hallucination, plus probablement.* Elle avait décidément besoin de passer aux aveux et d'aller rendre visite à un psy… *Mais suis-je vraiment folle s'il a vu la même chose que moi ?*

— Et vous ? demanda Mae. Vous y croyez ?

— Naturellement ! s'exclama-t-il, lui faisant écho.

Mais il paraissait troublé quand il détourna la tête et ajouta :

— Nous leur avons fait une faveur.

12

Miracles

— Bienvenue à l'Église d'Apollon et Artémis ! s'exclama Justin à leur arrêt suivant.

L'église était un petit immeuble blanc bâti pour ressembler à un temple grec. De fausses colonnes encadraient l'entrée, au-dessus de laquelle une inscription en lettres dorées avait été peinte.

— Cela vous dit quelque chose ? ajouta-t-il.

— Non, répondit Mae.

Manifestement, ce n'était pas pour le surprendre. Les religions et les mythes ne figuraient pas au programme des écoles.

— Apollon est le dieu grec de la lumière, de la divination, de la musique et de quelques bricoles encore. Artémis est sa sœur jumelle, déesse de la chasse, de la lune, de la virginité…

Justin s'arrêta brusquement et fronça les sourcils en examinant l'inscription en grec.

— Mais elle n'est plus mentionnée au fronton, reprit-il. Ce temple est censé être uniquement celui d'Apollon.

Il sortit son ego de sa poche et appela un article à l'écran avant de poursuivre :

— Mmmm… Je me demande s'ils l'ont éjectée. Cet endroit n'a plus été inspecté depuis huit mois. Si c'est le cas, nous risquons d'être venus pour rien, puisque c'est elle qui est en rapport avec la lune. Merde ! La prêtresse qui officiait ici est un sacré numéro…

— Vous pensez qu'elle peut être responsable des meurtres ? Parce qu'elle est la prêtresse d'une déesse de la lune ?

— Non, absolument pas ! répondit-il vivement. Ce n'est pas son style.

Mae fronça les sourcils et demanda :

— Alors que faisons-nous là ?

— Elle a des relations, ou plutôt des… ressources qui pourraient nous être utiles. Peut-être son ancien complice pourra-t-il nous dire où elle est passée.

Justin consulta un autre article sur son ego. Ses lèvres se retroussèrent en un sourire ironique.

— Qu'est-ce qui vous amuse ? s'enquit Mae.

— On a rapporté que de pseudo-miracles se produiraient dans ce temple. C'est toujours une gourmandise supplémentaire…

Il glissa son ego – dont la coque était coordonnée à la couleur de son costume – dans sa poche.

— Raison de plus pour regretter que Léo ne soit pas là, dit-il. Ces groupes sont prêts à tout pour escroquer le gogo. Léo est un pro pour démasquer leurs manigances. Heureusement, je ne suis pas trop mauvais moi non plus.

Mae leva les yeux au ciel et maugréa :

— Pourquoi rester modeste, en effet.

Tout sourires, il lui ouvrit la porte et ils entrèrent.

— Si c'est toujours le même type qui officie ici, il n'est pas des plus stables lui non plus. Figurez-vous qu'il a le culot de se faire appeler « Flèche Dorée »…

Même si Justin avait prévenu de leur arrivée, nul ne se donna la peine de venir les accueillir, ce qui était inhabituel. En débouchant au-delà d'un vestibule dans la grande salle du temple, ils comprirent pourquoi. Une cérémonie publique s'y déroulait.

— Signal d'alerte, commenta-t-il en aparté.

Comme il le lui avait confié, il avait enseigné en fac. Sans doute y avait-il attrapé cette manie de tout commenter d'un ton professoral.

— S'ils ont programmé un service pendant l'inspection d'un serviteur, c'est qu'ils doivent se sentir très sûrs d'eux. Le fait qu'ils arrivent à réunir autant de monde en plein après-midi un jour de semaine est encore plus inquiétant.

Un coup d'œil à son ego, puis :

— On dirait bien que le quart de leur effectif est présent. Ah ! Voici le grand maître en personne.

Mae suivit son regard et découvrit « Flèche Dorée ». Debout au fond de la salle, il portait une toge blanche qui aurait bien fait rire les Romains, et davantage encore les Grecs de l'antiquité auxquels il était censé se référer. Une couronne de feuilles de laurier dorée dans ses cheveux noirs, il élevait les mains en un geste solennel au-dessus d'un plat fumant posé sur un trépied. Deux femmes habillées de la même manière se tenaient à genoux de part et d'autre de lui. Des fresques couvraient les murs, représentant un héros blond se livrant à diverses activités, dont le tir à l'arc et la conduite d'un chariot en plein ciel. Mae plissa les yeux pour les étudier plus attentivement, puis reporta son attention sur Flèche Dorée.

— Il y a une petite ressemblance, fit-elle remarquer.

— Sans l'ombre d'un doute, approuva Justin. Quitte à parler au nom d'un dieu, autant en devenir un soi-même…

Désignant un détail du regard, il ajouta :

— Et voici Artémis, mais réduite à la portion congrue. On dirait vraiment qu'ils l'ont évincée.

La fresque qu'il lui désignait représentait Apollon en compagnie d'une femme aux cheveux sombres. Habillée d'une courte robe, elle portait un croissant de lune au-dessus de la tête. En l'observant longuement, Mae sentit un frisson lui remonter l'échine. Lorsque enfin elle parvint à détourner le regard, elle vit que Justin la regardait.

— Prête à entrer en scène ? demanda-t-il.

— Naturellement ! répondit-elle, irritée sans trop savoir pourquoi.

Il hésita quelques instants encore, puis il hocha la tête et l'entraîna vers l'allée centrale. Flèche Dorée continuait à psalmodier en grec ancien, son visage transfiguré et ses paumes levées vers le ciel.

— Qu'est-ce qu'il raconte ? demanda Mae à mi-voix.

Justin secoua la tête et répondit sur le même ton :

— Du charabia. Principalement les mêmes phrases répétées en boucle. Quelque chose au sujet de la gloire et de la lumière.

Le chant de Flèche Dorée s'interrompit soudain lorsqu'il aperçut Justin et Mae. Tous les fidèles tournèrent la tête d'un bloc pour voir ce qu'il regardait.

— Mes amis, nous avons un invité très spécial ! lança-t-il. Le docteur March, du bureau des serviteurs.

Puis, à l'intention de Justin :

— Venez, venez… Joignez-vous à nous.

Il avait une bonne voix, qui résonnait à travers la salle sans difficulté. Mae pouvait comprendre qu'on se retrouve captivée par elle.

— Je vous remercie, répondit cordialement Justin. Ne vous interrompez pas pour nous, continuez…

Il fallait lui rendre cette justice, il demeurait parfaitement à l'aise. Après être allé s'asseoir sur un banc près du fond, il invita d'un geste Mae à le rejoindre. Même elle put se rendre compte à quel point le sourire par lequel Flèche Dorée lui répondit paraissait forcé. Mais après avoir fait une courbette théâtrale, il reprit le fil de la cérémonie. La mélopée en grec ancien fut remplacée par une autre en anglais pour implorer Apollon de répandre sa bénédiction sur ses humbles serviteurs. Il répéta plusieurs fois de suite un refrain auquel le public fit écho en battant du pied sur le sol un rythme syncopé. Les paroles se firent plus rapides et le chant plus fort, emplissant l'espace d'un bourdonnement qui mit les nerfs de Mae à vif. Puis, comme sur un signal invisible, ce tapage cessa brusquement. La congrégation parut retenir son souffle en regardant Flèche Dorée faire l'expérience de ce qui tenait autant de la crise d'épilepsie que de l'orgasme. Mais peut-être, dans certains cas, n'y avait-il guère de différence entre les deux.

Secoué de tremblements violents, Flèche Dorée tomba à genoux, la tête rejetée en arrière, la bouche ouverte, laissant fuser un faible gémissement de joie. Une extase encore plus violente que celle qu'il avait manifestée jusqu'alors illumina ses traits, et elle se fit plus intense encore quand il tomba à plat ventre sur le sol où il se contorsionna de plus belle. Quand il se calma enfin et cessa de gigoter, il haletait tant, hors d'haleine, que Mae l'aurait presque plaint. Les deux femmes en toge durent l'aider à se relever. S'adressant à ses fidèles, il lança d'un ton énergique :

— Avec qui notre dieu choisira-t-il de partager son extase aujourd'hui ?

Tous les membres de la congrégation tombèrent à genoux, le visage relevé vers lui qui s'avançait au milieu d'eux, quémandant son attention. Après avoir attentivement dévisagé un grand nombre d'entre eux, Flèche Dorée s'arrêta enfin devant une femme entre deux âges et murmura :

— Viens partager l'union avec notre dieu.

Le visage rayonnant de joie, l'élue le suivit au premier rang de la salle. Là, elle s'agenouilla devant lui, tête basse.

— Nous y voilà, commenta Justin à voix basse.

Flèche Dorée prit le visage de la femme en coupe entre ses mains en marmonnant tout bas une prière que Mae ne put entendre. Quelques instants plus tard, elle commença à se tordre de la même façon que lui un peu plus tôt. La même expression extatique la transfigurait, et elle alla comme lui se rouler dans des soubresauts épileptiques sur le sol. Le public assistait à la scène avec une admiration béate. Lorsque la crise fut passée, les assistantes aidèrent l'ouaille comblée à regagner sa place. Tout le processus se répéta ensuite avec un jeune homme qui paraissait à peine sorti du lycée.

Atterrée, Mae murmura à l'intention de Justin :

— Tout cela est truqué, n'est-ce pas ?

— Cette part-là, en effet..., répondit-il de manière étrange. Le tout est de savoir qui joue la comédie : lui, ou eux ?

— Encore un candidat ! entonna le prêtre. Notre dieu est prêt à partager sa grâce une fois encore. Docteur March, voudriez-vous goûter à la lumière d'Apollon ?

De nouveau, tous les regards convergèrent sur eux. Justin ne répondit pas immédiatement, et Mae pouvait comprendre pourquoi. Flèche Dorée avait fait en sorte que cette cérémonie coïncide avec la visite du serviteur, qu'il invitait à présent à participer à un « miracle ». Dans le regard du prêtre brillait une lueur de jubilation fanatique qui la mit sur ses gardes. *Il s'attend à ce que quelque chose se produise. Il sait que cela va se produire.* Justin lui avait expliqué que jusqu'à ce jour, toutes les allégations de « miracles » avaient pu être réfutées. Pour un groupe fanatique, ce serait un coup de maître qu'un serviteur puisse connaître une « manifestation divine ». Ce qui signifiait, naturellement, que Justin ne pouvait s'y risquer. Du coin de l'œil, elle le vit analyser rapidement les tenants et les aboutissants. Soudain, un sourire éclaira son visage. Il se tourna vers elle et posa ses mains sur les siennes, se rapprochant si près que ses lèvres effleurèrent presque son oreille.

— Est-ce que vous me faites confiance ? demanda-t-il.

Avant qu'elle ait pu répondre à cette question déconcertante, il s'empressa d'ajouter :

— Au moins pour ce qui est de la conscience professionnelle et de l'attachement à notre pays.

Mae tourna la tête et croisa son regard pénétrant. Lui faisait-elle confiance ? Pas en tant que femme, bien sûr. Elle songea à tout ce qu'elle avait constaté au cours des semaines qui venaient de s'écouler : son sens de l'observation inné qui l'amenait à tirer des conclusions sur la base des détails les plus infimes, et cet attachement à ce pays qui l'avait pourtant rejeté et qui se manifestait chaque jour. En la voyant acquiescer d'un faible hochement de tête, Justin se tourna vers Flèche Dorée et lança, triomphant :

— Merci de votre offre, mais je crois que je vais passer mon tour. Mon adorable amie, ici présente, adorerait cependant communier avec votre dieu.

Mae sursauta et le dévisagea avec horreur, mais Justin était entièrement concentré sur le prêtre. Celui-ci, d'abord désappointé, finit par hausser les épaules en souriant. Sans doute estimait-il que ce serait toujours mieux que rien. D'un geste, il invita Mae à le rejoindre.

D'un dernier regard, Justin l'encouragea à lui faire confiance. En hochant la tête plus pour elle-même qu'à son intention, elle se leva et remonta l'allée centrale. La présence du danger provoquait un afflux de neurotransmetteurs en elle. Elle sentit également cette présence ténébreuse qui l'investissait au combat peser sur elle, alourdissant son pas. Pour une fois, Mae ne la redoutait pas totalement et l'accueillait comme une armure protectrice.

Flèche Dorée lui sourit avec allégresse en posant ses mains sur ses joues.

— Accueille en toi la lumière de notre dieu, dit-il.

Tendue à l'extrême, Mae redouta que Justin ne l'ait entraînée dans un piège. Allait-elle se retrouver, l'instant d'après, à se tordre sur le sol, pour la plus grande joie de ces tarés ? Pourtant… rien ne se produisit. Du moins, rien d'autre qu'une brève montée en puissance de la force noire qui l'avait investie. Le sourire de Flèche Dorée s'effrita, puis disparut totalement. Bientôt, son visage ressembla à une caricature comique de l'incrédulité. Échappant aux mains du prêtre, elle se tourna vers Justin quand sa voix forte résonna dans le temple.

— Monsieur Rafferty, vous avez monté de toutes pièces un canular en vue d'entraîner vos concitoyens dans l'adoration d'une entité fictive. Votre licence est révoquée, et vous devrez répondre de…

Le jeune homme qui était précédemment passé entre les mains de Flèche Dorée venait de se jeter sur lui, l'empêchant de poursuivre. Mae, qui avait vu l'attaque venir, s'était précipitée mais trop tard pour empêcher le premier coup de poing d'atteindre Justin au visage. L'agresseur, immédiatement cloué au sol, ne put en donner un second. Les sens aiguisés de Mae la prévenaient que d'autres se mettaient en mouvement, et lorsqu'elle eut mis le premier hors d'état de nuire, elle para l'attaque d'un autre homme qui s'en prenait à Justin. Il fut imité par d'autres de ses coreligionnaires, hommes et femmes, tous outragés par le sacrilège qui venait d'être commis à l'encontre de leur leader bien-aimé. Mae nota vaguement que Flèche Dorée lui-même, ainsi que les autres membres plus timorés de sa congrégation, gardaient prudemment leurs distances.

Mais Mae était entrée en action et ne laissa passer aucun autre coup. En complément de son entraînement de prétorienne, la force noire qui se repaissait de violence la rendait invincible. Celle-ci semblait particulièrement se réjouir de combattre les zélotes d'un dieu, et l'espace de quelques instants, Mae eut la sensation d'être engagée dans un combat bien plus important que la lutte au corps à corps contre quelques délirantes têtes brûlées. La présence des bancs en bois n'aidait pas, mais ils constituaient une gêne davantage pour eux que pour elle. Dès qu'elle eut réussi à établir une zone de sécurité autour de Justin et d'elle, Mae dégaina son flingue et tira en l'air, provoquant l'arrêt immédiat des combats.

— Arrière, tous ! cria-t-elle.

Elle adopta une position de défense qui lui permettait de garder tout le monde à l'œil et ajouta :

— Allez vous coller contre ce mur, et plus vite que ça !

Elle sentait vibrer en elle une telle puissance qu'elle en vint presque à espérer que quelqu'un lui résisterait. Mais aucun de ses adversaires ne prit ce risque, et tous s'empressèrent de lui obéir. Alors seulement, Flèche Dorée parut comprendre dans quel guêpier il s'était fourré. L'extase mystique envolée, il ressemblait à un homme très ordinaire… et crevant de trouille.

— Docteur March…, commença-t-il d'une voix hésitante. Peut-être pourrions-nous… dissiper ce malentendu ?

— Vous pourrez le dissiper avec eux…

Justin, qui s'était remis debout, désigna l'entrée de la salle d'un coup de menton. Mae entendit un bruit de pas précipités et des cris. En quelques secondes, les forces de police locales investirent le bâtiment, alertées par un appel que Justin avait dû leur envoyer sur son ego au début du combat. Il était dans les prérogatives des serviteurs de pouvoir réclamer l'usage de la force publique dans les plus brefs délais.

Une fois que Justin et Mae se furent identifiés, les flics du coin s'occupèrent de Flèche Dorée et de ses fidèles. Pour ne pas gêner les opérations, ils patientèrent sur un banc à l'écart en attendant que leur présence soit requise pour finaliser la paperasse administrative. La force inconnue qui avait aidé Mae à triompher avait disparu, la laissant un peu lasse et en proie à un sentiment de vide.

Prudemment, Justin toucha du bout des doigts l'endroit de son visage où le coup de poing l'avait cueilli.

— Aïe…, gémit-il. Mon charme irrésistible va en prendre un coup. Je ne vais plus oser sortir.

En frottant l'une contre l'autre ses mains qui tremblaient, Mae répondit :

— Vous y survivrez. Ce n'est presque rien. Une poche de glace et il n'y paraîtra plus.

Justin secoua la tête d'un air buté.

— Je préférerais un remontant un peu plus corsé. Puisque nous restons à Windsor ce soir, ça vous dirait une petite virée en boîte ?

— Incroyable ! s'exclama-t-elle. Vous venez de vous faire attaquer par des fanatiques, et tout ce qui vous intéresse, c'est d'aller faire la bringue !

— Vous avez une meilleure idée ? répliqua-t-il en grimaçant. Bon sang ! Ce que ça fait mal…

— Pauvre bébé… À l'infirmerie militaire, on me rirait au nez si j'osais débarquer avec un bobo pareil.

— Oui, mais moi je ne suis pas un super soldat doté d'un implant qui atténue la douleur…

— Ce n'est rien, répéta-t-elle en réprimant difficilement un sourire amusé.

Ils furent interrompus par Flèche Dorée, que la police emmenait. Son premier accès de peur passé, il avait apparemment décidé de supporter crânement son arrestation.

— Docteur March ! lança-t-il. Vous devez être fier de vous. Votre maître s'imagine sans doute qu'il a triomphé du mien.

—Le Bureau a déjà triomphé d'ennemis autrement plus coriaces que vous, répliqua Justin d'un ton enjoué.

—Ce n'est pas de ce maître-là dont je parlais! rectifia le prêtre, les yeux étincelants de colère.

—Qu'est-il arrivé à votre complice? En venant ici, j'avais espéré rencontrer Callista.

Un rictus amer déforma les lèvres du prêtre d'Apollon.

—J'aurais dû m'en douter, maugréa-t-il. Elle est partie l'année dernière avec Nadia.

Ce nom laissa Justin un instant interdit.

—Nadia Menari? demanda-t-il. La prêtresse d'Arianrhod?

—Je suis surpris que vous vous souveniez de ceux dont vous avez ruiné l'existence.

—Elle prêchait l'annihilation de tous les hommes! se justifia Justin. Elle a eu de la chance de ne pas être arrêtée. Pourquoi Callista est-elle partie avec elle?

—Je n'en sais rien. Sans doute sont-elles allées fonder un culte über-féministe quelque part.

Mae ne comprenait pas grand-chose de ce qui se disait, mais à en juger d'après l'amertume du prêtre, il prenait tout cela très à cœur.

—Où cela? insista Justin.

Flèche Dorée le foudroya du regard et répliqua sèchement:

—Comment voulez-vous que je le sache? Elles m'ont volé la moitié de mon argent et ont disparu sans laisser de traces.

—Si vous avez besoin de l'interroger, intervint un des flics qui le maintenaient, nous pouvons vous prêter une salle d'interrogatoire au poste.

Justin secoua négativement la tête pour décliner l'offre.

—Merci, mais j'en ai fini avec lui.

Pourtant, Mae aurait juré qu'elle avait perçu du désappointement dans le ton de sa voix.

—Pour l'instant! lança Flèche Dorée, que les agents emmenaient manu militari. Votre camp n'a pas encore gagné! Loin de là!

—Je ne sais même pas quel est mon camp, murmura Justin.

Mae suivit le prêtre des yeux jusqu'à ce qu'on le sorte du temple, puis reporta son attention sur Justin.

—Ce qu'il vous a dit a-t-il un sens pour vous? demanda-t-elle. Cette Callista est-elle la prêtresse que vous cherchiez?

—Oui, répondit-il, manifestement contrarié. Le sacré numéro dont je vous parlais. Intéressant d'apprendre qu'elle s'est associée à Nadia. Leurs religions diffèrent, mais leurs déesses sont toutes deux les symboles d'un pouvoir féminin puissant en rapport avec la lune et l'argent. Si toutes nos victimes étaient des hommes, nous aurions eu là une piste sérieuse.

En haussant les épaules, il se leva et conclut :

— Cela vaut tout de même la peine de les retrouver. Mais pour l'instant, je vais me contenter de trouver de quoi m'amuser cette nuit – avec ou sans vous.

Mae ne le prit pas au sérieux, mais un peu plus tard, alors qu'ils s'installaient dans l'un des hôtels de Windsor, il vint frapper à sa porte. Il avait laissé tomber la cravate et portait simplement un blouson noir sur une chemise blanche au col ouvert. Même en mode décontracté, il paraissait toujours aussi net et stylé. Naturellement, après la bousculade au temple d'Apollon, il s'était méticuleusement recoiffé les cheveux. Après avoir vécu entourée de soldats dont le style pouvait au mieux être qualifié d'« efficace », elle était surprise de constater l'effet que produisaient sur elle ses efforts d'élégance.

En la toisant de la tête aux pieds, il s'étonna :

— Vous allez sortir habillée comme ça ?

— Je ne sors pas avec vous, répondit-elle. Je vous l'ai déjà dit.

Elle s'était exprimée trop sèchement, mais le peu de cas qu'il faisait de son jean et de son chemisier noir la froissait un peu.

— Je vois, maugréa-t-il. Les princesses de caste ne s'abaissent pas à s'afficher en compagnie de simples plébéiens. Alors tranquillisez-vous et dites-vous que vous êtes en service commandé. Vous n'allez tout de même pas me laisser seul dans les rues mal famées de Windsor ? Peut-être des adorateurs d'Apollon vont-ils me filer le train pour me faire la peau. Voilà qui vous chagrinerait, n'est-ce pas ?

— C'est sûr. J'aurais le cœur brisé.

Voyant qu'il n'avait pas renoncé et la dévisageait avec espoir, Mae capitula dans un soupir. Après tout, il n'avait pas tout à fait tort.

— Très bien, dit-elle. Mais je ne me change pas.

Il parut sur le point de protester, puis il laissa tomber en haussant les épaules.

— Quelque chose me dit qu'avec vous, en fait, ça ne fait pas grande différence.

Mae ignorait combien de fois il était déjà venu à Windsor, mais le fait est qu'il trouva sans difficulté le club le plus louche et le plus glauque qui se puisse imaginer. L'établissement, installé dans ce qui avait l'air d'un entrepôt abandonné, paraissait même n'avoir rien d'officiel. En se frayant un chemin à l'intérieur, elle s'étonna qu'un tel endroit puisse exister sans que les autorités en aient connaissance.

Des centaines de corps se pressaient les uns contre les autres dans un espace relativement restreint. La sueur et les fumées de diverses substances rendaient l'air pratiquement irrespirable. À l'exception d'une plus grande propreté et de l'utilisation d'un matériel davantage high-tech, elle aurait pu se croire revenue dans le club de Cristobal. La salle demeurait plongée dans la pénombre. Seuls les jeux de lumières colorées qui pulsaient en rythme avec une musique assourdissante, aux percussions obsédantes, permettaient d'y voir clair. Des groupes de clients discutaient en périphérie de la salle, le centre étant réservé à la piste de danse, sur laquelle des corps se contorsionnaient en se poussant et en se frottant les uns contre les autres.

— Waouh ! s'extasia Justin.

Mae, elle, sentait son corps répondre aux sollicitations de l'implant. Le voyant foncer tête baissée jusqu'au bar, elle lui emboîta le pas.

— Comment est-il possible qu'après vous être lamenté d'avoir dû rester quatre ans au Panama vous choisissiez le club le plus glauque et le plus provincial qui puisse exister dans ce pays ? s'exclama-t-elle.

— Toute la différence est dans la clientèle, répondit-il. Ces gens sont civilisés.

À bien y regarder, Mae n'en était pas si sûre. Si certains semblaient effectivement faire partie du même groupe social que Justin – des gens aisés et chic charmés par de nouveaux vices –, beaucoup d'autres donnaient l'impression de constituer la lie de la société et n'auraient pas déparé au Panama. Le barman, dont la bouche était intégralement encerclée de piercings, constituait un bon exemple.

— Bourbon ! commanda Justin. Black Bay. Pur.

Il jeta un coup d'œil à Mae et commenta :

— On ne trouve pas ça en province.

Puis, s'adressant au barman :

— Vous avez de la soude ?

Mae réprima un gémissement de consternation. Sa position de soldat de la République l'obligeait-elle à faire appliquer ses lois ?

— Oh, ouais, bien sûr..., répondit l'homme en lui tendant un petit verre d'un liquide ambré. Mais c'est bon si vous cherchez quelque chose pour votre putain de grand-mère. Si vous préférez une dope un peu plus sérieuse, j'ai ce qu'il faut pour vous conduire aux portes du paradis.

Justin gloussa de contentement et reprit :

— Ne me dites pas que vous avez ça ici...

Plongeant le bras sous son comptoir, le barman ramena une petite dosette en plastique qui arracha à Justin une exclamation enthousiaste.

— Putain, je suis votre homme !

— Les portes du paradis ? s'étonna Mae en le regardant remettre au type un paquet de dollars asiatiques. Qu'est-ce que c'est ?

L'allié inconditionnel de la RUNA s'accrochait à sa monnaie forte, ce qui facilitait les opérations de change pour les Gemméens. Et puisque l'on ne pouvait tracer l'argent liquide aussi aisément que la monnaie électronique, il était fréquent qu'il soit utilisé pour de telles opérations illicites.

Justin s'empara de la dosette et répondit :

— Pour nous pauvres quidams qui ne portons pas d'implants, c'est la façon la plus proche d'être un dieu.

Sans hésiter, après avoir arraché l'embout, il porta la dosette à sa bouche et vida les quelques gouttes qu'il contenait sous sa langue. Les yeux fermés, il se figea quelques instants, puis il frissonna de la tête aux pieds tandis qu'une vague semblait secouer tout son être.

— Bon dieu ! lâcha-t-il dans un souffle.

Dans sa bouche, cela ressemblait à une bénédiction. Il rouvrit ses paupières et cligna plusieurs fois des yeux, comme s'il devait se réaccoutumer à voir. Même dans cette lumière erratique, elle put constater qu'il avait les pupilles dilatées.

— Paradisiaque..., commenta-t-il. Cela ne vous ferait rien, à vous ?

— Non, répondit-elle sévèrement. Et je n'ai pas besoin de prendre de la drogue pour décompresser après une dure journée de travail.

— Vous qui carburez aux neurotransmetteurs et aux endorphines, vous êtes mal placée pour me le reprocher.

Mae se sentit rougir violemment.

— Ce n'est pas du tout la même chose ! protesta-t-elle.

— Si vous le dites...

D'un trait, il vida son bourbon et rendit son verre au barman avec la dosette vide.

— Garçon, un autre bourbon ! ordonna-t-il. Et ce que cette jeune beauté voudra boire.

Elle faillit décliner, mais rester plantée là sans rien faire la rendait nerveuse.

— Donnez-moi un mojito, dit-elle.

Le visage figé, le barman la dévisagea un instant et répondit :

— Regardez bien autour de vous. Est-ce que ça ressemble au genre d'endroit où on sert des mojitos ?

— Dans ce cas, surprenez-moi...

Il lui servit un martini en expliquant :

— C'est le plus soft que je puisse faire.

Mae s'attendait à voir Justin se mettre en chasse de partenaires féminines, mais tout au contraire il demeura près d'elle, accoudé au bar, dans un silence complice. En le voyant laisser son regard errer sur la foule avec intérêt, elle se demanda si ses dons d'observation demeuraient opérationnels lorsqu'il se trouvait sous l'emprise de substances illégales. Au moins prit-il le temps cette fois de siroter son bourbon. Il avait sur le visage sa coutumière expression d'assurance amusée, mais en y regardant de plus près, elle crut voir reparaître un peu de la tristesse dont elle avait été témoin au Panama.

— Qu'est-ce qui ne va pas ? se risqua-t-elle à demander.

Justin tourna la tête vers elle. Elle crut qu'il allait lui assurer que tout allait bien, mais après l'avoir dévisagée un instant, il parut changer d'avis.

— Savez-vous pourquoi j'ai décidé de lever le pied sur l'enquête dans les castes ? Pourquoi nous enquêtons désormais parmi les groupes sectaires ?

— Parce que l'un d'entre eux peut être responsable de ces meurtres ?

L'ombre d'un sourire passa sur son visage.

— Oui, certes…, reprit-il. Mais je préférerais tout de même résoudre cette enquête de manière plus classique, même si je sais que ce n'est pas votre truc.

Il reprit son sérieux avant d'avouer :

— J'ai reçu un appel de Cornelia, l'autre jour. Elle ne m'a pas caché à quel point notre manque de résultat lui déplaît.

Même si elle n'était pas personnellement impliquée, Mae se sentit insultée.

— Mais… vous faites tout votre possible ! protesta-t-elle. Vos entretiens sont… méticuleux. Vous décortiquez tous les dossiers. Et nous n'avons pas encore interrogé tout le monde.

— Vous seriez donc fan, malgré tout ?

Son sourire reparut. Il leva une main en l'air, comme pour la toucher, puis la laissa retomber.

— Méticuleux ou pas, nous faisons du sur-place, et Cornelia n'a pas manqué de me remettre dans l'oreille le tic-tac de l'horloge.

Son regard se perdit au fond de son verre quand il conclut :

— Voilà pourquoi nous sommes condamnés à aller chatouiller les tarés d'Apollon. Mais même cela semble inutile. Vous savez, je m'étais imaginé que ce serait facile… Juste quelques éclairs de génie de ma part, et l'affaire aurait été dans le sac. Au lieu de ça, je pourrais fort bien me retrouver au Panama avant la fin du mois.

— Pourquoi avoir choisi cet endroit ? s'enquit-elle.

Il redressa la tête et cette fois il avait bien au fond des yeux la mélancolie qu'elle avait perçue à leur première rencontre.

— Vous ne me croiriez pas si je vous le disais, répondit-il.

Malgré elle, Mae se sentait désolée pour lui. Quels qu'aient pu être ses torts, on l'avait placé dans une situation inconfortable et peut-être même impossible. Faire de nouveau appel à lui avait dû être une solution de dernier recours, pour la Sécurité intérieure.

— Peut-être que si vous retrouviez cette femme, Calliope…

— Callista, rectifia-t-il. Peut-être, oui. Je ne sais pas. Peu de gens peuvent réellement disparaître, mais elle en fait partie. Elle a des liens avec des réseaux religieux secrets, auxquels même le Bureau n'a pas accès. Ces groupes s'entraident pour demeurer dans la clandestinité. La plupart ne voudraient jamais avoir affaire à un serviteur comme moi, mais Callista pourrait peut-être jouer les intermédiaires.

Sur ce, il finit son verre et appela le barman d'un geste.

— Une autre dose de paradis !

Cynique ou pas, le type parut pris de court.

— Mais…, protesta-t-il. La première dose suffit pour la nuit.

D'un geste sec, Justin déposa ses billets sur le bar.

— Ce fut une longue journée, dit-il.

Après avoir hésité un instant encore, le barman ramassa l'argent et lui tendit une nouvelle dosette. Mae se mordit la langue, ravalant ses propres protestations, et regarda Justin prendre sa dose. Bientôt, son accès de déprime parut disparaître – du moins fut-il plus efficacement masqué. Son sourire charmeur reparut sur ses lèvres. Il se rapprocha d'elle et demanda :

— Vous voulez danser ?

Elle jeta un coup d'œil dégoûté à la piste, avant de diriger de nouveau son regard vers lui, un peu dérouté par leur proximité.

— Non. Et je n'appelle pas cela danser. C'est juste un prétexte pour se frotter les uns contre les autres.

Il se pencha sur elle davantage encore et susurra :

— Si ma mémoire est bonne, vous n'aviez rien contre, au Panama.

— Je préfère ignorer cela parce que vous êtes pour le moment camé jusqu'aux yeux, répliqua-t-elle. Et si ma mémoire est bonne, vous ne donnez jamais de second rendez-vous.

— Mais… je n'ai plus besoin de vous donner de rendez-vous, princesse.

L'intensité de son regard était troublante. Sa voix de velours, ensorcelante. C'était ce même ton enjôleur qu'il utilisait pour obtenir ce qu'il voulait des personnes qu'il interviewait.

L'élan de sympathie qu'elle venait de ressentir à son égard s'était envolé.

— Je suis certaine que pour vous cela doit faire figure de compliment, mais en ce qui me concerne, ce n'est pas le cas !

— Ce n'est pas un compliment. C'est vrai.

Il la regardait comme s'il était tout autant plongé dans le passé que dans le présent.

— Vous savez, poursuivit-il, la première fois que je vous ai vue – avant que vous ne tombiez sur moi par hasard dans l'allée – le monde s'est arrêté pour moi. Tout le reste a disparu à mes yeux. Il ne restait plus que vous, avec votre cou magnifique, vos cheveux couleur soleil d'hiver, ces yeux suprêmement beaux qui survolaient la salle, et ce petit air supérieur dont vous ne pouvez vous défaire...

Justin pencha la tête sur le côté, comme saisi par une idée.

— Connaissez-vous le stephanotis ? demanda-t-il.

Mae déglutit péniblement. Elle avait l'impression d'être revenue dans le passé, au Panama, en compagnie d'un homme qui savait tout d'elle.

— Le quoi ? couina-t-elle.

— C'est une fleur. Nous pourrions peut-être en trouver en rentrant à l'hôtel.

Cette fois, il leva réellement la main jusqu'aux cheveux de Mae, dans lesquels il passa les doigts.

— J'en ferai une couronne que je déposerai sur votre tête, conclut-il. Et le monde pourra s'embraser entre nous.

Mae se détourna brusquement, embarrassée de constater qu'elle retenait son souffle. Elle était un soldat capable de tuer sans hésiter, pas une femme susceptible de se laisser avoir par de belles paroles.

— Allez danser, maugréa-t-elle. Je suis sûre que ça ne manque pas ici les femmes aussi camées que vous prêtes à se laisser emballer par vos fleurs et vos balbutiements.

— Je n'ai jamais balbutié de ma vie.

Pour faire bonne mesure, elle s'orienta de manière à lui tourner le dos. Tendue, elle craignit qu'il ne revienne à la charge, mais rien ne se produisit. Lorsque finalement elle se retourna, il avait disparu. Le barman vint ramasser son verre vide et demanda :

— Un autre ?

Mae secoua négativement la tête et alla s'adosser à un mur près de la porte de secours. Elle avait ainsi une vue d'ensemble de la piste de danse en échappant au plus gros de la foule – même s'il n'était pas possible de lui échapper totalement. Elle songea à partir. Elle n'avait aucune raison d'être là. Elle ne savait même pas pourquoi elle était venue. Pourtant, quelque chose la poussait à ne pas abandonner Justin à son sort, surtout à présent qu'il était sous l'influence combinée de la drogue et de l'alcool. Non pas qu'il donnait l'impression d'avoir besoin d'un ange gardien... Chaque fois qu'elle l'apercevait, il parlait à une femme différente, le visage rayonnant, débordant de charisme et de charme. Et plus la nuit avançait, plus il semblait être au top de sa forme, sûr de lui et en pleine possession de ses moyens, même lorsqu'il revint du bar où il était allé réclamer une troisième dose. Aux yeux de Mae, cela rendait le gringue qu'il avait tenté de lui faire encore plus insultant. Un profond dégoût se fit jour en elle, auquel elle s'accrocha. Il était plus facile à gérer que l'attirance qu'elle ressentait pour lui.

Sortant de ses pensées, Mae reporta son attention sur la piste de danse. Elle ne pouvait voir Justin, mais elle fronça les sourcils en apercevant une sorte d'attroupement. Quelques danseurs s'étaient accroupis, d'autres regardaient quelque chose au sol. L'un d'eux se poussa soudain, ouvrant une brèche dans le rempart de corps. Mae entraperçut le blouson de Justin. Le taux d'adrénaline dans ses veines grimpa aussitôt en flèche. Elle se précipita sur la piste de danse, jouant des coudes pour écarter les badauds qui ne paraissaient pas pressés d'agir d'une quelconque manière. En comprenant que ses pires craintes s'étaient réalisées, elle sentit son estomac se retourner. Justin, allongé de tout son long par terre, avait les yeux mi-clos et respirait en haletant. Au moins était-il vivant – pour le moment. Mae s'agenouilla près de lui et se demanda dans quel pétrin elle allait se retrouver s'il devait ne pas en réchapper.

13

Deux pour cent

Justin ouvrit les yeux et s'empressa de les refermer. La lumière lui faisait trop mal. Il attendit quelques secondes avant de se décider à effectuer une nouvelle tentative, en mettant cette fois sa main en visière. Mais ce geste infime lui fut difficile. Tous ses muscles lui semblaient flasques et endoloris. Ce qu'il aperçut au-dessus de lui n'avait rien à lui révéler – étant donné que c'était de là que provenait la lumière qui l'aveuglait –, et ne fit que l'obliger à fermer une fois encore les yeux. Au prix d'un terrible effort, il parvint à se tourner sur le côté. Il se trouvait sur une sorte de couche dure et inconfortable, et son corps protesta de plus belle.

Sa main toujours en visière, il cligna des yeux rapidement et tenta de se concentrer sur ce qu'il voyait. Les murs qui l'entouraient étaient recouverts d'une teinte taupe neutre et inoffensive. Un large rectangle noir trouant l'un d'eux, il supposa qu'il devait s'agir d'une fenêtre. Quelqu'un se tenait à côté : juste une ombre indistincte. Celle-ci s'approcha, et il put la voir prendre forme. Des traits se dessinèrent, un corps mince et tonique, des cheveux blonds… *Ma walkyrie.*

— Hé ! dit-il, surpris d'éprouver des difficultés à articuler. Quoi de neuf ?

Un goût détestable s'attardait dans sa bouche.

— Vous êtes un imbécile.

Ah… Ma walkyrie furieuse, donc.

— Ce n'est pas vraiment une nouveauté, croassa-t-il.

Il la voyait parfaitement, désormais. Elle avait les traits tirés, et ses cheveux échappaient par mèches entières à sa queue-de-cheval.

— Que s'est-il passé ? s'enquit-il.

Puis, sans lui laisser le temps de répondre :

— Un mauvais trip ?

Mae acquiesça d'un hochement de tête.

—À quoi pensiez-vous donc ? lui reprocha-t-elle. Vous avez failli vous tuer !

—Hé ! C'était de la bonne came – vraiment bonne !

Et c'était peu de le dire. En plus de lui donner l'impression d'être taillé dans ce sucre filé que les mômes dévoraient sur le marché d'Anchorage, la dope avait aussi distordu sa vision de telle manière que tout ce qui l'entourait était bordé de couleur. Les gens brillaient, nimbés d'éclatantes auras, laissant dans leur sillage des traînées de couleurs multicolores lorsqu'ils bougeaient.

Le visage figé et dénué d'expression, Mae ne lui répondit pas. À la voir ainsi, il eut l'impression que leur relation avait brusquement régressé de deux bonnes années. Simultanément, il eut la curieuse certitude qu'elle s'était sincèrement inquiétée pour lui.

—Je ne me doutais pas que mon job consistait aussi à vous protéger de vous-même, ajouta-t-elle. Comment quelqu'un d'aussi intelligent que vous peut-il simultanément être aussi stupide ?

—*Excellente question*, intervint Magnus.

Comment pouvait-il être aussi stupide ? Il était facile pour lui de répondre : tout simplement parce qu'il était difficile de dire « non ». Lorsqu'il s'agissait des plaisirs de l'existence, il avait tendance à penser que si « un peu » faisait du bien, « beaucoup » devait faire plus de bien encore.

—Je me moque de savoir à quel point votre mission peut vous paraître futile pour le moment, reprit-elle avec colère. Vous voulez arranger les choses ? Vous voulez rester dans ce pays ? Alors débrouillez-vous pour résoudre cette affaire ! Et arrêtez de vous noyer à la moindre contrariété dans la drogue et l'autoapitoiement !

Ses paroles ramenèrent à l'esprit de Justin le piètre état de son enquête, les menaces de Cornelia et la disparition de Callista. C'était plus que suffisant pour inciter un homme à chercher l'oubli. Cela et…

—Avez-vous jamais eu envie de ne plus penser ?

Sa question la prit par surprise. Sur le visage de Mae, la colère céda le pas à l'étonnement.

—Je vous demande pardon ?

Justin se rallongea sur le dos et regarda fixement le plafond.

—Je pense beaucoup trop pour mon propre bien, Mae. Mon esprit est sans arrêt en train d'analyser chaque détail, encore, encore et encore : cette enquête, mes chances de rester en RUNA, cette Église d'Apollon, vous.

Il ponctua sa phrase d'un soupir et conclut :

—Je suis incapable de débrancher mon cerveau. Il tourne sans arrêt, comme un hamster dans sa roue pris de folie. C'est pour ça que je prends des trucs pour dormir.

— Et moi qui pensais que vous preniez des « trucs pour dormir » afin de contrebalancer les stimulants que vous prenez le matin pour vous réveiller…

Sa réprobation était presque tangible. Mais au lieu de mettre ça sur le compte de ses grands airs de patricienne trop gâtée, Justin se sentit brusquement… indigne d'elle.

— *Ai-je fait quelque chose que je n'aurais pas dû faire ?* demanda-t-il aux corbeaux.

— *Une petite overdose ?* suggéra Horatio.

— *Arrête ! Tu sais ce que je veux dire.*

— *À part ça, tu lui as fait du plat.*

— *Vraiment ?*

Justin ne s'en souvenait pas. D'ailleurs, à part d'avoir flirté avec les portes du paradis, il ne se souvenait de rien. Et à en juger par son état, il devait même l'avoir fait plus d'une fois.

— *Comment ça s'est passé ?* reprit-il. *Mal, je suppose, étant donné que je me retrouve sur ce lit plutôt que dans le sien…*

— *Tu t'es montré très éloquent*, répondit Horatio. *Un vrai poète. Moi-même, je t'aurais suivi sans hésiter.*

— *Tu lui as offert la couronne !* renchérit Magnus d'un ton bien plus sérieux.

Une brusque nausée lui souleva le cœur. Il était habitué à avoir toutes sortes de comportements stupides lorsqu'il planait un peu trop, mais il ne lui était jamais arrivé de se précipiter accidentellement dans le piège qu'il voulait à tout prix éviter. À présent qu'il avait les idées plus claires, et sous le feu de ce regard condescendant qui pesait sur lui, il était plus facile de lui résister. C'était un vrai soulagement de constater qu'elle n'avait pas renoncé à sa détestation du plébéien et à son dédain de castée.

— Si jamais je recommence à vous draguer, dit-il, je vous autorise à me boxer.

À cela, manifestement, elle ne s'était pas attendue.

— Mais…, protesta-t-elle faiblement. Pourquoi dites-vous une chose pareille ?

Parce que si je couche avec vous encore une fois, je me retrouverai au service d'un dieu que je ne connais même pas.

— Parce que vous avez établi vos préférences de Nordique ayant un score de neuf tout à fait clairement, répondit-il plutôt. Et parce que je me dois de respecter ça.

Il n'avait pas réfléchi à sa réponse et n'avait cherché qu'à la tenir à distance. Son but n'était certes pas de se donner le beau rôle, pourtant il vit son visage se détendre.

— *Tu viens de remonter de deux pour cent dans son estime*, nota Horatio. *C'est le premier commentaire personnel que tu fais qui ne te fait pas passer pour un con.*

Cela paraissait ravir le corbeau, ce qui n'avait rien d'étonnant. Lui et son homologue souhaitaient à tout prix une réconciliation.

Magnus, lui, ne se montra pas si optimiste.

— *Il va te falloir faire davantage que réparer les dégâts que tu as causés pour la reconquérir. Je te l'ai déjà dit : les dieux tournent autour d'elle. Et plus particulièrement, une déesse. Tu dois aider Mae à s'en affranchir pour son propre bien. Tu as vu toi-même ce qui s'empare d'elle au cours d'un combat.*

— *Oui, cette présence obscure*, dut reconnaître Justin.

Il l'avait vue, sous la forme d'une ombre presque palpable accrochée à elle lorsqu'elle se battait.

— *Cela se produit ainsi parce que les dieux ne peuvent communiquer avec elle par le biais habituel*, précisa Magnus.

— *De quel biais s'agit-il ?*

— *Les rêves.*

— *Pourquoi ne le peuvent-ils pas ?*

— *Devine…*

La réponse apparut immédiatement à Justin.

— *Parce qu'elle ne dort pas*, dit-il.

— *Tu es tellement intelligent*, plaisanta Horatio. *Dommage que tu sois également si stupide.*

— *Tu dois bien faire attention*, le prévint Magnus. *La déité qui la suit pourrait commencer à se méfier des autres. Tu ne peux dire le contraire : il y a en vous une puissance que certains peuvent percevoir. Celle qui suit Mae n'a pas apprécié la tentative d'usurpation dans le temple.*

Il fallut quelques instants à Justin pour comprendre de quoi le corbeau voulait parler, puis il se souvint comment Mae s'était mise à briller sous ses yeux, et comment soudain elle lui avait semblé, debout devant cette statue de déesse, prendre une apparence surhumaine. Une puissance semblable à celle qui l'investissait lorsqu'elle se battait semblait avoir pris possession d'elle, mais celle-ci était bienfaisante et chaleureuse, séductrice et pleine de vie plus que sombre et terrible.

— *Que s'est-il passé ?* demanda-t-il.

— *Une autre déesse a tenté de reprendre Mae à la noire déité qui pèse habituellement sur elle*, répondit Magnus.

— *Notre Dame du Livre ?*

Justin avait du mal à imaginer une déesse érudite s'intéresser à une prétorienne.

— Non. Juste une déité entreprenante qui tentait de tirer avantage de la situation. Le pouvoir des dieux faiblit parfois quand ils doivent intervenir dans le domaine d'autres dieux.

Mae dévisageait Justin d'un air courroucé.

— Pourquoi me regardez-vous comme ça ? demanda-t-elle.

Il réalisa alors qu'il n'avait cessé de la regarder tout en tenant ce dialogue intérieur. Il se raccrocha au premier sujet venu.

— Ne dites rien à Cyn de ce qui s'est passé.

— Pourquoi le ferais-je ?

— Vous êtes devenues amies, toutes les deux. Surtout depuis qu'elle vous a préparé des crêpes. Vous en avez mangé comme quatre !

Après avoir partagé quelques repas avec elle, Justin avait vite découvert que les prétoriens avaient besoin d'ingurgiter énormément de nourriture pour alimenter leur métabolisme surhumain.

— Ses crêpes étaient bonnes, admit Mae. Et elle en avait préparé beaucoup. Votre sœur prépare toujours beaucoup de nourriture.

Un sourire joua sur les lèvres de Justin.

— Savez-vous pourquoi ? demanda-t-il. C'est pour compenser.

— Pour compenser quoi ?

Il hésita un instant avant de lui répondre. En essayant d'éviter un sujet qu'elle voulait aborder, il n'avait fait qu'en amener un autre sur le tapis qui ne l'enchantait pas plus. Il lui arrivait de pouvoir deviner d'un seul regard l'histoire de certains, mais la sienne il préférait la garder pour lui. Pourtant, en croisant le regard de Mae – une ensorcelante combinaison de vert et de bleu –, il lui devint impossible de ne pas se confier à elle. Peut-être allait-elle le haïr pour ça. Peut-être allait-elle s'imaginer qu'il cherchait à la manipuler. Mais soudain, l'envie qu'elle comprenne cette part de lui-même l'emporta.

— Voulez-vous savoir comment un brillant serviteur et traqueur de meurtriers a commencé dans la vie ? Dans les stalles poussiéreuses de la foire d'été d'Anchorage. Cyn et moi avions pour habitude d'y gagner notre croûte en faisant ce que vous imaginez que je fais le mieux : arnaquer les gens.

Mae sursauta, protestant faiblement :

— Je ne pense pas ça !

— Vraiment ?

Il scruta son visage d'un air dubitatif. Mae se trahit en évitant son regard.

— Vous pensez que chaque mot qui sort de ma bouche n'est destiné qu'à manipuler autrui, reprit-il. Et ça ne me dérange pas, parce que la moitié du temps c'est vrai. Arrive-t-il aux Nordiques d'organiser des foires, des carnavals ?

— Naturellement !

— Vous connaissez donc ces petits tours de clairvoyance qu'on y pratique : deviner l'âge, le poids des passants, ce genre de trucs… C'est ce que Cyn et moi faisions.

Justin se redressa en position assise et écarta les mains, retrouvant un peu d'énergie pour lui narrer l'histoire.

— Deux adorables gamins – car c'est ce que nous étions, vous savez, même à l'époque – étonnant les touristes par leur faculté à deviner ce qu'ils n'auraient jamais dû connaître. Cyn était spécialisée dans les poids et mesures. Elle a toujours eu un don pour ça. Un petit génie qui n'a jamais eu l'occasion de développer son talent pour les mathématiques. Moi ? C'était l'histoire des gens qui m'intéressait. Leur âge. D'où ils venaient. J'avais réussi à mémoriser des dizaines d'accents. Ajoutez à ça quelques questions d'enfant apparemment innocentes, et je pouvais reconstituer pratiquement toute leur vie.

— Ce n'est pas arnaquer les gens, fit-elle remarquer. C'est juste avoir le sens de l'observation.

Justin écarta l'argument d'un haussement d'épaules.

— Moi, j'avais l'impression de les arnaquer, objecta-t-il. Surtout en voyant comment réagissaient ces gens. Pour eux, c'était de la magie. Cela a rapporté beaucoup d'argent à ce salaud de forain qui nous tenait sous sa coupe, et nous n'en récupérions pas grand-chose. Mais cela suffisait à nous payer de la nourriture.

— Pourquoi deux enfants devaient-ils acheter eux-mêmes de la nourriture ? s'étonna-t-elle.

Dans sa bouche, la question n'avait rien d'étonnant. Sans doute avait-elle grandi entourée de cuisiniers, de domestiques, de gouvernantes pour veiller à ce qu'elle ne manque de rien.

— Parce qu'il n'y en avait pas à la maison, répondit-il. Notre mère ne travaillait pas. Enfin… elle s'arrangeait quand même pour gagner un peu d'argent, mais nous n'en voyions pas beaucoup la couleur.

— Et votre père ?

Justin secoua longuement la tête.

— Juste un donneur anonyme génétiquement compatible avec ma mère et accessible à sa maigre bourse.

Mae acquiesça de la tête, vaguement mal à l'aise.

— Mais dans ce cas…, reprit-elle. Vous auriez dû bénéficier de rations fédérales.

— Effectivement, répondit-il. Notre mère les vendait pour se procurer de quoi la faire planer.

Mae garda le silence un long moment.

— J'ai du mal à imaginer que des enfants puissent souffrir de la faim, dit-elle enfin. Du moins, en RUNA. Et je ne peux imaginer une mère faire ça à ses enfants.

— Elle avait un tas de problèmes.

Ce qui était un bel euphémisme. Justin soupira et expliqua :

— Cyn prétend que j'ai hérité de son penchant pour l'addiction aux drogues et à l'alcool.

Réalisant l'ironie de souligner ce point dans ce contexte, il lâcha un petit rire avant de poursuivre :

— Mais je ne suis qu'un amateur, comparé à elle, et Cyn le sait. Elle a juste tendance à exagérer un peu quand elle est énervée. Je ne suis pas du tout comme notre mère.

— Parce que vous avez fait de vos problèmes un style de vie.

— Dans ce cas, répliqua-t-il, ce ne sont plus des problèmes. Ce qui compte, c'est que j'aille bien, que ceux que j'aime aillent bien, et que je prenne soin d'eux.

Justin fut lui-même surpris de la véhémence avec laquelle il avait dit cela. Malgré tous ses problèmes, s'occuper de Cynthia et de Quentin – sans oublier Tessa – demeurait au cœur de ses préoccupations. Peut-être se leurrait-il en refusant d'admettre qu'il avait hérité des problèmes d'addiction de sa mère, mais une chose était certaine : il refusait d'abandonner les siens comme elle les avait abandonnés. C'était l'une des raisons principales qui avaient rendu son exil si douloureux.

— C'est vrai, reconnut Mae sans aucune trace de moquerie. Vous êtes parfait avec eux. Et regardez-vous, aujourd'hui : vous avez su faire fructifier cet entraînement d'élite dans l'enfance pour vous faire une place au service de notre pays.

— Entraînement d'élite…, répéta-t-il d'un air dubitatif. N'exagérons rien. Ce que je fais n'est pas si difficile.

— Je serais incapable de le faire.

Une doctoresse fit son apparition, femme au visage sévère qui ne fit aucun effort pour lui cacher qu'elle ne le trouvait pas le moins du monde charmant. Elle lui fit la leçon sur les dangers du mélange alcool-drogues, insinuant qu'il avait la chance de ne pas avoir été en possession des véritables – et illégales – clés du paradis. Pour se décharger de son cas, elle lui donna une série d'instructions de base recommandant une bonne hydratation et du repos, puis elle scanna son ego afin de lui faire parvenir de la documentation « intéressante » sur les abus de substances prohibées. Justin accepta ces réprimandes humblement, à la fois parce qu'il les méritait et parce que cela allait leur permettre de partir plus vite.

Mae ne dit pas grand-chose lorsqu'ils quittèrent enfin l'hôpital, mais il la surprit à l'observer de temps à autre à la dérobée. Il était plus que jamais conscient qu'elle considérait ses vices comme un signe de faiblesse, mais sans l'avoir voulu, en affirmant qu'il voulait la respecter et en lui parlant de sa jeunesse, il était parvenu à remonter légèrement dans son estime. Pire encore, il découvrit que cela lui faisait du bien. La fierté et l'espoir qu'il avait vus brièvement briller dans son regard lui avaient coupé le souffle. Bien vite, il lui fallait se remettre en tête qu'elle n'était qu'une patricienne qui regardait les gens de haut, et qu'elle était elle-même loin de faire preuve de tact et de respect dans ses attitudes. Il devait lui répondre de la même manière, autant pour se protéger que parce qu'elle le méritait. À l'avenir, il ferait en sorte de passer davantage pour un con à ses yeux, comme Horatio avait si bien souligné qu'il savait le faire.

— *Effectivement, cela ne devrait pas être très difficile pour toi*, commenta le corbeau.

14

Le mégalo préféré de Justin

— Bon sang ! Mais qu'est-ce qui t'est arrivé ?

Cynthia faillit lâcher sa poêle lorsque Justin entra dans la cuisine. Tessa releva les yeux du toast que la nervosité l'empêchait de manger et vit immédiatement ce qui avait attiré son attention. Justin était pâle et hagard. Des cernes sombres soulignaient ses yeux. Il s'était habillé et préparé aussi soigneusement qu'à l'accoutumée, mais il était loin d'atteindre sa perfection habituelle.

— Mauvais trip, commenta-t-il.

Cynthia lui jeta un regard circonspect et demanda :

— Quel genre de trip ?

— Le genre où je dois me battre contre des fanatiques religieux surexcités pour protéger notre style de vie. Demande à Mae. Elle te racontera.

Il s'apprêtait à gagner le hall d'entrée quand il aperçut l'uniforme marron de Tessa.

— Bonne chance pour aujourd'hui, mignonne ! lança-t-il en venant lui poser la main sur l'épaule. Je suis sûr que tout va bien se passer. J'ai hâte d'entendre ton compte rendu ce soir.

Pour toute réponse, elle lui sourit bravement et hocha la tête.

Même si Tessa pouvait comprendre le désir de Justin de la voir suivre un cursus gemméen standard, elle n'en pensait pas moins qu'elle aurait pu parvenir au même résultat grâce au flow. Elle avait passé des heures chaque jour à naviguer sur ce flux infini de données, ébahie par ce qu'il avait à offrir autant dans le domaine récréatif que pédagogique. Elle n'avait jusqu'à présent pas réussi à trouver un sujet qu'il ne couvrait pas. Par moments, elle se sentait même submergée, mais elle adorait cela.

Pourtant, elle ne devait pas perdre de vue qu'elle avait été autorisée à entrer en RUNA avec un visa d'études. Étudier chez soi était une option valable au Panama – la seule, en fait, pour une jeune fille de sa condition –, mais ici c'était par le système d'éducation du pays qu'elle devait passer.

— Pas d'écoles privées ? avait-elle demandé à Justin alors qu'ils allaient visiter le lycée la semaine précédente.

Il existait bien un système public d'éducation qui se mettait en place, au Panama, mais les nouveaux riches et les classes moyennes supérieures optaient souvent pour des établissements privés, quand cela leur était financièrement possible.

— Aucune qui voudrait bien t'accueillir, lui avait-il répondu. Mais ne t'en fais pas : nos établissements scolaires sont remarquables. On y dispense le même enseignement à travers tout le pays, pour les plébéiens aussi bien que pour les castés. C'est ce qui permet de renforcer le sentiment d'appartenance à la nation.

Cette très forte identité devenait de plus en plus apparente aux yeux de Tessa. Même quelqu'un comme Mae, qui avait été élevée dans un environnement culturel séparé, possédait une fierté d'être gemméenne qu'elle avait acquise avant même son entrée dans l'armée. En RUNA, trois choses étaient tenues pour responsables du Déclin : les manipulations biologiques, la religion et le séparatisme culturel. Les campagnes organisées très tôt pour favoriser le mélange des populations et la mixité génétique avaient beaucoup fait pour renforcer le sentiment d'appartenance à une même nation. Ensuite, l'organisation sociale librement adaptée des modèles grec et romain choisie par le pays avait fourni à tout un chacun un modèle culturel auquel s'identifier.

Tessa n'était toujours pas certaine d'adhérer à ces principes dans leur intégralité, mais il était difficile de nier que sur ces bases la RUNA était devenue le pays le plus avancé de la planète.

Les vacances n'étaient pas encore terminées lorsqu'elle avait visité le lycée la semaine précédente, et l'idée de retrouver ces vastes halls emplis d'élèves de son âge la rendait nerveuse. Elle avait fait des progrès en se frottant aux foules qui déambulaient en ville, mais parfois, son agoraphobie ne demandait qu'à la rattraper. Le principal leur avait fait une faveur en leur accordant un rendez-vous alors que le lycée était fermé. Tessa avait vite compris que la profession exercée par Justin justifiait ce passe-droit. Les citoyens de la RUNA n'étaient pas effrayés par les serviteurs comme ils l'étaient par les prétoriens, mais ils leur vouaient autant de respect et d'admiration.

— Jamais nous n'avons eu de provinciale parmi nos élèves, avait expliqué Mme Carmichael en étudiant Tessa comme une bête curieuse.

Une autre chose que Tessa avait vite comprise : tout ce qui ne venait pas de chez eux était pour les Gemméens « provincial » – ce qui, dans leur bouche, n'avait rien de flatteur. Tous utilisaient ce terme sans même y penser.

— Je suis certaine que ce sera pour nos élèves une source d'enrichissement, avait-elle poursuivi. Mais je m'inquiète un peu pour votre capacité à vous… euh… adapter à nos classes.

Tessa avait parfaitement saisi le sous-entendu. Comme Justin, Mme Carmichael s'imaginait que son éducation avait jusqu'à présent consisté en « lectures insipides » et en « cours de soutien en mathématiques ». Au terme de quelques tests, tous deux avaient été fort surpris de constater que ses capacités en langue anglaise étaient au niveau… même si à sa grande honte elle allait effectivement avoir besoin d'un sérieux rattrapage en maths.

À présent, le grand jour de la rentrée était enfin arrivé. Justin et Cynthia s'étaient offerts pour l'accompagner, mais Quentin lui avait expliqué que cela ne ferait qu'attirer davantage l'attention sur elle et que cela serait mal perçu par les autres élèves. En dépit de son jeune âge, il ne lui avait jamais donné que de bons conseils, aussi avait-elle décidé de l'écouter.

Mme Carmichael lui avait assigné un guide pour cette première journée. Melissa, brillante et belle, semblait incarner toutes les qualités de la parfaite jeune Gemméenne. Malgré sa politesse de façade, il était évident qu'elle aussi considérait Tessa comme une espèce de phénomène de foire. Elle s'imaginait apparemment aussi que Tessa avait cinq ans et qu'elle était sourde.

— Voilà ton casier !

Elle s'était exprimée bien plus fort que le brouhaha ambiant l'aurait justifié, et elle articulait exagérément.

— C'est là que tu ranges tes affaires. Il faut d'abord ouvrir la porte. Pour cela, pose la main sur le cadenas, qui lira ta puce d'identité automatiquement. La puce, c'est cette chose que l'on a mise dans ta main.

Tessa avait déjà vu tout cela lorsqu'elle était venue visiter avec Justin. Même s'il n'existait rien de tel au Panama, ce n'était pas exactement un tour de force à accomplir… Pourtant, elle se força à sourire à Melissa et lui dit :

— Merci.

— Qu'as-tu dit ? ânonna-t-elle.

— J'ai dit « merci ».

Melissa, ayant décidé que l'accent de Tessa rendait ce qu'elle disait incompréhensible, ne cessait de la faire répéter.

— De rien ! répondit-elle dans un cri.

Malgré la condescendance qu'elle lui témoignait, Tessa était heureuse d'avoir Melissa pour la guider vers ses différentes classes. Les halls et corridors étaient aussi peuplés qu'elle l'avait redouté, et l'uniforme du lycée que tous portaient n'arrangeait pas les choses. Comment reconnaître les uns des autres ?

— Voilà ta classe d'anglais, annonça Melissa alors qu'elles atteignaient la première salle indiquée sur l'emploi du temps de Tessa. C'est ici que tu vas lire des livres. Des livres remplis de mots, qui racontent des histoires ou expliquent des faits.

— Merci, répondit-elle.

— Pardon ?

La salle de classe était vaste et claire. La lumière blanche et les surfaces métalliques y donnaient le ton, comme dans la plupart des espaces publics gemméens. Les élèves avaient déjà pris place à leurs pupitres équipés d'écrans tactiles intégrés, prêts à travailler avec le soutien de leur liseuse et de leur ego. Nul ne leur prêta attention lorsque Tessa fit son entrée, accompagnée de Melissa, lui laissant espérer que peut-être elle pourrait prendre place dans le fond où il lui serait possible de s'habituer tranquillement à ce nouveau monde. Malheureusement, le professeur, qui avait été dûment briefé, avait décidé de faire de l'arrivée d'une nouvelle élève une occasion d'apprendre.

M. Lu la fit patienter sur le devant de la salle jusqu'à ce que la sonnerie cristalline annonçant la reprise des cours retentisse. Tous firent silence, et vingt paires d'yeux convergèrent simultanément sur Tessa.

— Bonjour à tous, lança-t-il. Nous avons une nouvelle élève parmi nous. Je vous présente Teresa Cruz, qui nous arrive du Panama.

Ces yeux braqués sur elles s'arrondirent démesurément et, soudain, elle se sentit étudiée, soupesée et jugée par tous ses pairs. Aux expressions qu'elle lisait sur leurs visages, elle devina qu'ils s'étaient attendus à la découvrir vêtue de fourrures et de plumes – ce qui n'aurait peut-être pas été très éloigné de la vérité si elle avait débarqué du continent européen. Mais à part pour ce qui était de la coiffure, Tessa était certaine de leur ressembler.

— Teresa, que peux-tu nous dire du Panama ?

M. Lu le faisait de manière plus subtile que Melissa, mais lui aussi s'adressait à elle plus lentement qu'à ses autres élèves.

Tessa ignorait ce qu'il attendait d'elle. Un conte sordide et sensationnel ? Ou peut-être une confession émue qui aurait mis en évidence la supériorité en tout de la RUNA ? Pour éviter que son hésitation la fasse remarquer davantage, elle s'accrocha à la première chose qui lui passa par la tête.

— C'est en Amérique centrale…

M. Lu la remercia d'un sourire affable.

— Très bien, Teresa. Tu peux prendre ce pupitre, là-bas.

Tessa s'empressa de déguerpir, mais l'attention dont elle était l'objet ne cessa pas pour autant. Quelques élèves se montraient discrets, mais d'autres ne se gênaient pas pour la dévisager ouvertement, sans chercher à cacher leur curiosité.

Ils étaient au milieu de la lecture d'un livre écrit par un fameux romancier gemméen que Tessa avait acquis et commencé par avance. Mais plutôt que de la laisser lire dans un bienheureux anonymat, M. Lu ne cessait d'interrompre la classe pour lui demander si elle savait se servir de la liseuse et de l'écran tactile, si bien qu'elle devait bêtement hocher la tête en souriant pour le remercier de sa sollicitude.

Le reste de ses cours se passa d'une façon similaire, ses autres professeurs « bienveillants » s'étant apparemment donné le mot pour l'embarrasser devant tout le monde. Vers la fin de la journée, elle comprit que la nouvelle de son arrivée avait dû se répandre, étant donné que les élèves l'attendaient avec impatience dans les classes où elle arrivait, s'attendant sûrement à la voir se conduire bizarrement.

Tessa tira de la fierté de sa capacité à suivre sans avoir à rougir les cours d'anglais et d'histoire. Elle apprécia surtout ce dernier cours, qui lui permit de combler certaines de ses lacunes en matière de culture gemméenne. Melissa, qui assistait au cours avec elle, avait éprouvé le besoin de lui expliquer de quoi il s'agissait.

— On apprend ici l'histoire. Cela concerne le passé. On nous enseigne comment la RUNA s'est formée après le Déclin et comment les castes sont apparues. Comprends-tu ce que le mot « caste » veut dire ? Ce sont des groupes de population qui n'ont pas à respecter les mandats parce qu'ils ont aidé à fonder l'État. Nous lisons tout ça dans des livres, ici.

Par peur de devoir se répéter, Mae la remercia d'un hochement de tête et d'un sourire gêné.

Le cours de maths s'avéra aussi éprouvant qu'il devait l'être, mais celui d'espagnol fit beaucoup pour restaurer son amour-propre, même si elle ne savait pas comment interpréter le fait qu'on ait jugé bon de l'y inscrire. Après tout, il s'agissait de sa langue maternelle, qu'elle parlait parfaitement, alors que ses condisciples travaillaient encore sur de simples traductions. Son professeur ne cessait de l'encourager à prononcer certaines phrases, tout en s'empressant de préciser aux autres qu'il ne fallait pas l'imiter à cause de son accent provincial et en leur recommandant de s'en tenir à la prononciation standardisée. Ensuite, elle s'efforçait patiemment de la corriger.

Tant et si bien que Tessa arriva épuisée à son dernier cours de la journée. *Plus qu'une heure, et tu seras libre*, songea-t-elle. La première journée est la pire. Ensuite, ça ne pourra qu'aller mieux.

Après avoir subi l'habituelle présentation embarrassante de son professeur, elle prit un siège au milieu de la pièce. Contrairement aux autres matières, on ne trouvait aucun pupitre en salle de biologie. Ils étaient tous assis à de longues tables équipées des habituels écrans tactiles, mais aussi d'un autre appareil que Tessa ne reconnut pas. Celui-ci, rond et métallique, était équipé d'une pièce de verre, ronde également, sur le dessus. Elle devait bien admettre que les limites de sa compétence étaient atteintes. Elle s'accrochait encore à l'espoir qu'en étudiant suffisamment chez elle, elle pourrait rattraper son retard. D'un ton bourru, Cynthia lui avait d'ailleurs proposé de l'aider.

Leur professeur relança immédiatement une discussion à propos de Caïn entamée la veille. Tout le monde savait ce qu'était Caïn au Panama, aussi Tessa commença-t-elle à se détendre, s'imaginant être en territoire familier. Mais lorsque la discussion se fit technique, abordant les mécanismes de la maladie au niveau génétique, elle comprit qu'elle se retrouvait une fois de plus hors jeu. Les choses se gâtèrent encore lorsqu'ils reçurent leur tâche à accomplir et qu'elle apprit enfin à quoi servait l'appareil rond.

Celui-ci créait un modèle tridimensionnel des protéines de Caïn et de leurs mutations. L'utilisation de cet instrument, déjà, s'avérait un challenge. Naturellement, l'image holographique n'avait aucune substance, mais le projecteur était capable de détecter les mouvements de la main et ce qu'elle « touchait » de manière à faire pivoter le modèle en conséquence. Cette technologie étant relativement neuve en RUNA, les élèves éprouvaient encore une certaine excitation à s'en servir. Si les autres avaient déjà eu l'occasion de s'entraîner, Tessa, elle, se sentait incapable de comprendre le fonctionnement de la chose. Sans doute ne devait-elle pas poser les doigts aux bons endroits pour que son intention soit repérée, et la plupart du temps, sa main passait à travers le faisceau de lumière. Les autres élèves, eux, n'éprouvaient aucune difficulté à effectuer les manipulations nécessaires, à répondre aux questions et à résoudre les problèmes posés.

Après une journée passée à s'entendre expliquer le mode d'emploi de technologies qu'elle connaissait déjà, Tessa butait finalement contre un mur. Elle savait qu'en allant demander de l'aide à son professeur il désignerait quelqu'un pour l'aider, mais cela attirerait une fois de plus l'attention sur elle en confirmant les préjugés de chacun sur la petite provinciale arriérée incapable de s'adapter. Heureusement, nul – jusqu'à cet instant – ne semblait avoir repéré ses difficultés. Tous étaient trop occupés par leur propre tâche et par les petites discussions qu'ils avaient entre eux en travaillant. Sans se décourager, Tessa s'obstina donc à effectuer l'exercice, réussissant une fois sur trois les manipulations demandées. Et lorsqu'elle y parvenait, c'était à peine si elle comprenait les questions qui lui étaient posées, rendant la chose encore plus futile.

Elle sentit la panique la gagner. Que faisait-elle là ? Son aspect extérieur avait beau être plébéien, il y aurait toujours quelque chose qui ferait d'elle une « étrangère ». Peu importait qu'elle porte le même uniforme que tous les autres. Le pantalon marron et la blouse blanche ne parviendraient pas à cacher ce qu'elle était véritablement. Ce n'était pas sa chevelure, ni son accent, ni même son manque de compétences techniques qui la trahissaient. C'était quelque chose d'autre, de plus intangible, qui signifiait aux yeux de tous qu'elle n'était pas née dans ce monde brillant à l'agitation frénétique. Les élèves qu'elle découvrait autour d'elle étaient semblables à tous ceux qu'elle avait croisés depuis son arrivée en RUNA : sûrs d'eux, déterminés, et totalement convaincus de leur supériorité sur le reste du monde. Jamais Tessa ne parviendrait à leur ressembler.

Serrant les poings, elle inspira à fond et s'efforça de se reprendre. Justin avait bataillé dur pour l'amener jusqu'ici, elle ne devait pas l'oublier. C'était avec une fierté sans borne qu'il lui avait fait visiter le lycée. Plus important encore, elle ne pouvait négliger qu'il ne cessait de l'appeler son « petit prodige ». Elle ignorait si elle devait y croire, mais elle ne se voyait pas rentrer chez eux ce soir-là pour lui annoncer qu'elle était incapable de suivre. Une autre inspiration profonde acheva de la calmer. Elle se résigna à aller demander de l'aide, quand bien même c'était humiliant.

Mais lorsqu'elle arriva devant le bureau du professeur, elle le trouva en grande conversation avec un autre élève. Ne se voyant pas rester sur place jusqu'à ce qu'ils aient terminé, elle regagna sa place pour attendre son tour. À la table située derrière la sienne, Melissa faisait une pause dans son travail – peut-être même avait-elle terminé – et parlait à un groupe de ses amis.

— Je ne comprends pas la moitié de ce qu'elle raconte, prétendait-elle. Vous savez, je me demande même s'ils ont l'électricité…

— Et tu l'as vue, avec l'hologramme ? renchérit un autre.

Une troisième se mit à rire et ajouta :

— Elle s'imaginait peut-être qu'il s'agissait d'une sorte de vision. Ils croient à toutes sortes de trucs bizarres, en province.

Melissa eut un rictus mauvais qui déforma son joli visage.

— En tout cas, conclut-elle, je suis heureuse de ne pas avoir à me la coltiner demain. Si je devais passer encore une journée à…

Elle se figea, de même que son sourire sur ses lèvres, lorsqu'elle s'aperçut en tournant la tête que Tessa l'écoutait. Dans un premier temps, elle rougit, embarrassée de s'être trahie. Puis, pour ne pas perdre la face vis-à-vis de ses amis, elle redressa le menton et mit de côté sa gêne.

— Qu'est-ce qu'il y a ? demanda-t-elle d'un air bravache.

Envolée, l'amabilité de façade qu'elle lui avait témoignée.

— Qu'est-ce que tu regardes, comme ça ? ajouta-t-elle.

Comme Tessa ne répondait pas, l'une des amies de Melissa lui donna un coup de coude et ricana.

— Laisse tomber, Mel..., lui dit-elle. Regarde-la, elle n'a pas compris un mot de ce que tu lui as dit.

— Je comprends les peaux de vache dans n'importe quelle langue, articula soigneusement Tessa.

Un instant plus tard, elle ajouta :

— As-tu besoin que je te le répète plus lentement ?

Elle parvint à garder un visage impassible. Vivre depuis plusieurs jours au milieu de gens qui excellaient à cacher leurs émotions lui avait bien servi.

L'expression de Melissa prouvait qu'elle l'avait parfaitement comprise.

— C'est moi que tu as traitée de peau de vache ?

— Qui d'autre que toi, à ton avis ? répliqua Tessa, enhardie. Au fait, c'est une pure question rhétorique. Ce qui veut dire que tu n'es pas obligée de répondre.

Tessa sentait, au fond d'elle, qu'elle aurait mieux fait de laisser tomber. Elle ne faisait que creuser davantage le trou dans lequel on allait la faire tomber. Melissa n'était pas du genre à défendre son honneur à coups de poing – elle prenait bien trop soin de sa personne et de sa coiffure pour ça –, mais il y avait dans son regard une méchanceté tendant à prouver qu'elle pouvait chercher à se venger par des moyens détournés. Une bonne bagarre aurait été préférable.

— C'est ce que Melissa n'arrive pas à saisir, intervint soudain une fille qui venait de surgir dans le débat. Elle ne comprend jamais quand il vaudrait mieux qu'elle la ferme – il n'y a qu'à demander à Silas Moore ce qu'il en pense.

Melissa foudroya du regard une de ses amies qui venait de pouffer dans sa main, puis reporta sa fureur sur la nouvelle venue, qui était allée se placer à côté de Tessa.

— Ferme-la toi-même, Poppy ! Tout le monde sait ce que tu as fait le week-end dernier...

— C'est drôle ça, riposta la dénommée Poppy. Comment se fait-il que personne ne se vante jamais de ce qu'il a fait avec toi ? Sans doute les pauvres gars doivent-ils être tristes et désappointés...

— Mesdemoiselles ! lança M. Rykov en s'approchant. Pourquoi n'êtes-vous pas au travail ?

Melissa et ses amis se dispersèrent aussitôt. Poppy, tout au contraire, se tourna vers lui et soutint son regard sans ciller.

—Je suis venue donner un coup de main à Tertia, monsieur…, répondit-elle vivement. Je suis comme ça : j'aide les gens.

Tendant la main vers le modèle 3D de Tessa, d'un geste sûr elle le fit pivoter sur lui-même.

M. Rykov paraissait avoir du mal à la croire.

—Eh bien…, commença-t-il.

Puis, changeant de ton après l'avoir examinée plus attentivement :

—Encore ce hideux maquillage ? Je vous ai déjà dit de ne pas venir en cours attifée comme ça ! Vous serez collée une heure avec moi demain.

—Peux pas, répondit Poppy sans s'émouvoir. Déjà une autre colle. Mais jeudi j'ai un créneau…

—Très bien, maugréa le professeur. Jeudi. À présent, retournez au travail, et tentez de faire quelque chose des dix minutes qui vous restent.

Après son départ, Poppy se tourna vers Tessa et demanda à mi-voix :

—Tu sais pourquoi il ne m'a pas collée aujourd'hui ? Parce que tout le monde sait que, le mardi, il va se payer une bonne baise avec Mme Braeburn. C'est le jour où son mari travaille tard.

—Oh, je vois…, fit Tessa, ne sachant que répondre d'autre. Au fait, mon nom, c'est Teresa, pas Tertia. Tessa, si tu préfères.

—Noté, répondit Poppy. Voyons à présent ce qu'on peut faire.

Sans autre commentaire, elle s'installa à la place de Tessa et entreprit de répondre aux différentes questions du devoir, tout en manipulant de temps à autre le modèle. Tessa la regarda faire, ébahie de la voir abattre tant de besogne en si peu de temps.

Le « hideux » maquillage consistait en un trait d'eyeliner cernant les paupières, et d'un rouge à lèvres d'un rose vif assorti aux quelques mèches teintes de ses cheveux courts hérissés de piques. Justin n'arrêtait pas de vanter le raffinement des femmes gemméennes, mais apparemment il ne sortait pas dans d'autres milieux que le sien.

L'ultime sonnerie, marquant la fin des cours, se fit entendre. Poppy se recula et marmonna :

—Bon. L'essentiel y est. Je ne pense pas, de toute façon, qu'il s'intéressera beaucoup à tes réponses. Tu as entendu ces trouducs : ils s'imaginent tous que tu ne sais pas lire.

Elle marqua une pause, puis demanda :

—Au fait… tu sais lire, non ?

Tessa soupira et répondit :

—Oui. Je sais lire, écrire et parler l'anglais couramment, même si j'ai un accent.

Poppy haussa les épaules.

— M'en fous. Ton accent est cool.

— Je voudrais quand même finir ce travail, reprit Tessa. Comment faire pour le ramener chez moi ?

D'un geste, elle désigna l'écran où Poppy avait entré les réponses. Jusqu'à présent, elle avait réussi à effectuer tout son travail en classe et n'avait eu qu'à le transférer de son écran à ceux de ses professeurs.

— Facile ! répondit Poppy.

Saisissant l'ego de Tessa, elle le maintint face en dessous sur un petit panneau prévu à cet effet. Ensuite, elle n'eut qu'à presser quelques touches à l'écran pour que celui-ci devienne blanc.

— Et voilà ! conclut-elle en lui rendant son ego. Tu n'auras qu'à le télécharger chez toi, mais ton modèle sera en 2D. À moins que tu n'aies un projecteur.

Leur luxueuse demeure disposait de pas mal d'équipements, mais elle ignorait si c'était le cas. Songeant au peu qu'elle avait compris de la leçon, elle répondit :

— Je ne pense pas que ça fera une grande différence.

En rassemblant ses affaires, Poppy demanda :

— Où est-ce que tu habites ?

Même si pour Justin leur lieu de résidence demeurait « la banlieue », Tessa avait fini par apprendre le nom de leur quartier.

— Cherrywood.

— Hé ! Moi aussi… On peut faire la route ensemble.

Sur ce, Poppy prit les devants, comme si l'affaire était entendue. Après avoir hésité un instant, Tessa la suivit. Elle avait pris le bus pour se rendre au lycée, ce matin-là. C'était un autre de ces véhicules automatiques dont les Gemméens ne pouvaient se passer, mais celui-ci avait au moins un contrôleur à bord pour assurer la discipline. La distance à parcourir n'était pas très grande, mais aucune jeune fille de sa condition ne se serait risquée à marcher non accompagnée dans la rue aussi longtemps au Panama. Cela ne paraissait pourtant pas impressionner sa nouvelle amie, et ni Cynthia ni Justin ne s'étaient souciés de savoir quel moyen de transport elle utiliserait.

Poppy alluma une cigarette dès qu'ils furent à trois pâtés de maisons du lycée. Fumer était ici bien moins courant que dans son pays d'origine. Justin, quant à lui, avait tenu sa parole d'arrêter. Ceux qui fumaient en RUNA le faisaient en respectant scrupuleusement les articles de lois indiquant où il était possible de le faire ou non. Elle avait également remarqué qu'ils nettoyaient systématiquement derrière eux.

Chemin faisant, Tessa ne tarda pas à découvrir que Poppy n'était pas du genre à rester sur son quant-à-soi. Elle la harcela de questions sur la vie au Panama, mais c'était manifestement sous l'influence d'une curiosité sincère, pas d'une condescendance malsaine. Les réactions que lui inspirèrent ses réponses varièrent du tout au tout selon que les rumeurs qui couraient étaient infirmées ou non. Elle parut légitimement désappointée d'apprendre que bien des stéréotypes misérabilistes n'avaient aucun fondement, mais ce fut compensé par l'étonnement que lui causèrent d'autres révélations.

—Vrai de vrai ? s'étonna-t-elle. Aucune loi pour interdire le port d'armes ?

—Aucune. De toute façon, j'ignore comment une telle loi pourrait être appliquée. On peut trouver des armes à tous les coins de rue.

—Ce n'est pas le cas ici, constata tristement Poppy. Même au marché noir, difficile d'en trouver. Moi, je n'aurais rien contre le fait d'apprendre à tirer.

—Engage-toi dans l'armée, suggéra Tessa.

—Nan. Jamais je ne pourrai obéir aux ordres. C'est là que tu habites ?

Tessa, qui venait de s'arrêter devant leur demeure, acquiesça d'un hochement de tête.

—Waouh, mignon ! s'exclama Poppy. Tes parents devaient bien gagner leur vie, là-bas dans leur province.

—Je vis ici… avec des amis.

—Cool ! commenta-t-elle avec un sourire ravi. Es-tu une sorte d'orpheline sauvée in extremis de la rue ?

Elle était parfois difficile à suivre…

—Non, pas exactement, répondit Tessa. Mes parents… sont restés là-bas.

—D'accord, c'est cool aussi, admit Poppy. Tu veux qu'on aille boire un café ensemble, demain avant le bahut ?

En avait-elle envie ? Tessa crut d'abord que non, puis elle décida qu'elle pouvait s'y risquer. Poppy avait été ce jour-là au lycée la seule personne à la traiter comme un être humain. De plus, elle était aussi une alliée de poids si la situation avec Melissa devait empirer. Elle accepta donc, et sa nouvelle amie prit congé en lui annonçant qu'elle passerait la prendre le lendemain à six heures trente.

En remontant l'allée, Tessa découvrit avec étonnement un homme assis sur la dernière marche du perron, qu'elle n'avait pas repéré depuis la rue. En l'apercevant, il lui adressa un grand sourire et bondit sur ses pieds. Tessa s'immobilisa aussitôt, incapable d'aller plus loin. Il devait avoir le même âge que Justin et il en imposait autant que lui, mais d'une manière toute différente. Grand, large d'épaules, il portait un tee-shirt gris qui ne faisait pas mystère de sa musculature puissante. Son apparence trahissait son origine plébéienne – peau mate, yeux marron –, même s'il s'était teint en blond.

— Enfin ! lança-t-il.

Il avait une belle voix bien timbrée. Une voix qui semblait inciter naturellement à la détente. Ce qui ne la rendit que plus suspicieuse.

— Je m'apprêtais à renoncer, reprit-il. Le docteur March n'est pas là ?

— Vous… vous connaissez Justin ?

— Oui, naturellement. Il est mon serviteur préféré, et il m'a beaucoup manqué. Je m'étais habitué à ses visites annuelles, et d'un coup – pouf ! –, plus personne. Disparu sans laisser de trace. J'étais vexé. Son remplacement fut une grande déception pour moi.

Tessa n'avait vraiment pas la moindre idée de ce qu'elle devait lui répondre.

— Qui êtes-vous ? demanda-t-elle enfin.

Il lui tendit poliment la main, qu'elle hésita quelques instants à serrer.

— Vous pouvez m'appeler Geraki, douce enfant.

— D'accord. Moi, c'est Tessa.

— On m'a dit qu'il avait désormais une protégée, mais je ne m'attendais pas à quelqu'un comme vous. C'est charmant… et intrigant.

Derrière cette aimable façade, Tessa perçut une certaine ruse et un danger latent.

— Il n'est pas ici, dit-elle.

Retirant vivement sa main de sa poigne puissante, elle inspecta nerveusement les environs. Un de leurs voisins était dehors, occupé à jardiner, ce qui la tranquillisa un peu. Elle aperçut également dans la rue deux gamins qui jouaient en rentrant de l'école, ce qui signifiait que Quentin serait bientôt de retour. Tessa lui avait dit qu'elle serait là en même temps que lui.

— Et il ne reviendra pas de sitôt, ajouta-t-elle. Il est en déplacement.

— Dommage. J'avais espéré pouvoir renouer avec lui.

— Il a une prétorienne qui le protège !

Tessa ignorait ce qui l'avait poussé à ajouter cela, et pourquoi elle le lui avait jeté au visage comme un challenge.

Geraki se mit à rire doucement.

— J'ai entendu dire ça également, assura-t-il. Tout à fait étonnant. Comment a-t-il fait ?

— Ce n'est pas lui qui l'a cherché. Je pense que c'est une faveur qu'on lui a accordée.

De la curieuse relation qu'entretenaient Justin et Mae, Tessa avait au moins compris cela.

— Étonnant, également, le nombre de choses qui lui sont accordées sans même qu'il le remarque, reprit Geraki.

Il soupira et secoua la tête avant d'ajouter mystérieusement :

— Si vous voulez mon avis, il ne méritait pas les corbeaux, mais qui suis-je pour discuter les décisions de puissances supérieures ?

La panique de Tessa était encore montée d'un cran.

— Écoutez, monsieur Geraki…

— Juste « Geraki », s'il vous plaît.

— Geraki… je vais devoir vous laisser. Vous n'aurez qu'à passer un coup de fil à Justin ?

Elle fit une prière pour qu'il ne l'empêche pas de passer. Si elle se mettait à crier, le voisin ne resterait sûrement pas sans rien faire.

Les lèvres de Geraki se retroussèrent en un demi-sourire.

— Je ne suis pas sûr qu'il prendrait mes appels, dit-il. Mais je vais vous laisser à vos petites affaires. Dites-lui que je le salue. Et demandez-lui pourquoi ses employeurs embauchent à tour de bras.

Dans une caricature de révérence, il conclut :

— C'était un plaisir de vous rencontrer. Je suis sûr que nos chemins auront l'occasion de se croiser de nouveau.

Et sur ce, il plongea les mains au fond de ses poches et s'éloigna en sifflotant. Tessa le regarda partir quelques instants encore, puis elle alla se barricader à l'intérieur.

Lorsque Quentin et Cynthia arrivèrent moins d'une heure plus tard, Tessa se sentit beaucoup mieux. Elle hésitait à parler à la sœur de Justin de cette curieuse visite avant de lui en avoir parlé à lui. De toute façon, elle ne s'intéressa qu'au récit de sa première journée de lycée. Et lorsqu'elle eut terminé de lui en donner une version expurgée, Cynthia lui confia qu'elle avait elle aussi repris des études.

— Je viens de suivre mes premiers cours.

Ce constat ne paraissait pas entièrement la satisfaire.

— Voilà quatre ans que je bosse dur pour y arriver, reprit-elle. Et soudain, mon grand méchant frère débarque, claque des doigts et me fait admettre en moins de quatre jours…

Tessa avait entendu des bribes de cette histoire mais n'était jamais parvenue à se faire une idée de sa globalité.

— À… à l'université ? demanda-t-elle.

— Ouaip.

Ouvrant quelques placards, elle commença à étudier des options pour le repas du soir.

Étant donné que Cynthia oscillait en permanence entre l'amabilité et un caractère irascible, Tessa hésitait à lui poser des questions trop personnelles. Cette fois, pourtant, la curiosité fut la plus forte.

— Les gens ne vont pas habituellement à l'université… plus tôt ?

Elle avait failli dire « plus jeunes » et s'était reprise à temps.

Cynthia pouffa de rire et déposa un paquet de légumes sur une planche à découper.

— Habituellement, oui…, répondit-elle.

Après avoir jeté un coup d'œil au salon où son fils regardait une émission, elle poursuivit :

— Et s'ils ont des enfants, ils les font garder dans les crèches publiques pendant qu'ils sont en cours. Mais j'ai eu un mari hors du commun qui souhaitait me voir rester à la maison jusqu'à ce que Quentin puisse entrer en primaire.

Geraki n'était déjà plus pour Tessa qu'un lointain souvenir. Mis à part le fait qu'il était mort, elle ignorait tout de l'histoire du mari de Cynthia, sauf que Quentin l'avait à peine connu.

— Rétrospectivement, je dois avouer que ce n'était pas une mauvaise chose, admit-elle en s'attendrissant un peu. J'aimais rester à la maison avec lui. Mais à cause de cela, j'ai manqué mon créneau. Sais-tu comment cela fonctionne ? L'éducation supérieure est financée par l'État jusqu'à un certain âge. Peter m'avait dit qu'il n'y avait pas de problème, que lorsqu'il aurait obtenu son diplôme d'avocat, il pourrait me payer mes études.

Elle marqua une pause, puis conclut abruptement :

— Sauf qu'il est mort.

— Je… je suis désolée.

— Il est mort dans un accident de voiture…, raconta Cynthia, le visage figé, tout en travaillant machinalement. Ne va pas te mettre martel en tête : ils sont extrêmement rares. Mais cela arrive. Et lorsque tout a été réglé, j'ai découvert que Peter n'avait pas mis de côté l'argent qu'il disait réserver pour mes études. Il passait beaucoup de temps à jouer après les cours. On dirait que c'est mon destin.

D'un geste un peu trop énergique, elle décapita une carotte avant de conclure :

— Quoi qu'il en soit, je m'en fichais. Je ne voulais rien faire d'autre que pleurer et broyer du noir, et Justin m'avait dit de ne pas m'en faire – tu sais comment il est. Il allait pourvoir à nos besoins et payer mes frais d'université quand je me sentirais prête à y aller. Malheureusement, ce jour n'est jamais venu.

Ça, c'était une surprise pour elle. Tessa ne pouvait imaginer Justin ne pas tenir une de ses promesses.

— Pourquoi cela ? s'enquit-elle.

— Parce qu'il a brusquement disparu de la face du globe ! Et toute source d'argent s'est tarie pour nous. Il ne me restait plus qu'à survivre de petits boulots et à monter patiemment un dossier en espérant me montrer suffisamment convaincante pour décrocher une bourse.

Elle redressa la tête et agita son couteau en l'air pour scander ses paroles.

— Tu veux un bon conseil ? N'écoute jamais les promesses des hommes, même ceux qui sont de bonne volonté. Ne compte que sur toi pour prendre soin de toi.

Tessa décida alors que le temps était venu pour elle d'aller faire ses devoirs.

Une fois de plus, Justin rentra tard ce soir-là. Quentin était allé se coucher, mais Cynthia était encore debout et regardait un film avec Tessa. Il avait l'air aussi épuisé que chaque soir, et comme chaque soir il se livra à son rituel coutumier : aller s'effondrer dans un fauteuil, une bière à la main.

— Pourquoi tu bois ce truc ? s'énerva Cynthia. Ça coûte un fric fou, et ce n'est même pas meilleur que tout le reste. Tu n'es qu'une victime des marques !

— Oui, bonsoir à toi aussi..., répondit-il gentiment. Moi aussi ça me fait plaisir de te retrouver.

Puis, se tournant vers Tessa :

— Dis-moi tout, jeune fille. Raconte-moi quelque chose qui ne me fasse pas stresser. Comment s'est passée ta première journée ?

Tessa hésita, ne sachant par où commencer. Justin la regardait avec un sourire vague, mais soudain il perçut son malaise et son visage se figea.

— Que s'est-il passé ? demanda-t-il vivement.

— Quelqu'un est venu aujourd'hui. Quelqu'un...

En se remémorant cette rencontre bizarre, elle fronça les sourcils et poursuivit :

— ... qui prétend être un de tes amis.

Un sourcil arqué, Justin s'étonna :

— Ah oui ? Quelqu'un de l'université ?

— Je ne pense pas, non. Il s'appelle Geraki.

Justin se dressa d'un bond.

— Il était ici ! s'exclama-t-il. Dans notre maison ?

Tessa grimaça légèrement. Ce n'était pas la réaction à laquelle elle s'était attendue.

— Non, répondit-elle. Il m'a parlé à l'extérieur. Il attendait sur le perron quand je suis rentrée.

— Tu étais là ? demanda Justin à Cynthia.

— Non, dit-elle. Je découvre ça comme toi.

— Il a dit qu'il était content que tu sois de retour, poursuivit Tessa. Il aurait aimé te voir. Il a dit également que tu es son serviteur préféré.

— Ça tombe bien, marmonna Justin, parce que lui c'est mon mégalo préféré…

Son regard revint se fixer sur elle et il s'inquiéta :

— T'a-t-il menacée ? Fait du mal ?

D'un signe de tête, Tessa répondit par la négative.

Cynthia dévisageait son frère avec inquiétude.

— Dans quoi as-tu encore été te fourrer ? demanda-t-elle.

Justin garda le silence un moment, les yeux dans le vague. Enfin, il adressa un sourire rassurant à sa sœur, mais Tessa pouvait sentir toute la tension qui l'habitait.

— Ce n'est rien, assura-t-il. Juste un type à qui je dois de l'argent. Les cartes ne m'ont pas été favorables.

— Je le savais ! s'exclama Cynthia d'un air dégoûté.

Elle se leva, et avant de partir, elle prit Tessa à témoin.

— Tu vois ce que je voulais dire ? C'est mon destin. À présent, je vais me coucher et tu devrais faire de même. Il est tard.

Tessa hésita, mais elle ne pouvait aller contre la logique infaillible de Cynthia ni défier son regard autoritaire. Ce n'est qu'une fois dans son lit qu'elle se souvint que Justin ne jouait jamais aux cartes.

15

Il est plus grand

Léo travaillait sur la vidéo du crime depuis plus d'une semaine, mais il n'était pourtant pas parvenu à démasquer la supercherie « en cinq minutes » comme Justin avait assuré à Cornelia qu'il le ferait. Il soutenait toujours qu'il allait parvenir à percer le secret de l'assassin fantomatique d'un jour à l'autre, mais il avait finalement accepté de se rendre sur les scènes de crime pour y mener quelques investigations techniques. Naturellement, ce n'était pas sans quelques jérémiades qu'il avait délaissé le ridicule boulot alimentaire dans lequel il gâchait son talent.

Justin décida de sortir la veille de leur mission et eut la bonne fortune de tomber par hasard sur l'une des étudiantes qui avaient suivi ses cours de religion à l'université. Aurelia avait bien grandi depuis, et constater que son ancien professeur menait désormais la vie prestigieuse d'un serviteur l'avait impressionnée. Ainsi devint-elle la première femme à coucher avec lui depuis son retour en RUNA, pour une nuit magique qui le transporta. Justin ne pouvait nier qu'Aurelia était physiologiquement semblable à toutes celles qui étaient passées entre ses bras au Panama, mais savoir que sa partenaire était enfin une Gemméenne décupla son excitation et fit de cette nuit une expérience inoubliable.

—*Enfin ?* s'étonna Horatio.

—*Mae ne compte pas*, se justifia-t-il.

Justin se glissa à pas de loup chez lui le lendemain, certain qu'à cette heure matinale il ne trouverait personne debout. Il se trompait, naturellement. Cynthia était à la cuisine, occupée à se servir un café. Devinant au premier coup d'œil d'où il venait, elle poussa un de ces soupirs exaspérés et fatalistes qu'avec le temps elle avait perfectionnés.

— Ben voyons…, maugréa-t-elle. Heureusement que Quentin est encore au lit. Que suis-je supposé lui répondre, s'il te voit rentrer dans cet état ?

Justin alla déposer un baiser sur sa joue.

— Que j'aurai quelques excellents tuyaux à lui donner dans une dizaine d'années, répondit-il.

Songeant qu'après tout son neveu était un March, Justin rectifia :

— Plus probablement huit ans.

Sur ce, il gagna sa chambre en esquissant un pas de danse.

Mae était arrivée quand il sortit de la douche. Elle prétendait qu'elle préférait le rejoindre chez lui pour gagner du temps, mais il soupçonnait qu'elle était davantage motivée par les copieux petits déjeuners que lui servait Cynthia. Ce jour-là, cependant, ce fut dans le jardin qu'il la retrouva, en compagnie de Quentin et Tessa. Cynthia les regardait depuis la porte-fenêtre, secouant la tête d'un air désapprobateur devant ce qui ressemblait à une leçon d'escalade. Mae bondit pour se suspendre à la basse branche d'un grand érable, puis, sans effort apparent, elle se hissa sur celle-ci. D'en bas, Quentin et Tessa la regardaient faire. Son neveu paraissait fasciné. Tessa, elle, semblait plus circonspecte. Ni l'un ni l'autre n'avaient jamais dû connaître ce genre d'expérience, réalisa-t-il. Marta Cruz aurait fait une attaque à la seule idée de voir sa fille grimper dans un arbre, quant à Quentin, il avait grandi dans un environnement trop urbain pour cela.

— Il va se casser quelque chose…, gémit Cynthia. Il n'est pas aussi habile qu'elle.

Mae tendit un bras à Quentin pour l'aider à grimper. Il l'attrapa sans hésiter et se laissa hisser. Lorsqu'il fut en sécurité sur la branche, Mae renouvela l'opération avec Tessa.

— Cela vaut le coup de prendre le risque pour voir un arbre de plus près, répondit Justin sans quitter la scène des yeux. Préférerais-tu le voir deviner l'âge et les petits secrets des passants ?

Cynthia fit la grimace, et tous deux s'abîmèrent dans leurs souvenirs communs. Une fois ses apprentis mis en sécurité, Mae se lança à l'assaut des branches supérieures. Une joie sauvage illuminait ses traits, que Justin dévorait des yeux. Il s'était imaginé que la nuit passée avec Aurelia l'aiderait à mieux résister à l'attirance exercée sur lui par la prétorienne, mais son ex-étudiante faisait pâle figure à côté d'elle et s'estompait déjà de sa mémoire.

— C'est une véritable athlète, commenta-t-il à mi-voix.

La remarque ne s'adressait qu'à lui. Avec une souplesse de fauve, il la vit bondir sur le sol d'une hauteur qui aurait valu une ou deux fractures à n'importe qui d'autre.

En dardant sur lui un regard en biais, sa sœur s'étonna :

— Il te faut la voir sauter du haut d'un arbre pour le comprendre, alors qu'elle fait partie des soldats les plus redoutables de notre pays ?

— Ce n'est pas la même chose, dit-il. Elle aime l'effort physique en tant que tel, pas parce qu'elle a été entraînée pour ça.

C'était une découverte, pour lui. Une nouvelle pièce du puzzle que représentait Mae Koskinen qui se mettait en place. Il était capable de se tenir à l'écart d'elle, comme il se l'était juré, mais comprendre quels ressorts intimes l'animaient constituait une tentation qu'il ne pouvait ignorer.

— Tu ne peux pas coucher avec elle, constata Cynthia tout à trac.

Surpris, il se tourna vers elle.

— Quoi ?

— Certaines femmes resteront inaccessibles, même à toi.

— *Si seulement elle connaissait l'hilarante vérité*, fit remarquer Horatio.

Réalisant qu'elle était observée, Mae fit descendre Quentin et Tessa pour qu'ils puissent regagner la maison. Naturellement, elle n'avait pas versé une goutte de sueur, mais ses joues étaient joliment empourprées et la joie qu'elle avait ressentie s'attardait dans son regard quand elle les rejoignit. À Justin, elle adressa un bonjour qui paraissait sincère. Apparemment, jouer au singe dans les arbres avait sur elle un effet pacificateur et lui faisait temporairement oublier qu'elle le détestait.

— J'espère qu'on ne vous a pas trop fait attendre, ajouta-t-elle.

Plus ravi qu'il ne voulait l'admettre d'avoir retrouvé celle que dans le secret de ses pensées il considérait comme la « Mae panaméenne », Justin répondit :

— Aucun problème. Avant d'aller voir ce que ces Nippons ont dans le ventre, il nous reste un peu de temps.

Il avait prévu un rendez-vous avant qu'ils aient à se rendre à l'aéroport. Il employa le temps du trajet jusqu'à la ville pour lui raconter la visite de Geraki. Quand il eut terminé, elle le dévisagea d'un air atterré.

— Pourquoi aller dans la caste nipponne alors qu'un extrémiste religieux s'en prend à vous ? s'exclama-t-elle. Il faut le retrouver !

C'était exactement le genre de danger auquel elle aspirait – une menace sur sa vie dont il n'était pas lui-même responsable.

— Les autorités vont s'en charger, assura-t-il. Enfin… les autres autorités : la Sécurité intérieure a délivré un mandat d'amener. Dès qu'il passera à proximité d'un détecteur, ils l'arrêteront pour interrogatoire.

Mae ne paraissait pas convaincue. En fait, si cela lui avait été possible, elle serait descendue du train en marche pour se lancer à la poursuite de Geraki. La connaissant, sans doute y serait-elle parvenue sans y rester…

— Mais… pourront-ils le garder en taule ? s'enquit-elle.

— Suffisamment longtemps pour espérer lui tirer les vers du nez, répondit-il. Pour quelqu'un comme lui, se montrer au domicile privé d'un serviteur est un délit assez sérieux. Cela dit, personne ne pourra prouver qu'il avait de mauvaises intentions.

C'était de cette façon que Geraki fonctionnait. Cela faisait des années que son nom figurait sur une liste d'activistes à surveiller. Justin savait qu'il devait être le leader d'un culte, mais nul n'était parvenu à le prouver. Chaque année, un serviteur allait enquêter sur lui. Et chaque année, Geraki en ressortait blanc comme neige. Pire encore, Justin savait qu'il faisait partie de ces gens liés à un réseau de religions clandestines, tout comme Callista, prêtresse d'Artémis. Mais à la différence de cette dernière, il n'était pas du genre à jouer les indicateurs et à fournir des informations utiles au Bureau.

En ce qui le concernait, Geraki, à sa manière provocatrice et condescendante, paraissait apprécier l'attention dont il était l'objet. Il se montrait toujours jovial et coopératif avec les visiteurs qui lui rendaient visite, assurant qu'ils pouvaient fouiller où bon leur semblait. Chaque fois qu'il avait eu affaire à lui, Justin avait perçu dans son regard la lueur d'amusement de celui qui sait et ne dira rien.

Venir le narguer chez lui ne lui ressemblait pourtant pas. Certes, des représailles étaient possibles lorsqu'un serviteur venait à bout d'un culte, mais Geraki n'avait aucune raison de chercher à se venger. Nul ne l'avait jamais empêché de s'exprimer, et personne n'était parvenu à prouver que des fidèles le suivaient. Néanmoins, Justin ne voulait en aucun cas le voir s'approcher de sa famille.

— Tu devrais lui parler, conseilla Magnus. Il a peut-être quelque chose d'important à te dire.

Justin n'en était pas convaincu.

— Je sais exactement ce qu'il a à me dire, répliqua-t-il. *Son habituel mélange de charabia cryptique et de protestations d'innocence. Le tout en riant de moi sous cape.*

En découvrant l'expression farouche du visage de Mae, Justin ne put s'empêcher de la taquiner.

— Mais c'est que vous avez vraiment l'air de vous inquiéter pour ma sécurité... et moi qui pensais que vous vous en fichiez !

— Je ne m'en fiche pas, répondit-elle sans s'offusquer. Un extrémiste religieux qui vient vous chercher noise n'est pas un sujet de rigolade.

— Avec un peu de chance, la détention provisoire lui fichera les jetons, et une injonction d'éloignement pourrait lui être signifiée.

Mais Justin se garda de mentionner que c'était à cause de Geraki qu'ils faisaient un détour en ville. Quelque chose que Tessa lui avait répété lorsqu'il l'avait pressée de questions l'avait intrigué : le commentaire de Geraki sur le Bureau qui embauchait à tour de bras. Quelques investigations discrètes lui avaient révélé qu'il disait vrai, mais personne ne pouvait – ou ne voulait – lui expliquer les raisons de ce brusque pic d'embauches.

À la sortie du métro, une voiture les conduisit jusqu'à la Maison des sénateurs, non loin de Hale Square. En dépit de l'heure matinale, le siège principal du gouvernement de la RUNA bruissait déjà d'activité. Lobbyistes et assistants montaient et descendaient les marches du perron au milieu de touristes occupés à prendre des photos. Les visites guidées commençaient tôt, et Justin entendit au passage un guide décrire l'immeuble de fortune dans lequel les sénateurs s'étaient installés au commencement du Déclin. Sur le côté, un écriteau pointait la direction des Jardins nationaux à quelques pâtés de maisons de là, une merveille de botanique et d'horticulture qui attirait des visiteurs de tous les coins du pays et qui servait occasionnellement de cadre aux réceptions officielles.

Ce fut à cet instant que Mae, qui marchait habituellement sans crainte et d'un pas assuré, marqua un temps d'arrêt. Surpris, Justin la dévisagea sans comprendre. Le sénat impressionnait beaucoup de monde, mais ce ne devait pas être son cas. Elle devait d'autant plus être une habituée des lieux que les prétoriens y étaient fortement présents.

Et de fait, trois d'entre eux montaient la garde de chaque côté de la porte principale, le visage fermé, surveillant d'un œil alerte toute cette agitation matinale. Leur arme au côté, ils portaient l'uniforme noir qui formait un contraste frappant – et presque sinistre – sur le marbre blanc de la façade. Les gens qui travaillaient dans l'immeuble passaient à côté d'eux sans les regarder, mais les nouveaux venus leur jetaient des coups d'œil nerveux et cherchaient à les éviter.

— Des amis à vous ? demanda Justin, encore étonné par sa réaction.

Il y avait dans son regard posé sur ses collègues une intensité mêlée à une émotion qu'il avait du mal à identifier.

Mae se reprit et lui adressa un petit sourire avant de reprendre l'ascension du perron.

— Ça fait un moment que je ne suis plus venue ici, répondit-elle. C'est tout.

La plupart des prétoriens de garde adressèrent à Justin et Mae le même regard qu'à tous les autres, mais deux d'entre eux semblèrent la reconnaître. Elle leur adressa au passage un petit signe de tête et reprit bien vite sa contenance habituelle aussitôt la porte franchie.

Une fois qu'ils eurent passé le poste de contrôle sophistiqué du hall d'entrée, une assistante les conduisit jusqu'au bureau de Lucian Darling. En chemin, ils croisèrent d'autres soldats, aux uniformes noirs ou gris. Mae, le visage de marbre, les dépassa sans échanger un mot. Mais lorsqu'ils parvinrent enfin à destination, deux prétoriens de garde se défirent de leur impassibilité et lui sourirent.

— Koskinen ! s'exclama l'un d'eux, qui avait un point écarlate sur le col. Ils t'ont enfin laissée sortir ?

— Vise-moi ce décolleté ! renchérit l'autre en se tournant vers son collègue. Je pense qu'on devrait l'arrêter. Tu sais… pour le bien de la sécurité nationale. Avec un peu de chance, elle se rebellerait…

Justin vit alors la chose la plus surprenante se produire : Mae leur adressa un sourire. Un authentique sourire, qui l'engageait totalement. C'était la Mae panaméenne qu'il avait sous les yeux. Né de ses lèvres, ce sourire l'illuminait tout entière. Il n'avait pas imaginé revoir un jour cette lumière qui émanait d'elle, et surtout pas en réponse à une mauvaise blague sexiste.

— *Je me demande ce que tu devrais faire pour mériter un pareil sourire…*, dit Magnus d'un air songeur.

— *Porter un uniforme ?* suggéra Horatio. *Ou lui balancer des remarques à caractère sexuel inappropriées.*

La réponse qu'elle fit au prétorien fut plus étonnante encore.

— J'ai entendu dire qu'il n'y a que comme ça que tu peux t'envoyer en l'air, Chow. Enfin, ça et le ree…

À ces mots, le dénommé Chow se rembrunit, mais son collègue s'esclaffa puis s'étonna :

— Pourquoi n'es-tu pas ici avec nous ?

— Aucune importance, dit l'autre. Rejoins-nous ce soir. J'ai entendu dire qu'il y a une fête.

— Il y a toujours une fête, répondit Mae.

L'assistante qui les avait accompagnés s'éclaircit la voix.

— Hum ! Docteur March ? intervint-elle. Le bureau du sénateur Darling est ici.

Elle paraissait gênée, probablement parce qu'elle n'avait jamais entendu la voix des prétoriens de faction, ni ne les avait vus rire.

Encore secoué d'avoir vu de supposées machines à tuer plaisanter d'un ton badin, Justin lui répondit :

— Très bien, je vous remercie.

Justin la regarda pénétrer dans le bureau et se demanda s'il devait la suivre. En abrégeant cette rencontre avec ses collègues, il avait l'impression de déposséder Mae de quelque chose de précieux.

— Vous pouvez vous attarder ici, si vous le souhaitez, lui dit-il. Vous n'êtes même pas obligée de venir. Et puis, je ne serais pas surpris qu'il nous fasse poireauter.

Il s'attendait à ce que la consciencieuse Mae refuse son offre, mais au contraire elle accepta et le remercia d'un sourire.

— *Je pense que c'est comme ça que tu dois t'y prendre pour qu'elle te sourie*, commenta Horatio. *Mais si tu ne te méfies pas, elle va arrêter de te détester...*

En lui disant qu'il pourrait y avoir un délai d'attente, Justin n'avait cherché qu'à tranquilliser Mae. Il ne s'était pas attendu à devoir effectivement patienter dans l'antichambre. Elle vint passer trois fois la tête dans l'entrebâillement de la porte, inquiète de manquer à ses devoirs, mais chaque fois il la renvoya d'un geste. Et lorsqu'il rappela à la réceptionniste qu'il avait rendez-vous à une heure donnée, celle-ci lui répondit d'une voix hautaine :

— Le sénateur est très occupé. Il doit souvent laisser déborder ses rendez-vous.

Justin se demanda si c'était vrai ou si Lucian s'était simplement assoupi dans son bureau. Dans le bon vieux temps, cela aurait bien été pour lui ressembler.

Mais lorsque la porte s'ouvrit enfin, deux femmes d'allure officielle sortirent, serrant la main de Lucian en le remerciant chaleureusement de leur avoir consacré du temps.

— Le sénateur va vous recevoir, annonça la réceptionniste.

— Une femme m'accompagne, lui répondit Justin en se levant. Faites-la entrer, je vous prie, quand elle reviendra.

— Naturellement qu'une femme t'accompagne ! s'exclama Lucian. Il y en a toujours une pour se laisser avoir...

Après lui avoir serré la main, il le fit entrer.

Une fois la porte refermée, Lucian alla prendre appui sur le coin de son bureau et secoua la tête.

— Incroyable ! lança-t-il. Quand j'ai vu ton nom dans mon agenda, j'ai cru à une blague.

Justin prit quelques secondes pour examiner son vieil ami et compagnon de chambre. Souriant et charmeur, il offrait exactement la même image qu'à la télé, avec cette nouvelle coiffure que la vendeuse du magasin avait trouvée sexy.

— C'est drôle, répondit-il. J'ai pensé la même chose quand j'ai appris que tu te lançais dans la course aux élections consulaires.

Justin marcha jusqu'à une console entre deux fenêtres, sur laquelle était disposé un service à whisky. Au moins, certaines choses n'avaient pas changé.

— Je peux ? demanda-t-il.

— Fais-toi plaisir, répondit Lucian sans cesser de l'examiner. Ma candidature date un peu, mais j'ai entendu dire que tu t'es absenté...

— Ah oui ? s'étonna Justin en se servant un verre. Comment l'as-tu appris ? En n'arrivant pas à me joindre les nombreuses fois où tu m'as appelé ces quatre dernières années, je suppose...

— J'ai effectué quelques recherches quand ton nom est apparu sur mon planning. Enfin… c'est ma secrétaire qui s'en est chargée.

Lucian perdit un peu de son arrogance quand il ajouta :

— Qu'est-ce que tu as bien pu faire ? Le bannissement n'est pas chose courante, dans ce pays. Et encore moins le retour d'exil…

C'était un soulagement de découvrir que Lucian n'avait pas le bras assez long pour découvrir la vérité. Justin n'en était pas surpris. Même dans les hautes sphères de la Sécurité intérieure, tout le monde n'était pas au courant.

— C'est une histoire pas très intéressante, assura-t-il. Surtout en comparaison de celle du type qui est passé du comité chargé de la circulation des animaux de compagnie dans les transports publics à la candidature au poste de consul.

Lucian encaissa l'insinuation sans broncher.

— Tu n'es pas convaincu que je me dévoue pour le bien du pays ? s'étonna-t-il, plus souriant que jamais. Et de ses animaux ?

— Je pense que tu as toujours été du genre à choisir la solution de facilité. Échapper aux radars n'était pas pour te déplaire.

— Alors disons qu'un jour, je me suis arrangé sans le vouloir pour me transformer en cible…

Les yeux noisette de Lucian se plissèrent tandis qu'il se plongeait dans ses souvenirs.

— C'est un commentaire lors d'un dîner qui a enclenché la machine infernale. Quelque chose à propos des mandats, dont il était temps de se débarrasser. C'était supposé être du « off », mais ça n'en était pas. D'un coup de baguette magique, j'étais devenu le champion des partisans de la liberté génétique. Mon parti a pris en marche le train de ma nouvelle popularité et m'a convaincu que c'était une opportunité que nous ne pouvions laisser passer.

Il étendit les mains devant lui et conclut avec fatalisme :

— Et me voilà… l'un des plus jeunes candidats à l'élection consulaire de l'histoire de ce pays.

— Tu devrais davantage te méfier de ce que tu racontes.

— Ce n'est pas vraiment un problème. Je crois en ce que je fais, tu sais.

D'un signe de tête, il désigna le verre de Justin et enchaîna :

— Ce scotch, qu'en penses-tu ?

— Excellent. Bien sûr, après mon séjour prolongé en province, je manque un peu d'éléments de comparaison…

Lucian se mit à rire et expliqua :

— Ce sont des lobbyistes favorables à la liberté religieuse qui me l'ont offert.

Waouh! songea Justin. Son vieux pote Darling évoluait vraiment dans un autre monde. Les souvenirs de fac et les fêtes dans les dortoirs faisaient pâle figure, désormais.

— Génétique, religion : tu es vraiment décidé à ouvrir toutes les vannes, commenta-t-il. C'est décidément un nouvel âge qui s'annonce...

— Je n'ai pas dit que je les soutiens.

Mais Justin avait surtout remarqué qu'il n'avait pas dit le contraire non plus.

— Tu as peur de perdre ton job ? reprit Lucian.

— Si c'est le cas, je me présenterai aux élections. J'ai entendu dire que ce n'est pas si difficile.

Cela lui valut un autre sourire du sénateur, et Justin se demanda s'il s'agissait de celui dont Tessa affirmait qu'il leur était commun.

— Ne t'inquiète pas, ajouta Lucian. J'ai aussi des tas de relais antireligieux qui viennent frapper à ma porte. Et c'est eux qui ont le plus d'argent. Quoi qu'il en soit, qu'est-ce qui me vaut le plaisir de ta compagnie ? Tu n'étais pas du genre à me rendre des visites amicales, avant de disparaître.

— J'ai une faveur à te demander, avoua franchement Justin.

— La dernière fois que tu m'as demandé une faveur, je t'ai retrouvé derrière ma petite amie courbée en deux sur ton bureau.

Lucian alla se servir un verre, lui aussi. Justin soupira.

— Quand vas-tu laisser tomber ce vieux truc ? demanda-t-il. C'était ton ex-petite amie, et elle était réellement en train de m'aider pour mon essai.

— Ah oui ? Quel genre d'essai ?

Après s'être annoncée, la réceptionniste de Lucian entrouvrit la porte et laissa entrer Mae.

— Désolée, dit-elle à Justin. Je n'avais pas réalisé que vous étiez entré.

Elle était redevenue froide et distante, professionnelle jusqu'au bout des ongles, mais il lui semblait distinguer encore sur son visage un peu de cette lumière qui avait illuminé ses traits. Lucian la vit également. Reposant rapidement son verre, il se dirigea vers elle, tout sourires et tous charmes déployés.

— Sénateur..., dit-elle en acceptant la main qu'il lui tendait. C'est un honneur de vous rencontrer.

— Appelez-moi Lucian, protesta-t-il sans libérer sa main. On n'est pas très à cheval sur les formalités ici. Et moi, comment puis-je vous appeler ?

— Mae.

Elle lui souriait elle aussi, mais fort heureusement elle paraissait davantage amusée qu'impressionnée ou conquise.

— Prétorienne Mae Koskinen, précisa Justin.

Il avait espéré doucher l'enthousiasme de Lucian, mais cela parut l'intriguer davantage encore. Il la toisa de la tête aux pieds, comme pour mesurer sa force physique, mais Justin comprit qu'il estimait davantage la taille de ses seins sous son corsage.

— Vraiment ? dit-il, impressionné. Je n'arrive pas à croire que je ne vous ai jamais croisée ici.

— *Éloigne-la de lui !* ordonna Magnus, avec une fougue qui ne lui ressemblait guère.

— *Je sais que tu conserves de grands espoirs qu'il se passe quelque chose entre elle et moi,* répliqua Justin. *Mais franchement, il n'est pas son type.*

— *Pourquoi ne serait-il pas son type ?* s'entêta le corbeau. *Il est grand, bien fait de sa personne, puissant, et charmeur. Il peut s'interposer entre vous et réduire tes chances à néant.*

— *J'ai tout cela, moi aussi. Et mes chances, je n'en veux pas.*

— *Il est plus grand*, fit valoir Horatio.

De manière surprenante, Magnus parut tout autant agacé par l'entêtement de Justin que par la remarque de son collègue corbeau.

— *S'il ne s'agissait que de ça !* s'emporta-t-il. *La déesse qui a des vues sur Mae ne l'a pas encore formellement revendiquée comme sienne, ce qui la rend vulnérable aux autres.*

Magnus avait fait preuve de davantage de cohérence, depuis leur retour en RUNA. Aussi Justin s'était-il douté que tôt ou tard les vieux démons du corbeau reprendraient le dessus. Dans n'importe quel décor et n'importe quelle tenue, « vulnérable » n'était pas un qualificatif qui lui serait venu à l'esprit pour qualifier Mae.

— Elle n'est pas en service ici, précisa Justin.

Marquant une pause pour donner plus de poids à ses paroles, il ajouta :

— Elle est attachée à ma personne.

Cette formulation suffit à attirer l'attention de Lucian, qui s'arracha à la contemplation de Mae.

— Qu'est-ce que ça veut dire ? demanda-t-il, sourcils froncés.

— Eh bien… tu sais à quel point mon job peut être pénible et dangereux, à cause des menaces que font peser sur moi les terribles et instables dissidents que je dois affronter.

Cette déclaration valut à Justin un coup d'œil incrédule de Mae.

— Étant donné qu'il ne peut se passer de mes services, reprit-il, le Bureau a décidé d'assurer ma protection. Mae est mon garde du corps. Nous partons en mission dans la caste nipponne. Elle va partout où je vais. Partout !

Mae, qui avait perçu le sous-entendu, le foudroya du regard.

— C'est un peu exagéré, dit-elle.

— Il exagère toujours sur beaucoup de choses auprès de beaucoup de femmes, assura Lucian.

Puis, s'adressant à Justin :

— Alors, cette faveur ?

Remettre son vieil ami à sa place était une activité dont Justin ne pouvait se lasser, mais l'heure tournait, et il avait effectivement une affaire sérieuse à discuter avec lui.

— Le Bureau embauche à tour de bras en ce moment, répondit-il. Au cours des six derniers mois, le contingent de serviteurs a fait un bond.

— Probablement au prix de l'arrêt d'un autre programme de valeur, estima Lucian. C'est de nouveau ton job qui te tracasse ? Tu as peur qu'ils trouvent mieux et moins cher pour te remplacer ?

— Non. Je veux savoir à quoi tous ces serviteurs vont servir. La situation sur le front religieux est sous contrôle depuis des années. Au lieu d'augmenter, les effectifs devraient baisser !

Le sénateur décida lui aussi de laisser tomber le badinage pour redevenir sérieux.

— Pourquoi ne pas chercher dans tes propres rangs ? Quelqu'un au Bureau de surveillance des sectes et cultes doit bien être au courant...

— Sans doute, mais le black-out est total.

En réponse à ses questions, le mieux qu'il avait pu obtenir était de vagues indications quant à de pseudo « surplus budgétaires » et autres « ouvertures à ne pas manquer », mais rien de plus concret. Cornelia l'avait envoyé balader, et il n'avait pas l'entregent nécessaire pour viser plus haut.

— Quelqu'un doit bien être au courant à la Sécurité intérieure, reprit-il. Un sénateur qui y possède quelques relations pourrait vouloir rendre service à l'un de ses brillants jeunes confrères promis à une belle carrière, voire à un poste de consul. Ce serait un bon moyen pour s'attirer ses bonnes grâces.

— Je vois.

Lucian eut une moue songeuse et ajouta :

— Mais ce serait une drôle de requête.

L'inspiration frappa aussitôt Justin.

— Penses-tu ! Avec les lobbyistes favorables à la liberté religieuse qui te font des cadeaux, que tu puisses prendre des renseignements sur le bureau des serviteurs semblera très naturel.

— Tu penses à tout, n'est-ce pas ?

Dans sa bouche, cela n'avait rien d'un compliment.

— Dis-moi, reprit-il. As-tu aussi pensé à une bonne raison pour laquelle je pourrais te rendre ce service ?

— Parce que nous sommes amis. Et peut-être également as-tu besoin d'un serviteur de talent dans tes petits papiers au cas où ces lobbyistes se retourneraient contre toi. Et si rien de tout cela ne te suffit, tu n'as qu'à le faire au nom du bon vieux temps.

— Ma petite amie, tu veux dire ?

— Ton ex-petite amie, lui rappela Justin.

— Très bien. Au nom du bon vieux temps, alors.

Lucian se tourna vers Mae, qui avait suivi leur échange avec un mélange d'étonnement et de fascination.

— À mon tour de demander une faveur, dit-il. Je dois participer à un dîner de charité dans deux semaines. Je serais très honoré si vous vouliez bien m'y accompagner. S'il vous est possible de vous arracher à la personne de Justin, naturellement…

C'était apparemment la journée des premières fois pour Mae. Cela avait commencé par un sourire radieux, et voilà qu'à présent elle rougissait… Mais ce moment d'égarement ne dura pas. La proposition de Lucian lui valut un sourire poli et – Justin l'aurait juré – légèrement condescendant. L'éducation castale dans toute sa splendeur… Aux débutantes nordiques, on devait apprendre à ne faire des hommes qu'une bouchée.

— C'est très flatteur, répondit-elle. Mais je ne pense pas que mes engagements vont me le permettre.

Lucian ne se laissa pas décourager.

— Eh bien… surveillez-les, et si vous avez une ouverture, faites-le moi savoir. Si vous ne pouvez venir, je préfère y aller seul. Tout autre compagnie serait décevante, à présent que je vous connais.

— *Fais quelque chose !* s'insurgea Magnus.

Sur le ton de la confidence, Justin expliqua à son ami :

— Mae est très à l'aise dans les réceptions. C'est une patricienne, de la caste Nordique, mais je suppose que tu l'as remarqué.

Le regard que lui lança Lucian lui fit comprendre qu'il avait perçu le sous-entendu. Même s'il était en pleine ascension, et même si les tensions entre classes sociales avaient tendance à s'atténuer avec le temps, toute rumeur de romance entre lui et une patricienne aurait été un suicide politique. Les collègues sénateurs de Lucian influençaient beaucoup le résultat du vote consulaire, et ceux qui parmi eux étaient patriciens allaient le précipiter en enfer s'ils apprenaient qu'un simple plébéien s'était permis de souiller une patricienne – surtout si le score de celle-ci venait à être connu.

Trop grand seigneur pour procéder à un rétropédalage, Lucian se contenta d'ajouter d'un ton léger :

— Eh bien… tenez-moi au courant.

Mae n'adressa la parole à Justin que lorsqu'ils furent en route pour l'aéroport, libérés de la distraction apportée par un sénateur dragueur et des prétoriens blagueurs.

— Vous pouvez m'expliquer ce qui vient de se passer ?

— C'est simple, répondit-il. Je viens d'actionner d'inavouables leviers politiques pour obtenir les réponses que mon administration refuse de me donner.

Elle lui lança un regard de côté et répliqua sèchement :

— Vous savez parfaitement de quoi je veux parler. Les sous-entendus et commentaires étaient parfaitement déplacés.

— Je sais, approuva-t-il en hochant solennellement la tête. Lucian dépasse parfois les bornes de la bienséance.

— Pas lui ! Vous... avec vos pathétiques insinuations : « elle est attachée à ma personne », « elle va partout où je vais ».

— C'est bien la vérité, non ? Et comment se fait-il que cela vous paraisse plus grave que son attitude à lui ? Bon sang ! Il a tout de même essayé de monnayer un service à me rendre contre un rendez-vous avec vous ! Je n'ai fait que défendre votre honneur, vous savez. Il avait jeté son dévolu sur vous...

— Il m'invitait juste à sortir avec lui.

Le visage de Mae se fit songeur quand elle ajouta :

— Il a l'air d'être un chic type.

— Vous n'allez pas... ne me dites pas que vous pensez accepter son invitation ! Qu'en est-il de vos prétentions de ne pas vous abaisser à donner de rendez-vous à de simples plébéiens ? À moins que vous fassiez une exception pour les hommes célèbres et puissants ?

L'imaginer dans les bras de Lucian, se représenter son visage rose de plaisir après l'amour... lui donnait la nausée. Il avait beau se répéter qu'elle ne pouvait être à lui, il ne supportait pas l'idée qu'elle puisse être à d'autres.

Mae laissa son regard s'échapper par la vitre du véhicule, alors qu'ils passaient l'entrée principale de l'aéroport.

— C'est mon problème, maugréa-t-elle.

— Croyez-moi, mieux vaut vous tenir à l'écart d'un type comme lui. C'est son boulot de débiter de belles paroles pour embobiner les gens.

Mae tourna la tête et soutint son regard sans ciller.

— Vous pouvez m'expliquer en quoi ça le rend différent de vous ? Mis à part le fait que lorsqu'il dit être mandaté par son gouvernement, lui au moins dit la vérité ?

— *Oui,* plaisanta Horatio. *Ce serait intéressant que tu nous l'expliques...*

Un tas de réponses possibles affluèrent à l'esprit de Justin. Mais après ce qui s'était passé à Windsor, « je suis de meilleure compagnie dans une réception » n'aurait pas plaidé en sa faveur. À la place, il déclara simplement :

— Son sourire était d'abord le mien. Il me l'a piqué.

C'était apparemment la mauvaise réponse, car avant de sortir du véhicule, Mae grommela simplement :

— C'est bien ce que je disais.

16

Par principe, etc.

Léo les attendait à leur porte d'embarquement. Il avait pris le premier avion depuis Portland afin de pouvoir effectuer le trajet en leur compagnie. Mae constata rapidement qu'il lui battait toujours froid. Quand ils eurent décollé, Justin ne perdit pas de temps.

— Et la vidéo ? demanda-t-il. Du nouveau ?

Léo s'adossa à son siège, le visage sombre.

— Non, répondit-il de mauvaise grâce. Je lui ai fait subir tous les tests habituels, plus quelques-uns de mon cru.

Son attitude distante ne résista pas à la passion que lui inspirait son métier. Ce fut avec une certaine fougue qu'il poursuivit :

— J'ai des amis dans le cinéma. Je vais leur demander quelques tuyaux. Ne t'inquiète pas, je ne vais pas leur montrer la bande. Juste leur demander des infos sur la caméra, ses possibilités. Je prouverai que c'est truqué. Ce n'est qu'une question de temps.

— Peut-être auras-tu davantage de chance là où on va, le consola Justin. Il s'agit de découvrir comment l'assassin a pu pénétrer dans une pièce fermée de l'intérieur.

Avec un sourire ironique, il ajouta :

— Sans se transformer en nuage de fumée, bien sûr…

Léo hocha pensivement la tête.

— Ce ne devrait pas être impossible, pour peu que l'endroit n'ait pas été modifié. Dans la dernière caste que tu as visitée, toutes les données étaient corrompues.

— Pas ma faute, se justifia Justin. Les incapables de leur police interne avaient déjà causé les dégâts avant notre arrivée.

Le silence retomba entre eux. Justin s'absorba dans la lecture d'une liseuse détaillant les principales informations sur la victime nipponne. Mae n'aurait pas dû s'en faire pour ça, mais elle éprouvait le besoin d'arranger les choses entre Léo et elle. S'ils devaient travailler ensemble, elle ne tenait pas à ce qu'il continue à avoir peur d'elle.

— Depuis combien de temps êtes-vous marié ? lui demanda-t-elle.

Elle n'allait tout de même pas faire écho aux commentaires excessifs de Justin sur le choix de son époux ou sur leurs conditions de vie « rustiques » selon lui.

— Deux ans, répondit Léo en lui jetant un regard prudent.

Elle lui répondit d'un sourire. Peut-être le sien n'était-il pas aussi captivant que celui de Justin, mais on l'avait formée durant des années à être aussi plaisante et aimable que possible. Une jeune castée bien comme il faut devait savoir recevoir et jouer les hôtesses.

— La viticulture doit être un métier passionnant…

— Un métier chronophage, souligna-t-il de manière laconique.

En ne lui offrant pas de quoi rebondir, il enfreignait les règles de la discussion. Sans se laisser décourager, Mae reprit :

— Je suis déjà venue dans votre région, mais un peu plus bas que là où vous résidez, sur la côte. Nous passions le plus clair de notre temps dans un cottage en bord de mer, mais nous sommes tout de même allés faire quelques dégustations. C'est magnifique, par là.

Mae ignorait ce qui lui avait pris d'évoquer cette histoire. Sans doute le besoin de faire sortir Léo de sa réserve. Elle n'avait plus pensé à ce voyage depuis bien longtemps, mais en prononçant ces paroles, un flot de souvenirs l'avait envahie. L'incessant va-et-vient de l'océan sur la plage. La cacophonie sans fin des mouettes tournoyant dans le ciel. Le goût du pinot gris dont ils avaient acheté quelques bouteilles à un petit producteur sur le seuil de son garage. Le soleil sur son visage. Le frottement des draps sur sa peau nue. Ils avaient passé des heures au lit.

Léo refusant d'honorer son commentaire d'un quelconque développement, Mae fit une ultime tentative.

— Comment vous êtes-vous rencontrés, tous les deux ?

À son grand étonnement, il se lança aussitôt dans un récit exhaustif.

— Nous nous sommes rencontrés dans un bar – le *Li Vale*–, à Vancouver. Il y a une liste d'attente pour y être admis, et l'on y rencontre presque toujours des célébrités. J'étais supposé y retrouver une amie, un soir, mais elle était en retard. Alors, je me suis contenté de l'attendre au bar en buvant quelques verres. Quand le troisième m'a été servi, j'ai réalisé que j'avais oublié mon ego chez moi. Vous pouvez imaginer combien c'est embarrassant dans un endroit aussi sélect. Tout ce que je pouvais espérer, c'était que mon amie finisse par se montrer et paie ma note. Soudain, Dom est apparu et s'est assis sur le tabouret voisin du mien. On s'est mis à discuter, et quand il a appris ma mésaventure, il a dit au barman que ma note était pour lui. J'ai essayé de protester, en lui disant que mon amie allait finir par arriver, mais il n'a rien voulu savoir. Je l'ai remercié en lui promettant de le contacter plus tard pour le rembourser. Il m'a répondu qu'il préférait en récompense que j'accepte son invitation à dîner le lendemain. J'ai dit « oui », et après ça… nous sommes devenus inséparables.

Mae n'eut pas à feindre le sourire qu'elle lui adressa.

— Magnifique histoire, dit-elle.

Léo acquiesça d'un bref hochement de tête. Son visage se fit aussi renfrogné que précédemment. Il se leva et gagna l'allée en jetant :

— Je reviens.

Ensuite, après avoir laissé le passage à un stewart, il se dirigea vers les toilettes.

— Qui était-il ? demanda Justin sans lever les yeux de sa liseuse.

— De qui parlez-vous ?

— De l'amoureux avec qui vous avez séjourné au bord de cette plage. Un Viking ? Score neuf, lui aussi ?

— Qu'est-ce qui vous fait penser qu'il s'agissait d'un amoureux ?

— Les amis ne louent pas des cottages romantiques au bord de la mer.

— Je n'ai jamais dit qu'il était romantique.

— Votre voix vous a trahi.

Il se décida enfin à lever les yeux de son écran et ajouta :

— Quand vous en avez parlé, tout en vous s'est adouci.

Ses yeux s'attardèrent sur elle quelques secondes, puis il revint à sa lecture.

— Très bien, maugréa-t-il. Vous pouvez garder vos misérables histoires et vos ex-amants pour vous-même.

Mae savait qu'il valait mieux ne pas relever. Si elle avait appris quelque chose au sujet de Justin, c'était bien qu'il adorait monopoliser l'attention. L'ignorer totalement était sans doute la meilleure punition qu'elle pouvait lui infliger. Mais comme cela se produisait souvent, il était arrivé à l'atteindre de telle manière qu'il lui devenait impossible de ne pas répondre.

— Pourquoi imaginez-vous qu'il s'agit d'un ex-amant ? Nous sommes peut-être toujours ensemble.

— Parce que vous auriez dit « mon petit ami » pour parler de lui. Vous avez juste dit « nous ». Et même si bien des gens ont une idée toute particulière de la notion de relation exclusive, vous ne me semblez pas en faire partie. Si vous étiez liée à quelqu'un, jamais vous ne vous seriez offert une partie de jambes en l'air au Panama.

— Vous avez vraiment le chic pour démonter les relations comme un mécanisme d'horlogerie, dit-elle.

S'il avait utilisé la moitié de l'énergie qu'il gaspillait en pure perte en s'intéressant à elle, sans doute aurait-il déjà trouvé le coupable…

— J'imagine que vous ne trouvez même pas l'histoire de Léo romantique, reprit-elle.

Un rire caustique lui échappa.

— Bien sûr que non ! s'exclama-t-il. Un beau conte à dormir debout, sans doute entièrement inventé.

Mae en resta pantoise un instant.

— Pourquoi dites-vous ça ? s'étonna-t-elle.

— Parce que tout cela semblait appris par cœur. Vous n'avez pas remarqué ? Il n'y avait aucune spontanéité dans son récit. Aucune émotion. Il a dû raconter cette blague tellement souvent qu'il la connaît par cœur. En plus, réfléchissez un peu… Vous voyez Dominic, alias monsieur « je-n'aime-pas-les-villes », se balader à Vancouver, au *Li Vale*, qui plus est ? C'est un endroit que Léo apprécie, c'est pour cela qu'il l'a intégré dans son conte de fées.

Mae ne sut que lui répondre. L'histoire de Léo fourmillait effectivement de détails, mais elle n'aurait jamais imaginé que c'était parce qu'il l'avait inventée. Les circonstances qu'il avait décrites ne lui avaient pas paru invraisemblables non plus. Il arrivait que des gens se rencontrent dans des conditions autrement plus étranges. Son propre passé en fournissait un exemple éclatant.

— Pourquoi Léo ferait-il une chose pareille ? demanda-t-elle enfin.

Justin pouvait être exaspérant, mais étudier les méandres de son esprit retors était toujours fascinant.

— C'est la grande question, pas vrai ? dit-il d'un ton mystérieux. Peut-être est-ce un secret. Ou peut-être la véritable histoire est-elle trop ennuyeuse. Il est possible qu'ils se soient tout simplement rencontrés sur le flow. Qui peut le dire ?

— Allez-vous le lui demander ?

— Nan. Je le saurai bien assez tôt, sans même l'avoir cherché.

L'arrogance et l'autosatisfaction étaient de retour. Mae commençait à croire qu'elle avait rêvé ces quelques moments de sincérité qu'il lui avait offerts à l'hôpital. Au moins leur discussion sur Léo avait-elle dissuadé Justin d'explorer le passé amoureux de Mae. C'était un secret qu'elle gardait au fond de son cœur, et il était hors de question pour elle de soumettre cette relation aussi mouvementée qu'une glissade sur les montagnes russes à la sagacité de Justin. L'histoire de Léo – vraie ou non – semblait insipide comparée au drame épique de sa rencontre avec Porfirio.

Un tas de souvenirs de cette première nuit restaient flous dans sa mémoire. D'autres y surnageaient avec une parfaite clarté. Il était vrai que c'était de cette manière que le ree fonctionnait. Les effets de cette substance euphorisante – l'une des rares que l'implant ne parvenait pas à métaboliser suffisamment vite – se faisaient sentir par à-coups dans l'organisme des prétoriens qui le consommaient.

Il arrivait que les cohortes de garde dans la capitale joignent leurs ressources pour organiser de grandes fêtes réservées à elles seules. Étant donné que les facéties des prétoriens ivres pouvaient mal finir, il valait mieux qu'un public de civils n'en soit pas témoin. De plus, l'armée avait renoncé à remédier à la faiblesse que constituait pour ses soldats d'élite leur sensibilité au ree, mais les prétoriens se doutaient que des abus trop fréquents et trop visibles risquaient de remettre en cause ce statu quo. Cette nuit-là, la cohorte Or avait été chargée d'organiser les réjouissances. Elle avait fait de son mieux pour rendre cette rencontre mémorable, allant jusqu'à louer les services d'un groupe de musiciens et d'un barman. Une centaine de prétoriens étaient présents, soit à peu près tout l'effectif disponible à une journée de déplacement de Vancouver.

Mae avait passé la majeure partie de sa nuit installée à une table ronde, dans un coin de la salle, en compagnie de Val et de quelques autres prétoriens. Val et un Azur du nom d'Albright rentraient d'Amérique du Sud d'où ils avaient ramené un jeu de cartes dont ils juraient le plus grand bien. Malheureusement, c'était un jeu compliqué dont ni l'un ni l'autre ne se rappelait clairement les règles. La plupart des joueurs étant ivres, la partie avait viré au grand n'importe quoi, mais ce n'était pas pour embêter Mae. Elle surfait sur la vague euphorisante du ree et aurait pu supporter n'importe quoi – du moins le pensait-elle.

— Ça, c'est l'atout, indiqua Albright à Mae qui s'apprêtait à jouer. Garde-le pour le prochain tour.

Depuis le début de la partie, il la coachait avec un zèle un peu collant.

— Non ! s'exclama Val, sourcils froncés. C'est atout cœur !

— Ce n'était pas atout pique ? s'étonna un Amarante de l'autre côté de la table.

— Cœur ! s'entêta Val.

Albright étant un type accommodant, cette substitution ne lui posait pas de problème. Un bras posé sur le dossier de la chaise de Mae, il se pencha sur elle pour étudier son jeu et pointa une carte.

— Alors, tu n'as qu'à jouer celle-là.

Mae était à peu près sûre que tout le monde se trompait. L'atout, c'était le carreau. Normalement, elle n'aurait pas supporté qu'un homme la prenne ainsi sous son aile. Mais Albright le faisait de manière tellement amicale et décontractée qu'elle ne se sentait pas menacée. Au fur et à mesure que la nuit avançait, elle découvrait même qu'il ne lui était pas indifférent. Les prétoriens doux et bien élevés n'étaient pas légion. La plupart avaient une grande gueule et la tête près du bonnet, et par sa différence, un type comme Albright ne manquait pas de séduction.

Un braillement se fit entendre par-dessus le brouhaha ambiant.

— Conneries ! Je connais quelqu'un qui peut t'écrabouiller sans problème !

Mae et Val dressèrent la tête en même temps. La voix qui venait de s'exprimer leur était familière. Au milieu d'une foule bruyante et excitée, elles auraient encore reconnu Dag entre tous. Il leur tournait le dos, à une table voisine autour de laquelle s'étaient regroupés quelques Violets et Indigos, mais Mae n'en était pas sûre. Sans les uniformes, difficile de se faire une certitude. Manifestement, leur camarade était particulièrement remonté contre quelqu'un avec qui il discutait et que Mae ne pouvait voir. Tout en parlant, il faisait de grands gestes au risque de renverser son cocktail au ree.

Val secoua tristement la tête mais sans paraître s'inquiéter outre mesure. Ivresse et soldats au caractère bien trempé faisaient rarement bon ménage. Il était rare que cette association ne provoque pas de conflits.

— Je l'abandonne cinq minutes, et regarde ce qui arrive, maugréa-t-elle pour elle-même.

Puis, à l'intention d'Albright :

— Mais qu'est-ce que tu fabriques ?

— Tu viens de dire qu'on joue atout cœur, lui rappela-t-il patiemment.

D'eux tous, il devait être le moins soûl, ce qui expliquait sans doute également pourquoi il était le moins odieux.

Mae avala une gorgée de son propre cocktail, savourant le vertige grisant qui en résulta. Elle rentrait elle-même d'une mission dans les provinces asiatiques, en soutien aux forces armées de l'AEO, et ce qu'elle y avait vu lui faisait apprécier ce moment de répit.

— Il a raison, Val..., intervint-elle.

Son amie, sceptique, la dévisagea d'un air entendu.

— Naturellement, dit-elle, tu es d'accord avec lui...

La voix de Dag leur parvint de nouveau.

— Cinquante billets qu'elle te botte les fesses !

Des cris et des sifflets saluèrent cette sortie, et soudain la moitié des occupants de la table de Dag furent debout. Plus étonnant encore, ce fut en direction de la table de Mae que celui-ci et son entourage se dirigèrent. Après avoir brusquement fait halte, il la pointa du doigt et lança vivement :

— C'est elle !

Mae faillit tourner la tête pour voir de qui il voulait parler, puis se souvint qu'elle était adossée à un mur. Autour d'elle, tous avaient fait silence.

— Mais de quoi tu parles ? s'agaça-t-elle.

Un homme se fraya un chemin parmi les autres et vint se camper à côté de Dag. En le découvrant, Mae retint son souffle. C'était le type le plus magnifique qu'elle eût jamais rencontré, et elle n'était pas du genre à perdre la tête au premier regard. Même au milieu de prétoriens au physique généralement avantageux, le sien sortait du lot. Un simple tee-shirt bleu faisait merveille pour souligner la musculature sculptée de son torse. Ses traits étaient aussi finement dessinés que le reste de sa personne : menton puissant, pommettes saillantes, surmontées d'une paire d'yeux perçants si sombres qu'ils en paraissaient noirs. Ses cheveux, épais et ondulés, de la même couleur que ses yeux, étaient rassemblés en une queue-de-cheval dont l'extrémité caressait ses omoplates. Le genre de chevelure dans laquelle les mains d'une femme ne pouvaient que se perdre. Elle-même sentait les siennes la démanger…

La peau mate et la couleur des cheveux et des yeux lui firent d'abord penser qu'il était plébéien, puis elle se rendit compte qu'il y avait quelque chose d'européen dans ses traits. Ses caractéristiques physiques dénotaient une caste méditerranéenne, ce qui la surprenait. Mae aurait pu compter sur les doigts d'une main les prétoriens d'origine patricienne qu'elle avait rencontrés. Mais comme elle, il ne portait aucune marque de Caïn, ce qui pouvait s'expliquer : comme tous les autres prétoriens, un casté se devait d'être en parfaite santé.

Ces yeux sombres posés sur elle semblaient la déshabiller. L'homme témoignait d'une arrogance et d'une suffisance qui devaient sans doute autant à ses origines sociales qu'à sa beauté. Ayant été élevée dans le même milieu que lui, une telle attitude n'était pas étrangère à Mae.

— Elle ? demanda-t-il avec un sourire satisfait. Aucun problème. Ce sera avec plaisir.

Son impertinence fit à Mae l'effet d'un coup de fouet. Faisant abstraction de l'indésirable attirance qu'il lui inspirait, elle plaqua sur son visage l'expression d'indifférence hautaine dans laquelle elle excellait. Elle reporta son attention sur Dag, refusant d'accorder à l'inconnu un instant de plus de son attention.

— Qu'est-ce que tu as encore fait ? demanda-t-elle.

— Ce gars-là !

Dag pointa du doigt son compagnon, comme pour éviter qu'il y ait erreur sur la personne, et poursuivit :

— Il dit que dans sa caste, il était un petit prodige de la canne. Alors moi je lui ai dit : « Cause toujours, il n'y a qu'un seul prodige de la canne ici ! »

Le masque d'indifférence de Mae se fissura quand elle laissa son regard se poser de nouveau sur l'inconnu.

— Tu pratiques la canne ? s'étonna-t-elle.

— Les autres la pratiquent, chérie…, répondit-il sans se départir de son sourire confiant. Moi, je vis pour elle.

Dag vint s'insérer entre Val et un autre Écarlate de manière à pouvoir se pencher sur Mae par-dessus la table.

— Finn ! lança-t-il. Tu dois donner une leçon à ce connard. J'ai misé un paquet de pognon sur toi.

— Moi aussi ! renchérirent un certain nombre de ceux qui l'avaient suivi.

Mae dévisagea son ami d'un air incrédule.

— Et tu m'embarques là-dedans sans m'en avoir parlé ? protesta-t-elle.

— Pourquoi ? s'étonna-t-il. Il aurait fallu que je t'en parle ? J'étais sûr que tu serais d'accord. Tu sais : par principe, etc.

Un Argent que Mae connaissait vint pousser l'inconnu du coude et lui dit :

— Porfirio, pourquoi tu lui cherches noise ? Vous autres castés devriez plutôt vous serrer les coudes. Au fait… c'est quoi cette « canne » dont vous parlez ?

— Un sport sublime fait pour ceux qui sont des athlètes autant que des artistes, répondit le dénommé Porfirio.

Il reporta son attention sur Mae et ajouta en la regardant droit dans les yeux :

— Et pour d'autres, un charmant passe-temps de dame.

Sans doute le ree fut-il pour beaucoup dans la réaction de Mae. Se dressant sur ses jambes, elle s'exclama :

— Un passe-temps ! J'étais presque professionnelle…

Porfirio ne parut pas impressionné le moins du monde.

— « Presque », répéta-t-il. Mais tu ne l'es pas devenue. Que s'est-il passé ? Ton petit ami Nordique n'a pas voulu ? Ou peut-être n'étais-tu pas assez douée ?

Mae était trop outragée pour lui répondre. Dag le fit pour elle.

— Elle n'est pas devenue pro parce qu'elle est devenue prétorienne, taré !

— D'accord, d'accord…, reprit Porfirio avec un sourire nonchalant. Il n'existe qu'un moyen de régler ça : sur le tapis, elle et moi, histoire de bien montrer la différence entre un artiste et une amateure.

Un frisson d'excitation secoua Mae à cette perspective, qui réveilla son implant. L'afflux d'hormones et d'endorphines indiquant la possibilité d'un combat lui fit redoubler d'efforts pour la sortir de son ivresse.

— Choisis le jour et le lieu, dit-elle. J'y serai.

Porfirio fit un pas en avant et répondit :

— Pourquoi pas maintenant ?

— Maintenant ? répéta-t-elle.

Mais sa voix se perdit dans les hourras enthousiastes que soulevait cette suggestion. D'un coup d'œil autour d'elle, Mae réalisa que presque tous les autres prétoriens s'étaient rassemblés autour d'eux. Tous s'excitaient à la perspective de ce combat inédit. On prenait les paris, sur elle aussi bien que sur son adversaire.

— Ici ? ajouta-t-elle. Il n'y a pas assez de place.

— On essaie de se défiler ? la provoqua Porfirio en forçant la voix pour se faire entendre. Peur d'un tête-à-tête avec moi ?

Les yeux rivés aux siens, Mae sentit son pouls s'accélérer. L'implant avait des ratés, ne sachant s'il devait la préparer au combat ou non. *Et moi, je ne le sais pas plus que lui*, songea-t-elle.

— Ne prends pas tes rêves pour la réalité ! répliqua-t-elle. Je veux juste que le combat soit équitable.

— Doucement..., maugréa un Or. On a payé une caution.

— Et où vas-tu trouver des cannes ? reprit Mae à l'intention de son adversaire.

Porfirio jeta un coup d'œil à une Indigo qui se trouvait près de lui.

— Connie..., lui dit-il. Toi qui es douée pour ça... vois ce que tu peux faire pour trouver deux cannes de combat.

Après avoir donné son accord d'un signe de tête, l'intéressée s'empressa de détaler, ce qui acheva de convaincre Mae de lui donner une leçon. Ce qui venait de se passer était-il significatif de ses rapports avec les femmes : un ordre vite lancé et elle s'empressaient de lui obéir ? Il n'était pas étonnant, dans ces conditions, qu'il parût si sûr de la vaincre.

La fureur des paris se déchaînait autour d'eux. Porfirio écoutait ce tapage d'un air amusé, tout en renouant soigneusement sa queue-de-cheval sur sa nuque. Quand il eut terminé, il lissa quelques mèches rebelles et regarda fixement Mae.

— Qu'en dis-tu ? demanda-t-il. Tu veux risquer un peu de ton argent, toi aussi ? On peut jouer petit, si tu préfères. Je ne voudrais pas t'obliger à demander une rallonge à papa-maman...

— Je ne veux pas de ton argent, dit-elle.

Après avoir marqué une pause pour ménager ses effets, elle conclut :

— Ce que je veux, ce sont tes cheveux.

Quelques Indigos qui l'entouraient en restèrent pantois, ce qui confirma l'intuition de Mae : ce type adorait ses cheveux. Il suffisait de le voir être aux petits soins avec eux pour s'en convaincre. Et s'il était comme elle, il avait probablement été habitué à les coiffer de telle manière que l'absence de marques de Caïn sur ses traits se remarque.

Sans lui répondre, il lui adressa le sourire du type qui n'en revient pas et croit toujours que c'est une blague.

— Mes cheveux ? répéta-t-il enfin.

— Exactement. Si je gagne, je veux que tu les coupes.

Avec l'index et le majeur, Mae imita le mouvement d'une paire de ciseaux qui se refermait et conclut :

— Je veux les garder sur ma commode.

D'autres prétoriens – qui le connaissaient sans doute – firent silence. Porfirio ne souriait plus.

— Je ne couperai pas mes cheveux ! lâcha-t-il sèchement.

— Bien sûr, que tu ne les couperas pas. Parce que tu vas gagner, pas vrai ?

Mae sentit qu'elle avait repris le contrôle de la situation à présent qu'elle avait pris sa mesure. Élevant la voix pour prendre la foule à témoin, elle ajouta :

— Je veux dire… le risque est minime. À moins que tu n'aies la trouille ?

Des cris et des hourras saluèrent cette réplique, puis un grand silence se fit. Tout le monde attendait la réponse de son adversaire. La tension était à son comble. Finalement, Porfirio se détendit et fit preuve de son arrogance coutumière.

— Très bien, dit-il. Si c'est ce que tu veux, qu'il en soit ainsi. Comme tu le dis si bien, ça ne fait aucune différence pour moi. Mais moi, quelle sera ma récompense quand j'aurai gagné ?

Ce choix de vocabulaire fit sourire Mae : « quand », et non « si »…

— Cela m'est égal, répondit-elle. À toi de choisir. Tu veux que je me coupe les cheveux ?

Porfirio la dévisagea avec plus d'intensité encore que la première fois qu'il l'avait fait. Ce regard était d'une telle impudence qu'elle le sentait presque peser de manière tangible sur elle. À présent qu'elle était debout, elle avait cependant davantage à montrer qu'assise derrière une table. La voix de la raison tentait de lui signifier que ce n'était peut-être pas une bonne idée de s'engager dans un combat en robe et chaussures à talons, mais elle refusait de l'écouter.

— Voilà qui serait une honte, répondit-il avec douceur. Surtout que j'ai bien l'intention de les voir étalés sur mon oreiller. Quand j'aurai gagné, je te veux toi. Ce sera mon lot : tu me suivras chez moi.

Il y eut autour d'eux comme un soupir de ferveur collective. On était en plein drame… les prétoriens adoraient ça.

—Marché conclu, répondit Mae sans hésiter. Sous les vivats, elle alla serrer la main qu'il lui tendait et s'efforça de ne pas imaginer à quoi pourraient ressembler les caresses de ces doigts puissants sur son corps.

La boniche de Porfirio ne tarda pas à reparaître avec deux cannes qui, si elles n'étaient en rien réglementaires, ne semblaient pas si éloignées que ça des authentiques cannes de combat. Un vaste espace fut libéré à l'autre extrémité de la salle, en dépit des craintes des organisateurs que le combat ne dégénère. Mae comprit alors que nul ne savait vraiment ce qui allait se passer. D'un pas de conquérant, Porfirio alla se placer au centre de cette arène improvisée. Mae le suivit, Val sur ses talons.

—Tu n'as pas à faire ça, lui dit-elle.

Mae eut un petit rire moqueur.

—Bien sûr que si! Qu'est-ce que tu racontes? Tu imagines leur réaction si je me défilais maintenant? En plus, Dag n'a pas tort: je dois le faire, ne serait-ce que « par principe, etc. »...

Les yeux de Val ne quittaient pas le dos puissant de Porfirio devant eux.

—À ta place, dit-elle, je crois que ça ne me ferait rien de perdre.

—Jamais! s'insurgea Mae. Quand j'en aurai fini avec lui, il partira en rampant retrouver sa cohorte.

Val tourna la tête vers elle et scruta son visage attentivement.

—Ma parole! s'exclama-t-elle. C'est du sérieux... Parfois, je me demande ce que je vais bien pouvoir faire de toi.

—Moi je le sais, intervint Porfirio, qui avait surpris la fin de leur échange. À présent, en piste!

Après avoir ôté ses chaussures, Mae prit position face à lui, chacun d'eux dans une posture de combat. Val s'attarda près d'eux en tant qu'arbitre de fortune, avant de les laisser seuls quand le match commença. Mae était alors redevenue presque sobre. L'implant tournait à plein régime. Par un effet de *biofeedback*, enregistrant le fait que son corps produisait des neurotransmetteurs, il le stimula pour qu'il en produise davantage encore. Elle n'avait franchement pas l'impression que cela lui était nécessaire pour battre son adversaire. Elle ne mentait pas en affirmant qu'elle avait failli devenir pro. Elle était réellement douée – et même plus que douée – pour ce sport. Et dès les premières minutes, Porfirio put avec surprise le constater.

Les prétoriens semblaient aussi surpris que lui, mais pour d'autres raisons. La plupart n'avaient aucune idée de ce que pouvait être la canne de combat. Tout juste avaient-ils compris qu'une sorte de compétition nécessitant un large espace allait se dérouler sous leurs yeux. Dans leur esprit, cela impliquait sans doute de spectaculaires figures et des objets et des corps volant d'un bout à l'autre de la pièce. En réalité, tout était davantage affaire de contrôle que de force ou d'agilité. La canne ressemblait à l'escrime et nécessitait autant de vivacité et de précision. Mae devait rester constamment sur ses gardes et anticiper chaque geste de Porfirio, autant pour esquiver que pour passer à la contre-attaque. Elle fut bientôt en phase avec sa façon de respirer et d'utiliser les muscles de ce remarquable corps qui était le sien. D'un commun accord, ils avaient choisi sa variante favorite, qui permettait nombre de manœuvres assez acrobatiques. En la voyant effectuer une pirouette arrière particulièrement gracieuse pour parer un de ses coups, Porfirio poussa un grognement approbateur.

— Tu es souple, je ne peux pas dire le contraire…, commenta-t-il en se livrant à un nouvel examen approfondi de sa personne. Mais en fin de compte, ce sera tout bénéfice pour moi.

— Ah oui ?

Elle tenta de passer outre à sa garde, mais il fut plus rapide.

— Dans ce cas, reprit-elle, pourquoi n'as-tu pas encore réussi à faire une seule touche ?

— Je n'aime pas brusquer les choses. Comme tu le découvriras bientôt.

Sans lui répondre, Mae redoubla d'attention et se relança dans le combat. Une sorte d'allégresse s'était emparée d'elle. Elle aimait de tout son cœur ce sport bizarre et antique. Même si elle n'avait pas perdu au change en devenant prétorienne, une part d'elle-même regrettait encore de n'avoir pu poursuivre dans cette voie. Sans l'opposition formelle de sa mère, elle aurait fort bien pu consacrer sa vie à ce sport. Porfirio disait vrai quand il affirmait qu'il s'agissait d'un art, et c'était un plaisir de pouvoir pour une fois affronter un adversaire digne d'elle, même s'il s'obstinait à commenter leurs échanges. Sans conteste, elle était plus rapide que lui. Avec l'agilité, la vitesse constituait l'atout majeur qu'elle avait dû développer au fil des ans pour contrebalancer la force brute que lui opposaient ses rivaux principalement masculins. Porfirio n'était pas lent, loin de là, mais c'était sa force qui faisait la différence lorsque leurs cannes s'entrechoquaient. Ils livraient tous deux un magnifique combat.

Le public de prétoriens et prétoriennes, quant à lui, était loin d'être enchanté. Après les premiers cris d'encouragement, l'enthousiasme était bien vite retombé quand il s'était avéré qu'il ne fallait attendre aucune action spectaculaire. Quelques encouragements s'étaient encore élevés, de manière sporadique, avant de s'éteindre tout à fait. Ce que Porfirio, lui aussi, finit par remarquer.

— Nous n'avons pas établi de limite de temps, dit-il entre deux échanges. Nous aurions dû demander à quelqu'un de s'en occuper.

Un voile de transpiration couvrait désormais son front.

Il n'avait pas tort. Habituellement, les rounds ne duraient pas plus de quelques minutes. Ils n'y avaient pas pensé au début du combat, pressés qu'ils étaient de s'affronter et obnubilés par l'idée d'en finir. Mae ignorait combien de temps s'était écoulé et elle s'en fichait.

— Où est le problème ? répliqua-t-elle. Tu as peut-être du mal à assurer sur la durée ?

— Chérie… Je peux durer aussi longtemps que – merde !

La canne de Mae venait d'entrer en contact avec son abdomen. Apparemment, il avait suffi d'une pique mettant en doute ses prouesses sexuelles pour le déconcentrer. C'était tellement typique d'un homme… Surprise de ne pas entendre leur public réagir, elle tourna la tête et se figea.

— Qu'est-ce qui ne va pas ? s'enquit Porfirio, figé en position de défense.

— Ils sont partis ! s'exclama-t-elle avec incrédulité.

D'un coup d'œil, il le constata à son tour, et son visage trahit un étonnement comparable au sien. Les prétoriens, lassés de ce combat qui ne tenait pas ses promesses, étaient allés reprendre leurs agapes à l'autre bout de la salle. S'il avait de la canne la même expérience qu'elle, Porfirio devait être habitué aux réactions enthousiastes de spectateurs capables d'apprécier les subtilités de ce sport.

— Des gosses…, commenta-t-il avec une moue dépitée. Tous autant qu'ils sont. Puisque c'est comme ça…

Avec une rapidité que Mae ne put anticiper, il se fendit et la toucha au mollet – deux fois.

— Match ! s'écria-t-il en jetant sa canne sur le sol.

— Hé ! protesta-t-elle. Ce n'est pas juste ! Je… ah !

Sans effort, il venait de la soulever pour la déposer, pliée en deux, sur son épaule.

— Je l'emporte aux points, précisa-t-il en se mettant en marche. Par conséquent, je gagne le combat. Rentrons à la maison.

Tandis qu'il l'emportait sans effort vers la sortie tel un trophée de guerre, Mae lui martela le dos de ses poings. Ils savaient tous deux qu'elle était capable de se libérer, ou du moins de lui faire mal – ce qui aurait probablement ramené à eux leur public – mais elle se retint et se contenta de l'abreuver d'insultes en finnois. Une fois dehors, dans la nuit embrumée, il la reposa finalement sur ses deux pieds.

— Tu n'as pas gagné ! lui dit-elle avec véhémence, les poings serrés contre ses flancs. Nous n'avions pas établi la durée du combat et tu…

Porfirio l'interrompit en l'attirant entre ses bras. Il laissa une de ses mains remonter le long de sa nuque et se perdre dans ses cheveux. Elle sentit ses lèvres prendre possession des siennes avec urgence, en un baiser de victoire qui mit le feu à ses sens. La bouche de Porfirio explorait la sienne, affamée, exigeante, et elle lui rendait la pareille. De tout son corps, Mae se tendait vers lui. Il lui tardait de sentir ses muscles jouer contre les siens, de sentir ses mains sur sa peau nue. Lorsque enfin il mit un terme au baiser, les laissant tous deux essoufflés, il plongea ses yeux au fond des siens et demanda :

— Écoute… Est-ce qu'on fait ça tranquillement ou à la dure ?

Mae ravala sa salive, encore étourdie par ce baiser et par les flots d'adrénaline et d'endorphines qui se déversaient en elle.

— Tout dépend de ce que tu entends par « à la dure », répondit-elle.

Et c'est ainsi qu'elle finit la nuit dans son lit, sans avoir eu besoin d'être forcée à y arriver. Ensemble, ils s'offrirent une nuit d'amour à se rompre l'échine comme les prétoriens les aimaient tant. Ensuite, en s'étirant entre les draps tire-bouchonnés autour d'elle, Mae connut l'un de ses rares moments d'épuisement. Cela ne durerait pas, et si une bande d'assassins avait brusquement débarqué, l'implant aurait fourni à ses muscles et à son cœur le carburant nécessaire pour les repousser. Mais même les prétoriens avaient besoin de se reposer, parfois, et c'était pour elle une expérience savoureuse de rester allongée en sentant ses muscles lourds et endoloris de fatigue. Bien sûr, elle aurait encore préféré pouvoir dormir. C'était après l'amour que le sommeil lui manquait le plus. Pouvoir se laisser glisser dans l'inconscience dans les bras d'un amant semblait la conclusion logique.

Il n'y eut donc pas de répit dans le sommeil cette nuit-là, ni pour elle, ni pour lui. Mae se contenta de rester au lit pendant qu'il se douchait. À son retour, il jeta sur le lit quelque chose qui la fit se redresser en sursaut. L'espace d'un instant, elle pensa qu'il lui avait jeté un animal mort, puis elle reconnut… sa queue-de-cheval.

— Tes cheveux…, murmura-t-elle avec étonnement.

Mae redressa la tête et l'observa. Il semblait avoir tranché net la masse de cheveux d'un coup de poignard. Le résultat était un peu approximatif et inégal, ce qui ne gâtait en rien sa beauté.

— Tu n'avais pas à faire ça, reprit-elle. Ou alors, tu aurais au moins pu attendre de pouvoir le faire correctement.

D'un geste, il écarta l'argument.

— Un marché est un marché. Je n'ai pas gagné. Du moins, pas au combat de canne… Tu comptes vraiment garder ça en trophée ?

Mae plissa le nez d'un air dégoûté.

— C'est un peu glauque, dit-elle. Je plaisantais.

— C'est bon à savoir.

Porfirio la surprit alors en jetant sans autre forme de procès sa queue-de-cheval dans un coin pour venir se réinstaller près d'elle.

— Mais à présent, poursuivit-il, tu n'as plus rien pour te souvenir de moi.

— Ai-je vraiment besoin de quelque chose ?

Mae l'attira contre lui et sentit son pouls s'accélérer de nouveau.

— Tu n'as pas l'intention de répondre à mes coups de fil ? demanda-t-elle.

Un sourire lascif fleurit sur les lèvres de Porfirio. Il se pencha et laissa sa bouche courir dans le cou de Mae.

— Parce que tu comptes m'appeler ? feignit-il de s'étonner.

— Eh bien…

Elle se laissa repousser en douceur contre le lit.

— J'aurai peut-être besoin d'une autre séance d'entraînement, conclut-elle. Histoire de ne pas perdre la forme, avant un vrai match.

— Pour ça, susurra-t-il, tu peux m'appeler quand tu veux.

17

L'homme le plus dangereux de la République

Les Nippons se montrèrent agréablement accueillants lorsque Justin et son entourage arrivèrent à destination. Les réactions aux visites de serviteurs variaient grandement dans les castes, comme Mae et lui avaient pu le vérifier lors de leurs visites précédentes. Bon nombre de patriciens se méfiaient des intrusions fédérales, même lorsque celles-ci ne visaient que leur bien. Les agents du Bureau les mettaient spécialement mal à l'aise, car si un serviteur débusquait un dangereux groupe religieux sur le territoire de la caste, il pouvait en résulter ce qui était vécu comme une invasion militaire. Les relations entre le gouvernement gemméen et les « patriarcats », ainsi qu'ils se nommaient eux-mêmes, se limitaient à l'essentiel. La naissante RUNA, redoutant le séparatisme qui avait conduit à la création de Méphistophélès, avait dû se montrer prudente en accordant à ses fortunés supporters les privilèges ethniques qu'ils réclamaient. Au prix de très strictes limitations légales, les patriciens avaient bénéficié d'une immunité pour ce qui concernait les mandats, assumant ainsi leur exposition au virus mortel et à ses suites, et s'étaient vu concéder leurs propres territoires.

L'accès aux terres de la caste nipponne se faisait de la même manière que pour les autres concessions : par un checkpoint routier gardé et surmonté d'un panneau souhaitant la bienvenue aux visiteurs, en anglais et dans la langue native de la caste. Par agrément spécial du gouvernement, les gardes étaient légèrement armés. Enfin, seul le drapeau de la RUNA flottait, puisque les couleurs et autres emblèmes identitaires étaient interdits aux patriciens.

Le contact de Justin au sein de la caste était un policier assez âgé qui se faisait appeler par son nom japonais : Hiroshi. Il ne fut pas aussi impressionné de les voir débarquer que l'avait été le planton au poste de garde, mais il ne faisait pas mystère de l'honneur que représentait pour lui le fait d'accueillir un serviteur et une prétorienne dans sa juridiction.

— La femme de la victime a déménagé, leur apprit-il à leur arrivée dans la maison où le meurtre s'était produit. Mais rien n'a été touché ni déplacé. Nous avions pris de nombreuses photos de la scène du crime, et j'ai pu vérifier ce matin que rien n'avait changé.

Après avoir hésité un instant, il ajouta :

— J'espère que cela vous convient.

— C'est formidable, merci..., répondit Justin.

Un sourire de soulagement fleurit sur les lèvres du vieux Nippon.

Léo, bien que réjoui par la virginité des lieux, le fut bien moins par leur taille.

— C'est grand, maugréa-t-il. On en a pour des heures.

Il fallait reconnaître que la maison était réellement énorme, surtout pour deux personnes. L'architecture et la décoration étaient au diapason des autres luxueuses demeures patriciennes, avec quelques particularismes de caste tels que les toits pointus et les ornementations rappelant les racines japonaises du patriarcat. L'intérieur était de la même veine : écrans peints coulissants, lignes épurées et ameublement de grand luxe, associés à un équipement high-tech dernier cri. Ici avait vécu une famille en pleine possession de la richesse et du style de vie typiques des patriciens.

Léo se pencha immédiatement sur le panneau de contrôle principal du système de surveillance. Celui-ci contrôlait chaque porte et chaque fenêtre, mais comme sur les autres scènes de crime, la surveillance vidéo avait été désactivée, seul signe visible – à part le cadavre – d'une intrusion.

— Ça vous rappelle la maison Koskinen ? demanda Justin à Mae tandis qu'ils visitaient les pièces.

— Notre bassin à poissons rouges était plus grand.

L'œil aux aguets, elle alla examiner un imposant service à thé ornementé. La lumière que laissaient entrer les nombreuses fenêtres illuminait ses traits. Justin mourait d'envie d'en apprendre plus sur ce petit ami qu'elle avait évoqué dans l'avion. Il ruminait un plan pour lui tirer les vers du nez sans risquer ce faisant de se prendre un mauvais coup. Les relations que nouaient – ou que ne nouaient pas – les gens étaient révélatrices. Il était un peu surpris qu'une femme redoutant de laisser voir ses émotions pendant l'amour ait pu s'engager sentimentalement sur le long terme.

— *Elle n'a pas dit que cela avait duré longtemps*, protesta Horatio.

— *Elle n'en a pas eu besoin. C'était perceptible dans sa manière de parler.*

En butte au silence des corbeaux, Justin ne put s'empêcher d'ajouter :

— *Je suppose qu'il m'est possible de repérer certaines choses que vous autres ne captez pas.*

— *Naturellement !* répliqua sèchement Magnus. *Autrement, nous n'aurions pas besoin de toi.*

— Docteur March ?

Hiroshi venait de les rejoindre en compagnie d'une petite femme menue.

— Je vous présente Mme Hata, reprit-il. L'épouse de la victime.

Mme Hata paraissait épuisée et nerveuse, mais Justin y vit davantage une réaction à sa présence qu'un indice de possible culpabilité. L'enquête de la police avait permis de vérifier son alibi, et elle semblait n'avoir pas la force nécessaire pour poignarder un homme en plein cœur. Espérant la mettre à l'aise, il lui adressa un sourire amical.

— Un plaisir de vous rencontrer, assura-t-il en lui serrant la main. Je vous présente toutes mes condoléances.

— Je ne comprends rien à ce qui se passe, gémit-elle. J'ai déjà tout dit à la police, et je l'ai répété encore et encore.

— Je sais. Et je suis désolé de vous faire subir tout cela une fois de plus, mais nous avons juste quelques questions supplémentaires à vous poser.

D'un geste, il désigna la salle à manger et conclut :

— Pouvons-nous aller discuter là-bas ? Je serai bref, je vous le promets.

Mme Hata prit place à table face à lui, les mains jointes devant elle. Ses traits trahissaient le phénotype en faveur dans sa caste : cheveux raides et noirs, pommettes saillantes, peau dorée, yeux marron en amande. De longs cils encadraient ses yeux, ajoutant à son allure, même si ceux-ci étaient visiblement faux. Une coupe courte ramenait ses cheveux de part et d'autre de sa mâchoire, probablement pour dissimuler une marque de Caïn. Les patriciennes que ce mal n'affectait pas, comme Mae, avaient tendance à garder longs leurs cheveux en parfaite santé. Un reflet mat à la surface de ceux de Mme Hata, trahissant un voile de laque, confirma ses suspicions. Un recours massif à la cosmétique constituait le moyen le plus habituel pour masquer les ravages de Caïn qui rendait les cheveux fins et fragiles. Et lorsque d'un geste nerveux elle ramena une mèche vers l'arrière, Mme Hata révéla près de l'oreille l'extrémité d'une cicatrice. Il existait de coûteux liftings capables de retendre la peau grêlée des visages marqués par Caïn, mais il était difficile de masquer les traces qu'ils laissaient en périphérie. En plus de ces signes distinctifs, Mme Hata n'avait pas eu d'enfants, et il n'aurait pas été surpris d'apprendre que l'asthme la touchait aussi.

Justin s'apprêtait à jouer son jeu habituel à base de charme et de plaisanteries, mais un coup d'œil plus approfondi à son visage marqué par le chagrin l'incita à plus de sincérité. Il s'en tint au minimum, lui posant les questions habituelles à propos d'un possible engagement religieux de la victime. Comme les autres personnes qu'il avait interviewées avant elle, Mme Hata se montra presque alarmée à l'idée qu'on puisse supposer un lien entre sa famille et un culte quelconque. Elle souligna même avec véhémence que son mari avait présenté une requête au gouvernement patricien afin de bannir définitivement toute religion du territoire de la caste. M. Hata avait tout simplement eu en horreur tout comportement sectaire. L'information était intéressante, et Justin se demanda si cela avait pu suffire à placer la victime en haut d'une liste de personnes à abattre. Le seul hic dans cette hypothèse, c'était qu'une religion nippone devait être impliquée dans ce cas, et qu'il n'était pas évident de comprendre pourquoi elle aurait eu intérêt à sévir sur le territoire d'autres castes. Pourtant, il y avait là une piste qui méritait d'être explorée.

Après avoir discuté quelques instants encore avec elle, Justin décida de rendre sa liberté à Mme Hata, qui se déclarait pressée de regagner la maison de sa mère. Mae, incapable de rester tranquille très longtemps, était allée examiner l'extérieur de la maison, mais Léo rejoignit Justin alors qu'il commençait à examiner le lieu du crime.

La chambre principale était énorme. On aurait pu y loger trois fois celle qu'il occupait à Vancouver. Une courtepointe en soie naturelle couvrait le lit, et près de la cheminée se trouvait une petite alcôve équipée d'une table basse et de coussins où il était possible d'écrire ou de prendre le thé. Une tache de sang maculait le tapis. Léo, agenouillé devant la cheminée, se redressa à l'approche de Justin.

— La cheminée est condamnée, expliqua-t-il. C'est pour le show.

Désignant une rangée horizontale d'étroites fenêtres près du plafond, Léo poursuivit :

— Elles sont trop petites pour que qui que ce soit puisse s'y glisser.

— Et je suppose que le système de sécurité n'a enregistré aucune entrée par la porte ?

— Non.

Léo marcha jusqu'à la porte, laissa courir sa main le long du chambranle et expliqua :

— Il n'a enregistré que le passage de la victime avant sa mort, et celui de sa femme quelques heures plus tard. Si la porte est fermée de l'intérieur, seule une puce d'identité autorisée est susceptible de l'ouvrir. À moins d'avoir l'équipement nécessaire pour la défoncer, ce qui manifestement ne s'est pas produit ici.

— Si je comprends bien, cette pièce est la plus sûre de toute la maison. Comme pour les autres crimes. J'en viens presque à penser que celui ou ceux qui font ça nous narguent.

Justin alla examiner un cadre numérique, sur un mur, sur l'écran duquel défilait une série de portraits de famille. Il avait vu le portrait d'identité de M. Hata dans le dossier, mais ces clichés personnels donnaient un tout autre son de cloche sur ce qu'avait été sa vie. Une photo de mariage montrait en gros plan les visages souriants des époux. Leur costume n'était pas des plus visibles, mais la mariée portait une tenue traditionnelle japonaise à capuche qui cachait ses cicatrices et sa coupe courte. Au premier regard, le visage de M. Hata était dépourvu de toute marque de Caïn, ce qui en soi n'était pas inhabituel. Une famille dont le rejeton avait un bon héritage génétique pouvait négocier un riche mariage avec une autre dont l'héritière n'était pas aussi chanceuse, afin de diluer dans leur descendance l'héritage de Caïn. Justin avait pu le constater lors de ses précédentes investigations. C'était ce qui rendait la vocation de Mae – et le fait même qu'elle puisse en avoir une – à ce point inhabituelle.

D'autres photos représentaient les Hata en vacances ou en visite chez des parents et amis. Un joli portrait montrait Mme Hata en train de poser dans un jardin fleuri, tandis qu'un autre, plus prosaïque, montrait M. Hata, hilare, passant la ligne d'arrivée de ce qui devait être un marathon. Un autre encore…

Intrigué, Justin ramena d'un geste l'image précédente à l'écran.

— C'était un coureur de marathon ! lança-t-il à l'intention de Léo.

Toujours occupé à ausculter la porte, son ami répondit vaguement :

— Et alors ?

— Alors, il ne pouvait être asthmatique.

Justin fit défiler d'autres clichés de la victime et scruta son visage avec une attention soutenue. Il était demeuré en vieillissant aussi sain et sans défaut que dans sa jeunesse, ce qui formait avec les ravages subtilement maquillés du visage de son épouse un contraste frappant. Les images montrant leur famille proche prouvaient que Caïn y avait sévi également, mais même lorsqu'il était entouré par ceux qui n'en portaient pas les marques, il émanait de M. Hata une présence spécialement lumineuse et séduisante.

Sous le crâne de Justin, les rouages s'étaient mis à tourner. Son instinct lui dictait qu'il tenait quelque chose. Une fois encore, il fit défiler toutes les photos, captivé par le visage du mort.

— Il est parfait ! lança-t-il enfin à Léo. Une icône de beauté et de perfection.

— Tu es triste de ne plus pouvoir lui filer de rencard ?

— Je suis surpris, c'est tout. C'est inhabituel.

Justin sentait qu'il n'était plus qu'à deux doigts d'un indice probant. C'était d'autant plus énervant qu'il se dérobait.

— L'est-ce tant que ça ? s'interrogea Léo. Tu n'as qu'à jeter un coup d'œil à la patricienne que tu trimballes partout avec toi. Son phénotype n'est pas piqué des hannetons, lui non plus.

Ce fut alors que la lumière se fit dans l'esprit de Justin.

— Tout comme la dernière victime, constata-t-il. Et toutes les autres avant.

Justin s'empara de son ego et passa en revue toutes les données du dossier. D'abord, il consulta le résumé que Cornelia lui avait montré à leur première rencontre. Puis, il chercha dans la fiche de M. Hata le chiffre qu'il était à peu près sûr de trouver.

— Un huit ! s'exclama-t-il victorieusement. Son score était de huit !

Même Léo en resta songeur.

— Pas mal, pour un casté…, commenta-t-il.

— *Tu y es !* se réjouit Magnus.

Justin consulta fébrilement les dossiers des autres victimes, excité par ce qu'il savait être une avancée majeure dans son enquête.

— Tous des huit et des neuf ! conclut-il. Et regarde leurs portraits : tous magnifiques et parfaits.

Cette fois, Léo laissa tomber sa porte. L'expression de son visage montrait qu'il avait perçu l'importance de ce nouveau développement.

— Notre tueur a des goûts raffinés, commenta-t-il.

Mae, qui venait de les rejoindre, les dévisagea à tour de rôle.

— Qu'est-ce qui se passe ? s'enquit-elle.

— Un motif, répondit vaguement Justin. Il y a toujours un motif.

Il dévisagea Mae, pour une fois sans aucune arrière-pensée, en privilégiant l'objectivité et le détachement. Elle aussi était un spécimen d'humanité sans défaut, dans la fleur de l'âge. Un flash lui remit en mémoire son écran d'identification, à l'aéroport.

— Vous avez vingt-huit ans, constata-t-il. Toutes les victimes avaient soit vingt-sept, soit vingt-huit ans. Toutes avaient un score de huit ou de neuf, comme vous.

— Tu as peur qu'elle soit la prochaine ? s'enquit Léo d'un ton désabusé.

— Non, répondit-il. Mais je pense qu'il s'est produit quelque chose de spécial l'année de sa naissance. Fécondation in vitro ?

Mae, à qui s'adressait la question, parut mal à l'aise mais répondit néanmoins.

— Oui. Tout comme mon frère et ma sœur.

Cette réponse n'était pas pour le surprendre. Dans l'espoir un peu vain de contrer toute déficience génétique, nombre de patriciens étaient conçus dans des boîtes de Petri où l'ovule et les spermatozoïdes les plus sains de leurs parents étaient mis en présence.

— Avez-vous tous les trois été conçus au même endroit ?

— Aucune idée, maugréa-t-elle. Comme vous pouvez vous en douter, je n'y étais pas.

Trop excité par la théorie qui prenait forme dans son cerveau, Justin l'entendit à peine.

—J'adorerais connaître l'habile médecin qui a présidé à la conception de tous ces charmants bambins... Léo, il existe une analyse génétique complète de toutes les victimes dans le dossier. En y regardant de plus près, serais-tu capable de dire si leurs gènes ont subi le même genre de manipulations ?

À en juger d'après la lueur qui brillait dans ses yeux, il était clair que son ami le recevait cinq sur cinq.

—Oui, répondit-il. Les généticiens qui font ce genre de choses ont presque toujours leur propre style. Ils laissent derrière eux comme une « signature ». Si la conception de tous ces gens a été orchestrée par une seule personne, il devrait être possible de le découvrir.

—Vous pensez qu'elles sont toutes le fruit d'expériences génétiques illégales ? demanda Mae.

Elle aussi avait le regard brillant. Mais bientôt, l'excitation que lui procurait cette nouvelle piste céda le pas à une expression d'horreur.

—Vous pensez que je suis le fruit d'une expérience génétique illégale !

—Non, répondit posément Justin. Je veux dire... je n'ai pour l'instant aucune preuve. Mais avouez que le fait que toute une brochette de patriciens et de patriciennes nés à peu près en même temps et ayant tous un score de huit ou de neuf représente une sacrée coïncidence !

Cela pouvait également expliquer son apparence époustouflante, qui l'avait frappé dès qu'il avait posé les yeux sur elle. Aucune trace, même minime, de Caïn. Des traits bien trop réguliers pour une patricienne – et peut-être même pour une plébéienne. Les chances étaient minces que ce soit le fruit du hasard. C'était là l'œuvre d'un artiste.

— *Tu veux un bon conseil ?* intervint Horatio. *Laisse tomber, mon pote. Elle n'aime pas ça du tout. Regarde-la...*

Comme d'habitude, le corbeau avait raison. Mae semblait horrifiée.

—Des huit et des neuf peuvent survenir naturellement à tout bout de champ, expliqua-t-elle. Même dans les castes. Si vous connaissiez mes parents, vous sauriez que mon père n'aurait jamais laissé faire une chose pareille. Alors n'essayez pas de me mouiller avec vos théories fumeuses !

Justin prit note du choix des termes. Son père ne l'aurait pas autorisé, avait-elle dit. Pas un mot de la mère. *À garder en mémoire pour plus tard...*

En pianotant sur son ego, il argumenta patiemment :

—N'êtes-vous pas un peu curieuse ? Même si aucune ombre fumeuse ne vous poursuit, c'est quand même une drôle de coïncidence, avouez-le.

— Je n'ai pas été conçue illégalement !

Il y avait dans ses yeux, qui dans cette lumière paraissaient verts, un feu qui brûlait.

— Alors prouvons-le, suggéra-t-il. Il suffit d'un échantillon de sang. Léo pourra l'analyser.

— Sois gentil de me laisser en dehors de tout ça, intervint l'intéressé.

— Si vous êtes tellement sûre de vous-même, reprit Justin sans tenir compte de l'interruption, alors pourquoi ne pas vérifier ?

— N'essayez pas de m'appâter, le prévint-elle. Cela fait presque deux semaines que je vous regarde jouer à vos petits jeux. Vous n'arriverez pas à m'avoir en me mettant au défi.

— Je ne vous mettais pas au défi… Enfin, peut-être un peu. Mais j'essaie juste de faire mon job. Moi aussi, « je n'ai de volonté que celle de mon pays »… Je pensais que c'était également votre credo, loyale soldate. Et si l'analyse prouve que je me trompe, alors vous pourrez vous vanter de m'avoir donné tort.

— Waouh ! s'exclama-t-elle, pince-sans-rire. Voilà qui va vraiment impressionner mes amis !

Pour la première fois depuis qu'ils se connaissaient, Léo donna l'impression que, tout compte fait, il pourrait finir par apprécier Mae.

Justin fit la grimace et suggéra :

— Très bien. Dans ce cas, faisons un pari.

Une étrange expression passa sur le visage de Mae.

— Je n'aime pas les paris, assura-t-elle.

— Tout le monde aime les paris, répliqua-t-il. Qu'est-ce que vous voulez, si je me trompe ?

— Rien, dit-elle sèchement. Parce que je ne parie pas avec vous.

— Donc, vous suspectez quelque chose.

Le visage de Mae, au comble de l'agacement, avait un petit air de celui de Cynthia…

— OK ! lança-t-elle. Vous pourrez m'offrir un verre de ree si vous vous trompez.

Cette réponse troubla quelque peu la satisfaction qu'éprouvait Justin d'être arrivé à ses fins.

— Qu'est-ce que le ree ? s'enquit-il.

— Un poison pour les prétoriens, répondit Léo en ricanant.

Un sourire hésitant sur les lèvres, Mae reporta son attention sur lui, et Justin se surprit à regretter cette évolution dans leur relation. Si ces deux-là se liguaient contre lui, il n'était pas au bout de ses peines.

— Un très onéreux poison pour prétorien, poursuivit Léo. La seule chose qui puisse leur apporter l'ivresse.

— À l'origine, précisa-t-elle, il s'agit d'un obscur sirop pédiatrique pour la toux. L'implant ne le reconnaît pas comme une toxine. Il nous suffit d'en boire en quantité suffisante pour obtenir une belle petite ivresse.

— Une belle petite ivresse ! s'écria Léo.

Son amusement avait fait long feu.

— J'ai vu des prétoriens en proie au ree, expliqua-t-il d'un ton désapprobateur. Le résultat est un peu plus extrême que l'ivresse... Et même si je peux comprendre que vous cherchiez à décompresser comme tout le monde, l'idée que des super soldats puissent perdre la boule sous l'effet de substances toxiques me rend un peu nerveux.

Même si Justin trouvait tout cela fascinant, il lui fallait en revenir à l'essentiel.

— Alors, marché conclu ! lança-t-il à Mae. Vous acceptez de lui donner un échantillon de sang ?

— Merci de m'embringuer contre mon gré, maugréa Léo. Tu sais ce que ça représente, de transporter des échantillons de sang ?

En se tournant vers Mae, il poursuivit :

— L'armée a dû faire des analyses complètes quand vous vous êtes enrôlée, et vous avez librement accès à votre dossier. Épargnez-moi la corvée et transmettez-moi simplement vos résultats. Et faites-le vite, que nous puissions nous réjouir de lui prouver qu'il a tort.

— J'en ferai ma priorité, lui promit-elle.

Puis, s'adressant à Justin :

— Mais entre-temps, que comptez-vous faire en ce qui concerne ces similitudes entre toutes les victimes ?

— Je vais m'en servir pour dresser le profil du tueur. Je ne suis plus persuadé que ces crimes ont un caractère religieux. Il se peut qu'un généticien en colère – plus probablement un homme, à cause de la force physique nécessaire pour poignarder ses victimes ainsi – soit sur les traces de ses créations pour les éliminer une à une. Peut-être à cause d'un sentiment de culpabilité, ou parce que les familles n'ont pas payé. Quoi que ce puisse être, cela tient déjà beaucoup mieux la route qu'une série de meurtres rituels.

— Dans ce cas... pourquoi utiliser une arme aussi étrange ? objecta Mae.

— Et qu'en est-il de la vidéo ? renchérit Léo.

— J'y travaille.

Façon pudique de botter en touche, sous peine de voir sa belle théorie compromise illico.

Justin alla jusqu'à la porte, qu'il entrouvrit pour appeler Hiroshi. Le policier nippon les rejoignit presque instantanément, pressé de leur rendre service.

— Oui ?

— Votre ego est-il connecté aux archives de toutes les forces de police locales ? s'enquit Justin. Ainsi qu'aux dossiers de l'état civil ?

Hiroshi parut surpris.

— Naturellement, répondit-il. Que voulez-vous savoir ?

— L'état civil d'abord. J'ai besoin d'un aperçu des scores génétiques de tous les citoyens nés il y a vingt-sept et vingt-huit ans de cela. Non – attendez !

Justin reconsidéra sa requête et l'étendit à un laps de temps compris entre quinze et trente ans dans le passé. Hiroshi entra les données sans poser de question et attendit que son ego organise les résultats sous forme de graphique. Justin en prit connaissance sans chercher à masquer sa jubilation.

— Nous y voilà ! Deux huit et un neuf pour les deux années qui nous intéressent – bien plus que ce que l'on peut attendre dans une caste. Ensuite et avant, on retrouve les résultats habituels.

C'était bien cela… Après ces deux années, plus aucun huit ni neuf. Tout juste un six, et pas de sept du tout, le reste étant compris entre deux et cinq.

Si Hiroshi fut choqué de l'entendre parler ainsi des castes, il n'en montra rien.

— Que puis-je faire d'autre pour vous aider ? demanda-t-il.

Justin y réfléchit attentivement, avant de répondre :

— Les statistiques de criminalité pour la même période. Surtout pour les crimes commis en rapport avec des recherches illégales en biotechnologies.

— Que cherches-tu ? s'étonna Léo tandis que le flic nippon entrait les données.

— Si un labo clandestin a permis ce petit miracle génétique il y a vingt-sept et vingt-huit ans de cela, l'arrêt brutal de ses activités semble indiquer qu'il a vite été mis hors d'état de nuire.

Une minute plus tard, Hiroshi annonça en consultant son écran :

— Aucun crime ou délit lié aux biotechnologies au cours de ces cinquante dernières années. Et le seul qui soit enregistré au-delà de cette période… n'a pas été une franche réussite.

C'était le cas de la plupart d'entre eux. Les manipulations génétiques à la conception constituaient une science grossière aux résultats hasardeux. Ce qui rendait ces scores génétiques encore plus étonnants.

— Le labo aurait pu opérer à partir d'une autre concession, réfléchit Justin à haute voix. Ou même d'une cité plébéienne.

Il regardait fixement l'ego de Hiroshi, dans l'espoir d'un éclair de génie. En désespoir de cause, il en revint à la théorie initiale.

— Aucun dossier de suspicion d'activités religieuses illicites au cours de ces années-là ?

— Je pensais que vous seriez au courant, s'étonna le vieil homme. Sans vouloir vous offenser, docteur March.

— Aucune offense. Rendez-moi ce service…

Hiroshi haussa les épaules et lança la recherche, qui encore une fois ne donna rien de probant. Justin était sur le point de laisser tomber quand une idée lui vint.

— A-t-on enregistré des affaires de criminalité inhabituelles, de quelque sorte que ce soit, dans ce laps de temps ? Tout ce qui sort de l'ordinaire…

— C'est une vaste recherche…

— Une fois encore, rendez-moi ce service, Hiroshi.

Cela prit plus de temps que pour les requêtes précédentes, et le policier dut traiter manuellement une partie des données pour parvenir à la même conclusion :

— Non, rien du tout.

Il marqua un temps d'hésitation et ajouta :

— Du moins, rien ici.

Un frisson remonta l'échine de Justin.

— Que voulez-vous dire ?

Hiroshi devint pensif, puis se mit à raconter :

— Je me souviens qu'il s'est produit un tas d'affaires bizarres aux environs de la concession : Huron, Sioux Falls, d'autres cités voisines encore. Quelques cas de disparitions, et un nombre d'homicides en hausse, également. Rien de tout cela n'avait de rapport avec nous, mais nous avons vu passer bon nombre d'agents et d'enquêteurs fédéraux qui travaillaient sur le sujet.

Justin le sentait : il avait retrouvé sa piste. Il put à peine contenir son excitation.

— Combien de disparitions et d'homicides ? demanda-t-il.

Hiroshi en revint à son ego avant de préciser :

— Vingt-cinq, répartis sur une période de deux ans, mais à une année de distance de la période qui vous intéresse : ça remonte à vingt-neuf et à vingt-huit ans.

En butte au silence de Justin, l'officier de police finit par demander :

— Autre chose ?

— Non, répondit-il en secouant lentement la tête. Vous m'avez été plus qu'utile. Merci beaucoup.

Lorsque Léo eut terminé ses investigations – sans découvrir rien de définitif –, tous trois décidèrent de dîner sur le territoire de la concession avant d'aller attraper leur vol. C'était l'un des avantages, lors des séjours dans les castes : l'accueil des étrangers n'était pas toujours des plus chaleureux, mais en faisant abstraction de cela, il était possible de manger formidablement bien. Ils trouvèrent un restaurant de sushis qui acceptait de servir les plébéiens, mais Justin remarqua à peine l'excellente nourriture qu'on lui présenta. Son esprit restait occupé à chercher un motif, à tenter de donner du sens à la masse de données qui venait de lui être fournie.

—Alors, qu'as-tu appris aujourd'hui ? demanda Léo. Il me paraît évident que tu as quelque chose dans la tête. Notre mignonne petite serveuse t'a souri, et tu ne l'as même pas remarqué.

—Je l'ai remarqué, assura distraitement Justin. Et j'ai appris toutes sortes de choses. Par exemple, qu'une brochette de castés de score huit et neuf sont nés il y a vingt-sept et vingt-huit ans de cela, et que nos victimes en font partie. Par ailleurs, il y a de cela vingt-neuf et trente ans, une brochette de plébéiens ont trouvé une mort suspecte aux frontières castales.

—Et ? intervint Mae. Quelle est votre brillante déduction ?

En posant les yeux sur elle, Justin perdit un instant le fil de ses pensées. Comment s'intégrait-elle quant à elle dans l'équation ? En dépit de ce qu'elle prétendait, il paraissait incroyable qu'il puisse n'y avoir aucun rapport entre son cas à elle et celui des victimes. Bien sûr, il lui manquait encore tout un tas de connexions, ce qu'il devait bien reconnaître.

—Et rien, répondit-il. La seule chose dont je sois à peu près sûr, c'est que nous avons affaire à un généticien en colère. Le reste, j'y travaille.

Il n'était pas prêt à leur donner davantage que cela, et au bout de quelques instants le silence dans lequel il se cantonnait les conduisit vers d'autres sujets. En fait, avant la fin du repas, Mae et Justin étaient en bien meilleurs termes, ce qui constituait un changement agréable. Juste après qu'il ait payé la note, l'ego de Justin se mit à sonner. En découvrant que l'appel émanait de la Sécurité intérieure, il s'excusa et alla répondre au calme. Lorsqu'il revint quelques minutes plus tard, Mae et Léo semblaient engagés dans une conversation des plus sérieuses. À son arrivée, tous deux retombèrent dans un silence gêné indiquant qu'ils préféraient lui cacher la teneur de leur discussion.

—Tout va bien ? s'enquit Mae au bout d'un instant.

—Oui, tout à fait bien. Ils ont serré Geraki. Avez-vous envie de rencontrer l'homme le plus dangereux de la République ?

Elle lui lança un regard farouche de prédateur qui lui donna une réponse éloquente. Justin ne partageait pas son enthousiasme. Il n'avait pas la moindre envie de parler à Geraki, mais il lui fallait découvrir ce qu'il avait en tête en venant importuner Tessa chez eux. Le fonctionnaire de la Sécurité intérieure lui avait précisé qu'ils ne pourraient probablement pas le retenir très longtemps. Si Justin tenait à lui parler, il lui fallait le faire dès son retour à Vancouver. Fort heureusement, le centre de détention du ministère avait des horaires de visite élastiques, si bien que Mae et lui purent s'y rendre aussitôt après avoir atterri, laissant Léo attendre seul son vol pour Portland.

On les conduisit à l'étage le plus inférieur du bâtiment, dans une cellule d'interrogatoire où ils patientèrent pendant qu'un soldat allait extraire le prisonnier de sa cellule. Lorsque Geraki arriva, Mae le toisa d'un regard et fit signe au soldat qui offrait de rester ou de l'attacher de se retirer. Même si ses deux visiteurs demeuraient debout, Geraki alla s'asseoir sur une chaise, sur laquelle il se balança sans façon après avoir posé les pieds sur une table. Il paraissait ne pas avoir changé depuis leur dernière rencontre quatre ans plus tôt, sauf qu'il donnait peut-être l'impression d'être encore plus sûr de lui.

— Docteur March, enfin ! s'exclama-t-il. Il me tardait de pouvoir vous souhaiter la bienvenue.

— En intimidant ma... famille ?

Aux yeux de Justin, Tessa en faisait à présent partie.

D'un geste vague, Geraki balaya l'argument.

— Bah ! Je n'ai rien fait de tel, protesta-t-il. J'ai juste eu une petite conversation avec cette jeune fille – adorable au demeurant. Vous devriez adopter plus souvent de pauvres orphelines provinciales.

— Elle n'est pas orpheline.

Son regard glissa sur Mae, et Geraki s'exclama :

— Et vous ! Vous êtes réellement magnifique !

Justin était à présent habitué aux manifestations d'enthousiasme des admirateurs de Mae, qui ne manquaient pas de se manifester à elle au cours de leurs voyages. Justin comprenait cependant que ce n'était pas de sa beauté qu'il lui faisait compliment. C'était autre chose en elle qu'il saluait ainsi, de plus discret, de plus intangible. *Il peut la voir telle qu'elle est. Il voit ces puissances qui l'investissent de temps à autre et qui s'en vont, même si elles ne sont pas présentes pour l'instant.*

— *Elles laissent une trace*, confirma Magnus.

— *Pourquoi vous tenez-vous aussi tranquilles, vous autres ?* s'enquit Justin. *Je croyais que vous vouliez que je lui parle...*

— *C'est vrai, mais nous n'aimons pas la compagnie des loups*, répondit Magnus, aussi énigmatique qu'à l'accoutumée.

Mae était sur ses gardes. Ramassée sur elle-même, le corps vibrant de puissance contenue, elle ne quittait pas Geraki des yeux. Justin se souvint de leur première rencontre, au Panama, dans cette allée où elle avait surgi, en robe de soirée couleur prune et souliers, prête au combat. Tenue mise à part, c'était de nouveau ainsi qu'elle se présentait : tendue comme un serpent prêt à se détendre et à mordre au moindre signe de danger. Et comme une joie sauvage illuminait ses yeux chaque fois qu'elle se battait, sans doute espérait-elle même que Geraki commette l'erreur de passer à l'attaque.

— Vous êtes un homme chanceux, docteur March…, reprit celui-ci.

Son expression dénotait à présent une certaine admiration teintée d'envie.

— Je fais preuve de deux fois plus de dévotion, poursuivit-il, et je n'obtiens pas la moitié des bénédictions qui vous sont accordées. Mais je suppose qu'au final, votre rôle sera plus important que le mien.

— Parlez-moi davantage de votre dévotion, répondit aimablement Justin. Je suis sûr que cela doit être fascinant.

Il ne se faisait cependant pas d'illusions quant aux chances que Geraki puisse admettre dans une salle sous surveillance vidéo quelque implication que ce soit avec un mouvement religieux.

Après avoir pouffé de rire, il répondit :

— Oh, elle n'est pas si différente de la vôtre. Nous sommes, vous et moi, dévoués de la même manière aux causes que nous défendons et à nos ambitions. Toujours confiants, toujours aux aguets, et guidés par les voix qui résonnent sous nos crânes.

Le sourire condescendant de Justin ne vacilla pas. Il refusait de se laisser troubler par ce dernier commentaire.

— Pour ma part, je n'entends pas de voix dans ma tête, rectifia-t-il. Mais une fois encore, j'adorerais vous entendre parler des vôtres.

— Je faisais référence à la voix de ma conscience, docteur March, assura Geraki d'un ton mielleux. À quoi d'autre pensiez-vous que je faisais allusion ? Vous ne devriez pas prendre tout au premier degré…

— Excusez-moi. À présent, pourriez-vous en venir au fait et me dire pourquoi vous désiriez me parler ? La prétorienne Koskinen et moi-même avons eu une longue journée.

— Naturellement. Je m'en voudrais de vous être désagréable… Tout à fait entre nous, j'étais simplement curieux de savoir si vous aviez appris quelque chose au cours de cette longue absence…

Après avoir marqué une pause, il conclut :

— Manifestement, non.

— Cela signifie-t-il que je ne suis plus votre serviteur préféré ?

Du coin de l'œil, Justin observa Mae, qui n'avait pas changé d'attitude. Toujours prête à tout, elle surveillait Geraki sans ciller.

— Bien sûr que non ! s'exclama-t-il en riant. Vous serez toujours mon préféré. Quoi qu'il en soit, j'ai deux messages à vous livrer.

— De qui ?

— À votre avis ?

Justin secoua négativement la tête et répondit :

— Je n'en ai franchement pas la moindre idée.

— *De notre maître*, répondit Magnus.

— *Et je suppose que tu n'es toujours pas décidé à me dire son nom ?* s'enquit Justin.

Naturellement, il ne l'était pas, comme le silence qui s'ensuivit le lui signifia. Chaque fois que la question se posait, les corbeaux observaient le même silence radio.

— Peu importe, reprit Geraki.

Reposant ses pieds sur le sol, il posa les coudes sur ses genoux, se pencha en avant et articula soigneusement :

— Le premier message : vous avez remporté la pomme d'or, mais vous n'avez pas honoré votre part du marché.

— *Il a raison*, intervint Horatio.

— *Nous avons déjà parlé de ça*, protesta Justin en jetant un coup d'œil à Mae. *Je n'ai pas à honorer quoi que ce soit. Techniquement, je n'ai pas accepté la compensation.*

— Vous ne vous êtes pas non plus soumis à votre entraînement, ajouta Geraki. Or, vous avez soif de connaissance. Une fois que vous aurez accepté votre statut d'aspirant, bon nombre des questions que vous vous posez trouveront leurs réponses.

Justin croisa les bras et alla s'adosser à un mur, obligeant Mae à changer de place pour demeurer entre le prisonnier et lui. Il s'efforçait de garder un visage aussi neutre que possible, refusant d'admettre que ces paroles avaient le moindre sens pour lui.

— Vous savez quoi ? demanda-t-il sur le ton de la plaisanterie. J'ai tout de même appris quelque chose au Panama. Je me suis aperçu que vos radotages me manquaient terriblement.

Sans tenir compte de sa remarque, Geraki leva deux doigts en l'air.

— Mon deuxième message est pour vous conseiller de renoncer aux fleurs et aux étoiles et d'accepter l'habile compromis.

— *Non !* protesta vivement Magnus.

— *Tu ne sais même pas ce qu'est cet habile compromis*, fit valoir Horatio.

Il était rare que ces deux-là ne soient pas d'accord.

— *Peu importe*, s'entêta Magnus. *Nous savons ce que sont ces fleurs et ces étoiles. Hors de question de la laisser nous échapper.*

— *Même si c'est un ordre du patron ?* demanda Horatio.

— *Si nous la perdons, le marché n'a plus aucun sens.*

Geraki, lui, poursuivait sur cette histoire d'habile compromis.

— Vous pourriez ne pas apprécier cela de prime abord, mais les conséquences en vaudront la peine. Cela pourrait également vous remettre les idées en place.

— *Si c'est vrai*, conclut Horatio, *alors il ne faut pas brader cette opportunité. Il nous faut faire confiance à notre maître.*

— Rien d'autre ? demanda Justin en faisant mine d'étouffer un bâillement. Je me sens prêt à plier boutique pour la nuit. Et je suis sûr qu'il vous tarde de regagner votre cellule.

— C'est effectivement une confortable cellule. Mais nous savons tous les deux que je n'y resterai pas longtemps. Vous avez de la chance que je vous tienne en si haute estime, sans quoi j'aurais pu vous poursuivre pour arrestation arbitraire.

— C'est vous qui serez poursuivi si vous vous avisez encore de vous approcher de moi, de ma famille ou de ma maison.

Au téléphone, il avait obtenu de la Sécurité intérieure qu'un mandat d'éloignement soit prononcé à son encontre.

Geraki secoua la tête d'un air peiné et redevint sérieux – du moins donna-t-il cette impression. Jamais Justin n'avait rencontré d'homme plus difficile à cerner.

— Docteur March… Si vous devez ne croire en rien d'autre, alors soyez assuré que ceux qui vous sont chers le sont tout autant pour moi. Vous êtes pratiquement un frère, et je ne demande qu'à vous aider. Si je peux vous être utile en quoi que ce soit, vous n'avez qu'à demander.

Justin s'abstint à grand-peine de lever les yeux au plafond.

— Je me débrouille très bien sans frère, merci.

Mais en disant cela, une étrange idée lui était venue.

— À moins que vous ne sachiez où sont passées Callista Xie et Nadia Menari ?

— Pourquoi le saurais-je ? demanda-t-il d'un ton ingénu. Ne se sont-elles pas rendues coupables d'exercice illégal de la religion ?

Justin sentit son pouls s'accélérer. Même s'il privilégiait toujours la piste de la vengeance d'un généticien en colère, il n'était pas en position d'abandonner l'hypothèse précédente, surtout que le temps lui était compté. Il n'aimait pas avoir perdu la possibilité d'utiliser Callista comme relais avec les religions clandestines. Et voilà qu'un autre maillon s'offrait à lui, clamant sa bonne volonté…

— Vous êtes au courant de ces meurtres de patriciens dont se rendent coupables des extrémistes religieux ?

En réponse à son coup de sonde, Geraki garda le silence. Lui aussi était excellent pour ne pas trahir ses réactions, mais Justin avait senti que la question le prenait de court et le surprenait. Sans doute fallait-il se réjouir que sa folie n'aille pas jusqu'au meurtre sadique – du moins, pas ces meurtres-là. *Dommage.* Il aurait été pratique que son nouveau « frère » puisse apporter une réponse à tout cela.

Décidé à en finir, Justin se redressa et lança à Mae :

— Allons-y.

— Attendez ! s'exclama Geraki.

Après l'avoir longuement dévisagé, il enchaîna d'un trait :

— J'ignore où se trouvent Callista et Nadia. Elles se sont coupées de tout le monde. Je sais cependant qu'elles ont beaucoup parlé de porter la lumière à ceux qui croient encore. Nadia, plus spécialement, insistait pour retrouver un public plus dévot. Elle semblait avoir un lieu en tête.

— Naturellement, vous ne savez pas où c'est.

Justin scrutait intensément son visage, guettant chaque indice, mais c'était un mot qu'il avait employé qui lui mettait la puce à l'oreille : « retrouver ».

Geraki afficha son habituel sourire provocateur.

— En fait, je ne sais rien de tout cela, prétendit-il. Ce ne sont de ma part que spéculations. Je n'ai aucun contact avec de tels groupes.

— Bien entendu.

De nouveau, Justin se tourna vers Mae.

— Cette fois, nous y allons, lui dit-il.

Elle ne changea pas de position tant qu'il n'eut pas quitté la pièce. Quand ce fut fait, elle le rejoignit dans le corridor, et tandis que la porte se fermait, Geraki ajouta sans se départir de son sourire :

— N'oubliez pas ce que je vous ai dit, docteur March.

Mae ne se détendit vraiment que lorsqu'ils s'installèrent dans la rame de métro. Elle avait suffisamment perçu Geraki comme une menace pour l'affronter comme elle aurait affronté un adversaire au combat.

— Vous croyez qu'il va enfreindre le mandat d'éloignement ? demanda-t-elle.

Justin y réfléchit un instant avant de répondre :

— Non, mais je ne saurais vous dire pourquoi. Une intuition.

— Votre instinct vous est-il également d'une quelconque utilité pour déchiffrer ce qu'il vous a dit ? Sait-il quelque chose à propos des meurtres ?

— Non. Il a été surpris par ma question, et cela s'est vu. Mais il nous a dit tout ce qu'il savait au sujet de Callista et de Nadia.

Justin appuya la tête sur la vitre et murmura d'un air songeur :

— Un endroit où les gens croient encore. Où cela peut-il être ?

— Pas sur le territoire de la RUNA, assura Mae.

Justin, qui était en train de bâiller, retrouva aussitôt tous ses moyens. Saisissant son ego, il lui ordonna :

— Biographie de Nadia Menari : affichage.

Lorsque celle-ci apparut à l'écran, il ne lui fallut qu'une seconde pour découvrir ce qu'il cherchait. Satisfait, il reposa l'ego et s'adossa de nouveau à son siège.

— Alors ? demanda Mae.

— Je crois que mon « frère » vient de nous filer un sacré coup de main, tout compte fait.

18

Une église sans dieu

Au cours de sa première semaine au lycée, Tessa se surprit elle-même en s'adaptant plus rapidement qu'elle ne l'avait imaginé à son emploi du temps et aux technologies gemméennes, même si elle avait encore des difficultés dans certaines matières. Lorsqu'elle avait parlé à Cynthia du cours d'espagnol qu'elle devait suivre, celle-ci l'avait si mal pris qu'elle était allée tout droit s'enfermer dans le bureau du proviseur sans prendre de rendez-vous. Tessa ignorait ce qui s'était dit, mais on lui avait ensuite proposé pour remplacer le cours d'espagnol de choisir entre différentes matières optionnelles. Elle avait fini par choisir l'atelier d'écriture vidéo. Le flot constant d'images sur le flow et la tendance à l'exhibitionnisme de cette société continuaient de la fasciner, surtout après avoir vécu si longtemps dans un relatif isolement.

L'impact de l'amitié que lui vouait Poppy ne tarda pas à se faire sentir. Son soutien lui permit d'avoir accès à un plus large cercle d'élèves n'hésitant pas à se dresser contre ceux qui se montraient moins accueillants. Même si elle découvrait encore les subtilités de la vie sociale d'un établissement scolaire gemméen, Tessa assimila vite le fait que les amis de Poppy n'étaient pas précisément des modèles de conduite. La moitié d'entre eux semblaient être constamment aux prises avec des sanctions disciplinaires. Pourtant, aucun d'eux ne l'avait jamais incitée à faire quoi que ce soit qui aurait pu la mettre mal à l'aise et, sous leurs dehors de rebelles, ils étaient tous véritablement charmants.

Un jour, Poppy lui offrit même l'occasion d'aborder un sujet dont elle n'aurait jamais imaginé discuter avec elle.

—As-tu déjà assisté à un service de l'Église de l'Humanité ? lui demanda Tessa.

Elles se trouvaient dans leur cours de science en fin d'après-midi, et en dépit de son attitude nonchalante, Poppy excellait dans cette matière.

Elle terminait généralement son travail avant tout le monde, ce qui impliquait que Tessa la suivait de peu.

Poppy leva les yeux de sa liseuse, sur laquelle elle faisait défiler des photos d'un acteur qu'elle adorait.

— Bien sûr, répondit-elle. Mes parents m'obligent à y aller pendant les fêtes.

— J'aimerais bien assister à un service, moi aussi.

Un ricanement fusa des lèvres de son amie.

— Pourquoi ? s'étonna-t-elle. C'est chiant comme la pluie. Et si tu y tiens vraiment, tu peux toujours regarder ça sur le flow.

Tessa l'avait déjà fait, mais elle souhaitait en faire l'expérience en personne. Regarder un écran, ce n'était pas la même chose que sentir soi-même une ambiance. Elle souhaitait également comprendre ce concept, inédit pour elle, d'une église sans dieu. Les messes auxquelles sa famille assistait régulièrement lui manquaient, et même si elle n'ignorait pas que des variantes d'églises chrétiennes avaient droit de cité en RUNA, elle se doutait qu'habitant sous le toit d'un serviteur, elle risquait d'attirer l'attention en allant communier ailleurs que dans une église d'État.

— Je veux juste essayer, répondit-elle. Viendrais-tu avec moi ?

— Bon Dieu, non ! s'exclama-t-elle vivement. Et ne le prends pas mal… Tu sais que je ferais à peu près n'importe quoi pour toi, Tess. Mais aller subir volontairement des leçons de morale, non merci !

— D'accord.

Tessa s'efforça de cacher son désappointement, mais sans doute dut-elle échouer, car au bout d'un moment Poppy soupira longuement.

— Bon sang, ne me regarde pas comme ça ! maugréa-t-elle.

D'un coup d'œil circulaire, elle observa la classe.

— Yo, Dennis ! lança-t-elle à un élève qui se trouvait non loin de là. Viens un peu par ici.

Il parut surpris mais les rejoignit à leur table.

— Salut ! lança-t-il, l'air enjoué.

En désignant Tessa, Poppy demanda :

— Ça te dirait de l'accompagner à un service de l'Église de l'Humanité un de ces quatre ?

Puis, à l'intention de son amie :

— Dennis vient d'une excellente famille, bien sous tous rapports. Enfin… Rhea mise à part.

Rhea était une autre des amies de Poppy. Elle avait été suspendue après avoir été surprise dans une situation compromettante avec un professeur.

Dennis adressa un sourire nerveux à Tessa et répondit :

— Bien sûr. Justement, j'y vais ce soir après les cours. Si tu veux venir…

Tessa se figea, mais Poppy répondit pour elle.

— Et comment, qu'elle veut ! Et n'oublie pas de rappeler à Rhea qu'elle me doit du fric.

Dennis retourna s'asseoir à sa place. Tessa se tourna vers son amie et la dévisagea avec horreur.

— Mais…, protesta-t-elle. Je ne peux pas y aller avec lui. Pas toute seule avec lui ! Il nous faudrait… je ne sais pas, moi : un chaperon.

— Tu es sérieuse ?

Après avoir approché son visage du sien, elle conclut d'elle-même :

— Elle est sérieuse. Écoute… Cela n'a rien d'un rencard, il s'agit d'aller faire un tour à l'église. En plein jour. Même une provinciale coincée comme toi ne devrait pas y trouver à redire. Ce n'est pas comme si tu mijotais quelque chose pour aller te faire peloter dans un immeuble abandonné ! Et de toute façon, il s'agit du frère de Rhea. Il est cool.

Poppy parlait toujours des habitudes provinciales de Tessa comme si elles étaient charmantes et non primitives. En temps ordinaire, Tessa suivait les avis de son amie, mais elle se retrouvait là confrontée à un obstacle qu'elle ne pensait pas pouvoir surmonter. Peu importait que cette sortie ait lieu en public et au grand jour. Pour une jeune fille, sortir seule avec un garçon était complètement inimaginable au Panama. Même si Tessa savait que c'était parfaitement admis en RUNA et que c'était même sans danger, il n'était pas facile de se débarrasser des vieux conditionnements.

Pour se sentir mieux, elle préféra appeler Cynthia après les cours et lui demander l'autorisation.

— Tu veux aller à l'église ?

Cynthia se trouvant quelque part à l'extérieur, la communication était uniquement vocale, mais Tessa n'avait aucun mal à imaginer l'expression de stupéfaction de son visage.

— Est-ce que tu es d'accord ?

Tessa hésita un instant avant de lâcher le gros morceau.

— J'y vais avec un garçon, précisa-t-elle. Seule avec lui.

— Il a trente ans, ou plus ?

— Non, il est dans ma classe.

— Alors vas-y avec ma bénédiction. Et apprend bien.

Cynthia n'était pas exactement la figure autoritaire que Tessa avait imaginée. Justin avait récemment appelé sa sœur pour lui demander si la mission qu'il lui avait confiée se passait bien.

— Et pourquoi ne se passerait-elle pas bien ? s'était-elle insurgée. Elle fait son travail scolaire en rentrant de l'école et aide ensuite aux tâches de la maison. Tu me donnes plus de soucis qu'elle ! La seule audace qu'elle se permet, c'est d'aller à l'école en compagnie de cette graine de délinquante. »

Ainsi Tessa se retrouva-t-elle bientôt en route vers le centre-ville en compagnie de Dennis. Au grand soulagement de Tessa, s'il était bien le frère de Rhea, il n'avait pas grand-chose à voir avec elle. Dennis avait l'air aussi timide que Tessa se sentait l'être et faisait comme elle de son mieux pour entretenir une prudente conversation. Lui, au moins, semblait sincèrement intéressé par ses origines et, comme Poppy, ne trouvait rien à redire.

— Mes parents aiment que nous y allions deux fois par semaine, expliqua-t-il en reprenant le sujet de l'église. Ils pensent que cela développe le caractère.

— Rhea s'y rend également ?

— Non. Elle prétend y aller, et je la couvre.

Il se mit à rire et ajouta comme pour lui-même :

— Maintenant que la voilà suspendue, elle ne pourra sans doute pas y couper. Ce sera probablement la pire punition pour elle.

Même si l'Église de l'Humanité disposait de centres de dévotion un peu partout, sa principale cathédrale se trouvait dans le centre de Vancouver. Les vidéos que Tessa avait regardées sur le flow avaient pour cadre de typiques salles de réunion gemméennes : simples, propres, lumineuses. Elle s'était donc attendue à ce que la cathédrale reprenne ce même schéma à une plus grande échelle, aussi fut-elle surprise en pénétrant dans le bâtiment de lui trouver une ressemblance avec les églises panaméennes.

La surabondance du marbre et du bois dans la construction était aux yeux de Tessa l'élément le plus frappant. Il en résultait une ambiance assez rustique à l'opposé de la modernité qui était la règle partout ailleurs en RUNA. De gracieux arcs en pierre soulignaient les hauts plafonds voûtés. Les grandes fenêtres déversaient à profusion la lumière de l'après-midi dans la nef et sur les rangées de bancs en bois ornementés. Des colonnettes en marbre rythmaient les travées et donnaient naissance en hauteur à d'autres arcatures. Tessa eut presque l'impression d'avoir été soudain transportée dans un autre pays... jusqu'à ce qu'elle découvre les grands écrans disséminés à travers la salle. Cela, au moins, était conforme à ce qu'elle avait anticipé. Avec Dennis, ils choisirent de prendre place sur un banc au milieu d'une travée. Elle remarqua alors une autre particularité du lieu : à part le drapeau de la RUNA, aucun autre symbole, aucune image d'aucune sorte n'était visible.

— Ce n'est plein qu'à moitié, aujourd'hui…, commenta Dennis. Il y a plus de monde le week-end.

— C'est magnifique ! répondit-elle à mi-voix.

Ce devait être le plus bel endroit qu'elle ait visité depuis son arrivée en RUNA.

— Et tout cela sans l'ombre d'un dieu…, reprit-elle d'un air songeur. C'est vraiment étrange.

— Pourquoi ? s'étonna-t-il, sincèrement surpris.

— J'ai été élevée comme ça, c'est tout.

— Tu adorais un dieu ?

Vu de cette façon, cela paraissait effectivement bizarre.

— Ma famille est croyante, dit-elle.

— Quel dieu adorez-vous ?

— Euh… Dieu, j'imagine.

Ils firent silence, car l'officiant avait fait son entrée et entamait le service. Il portait le même genre d'aube élaborée que les prêtres panaméens, mais la sienne était aux couleurs de l'emblème national gemméen. Dennis se pencha sur elle et lui murmura à l'oreille :

— Parfois, le week-end, c'est Angela elle-même qui officie.

Tessa, qui ignorait qui pouvait être cette Angela, fut surtout saisie par la soudaine proximité de Dennis. Ce n'était pas que ce rapprochement la troublait, mais elle n'y était absolument pas préparée.

Chacun se leva et entonna l'hymne national, puis l'officiant invita le public à se rasseoir. Ensuite, après avoir souhaité la bienvenue à la congrégation, il se lança dans son exposé. Car ce n'était rien d'autre que cela : un exposé. Peut-être le terme « conférence » aurait-il été plus approprié ? Cela n'avait en tout cas rien d'un sermon. En fait, lorsque les écrans s'illuminèrent sur une liste des points abordés, Tessa eut la sensation d'être retournée à l'école.

Le sujet du jour était une présentation de la contraception et de ses bienfaits dans une société moderne et efficace. Entendre parler si ouvertement des choses du sexe en public – qui plus est dans une église, à côté de Dennis – fit rougir Tessa.

La voix de l'officiant résonnait dans toute la cathédrale, aussi puissante que celle des prêtres dont Tessa avait l'habitude.

— Une société qui donne naissance à des enfants désirés et dont la naissance a été planifiée est une société évoluée, expliquait-il. Nous ne sommes pas comme dans ces provinces où les droits de ribambelles d'enfants sont foulés aux pieds par des familles qui ne peuvent se permettre de les habiller et de les nourrir.

Tessa aurait pu se sentir offensée, mais elle s'était déjà habituée aux regards étonnés qu'elle suscitait lorsqu'elle avouait avoir quatre sœurs.

Les Gemméennes étaient généralement stérilisées lorsqu'elles avaient mis au monde deux enfants, à moins qu'elles ne s'y opposent en justifiant de moyens financiers leur permettant d'en avoir davantage. Mis à part celle-ci, il n'y avait aucune exception à cette règle. Justin avait expliqué à Tessa que les castes ne cessaient de remettre en cause cette limitation et effectuaient un travail de lobbying intensif pour qu'elle soit supprimée. « Ils s'imaginent que leurs membres épargnés par la marque de Caïn devraient pouvoir se reproduire comme des chiens ! » avait-il lancé dédaigneusement.

— Nos lois sont là pour préserver la puissance et l'organisation de notre société ! poursuivit l'officiant en dressant les mains au-dessus de sa tête afin de dramatiser son propos. Hélas, il arrive que d'imprudentes jeunes filles passent entre les mailles du filet. Si vous connaissez quelqu'un qui s'est arrangé pour échapper à la Loi 14, il est de votre devoir de citoyen de le dénoncer immédiatement.

Tessa connaissait cette loi. Les jeunes filles se voyaient contraintes de porter un implant contraceptif dès l'âge de quatorze ans, et plus jeunes encore lorsque leur puberté survenait plus tôt. Sauf à se mettre gravement en infraction avec la loi, aucun médecin ne pouvait retirer l'implant tant qu'elles n'avaient pas atteint l'âge de vingt ans, âge auquel chaque citoyenne était autorisée à tomber librement enceinte. Dans un sursaut, Tessa réalisa soudain qu'elle-même ne portait pas cet implant. Elle n'essayait pas de désobéir à quelque loi que ce soit, le sujet n'avait tout simplement jamais été abordé. Peut-être personne ne se souciait-il qu'une simple provinciale puisse chercher à se reproduire « comme une chienne »... De toute façon, le problème ne se posait pas puisqu'elle n'avait pas l'intention d'avoir de rapports sexuels de sitôt.

Les lois sur la contraception étaient tellement constitutives de la société gemméenne que l'officiant n'eut pas à développer beaucoup son propos. Il prêchait des convertis et se contentait de réaffirmer ce à quoi tous croyaient : combien tout cela était bon, civilisé et supérieurement intelligent. Il mentionnait également souvent l'État et le concept d'intégration nationale. Il rappelait à chacun la chance qu'avait chaque citoyen gemméen et à quel point les leaders de leur glorieux pays étaient avisés. En regardant autour d'elle, Tessa ne voyait que des visages captivés, sur lesquels se lisaient le ravissement et l'adoration que leur inspirait « le Joyau du monde ».

Le service s'acheva comme il avait commencé, par l'hymne national. En sortant lentement, Tessa confia à Dennis :

— Je me trompais. Il y a un dieu dans cette église, ou plutôt une déesse : la RUNA elle-même. Toute cette beauté et cette grandeur pour susciter l'émerveillement dans le cœur de ses citoyens...

Les sourcils froncés, Dennis s'étonna :

— Mais de quoi tu parles ?

— Aucune importance, répondit-elle en secouant la tête. Merci de m'avoir amenée ici.

Elle savait qu'il ne pouvait pas comprendre. On lui serinait cette propagande depuis qu'il était né, et il ne pouvait envisager qu'il puisse exister un autre mode de vie. Mais le mode de vie gemméen n'était pas mauvais, dut-elle reconnaître en son for intérieur. Elle avait pu voir par elle-même ce contre quoi l'officiant avait mis en garde : les grossesses non désirées, les familles nombreuses dans le malheur, les enfants abandonnés. Le message n'était pas à remettre en cause. C'était la façon dont il était livré qui l'étonnait.

Alors qu'ils regagnaient la station de métro, Dennis adressa à Tessa un sourire timide. Il semblait avoir tout oublié de sa possible appartenance à un culte dangereux.

— Poppy t'a-t-elle parlé de ce concert auquel nous allons la semaine prochaine ? demanda-t-il enfin. C'est Vital Lucidity qui joue.

Tessa comprenait à peine de quoi il voulait parler.

— Vital Lucidity ? répéta-t-elle.

— C'est un groupe. Un très bon groupe. Ils jouent en plein air à Westfield Plaza. On est nombreux à y aller. Je pourrais passer te prendre pour t'y amener ?

— Est-ce un rendez-vous ? demanda-t-elle.

Elle se sentait maladroite et stupide d'avoir à le demander si abruptement, mais elle était convaincue que le sujet méritait une totale clarification.

En balayant le sol du bout de son pied, Dennis détourna le regard.

— C'est bien possible, avoua-t-il tout bas. Mais je ne veux pas...

— J'irai, l'interrompit-elle. Enfin... si j'obtiens la permission.

Un concert tel qu'il le décrivait aurait naturellement été hors de question au Panama, elle était donc curieuse de s'y rendre, même si elle n'était pas tout à faire sûre de comprendre ce qu'était Vital Lucidity. Ce ne pouvait être dangereux, surtout si Poppy y allait aussi, mais une fois encore son éducation ne lui permettait pas de s'engager à y aller seule sans demander d'abord la permission.

— Je te donnerai la réponse demain, promit-elle à Dennis.

Cela parut le satisfaire, et il la récompensa d'un sourire.

— Cool !

Ils se séparèrent un peu plus tard, et Tessa rentra chez elle la tête pleine de questions. Elle espérait que Justin ne rentrerait pas trop tard ce soir-là, car elle avait envie de discuter avec lui de ce qu'elle avait vu à la cathédrale. Bien qu'étant autant que les autres nourri de rhétorique gemméenne, il était probablement la seule personne dans son entourage à pouvoir comprendre son point de vue.

Il rentra effectivement plus tôt que d'habitude, un peu après le dîner.

— Pas de déplacement aujourd'hui, expliqua-t-il. Juste quelques licences locales à renouveler. Plus que deux voyages au sein des castes, et ensuite… advienne que pourra.

Il s'adressait davantage à lui-même qu'à elle, et elle eut peur de lui demander de préciser sa pensée. Elle savait qu'on lui avait confié une mission bien plus délicate que celles que les serviteurs avaient habituellement à traiter. Avec Mae, ils en discutaient souvent à mots couverts. Quoi que cela ait pu être, il devait beaucoup s'absenter pour s'acquitter de sa tâche. Tessa comprenait que c'était son job, qui devait passer avant tout le reste, mais leurs discussions à bâtons rompus lui manquaient.

En le voyant se diriger vers la pièce qu'il avait annexée pour en faire son bureau, Tessa se demanda si elle devait ou non l'importuner avec le récit de sa visite à la cathédrale. Finalement, décidant qu'il ne pourrait que se réjouir de la voir explorer la société dans laquelle il l'avait fait entrer, elle le suivit. Elle entendit des voix lorsqu'elle parvint à sa porte. Déçue, elle s'apprêta à faire demi-tour, réalisant qu'il était en communication. Sa curiosité fut cependant piquée lorsqu'elle reconnut la voix de Dominic. Alors, enfreignant tous les principes de son éducation, elle se pencha pour observer par la porte entrouverte ce qui se passait à l'intérieur.

Effectivement, le visage de Dominic occupait tout l'écran mural de Justin.

— Léo est dans son atelier, expliqua-t-il. Avant d'aller le prévenir, je dois sortir ma casserole Portobello du four. Elle va se dessécher si je la laisse plus de dix-sept minutes.

Dès qu'il eut disparu de l'écran, Justin poussa un grognement étouffé et marmonna pour lui-même :

— Bon sang… Ce type craint vraiment.

Léo apparut peu de temps après et demanda :

— Tu viens chercher tes résultats ?

— Tu as reçu les rapports ?

— Ouaip.

Le visage de Léo se fendit d'un large sourire quand il ajouta :

— On dirait bien que tu dois un verre à Mae. Les victimes, ça colle : elles ont toutes été « améliorées » par la même personne. Mais en ce qui la concerne, ce n'est pas la même signature.

Il arrivait rarement à Justin de trahir son étonnement, mais c'est ce qu'il fit en apprenant la nouvelle.

— Qu'est-ce que ça veut dire ? Ce n'est pas possible ! commenta-t-il au terme d'un long silence. Elle a un score de neuf, mise au monde à la même période !

— Ça veut dire que tu t'es trompé, répondit tranquillement Léo. Je sais que ce doit être une expérience nouvelle pour toi. Si cela peut t'aider à surmonter ta déception, elle a été « améliorée » elle aussi.

— De quelle manière ?

Justin paraissait toujours aussi ébahi.

— Ses gènes sont incroyables, expliqua Léo. Trop parfaits pour être naturels, si tu veux mon point de vue. Mais pourtant pas autant que ceux des victimes. Dans leur cas, c'est… du grand art !

— Donc, résuma Justin, elle n'aurait rien à voir avec ce dossier.

— Pas de ce point de vue. Remets-toi, vieux… Elle reste quand même une éblouissante prétorienne et tutti quanti.

— Je sais, admit distraitement Justin. T'ai-je parlé de ce temple d'Apollon que nous avons visité ? Tu aurais adoré. Le type avait des microfilaments sous-cutanés qui dispensaient de la drogue aux gens qu'il touchait. Tu aurais vu sa tête quand je lui ai envoyé Mae comme candidate à l'extase… Elle n'a même pas bronché.

Léo s'en amusa mais crut bon de préciser :

— Elle a tout de même dû brièvement accuser le coup.

— Non ! Son implant la protégeait.

— Peut-être, mais l'effet n'est pas instantané. Il lui faut un moment avant de reconnaître et métaboliser la drogue.

— Je sais ce que j'ai vu ! lâcha Justin, agacé.

— Et moi, je sais comment un prétorien fonctionne ! s'entêta Léo.

— Et saurais-tu par hasard quelque chose de nouveau à propos d'une certaine vidéo ?

Manifestement, Justin n'appréciait pas la contradiction. Léo se renfrogna.

— Non, maugréa-t-il. Mais j'ai une piste sérieuse sur une nouvelle expérience à tenter. Je te tiens au courant.

Sur ce, il coupa la communication.

Justin contempla quelques instants l'écran éteint avant de lancer :

— Tu peux entrer !

La tête basse, Tessa s'exécuta.

— Désolée, murmura-t-elle. Je venais te voir, et…

D'un geste de la main, il fit taire ses excuses et lui indiqua un siège, avant de croiser les chevilles sur son bureau.

— Écoute bien ça, prodige…, commença-t-il. Six patriciens, nés dans un laps de temps de deux années, tous montrant des signes de manipulations génétiques prénatales effectuées par la même personne. À une exception près. Pourquoi, à ton avis ?

Tessa prit appui contre le mur et répondit :

— Parce que les manipulations n'ont pas été effectuées sur cette exception par la même personne.

Justin fit la grimace.

— Je te remercie, dit-il. Donc, d'après toi… simple coïncidence ?

— Je n'ai pas suffisamment d'éléments, répondit-elle en haussant les épaules. Les chiffres peuvent-ils mentir ?

— Pas quand c'est Justin qui les interprète.

— Alors, c'est une coïncidence.

Il hocha la tête, mais son visage montrait qu'il restait sceptique.

— Et que dis-tu de ça…, reprit-il. Un certain nombre de plébéiens connaissent une mort violente l'année précédant celle où ces patriciens « parfaits » sont conçus. Coïncidence, là aussi ?

Tessa secoua la tête.

— J'ignore tout du contexte, répondit-elle. Il s'agit de l'enquête sur laquelle tu travailles ?

— Oui. Interdit, donc, de répéter ce que je te dis là à quiconque.

Pourtant, elle ne voyait pas le rapport avec la religion.

— Je pense qu'il faudrait d'abord se demander pourquoi cela s'est produit, hasarda-t-elle. S'il est possible de trouver un rapport, alors ce n'est pas une coïncidence.

Puis, réalisant que sa réponse ne faisait pas avancer grand-chose, elle s'excusa :

— Désolée… Je crains de ne pas être vraiment un prodige, ce soir.

— Pas trop mal quand même, la rassura-t-il en se redressant sur son siège. Alors ? De quoi voulais-tu me parler ?

— Je suis allée à l'église, aujourd'hui – l'Église de l'Humanité, précisa-t-elle. Je pensais qu'on y dispensait une ligne de conduite, des préceptes moraux, des principes humanistes… Mais ce que j'ai entendu là-bas me paraît plutôt de nature à renforcer la loyauté des citoyens de ce pays et à les inciter au respect de ses lois.

— C'est la même chose, assura Justin. N'est-ce pas à ça que servent les religions ? Un pouvoir supérieur qui indique à ceux qui le suivent une façon de vivre. Sauf que dans ce cas, les principes sont dictés par un groupe d'humains raisonnables, pas par une pseudo-entité capricieuse.

— Les religions servent aussi à donner un but dans l'existence, plaida-t-elle. Elles mettent leurs adeptes en communication avec un principe supérieur dans l'univers. Elles les aident à comprendre ce qu'ils font ici-bas.

Un sourire ironique joua sur les lèvres de Justin.

— N'est-ce pas ce que je viens de dire ?

— Non. Je ne pense pas, non.

Tessa fronça les sourcils et poursuivit :

— Si je me rendais dans une église – une vraie, comme celles que je fréquentais au Panama... est-ce que tu devrais m'arrêter ? Ou est-ce que je t'attirerais des ennuis ?

— Seulement si tu te rends coupable de trahison. Il en existe deux, dans cette ville, assez semblables à celles que tu connais. Leurs licences sont en règle, elles ne présentent aucun danger. Tu peux t'y rendre sans problème, si tu veux.

Tessa s'abstint de lui répondre. Elle ne voyait pas en quoi une église sous licence avec la RUNA et ne présentant « aucun danger » pouvait ressembler aux églises de son pays. La « foi » que l'on y dispensait ne devait pas avoir grand-chose à voir avec celle qui avait fait d'elle ce qu'elle était.

— Au fait ! lança-t-elle pour parler d'autre chose. On dirait bien qu'un garçon m'a donné rendez-vous...

Cela, au moins, eut le mérite d'attirer son attention.

— Quoi ! s'exclama-t-il. Où ça ? Qui ?

— Le garçon avec qui je suis allée à l'église aujourd'hui.

En s'agitant nerveusement, Tessa précisa :

— Cynthia m'a dit que c'était OK quand je l'ai appelée.

— Parce qu'elle n'a jamais été un garçon, maugréa-t-il. Deux semaines ici, et tu me donnes déjà des cheveux blancs ? Donne-moi son nom pour que je puisse effectuer quelques recherches sur lui. Et dis-lui que je veux le voir avant.

Tessa ne put s'empêcher d'être un peu surprise. Jusqu'alors, Justin n'avait pas paru se soucier beaucoup de ses activités.

— Il m'emmène juste voir un concert, expliqua-t-elle pour tenter de le rassurer. J'espère que cela me permettra de filmer quelques séquences, pour mon atelier.

— Des séquences ?

— Je participe à l'atelier vidéo, désormais. On nous charge de réaliser un documentaire, et j'ai choisi de faire le mien sur la culture gemméenne – du point de vue d'une étrangère.

Ce projet l'excitait beaucoup, et pas uniquement parce que cela lui permettait d'échapper aux cours d'espagnol.

— Je vois, dit-il. Prodige et vidéaste en herbe... Je n'avais pas vu ça venir. Ne filme rien ici sans d'abord me demander mon avis.

— Je sais.

Les yeux perdus dans le vague, il ajouta :

— Les caméras et les médias détiennent beaucoup de pouvoir, tu sais. Ils servent à définir la vérité.

— N'est-ce pas ce que tu es censé faire, toi aussi ? *Servitor veritatis* : serviteur de la vérité. Un moyen de la définir aussi, non ?

Justin éclata de rire.

— Va donc te mettre au lit, prodige…, lui conseilla-t-il. Tu es bien trop futée pour ton propre bien. Et pour le mien.

19

Reconnaissants de vivre au sein de la civilisation

Il ne restait plus à Justin et Mae qu'une seule scène de crime à visiter – celle de la caste nordique –, et cela n'était pas pour la ravir. Elle n'éprouvait aucunement le désir de retourner chez elle et espérait secrètement qu'il finirait par renoncer à ce voyage, puisqu'il était à présent convaincu qu'un généticien vengeur était derrière ces crimes. Justin avait envoyé différentes demandes de renseignements dans les concessions, cherchant à débusquer toute « inconséquence génétique », comme il convenait de les appeler officiellement. Mae savait qu'il n'était pas optimiste quant à la réussite de sa démarche, même s'il était convaincu de la validité de sa thèse. La plupart des patriciens étaient conçus in vitro, et il existait sur le territoire des castes pléthore de « cliniques de la fertilité » qui se créaient et disparaissaient régulièrement.

Il avait également réclamé aux familles des victimes des informations sur la conception de celles-ci mais n'avait reçu que des réponses évasives. Certains juraient leurs grands dieux qu'ils n'avaient pas eu recours à la fécondation in vitro. D'autres fournissaient les noms de médecins qui semblaient n'avoir jamais existé. Pour ne pas arranger les choses, nombre de castés s'opposaient aux lois de la RUNA proscrivant la recherche génétique, certains d'entre eux évoluant au plus haut niveau des gouvernements des castes et n'hésitant pas à couvrir l'activité de cliniques illégales.

Dans le même temps, Justin poursuivait avec ténacité la piste religieuse, mais Mae soupçonnait que c'était en désespoir de cause. En apparence, il restait sûr de lui et confiant, mais elle se doutait que l'échéance qui se rapprochait le rendait anxieux. Plus de la moitié du délai qui lui était imparti était à présent écoulé, et chaque jour qui passait les rapprochait d'un nouveau meurtre… et de son potentiel retour en exil.

Il assurait que la tirade de Geraki lui avait fourni une piste, ce qui la surprenait puisque le radotage de ce dingue n'avait eu pour elle aucun sens. Elle fut encore plus surprise lorsque Justin lui annonça qu'ils allaient se rendre dans les régions frontalières du pays.

La RUNA avait passé un certain nombre de décennies à s'établir et à consolider son pouvoir. Une fois assurée d'être en sécurité, elle avait commencé à étendre lentement son territoire à travers le continent. Certaines régions – telles que celles qui se trouvaient au sud-ouest de la RUNA – avaient accepté leur sort plus tranquillement que d'autres. Après le Déclin, celles-ci avaient formé un réseau assez lâche de cités-États qui avait accueilli avec joie l'annexion par leur puissant voisin.

Certaines régions n'étaient pas aussi enthousiastes. Autre voisin de la RUNA, l'Arcadie avait été fondée lorsque les régions du sud-ouest des anciens États-Unis avaient choisi de ne pas rejoindre le reste du pays et le Canada, principalement parce qu'elles s'opposaient à la rigueur des mandats. Mae était suffisamment au fait de la culture arcadienne pour savoir que cette séparation initiale ne résultait pas dans leur histoire officielle d'un choix. L'Arcadie préférait soutenir qu'elle avait été « abandonnée » parce que la RUNA des origines était incapable de maintenir son autorité sur un si vaste territoire. La vérité devait se situer entre les deux, et malgré les ravages causés par Méphistophélès et Caïn, l'Arcadie avait réussi à demeurer un pays relativement stable en se dotant d'un État d'inspiration religieuse à la poigne de fer.

Les relations entre les deux pays avaient toujours été tendues, principalement parce que la RUNA gardait un œil sur les ressources naturelles de son voisin. Même si les énergies renouvelables étaient favorisées, une part de l'approvisionnement énergétique gemméen demeurait tributaire du pétrole et du gaz naturel. En conséquence, la frontière occidentale de l'Arcadie demeurait floue, chaque pays s'efforçant d'y établir sa domination. La RUNA avait l'avantage d'une technologie et d'armes plus avancées, mais l'armée arcadienne était puissante et avait développé un armement qui, pour être moins sophistiqué, n'en était pas moins problématique.

La destination choisie par Justin n'était pas située en territoire arcadien mais dans une région gemméenne frontalière qui n'avait été annexée que depuis cinq ans. Même si le gouvernement de la RUNA ne perdait pas de temps pour amener les nouveaux territoires au niveau du reste de la nation, il y soufflait toujours un vent de fronde et de rébellion qui leur valait une présence militaire massive.

En chemin vers la maison de Justin, Mae avait reçu un appel de Léo qui lui avait communiqué le résultat de ses investigations. Elle n'était pas surprise d'apprendre que son profil n'avait rien à voir avec celui des victimes. Elle s'y était attendue, même si Justin croyait dur comme fer à sa théorie du complot.

Les autres résultats – ceux que Justin ignorait – l'avaient davantage intéressée. Lorsqu'il était allé répondre au coup de fil de la Sécurité intérieure dans le restaurant nippon, elle avait sauté le pas en demandant à Léo de lui rendre un service. Leur relation s'était alors suffisamment réchauffée pour qu'elle puisse prendre ce risque. Excitée autant que terrifiée à l'idée de ce qu'il pourrait découvrir, elle lui avait tendu la mèche de cheveux qu'Emil lui avait remise en lui demandant d'en effectuer l'analyse génétique. En acceptant sans se faire prier, Léo lui avait promis la discrétion et n'avait pas posé de questions.

—Aucun doute, lui dit-il lorsqu'il l'eut au bout du fil. Assurément quelqu'un de votre famille.

Assise dans le train, Mae pressait très fort son ego en mode audio contre son oreille.

—Famille proche ? demanda-t-elle, la gorge serrée.

—Vingt-cinq pour cent de parenté : grand-parent, demi-frère ou demi-sœur, neveu ou nièce, oncle ou tante.

Il marqua une pause et ajouta :

—Double cousin germain également.

Mae inspira à fond.

—Je vois, dit-elle. Peux-tu préciser ?

—Non. Tout ce que je peux obtenir avec ce dont je dispose, c'est le pourcentage de gènes identiques. Si tu me fais parvenir les données de membres de ta famille proche, je pourrai affiner.

Mae se voyait mal arracher subrepticement une mèche de cheveux à sa sœur…

—Je ne pense pas que ce soit possible, murmura-t-elle.

—Est-ce que ce que je t'apprends peut t'être utile ?

Elle n'en savait rien. Ces résultats prouvaient seulement qu'Emil était parvenu à se procurer une mèche de cheveux de quelqu'un de la famille de Mae. Bien sûr, il y avait également cette photo, mais elle ne constituait pas une preuve suffisante, malgré la ressemblance. Quelqu'un comme lui pouvait fort bien avoir passé en revue des photos d'archive jusqu'à trouver un visage présentant des éléments de ressemblance avec la famille Koskinen.

—Cela va m'être utile, assura-t-elle à Léo.

Cela prouvait au moins que Brödern ne reculait devant rien pour s'assurer le concours d'une prétorienne.

—Merci de ton aide, ajouta-t-elle. J'apprécie beaucoup…

Le silence qui s'ensuivit témoigna qu'à l'autre bout du fil Léo n'était pas tout à fait à l'aise. Même si cela allait mieux entre eux, il demeurait une certaine distance.

— De rien, répondit-il. Heureux de t'avoir aidée.

— Et merci de n'avoir rien dit à Justin. Tu ne lui as rien dit, n'est-ce pas ?

Léo éclata de rire et répondit :

— Si je l'avais fait, tu l'aurais trouvé sur le pas de ta porte ce matin en train de t'extorquer des réponses. C'est le genre de mystère auquel il ne résiste pas.

Mae dut bien l'admettre en raccrochant. Elle avait beau n'avoir été pour lui qu'une conquête d'une nuit, il continuait à chercher à obtenir d'elle des réponses – comme il le faisait avec tout le monde, d'ailleurs. Peut-être ne pouvait-il faire autrement…

Il n'y avait pas de vols directs pour les régions frontalières – ce qui n'avait rien de surprenant –, aussi leur fallut-il la majeure partie de la journée pour parvenir à destination. En descendant de l'avion, Mae retint son souffle. C'était le printemps à Vancouver lorsqu'ils étaient partis, mais la température n'était en rien comparable à celle qui les accueillit à leur arrivée à Mazatlán. Alors que leur avion amorçait sa descente, elle avait admiré les reflets du soleil couchant sur l'océan. À présent que l'obscurité tombait, les lumières des immeubles s'allumaient au loin, sur une colline au flanc de laquelle s'étageait le plus gros de la ville.

— On pourrait se croire en vacances, commenta Justin.

— Je suis surprise que cela ne vous rappelle pas les souvenirs traumatisants du Panama.

— Pas aussi humide. Et plus sûr, aussi.

— En êtes-vous certain ?

Mae avait suffisamment fréquenté les régions frontalières pour savoir que sous le vernis de civilisation s'agitait toujours une faune peu recommandable et ne s'accommodant pas des nouvelles lois.

— Il reste bien quelques réfractaires, admit-il. En fait, il est possible que nous en croisions quelques-uns demain, mais rien de bien méchant. Lorsqu'ils auront eu le temps de s'y faire, ils seront reconnaissants de vivre au sein de la civilisation.

Près de l'aéroport, une ligne de transport public était en construction, promesse pour la population d'un prochain rattrapage du niveau de vie et d'équipement en vigueur dans le reste du pays. Les voitures automatiques étaient cependant déjà monnaie courante, et il leur fut facile d'en trouver une pour se rendre en ville. Là, Mae put constater que Justin n'avait peut-être pas eu tout à fait tort en évoquant de possibles vacances, étant donné que c'était dans un hôtel de luxe en bord de plage qu'ils devaient loger.

— Le Bureau accepte de payer pour ça ? s'étonna-t-elle.

On trouvait à Mazatlán des immeubles datant d'avant le Déclin et d'autres totalement neufs. Leur hôtel, magnifique et équipé des dernières commodités, comptait au nombre de ces derniers. Pourtant, alors qu'ils gagnaient l'entrée de l'établissement, Mae nota les nombreuses patrouilles de police et même une présence militaire dans les rues. Ce n'était assurément pas le genre d'accueil auquel on pouvait s'attendre dans une hôtellerie de luxe partout ailleurs en RUNA.

— Voilà où passent nos impôts..., répondit Justin. Profitez-en bien, demain nous verrons plutôt les bas-fonds de la ville.

Ils passèrent la soirée dans l'un des nombreux restaurants du complexe hôtelier, appréciant le dîner et les boissons qui leur furent servis au son d'un orchestre de guitares. Sous leurs yeux s'étendait une vaste plage donnant sur les ténèbres de l'océan. Mae se laissa bercer par le bruit à peine perceptible du ressac.

Justin, naturellement, but beaucoup pendant toute la soirée, mais au moins ne prit-il rien de plus violent, évitant ainsi les risques d'overdose. Mae n'avait pas spécialement envie de vérifier si les urgences étaient à Mazatlán au niveau du reste du pays. Il n'était pas revenu sur ce qui s'était passé à Windsor, mais elle avait noté qu'à part son stimulant matinal, il semblait ne dépendre désormais de rien d'autre que de l'alcool.

Tout ce temps passé ensemble dans un hôtel, à profiter de la douceur du soir, à la terrasse d'un restaurant... Leur escapade avait quelque chose d'un séjour romantique, et elle ne pouvait totalement en faire abstraction. Sauf qu'aucun soupirant n'aurait, comme lui le faisait, gardé un œil sur les femmes qui les entouraient. Une serveuse aux cheveux roux semblait d'ailleurs lui avoir tapé dans l'œil.

— Dites-lui que vous êtes un diplomate de l'AEO en mission, suggéra-t-elle. Je parie que ça devrait faire l'affaire.

Il n'en fallut pas plus pour qu'il reporte son attention sur elle.

— Pour quelqu'un qui assure que c'est de l'histoire ancienne, vous avez le chic pour remettre ça sur le tapis... Vous ne m'avez jamais laissé m'expliquer.

— Qu'y a-t-il à expliquer, à part que vous vous êtes servi de cet uniforme pour me mettre dans votre lit ?

— Est-ce l'uniforme qui vous a séduite ?

— Non, dut-elle admettre.

C'était par son esprit, son côté sexy, son charme qu'elle avait été séduite. Ainsi que par la sensation qu'il s'intéressait véritablement à elle, et pas seulement à son aspect extérieur de belle blonde racée, comme la plupart des hommes. Elle n'avait pas non plus été insensible à son allure bravache. Apparemment, il lui était difficile de résister à ça chez un homme. Mais plus que tout encore, c'était ce sentiment qu'ils étaient faits pour s'entendre qui l'avait jetée dans ses bras. Elle ne le lui aurait avoué pour rien au monde, mais parfois, quand ils n'étaient pas en conflit, ce sentiment elle le ressentait encore.

— La veste appartenait à l'un de mes amis, se justifia-t-il. Il me l'avait prêtée, et quand vous m'avez pris pour lui… je ne vous ai pas détrompée. Moins déprimant d'être un diplomate en mission qu'un serviteur en exil. Mais je ne m'attendais pas à ce que les choses tournent ainsi.

Il se mit à rire doucement et ajouta :

— Je me demande où est Huan en ce moment. Il n'en reviendrait pas de ce qui m'est arrivé… À part le père de Tessa, c'était mon seul ami là-bas.

— Cristobal et les aficionados des Gemméens n'étaient pas de vos amis ?

— Non. Bien sûr que non.

Son regard perçant se posa sur elle et il ajouta :

— Dans votre jeunesse, vous avez dû être un diamant parmi les cailloux. J'ignore pourquoi vous êtes partie, mais je sais que vous avez dû être exposée comme un trésor. Votre famille ne pouvait faire moins.

Mae ne voulait pas lui donner la satisfaction de reconnaître qu'il avait raison, mais il n'était pas difficile d'arriver à cette conclusion.

— Oui.

— Est-ce que vous aimiez ça ?

— Parfois, répondit-elle honnêtement.

— Cela devait être fatigant : sourire, rester polie et aimable en toutes circonstances. Savoir que les gens vous observaient. Qu'ils se posaient des questions à votre sujet. Qu'ils se focalisaient sur ce que vous étiez, et non sur qui vous étiez…

La faculté qui était sienne d'entrer en empathie avec la jeune fille qu'elle avait été la stupéfiait autant qu'elle l'inquiétait. Mais une fois encore, elle ne put qu'acquiescer.

— C'est exact.

Justin écarta ses mains devant lui et conclut gaiement :

— Alors vous me comprenez. Vous comprenez parfaitement ce que peut ressentir un Gemméen exilé au Panama.

Ses paroles la prirent de court. Jamais Mae n'aurait imaginé qu'ils puissent avoir en commun une expérience comme celle-là. Elle comprit alors que les difficultés qu'il avait rencontrées dans son exil ne se limitaient pas à devoir vivre entouré de provinciaux primitifs. Il y avait aussi des implications personnelles qu'elle n'avait jamais considérées. Et de cette conclusion découlait une autre plus étonnante encore : la tristesse et la solitude qu'elle avait perçues en lui pouvaient ne pas avoir été feintes. Cela ne signifiait pas qu'il n'avait pas eu de buts égoïstes en la séduisant – son speech sur les deuxièmes rendez-vous en témoignait. Néanmoins, cette prise de conscience le lui faisait apparaître sous un nouveau jour. Incapable de formuler tout cela, Mae se cantonna dans le silence. Elle ignorait quelle pouvait être l'expression de son visage, mais après être resté quelques instants à l'observer, Justin détourna le regard et vida son verre.

— Bien, dit-il en se levant de table. Il se fait tard, et elle va sans doute terminer prochainement son service. Je peux me débrouiller tout seul pour partir d'ici, noble protectrice… N'hésitez pas à faire porter tout ce qui vous fait envie sur ma note.

Après lui avoir adressé un ironique salut de la main, il se dirigea vers la serveuse qu'il avait repérée, le visage empreint d'une expression pas si éloignée de celle qu'il avait arborée à leur première rencontre. La jeune femme parut tout de suite intéressée, mais qui ne l'aurait pas été à sa place face à tant de charme et de séduction ? Furieuse contre elle-même de s'être laissée aller à un accès de sentimentalisme, Mae se leva à son tour et regagna sa chambre. Seule.

Il était de bonne humeur quand elle le retrouva le lendemain matin, mais il ne lui dit rien de ce qu'il avait fait de sa nuit, et il ne devait pas compter sur elle pour le lui demander. Ils prirent une autre voiture, cette fois en direction des abords de la cité, qui devint significativement moins prospère plus ils s'éloignaient. La présence militaire se faisait également moins visible. Il y avait bien ici ou là quelques chantiers, mais la plupart des constructions dataient d'avant le Déclin ou avaient été abandonnées immédiatement après. Leurs occupants étaient partis chercher ailleurs un abri plus sûr quand le chaos régnait encore en maître dans les rues. Les passants qu'ils croisaient appartenaient manifestement à la classe laborieuse, et même s'ils disposaient à présent du même accès à l'éducation et à la santé que partout ailleurs dans le pays, ils ne ressemblaient en rien à leurs homologues d'autres cités gemméennes. Affiches et pancartes en espagnol témoignaient également que beaucoup n'avaient pas encore assimilé leur nouvelle langue nationale.

Mae s'attendait à ce qu'ils se rendent une nouvelle fois dans une église, mais au lieu de cela la voiture les déposa devant l'échoppe d'un tatoueur.

— Vous avez l'intention d'immortaliser ce voyage ? fit-elle mine de s'étonner.

— Plus tard, peut-être. Pour l'instant, nous rendons visite à la famille de Nadia Menari.

— Celle que vous espériez trouver au temple d'Apollon ?

Justin acquiesça d'un signe de tête et poursuivit :

— Geraki nous a expliqué qu'elle comptait retourner dans un endroit où les gens croient encore. Ces territoires frontaliers annexés constituent des pépinières pour les sectes religieuses. Même lorsque le Bureau a fait place nette, certaines parviennent à se réimplanter. Nadia a grandi ici, et même si je n'ai rien pu trouver sur elle, certains de ses proches sont venus s'y réinstaller quand j'ai démantelé son église. Si je devais fonder discrètement un nouveau culte, c'est ici que je viendrais.

— Et cette Nadia pourrait vous aider ?

— Peut-être. J'espère surtout qu'elle pourra m'aider à retrouver son associée, Callista. C'est elle qui pourra nous aider.

Mae avait du mal à imaginer que, après avoir été démantelé par lui, un groupe religieux puisse lui venir en aide.

— Vous en êtes sûr ? s'étonna-t-elle.

— Certain.

Ils pénétrèrent dans le magasin, échappant à la fournaise de la rue, même s'il n'y avait pas l'air conditionné à l'intérieur. Une vitrine crasseuse exposait différents modèles de tatouage. Dans sa jeunesse, Mae avait caressé le rêve de se faire tatouer, mais pour rien au monde elle ne l'aurait fait dans cet établissement à l'hygiène manifestement douteuse.

— Je peux vous aider ?

Un grand plébéien efflanqué venait de les rejoindre. Il avait émergé d'une porte donnant sur une arrière-boutique. Justin s'avança et répondit :

— Oui, je suis…

— Justin March, l'interrompit l'homme en le toisant longuement. Je me souviens. J'étais là quand vous nous avez… rendu visite.

Justin força un sourire sur ses lèvres.

— Ah, eh bien… ravi de vous revoir, improvisa-t-il. Je suis ici… pour la même raison que l'autre fois. J'aimerais parler à Nadia.

— Nadia ? Ma cousine ? Vous avez déjà démantelé son église.

— Et ce n'est pas pour recommencer que je veux la voir. J'ai juste besoin de lui parler.

Mae s'approcha, les sens en alerte, ce qui aussitôt activa l'implant. Elle n'aimait pas ce que trahissait le langage corporel de cet homme. Il était nerveux.

— Oui… oui, bien sûr, reprit-il. Il faut juste que… je la joigne.

L'homme s'arrangea pour sourire et ajouta :

— Vous savez comment elle est.

Justin acquiesça, sans cesser de sourire, mais manifestement perplexe. L'homme se dirigea vers la porte de l'arrière-boutique.

— Laissez-moi le temps d'appeler mon frère pour voir ce qu'il sait. Je reviens tout de suite. Puis-je… vous proposer quelque chose en attendant ? Un siège ? Quelque chose à boire ?

— Ça ira.

L'homme disparut derrière la porte, qu'il laissa entrebâillée. Mae perçut quelques mots – « Justin », « Nadia » – de la conversation qu'il avait en espagnol au téléphone.

— Il y a quelque chose qui cloche, dit-elle. Il est trop nerveux.

— Oui, approuva Justin. Mais il sait qui je suis. On s'inquiète davantage ici de la visite d'un serviteur que dans une caste.

Le tatoueur revint, plus souriant et détendu cette fois.

— Mon frère sait où la trouver, assura-t-il. Il va vous l'amener.

— Excellent ! se réjouit Justin. Merci.

Justin et Mae durent patienter dans la boutique une dizaine de minutes sans que se montre le moindre client. Ils entendirent ensuite une porte s'ouvrir à l'arrière et une conversation s'engager à voix basse. Leur hôte réapparut et les invita à entrer dans l'arrière-boutique.

— Par ici, je vous prie.

La pièce ressemblait à ce que l'on peut attendre de la réserve mal tenue d'un magasin. Divers outils et *pads* obsolètes encombraient tables et bancs. Un grand appareil métallique d'allure menaçante dominait une couchette où les clients du tatoueur devaient prendre place. Un lit, dans un coin, laissait à penser que celui-ci vivait là.

Mae comprit immédiatement que quelque chose clochait, car au lieu d'une femme, c'étaient trois hommes – armés – qui les attendaient là. Vivement, elle poussa Justin devant elle. Sans doute dut-elle y aller un peu fort, car ce fut avec un cri de douleur qu'il chuta vers l'avant. Il n'avait pas encore touché le sol qu'elle avait déjà dégainé son arme et tiré sur l'un des hommes, qu'elle atteignit au bras. L'un des deux autres eut la présence d'esprit de se jeter lui aussi à terre. Le troisième l'y rejoignit aussitôt que Mae l'eut désarmé et assommé d'un coup de crosse en plein visage. Elle était sur le point de régler son compte à celui qui avait cherché à lui échapper quand retentit une voix derrière elle.

— Tout doux, maintenant… Jetez votre arme, où la carrière du docteur March s'arrêtera ici.

Mae se retourna lentement. Celui qui venait de s'exprimer n'était autre que le tatoueur, et lui aussi était armé – un revolver, dont il tenait le canon fermement pressé contre la tempe de Justin. Elle comprit alors que les armes devaient encore circuler librement dans ces satanés territoires annexés. Rien de tel n'aurait pu se produire en territoire civilisé. Elle se savait être plus rapide que son adversaire et pouvait fort bien se tirer d'affaire, mais cela ne voulait pas dire que Justin s'en tirerait vivant. En croisant son regard, elle sentit son cœur se serrer. Une peur panique s'était emparée d'elle : non pas celle d'échouer dans sa mission mais celle, plus terrible encore, de le perdre. Un bruit à la porte donnant sur l'extérieur la prévint que des renforts arrivaient. En serrant les dents, Mae baissa son arme.

Les bras cassés de Mazatlán qui les détenaient n'avaient de bandits que le nom, et leur détention parut à Mae plus insupportable encore lorsqu'elle songea aux adversaires autrement plus dangereux qu'elle combattait depuis des années. Mais c'était l'arme braquée contre la tempe de Justin qui l'avait paralysée et plongée dans cette situation difficile. Tous deux, dûment ligotés, durent patienter dans l'arrière-boutique jusqu'à la tombée de la nuit. Leurs ravisseurs décidèrent alors qu'ils pouvaient les transférer sans danger.

Pour les avoir étudiés toute la journée, elle avait découvert qu'un seul d'entre eux semblait avoir un entraînement militaire, datant sans doute d'avant l'annexion. Il n'était cependant pas assez compétent pour avoir identifié l'origine des armes de Mae, ni assez futé pour la dépouiller du couteau dissimulé dans la tige de sa bottine. Elle ne pouvait s'en servir tant qu'elle était ligotée, mais elle se sentait plus en sécurité de le savoir là.

Le groupe conduisit Justin et Mae jusqu'à un grand immeuble délabré qui avait dû abriter les bureaux d'une entreprise en des temps plus prospères. Ils y pénétrèrent par une porte de côté, et la lumière aveuglante brusquement déversée par une ampoule à incandescence lui fit cligner des yeux. La pièce dans laquelle ils se retrouvèrent était aussi petite et encombrée que celle qu'ils venaient de quitter. Elle avait dû faire autrefois office de salle d'attente.

Une porte faisait face à celle par laquelle ils étaient entrés. Elle demeurait close, mais Mae avait l'impression de percevoir une rumeur assourdie indiquant que des gens – des tas de gens – devaient se trouver de l'autre côté.

Deux plébéiens les attendaient dans ce nouveau lieu de détention. Ils se renfrognèrent en les voyant arriver. L'un était plus âgé que l'autre, à en juger d'après ses cheveux grisonnants. Les deux hommes se ressemblaient tant que l'un devait être le père de l'autre. Le fils, un peu plus jeune que Mae, était bâti comme un colosse aux muscles impressionnants roulant sous ses vêtements.

— C'est lui ? demanda le plus vieux des deux hommes en venant se camper devant Justin.

— Oui, répondit le tatoueur.

D'un revers de main, l'aîné gifla Justin à toute volée. Sous la violence du coup, il partit en arrière. Mae tressaillit et tenta de bondir en avant, mais les deux hommes qui la maintenaient la tirèrent sans ménagement.

— Qui est cette castée ? s'enquit le père en posant les yeux sur elle.

— Je l'ignore, répondit le tatoueur. Mais elle était armée jusqu'aux dents.

Et jusqu'aux pieds aussi, mais ça tu ne le sais pas..., songea-t-elle amèrement. Elle se promettait de rendre au centuple la monnaie de leur pièce à tous ceux-là dès que l'occasion s'en présenterait.

Après l'avoir examinée sans grand intérêt, le vieux reporta sa hargne sur Justin.

— Espèce de salaud ! lui lança-t-il d'une voix cinglante. Espèce d'infâme salaud ! À cause de vous, j'ai perdu ma fille.

Tirant rapidement ses conclusions, Justin demanda en pâlissant :

— Nadia est morte ?

— Elle pourrait tout aussi bien l'être ! Quand vous avez ruiné sa vie, elle est revenue ici pour repartir du bon pied. Elle a décidé qu'elle avait besoin pour cela de se laisser guider par sa déesse. Nadia est partie communier avec elle dans la jungle... et a traversé la frontière. On ne l'a pas autorisée à rentrer.

— C'est une citoyenne, objecta Justin. Ils auraient dû la laisser passer en scannant sa puce.

— Elle s'en était débarrassée, confia le père de Nadia. Elle voulait se purifier et ne plus dépendre d'aucune technologie humaine. À présent, les gardes-frontières refusent de la laisser revenir. Nous faisons de notre mieux pour régler le problème, mais en attendant elle reste coincée loin de chez elle. Et cela ne serait pas arrivé si vous n'aviez pas fermé son église !

Ce devait être l'une des histoires les plus stupides que Mae eût jamais entendues, et cela ne faisait que renforcer ce qu'elle pensait de la religion. De l'idée d'aller en pleine jungle « communier » avec un dieu à celle de se débarrasser pour ce faire de sa puce d'identité – un crime majeur –, tout cela n'était qu'un tissu d'âneries.

— Hé ! protesta Justin. Je lui ai épargné de se retrouver en prison, en faisant fermer son église pour manquement administratif et non parce qu'elle prêchait la sédition...

Le père de Nadia le frappa de plus belle. Mais cette fois, parce qu'elle s'y était préparée, Mae parvint à échapper aux hommes qui la retenaient et lui décocha un coup de poing dans l'estomac. Ses yeux s'arrondirent sous l'effet de la souffrance et il tomba à genoux, pendant que de nombreuses mains s'emparaient d'elle et la plaquaient contre un mur. Sa tête heurta durement le béton, mais l'implant œuvra rapidement pour lui épargner la douleur.

Le grand costaud qui ressemblait tant au vieil homme bondit sur elle.

— Espèce de garce ! éructa-t-il, hors de lui. Tu vas me...

— Doucement, doucement, Eugene…, intervint l'un de ses ravisseurs en venant se placer devant elle. Garde tes forces pour le combat.

— Le combat ? demanda Justin.

La moitié de son visage avait rougi sous la violence des coups reçus, mais il parvenait à masquer sa souffrance.

— Oui, le combat ! gémit le vieil homme.

Il accepta la main secourable qui se tendait pour l'aider à se relever et acheva dans un souffle :

— La *danza* !

Avisant leur expression d'incompréhension, le tatoueur expliqua :

— La *danza* est un combat qui permet aux clans de régler les dettes d'honneur.

— Quel genre de combat ? s'enquit Mae.

— Quel genre de dettes ? s'enquit Justin.

— Un combat au couteau, précisa le dénommé Eugene.

Un combat au couteau ? Des clans réglant des dettes d'honneur ? Mae peinait à en croire ses oreilles. Cette région avait décidément encore une longue route à parcourir…

— C'est la tradition qui le veut, expliqua le père de Nadia. Ainsi que notre déesse. Nous devons venger ce que vous lui avez fait.

— Quelles sont les règles ? demanda Mae en partageant son attention entre leurs ravisseurs et le père éploré. Vous ne pouvez attendre de lui qu'il se batte sans connaître les règles…

Le tatoueur haussa les épaules.

— Les règles sont simples, répondit-il. Les combattants doivent demeurer à l'intérieur des limites de l'arène. Chaque combattant reçoit deux couteaux, qu'il est autorisé à utiliser de la façon qui lui plaît contre son adversaire. Le vainqueur est celui qui reste debout à la fin du combat. Le vaincu, celui qui saigne à mort sur le tapis.

Se battre à mort semblait tout indiqué pour couronner ce sombre mélo qui semblait sorti tout droit d'un mauvais film : un duel au couteau pour laver l'honneur bafoué d'une famille… Cela n'empêchait pas Justin de ne pas avoir l'ombre d'une chance, surtout contre Eugene. Pour triompher, ce type n'avait besoin que de sa force brute.

— Comment sont choisis les combattants ? demanda-t-elle.

Il lui fallait trouver une solution pour le tirer de ce guêpier.

Le père de Nadia balaya sa question d'un geste agacé de la main.

— Nous n'avons pas de temps à perdre, grogna-t-il. Le public attend.

Mae jeta un coup d'œil nerveux à la porte derrière laquelle un faible brouhaha continuait de se faire entendre.

— Nous avons tout le temps qu'il faut ! protesta-t-elle avec autant de panache qu'elle le put. Du moins, si ce combat est aussi honorable que vous le prétendez… Pourquoi lui ? Pourquoi est-ce lui le champion et pas celui-ci ?

Alternativement, elle venait de désigner Eugene et le tatoueur d'un coup de menton.

— Ne formez-vous pas une seule famille ? poursuivit-elle avec conviction. N'est-ce pas l'honneur de toute la famille qui est en jeu ?

— C'est vrai, reconnut le tatoueur. N'importe lequel d'entre nous aurait pu combattre. Mais c'est Eugene qui a été choisi pour nous représenter.

Ah, enfin ! C'était exactement ce que Mae avait voulu lui faire dire. Justin allait peut-être vivre un jour de plus, après tout, au grand soulagement de milliers de femmes crédules de par le monde…

— Donc, reprit-elle, les combattants doivent représenter chacune des deux parties ?

Hochements de têtes affirmatifs autour d'elle.

— Alors je veux représenter Justin March, conclut-elle. C'est moi qui combattrai.

— Quoi ? Certainement pas ! s'écria le père de Nadia, à présent livide, les yeux brillants de haine. Vous nous faites perdre notre temps ! Je veux le voir saigner !

L'un de leurs ravisseurs, l'homme balafré qui avait une petite expérience militaire, déglutit péniblement et protesta :

— Oncle Raoul… elle a raison. Les règles de la *danza* disent…

— Je ne me battrai pas contre elle ! l'interrompit Eugene en toisant Mae d'un air dégoûté. Je pourrais la briser en deux d'une main. Ce ne serait pas loyal.

Le tatoueur et ceux qui étaient intervenus dans son échoppe ne paraissaient pas du même avis. Brièvement, elle se demanda ce qu'était devenu le type sur lequel elle avait tiré.

— Elle a le droit d'exiger ça, trancha le tatoueur. Il faut la laisser faire, si March est d'accord.

Tous les regards convergèrent vers Justin.

— Bien sûr, allez-y…, dit-il immédiatement. Mais… si elle perd – enfin si elle meurt, ou quoi que ce soit d'autre… que m'arrivera-t-il ?

— Dans ce cas, votre camp sera jugé coupable, et nous vous exécuterons.

— Super…

— Et si c'est moi qui gagne ? intervint Mae. Est-ce que Justin restera en vie ?

Le tatoueur jeta un coup d'œil à Eugene, qui acquiesça de mauvaise grâce.

— Très bien ! s'écria Raoul. Qu'on en finisse ! S'ils sont tous les deux décidés à mourir, grand bien leur fasse ! Au moins, de cette façon, j'aurai le plaisir d'appuyer moi-même sur la détente pour expédier le docteur March en enfer…

Justin lança à Mae un regard hésitant. Elle s'efforça de le rassurer d'un sourire tandis que tout le groupe les poussait vers la porte. Celle-ci s'ouvrit sous la poussée, révélant une vaste salle au plafond voûté qui avait dû être autrefois un vaste espace de travail séparé en box. Tout cela avait depuis longtemps été déblayé. Le murmure qu'elle avait perçu précédemment enfla en un long cri de triomphe collectif. Il y avait là au moins une centaine de personnes réparties de part et d'autre de la salle. Avoir un public n'était pas pour déplaire à Mae. L'ambiance pouvait faire penser à celle d'un tournoi de canne.

En passant près d'elle, le ravisseur balafré lui lança un regard étonné, presque chargé de sympathie.

— J'espère que vous savez manier un couteau, dit-il.

Mae se contenta de sourire.

20

Le tic-tac d'une bombe à retardement

Justin contempla avec stupéfaction l'arène improvisée. Sans doute aurait-il dû se sentir flatté que tant de gens aient trouvé le moyen de se rassembler en si peu de temps pour assister à ce qui devait être son châtiment... Des gradins branlants occupaient la périphérie de la salle, et un grand quadrilatère cerné de barbelés délimitait un ring au centre. De larges traces sombres maculaient le sol, qui devaient être, sauf erreur de sa part, des taches de sang.

Ce n'était en fait pas la première fois qu'il assistait à pareil spectacle. Au Panama, de sinistres duels à mort survenaient entre gangs rivaux comme un moyen « civilisé » de régler des différends. C'était en revanche la première fois que Justin se retrouvait au centre de l'un d'eux, et il ne s'était certes pas attendu à ce que cela survienne en territoire gemméen...

Mae se tenait seulement à quelques pas de lui. À en juger d'après son expression farouche et déterminée, elle ne laissait rien au hasard et examinait soigneusement son environnement. Il espérait qu'elle avait un plan. Il l'avait suffisamment vue se battre pour savoir qu'elle était douée, mais cet Eugene était réellement imposant. Une force de la nature. À côté du sien, le corps mince de Mae semblait décidément ne pas faire le poids.

— *Tu l'as vue se battre contre des types aussi costauds que lui*, protesta Horatio.

— *Je sais. Mais ce n'était pas pour défendre mon honneur. Sans compter qu'avec cette foule, je ne suis pas persuadé que nous nous en sortirons vivants même si elle gagne.*

L'espace d'un instant, il oublia qu'elle était un soldat surentraîné, une machine à tuer. Elle redevint l'amante époustouflante, celle qui s'était attardée dans son lit et lui avait offert un sourire qui l'avait chamboulé. Il n'avait soudain plus envie qu'elle se batte pour lui. Il aurait voulu se précipiter devant elle pour la protéger.

—*Donne-lui quelque chose pour l'aider*, intervint Magnus.

—*Un pistolet automatique?* suggéra Justin.

—*Idiot!* s'écria-t-il, manifestement irrité. *Donne-lui plutôt une protection. Ça, au moins, c'est dans tes pouvoirs limités.*

—*Non, ça ne l'est pas!* s'insurgea Horatio. *Il ne connaît aucune des runes, puisqu'il n'a pas voulu les apprendre.*

—*Nous pourrions lui montrer*, insista Magnus.

Horatio, lui aussi, savait se montrer têtu.

—*Montrer n'est pas la même chose qu'enseigner. Il faut des années pour apprendre les runes, les graver dans son esprit. C'est cela qu'il aurait dû faire, au lieu de séduire les femmes d'autres hommes. De toute façon, il aurait fallu qu'il puisse la toucher pour lancer efficacement un sort. Or, leurs mains sont liées.*

—*Il pourrait l'embrasser*, répliqua Magnus.

Une perspective qui paraissait le remplir d'espoir.

La foule, qui était entrée en éruption à leur arrivée, se tut pour écouter le père de Nadia s'adresser à elle. Il ne dit rien de plus que ce qu'il avait dit précédemment, expliquant une nouvelle fois comment le docteur March avait causé du tort à sa fille en fermant son église de Chicago, la forçant à revenir dans sa famille pour finalement s'imposer un exil en pleine jungle. Si sa vie n'avait pas été en jeu, il aurait pu en rire tant la chose était comique. Justin avait vu Mae réagir lorsque Raoul Menari avait expliqué la quête mystique de Nadia et ce qui en avait résulté. Il était aisé de comprendre que la prétorienne ait un tel dégoût des religions sachant que des dieux stupides poussaient leurs adeptes à accomplir des actes aussi stupides que celui-là.

—*Ne t'occupe pas de la déesse de Nadia*, reprit Magnus. *Une autre vient de s'introduire ici. Est-ce que tu sens sa présence?*

Justin s'apprêta à répondre qu'il ne sentait rien, mais lorsqu'il se concentra en essayant de s'ouvrir à ce qui l'entourait, il perçut un petit picotement sur sa peau, ainsi que quelque chose d'inexplicable qui dansait en périphérie de son esprit.

—*Il risque d'y avoir foule...*, ajouta Horatio. *La déesse de Mae ne la laissera pas combattre seule.*

Raoul acheva son speech rageur. Deux hommes s'avancèrent et poussèrent Mae vers le ring. Justin était tendu, mais elle ne manifestait quant à elle ni appréhension ni nervosité. Le menton haut, elle allait fièrement au combat, d'un pas sûr et déterminé. Quelqu'un lui défit ses liens et lui tendit deux poignards. Elle les étudia soigneusement, testa leur poids, leur équilibre dans sa main, puis les lança en l'air avant de rattraper chacun d'eux à la volée. Satisfaite de son examen, elle ôta ensuite son chemisier, ne gardant que son débardeur et provoquant quelques sifflements virils dans le public. En position de défense dans son coin, elle regarda ensuite Eugene gagner le sien.

Raoul rejoignit Justin. Dans ses yeux brillait un regard de méchanceté pure.

— Ta putain castée va mourir pour toi ! lança-t-il. Je suppose qu'ainsi, tu auras au moins un peu de compagnie quand tu iras brûler dans l'inframonde.

— Arianrhod apprécie ce genre de spectacle ? demanda Justin en se remémorant le commentaire de Magnus sur la présence d'une autre déesse.

Raoul secoua la tête et répondit :

— Nous avons cessé d'adorer Arianrhod. Nous avons appris depuis qu'elle n'est qu'une facette de la véritable déesse. C'est pour cela que Nadia est partie dans la jungle : pour chercher une compréhension plus profonde.

Justin n'aurait pas demandé mieux que de poursuivre cette conversation, mais les choses sérieuses commençaient sur le ring. Un homme, debout en son centre, brandissait un drapeau. Après avoir consulté Eugene et Mae du regard, il cria quelque chose d'indistinct et baissa son drapeau. Puis, tandis que les combattants se rapprochaient l'un de l'autre, il s'empressa de s'éclipser.

Justin ignorait à quoi était censé ressembler un combat à mort au couteau, mais celui-ci se révéla moins haletant que ce qu'il avait imaginé, du moins à son commencement. Certes, la tension dans la salle atteignait des sommets, aucun doute là-dessus. Il pouvait la lire autant dans l'attitude des deux adversaires que dans les visages tordus par la haine qui dans le public réclamaient du sang – le sien ou celui de Mae. Mais aucun des deux ne se précipitait sur l'autre. Tout semblait étrangement calme. Mae et Eugene se surveillaient en tournant en rond au centre du ring. Cela ressemblait à une parodie de danse un peu pataude.

Mae ne se départait pas de son calme, mais le danger semblait suinter de chaque pore de sa peau. Elle paraissait presque… exulter. *Elle adore ça… Elle adore se battre !* Il avait eu la même impression dans le temple d'Apollon. L'expression de son visage avait été la même : pas exactement du plaisir, mais une sorte d'exultation triomphante. Il lui était impossible de la quitter des yeux. Elle était farouche, splendide, et paraissait avoir une présence bien trop intense pour cette salle trop petite.

— *Qu'est-ce que je te disais !* triompha Horatio.

Justin ne comprit pas immédiatement ce qu'il voulait dire. Mais après avoir cligné des yeux plusieurs fois, après avoir fait appel à ces pouvoirs qui dansaient en périphérie de ses sens habituels, il perçut ce qu'il ne pouvait décrire que comme un scintillement sombre que Mae semblait déposer dans son sillage. Le phénomène n'était cependant pas évident à percevoir, et s'il ne l'avait pas déjà constaté lorsqu'elle s'était battue contre les adeptes de Flèche Dorée, il aurait cru avoir imaginé le phénomène ou avoir un problème de vision.

— *Éclat divin…*, commenta Horatio, pour une fois à bon escient. *Cela arrive lorsqu'un dieu s'empare de quelqu'un qui n'en est pas conscient et n'est pas apte à contrôler le phénomène.*

— *Est-ce que tout le monde le voit?* s'enquit Justin.

— *Non. Seuls les adeptes en sont capables.*

Le ton sur lequel il avait dit cela prouvait qu'il lui déplaisait de devoir considérer Justin comme tel.

— *Regarde! reprit-il. Son adversaire n'est pas seul lui non plus.*

Justin reporta son attention sur Eugene et renouvela l'opération. Effectivement, lui aussi semblait dégager une faible lueur.

La danse grotesque prit brusquement fin quand Eugene fonça sur Mae l'arme au poing, visant le torse. Elle lui échappa en se coulant vers l'arrière telle une onde. Elle s'était déplacée si vite qu'elle avait donné l'impression d'avoir amorcé son geste avant même que son adversaire ait esquissé le sien. Manifestement surpris, celui-ci fit une nouvelle tentative et échoua de nouveau. Mais cette fois, après lui avoir échappé, Mae passa immédiatement à la contre-attaque en laissant glisser sa lame le long de son avant-bras. Un cri de désapprobation monta de la foule tandis que du sillon creusé dans la peau mate d'Eugene s'échappait un flot de sang.

Son visage s'assombrit sous l'effet de la colère. Il reprit sa danse pataude autour du ring, comme pour gagner du temps et réévaluer sa stratégie, mais Mae ne lui laissa pas ce luxe. Bondissant vivement en avant, elle parvint à percer sa défense deux fois encore. La première fit mouche, mais pas la seconde. Et comme Eugene avait réussi à anticiper celle-ci – quoique de justesse –, il l'entraîna dans une attaque frontale, au corps à corps. Manifestement, il avait compris qu'il ne pourrait tirer avantage que de sa masse musculaire, puisque sur le plan de la vitesse il était dominé.

Mae fit de son mieux pour lui échapper, mais Eugene parvint à lui attraper la jambe et la fit choir sur le sol. Lors de sa chute, son dos effleura les barbelés délimitant le ring. Justin vit les déchirures ensanglantées de son débardeur et grimaça de douleur pour elle. Tous deux roulèrent à terre un bon moment, luttant pour prendre le dessus et s'efforçant d'éviter les barbelés. Justin grimaça de plus belle lorsque l'une des lames d'Eugene atteignit Mae à l'épaule. La foule émit un rugissement de plaisir, même si son champion n'était pas parvenu ce faisant à prendre le dessus sur son adversaire.

Si les blessures de Mae la faisaient souffrir, elle n'en montrait rien. En un clin d'œil, elle se redressa d'un bond. Eugene tenta de l'imiter, mais elle fut plus rapide et le cueillit non pas avec un coup de couteau mais avec un monumental coup de pied. Elle exécuta celui-ci gracieusement, mais avec une force qu'aucune femme de sa stature – même prétorienne – n'aurait dû être en mesure de posséder. Eugene tituba et tomba à genoux. Déjà, elle repartait à l'attaque. Il parvint à parer gauchement, échappant à un coup de couteau, sans pouvoir toutefois échapper à une éraflure à la joue. Justin comprit que Mae avait originellement visé le cou.

Raoul Menari, debout près de Justin, retint son souffle en voyant son fils essuyer d'un revers de main le sang qui coulait sur sa joue, barbouillant ce faisant tout son visage. Couvert de sueur, il avait le souffle court désormais et paraissait manifestement épuisé. Mae semblait plus fraîche, mais il était évident en examinant son expression et sa posture que toutes ses forces étaient engagées dans ce combat. Cette aura noire et scintillante qui émanait d'elle se fit plus prégnante encore, et aussitôt Justin remarqua un changement en elle. Son expression devint implacable, ses mouvements plus rapides, ses frappes plus ravageuses.

De nouveau, ils se déplaçaient tout autour du ring. Mae tentait des feintes qui forçaient son adversaire à se découvrir et à s'épuiser. Les efforts qu'il consentait pour garder le rythme l'affaiblissaient toujours plus, alors qu'elle paraissait quant à elle ne pas souffrir de la fatigue. Au bout d'un moment, alors qu'il s'efforçait d'apercevoir cette aura qu'il avait perçue chez lui aussi, Justin ne la vit plus.

— *C'est parce que sa déesse s'est éclipsée*, l'informa Magnus. *Elle sait reconnaître un match perdu d'avance et elle n'est pas encore assez établie.*

— *Qui est-elle ?* s'enquit Justin.

Les corbeaux ne lui répondirent pas, fidèles à leur politique de discrétion quant aux noms des dieux.

Finalement, de rage de n'aboutir à aucun résultat, Eugene se lança une fois encore en avant dans un assaut de tout son corps. Mae le laissa venir et lui infligea plus de dégâts encore sans se laisser déstabiliser. Ses deux lames labourèrent la poitrine de son adversaire, entamant profondément le tissu et la chair. Eugene poussa un cri de souffrance et Mae profita de sa distraction pour le désarmer d'un rapide coup de pied dans la main droite. Son couteau alla valser dans un coin du ring, loin derrière lui et tout à fait hors de portée.

Ensanglanté et hors d'haleine, il fit passer le seul poignard qui lui restait dans sa main droite, au moment même où Mae s'élançait vers lui de toutes ses forces. Peut-être que nul autre que lui ne vit cette présence noire qui l'avait investie, mais en découvrant les visages ébahis des spectateurs autour de lui, Justin comprit qu'eux aussi étaient frappés par sa force surnaturelle. À coups de pieds, à coups de poings, elle fit tomber Eugene au tapis, et cette fois il ne put reprendre le dessus. La peur déformait ses traits. Les yeux écarquillés, il regardait fixement Mae. Le visage de celle-ci était terrifiant à voir. On y lisait l'exultation de la victoire autant qu'une inextinguible soif de sang.

Dans un film, peut-être Mae aurait-elle épargné Eugene dans un élan de générosité triomphante. Elle aurait regardé Raoul, une lame poissée de sang brandie au-dessus de son fils, et lui aurait délivré un discours mélodramatique pour lui signifier qu'elle n'allait pas s'abaisser à son niveau, parce que la mort n'était pas son truc. Mais Justin savait qu'il n'y aurait pas de happy end ce soir-là. Elle allait achever son adversaire. Elle voulait le faire, il percevait ce désir au fond de ses yeux. Après s'être débarrassée de la dernière lame d'Eugene, elle posa la sienne contre sa gorge, prête à lui trancher la carotide. Elle frémit cependant et s'en abstint à l'ultime seconde, lorsqu'un cri perçant retentit soudain dans la salle bondée.

Le brouhaha du public cessa d'un coup. Tous se tournèrent vers l'endroit d'où le cri avait jailli. Mae demeura figée dans sa pose meurtrière, mais lorsque son adversaire tenta d'exploiter l'opportunité de se libérer, elle empoigna ses cheveux et rejeta sa tête en arrière, la lame plus fermement posée encore contre sa gorge. Eugene adopta une parfaite immobilité, et Mae put tourner la tête, cherchant du regard ce qui avait causé cette interruption.

Suivant le regard de tous les autres, Justin observa une allée latérale, entre les gradins, qui menait à la porte principale près de laquelle lui-même se tenait aux côtés de Raoul Menari. Le cri avait apparemment surgi d'un ego qu'un plébéien au visage quelconque brandissait à bout de bras. Justin ne l'avait jamais vu. Raoul, tremblant de fureur, s'avança de deux pas dans sa direction.

— Mais qu'est-ce que…, commença-t-il.

Il s'interrompit en voyant une femme déboucher à côté de l'homme. Dès qu'il la vit, Raoul pâlit brusquement. Dans la foule, plusieurs spectateurs lâchèrent un cri de surprise. Justin, quant à lui, ignorait s'il devait redouter ce nouveau développement ou s'en féliciter. La nouvelle venue était un peu plus âgée que lui – une jeune quadragénaire, si son souvenir était bon – mais sa beauté un peu froide demeurait éclatante et continuait de le remuer. Les pommettes hautes et anguleuses de sa grand-mère coréenne apportaient une touche de distinction à ses traits plébéiens. Ses cheveux noirs étaient coiffés en une coupe courte et asymétrique qui lui caressait le menton. Elle s'avança vers eux, fendant la foule qui s'écartait devant elle, et fit halte devant Justin en posant ses mains sur ses hanches étroites.

— C'est vraiment toi, dit-elle d'une voix basse et rauque. Je croyais que c'était une blague.

— Hello, Callista.

Justin fit de son mieux pour afficher son habituelle expression nonchalante et pour se conduire en faisant abstraction des lieux.

— Crois-moi, reprit-il, j'aurais préféré que ce soit une blague.

Un sourire fleurit sur ses lèvres, et elle lui adressa un regard languide.

— Détachez-le ! ordonna-t-elle sèchement. Avant que la Sécurité intérieure découvre que vous avez enlevé un de ses agents, bande d'idiots !

Raoul vint s'interposer et lança fermement :

— Pas question ! Nous demandons vengeance pour Nadia !

Callista le dévisagea un instant calmement avant de lui répondre.

— Raoul, je suis désolé pour toi, mais ce qui est arrivé à Nadia était la volonté d'Amarantha. Sois assuré que son absence répond à un but précis. Je suppose que tu ne remets pas en cause la volonté de la déesse ?

Amarantha... Cela faisait un moment que Justin n'avait plus entendu ce nom. Celle-ci était née après le Déclin, de la fusion de plusieurs autres déesses, mais pour ce qu'il en savait, ses adeptes étaient peu nombreux.

Raoul se rangea aux arguments de Callista après avoir maugréé quelques instants encore, puis ordonna à deux de ses sbires d'aller aider Eugene à sortir du ring. Dans le tumulte causé par l'arrivée de Callista, tout le monde semblait avoir oublié les deux combattants. Justin fut surpris de constater qu'ils se trouvaient exactement dans la même position qu'à l'arrivée de la prêtresse. Son couteau toujours fermement pressé contre la gorge d'Eugene, Mae ne bougea pas tant qu'un des hommes de Raoul ne tenta pas de l'écarter de sa proie. En un mouvement fluide, elle se redressa et le poussa dans les barbelés, où l'homme alla s'affaler dans un cri de douleur. Personne ne se soucia de lui, car en l'espace d'une seconde Mae s'était retournée contre le deuxième homme de Raoul. Elle lui assena un coup de poing doublé d'un coup de pied dans le torse, à lui briser les côtes. Justin entendit le cliquetis des armes et Raoul qui appelait des renforts.

— Stop ! cria Callista, ses yeux perçants ayant évalué en un instant la poudrière prête à exploser qui se trouvait sous leurs pieds. Restez tous où vous êtes !

Puis, se tournant vers Justin et lui pointant un doigt dans la poitrine :

— Toi ! Tu as un sacré toupet d'avoir amené quelqu'un comme elle ici !

— Mais ce n'est pas moi qui l'ai amenée, protesta-t-il.

Le bras tendu, Callista désigna le ring et ordonna :

— Sors-la d'ici !

Mae était allée s'accroupir de nouveau près d'Eugene, qu'elle menaçait toujours de son couteau. Aux aguets, elle scrutait les alentours pour prévenir toute nouvelle intrusion. L'« éclat divin » était toujours sur elle, de même que sur son visage l'expression farouche d'une puissance mortelle et d'une soif de destruction. Justin n'hésita qu'un bref instant avant d'aller la rejoindre en se glissant par l'ouverture dans les barbelés qui donnait accès au ring. Mae le suivit des yeux mais ne fit pas un geste.

—*Ne la touche pas*, conseilla Horatio. *Le combat est terminé. Elle ne va pas tarder à revenir à elle.*

Justin s'accroupit à côté d'elle, heureux de constater qu'Eugene était encore en vie.

—Mae…, murmura-t-il. Il est temps d'y aller. Vous avez gagné, et grâce à vous nous avons notre ticket de sortie.

Mae ne cilla même pas. Il se demanda si elle l'avait entendu. Sa poitrine se soulevait rapidement, en rythme avec sa respiration. Une sauvagerie sans nom hantait son regard.

—Mae ! reprit-il un ton plus haut. Venez, maintenant. Nous devons sortir d'ici.

Tout doucement, il lui posa la main sur l'épaule, et d'un coup elle fut devant lui, son couteau posé sur sa gorge. Ce qu'il avait été sur le point d'ajouter mourut sur ses lèvres.

—*Je t'avais prévenu*, dit Horatio dans un soupir.

—*Elle ne me fera pas de mal.*

Mais à cet instant, Justin n'en était pas si sûr.

—*La déesse qui est en elle n'hésiterait pas à t'en faire. Elle commence à avoir une dent contre toi.*

Ravalant doucement sa salive, Justin regarda Mae au fond des yeux.

—Posez ce couteau et allons-y, dit-il. J'ai besoin que vous me protégiez.

Il fallut encore quelques secondes, mais ces paroles finirent par percer le brouillard qui lui obscurcissait l'esprit. Une part de lui-même aurait aimé s'imaginer qu'elle le faisait pour lui, en souvenir de ce qui s'était passé entre eux au Panama peut-être, mais plus probablement son sens du devoir avait-il triomphé. Quoi que cela ait pu être, elle finit par le regarder en le reconnaissant vraiment et elle acquiesça d'un hochement de tête. En clignant des yeux, il vit que le sombre éclat qui l'entourait s'estompait et que son visage redevenait celui de la femme qu'il connaissait. Lorsque les corbeaux lui donnèrent le feu vert, il la prit par la main et l'emmena hors du ring. Les jambes de Mae tremblaient, mais Justin ignorait si c'était sous l'effet de la fatigue, de l'implant, ou de la possession divine. Peut-être une combinaison des trois.

Il garda son bras autour d'elle tandis qu'ils sortaient du ring, et Justin sentit sous ses doigts le tissu poissé de sang de son débardeur. Il savait que ce n'était pas très grave et qu'elle guérirait vite, mais il ne pouvait s'empêcher de se sentir coupable de savoir que c'était en se battant pour lui qu'elle avait été blessée.

— *Si tu lui avais offert une bénédiction, elle n'aurait pas été blessée à ce point,* constata Magnus. *Ton déni perpétuel et ton refus d'apprendre finissent par avoir des conséquences. Ce n'est pas parce que tu ne peux te battre comme elle que tu ne peux pas prendre part au combat !*

— *Je ne veux pas être mêlé à ça !* s'emporta Justin. *Je ne fais que vous tolérer, vous autres. À cela se limite mon engagement divin.*

— *Dans ce cas, que fais-tu ici ?* répliqua Magnus.

Mae était redevenue elle-même lorsqu'ils rejoignirent Callista. Ce qui signifiait qu'elle était de nouveau vigilante et dangereuse, surtout lorsqu'elle eut toisé la prêtresse de pied en cap. Elle rendit néanmoins ses armes au type qui les lui réclamait et se figea dans une pose défensive près de Justin.

— À présent, commença Callista, si tu as un moment à me consacrer, nous pourrions…

— Salaud ! l'interrompit une voix furieuse.

Le cri fit se retourner Justin, mais naturellement Mae était déjà passée à l'action. Tirant de sa bottine une lame de secours, elle venait de la lancer sur Raoul qui se précipitait vers lui, l'arme au poing. Le vieil homme poussa un cri de douleur quand le couteau se planta profondément sous sa clavicule, lui épargnant une blessure mortelle. Chancelant, il lâcha son revolver et se mit à tituber. Sur un signe de tête de Callista, un de ses hommes l'entraîna loin d'eux.

— Il faut qu'on parle…, dit-elle en plissant les yeux pour dévisager Justin.

— J'adorerais ça, assura-t-il.

En signe de bonne volonté, Callista fit en sorte que leur soient rendus leurs egos et les armes de Mae. Elle les invita ensuite à la suivre chez elle, mais pas sans avoir d'abord demandé :

— Dois-je m'attendre à un raid militaire ?

Il lui sourit gentiment et répondit :

— Si je peux prendre demain mon avion comme prévu, non.

— Compris.

Callista ne manquait pas d'intelligence et avait compris le sous-entendu. Dès que son ego lui avait été rendu, Justin avait activé sa balise GPS et envoyé un message aux autorités leur demandant de le retrouver s'il n'avait pas refait surface le lendemain à une heure donnée.

Bien que située dans la même région délabrée que l'échoppe du tatoueur, la demeure de Callista ne ressemblait en rien à celles de ses voisins. Neuve et luxueuse, elle comptait plusieurs ailes rayonnant à partir d'un bâtiment central. Des gardes surveillaient les alentours, mais sans faire étalage d'aucune arme. Même s'il était possible dans les territoires annexés de se servir d'armes à l'abri des regards, les exposer à la vue de possibles patrouilles gemméennes était exclu.

Mae garda le silence durant tout le trajet. Elle ne reprit la parole que quand on les eut conduits dans un salon décoré dans un style rustique hispanisant. En voyant Justin se verser un verre d'eau d'une carafe posée sur une table en bois ornementée, elle lui demanda :

— Vous êtes sûr que vous pouvez boire ça sans risque ?

— Nous ne craignons rien, assura-t-il. J'ai activé ma balise. La Sécurité intérieure sait où nous sommes.

— Vous auriez dû le faire dès l'instant où nous sommes sortis de l'avion.

— Oui, sans doute. Mais je n'avais pas imaginé que nous allions tomber dans un repaire de barbares assoiffés de sang... Bon sang ! Cela fait cinq ans que ce coin est devenu gemméen.

— Les gens ont besoin de temps pour renoncer à leurs habitudes. Les Nordiques n'y échappent pas, et ils sont pourtant Gemméens depuis plus d'un siècle.

La porte s'ouvrit. Mae bondit, prête à faire face à toute menace. Mais ce fut une toute jeune fille qui se présenta à eux, sans doute à un an ou deux – pas plus – d'être pubère. Extrêmement jolie, elle possédait les traits raffinés de Callista et portait un plateau sur lequel se trouvaient un flacon noir, des compresses et quelques bandages.

— Ma mère vous envoie ceci, dit-elle timidement en déposant sa charge sur une petite table. Elle a encore un détail à régler, et ensuite elle sera disponible pour discuter avec vous.

Au fond de sa mémoire, Justin repêcha un nom.

— Persia ? demanda-t-il.

La jeune fille en rougit de plaisir et répondit :

— Oui, c'est bien cela.

Puis, à l'intention de Mae :

— Avez-vous besoin d'aide ?

Mae jeta un coup d'œil au plateau et répondit, le visage figé :

— Non, je vais m'en occuper moi-même.

Après s'être inclinée en signe d'acquiescement, Persia se dirigea vers la porte.

— Merci ! ajouta Justin.

Il ne savait pas comment se comporter avec cette femme-enfant au regard si sérieux. Après avoir de nouveau hoché la tête, elle s'éclipsa.

Mae déboucha le flacon posé sur le plateau, en huma le contenu et parut satisfaite. Avec une efficacité toute militaire, elle entreprit ensuite de désinfecter et de bander les coupures qui zébraient ses bras. Lorsqu'il ne resta plus que les plaies qu'elle ne pouvait atteindre, elle remonta son débardeur dans son dos et demanda à Justin par-dessus son épaule :

— Voulez-vous m'aider ?

Même lui était incapable de trouver cela érotique, mais ses efforts se révélèrent plus gauches que les siens. En appliquant l'antiseptique sur les plaies occasionnées par le fil de fer barbelé, il grimaça longuement, même si pour sa part elle ne broncha pas.

— Allez-vous enfin me parler de cette Callista ? demanda Mae.

— C'est l'ancienne associée de Flèche Dorée, répondit-il.

Il marqua une pause pour tamponner les indentations ensanglantées avec une compresse de gaze et poursuivit :

— Mais il semble bien qu'elle ait changé d'employeur… Ou du moins, procédé à un petit lifting de la déesse qu'elle représente. Amarantha est une déité composite, qui tient principalement d'Artémis et de Hécate, pour ce que j'en sais. Ce n'est pas aussi tranché, puisque ces déesses ont tendance à se mélanger. Dans l'ancien monde, on avait même tendance à les considérer comme les visages multiples d'une même déesse : vierge, mère, sorcière. Je suppose que l'incarnation de la virginité – Artémis – devenait pour elle un rôle difficile à tenir…

C'était sans doute ce que Raoul avait voulu signifier en expliquant le changement d'allégeance de sa fille. Nadia avait renoncé à sa déesse celtique de la lune pour celle-ci, d'origine grecque, faisant ainsi alliance avec Callista.

Justin avait terminé ses soins. Mae remit en place débardeur et chemisier avant de se tourner vers lui.

— Comment une même déesse peut-elle être toutes ces choses à la fois ? s'étonna-t-elle. Ou un mélange de plusieurs autres ?

— Cela arrive souvent, dans les religions. Les déités s'adaptent à tout.

Il ne savait pas comment l'expliquer autrement, et Mae avait manifestement du mal à le suivre. Les Gemméens qui ne faisaient pas de l'Histoire des religions une carrière avaient une vue manichéenne des dieux et des déesses.

— Tout cela paraît vous surprendre, reprit Mae.

— Le combat au couteau ? Certes. Ce fut une sacrée surprise…

En parler lui fit prendre conscience du fantôme dans le placard, ce sujet que Mae évitait soigneusement : son comportement destructeur et surhumain durant le combat. L'ignorer pour le moment lui allait parfaitement, parce qu'il ne savait lui-même qu'en penser.

— Je voulais parler de ces développements religieux, rectifia-t-elle en secouant la tête. Même moi je peux comprendre que cette secte ne possède aucune licence et que ses pratiques religieuses sont illicites puisque ses pratiques séculaires le sont déjà. Vous n'avez plus qu'à faire votre rapport.

Justin s'agita nerveusement.

— Je verrai ça, répondit-il vaguement.

Mae écarquilla les yeux, mais ses protestations furent interrompues par Persia qui venait de réapparaître, accompagnée de deux gardes armés.

— Ma mère va vous recevoir, annonça-t-elle. Juste le docteur March.

En une seconde, Mae alla s'interposer entre lui et la porte.

— Non, pas question ! s'insurgea-t-elle. Il n'ira pas sans moi.

Persia devint nerveuse. L'un des gardes au visage de marbre prit le relais.

— Ce sont les ordres de Callista, dit-il. Il ira seul.

Son doigt se crispa sur la détente, et Justin comprit en observant Mae qu'elle réfléchissait au moyen de le désarmer ou de dégainer sa propre arme.

— Laissez-moi y aller seul, intervint-il. Tout est normal.

Il avait déjà vu assez d'armes ce jour-là, et il ne tenait pas à conclure la journée en étant pris entre deux feux.

— Vous voulez suivre sans défense des fanatiques dépourvus de licence mais munis d'armes illégales ? demanda-t-elle d'un air incrédule. Rien de tout cela n'est normal.

Justin vit le visage des gardes s'assombrir dangereusement. Persia s'avança d'un pas et plaida avec conviction :

— Je jure qu'il ne lui arrivera rien. Ma mère veut juste lui parler.

— S'il vous plaît…, ajouta Justin en fixant Mae au fond des yeux. Faites-moi confiance. Et souvenez-vous : nous sommes sur les radars. Et si jamais je ne reviens pas, vous avez toujours votre ego.

La tension était à son comble. Mae ne dit rien pendant plusieurs secondes, mais lâcha finalement d'un ton menaçant :

— Très bien. Mais s'il n'est pas de retour dans une heure, je fais s'écrouler cette foutue baraque sur vos têtes !

Les gardes prirent cette menace avec un certain scepticisme, mais ils se postèrent quand même de part et d'autre de la porte du salon, laissant Persia escorter Justin. Elle l'entraîna à l'autre bout de la demeure et ouvrit une double porte donnant sur une chambre spacieuse. Callista se tenait assise devant une coiffeuse. Habillée d'un peignoir en soie, elle se brossait les cheveux en s'observant dans un miroir. Elle redressa la tête en les voyant entrer.

— Merci, ma chérie. Tu peux nous laisser.

Persia se retira, refermant soigneusement la porte derrière elle.

Justin attendit, figé sur place, que Callista en termine avec ses cheveux. Après avoir reposé sa brosse, elle se leva gracieusement, s'arrangeant pour le faire de manière à ce que son peignoir mette en valeur les courbes de son corps.

— Toujours la reine de la mise en scène…, commenta-t-il, amusé, en la regardant venir à lui. Je suppose que ça fait partie du job.

Se hissant sur la pointe des pieds, elle déposa un chaste baiser sur sa joue et murmura :

— Quelle joie de te revoir… On peut parler ?

— Ici ? s'étonna-t-il.

— Je ne pensais pas que ça serait pour te gêner. Mais si tu préfères garder tes distances, on peut sortir sur la terrasse.

Elle glissa gracieusement jusqu'à une porte coulissante et sortit dans la nuit tiède. Justin la suivit et découvrit une table déjà prête sur laquelle avait été déposés une carafe de vin, deux verres et un chandelier. Toujours le souci de la mise en scène…

Callista lui servit un verre sans lui demander s'il en voulait, puis elle s'adossa à son siège, croisant les jambes de manière à ce qu'un pan de son peignoir glisse sur l'une d'elles. Après avoir brièvement admiré le ciel étoilé, elle posa les yeux sur lui et demanda :

— Es-tu ici pour m'arrêter ? Déjà, comment as-tu fait pour me trouver ?

— Par chance, plus qu'autre chose.

Avant de poursuivre, il dégusta une gorgée de son vin, un rouge capiteux dont Dominic aurait eu beaucoup à apprendre.

— J'ai été mis sur ta piste après avoir rendu visite à ton ancien associé. Mais je suis en fait arrivé ici en pensant y trouver Nadia, bien qu'au final c'était toi que je recherchais.

— Comme c'est flatteur. Comme se porte M. Flèche ?

— Comme un type qui attend son procès. Il devra répondre – entre autres – d'avoir voulu droguer un serviteur assermenté.

Les lèvres de Callista se retroussèrent en une moue dédaigneuse.

— Il a toujours été tellement stupide ! commenta-t-elle. Utiliser des trucs au lieu d'acquérir la discipline nécessaire pour obtenir de véritables pouvoirs… C'est en partie pour ça que je l'ai quitté.

— Pour ça, enchaîna Justin, mais aussi parce qu'il est plus facile de trouver des fidèles dans les territoires annexés.

— Tu serais surpris, répondit-elle. Ça devient de jour en jour plus policé, par ici. Peu à peu, la RUNA dépose son voile d'uniformité.

Justin ne fut pas dupe.

— N'essaie pas de me faire croire que c'est une mauvaise chose, protesta-t-il. Tu as grandi au sein de la civilisation. Tu sais que cela vaut mieux que d'avoir des bandes de dingues armés jusqu'aux dents dans les rues, aussi crédules puissent-ils être.

— Puisque tu parles de dingues armés…

L'expression charmeuse disparut du visage de Callista. En un instant, elle redevint le leader redouté qui avait réussi à éteindre en quelques phrases la soif de vengeance du clan Menari.

— Qu'est-ce qui t'a pris d'amener cette femme ici ? ajouta-t-elle.

— Pourquoi dis-tu ça sans arrêt ? protesta-t-il. Ce n'est pas moi qui l'ai amenée, puisque nous avons été capturés.

Du bout du doigt, Callista caressa le pourtour de son verre, le regard perdu dans ses profondeurs rubis illuminées par les bougies.

— Je n'imaginais pas voir un jour quelqu'un comme toi se faire accompagner de quelqu'un comme elle, reprit-elle. Naturellement, d'après ce que je peux constater, tu as bien changé.

— Voyager en compagnie d'une prétorienne n'est pas si inhabituel que ça, protesta-t-il. Surtout au vu de ce qui s'est passé aujourd'hui.

À ces mots, Callista avait redressé vivement la tête.

— Elle est prétorienne ? s'étonna-t-elle.

— N'est-ce pas de ça dont tu parlais ? Sans cela, comment crois-tu qu'elle aurait pu faire ce qu'elle a fait ?

— Tu sais très bien comment elle a fait ce qu'elle a fait ! Elle est une élue qui n'a encore été ni initiée ni disciplinée.

Elle s'était exprimée sèchement. Plus aucune tentative de séduction dans le ton de sa voix ni sur son visage…

— Et apparemment, poursuivit-elle, choisie par une déité des plus puissantes. C'est un miracle que les autres n'aient pas vu l'éclat divin – et ne fais pas comme si tu ne l'avais pas vu ! Tu as acquis de la maîtrise depuis notre dernière rencontre. Je n'imaginais pas, en fait, que tu finirais par répondre à l'appel.

— Je n'y ai pas répondu, affirma-t-il fermement.

L'expression de Callista lui montra avec éloquence qu'elle n'y croyait pas.

— Quel dieu la suit-il ? reprit-elle.

Justin hésita un court instant.

— Je n'en sais rien, répondit-il. Ce n'est pas mon problème.

— Cela devrait l'être ! Une prétorienne choisie par une entité aussi puissante ? Ce genre d'association produit le tic-tac d'une bombe à retardement !

Justin décida que le moment n'était pas des mieux choisis pour évoquer le génotype presque parfait de Mae.

— Elle a besoin de prendre conscience de ce qui la suit, quoi que cela puisse être, poursuivit Callista. Il lui faut soit l'accepter et ce faisant garder un certain contrôle, soit s'en débarrasser.

— Je ne sais même pas si elle en est consciente, dit-il.

— Eh bien elle le devrait. Et à défaut, tu devrais lui ouvrir les yeux.

Callista parut se calmer et entreprit de regarnir leurs verres en expliquant :

— Il est heureux que tu aies choisi cette voie, tu sais. On ne peut rêver de meilleur avocat que celui qui faisait métier de persécuter les croyants... Connais-tu l'histoire de Paul, dans la tradition chrétienne ?

— Naturellement. Et il est inutile d'employer le passé. Mon métier consiste toujours à « persécuter les croyants ».

— Tu m'as pourtant laissée t'échapper, objecta-t-elle doucement. Et c'était avant que nous couchions ensemble.

Justin ne répondit pas immédiatement. Ni l'une ni l'autre de ces deux décisions n'avait été très avisée. Il s'efforça néanmoins de se justifier.

— Tu as été la première personne qui m'a...

Même à présent, il lui était difficile d'en parler. C'était quelque chose qu'il gardait enfoui en lui depuis des années, le secret qu'il n'avait révélé à personne. Le secret qui pouvait avoir pour lui de pires conséquences encore que celles qu'il avait déjà dû affronter.

— Qui t'a donné la preuve que le surnaturel existe ? suggéra-t-elle.

— Je pourrais perdre mon job, à cause de ça. Ou pire encore.

— Ton secret est bien gardé. Dès notre première rencontre, j'ai vu en toi la marque de l'élu, le potentiel de puissance qui t'enveloppait. Mais tu n'avais alors aucun dieu. Lequel sers-tu désormais ?

— Je ne sers personne. Le Bureau mis à part.

— Mais tu es accompagné, insista-t-elle. Ce n'est pas totalement hors de contrôle, comme pour elle, mais je peux le sentir.

— Je ne veux rien avoir à faire avec ça.

— *Ouch ! Ça fait mal...* gémit Horatio.

— Et j'ignore ce que « ça » peut être, renchérit Justin. Comme je me le suis souvent entendu répéter, les dieux n'aiment pas donner leurs noms.

Penchée au-dessus de la table, Callista posa sa main sur la sienne.

— Je serais heureuse de t'aider à explorer... un certain nombre de choses, susurra-t-elle en souriant.

Justin lui rendit son sourire, sans chercher à retirer sa main.

— C'est gentil, assura-t-il. Mais...

— Callista !

Un garde venait de surgir dans la chambre. Il les rejoignit sur la terrasse et expliqua vivement :

— Juan et Eduardo ont été retrouvés inconscients. La patricienne a disparu...

— Quoi ?

Callista bondit sur ses jambes et ordonna :

— Rassemble les autres et retrouvez-la coûte que…

— Relax ! lança une voix dans les ténèbres. Je suis là.

Mae sortit de l'ombre d'un arbre tout proche, l'arme au poing. Sa désinvolture semblait indiquer qu'elle se trouvait là depuis un moment, et l'expression de son visage qu'elle avait entendu un certain nombre de choses qu'elle n'aurait pas dû entendre.

— *Et voilà…*, commenta Horatio avec fatalisme. *Un jour ou l'autre, cela devait arriver.*

21

Conflit d'intérêts

— Mon job consiste à le protéger, expliqua Mae à Callista, d'une voix qui aurait suffi à glacer la nuit tiède. Mais j'en conviens, j'avais mal évalué le danger qu'il courait.

Justin eut le bon goût de paraître embarrassé, mais Mae n'était pas certaine de savoir laquelle des dingueries qu'elle venait d'entendre le mettait mal à l'aise. Le fait qu'il ait couché avec la représentante d'un culte qu'il aurait dû interdire ? Ou celui d'avoir reconnu croire aux forces surnaturelles ? Elle n'aurait su le dire, et elle n'avait pour le moment pas le temps d'y réfléchir, alors que le garde de Callista braquait une arme sur elle et que d'autres étaient en train d'accourir.

— Je pensais que nous étions ici afin de pourchasser l'auteur de meurtres rituels, ajouta-t-elle.

Cette précision eut le don d'alerter Callista.

— Quoi ! s'exclama-t-elle en se tournant vers Justin.

En soupirant, il parut se résigner à se sortir au mieux du bourbier dans lequel il s'était lui-même fourré.

— Rappelle tes chiens de garde et laisse Mae se joindre à nous, dit-il d'un ton empreint de lassitude. Le secret est éventé, et elle est déjà au courant de ce dont j'avais à te parler.

Callista observa Mae d'un œil méfiant.

— Qu'elle range d'abord son arme ! lança-t-elle.

Mae jeta un regard noir au garde armé et répliqua :

— Lui d'abord.

Voyant sa patronne l'y autoriser d'un bref hochement de tête, l'homme baissa son arme. Quelques instants plus tard, Mae l'imita. Callista l'invita à les rejoindre et ordonna à son garde de les laisser.

— Je pourrais vous faire apporter un verre, dit-elle.

En dépit de l'offre, elle ne paraissait pas aussi hospitalière avec elle qu'elle l'avait été avec Justin. Avait-il réellement couché avec elle ? Avait-il aimé cela ? Mae refusa d'y accorder une pensée supplémentaire.

— Non, merci…, répondit-elle.

Callista haussa les épaules et enchaîna :

— Comme vous voudrez. À présent, qu'en est-il de ces meurtres ?

Justin donnait l'impression de vouloir disparaître sous terre – ce qu'il aurait tout aussi bien pu faire –, mais il reprit suffisamment ses esprits pour expliquer ce qu'il en était. Il raconta à Callista toute l'histoire, sans rien omettre, même la vidéo explosive dont ils n'étaient pas censés parler. Le respect que Mae avait fini par éprouver pour lui s'évanouit lentement en l'écoutant divulguer ces secrets à une fanatique religieuse dont il avait accessoirement fait son amante.

Lorsqu'il eut terminé, Callista prit le temps de réfléchir à ce qu'elle venait d'entendre.

— Donc, résuma-t-elle enfin, tu es venu me voir en pensant que je pourrais savoir quelque chose à propos d'une déesse lunaire dont les adeptes manient la dague en argent.

Après lui avoir lancé un regard en biais, elle ajouta :

— Ou peut-être t'imagines-tu que je sers une telle déesse moi-même ?

— J'en doute, répondit-il.

Mae se demanda s'il avait utilisé ses brillantes capacités déductives pour en arriver à cette conclusion, ou s'il s'était simplement laissé aveugler par elle.

Callista eut un petit rire amusé, mais aucun amusement n'était perceptible dans ses yeux.

— Merci pour ce vote de confiance, dit-elle. Et je te le confirme : je ne suis au courant de rien de tout cela. Je n'ai personnellement aucune raison d'assassiner des patriciens.

Son regard s'attarda un instant sur Mae, puis elle conclut :

— Je ne connais pas non plus de groupe capable de faire une chose pareille… mais je serais très intéressée d'en apprendre davantage sur le sujet. Il y a beaucoup de pouvoir dans le sang. Vous pourriez être aux prises avec une déité très puissante.

— Donc, tu y verrais davantage l'œuvre d'un culte que d'un généticien cherchant à se venger, conclut Justin.

— Pourquoi faudrait-il que ces deux solutions s'excluent l'une l'autre ? Je n'aurais personnellement rien contre quelques fidèles génétiquement parfaits. Les dieux choisissent leurs élus. T'imagines-tu que leur choix s'effectue au hasard ? Il existe une raison pour laquelle tu as été choisi.

De mauvaise grâce, elle ajouta :

— Pour laquelle vous avez été choisis...

Mae ne put en supporter davantage.

— Oseriez-vous sérieusement prétendre que ces prétendues entités ont quelque chose à voir avec cette affaire ? demanda-t-elle, s'adressant à Justin. Qu'elles interviennent dans nos vies ? C'est de la folie !

Elle pouvait comprendre que Callista tienne un pareil discours, mais que Justin l'écoute sans l'interrompre et en paraissant l'approuver dépassait l'entendement. Mae espérait encore découvrir que tout cela n'était qu'une ruse mise en place par lui pour confondre cette sorcière, mais elle n'y croyait pas trop.

— Vous, entre toutes, devriez prendre cela au sérieux ! répliqua Callista d'un ton condescendant qui acheva d'exaspérer Mae. Et si vous ne voulez rien avoir à faire avec cette « folie », il vous faut alors couper les ponts, et vite ! Découvrez qui essaie de se servir de vous et privez-le de sa puissance.

— De quelle manière ? s'enquit Justin, comme s'ils étaient en train de discuter d'un phénomène réel.

— Les dieux consolident leurs pouvoirs grâce aux humains qui les adorent et grâce aux lieux où on les adore. Faire en sorte qu'on ne puisse plus croire en eux est le meilleur moyen de les atteindre. C'est déjà ce que tu fais en fermant des églises. Les déités ont besoin de croyants pour exister. Il n'en faut parfois pas davantage que quelqu'un comme toi qui révoque une licence.

Callista s'abîma un instant dans ses réflexions.

— Cela peut également passer par des moyens plus drastiques, reprit-elle. Détruire leurs temples. Mettre les leaders de leur culte dans l'incapacité d'exercer. Dès que les croyants s'éparpillent, les dieux s'affaiblissent. C'est bien pourquoi ils se démènent en ce moment pour restaurer leur puissance – et leur emprise sur leurs fidèles.

— Assez ! s'exclama Mae.

Si Justin n'était pas disposé à faire son travail, elle allait s'en charger pour lui.

— Pouvez-vous, oui ou non, nous donner une piste sur ces meurtres ? ajouta-t-elle sèchement.

Callista la foudroya du regard et répondit :

— Je vous l'ai dit : j'ignore totalement qui peut bien faire ça. Quoi que vous puissiez penser des croyants, la plupart n'approuvent pas que l'on verse le sang. Et ceux qui le font ne vont pas venir s'en vanter auprès de ceux qui les désapprouvent. Il n'est pas inimaginable qu'un dieu puisse désirer disposer de serviteurs génétiquement supérieurs. Mais cela rendrait d'autant plus incompréhensible qu'il ou elle cherche à les éliminer.

— Tu disais qu'il y a beaucoup de pouvoir dans le sang, souligna Justin.

— Certes, mais le choix des victimes constitue un gâchis inutile. Un dieu pourrait tirer parti de bien d'autres sacrifices.

Justin retint son souffle.

— Comme par exemple d'une brochette de plébéiens...

Son regard rencontra celui de Mae, et l'espace d'un instant, elle oublia toutes les raisons qu'elle avait d'être en colère contre lui. Si Callista avait raison, si des groupes de dégénérés étaient capables de procéder à des sacrifices humains en vue d'obtenir des pouvoirs imaginaires, alors Justin pouvait avoir en main l'une des pièces du puzzle.

D'une voix que l'urgence faisait trembler, il demanda à Callista :

— Connaîtrais-tu certains groupes sur lesquels je pourrais me pencher ? Des groupes dont j'ignorerais l'existence ?

Ceux qui ne possèdent pas de licence, décrypta Mae. *Des groupes qui opèrent dans l'ombre, comme celui-ci.*

En soutenant tranquillement son regard, Callista répondit :

— Justin... Il existe un tas de groupes dont tu ignores l'existence. Ils se sont multipliés, ces dernières années. Je pourrais te donner au moins deux dizaines d'exemples en rapport avec la lune et une obsession pour le sang et l'argent. Tu penses pouvoir tous les inspecter dans la semaine et demie qui te reste ?

— Ce serait possible si vous fournissez cette liste au Bureau de surveillance des sectes et cultes, intervint Mae. D'autres serviteurs pourraient être envoyés sur le terrain.

— En venant me cueillir au passage, sans doute.

Justin secoua la tête et conclut :

— Nous ne procéderons pas comme ça. Envoie-moi ce que tu peux, et je verrai s'il m'est possible d'établir des connexions avec les autres éléments du dossier. Si je trouve quelque chose, tu pourrais m'aider à trouver où ils se cachent ?

— Certains d'entre eux.

— D'accord. Nous allons y aller, à présent.

Il se leva et jeta un coup d'œil à Mae, qui immédiatement se leva à son tour.

— Je crois que Mae et moi avons beaucoup de choses à nous dire, ajouta-t-il. Merci de ton aide, et de... ton intervention à point nommé.

Callista contourna la table, les rejoignit, et s'empara de la main de Justin.

— Sois prudent, lui recommanda-t-elle. Des forces obscures sont à l'œuvre, et je détesterais devoir me passer de mon serviteur préféré.

— C'est marrant que tu me dises ça… C'est également ainsi que me considère Geraki. Heureux d'avoir une telle réputation.

— Geraki ?

Callista arqua un sourcil et poursuivit :

— Voilà longtemps que je n'en ai pas entendu parler. Lui pourrait avoir quelques réponses pour toi.

Justin fit la grimace.

— Tout ce qu'il a en réserve pour moi, ce sont des devinettes obscures, rectifia-t-il. Quoique c'est lui qui m'a mis sur la piste de Nadia. Pas de chance, ce qui lui est arrivé…

Callista se mit à sourire de telle façon que Mae se prépara à faire face à tout danger.

— La chance n'a pas grand-chose à voir là-dedans, dit-elle. C'est moi qui lui ai suggéré de se mettre en quête de nouvelles visions.

— Quoi ! s'exclama-t-il. Mais… je pensais qu'elle était ton amie.

— Elle l'était. Elle l'est toujours. Mais nous commencions à être en désaccord sur un certain nombre de points. Alors, quand je l'ai encouragée à entreprendre son petit voyage… j'ai mentionné le fait qu'Amarantha préférerait qu'elle se débarrasse de la puce.

Voyant que Justin la dévisageait d'un air horrifié, elle ajouta :

— Ne me regarde pas comme ça ! J'ai mené ma petite enquête : elle va bien. Et vu la vitesse à laquelle la RUNA annexe de nouveaux territoires, celui sur lequel elle se trouve fera bientôt partie du lot. Quoi qu'il en soit, tout va beaucoup mieux à présent que je suis seule à diriger le culte.

— Sauf lorsque sa famille – qui me tient responsable – décide de se venger, lui rappela-t-il.

— Je t'ai sauvé, non ? répliqua Callista. Et je les garderai à l'œil. Ils sont encore indisciplinés et à demi-provinciaux, mais ils redoutent Amarantha.

Justin sembla l'approuver, ce qui mit la touche finale à l'absurdité de toute cette nuit. Ce genre de comportement – des dissensions entre groupes rivaux les poussant à s'entre-tuer – justifiait à lui seul la nécessité d'éviter que de telles pratiques se répandent.

Alors que Mae passait près d'elle pour sortir, Callista l'attrapa par la manche.

— Vous devez résoudre vos problèmes, dit-elle en la dévisageant gravement. Tant que vous ne l'aurez pas fait, vous serez un danger pour vous-même, pour les autres – et pour lui.

Mae récupéra sèchement son bras et rétorqua :

— Les entités fictives ne représentent aucun danger. Seuls ceux qui croient en elle sont dangereux.

L'un des larbins de Callista se chargea de les déposer à leur hôtel. Le voyage de retour fut long et pénible, car ni l'un ni l'autre ne se risqua à parler. Une fois à leur étage, Justin lui souhaita bonne nuit et se dirigea sans autre forme de procès vers sa chambre. Révoltée par son attitude, Mae le rattrapa et l'attira à elle avec plus de force qu'elle ne l'aurait voulu. Perdant l'équilibre, Justin se rétablit de justesse en lui posant une main sur l'épaule. À cet instant, un tel cocktail d'émotions se lisait sur son visage qu'elle ne savait plus à qui elle avait affaire. Le romantique confident ? Le dragueur éhonté ? Le fanatique religieux clandestin ?

— Vous n'irez pas vous coucher tout de suite ! protesta-t-elle. Nous devons parler de ce qui s'est passé.

— Mae... c'est le milieu de la nuit, et de toute façon vous ne croiriez pas un mot de ce que je pourrais vous dire.

Il paraissait effectivement physiquement et mentalement épuisé, mais Mae n'était pas prête à se laisser attendrir.

— Je crois que vous allez revoir le Panama plus tôt que vous ne le pensez si le Bureau découvre que vous fermez l'œil sur les activités de certains fanatiques chers à votre cœur. Sans parler du fait que vous croyez vous-même à l'existence d'une déité, ou d'une puissance – ou de ce que vous voudrez – qui vous poursuit. Cela s'appelle un conflit d'intérêts ! Tout comme de coucher avec des personnes dont vous êtes censé vérifier la licence...

Justin soupira longuement et demanda :

— Seriez-vous jalouse ? Si cela peut vous soulager, j'ai passé un meilleur moment avec vous. Enfin... quand nous faisions l'amour. Ensuite, c'est une autre histoire.

Il arrivait rarement à Mae de perdre son sang-froid. Elle avait la discipline trop chevillée au corps pour laisser ses émotions prendre le dessus, raison pour laquelle ce qui s'était passé avec Kavi l'avait à ce point perturbée. Pourtant, elle faillit perdre son sang-froid une fois de plus en présence de Justin et se retint de justesse de le gifler, ce qui l'aurait probablement envoyé valser contre le mur. En inspirant à fond et en puisant dans d'ultimes réserves de patience, elle parvint à lui répéter calmement :

— Nous devons parler. Maintenant.

L'espace d'un instant, elle crut qu'il allait protester. Puis, une transformation remarquable s'opéra en lui. Une expression dure et cynique, qu'elle ne lui avait jamais connue, transparut sur son visage, trahissant l'impatience et l'exaspération. Lui aussi était sur le point d'atteindre un point de rupture.

— Voulez-vous savoir pourquoi je suis de retour ? demanda-t-il d'une voix blanche. Pourquoi ils se sont donné tout ce mal pour aller me rechercher ? Voulez-vous savoir pourquoi j'ai dû partir ?

Mae cligna des yeux sous l'effet de la surprise. Ce n'étaient pas exactement les sujets qu'elle avait voulu aborder, mais elle ne pouvait nier qu'ils l'intéressaient aussi. De plus, il y avait dans son attitude une intensité qui l'intimidait.

— OK, dit-elle simplement.

Ils se rendirent ensemble dans la chambre de Justin, où il se servit aussitôt un shot de tequila à une bouteille qui semblait avoir été ouverte la nuit précédente. Il l'avala d'un trait, puis, après un moment d'hésitation, il décida qu'il pouvait se contenter de la bouteille. Avec elle, il alla s'asseoir en tailleur sur son lit, tapotant le matelas de la main pour inviter Mae à venir s'asseoir face à lui.

— Installez-vous, l'encouragea-t-il.

Elle hésita un instant, puis, décidant qu'il n'y avait strictement rien de sexuel entre eux à cet instant, elle s'exécuta.

Justin prit la parole aussitôt qu'elle fut installée.

— Vous rappelez-vous, lors de ma première discussion avec Cornelia au Panama, de cette allusion que j'ai faite à un groupe de fanatiques qui ont voulu m'incinérer vivant ? Ce n'était pas une blague. Cela s'est passé lors de la dernière mission qu'on m'a confiée avant de m'envoyer en exil. Ces dingues n'auraient jamais dû en arriver là. Le serviteur qui s'était chargé de la précédente inspection avait commis une faute grave en renouvelant leur licence.

Mae garda pour elle la suggestion que, peut-être, ledit serviteur avait couché avec l'un des membres du groupe et avait volontairement fermé les yeux.

— J'ai dû faire intervenir l'armée pour démanteler leur repaire…, ajouta-t-il en secouant la tête d'un air effaré. C'était le groupe le plus dingo qu'il m'avait été donné de voir jusque-là.

Comme pour se donner du courage, il but une rasade au goulot avant de poursuivre :

— Quoi qu'il en soit, les militaires sont parvenus à fermer l'endroit et à rafler le plus gros de la troupe. Ils s'étaient installés dans un bled plutôt désert, et j'avais dû m'installer dans un petit hôtel de campagne. Pas l'endroit le plus chic qui soit, mais ça pouvait faire l'affaire. Mon garde du corps est allé prendre du bon temps, et moi je suis allé me coucher, avec la satisfaction du travail bien fait.

— Il est allé prendre du bon temps au milieu de nulle part ? s'étonna Mae.

Mais l'idée d'un garde du corps désertant pour convenance personnelle était plus stupéfiante encore.

—La vraie ville la plus proche était à une quinzaine de kilomètres de là, répondit Justin. Et on y trouvait un bordel avec licence. Alors, il a pris la voiture et il y est allé.

Sans doute parce que la tequila commençait à faire son effet, il jugea utile de préciser :

—Personnellement, je n'ai jamais payé pour coucher, vous savez… Quoi que vous puissiez penser d'autre à mon sujet, je ne l'ai jamais fait.

—Noté.

—Quoi qu'il en soit, je suis donc allé au lit… et j'ai fait un rêve. C'est là que les choses ont commencé à dégénérer.

—Pire encore que d'être incinéré vivant ?

—D'une certaine manière, oui.

Son regard se fit pensif, et son visage trahit le trouble qui l'agitait. Mais Mae comprit qu'à cet instant c'était la tristesse qui dominait en lui.

—Ce rêve avait l'air drôlement vrai, pour un rêve…, reprit-il. Je veux dire… c'est le cas de beaucoup de rêves, mais vous devez me croire quand je vous dis que celui-ci l'était vraiment. Je me trouvais dehors dans les bois, en pleine nuit. Il y avait dans le ciel une lune brillante et ronde qui illuminait tout. J'étais assis à même le sol, et trois… personnes étaient assises face à moi. Dans une main, je tenais une pomme en or.

Justin la considéra d'un œil inquisiteur et demanda :

—Est-ce que cela vous dit quelque chose ?

—Non. Cela devrait ?

—C'est à cause d'une pomme en or que la guerre de Troie a été déclenchée.

À l'expression de son visage, il dut comprendre que cette référence ne lui disait rien non plus.

—Pour faire court, cette guerre mythique a débuté lorsqu'une déesse grecque du chaos a offert une pomme en or à un type nommé Pâris. Il était supposé l'offrir à la plus belle des déesses, et trois d'entre elles ont tenté de l'obtenir en le soudoyant. Peu importent les détails, mais le fait est que le choix qu'il a fait a déclenché cette guerre.

—OK.

—Donc, j'avais cette pomme en main, et devant moi ces trois… personnes qui la voulaient.

—Ils vous demandaient de choisir le plus beau ?

—Non.

Justin fronça les sourcils et parut lutter pour trouver ses mots.

—C'est dur à expliquer, poursuivit-il enfin. Cette pomme n'était pas la récompense d'un concours de beauté, dans ce rêve. Il s'agissait de davantage que cela encore. Il s'agissait pour moi de choisir à quelle… puissance je faisais allégeance.

—Allégeance ? répéta-t-elle. Mais… à qui ?

—À l'un des trois qui se trouvaient devant moi. Donner la pomme à l'un d'eux symbolisait un engagement, j'imagine.

Plus il parlait, plus il semblait évident à Mae que ce rêve l'avait profondément affecté.

—Ils m'ont dit que la pomme me rendait puissant, reprit-il, mais que si j'acceptais de la leur donner, ils m'offriraient quelque chose en retour. Et exactement comme dans l'histoire de Pâris, ils ont essayé chacun leur tour de m'appâter.

« L'un d'eux était un homme enveloppé de fumées et de ténèbres. Je ne pouvais le voir véritablement, mais il parlait d'une voix si profonde qu'elle faisait trembler le sol. Il m'a dit que si j'acceptais de le suivre, il me conférerait puissance et autorité. Il affirmait que grâce à lui, j'aurais la richesse et l'influence et que les gens ramperaient devant moi pour me servir, qu'ils me craindraient. Tout cela avait l'air diablement sérieux, et il a ajouté quelques commentaires obscurs laissant entendre qu'il connaissait mes adversaires et pouvait m'aider à les combattre. La femme – car il y en avait une – se révéla un peu plus aimable… mais tout aussi dangereuse. Et séduisante. Elle, j'ai pu l'observer un peu mieux. Sa peau était d'une blancheur de neige. Elle avait les yeux gris et les cheveux de la couleur de l'argent – non pas d'un gris évoquant l'argent : ils luisaient véritablement comme de l'argent et en avaient l'aspect. Elle était… si étincelante, et si belle… qu'il était presque douloureux de la regarder.

Il laissa sa voix s'éteindre sur ce dernier mot avant de se décider à poursuivre :

—Elle m'a dit qu'elle aimait les hommes avisés et que si je lui donnais la pomme, elle me donnerait la sagesse qui me permettrait de percer tous les secrets de l'univers. Je lui ai répondu que la sagesse, je l'avais déjà.

—Naturellement, commenta Mae.

Même dans un rêve d'importance capitale, sa confiance en lui et la certitude de sa valeur ne pouvaient lui faire défaut.

—Elle m'a répondu que je faisais erreur, que j'avais la connaissance et l'intelligence, mais pas la sagesse.

—Notre Dame du Livre versus Notre Dame des Clés…

La référence parut le surprendre, mais il acquiesça d'un hochement de tête et poursuivit :

— Quelque chose comme ça, oui. Le troisième type paraissait plus vieux, et je ne pouvais voir que la moitié de son visage : l'autre demeurait dans les ténèbres. Il a dit que personne ne pouvait donner la sagesse et que celle-ci devait être méritée. Il a affirmé qu'il m'offrirait son enseignement et que sa mémoire et ses pensées me guideraient. Il a également prétendu qu'il me montrerait comment être plus rusé que mes ennemis, et qu'il pouvait m'apporter un amour qui ferait l'étonnement et l'admiration de tous. Cela parut particulièrement agacer sa voisine, qui répliqua vertement : « Ainsi, il est possible de donner l'amour, mais pas la sagesse ? » Il a répondu qu'il n'avait jamais prétendu qu'il me le donnerait, mais que celui-ci pourrait être à moi, comme si je devais me battre pour l'obtenir. En réponse, elle l'a traité de « rusé salaud »...

— Je suis surprise que vous ne lui ayez pas offert la pomme rien que pour ça... Il m'avait l'air de bon conseil.

— Je n'ai pas eu le temps d'y réfléchir, répondit Justin en lui offrant son premier véritable sourire depuis leur retour. Parce qu'à ce moment-là, le type enrobé de fumée a toussoté et prétendu que lui aussi pouvait me donner ça et plus encore : qu'il pouvait m'offrir plus de femmes que ce que je pourrais en faire.

— Je présume que vous lui avez répondu que c'était impossible.

— Vous ne vous arrêtez jamais, pas vrai ? Je suis là, à déballer mes tripes... et je ne m'attendais pas à me prêter à un jeu de massacre.

— D'accord, désolée...

Mae se promit de modérer ses sarcasmes. Elle ne devait pas perdre de vue ce qui était en jeu.

— Le vieux type a renchéri que je n'avais véritablement besoin que d'une seule femme, poursuivit Justin. Et que celle qu'il m'enverrait me compléterait dans l'ombre comme dans la lumière, que je la reconnaîtrais à sa couronne d'étoiles et...

Renonçant à conclure, Justin s'éclaircit la voix et ajouta :

— Il a dit qu'elle serait taillée dans la glace et le feu, que dans mon lit elle me brûlerait, et qu'à l'extérieur elle serait prête à risquer sa vie et à mourir pour moi.

Mae l'aurait bien accusé de broder, mais avec la mémoire qui était la sienne, il ne faisait sans doute que réciter mot pour mot le procès-verbal de son rêve qu'il avait dû dresser dans le moindre détail au réveil...

Après avoir pris une ample inspiration, il finit pas conclure :

— C'est donc à lui que j'ai donné la pomme d'or.

— Parce qu'au fond de vous vous êtes un grand romantique ?

— Non. À cause de ce qu'il m'a dit ensuite. Il a affirmé qu'il pouvait également me sauver la vie. Et même si je savais être en plein rêve, j'ai réalisé soudain que la pièce dans laquelle je m'étais endormi était en feu. Il a pris la pomme que je lui tendais et m'a dit : « Suis les corbeaux ». Et c'est alors... que je me suis réveillé en pleine fournaise.

Justin chercha le regard de Mae et demanda :

— Vous êtes-vous déjà trouvée prise au piège dans une chambre en feu, cernée par les flammes ? Il faisait si chaud... Sans doute plus chaud encore qu'entre les bras de la femme qui m'était promise. La chaleur était étouffante et je crachais mes poumons à cause de la fumée. Je ne voyais rien d'autre que des rideaux de flammes. Des morceaux du plafond étaient en train de s'effondrer. Alors, enfin, je les ai vus. Les corbeaux...

— Les corbeaux ?

— Oui. Deux grands oiseaux noirs suspendus en l'air. Ils ont volé jusqu'à un coin de la pièce, et je les ai suivis. J'ignore encore pourquoi. Peut-être parce que je n'avais pas d'autre choix. Et là, j'ai vu qu'une partie du mur s'était effondrée, ouvrant un étroit passage vers l'extérieur. Mae... il faut me croire. Depuis mon lit, il m'était impossible de voir ce passage. Jamais je ne l'aurais découvert sans les corbeaux.

Les yeux écarquillés, il paraissait au désespoir.

— Je vous crois..., lui assura-t-elle, même si elle n'en était pas si sûre.

Cela parut le satisfaire, mais il paraissait toujours anxieux et affolé, plongé qu'il était dans ces vieux souvenirs.

— Je me suis débrouillé pour sortir, mais ma chemise était en feu. J'ai dû me rouler sur le sol pour l'éteindre, mais j'y suis parvenu, au prix de quelques brûlures. J'ai par la suite vu un spécialiste qui est parvenu à m'arranger tout ça sans que j'en garde de cicatrices – sauf une.

Justin déboutonna sa chemise et l'ouvrit afin de montrer son flanc à Mae. Elle se pencha sur le côté pour examiner l'endroit qu'il lui désignait du bout d'un doigt, juste sous les côtes. Il y avait bien une cicatrice, mais elle était à peine visible, simple bourrelet de peau d'une couleur presque identique au reste de son épiderme. Elle n'était même pas sûre qu'elle aurait pu la voir s'il ne la lui avait pas montrée. Elle ne faisait que quelques centimètres de long. Sans même y penser, elle suivit du bout du doigt son étrange contour. L'ensemble n'était pas parfaitement rectiligne, mais il y avait là comme un trait vertical un peu penché, et deux autres plus courts qui s'y jetaient, au sommet et par le milieu, à la manière d'un « F » majuscule italique. À son contact, il frissonna. Toujours sans y penser, Mae plaqua ses doigts contre sa peau, qu'elle trouva douce et tiède. Un flot de souvenirs l'envahit alors, et elle rompit brutalement le contact, en sursautant.

— Désolée, murmura-t-elle.

— Aucun problème, assura-t-il en reboutonnant sa chemise.

Il y eut ensuite un moment de gêne entre eux, que Mae tenta de briser en demandant :

— Et c'est ainsi que vous vous êtes tiré d'affaire ?

— Pas exactement, répondit-il en se replongeant immédiatement dans son récit. Car la situation était à peu près aussi critique à l'extérieur. L'hôtel se trouvait dans les bois, et il était presque impossible d'y voir quoi que ce soit. Il faisait noir, et contrairement à ce qui se passait dans mon rêve, c'était une nuit sans lune. La fumée n'aidait pas non plus. Il faisait plus clair près de l'hôtel, mais c'était là que se trouvaient le plus grand nombre de fanatiques. Apparemment, ce groupe comptait plus d'adeptes que nous ne l'avions cru lors de la première rafle. J'ai tenté d'aller me cacher dans les bois, mais un de ses dingues m'a vu et a donné l'alerte. Je me suis mis à courir en aveugle, dans le noir. Je les entendais approcher. C'est alors que j'ai commencé à suivre les corbeaux.

— Ceux qui vous avaient montré l'ouverture dans le mur ?

— Oui. Ça aussi c'était étrange, et pas seulement parce que je suivais deux oiseaux surgis de nulle part. Vous comprenez... il faisait nuit, et ils étaient noirs... pourtant je savais où ils se trouvaient. Ils m'ont guidé dans un périple hallucinant, trouvant à travers les arbres des passages que je n'aurais jamais pu trouver moi-même. J'ai fini par semer mes poursuivants, et après ce qui m'a semblé durer une éternité, j'ai débouché sur une route... à l'instant où les véhicules de la police locale et des pompiers arrivaient. Et les corbeaux se sont évanouis.

Mae ne savait que penser de cette histoire de corbeaux, mais le reste était étonnant.

— Vous avez eu de la chance, constata-t-elle.

Justin hocha lentement la tête.

— Beaucoup de chance, approuva-t-il. Ils m'ont ramené à la civilisation et ont attrapé le reste des fanatiques. Bruno – mon garde du corps – a été viré. Je suis retourné au bureau, et j'ai rédigé mon rapport sur ce qui s'était passé. Je n'ai rien dit à propos du rêve... mais j'ai mentionné les corbeaux.

Mae ne sut que répondre. Il était déjà grave pour un serviteur de croire en la réalité des phénomènes surnaturels, mais de l'admettre dans un rapport officiel...

— J'ai décrit comment ils m'ont guidé jusqu'à des endroits dont j'ignorais l'existence, comment ils ont surgi de nulle part, comment ils se sont évanouis sans laisser de traces. Je n'ai même pas tenté de trouver une explication rationnelle. J'ai juste écrit : « Peut-être, après tout, existe-t-il des forces surnaturelles dans le monde que nous ne pourrons pas écarter. »

Cornelia m'a ressorti cette phrase mot pour mot dans le message qu'elle m'a fait remettre au Panama.

— La lettre que j'ai remise à Cristobal…

— Exactement. C'était un moyen pour elle de me certifier que l'invitation était authentique. Mais quand je lui ai remis le rapport, le moins qu'on puisse dire est qu'il ne lui a guère plu. Vous n'imaginez pas les pressions que j'ai pu subir. Un serviteur décrivant un événement surnaturel dans un rapport officiel… Tout mon job consiste à démontrer que ces histoires sont montées de toutes pièces et que ceux qui y croient sont des gogos. On m'a fortement conseillé de rédiger un nouveau rapport. Ils m'ont jeté à la tête toutes sortes de théories : que ma vision avait pu me jouer des tours dans le noir, ou que les corbeaux n'étaient que le produit de mon subconscient me remettant en mémoire des choses dont j'avais oublié l'existence. Cela aurait été si facile de tout effacer… Juste une ligne, Mae – une ligne, et tout aurait été effacé. Mais je ne pouvais tout simplement pas m'y résoudre.

— Parce que vous ne pouviez vous expliquer ce que vous aviez vu ?

— Eh bien… ça, oui… et aussi parce que les corbeaux ne m'ont jamais quitté.

Mae attendit qu'il lui en dise plus, mais rien ne vint.

— Vous venez de dire qu'ils se sont « évanouis », fit-elle remarquer.

— C'est vrai : leur forme physique s'est évanouie. Mais ils sont restés là…

Du bout de son index, il tapotait son front.

— Ils vivent désormais ici, dans mon esprit, poursuivit-il. Je ne peux pas les voir – pas exactement –, mais je sens leur présence. Ils sont avec moi tout le temps. Ils me parlent… Ils veulent que je jure fidélité à leur dieu, mais je suis parvenu à me défiler jusqu'à présent grâce à… une subtilité technique.

— Justin…

Mae était effondrée. Elle se sentait impuissante pour réagir à un tel discours. Que lui conseiller d'autre que d'arrêter immédiatement l'alcool et la drogue ? La colère qu'elle avait nourrie contre lui avait tout à fait disparu. À présent, elle se sentait désolée pour lui.

— Vous ne pouvez…, commença-t-elle. Vous devez vous tromper. Vous êtes passé par de dures épreuves. Si vous pensez les avoir vus cette nuit-là, alors peut-être avez-vous… je n'en sais rien ! Peut-être avez-vous cherché à vous convaincre de leur existence en développant une sorte de…

Elle détestait devoir employer ce mot, mais il n'y en avait pas d'autre.

— … délire ?

Justin se laissa tomber de tout son long sur le lit et éclata d'un rire glaçant et sans humour.

— Vous ne pouvez savoir combien de fois je me suis répété ça ! s'exclama-t-il. Combien de fois je me le répète encore... Je n'ai cependant pas mentionné ce détail dans le rapport. Pas si fou... Une seule phrase m'avait déjà causé suffisamment d'ennuis pour me valoir l'exil. M'emprisonner était trop dangereux pour eux. Je pouvais faire en sorte de répandre autour de moi ce que j'avais vu – ou cru voir. Il leur fallait se débarrasser de moi, me mettre à l'écart des honnêtes Gemméens. Trois jours après avoir remis mon rapport, je fus conduit à l'aéroport sous escorte militaire. On me demanda de choisir une destination. « N'importe où sauf en RUNA », me précisa-t-on.

Son visage était empreint de gravité, et le désespoir qu'elle avait perçu précédemment ne l'avait pas quitté. Quoi qu'il ait pu se passer véritablement, Justin était convaincu de la réalité de ce qu'il avait vu. Mae, elle, ne l'était pas. Elle ne le pouvait pas, car elle croyait fermement qu'à tout phénomène il était possible de trouver une explication.

— Justin..., reprit-elle au bout d'un moment. Je ne sais que vous dire.

— Vous croyez que je suis fou. J'y ai moi-même pensé.

— Non... Je pense que vous êtes dévoué à votre métier, malin, et extrêmement brillant. Mais vous en avez bavé.

— Les corbeaux sont réels, affirma-t-il d'un ton catégorique. Je ne comprends ni comment ni pourquoi, mais ils sont réels. J'ai voulu nier leur existence pendant longtemps, mais voilà quatre ans qu'ils m'accompagnent et ils savent des choses que je ne pouvais savoir moi-même.

Qu'un tel phénomène puisse perdurer quatre années durant ne suffisait pas aux yeux de Mae à prouver sa réalité. Cela prouvait tout juste qu'il avait un sérieux problème... Préférant passer pudiquement cela sous silence, elle changea de sujet lorsqu'une évidence la frappa soudain.

— Le Bureau est au courant de vos croyances...

— Eh bien... pas de toutes, non.

— Mais c'est à cause de ce rapport que Cornelia a voulu vous faire revenir.

— C'est plutôt Francis qui l'a souhaité, rectifia-t-il. Quand la vidéo leur a posé un sacré problème, il a dû penser à moi en se souvenant de ce rapport dont il a dû prendre connaissance. Il est lui-même attaché à une croyance – je peux sentir ce genre de choses – et il s'imagine sans doute que seul un serviteur capable de remettre en cause les fondements de son métier sera capable de résoudre une enquête qui risque de saper les fondements de la RUNA. Il y a ça... mais j'ai aussi vu certaines autres choses.

— Par exemple ?

— Des choses que je ne peux expliquer… Des manifestations de nature surnaturelle… Quelqu'un comme Callista…

Mae voyait mal comment la prêtresse pouvait prouver quoi que ce soit dans le domaine du surnaturel.

— Qu'a-t-elle de si spécial ? s'étonna-t-elle.

Justin la dévisagea un instant avant de répondre.

— Vous ne pouvez le voir ? Il est vrai que ce n'est pas toujours évident pour moi non plus. Certains arrivent à le cacher… Mais il existe des personnes que leurs pouvoirs font – littéralement – briller. De temps à autre, si je les regarde de la façon qui convient, je peux m'en rendre compte.

À ces mots, Mae sentit un frisson lui remonter l'échine.

— Quel genre de pouvoirs ? demanda-t-elle.

— Je ne sais pas. Callista est la première personne chez qui j'ai pu constater ce phénomène. Cela m'a foutu une trouille bleue. Je ne savais pas quoi faire. C'est pour cela que je ne l'ai pas dénoncée.

— Est-ce également pour cela que vous avez couché avec elle ? demanda Mae d'un air malicieux.

— J'ai couché avec elle parce qu'elle était sexy et qu'elle me désirait. Peut-être avons-nous affaire au surnaturel, mais je n'en reste pas moins humain. Je n'ai jamais rien dit à Cornelia de Callista, mais je lui ai occasionnellement parlé de ces autres phénomènes auxquels j'ai pu assister – toujours en « off ». Cornelia m'a conseillé d'oublier tout ça et n'a pas paru en faire une montagne – du moins jusqu'à ce que j'en parle noir sur blanc dans un rapport.

Mae n'eut aucun mal à décrypter l'allusion.

— Êtes-vous en train de me dire qu'à la direction du Bureau de surveillance des sectes et cultes on croit à l'existence de puissances supérieures agissant dans ce monde ?

— J'ignore si elle croit en elles, mais elle a connaissance de rapports en ce sens, et peut-être pas uniquement du mien. Et même si elle n'aime pas ça – et si elle ne m'aime pas –, je suis ici parce qu'ils en sont réduits à se raccrocher à de faux espoirs.

Sous le choc, Mae s'allongea à côté de lui et fixa le plafond. Un esprit si brillant… aveuglé par le délire. Quelle pitié ! Mais après ce qu'il avait subi, comment aurait-il pu ne pas en garder de séquelles ? Elle se trouvait désormais confrontée à un autre problème : que devait-elle faire de tout ce qu'il venait de lui révéler, et qui n'avait rien de broutilles sans conséquences ? Il existait à Mazatlán un culte clandestin qui amassait des armes, ainsi qu'une prêtresse qui détenait des informations sensibles sur d'autres groupes clandestins. Elle travaillait en équipe avec un serviteur convaincu que des créatures surnaturelles vivaient dans son esprit et qui avait quasi admis croire en l'existence de dieux intervenant dans la vie des simples mortels. Naturellement, si ce qu'il prétendait était vrai, ses supérieurs étaient déjà au courant de ses croyances. Mais avait-on réalisé, à la direction du Bureau de surveillance des sectes et cultes, l'étendue de celles-ci ? S'en souciait-on vraiment ? Ils ne pouvaient en tout cas se désintéresser du fait qu'un de leurs collaborateurs couvrait par son silence des cultes illicites et potentiellement dangereux.

— Que comptez-vous faire ? demanda tranquillement Justin.

Sans doute avait-il deviné la teneur de ses pensées.

— Je n'en sais rien, avoua-t-elle.

— Horatio me dit que vous avez à présent tout pouvoir sur moi.

— Qui ça ?

— L'un des deux corbeaux.

— C'est son nom ? s'étonna-t-elle. Horatio ?

— Ce n'est pas moi qui le lui ai donné. L'autre s'appelle Magnus. Mais il a raison : mon sort est entre vos mains.

Mae pesa ses mots quelques instants avant de lui répondre.

— Ce que je veux, c'est que vous meniez à bien cette enquête. Et pour le moment, quel que puisse être votre… euh… état d'esprit, je pense toujours que vous êtes le seul à pouvoir le faire.

Tournant la tête vers elle, il répondit, tout sourires :

— Vous avez vraiment foi en moi…

— J'ai foi en vos capacités d'observation et de déduction. Pour le reste… je n'en sais rien.

Un détail lui revint en mémoire, qui lui fit demander :

— À quoi Callista faisait-elle référence en vous demandant qui vous avait choisi ? Parlait-elle des corbeaux ?

Le sourire de Justin se figea sur ses lèvres.

— Non, répondit-il. Selon eux, ils ne sont que les messagers… du dieu à qui j'ai remis la pomme d'or dans mon rêve. Je suis supposé lui être fidèle.

— Est-ce à dire que vous ne l'êtes pas ?

— J'ai réussi à trouver une faille dans le marché passé cette nuit-là qui m'a évité jusqu'à présent de signer officiellement avec le dieu qui s'intéresse à moi.

— Vous croyez réellement que ce dieu existe ?

— Je crois que quelque chose interfère dans mon existence.

Après avoir marqué une pause, il ajouta :

— Et dans la vôtre aussi.

Mae sursauta et se redressa vivement sur son séant.

— Non ! lança-t-elle fermement. Ne me mêlez pas à ça.

Justin se rassit à son tour sur le lit.

— Mae…, plaida-t-il. Je comprends que vous puissiez douter de moi, mais vous ne pouvez ignorer ce qui s'est passé cette nuit. Ne l'avez-vous pas senti, au cours du combat ? Moi, j'ai pu le voir de mes propres yeux… Quelque chose vous avait investie et vous aiguillonnait. Vous êtes une élue.

— Une élue ?

— Quelqu'un qu'une déité a choisi et marqué. L'une d'elle a jeté son dévolu sur vous, et Callista a raison : elle est beaucoup plus dangereuse que peuvent l'être mes corbeaux.

— Rien ni personne ne m'a élue, ni choisie, ni marquée ou quoi que ce soit d'autre que vous autres dingues pouvez vous imaginer ! s'écria-t-elle.

En aucun cas elle ne lui aurait avoué à quel point ce combat au couteau l'avait épouvantée. Un mélange de terreur et de jubilation l'avait envahie lorsqu'elle avait senti cette puissance sombre et violente s'emparer d'elle et guider le moindre de ses gestes, chacune de ses réactions, la rendant invincible.

— Ce que vous avez vu, reprit-elle plus calmement, n'est que le résultat de l'action de l'implant en moi. Au combat, il produit ce genre de réactions parfois. Il se crée une sorte de réaction en chaîne et…

— Ce n'était pas l'implant, l'interrompit-il. Tout comme je suis pratiquement convaincu que ce n'est pas lui non plus qui vous a immunisée contre l'effet de la drogue que vous a administrée Flèche Dorée. Je pense que c'est la présence de votre indésirable… marraine qui a produit cet effet. Léo soutient que vous auriez au moins dû réagir brièvement à l'intoxication.

— Léo n'est même pas capable de prouver que la vidéo est un faux ! répliqua-t-elle sèchement. Il n'a rien du génie que vous décriviez.

Justin demeura remarquablement calme pour lui répondre.

— Mae… Je sais que vous êtes consciente de ce qui se passe en vous. J'ai constaté la frayeur qui s'empare de vous après coup. Et j'ai vu… cette chose qui voudrait que vous la serviez. Lorsque nous nous trouvions dans l'église de Notre-Dame-du-Livre, les corbeaux m'ont signalé qu'une autre déesse avait des vues sur vous. Vous êtes le genre de personne que les dieux…

— Pas un mot de plus !

Quittant le lit en hâte, Mae se dressa sur ses jambes. Elle avait espéré qu'il aurait tout oublié de ce qui s'était passé au pied de cette statue, mais manifestement c'était un vœu pieu. Fou ou pas, Justin n'oubliait jamais rien.

—Justin…, reprit-elle, un ton plus bas. Je ne vais pas vous dénoncer. J'accepte sans protester que vous puissiez croire que ce que vous avez vu est vrai, mais n'essayez pas de m'entraîner dans vos croyances. Rien de ce que vous pourrez dire ne me convaincra qu'il existe des pouvoirs magiques et des forces surnaturelles en ce monde. Il y a peut-être… quelque chose qui cloche chez moi… mais c'est à moi, avec l'aide éventuelle d'un psychiatre, d'essayer d'y voir clair – pas à un dieu. Je ne crois pas en eux. Je ne le peux pas. J'ai vu trop d'horreurs en ce monde pour m'imaginer que quelque déité que ce soit pourrait tolérer de telles choses. S'il vous plaît… n'insistez pas.

Ses yeux sombres trahissaient l'intense réflexion dans laquelle le plongeaient ses paroles, mais elle aurait été incapable de déterminer ce qu'il en pensait. Enfin, il se rallongea sur le lit en disant simplement :

—OK.

—Merci, lui dit-elle. Et merci, également, de m'avoir parlé.

Un coup d'œil à l'heure qu'il était la fit grimacer. Il n'était pas donné à tout de monde de pouvoir se passer de dormir…

—Je vous laisse vous reposer, conclut-elle. Un long voyage nous attend. Au moins, dans l'avion, vous pourrez vous reposer.

Justin hocha la tête faiblement. Il paraissait sur le point de pouvoir s'endormir sur-le-champ. Ses paupières se relevèrent pourtant d'un coup, et il la chercha du regard.

—Au fait, dit-il. Pourriez-vous me rendre un service ? Une faveur qui n'a rien à voir avec… rien de tout cela.

—De quoi s'agit-il ? demanda-t-elle prudemment.

—Quand nous serons rentrés, pensez-vous pouvoir venir en uniforme me chercher chez moi ?

Mae ne cacha pas la surprise que lui inspirait cette étrange requête.

—Pourquoi ferais-je une chose pareille ?

—Tessa est invitée par un garçon à sortir aujourd'hui… enfin demain – peu importe. Vous vous montrez dans votre uniforme noir pendant que je leur fais mes recommandations… et nous n'aurons plus à nous inquiéter pour elle.

Un sentiment de dégoût s'empara de Mae.

—Non, répondit-elle. Il n'en est absolument pas question.

—Après tout ce qui vient de se passer ? insista-t-il. Ce n'est vraiment pas grand-chose.

—C'est parfaitement inutile, répliqua-t-elle. Je n'enfilerai pas l'uniforme de la plus prestigieuse unité d'élite de la RUNA pour votre bon plaisir. Vous devriez avoir honte de me le demander.

Pour masquer la tristesse que lui causait le fait de ne pouvoir revêtir l'uniforme prétorien, Mae n'avait pas caché son mépris.

Justin soupira et maugréa :

— Et vous, vous devriez avoir honte de mettre en danger la vertu de Tessa.

— C'est une chouette gamine, assura-t-elle. Tout se passera bien.

— Ce n'est pas son comportement à elle qui m'inquiète… Soyez sympa ! Il n'y a vraiment rien que vous puissiez faire pour m'aider ?

Mae y réfléchit quelques instants, avant de finalement acquiescer d'un hochement de tête résigné.

— Je crois avoir une idée.

22

Camp de redressement pour vilaines terroristes

Tessa ne comprit pas ce que Mae faisait en compagnie de Justin quand celui-ci les appela dans son bureau. Elle comprit encore moins pourquoi elle profitait précisément de ce moment-là pour nettoyer ses armes.

— Donc…, commença Justin. Dites-moi où vous compter aller ce soir.

Il était assis derrière l'imposant bureau en chêne qu'il avait récemment acheté, sur lequel il avait croisé les mains devant lui. De l'autre côté, les mains derrière le dos, Dennis avait tout l'air d'un condamné comparaissant devant un juge. Il y avait un écran sur le bureau que Justin seul pouvait consulter, mais un autre plus grand, derrière lui, était visible de tous ceux qui se trouvaient dans la pièce. On y découvrait la page d'accueil verrouillée de sa session de travail, montrant le sceau de la RUNA et la mention : « Attention ! Personnel autorisé uniquement, ministère de la Sécurité intérieure. » D'aucuns auraient pu être impressionnés par ce spectacle, mais pas Dennis.

Lui n'avait d'yeux que pour Mae. Installée sur le côté du bureau, elle était assise à une petite table ronde sur laquelle elle avait déposé ses deux revolvers et son couteau. Les jambes repliées sous sa chaise, habillée simplement d'un jean et d'un tee-shirt, elle paraissait parfaitement à l'aise et décontractée en s'affairant à démonter chacune des pièces de ses armes à feu, à les astiquer, avant de les assembler de nouveau. Ensuite, il ne lui restait plus qu'à renouveler l'opération. Même si cela paraissait étrange, Tessa ne trouvait rien d'alarmant à ce spectacle, mais elle avait conscience d'être davantage habituée à la présence des armes que le Gemméen moyen. Ce qui la dérangeait davantage, c'était le bleu et la petite entaille visibles sur la tempe de Mae chaque fois qu'elle repoussait ses cheveux.

Après avoir fini de remonter le plus gros des revolvers pour la troisième fois, elle l'inspecta de manière à ce que le canon de l'arme se retrouve directement braqué sur Dennis. Sous le coup de la frayeur, il recula vivement, manquant de peu de renverser Tessa. Il ne réalisa par conséquent pas tout de suite que Justin s'était adressé à lui et ce fut avec un temps de retard qu'il lui répondit :

— Westfield Plaza, monsieur.

— Intérieur, extérieur ?

— Extérieur.

— Placement libre ?

— Oui.

— Tu emmènes des couvertures ?

Mae introduisit un chargeur dans la plus petite de ses armes avec probablement plus d'énergie qu'il n'était nécessaire. Dennis sursauta et bafouilla :

— Ou… oui. Monsieur.

Justin ne répondit pas et dévisagea Dennis d'une manière qui parut intimider celui-ci davantage encore que la vision des armes. Tessa s'étonnait que Justin demeure aussi impressionnant alors que la fatigue creusait ses traits. Mae et lui n'étaient rentrés de voyage qu'une heure plus tôt, et la tension qui régnait entre eux semblait indiquer que tout ne s'était pas passé au mieux.

— Combien serez-vous ? poursuivit Justin.

— Six.

Pour se porter au secours de Dennis, Tessa précisa :

— Poppy vient aussi.

Justin eut un rire sarcastique et marmonna :

— Voilà qui n'est pas pour me rassurer. C'est toi le garçon qui va à l'église, n'est-ce pas ?

— Oui, monsieur.

— Y prêche-t-on encore cette c… leçon sur la vertu et la pureté des corps ?

Dennis hocha la tête avec empressement.

— Oui, oui. C'était justement au programme de la semaine dernière.

Après l'avoir gratifié d'un dernier regard appuyé, Justin conclut :

— D'accord. Vous pouvez y aller… mais sache que j'ai pris des renseignements sur toi. Je sais où tu habites. Et elle doit être de retour à onze heures. Compris ?

— Absolument, monsieur. Merci. Monsieur…

Sans demander leur reste, Tessa et Dennis décampèrent.

— Waouh ! s'exclama Dennis dès qu'ils se furent mis en route. Ce doit être une expérience intense de vivre chez toi…

Dans le métro qui les conduisait dans le centre, il s'assit le plus loin possible d'elle. Tessa songea qu'après ce qui venait de se passer, sa vertu ne risquait rien avec lui ce soir-là. Et peut-être à jamais…

Ils retrouvèrent Poppy et les autres dans un fast-food proche de l'endroit du concert qui n'avait rien à voir avec les établissements de luxe que Justin fréquentait. Regarder les employés débiter la nourriture à toute allure n'inspirait pas confiance, mais au moins cela lui fit-il de belles images pour son projet de documentaire. Elle avait pris l'habitude d'emmener sa caméra partout dernièrement, de manière à capter pour son film autant de facettes que possible de la vie gemméenne. Son professeur semblait être le seul à penser que son point de vue d'étrangère sur la RUNA pouvait apporter quelque chose. Dans le cadre de ce travail, elle avait besoin d'interviews spontanées auxquelles ses camarades étaient plus que ravis de se plier.

— J'avais peur que tu ne viennes pas, lui confia Poppy un peu plus tard. Je me disais que tes habitudes provinciales finiraient par l'emporter.

Comme toujours, cependant, c'était avec une bienveillance amusée que son amie évoquait ces « habitudes ».

Poppy ressemblait ce soir-là à une fille que Tessa avait aperçue au coin d'une rue panaméenne lors d'un trajet en voiture en famille. « Cette fille n'écoute pas ses parents ! » avait grondé sa mère d'un air menaçant.

— Tu vas être soufflée par le concert, poursuivit Poppy.

Pendant que les autres discutaient entre eux avec animation, elle se pencha sur elle et demanda à mi-voix :

— Qu'est-ce que tu penses de Dennis ?

Tessa jeta un coup d'œil à l'intéressé, qui parlait avec sa sœur fraîchement libérée de sa suspension.

— Il est sympa, répondit-elle. Mais je ne pense pas que ce soit celui qu'il me faut.

— À quoi bon attendre le prince charmant ? s'esclaffa Poppy. Il n'y a pas de mal à s'amuser avec un garçon.

Tessa imaginait mal se livrer un jour au genre d'« amusement » auquel elle faisait référence, du moins avec autant de légèreté. Peut-être Tessa se leurrait-elle et ne fallait-il rien rechercher d'autre que l'attraction physique. Dennis n'était pas un cas isolé. Aucun des garçons du lycée ne l'avait emballée. Aucune fille non plus, d'ailleurs. Elle aurait pu en rendre responsable le dépaysement culturel, mais elle n'avait jamais flashé sur personne non plus au Panama. Poppy, elle, semblait amoureuse d'un garçon différent chaque semaine, et Tessa commençait à se demander s'il n'y avait pas quelque chose qui clochait chez elle.

Le fait que le concert se déroulait en plein air aida Tessa à surmonter son agoraphobie. C'est avec la musique qu'elle eut davantage de mal. Elle avait bien sûr fait connaissance avec Vital Lucidity sur le flow mais sans parvenir à s'y habituer. Ce groupe la prenait totalement au dépourvu et ne ressemblait à rien de ce qu'elle avait connu jusqu'alors. Les paroles étaient incompréhensibles, et la musique elle-même semblait grinçante et discordante. Pire encore, le niveau sonore était insupportable. Il fallait crier pour se faire entendre, et Tessa redoutait de développer un problème auditif à l'issue de cette expérience. Au moins, rester assis dehors dans la douceur de la nuit citadine était agréable, et filmer les visages enthousiastes de ses amis captivés par le spectacle lui apportait davantage de matériel. Rhea était particulièrement fan et ne cessait d'étaler sa science sur le groupe, citant à n'en plus finir tout le matériel promotionnel qu'elle collectionnait et ce qu'elle savait de leur prochain album. Une fois de plus, Tessa fut frappée de constater qu'un pays officiellement basé sur l'absence de religion s'arrangeait sans même s'en rendre compte pour adorer de nouvelles idoles.

— Tu en veux ? demanda Poppy en lui tendant une flasque d'alcool à l'entracte.

Tessa hésita. Un verre de vin chez Léo et Dominic avait presque suffi à l'assommer.

— Je ne sais pas si…

— J'en ai une autre dans mon sac, l'informa-t-elle. Je les ai piquées dans le placard de mon père, mais il ne risque pas de s'en apercevoir. Un plus grand buveur que lui, ça ne doit pas exister.

Pour avoir vécu quelques semaines auprès de Justin, Tessa n'en était pas si sûre.

Dennis, qui avait tout entendu, se glissa jusqu'à elles sur leur coin de couverture.

— Non, pas question ! s'écria-t-il, en proie à la panique. Si elle rentre soûle chez elle, ils vont me tuer !

— Il n'a rien dit concernant l'alcool, objecta-t-elle.

Elle fut surprise de constater que la prétention de Dennis à lui dicter ses actes l'irritait. Et à bien y réfléchir, Justin avait commencé avant lui en début de soirée… *Je suis déjà restée trop longtemps ici*, constata-t-elle, désabusée. *Voilà que je résiste déjà à l'autorité. Jamais il ne me serait venu l'idée de contester un ordre, chez moi.*

— En plus, argumenta Poppy en lui tendant la flasque, ce n'est pas une ou deux gorgées qui vont la soûler…

Mais à la fin du concert, Tessa fut bel et bien soûle.

C'était une expérience nouvelle, et elle fut surprise de constater que cela lui plaisait. Après tout, peut-être Justin n'avait-il pas tort… Elle avait l'impression d'avoir la tête brumeuse et légère, et un rien lui semblait extraordinairement drôle. Elle ne se sentait pas aussi timide que d'habitude et, pour une fois, elle n'hésitait pas à se mêler aux conversations.

Alors qu'ils remontaient l'avenue après le concert, Tessa nota que Dennis était le seul à être resté sobre. Quand il ne consultait pas nerveusement l'heure sur son ego, il ne cessait de lui jeter des regards anxieux. Le petit numéro de Justin et Mae avait manifestement produit sur lui l'effet escompté.

Ils arrivèrent dans une partie de la ville que Tessa n'avait jamais visitée. Un immense bâtiment à colonnes se dressait devant eux, subtilement mit en valeur par un éclairage soulignant son imposante présence.

— Qu'est-ce que c'est ? demanda-t-elle.

— La Maison des sénateurs, répondit le dernier petit ami en date de Rhea. Comment tu peux ne pas connaître ?

Embarrassée, Tessa chercha quelque chose à dire pour rattraper sa maladresse.

— Le type chez qui j'habite connaît un sénateur. C'était même son meilleur ami.

Dans son esprit embrumé, elle partit à la recherche du nom qu'elle ne cessait d'entendre aux actualités.

— Lucian Darling ! ajouta-t-elle victorieusement.

— Vraiment ? Il va devenir consul ! commenta Rhea, impressionnée.

Tous les autres semblaient l'être aussi, si bien que Tessa se sentit mieux.

— En plus il est canon, ajouta Poppy. Le sénateur, je veux dire. Enfin… le type chez qui tu vis aussi. Je n'ai rien contre les mecs plus âgés, tu sais.

— Oui, tout le monde sait ça…, conclut le petit ami de Rhea, suscitant quelques ricanements.

Ils marchèrent un moment encore avant de longer un long mur de pierre qui semblait englober plusieurs pâtés de maisons.

— Et ça, qu'est-ce que c'est ? s'enquit de nouveau Tessa.

— Les Jardins nationaux, répondit Dennis.

Après avoir consulté son ego, il ajouta :

— Il est l'heure de rentrer.

— Tu devrais y venir dans la journée, quand c'est ouvert, suggéra une fille du nom de Sibyl. Un super coin pour se peloter.

Rhea venait de s'arrêter en plein milieu du trottoir et contemplait un des arbres bordant l'avenue, dont les branches atteignaient le mur.

— Il paraît qu'on peut passer de l'autre côté en grimpant sur cet arbre, expliqua-t-elle.

Les autres se retournèrent et la dévisagèrent, incrédules.

— C'est complètement dingue ! décréta Poppy.

Tessa était à peu près sûre que c'était bien la première fois qu'elle l'entendait faire ce genre de commentaire.

— Pas si dingue que ça, reprit Rhea. C'est le copain de ma cousine qui m'en a parlé. Vous voyez ces branches ? En grimpant dessus, on arrive au mur. Après, il n'y a plus qu'à sauter.

— De quoi se casser une jambe, commenta Dennis.

Puis, en tentant d'entraîner Tessa par la manche :

— Viens, il est l'heure maintenant.

— Il y a un banc de l'autre côté, insista Rhea. Il suffit de bien viser pour atterrir dessus.

Même Poppy n'était pas enthousiaste.

— Je ne pense pas qu'on pourrait rejoindre le mur.

Tessa cligna des yeux pour y voir plus clair et étudia l'arbre en question.

— Si, bien sûr que si c'est possible…, assura-t-elle. Il faut suivre cette branche, et ensuite passer sur celle-ci qui t'amène à l'aplomb du mur. Tu vois ?

Même si Cynthia pensait qu'une prétorienne n'était pas le meilleur instructeur, ils avaient continué de suivre les leçons d'escalade de Mae, Quentin et elle. Ils n'étaient naturellement pas parvenus à son niveau d'expertise, mais grimper sur un arbre n'était plus pour les impressionner.

Encouragée par ce succès (et par l'alcool), Tessa commençait à trouver la suggestion de Rhea parfaitement raisonnable. À un petit détail près.

— Comment faire pour revenir ?

— De l'autre côté, le mur n'est pas lisse et offre des prises, répondit Rhea. Une fois dessus, il suffit d'attraper cette branche et le tour est joué.

S'accrochant au bras de Tessa, elle lui demanda, les yeux brillants :

— Tu veux qu'on essaie ?

Dennis était aussi paniqué que lorsque Mae avait braqué le canon de son arme sur lui.

— Non ! Vous ne pouvez pas faire ça ! s'insurgea-t-il. Vous croyez vraiment que c'est si facile ? L'endroit est piégé et étroitement surveillé. Vous ne voyez pas les gardes ?

Il avait raison. Éparpillés le long du mur se tenaient des soldats habillés d'uniformes gris et marron qui surveillaient les alentours. Mais cela ne fut pas pour impressionner Rhea.

— Vous autres, vous n'avez qu'à les distraire, suggéra-t-elle. Faites du ramdam. Pendant ce temps, nous on passe de l'autre côté.

Rhea sourit à Tessa et lui demanda :

— Alors, tu en es ?

— J'en suis.

— Faites pas ça ! protesta Dennis.

Mais tous les autres s'étaient déjà mis en mouvement. Poppy en tête, ils se dirigèrent vers un soldat en faction pendant que Rhea et Tessa partaient dans l'autre direction. Le groupe riait fort et chahutait bien plus que précédemment. Tessa entendit Poppy crier :

— Hé ! M'sieur le soldat… Vous savez où on pourrait trouver des tapas, dans le coin ?

— Moi j'veux pas de tapas ! protesta bruyamment le petit ami de Rhea. On devait manger gemméen…

— Toi, tu veux toujours manger gemméen ! répliqua Sybil dans une explosion de rires.

Le soldat dit quelque chose que Tessa ne put entendre – sans doute pour leur conseiller de rentrer chez eux. Pendant ce temps, elle s'écorcha les mains en essayant d'atteindre la première branche, pas aussi accessible qu'elle l'avait imaginé. Une fois sur l'arbre, l'état dans lequel elle se trouvait ne lui facilita pas la tâche, et elle faillit tomber deux fois. Pourtant, elle fut ravie de constater qu'elle se débrouillait mieux que Rhea et elle fut la première à atteindre le mur – non sans manquer de tomber de nouveau. Elle parvint in extremis à rester accroupie au sommet en faisant une prière pour que sa tête cesse de tourner. Quand sa respiration se fut calmée, elle se redressa lentement, et Rhea la rejoignit.

— Putain de vue…, commenta-t-elle tout bas.

Tessa ne pouvait qu'être d'accord. Les jardins s'étendaient sous leurs yeux, si magnifiquement dessinés qu'ils paraissaient irréels. Des haies taillées à la perfection bordaient d'étroites allées empierrées partant dans toutes les directions. Des arbres que Tessa n'avait jamais vus, entourés de massifs de fleurs, ployaient doucement dans la brise nocturne. La faible luminosité l'empêchait de distinguer les couleurs, mais le spectacle était magique. Des spots identiques à ceux qui illuminaient le sénat éclairaient les statues d'importantes figures historiques disséminées le long des chemins.

Et juste sous elles… le banc dont Rhea avait parlé.

— Il est vraiment là ! chuchota Tessa.

Elle réalisa alors que jusqu'à cet instant, elle n'y avait pas tout à fait cru. Cependant, il ne paraissait pas aussi haut qu'elle avait pu l'imaginer.

— Ouais…, répondit Rhea.

Alors, sans autre avertissement, Rhea sauta. Elle s'arrangea effectivement pour atterrir sur le banc mais ne put conserver son équilibre.

En jurant tout bas, elle tomba à terre et se redressa bien vite en levant le pouce à l'intention de Tessa.

— Rien de cassé ! lança-t-elle. À toi…

Tessa commençait à redevenir sobre, et la part la plus raisonnable d'elle-même se rendait compte que l'idée n'était tout compte fait pas fameuse. Mais Rhea s'était déjà risquée dans l'aventure, et la crainte de passer pour une lâcheuse était forte. Si bien qu'en définitive, Tessa sauta à son tour… avec le même résultat. Après avoir durement atteint le banc, elle chuta elle aussi dans l'herbe, mais moins gracieusement que Rhea. Une vive douleur lui poignarda la cheville. Rhea l'aida à se relever, un sourire jusqu'aux oreilles sur le visage.

— Alors ? demanda-t-elle. Qu'est-ce qu'on fait d'abord ?

Des cris retentirent, qui leur firent comprendre qu'elles ne feraient rien. Tessa fit volte-face, et sa cheville, se rappelant à elle, lui arracha une grimace. Elle s'apprêtait néanmoins à grimper sur le banc pour escalader le mur quand elle remarqua un détail important.

La paroi était parfaitement lisse et n'offrait aucune prise. Bouche bée, Tessa se tourna vers Rhea.

— Tu disais…

Quelque chose de grand et de dur venait de la percuter de plein fouet, l'empêchant de poursuivre et la projetant au sol. Un cri suivi d'un bruit de chute, non loin de là, lui laissèrent à penser que Rhea avait subi le même sort. Des mains puissantes la relevèrent manu militari. Une silhouette massive et noire la dominait.

— Juste une gamine ! s'exclama une voix masculine.

— Moi aussi, lui répondit une voix féminine. Les meilleures forces de sécurité au monde ont belle mine…

— Ce n'est pas comme si elles avaient tenté de s'introduire dans le sénat…, reprit l'homme qui tenait Tessa, d'un ton étonnamment léger.

Il la poussa dans le dos et ajouta :

— Allez ! Avance…

Tessa tenta de faire un pas, mais sa jambe la trahit.

— Ma… ma cheville ! gémit-elle.

— Bien fait pour toi !

Il passa un bras autour d'elle et l'emmena vers le bâtiment principal, à moitié en la soutenant, à moitié en la traînant. Tessa crut que son cœur allait exploser. Jusque-là, elle s'était imaginé que rien ne pourrait être plus terrifiant pour elle que ce premier jour en territoire gemméen, lorsqu'elle était arrivée à l'aéroport. Le sang battait à ses tympans. Elle était totalement désorientée. Rien de ce qui l'entourait n'avait de sens pour elle, sauf le bâtiment vers lequel ils se dirigeaient, qui grossissait rapidement à ses yeux.

L'homme présenta sa main au scanner d'une porte, qui se déverrouilla. Un flot de lumière se déversa à l'ouverture de celle-ci, l'aveuglant et la faisant cligner des yeux. Rhea et elle furent traînées le long d'un couloir vide et immaculé vers une autre porte marquée « Sécurité ». Un autre scanner leur permit l'accès à une grande pièce emplie de moniteurs et de soldats en uniformes gris. L'un d'eux redressa la tête, manifestement surpris.

— Qu'est-ce que c'est ? s'étonna-t-il.

— Notre périmètre a été violé par des assassins surentraînés, répondit l'homme qui soutenait Tessa.

Avec plus de douceur qu'elle ne s'y attendait, il la déposa sur une chaise, et un moment plus tard Rhea se retrouva assise à côté d'elle, livide et apparemment prête à s'évanouir.

À présent que ses yeux avaient eu le temps de s'habituer à la lumière, Tessa examina leur escorte et crut qu'elle allait vomir.

Des prétoriens…

Toutes les monstrueuses histoires d'horreur les concernant qu'on lui avait répétées depuis l'enfance lui revinrent en mémoire. Ces deux-là n'étaient pas comme Mae, qui plaisantait, souriait et portait de jolis vêtements. Eux étaient intégralement habillés de noir et semblaient être une incarnation de la mort elle-même. L'homme qui l'avait ramenée était d'une stature impressionnante. Ses muscles donnaient un relief éloquent à son uniforme. La jeune femme qui s'était occupée de Rhea était plus petite et plus mince, mais sa force était tout aussi évidente. Tous deux avaient une arme au côté, et une expression terrifiante sur le visage.

Le soldat de l'armée régulière qui les avait accueillis vint scanner la puce d'identité de Rhea.

— Je suis sûr que tes parents vont être ravis d'avoir affaire à la police militaire ce soir, dit-il. Tu as de la chance d'être mineure.

Mais lorsqu'il passa à Tessa, son ton se fit moins badin.

— Une ressortissante panaméenne ! s'exclama-t-il.

Le soldat s'écarta d'elle, stupéfait, et poursuivit :

— Il s'agit d'une attaque en territoire gemméen. Techniquement, c'est une terroriste…

Le prétorien eut un grognement incrédule.

— Ce n'est qu'une gamine ! protesta-t-il. Et elle est soûle.

La prétorienne alla inspecter le scanner en demandant :

— Y a-t-il un adulte responsable, un contact ?

Elle consulta l'écran, et ses yeux s'arrondirent.

— Justin March…, lut-elle.

Les deux prétoriens échangèrent un regard entendu.

— Laisse-nous la prendre en charge, reprit la prétorienne. Nous allons gérer ça.

Les yeux du soldat, à qui elle s'était adressée, s'agrandirent démesurément.

— Mais… vous ne pouvez pas faire ça ! s'exclama-t-il. Vous ne comprenez pas à quel point c'est sérieux ? Il faut que j'appelle mes supérieurs et…

— Hector ! l'interrompit la jeune femme d'un ton glacial. Laisse-nous nous en occuper. Nous allons régler le problème.

— Comment ? insista-t-il. J'aurai des ennuis si je la laisse filer !

Le prétorien désigna Rhea d'un coup de menton.

— Il te reste celle-ci, dit-il. Il y aura bien suffisamment de remue-ménage autour d'elle, et ensuite personne n'en parlera plus.

L'homme en gris n'était manifestement pas de cet avis.

— Vous plaisantez ? C'est d'effraction d'un périmètre de sécurité qu'il s'agit !

Tous trois allaient et venaient à travers la pièce. En les regardant faire, Tessa s'efforçait de ne pas tomber en hyperventilation. Les prétoriens obtinrent gain de cause, en recourant à la menace après avoir essayé en vain la persuasion. Le soldat tremblait de peur quand ils en eurent terminé avec lui, et ce fut en leur adressant un salut nerveux qu'il les laissa emmener Tessa. Avant de quitter la pièce encadrée par eux, elle adressa un dernier regard désespéré à Rhea, mais celle-ci était bien trop choquée pour la remarquer.

Le prétorien l'aida à marcher, mais il ne lui passa pas les menottes. Étant donné la facilité avec laquelle il l'avait plaquée au sol dans le parc, il ne prenait sans doute pas grand risque… Elle fut conduite dans d'autres pièces brillamment éclairées, pour accomplir d'autres formalités dont elle perdit le fil. Quand deux autres prétoriens aussi impressionnants que les premiers firent leur apparition, des saluts furent échangés, et rapidement leur escorte fut autorisée à quitter les lieux avec elle.

Tessa s'attendait à grimper dans un avion militaire en partance directe pour le Panama, mais au lieu de cela ils prirent le métro, ce qui s'avéra en fait plus éprouvant encore. Les regards qu'elle avait attirés lors de son premier jour passé en RUNA n'étaient rien comparés à ceux qu'elle recevait à présent. Assise entre les deux prétoriens formidablement impressionnants, elle aurait voulu pouvoir s'enfoncer dans son siège. Bien que curieux, les autres passagers gardaient leurs distances, et Tessa ne pouvait les en blâmer. Aucune parole ne fut échangée durant tout le trajet, sauf quand le prétorien se pencha sur elle pour lui murmurer d'un air menaçant :

— Si tu savais le pétrin dans lequel tu t'es mise…

Une seule phrase… Mais il n'en fallut pas plus pour relancer les pires scénarios sous son crâne. Qu'allait-il se passer ? Allait-on la déporter ? La perte de son visa était sans doute ce qui pouvait lui arriver de mieux. L'emprisonnement, même, ne devait pas être pire que les autres traitements qu'ils pouvaient lui infliger. Après tout, le soldat dans le poste de sécurité avait dit qu'elle était une terroriste. Une condamnation comme celle-ci ne pouvait-elle pas mener à une exécution ?

Lorsqu'ils parvinrent aux abords de la maison de Justin, Tessa n'avait plus à redouter de tomber en hyperventilation, parce qu'elle ne pouvait presque plus respirer.

D'un pas lourd, elle remonta l'allée, toujours encadrée par les deux prétoriens. Les fenêtres étaient encore éclairées, et de manière hystérique, une part d'elle-même s'inquiéta de savoir si elle avait respecté le couvre-feu.

Justin ouvrit la porte et accueillit la vision qui s'offrait à lui avec un calme remarquable.

— Oh ! dit-il simplement. Waouh…

— Êtes-vous Justin March ? s'enquit la prétorienne.

Le voyant acquiescer, elle ajouta :

— Nous avons un problème.

— Oui, répondit-il prudemment. C'est bien ce qu'il me semble.

— Cette jeune fille a pénétré de force dans les Jardins nationaux, expliqua le prétorien. Il s'agit pratiquement d'un acte de terrorisme.

À cela, Justin ne trouva rien à répondre.

La jeune femme prit le relais, d'une voix basse et assurée.

— Parce qu'elle est mineure, nous sommes en mesure d'alléger sa punition.

— Qu'on se comprenne bien ! intervint son compagnon. La prison reste l'option la plus probable. Mais avec un peu de chance, elle pourrait juste écoper de quelques années au Camp de redressement pour vilaines terroristes.

— Absolument ! approuva la jeune femme. Je suis sûre que vous connaissez sa réputation.

— Certaines filles n'en reviennent jamais, reprit l'autre prétorien de manière menaçante. Mais c'est ainsi : des sacrifices doivent être consentis pour le bien de notre nation.

À ces mots, Justin parut se détendre quelque peu, sans doute parce que l'exécution imminente n'avait pas été évoquée.

La prétorienne hocha gravement la tête et ajouta :

— La procédure habituelle aurait voulu que nous la conduisions immédiatement en détention. Mais comme vous travaillez pour la Sécurité intérieure, nos supérieurs ont décidé qu'elle pouvait être laissée à votre garde.

— D'autant plus que vous avez une prétorienne à vos côtés, ajouta l'homme. Je… euh… suppose qu'elle n'est pas là ?

— Non. Elle est rentrée chez elle.

— Ah ! Dans ce cas, à vous de faire en sorte qu'elle ne s'échappe pas.

Le prétorien semblait déçu. Sans doute avait-il compté sur sa collègue pour la surveiller.

En adressant à Tessa un regard acéré, Justin répondit :

— Je peux vous garantir qu'elle n'ira nulle part !

— Nous déciderons de son sort demain, conclut la prétorienne.

Puis, désignant la porte et s'adressant à Tessa :

— Tu peux y aller, maintenant.

Tessa hésita et regarda Justin, indécise.

— Qu'attends-tu ? Vas-y ! l'encouragea-t-il.

— Et prépare une poche de glace pour ta cheville, conseilla le prétorien.

L'espace d'un instant, elle crut voir l'ébauche d'un sourire apparaître sur ses lèvres. Mais sans doute dut-elle rêver, car déjà son visage avait repris sa sévérité coutumière.

De peur qu'ils ne changent d'avis, Tessa hocha rapidement la tête et s'empressa de rentrer, sans jeter un regard en arrière.

23

La ballade de Mae et Porfirio

Justin entendit Tessa gagner la cuisine, ouvrir et refermer le réfrigérateur, puis grimper l'escalier quatre à quatre. Lorsqu'il perçut le bruit de la porte de sa chambre qui se refermait, il dit aux prétoriens aux visages impassibles qu'il avait devant lui :

— Je suppose que vous êtes des amis de Mae ?

Alors, la chose la plus extraordinaire se produisit. Sous ses yeux, le terrible vernis d'invincibilité prétorienne se fissura. Pris de fou rire, l'homme en avait les larmes aux yeux. Sa compagne enfouit son visage contre son épaule, secouée elle aussi par une crise d'hilarité qu'elle s'efforçait de dominer.

— Oh ! gémit le prétorien. C'était si drôle… et tellement méchant.

La jeune femme se redressa et s'exclama entre deux hoquets :

— Le Camp de redressement pour vilaines terroristes ! Où as-tu été pêcher ça ?

— C'est tout ce que j'ai pu trouver sur le coup, répondit-il. Mais ça a marché, pas vrai ? Vous avez vu sa tête ? Pauvre môme…

Justin les regardait alternativement. Il n'était pas certain de savoir comment aborder la situation. Il avait accepté le fait que sa vie avait tendance à devenir bizarre, ces temps-ci, mais apparemment, elle gardait en réserve de nouvelles et excitantes surprises à lui proposer.

— Voudriez-vous… boire quelque chose ? suggéra-t-il.

Avec un temps de retard, il se rappela que l'alcool n'avait aucun effet sur les prétoriens, mais les inviter à prendre un verre paraissait la moindre des choses. Il n'était pas tout à fait certain de comprendre ce qui venait de se passer, mais il avait l'impression que ces deux-là venaient de rendre un fier service à Tessa.

— Avec plaisir, répondit la jeune femme.

De manière hésitante, elle lui tendit la main et se présenta :

— Valeria Jardin. Mes amis m'appellent Val… et vous pouvez sans l'ombre d'un doute en faire partie.

Justin comparait souvent Mae à une lionne, quand il la voyait se préparer au combat. Il y avait quelque chose de félin également chez Val, mais de nature entièrement différente. Au vu de son apparence sensuelle et racée, il ne faisait aucun doute, au premier regard, qu'elle avait elle aussi des griffes prêtes à lacérer.

— Arrière ! la prévint son compagnon. Tu as entendu ce qu'elle a dit…

— Mae ? s'étonna Justin. Qu'a-t-elle dit ?

— Elle a dit que vous êtes mignon, répondit Val.

Le prétorien leva les yeux au ciel.

— Elle n'a rien dit de tel, protesta-t-il. Elle t'a juste demandé de te tenir à l'écart de lui.

— Ce qui de sa part revient pratiquement à avouer qu'elle le trouve à son goût.

— Certainement pas. Elle voulait juste éviter que tu compliques les choses, Val…

L'intéressée observait Justin entre ses paupières mi-closes, une expression de fausse modestie sur le visage.

— Je ne complique jamais rien, minauda-t-elle. Enfin… pas trop.

— J'ai vraiment besoin de ce verre ! décréta le prétorien en la contournant pour s'avancer sur le seuil. J'espère que vous avez du stock…

— Aucun problème, assura Justin, toujours un peu perplexe. Je n'ai pas saisi votre nom, monsieur…

— Dag ! répondit l'homme, sans préciser s'il s'agissait d'un patronyme ou d'un prénom. Déjà, il se dirigeait vers la cuisine, avec l'assurance de celui qui sait pouvoir aller où il veut.

Après avoir refermé derrière eux, Justin leur fit les honneurs de ses réserves d'alcool, qui suscitèrent leur approbation silencieuse. Chacun d'eux choisit deux bouteilles, puis ils le dévisagèrent, dans l'attente de ses instructions.

— Dehors, sur le patio ? suggéra-t-il. Tout le monde dort…

Avant de les suivre, il s'empara d'une bouteille de bourbon pour lui-même et de trois verres, même si les prétoriens paraissaient décidés à s'en passer.

Le vaste patio situé à l'arrière de la maison constituait l'endroit le plus éloigné des chambres à coucher, toutes rassemblées sur l'avant. Comme tout le reste de cette demeure, c'était un endroit confortable et parfaitement aménagé. Le sol était pavé d'ardoise. Une treille de vigne vierge protégeait du soleil un salon de jardin patiné par le temps. Un foyer ouvert, sur le côté, permettait de réchauffer l'atmosphère quand le temps se rafraîchissait. Tout semblait prêt pour accueillir des invités, mais les garden-partys n'avaient pas exactement figuré au programme de Justin ces derniers temps, et l'idée ne l'aurait jamais effleurée qu'il finirait par inaugurer l'endroit en compagnie de deux prétoriens.

Dag avait choisi deux bouteilles de whisky. Il en posa une sur la table et commença immédiatement à boire l'autre au goulot.

— N'est-ce pas...

Justin chercha les mots justes pour ne pas les froisser et poursuivit :

— ... du gâchis, en quelque sorte ? À cause de l'implant...

— Il est en train de l'écrabouiller, expliqua Val.

Elle ouvrit sa propre bouteille – de tequila quant à elle – et poursuivit :

— S'il descend ça en quelques minutes, il devrait pouvoir planer un peu. Pas longtemps, mais il faut faire avec ce qu'on a, pas vrai ?

À la voir ensuite imiter son collègue, Justin comprit qu'elle avait elle aussi l'intention d'« écrabouiller » son implant.

Tout cela était parfaitement neuf pour Justin.

— Vous ne risquez pas tout simplement le coma éthylique ? s'étonna-t-il.

— Nan..., répondit Dag en faisant une pause après avoir vidé la moitié de sa bouteille. L'implant va nettoyer tout ça. Il s'agit juste de le prendre un peu de vitesse.

— Je vois.

En les regardant s'adonner sans complexe à cette cuite express, Justin se sentit un peu minable de siroter son verre comme il le faisait. Il n'avait pourtant aucune intention d'essayer de suivre le rythme. Le suicide ne figurait pas au nombre de ses tentations.

Après avoir reposé leurs bouteilles vides, tous deux semblèrent suprêmement satisfaits. Dag tapa dans la main de sa collègue et se laissa couler dans son fauteuil en murmurant :

— On y est... Chouette manière de finir en beauté une chouette nuit !

— Que s'est-il passé ? s'enquit Justin. Comment Tessa est-elle devenue une dangereuse terroriste ?

Cette question suffit à ramener un sourire sur leurs visages.

— Elle a escaladé le mur pour s'introduire clandestinement dans les Jardins nationaux, expliqua Dag. Cela arrive de temps en temps. L'endroit est tellement surveillé que les petits malins qui s'y risquent sont repérés avant d'avoir fait deux pas. Il faudrait vraiment qu'ils se décident à couper ce putain d'arbre !

Justin ne prêta même pas attention à cette histoire d'arbre.

—Elle s'est introduite dans les Jardins! s'exclama-t-il. Mais... pourquoi a-t-elle fait ça?

—Parce que les gosses se laissent parfois entraîner par d'autres gosses, répondit Val. Et puis... elle était soûle.

Justin faillit en lâcher son verre.

—Non! s'exclama-t-il. Pas elle... Ce n'est pas possible.

Dag paraissait réellement compatir.

—Je sais que c'est dur à admettre, dit-il. Même quand elles ressemblent à de blanches colombes, les adolescentes ont le chic pour faire des trucs dont on les croirait incapables.

—Oh, je ne me fais aucune illusion sur les adolescentes, croyez-moi..., précisa Justin. Mais pas elle. Si vous la connaissiez, vous comprendriez. Elle a essayé sa première paire de jeans il y a quinze jours et continue à baliser à cause des voitures sans chauffeurs.

Val se mit à rire et conclut:

—Alors, elle a eu bien de la chance cette fois. Essayez de faire en sorte qu'elle se tienne à l'écart des ennuis. La prochaine fois qu'elle aura affaire à des forces de l'ordre, elle pourrait ne pas avoir deux vaillants héros qui viendront la secourir.

—Quelque chose me dit qu'il n'y aura pas de prochaine fois, marmonna Justin.

En jouant avec son verre, il réfléchit un instant à ce qu'il venait d'apprendre et demanda:

—Comment avez-vous su qui elle était?

Dag, qui observait déjà avec intérêt la seconde bouteille, se chargea de répondre.

—Finn – je veux dire: Mae – nous a tout raconté, et il ne doit pas y avoir tant de jeunes Panaméennes que ça à circuler dans les rues de Vancouver. Nous avons scanné sa puce, et votre nom nous a tout de suite dit quelque chose...

En songeant aux événements récents, Justin commenta:

—On peut dire que Mae s'est bien débrouillée en lui apprenant à grimper aux arbres...

Cela fit rire Dag, qui ajouta fièrement:

—Mae est bonne en tout. Vous devriez la voir au combat...

Val approuva d'un hochement de tête et renchérit:

—Nous sommes tous bons, mais elle est quant à elle vraiment bonne. Même avant de porter l'implant, elle était déjà stupéfiante. Venant d'une caste, elle ne l'a pas eue facile en arrivant dans l'armée. Je crois qu'elle a dû massacrer trois mecs le premier jour, et plus personne ne s'est jamais avisé de l'embêter. Enfin... dans notre cohorte, bien sûr.

Justin en savait suffisamment sur les prétoriens pour être au courant de leur système de reconnaissance par couleurs. Même dans la faible lumière, le point à leur col demeurait visible.

— La cohorte rouge ? hasarda-t-il.

— Écarlate, répondirent-ils à l'unisson.

— Pourquoi l'appelez-vous « Finn » ? Son prénom monosyllabique lui permettait déjà d'entrer dans votre club...

Sa remarque les fit beaucoup rire.

— Dag était incapable de se rappeler son prénom, expliqua Val. Mais il aurait été difficile d'oublier qu'elle est Nordique d'origine. Et « Finn » est un surnom plus sympa que « Troll ».

Le silence retomba entre eux lorsque les prétoriens entamèrent leur seconde bouteille. Justin éprouvait encore quelques difficultés à se faire à l'étrangeté de la situation. Avant leur petit numéro du « camp de redressement », il avait été saisi de les découvrir sur le pas de sa porte. Leurs visages... leur posture... ces uniformes. Il avait eu l'impression que son cœur cessait de battre. Il avait suffisamment vu Mae dans ses œuvres pour savoir à quel point la réputation des prétoriens n'était pas usurpée.

Cela rendait parfaitement incroyable le fait qu'il était en train de boire un pot en compagnie de deux d'entre eux, qui essayaient désespérément de se soûler en échangeant des sarcasmes et en se réjouissant du bon tour joué à une gamine. Le gouvernement ponctionnait en recettes fiscales près de quarante pour cent de son salaire, et il l'avait un peu mauvaise que son argent puisse servir à ça.

— Et donc, reprit-il, vous êtes chargés de surveiller les Jardins nationaux ?

Dag acquiesça d'un hochement de tête.

— Ouaip, dit-il. Plutôt cool, comme affectation. Le job est facile, et on a énormément de temps libre.

— Je suis libre demain soir..., précisa Val d'un ton faussement innocent.

— Mais je préférerais retourner au combat, ajouta Dag en observant sa bouteille d'un air triste et rêveur. L'action me manque.

Val lui toucha brièvement le bras.

— Bientôt, lui dit-elle. On fera peut-être équipe ? Peut-être Finn, également ? Ils ne pourront pas lui infliger ce job éternellement.

En regardant Justin d'un air gêné, elle ajouta :

— Sans vouloir vous offenser.

L'instinct lui annonçant qu'un élément d'importance était sur le point d'apparaître donna la chair de poule à Justin.

— Pourquoi pourrais-je l'être ? s'étonna-t-il en réfléchissant à ce qui venait d'être dit. Et que voulez-vous dire, avec ce job qui lui serait « infligé » ?

— Vous ne savez pas ?

Val paraissait sincèrement surprise. Négligemment, elle ajouta :

— Pour elle, vous êtes une punition.

— C'est un peu vache de présenter ça comme ça, protesta Dag. Ce n'est pas comme s'ils avaient inventé ce job de toutes pièces pour la caser.

Redevenant songeur, il poursuivit comme pour lui-même :

— N'empêche qu'ils ne l'auraient pas affectée à cette mission si elle n'avait pas fait ce qu'elle a fait. Elle serait avec nous aux Jardins.

Le colosse en noir paraissait triste, mais c'était presque d'un ton accusateur qu'il s'était exprimé. Justin était incapable de déterminer si sa rancœur s'adressait à lui, à Mae, ou à une autre mystérieuse instance. Il se rendait en revanche parfaitement compte que cette conversation le mettait sur la touche, et qu'il lui fallait se mettre au parfum. L'idée d'être une punition pour Mae n'était pas non plus pour lui plaire.

Horatio se mit à rire, pour autant qu'un corbeau était capable de le faire.

— *Évidemment... Comment ta compagnie pourrait-elle être autre chose qu'un pur délice ?*

— Qu'a-t-elle fait ? demanda-t-il. Pour quelle raison devait-elle être punie ?

Val et Dag échangèrent un regard gêné. Leur insouciance décontractée s'était volatilisée.

— Je ne sais pas si... nous pouvons vous le dire, commença Dag. Si elle ne l'a pas fait elle-même... c'est peut-être parce qu'elle ne veut pas que vous le sachiez.

— Ce n'est pas exactement un secret d'État..., fit valoir Val, qui semblait reprendre un peu d'assurance. Il n'y a pas un prétorien qui ne connaisse pas la ballade de Mae et Porfirio.

Le choix de la formulation la fit rire, et Dag se joignit bientôt à elle. Justin, quant à lui, trop focalisé sur la vérité qui commençait à poindre, ne riait pas.

— Porfirio..., répéta-t-il pensivement. C'est lui, n'est-ce pas ? Le type de la plage.

Val tourna la tête vers lui et demanda, étonnée :

— Mae vous a tout dit ?

— Non. Pas exactement.

Comment leur expliquer tous les indices qu'il avait rassemblés ? La façon qu'elle avait d'éviter son regard quand le sujet était abordé. Son corps qui se figeait...

— J'ai juste deviné certaines choses, résuma-t-il.

— Oh, croyez-moi, jamais vous ne pourrez deviner le reste ! Une de ces histoires qu'un scénariste n'oserait pas imaginer...

Elle se tourna vers Dag et demanda :

— Tu veux la raconter ?

— Tu commences, répondit-il. Je te corrigerai quand il faudra.

Val lui donna un coup de coude qui aurait suffi à faire tomber de sa chaise un homme ordinaire.

— Hé ! Je connais l'histoire..., protesta-t-elle. J'étais là quand ça s'est passé.

— Alors arrête de perdre du temps et raconte ! ordonna Dag.

— Très bien, très bien...

Après avoir pris une ample inspiration, Val entama son récit.

— C'était il y a environ deux ans de cela. Nous étions tous à cette fête. Puisque c'était une année d'élection, il y avait en ville pas mal de prétoriens – ce qui se produira cette année aussi. Beaucoup d'officiels à protéger... Protéger les politiques, c'est un peu comme de protéger les Jardins, vous savez. Pas mal de cérémonies, beaucoup de temps libre – et des tas de ree-partys. Un soir, un type – un Or, si je me souviens bien – avait loué toute une salle pour nous accueillir. La moitié de la garde devait être là.

— Ce n'était pas sa fête de fiançailles ? s'enquit Dag.

— Peut-être. Je ne me souviens plus.

— Tu vois ? Je le savais !

— Moi, je me souviens des choses importantes ! protesta-t-elle vivement.

— La fête..., intervint Justin pour les remettre sur les rails. Le ree. La moitié de la garde.

— Exact, maugréa Val. Donc... il y avait là un tas d'entre nous, et l'ambiance était chaude. Dag est allé faire un tour au bar et il est tombé sur un groupe d'Indigos. L'un d'eux se vantait d'être un champion de la canne de combat. Connaissez-vous ce sport ?

— J'ai dû rater quelque chose, répondit Justin.

— Un truc dingue, résuma Dag. Imaginez de l'escrime... avec des bâtons en guise d'épées. Et pas mal d'acrobaties.

Justin avait du mal à s'en faire une idée.

— C'est un véritable sport ? s'étonna-t-il.

— Ouaip. Finn est une vraie championne.

Dag semblait être aussi fier qu'il aurait pu l'être de ses propres exploits.

— Ce sont les castés qui tiennent le haut du pavé, précisa-t-il, mais on trouve aussi des ligues plébéiennes.

Val, elle, n'avait pas perdu le fil.

—Cet Indigo, – Porfirio –, était un ex-casté lui aussi : un Ibérien.

Bien éloigné, donc, de la caste de Mae, réalisa Justin.

—Et que je me vante d'être un vrai champion de la canne, que personne ne peut se mesurer à moi… Jusqu'à ce que quelqu'un décide de lui rabattre son caquet en lui lançant un défi.

Ce disant, elle glissa un regard entendu à Dag.

—Hé ! protesta-t-il en dressant ses mains devant lui. Tu aurais dû l'entendre… un vrai connard imbu de lui-même ! D'ailleurs, il l'est resté, jusqu'à la fin. Il fallait que quelqu'un le remette en place.

—Si tu l'avais fermé, répliqua Val d'un ton accusateur, rien de tout cela ne serait arrivé.

Frappé par ces paroles, Dag ne répondit pas et s'abîma dans ses pensées.

—Donc, reprit-elle, mon camarade ici présent s'est cru obligé de faire savoir vertement à cet Indigo – Porfirio –, qu'une de ses sœurs de cohorte était capable de lui mettre la pâtée. Cela a mis les Indigos sens dessus dessous, et les paris ont commencé à fuser. Ni une ni deux : voilà Porfirio et Dag qui prennent d'assaut la table où nous nous trouvions, Finn et moi, prêts pour un combat dont elle ignorait tout.

—Un connard, marmonna Dag tout bas. Un arrogant connard.

—Il y avait cet Azur avec nous. Quel était son nom, déjà ?

Les sourcils froncés, Val y réfléchit un instant.

—Albright, c'est ça…, reprit-elle enfin. Un chic type. Je pense que si on les avait laissés seuls tous les deux, ils auraient fini la nuit ensemble. Ce qui nous aurait épargné bien des problèmes.

—Arrête de me mettre sur le dos des vieux trucs qui ne riment plus à rien ! s'emporta Dag. Tu sais très bien que ça n'aurait pas collé avec Albright. On ne peut rien reprocher à Finn sur tous les autres aspects de sa vie personnelle, mais pour ce qui est des mecs… Elle finit toujours par choisir les types les plus tordus : suffisants, arrogants, imbus d'eux-mêmes. J'ai toujours envie de les boxer !

Dans son fauteuil, Justin s'agita nerveusement.

Cahin-caha, en ne cessant de se couper la parole et de se perdre en digressions oiseuses, les deux prétoriens lui racontèrent une histoire des plus bizarres, dans laquelle Mae faisait de ses faveurs sexuelles l'enjeu d'un combat à coups de cannes. Il l'imaginait parfaitement – rapide, gracieuse, mortellement dangereuse –, engagée corps et âme dans ce duel. Penché en avant, il ne perdait pas une miette de ce récit aux dimensions épiques.

—Cela avait tout de préliminaires, résuma Val en mettant un terme à son histoire. La tension sexuelle était à couper au couteau.

— Que s'est-il passé ? demanda Justin. Qui a gagné ?

Val et Dag hésitèrent tous deux.

— Je n'en suis pas très sûre..., répondit-elle vaguement.

— Quoi ! s'insurgea-t-il. Je croyais que vous étiez là tous les deux...

— Nous étions bien là ! Mais ça n'en finissait pas... On a fini par s'ennuyer, puis deux Violets ont commencé à se taper dessus parce que l'un accusait l'autre de tricher. Alors... on est tous allés voir.

Justin n'en revenait pas. Comment Dag et Val avaient-ils pu le mener jusqu'à l'apogée de cette histoire dramatique pour brusquement le laisser tomber ? Plus incroyable encore, ils paraissaient s'en moquer royalement, affichant une attitude nonchalante et blasée.

— *Ce n'est pas fait pour inspirer confiance dans la défense du pays, n'est-ce pas ?* plaisanta Horatio.

— *Espérons qu'ils se montrent plus compétents sur le champ de bataille,* approuva Justin.

— Je crois que c'est elle qui a gagné, estima enfin Dag. Le lendemain, Porfirio avait coupé ses cheveux.

— Non, le contredit Val. Je pense que c'est lui. Le lendemain, Finn avait cet air qu'elle a toujours après l'amour. Elle devient plus cool, peut-être pendant... cinq minutes ?

— Peut-être qu'ils ont gagné tous les deux, conclut Dag.

— Ou perdu tous les deux, renchérit Val.

Justin, lui, avait envie de se cogner la tête contre la table... Au lieu de cela, il se versa un autre verre de bourbon.

— Ça s'arrête là ? s'étonna-t-il. Pourquoi dites-vous que son affectation à mes côtés constitue une punition pour elle ?

Renonçant à analyser l'issue du combat, Val répondit :

— J'y viens.

— *Demain peut-être...*, croassa Magnus.

— Quoi qu'il en soit, ils sont ensuite devenus inséparables, poursuivit-elle. Cela s'est vite su, même dans les hautes sphères. Ils ont pour politique de séparer les couples, pour éviter les conflits d'intérêts. Mais dès qu'ils pouvaient se retrouver, ils allaient se planquer quelque part et restaient au lit pendant des jours.

Le regard de Val se fit songeur.

— Je pense qu'elle était heureuse, conclut-elle.

— Apparemment pas tant que ça, grommela Dag.

— Peut-être.

Val reporta son attention sur Justin avant de reprendre son récit.

— Il y a à peu près six mois de cela, il lui a proposé de l'épouser. J'ignore comment il a fait ça. Il était toujours dans l'excès, alors je suis sûr que ça devait être grandiose et dramatique. Peu importe, en fait, parce qu'elle a dit « non ».

— Pourquoi ?

De nouveau captivé par cette histoire, Justin ne prêtait que peu d'attention à la quantité de bourbon qu'il ingurgitait.

Val haussa les épaules et répondit :

— Je ne le sais pas non plus. Cela ne regarde qu'elle. Mais lui avait en tout cas toutes sortes de théories. Il a explosé de rage et n'a cessé de la chercher sur des riens. Tout se passait derrière des portes closes, mais Finn s'est un peu confiée à moi. Il l'accusait d'être incapable de s'engager. Il prétendait qu'elle était trop orgueilleuse pour quitter sa caste. Il l'a même accusée de le tromper. Je pense qu'il lui fallait à tout prix rationaliser le fait qu'elle refusait de partir avec lui main dans la main dans le soleil couchant. En tout cas, c'était plutôt moche et injuste, et si j'avais été là, j'aurais fait en sorte qu'il lui foute enfin la paix.

Dag hocha gravement la tête en signe d'acquiescement. De nouveau, Justin retrouvait les prétoriens qui s'étaient présentés à lui sur le pas de sa porte. Plus aucune légèreté, plus de pitreries. Ils redevenaient tous deux inflexibles et déterminés. Si le dénommé Porfirio s'était trouvé devant eux, ils l'auraient sûrement réduit en pièces.

— *Ils l'aiment*, résuma Magnus.

Justin ne pouvait qu'approuver.

— *Oui, ils l'aiment vraiment.*

Instables, farfelus, dangereux... ces prétoriens étaient sans doute tout cela et plus encore, mais ils étaient également dévoués à Mae d'une manière qu'il avait rarement pu constater. Et bien qu'elle ne lui eût jamais parlé d'eux, il était prêt à parier tout ce qu'il avait qu'elle le leur rendait bien.

— *Comment un attachement aussi inconditionnel peut-il survenir entre eux ?* s'interrogea-t-il. *Est-ce parce qu'ils ont cette loyauté envers la nation chevillée au corps et qu'ils font un transfert sur ceux qui la servent ?*

— *Il n'y a rien d'aussi complexe derrière l'amour*, assura Magnus. *Les gens tiennent les uns aux autres... parce que c'est comme ça. Les amis fonctionnent ainsi. Les amants, aussi. Tu devrais essayer...*

— *J'aime Cyn et Quentin !* protesta Justin. *Est-ce que tu remettrais ça en cause ?*

— *Non*, concéda Magnus. *Tu les aimes vraiment.*

— *Mais ces prétoriens ?* reprit Justin. *Envers qui sont-ils le plus loyaux ? Les uns envers les autres ? Ou envers la RUNA ?*

À cela, les corbeaux ne répondirent pas.

— Porfirio ne l'a pas très bien pris..., reprit Val, retrouvant suffisamment le contrôle d'elle-même pour reprendre le fil de son récit. Il a même complètement perdu les pédales. Il a voulu prouver sa valeur, et sans doute aussi s'éloigner d'elle. Il a demandé une affectation en Europe – vous savez quel merdier c'est là-bas.

— Je sais.

Lorsqu'il lui avait fallu s'exiler, le continent européen n'avait jamais constitué un point de chute potentiel pour Justin.

— Que lui est-il arrivé ? demanda-t-il.

— Il est mort…, répondit simplement Val, qui tout comme Dag s'était rembrunie. Tué au front lors d'une explosion. J'ignore tout des détails, et je ne veux pas les connaître. Lorsque cela s'est su, il s'est trouvé des gens pour prétendre – surtout dans la cohorte Indigo – que Mae portait la responsabilité de sa mort.

— C'est faux ! s'insurgea Dag. Ce salaud l'a bien cherché, et il est le seul responsable.

Val, manifestement, était de cet avis.

— Bien sûr, mais beaucoup ont pensé le contraire, dit-elle. Et continuent de le penser. Ses funérailles ont eu lieu il y a trois semaines de cela, et une des Indigos a cherché querelle à Finn.

À cette évocation, le visage de Dag s'éclaira quelque peu.

— Elle a nettoyé le sol avec cette garce ! se réjouit-il. C'était stupéfiant ! Un peu effrayant aussi. On en revient à ce qu'on disait tout à l'heure… À ce stade de perfection, ce n'est plus du talent, c'est complètement irréel.

— Nos supérieurs ont en tout cas trouvé ça on ne peut plus réel, grommela Val. Une bagarre lors d'une ree-party, ils peuvent fermer les yeux. Perturber des funérailles militaires, c'est une tout autre histoire. Elle a passé un peu de temps en détention et a écopé d'un blâme. Ils l'ont dépouillée de son uniforme et…

— Attendez un peu ! l'interrompit Justin. « Dépouillée de son uniforme » ? Qu'est-ce que ça veut dire ?

— Cela veut dire qu'elle ne peut plus revêtir l'uniforme prétorien tant que sa punition n'a pas été levée. Si les circonstances l'obligent à porter l'habit militaire, ce sera l'uniforme gris et marron.

Justin vit les yeux de Val se troubler, par sympathie pour son amie.

— C'est un sale coup, acheva-t-elle.

Il voyait mal en quoi l'interdiction du port de l'uniforme pouvait constituer une telle punition, mais tout dans la réaction de Val et Dag lui prouvait le contraire. Les prétoriens avaient l'amour de leur métier, qui les satisfaisait pleinement et leur conférait une puissance et une position. Leur uniforme ne symbolisait pas autre chose. Aux yeux de la population, c'était même ce qui les résumait le mieux : des guerriers invincibles habillés de noir, les meilleurs soldats de la République. Pour eux, devoir renoncer à porter l'uniforme revenait à perdre une partie d'eux-mêmes. Avec un accès de culpabilité, il réalisa soudain pourquoi Mae s'était montrée si hostile quand il lui avait demandé, par convenance personnelle, de se montrer chez lui habillée en prétorienne.

— Elle a également été privée de service actif et de service cérémoniel.

Val marqua une pause pour mieux dramatiser la fin de son récit.

— Et c'est ainsi qu'elle s'est retrouvée affectée à vos côtés.

— Et c'est pour cette raison que je suis une punition pour elle, conclut Justin sans chercher à cacher son amertume.

Tous deux acquiescèrent d'un signe de tête.

— Ne le prenez pas personnellement…, conseilla Dag, presque gentiment. Vous avez une vie plutôt excitante.

— Mais elle pourrait l'être bien plus, objecta-t-il.

Un long silence s'ensuivit, au terme duquel Dag répéta :

— Ne le prenez pas personnellement.

Justin parvint à retrouver son sourire coutumier – quoique plus difficilement que d'habitude – et fit comme s'il prenait tout cela à la légère et qu'il avait apprécié leur excitante histoire.

— Je suis un peu surpris qu'elle ait pu se lier sur le long terme à quelqu'un qui n'était pas de la caste nordique, dit-il pour changer de sujet.

Un membre d'une autre caste était considéré par un casté de la même manière qu'un plébéien.

— Je me disais que quelqu'un comme elle devait être poussé à accepter un mariage savamment arrangé entre Nordiques.

— Elle ? s'écria Val, retrouvant un peu de sa vivacité. Jamais je ne l'ai vue fricoter avec un Nordique depuis que je la connais.

— Mais elle a conservé sa citoyenneté, fit valoir Justin. Elle semble donc vouloir rester en bons termes.

— Apparemment pas au point de se priver de coucher avec des gars à la peau mate et aux cheveux sombres si ça lui chante, répliqua Dag.

Il y avait là deux points qui chiffonnaient Justin. Le premier était que Mae lui avait menti en affirmant qu'elle ne pouvait avoir de relations avec quelqu'un comme lui. Le second, qu'elle ne s'était pas « affichée » avec lui parce qu'elle ne l'appréciait pas vraiment. Elle avait beau être hors de sa portée, ce vieux coup bas porté à sa fierté masculine faisait toujours mal.

Finissant son verre, il proposa aux deux prétoriens une autre bouteille, mais une consultation de leur ego leur fit prendre conscience qu'ils étaient en train de louper une autre fête.

— Merci pour votre hospitalité, dit Val en se levant.

Puis, en lui caressant doucement la joue, elle ajouta :

— Il faudra que je vous rende la pareille une autre fois…

— Val ! lança Dag d'un ton menaçant.

Elle se contenta de sourire et adressa à Justin un clin d'œil complice avant de déguerpir. Dag s'apprêtait à la suivre, mais il se retourna avant de disparaître.

— Laissez votre terroriste mijoter une bonne partie de la journée, conseilla-t-il. Ensuite, annoncez-lui que vous avez passé un coup de fil aux autorités qui ont bien voulu passer l'éponge – pour cette fois. Cela devrait lui ôter l'envie de recommencer.

— Merci du conseil.

Dag lui répondit d'un sourire et suivit son amie.

Resté seul sur le patio, Justin se servit un autre verre. Une véritable tempête d'émotions s'était levée en lui, ce qui ne lui était plus arrivé depuis longtemps. Il se sentait blessé. Blessé, triste et en colère. D'une gorgée, il avala la moitié de son verre de bourbon et le fit claquer sur la table d'un geste sec. Le contenu du verre éclaboussa ses doigts.

Il se sentit idiot – parfaitement idiot.

Il s'était imaginé que le sac de nœuds qu'était sa relation avec Mae ne pourrait jamais devenir plus emmêlé encore. Apparemment, il s'était trompé. En jetant a posteriori un coup d'œil sur tout cela, sur ses réactions, sur ce qu'il avait pu dire, il sentait un profond malaise l'envahir.

— *Tu te sens mal parce que tu as trop bu, comme d'habitude*, intervint Horatio.

— *Je me sens mal parce qu'elle a réussi à garder sa tragique histoire d'amour pour elle*, rectifia-t-il. *Combien de temps faut-il pour surmonter une chose pareille ? Au Panama, j'ai senti qu'elle était triste. Je m'en suis rendu compte, mais ça ne m'a pas empêché d'y aller quand même. Je n'aurais pas dû.*

— *Tu ne pouvais pas savoir,* dit le corbeau. *Et puis une fois de plus, tu étais soûl, comme d'habitude.*

Magnus, exceptionnellement, se montra plus compatissant.

— *Tu n'étais pas tout seul. Elle était partante, elle aussi. Et elle, elle était sobre.*

— *Pourquoi a-t-elle fait ça ?* s'enquit Justin.

— *Parce que les femmes te trouvent attirant.*

Le ton de Magnus laissait sous-entendre qu'il ne voyait pas pourquoi.

— *Et puis toi aussi tu étais triste*, poursuivit-il. *Qui se ressemble s'assemble.*

— *Ma vie s'est améliorée, depuis…*, constata Justin. *Enfin, en quelque sorte. Mais pas la sienne. Je savais que cette mission hors du commun ne l'enchantait pas, mais j'étais loin d'imaginer que pour elle c'était une punition! Et moi, pendant ce temps-là, je n'ai cessé de pavaner, d'être arrogant, présomptueux, à lui casser les pieds à cause de ce qui s'était passé entre nous, uniquement parce que je ne me remettais pas qu'elle ne soit pas en train de me faire les yeux doux. Je suis vraiment aussi vain et superficiel qu'elle le prétend…*

Lorsque les corbeaux ne le démentirent pas, Justin s'y reprit à deux fois pour se dresser sur ses jambes molles.

— *Je vais aller la voir,* décréta-t-il.

— *Ce serait une erreur,* dit Horatio tandis que Justin se précipitait à l'intérieur.

— *Ce ne sera pas ma première.*

Un rapide coup d'œil dans le miroir lui permit de vérifier qu'il était présentable. Ses vêtements semblaient nets et non froissés. Chaque mèche était à sa place. Il ne paraissait même pas soûl.

Il sentit l'incrédulité que suscitait chez les corbeaux cette dernière pensée, mais il s'en fichait.

Après avoir vérifié deux fois l'adresse de Mae, il prit la ligne violette pour se rendre dans le centre. Une correspondance plus tard, il sortit dans son voisinage immédiat, un quartier ancien mais assez chic où s'élevaient d'élégants bâtiments en brique bordés d'arbres déjà grands. Mae habitait dans un bâtiment résidentiel devant lequel deux cerisiers montaient la garde. Ce n'était pas aussi classe que l'avait été son dernier appartement, mais c'était réellement un endroit où il aurait aimé vivre, plutôt que dans la demeure de sa sœur en banlieue.

En montant l'escalier, il se prépara à la confrontation et s'efforça de rester aussi calme que possible dans le maelström d'anxiété et d'impatience qui l'emportait. Il ne savait toujours pas ce qu'il allait pouvoir dire à Mae, mais il savait que s'il parvenait à lui parler, ils pourraient arranger les choses, tous les deux. Il lui fallait donner un sens à tout ça, comprendre pourquoi…

— Hello ?

Un homme étrange venait de lui ouvrir la porte. Il ne portait qu'un jean, qui mettait en valeur un impressionnant torse bodybuildé. Ses cheveux couleur sable semblaient encore humides d'une douche récente. Le premier instant de stupeur passé, Justin décida qu'il avait dû se tromper de porte.

— Je… euh… désolé ! J'ai dû faire une erreur.

L'homme lui sourit, et Justin s'aperçut alors qu'il ne lui était pas tout à fait étranger : c'était l'un des prétoriens qu'il avait rencontrés avec Mae au sénat.

— Vous voulez voir Kosk… euh… Mae ?

Justin ne put lui répondre que d'un faible hochement de tête.

— Entrez, je vais l'appeler, dit le prétorien en s'effaçant sur le seuil. Elle sort de la douche.

24

Thérapie

Mae ne s'était pas attendue à tirer autant d'amusement de la mise en scène imaginée par Justin pour impressionner le copain de Tessa. Peut-être, après tout ce qui s'était passé à Mazatlán, avait-elle eu besoin de cet intermède comique pour décompresser, même si sur le fond cela ne changeait en rien son état d'esprit. Les événements qu'ils venaient de vivre lui donnaient toujours le vertige, et elle s'efforçait de s'habituer à l'inimaginable : qu'un homme qu'elle en était arrivée à apprécier, même s'il se rendait parfois insupportable, puisse s'être laissé gagner par les illusions qu'il était chargé de démasquer.

En grimpant les marches conduisant à son appartement, elle se souvint soudain d'un message qui était arrivé sur son ego pour lui signaler l'arrivée d'un paquet. Rebroussant chemin, elle se rendit dans l'immeuble voisin où habitait son propriétaire. C'était dans le hall de ce bâtiment que se trouvaient les boîtes aux lettres des locataires de tout le pâté de maisons, de même que les casiers destinés à recevoir les paquets plus volumineux. S'accroupissant près du sien, Mae passa sa puce d'identité près du verrou électronique. La porte s'ouvrit avec un petit déclic, révélant à ses yeux… un bouquet de longues roses blanches aux pétales délicatement ourlés de rouge. Surprise, elle le sortit du compartiment et l'examina. Après avoir cherché en vain une carte, elle regagna son domicile, troublée par ce mystérieux présent.

Il lui était impossible de se rappeler la dernière fois qu'on lui avait offert des fleurs. Peut-être un soldat avec qui elle avait eu un flirt, avant même d'entrer dans l'armée ? Porfirio n'avait pas été du genre à aimer les hommages floraux. Bien sûr, il pouvait parfois se montrer romantique, mais ses préférences allaient à des mises en scène – une chambre illuminée par des dizaines de bougies, par exemple – qui les conduisaient rapidement à faire l'amour. L'espace d'un instant, elle se demanda si le bouquet provenait de Justin. Une façon pour lui de s'excuser de l'avoir déçue en se laissant corrompre par les délires de religions illicites ? Après vérification, cela s'avérait impossible : les fleurs étaient arrivées alors qu'ils se trouvaient encore à Mazatlán.

Elle les disposait dans un vase quand les questions qu'elle se posait trouvèrent leurs réponses plus vite qu'elle ne l'aurait imaginé. Son ego venait de sonner, et sur l'écran s'affichait un nom qui la laissa un instant bouche bée. Après s'être bien vite reprise, elle transféra l'appel sur l'écran de son living-room. Le visage souriant de Lucian Darling, aussi séduisant et tiré à quatre épingles que s'il s'apprêtait à donner une conférence de presse, s'y afficha.

— Sénateur…, dit-elle en guise de salut. J'imaginais que vous m'aviez complètement oubliée.

Son sourire s'élargit encore.

— Impossible, dit-il. Je me suis laissé emporter par le tourbillon d'une campagne électorale, même si ce n'est pas une excuse.

— Pas si sûr. Cela me semble au contraire être une excellente excuse quand on s'apprête à diriger le pays.

— Cela signifie-t-il que vous allez inciter vos amis à voter pour moi ?

Mae se mit à rire et alla prendre place sur le divan.

— Bien sûr, répondit-elle.

— Alors, me voilà plus près du pouvoir. Ce sont les roses qui vous ont ralliée à ma cause ?

— Non, mais je vous en remercie.

En dépit du charme tranquille qui émanait de lui, son geste la rendait nerveuse. Cela poussait encore un peu plus loin la cour qu'il avait commencé à lui faire dans son bureau, et elle n'était pas certaine d'en avoir envie.

— Vous n'auriez pas dû, ajouta-t-elle.

— Bien sûr que si ! Il me fallait gagner votre vote. Sans compter que je comptais également pouvoir vous inviter pour un dîner tardif.

Mae n'était décidément pas au bout de ses surprises…

— Ce soir ? s'étonna-t-elle.

— Désolé de vous prendre de court.

Quelque chose dans son attitude laissait à penser qu'il n'était pas si désolé que ça, qu'il s'imaginait en fait qu'elle s'empresserait de sauter sur l'aubaine. Justin et lui n'étaient pas très différents, en fait.

— Une soirée officielle vient d'être annulée, me voilà donc seul à Vancouver pour la nuit. Je me suis dit que vous pourriez apprécier ma compagnie. N'y voyez pas prétention de ma part, s'empressa-t-il d'ajouter. C'est davantage pour profiter d'une occasion. Je serais heureux de vous emmener quelque part, mais je ne pense pas que vous apprécieriez d'attirer l'attention.

— Probablement pas.

Mae se souvint de la remarque discrète que Justin avait faite pour le mettre en garde du danger que courait un homme politique plébéien s'affichant au bras d'une patricienne. Quoique galant jusqu'au bout des ongles, Lucian Darling savait où se trouvait son intérêt.

— Fort heureusement pour vous, reprit-il, je suis capable de cuisiner un steak qui ferait baver d'envie beaucoup de gens. Vous m'en direz des nouvelles.

Le sourire plus conquérant que jamais, il attendit sa réponse.

— C'est gentil de votre part, et très flatteur, répondit-elle avec honnêteté. Mais je rentre à peine d'un long voyage et je ne pense pas être d'attaque pour sortir ce soir.

Ou plus exactement, pour naviguer sur les eaux traîtresses de ce genre de liaison.

— J'en suis sincèrement désolée, reprit-elle. Mais je vous remercie.

Le visage de Lucian ne trahit qu'à peine sa déception. Sans se laisser décourager, il enchaîna :

— Je ne suis pas là demain, mais je reviens le surlendemain. Que diriez-vous de lundi soir ?

Mae secoua la tête d'un air désolé.

— Je serai absente moi aussi. Justin et moi devons nous rendre dans la concession nordique.

Cela lui fit arquer un sourcil.

— Vous le présentez déjà à vos parents ? s'étonna-t-il, mi-figue, mi-raisin.

— Voyage de travail, répondit-elle.

Elle préférait ne pas imaginer ce que donnerait une confrontation de Justin avec sa famille...

— Au fait, ça me remet en mémoire..., reprit le sénateur. J'appelais également parce que j'ai une réponse – enfin presque – à la question que se posait Justin à propos de l'embauche de nouveaux serviteurs.

Voilà qui, quant à elle, lui était complètement sorti de la tête.

— Pourquoi ne pas l'appeler ? suggéra-t-elle.

— Je préfère vous en parler. Et puis je sais qu'il me reprocherait de n'avoir pas trouvé d'information plus précise.

— Qu'avez-vous appris ?

Dans un haussement d'épaules, il répondit :

— Principalement que le nombre de serviteurs a augmenté parce que la demande a augmenté.

— Vous en êtes sûr ?

Mae s'efforça de se souvenir de ce que Justin avait dit.

— Il me semble qu'il avait vérifié le nombre de dossiers traités, souligna-t-elle. Il n'a pas trouvé de différence significative par rapport à l'an dernier.

Une lueur de malice fit briller les yeux de Lucian. Probablement se réjouissait-il d'avoir un train d'avance sur son ami.

— Il a vérifié le nombre de cas au niveau national, souligna-t-il. Mais pas dans les protectorats ni les provinces.

Cette réponse la prit par surprise.

— Je ne savais pas qu'on envoyait des serviteurs dans ces régions. Enfin, surtout dans les provinces.

En ce qui concernait les protectorats, cela n'avait rien de surprenant. Étant généralement en bonne voie d'être annexés, il était logique que la RUNA cherche à y faire le ménage.

— Nous le faisons désormais, assura Lucian.

— Pourquoi ?

— Personne ne m'a répondu sur ce point. Mais j'ai également découvert que certains cas, au niveau national, nécessitent l'intervention de plusieurs serviteurs.

La tête penchée sur le côté, il conclut :

— Cela vous est-il d'une quelconque utilité ?

— Je n'en sais rien, dut-elle admettre. Justin devra faire avec. Je lui passerai le message. Merci.

Le sourire séducteur était de retour.

— Heureux de rendre service. Surtout si cela doit me permettre de vous parler de nouveau. Soyez sans crainte : nous trouverons bien une date un jour ou l'autre.

— Merci..., répondit Mae, qui ne s'inquiétait pas pour ça.

Cet homme ne manquait pas d'attraits, mais une fois encore, une liaison avec lui représentait une complication dont elle n'avait pas besoin. Après avoir flirté quelques instants encore, Lucian raccrocha, et Mae se leva, s'étirant de tous ses membres. Les efforts qu'elle avait dû fournir à Mazatlán ne l'avaient pas épuisée, loin de là. Tout au contraire, elle aspirait à davantage d'exercice physique, mais les chances de pouvoir trouver au pied levé un partenaire pour un combat de canne étaient minces.

En un clin d'œil, elle prit sa décision – qui ne manquait pas de sel, étant donné qu'elle venait de repousser les avances d'un futur consul. Elle avait pour l'heure besoin d'un compagnon bien moins compliqué que lui, un homme qui ne se déplaçait pas avec une troupe de journalistes à ses basques et qui pouvait l'aider à combler cette fringale d'activité physique de la plus simple des manières.

— Appel : Giles Whitetree ! lança-t-elle à l'écran.

Celui-ci répondit rapidement et parut ravi de la voir.

— Koskinen !

Depuis qu'elle l'avait croisé au sénat, Whitetree était resté dans un coin de sa tête. Écarlate lui aussi, c'était l'un des types les plus sympas de la cohorte. Pas le genre à se stresser pour un rien, et pas le genre non plus à aller se répandre en commentaires après avoir couché. Ses liaisons, elles, le faisaient parfois, et ce qu'elles disaient de lui était toujours favorable.

— Qu'est-ce que tu fais ce soir ? demanda-t-elle tout à trac.

— Je m'apprêtais à aller faire un tour au local des Céladons. Il paraît qu'ils ont eu un arrivage de ree.

— Tu veux venir me voir, plutôt ?

Whitetree marqua une pause et la dévisagea d'un air songeur. Il ne pouvait avoir manqué le sous-entendu.

— Tu as déménagé ? demanda-t-il enfin.

— Non.

— Je serai là dans un quart d'heure.

Ils raccrochèrent, et Mae se demanda si elle devait lui faciliter les choses en se changeant pour passer une robe. Comme il le faisait pour la préparer au mieux au combat, son implant allait se charger d'accélérer en elle la biochimie du plaisir. Cet afflux d'hormones poussait les prétoriennes à d'affolants niveaux d'excitation et faisait des prétoriens des bêtes de sexe. Déjà, l'excitation masculine avait tendance à surpasser celle des femmes mais, avec le coup de pouce fourni par l'implant, elle échappait presque à tout contrôle. Whitetree avait quinze minutes pour fantasmer sur ce qui l'attendait. Une éternité pour l'implant qui allait exacerber son désir. Il arrivait souvent que des prétoriens prennent pour maîtresses des civiles, mais il en résultait parfois quelques incompréhensions avec les femmes ordinaires non préparées à leur rudesse. Même si cela n'arrivait pas souvent, certains prétoriens avaient dû répondre à des accusations de viol.

— Regardez ça… Courtisée par les guerriers comme par les puissants !

Mae fit volte-face en direction du couloir sombre menant à sa chambre d'où avait surgi la voix. Ses armes se trouvaient sur le comptoir de la cuisine et elle ne pouvait prendre le risque de s'exposer pour aller les récupérer. En tâtonnant, elle ramassa le premier projectile qui lui tomba sous la main : un bol en pierre qu'elle avait ramené d'une de ses missions en Asie.

Emil, l'homme de Brödern, émergea de la pénombre. Au moins, il n'était pas armé, mais ça ne le rendait pas moins menaçant – d'autant plus qu'il avait dû pénétrer chez elle par effraction.

— Comment êtes-vous entré chez moi ? demanda-t-elle.

— Je vais là où j'ai besoin d'aller, répondit-il doucement.

Il paraissait tellement à l'aise qu'elle n'aurait pas été étonnée de le voir aller se servir quelque chose au réfrigérateur.

— Et il n'est pas évident de vous trouver ces jours-ci, ajouta-t-il.

Mae resserra la prise de ses doigts sur le bol.

— Vraiment ? feignit-elle de s'étonner. Et moi qui pensais que l'influence de votre groupe n'avait pas de limites…

— N'exagérons rien. Avez-vous fait analyser la mèche ?

À présent qu'elle pouvait l'observer en pleine lumière, elle repéra sur lui une marque de Caïn.

— Oui, répondit-elle à contrecœur.

— Et ?

— Et ce pourrait être un stratagème. Elle pourrait provenir de ma tante, le résultat serait le même.

— Voilà qui demanderait beaucoup d'efforts, pour un stratagème.

— C'est généralement ainsi que les stratagèmes fonctionnent. Mais cela pourrait valoir le coup si vous désirez vraiment qu'une audacieuse prétorienne se joigne à vous. Vous voulez me convaincre ? Donnez-moi le lieu.

Tout en parlant, Mae réfléchissait à cent à l'heure, cherchant un moyen de le maîtriser. Si elle avait eu son ego sur elle, elle aurait pu discrètement réclamer du renfort. Elle pouvait sans doute également se débrouiller toute seule, à partir du moment où il ne dissimulait pas une arme sur lui. Les groupes criminels eux-mêmes avaient du mal à se procurer des armes en RUNA, mais ils étaient tout de même plus susceptibles d'en disposer que les citoyens lambda.

— Il est difficile pour tout le monde de réussir à garder le contact en Arcadie, répondit-il. Nous avons perdu sa trace peu de temps après que la photo a été prise. Mais nous pouvons vous aider à la retrouver… si vous nous aidez en prenant la place qui vous revient.

Dès que le mot « Arcadie » avait été prononcé, Mae avait eu du mal à écouter la suite.

— Vous mentez ! lança-t-elle. Ils ne l'auraient pas envoyée là-bas.

— En êtes-vous bien sûre ? répliqua-t-il en soutenant son regard sans ciller.

Oui, songea-t-elle tristement. *Ils auraient très bien pu faire ça.*

— Que voulez-vous de moi ? reprit-elle.

— Ce que nous avons toujours voulu : que vous preniez votre place légitime au sein du groupe que votre naissance vous amenait à intégrer, et que vous passiez à l'action à présent que nous avons besoin de vous.

— Passer à l'action, s'étonna-t-elle. De quelle manière ?

Mae n'avait aucune envie de négocier avec ces gens, mais il lui était devenu impossible de faire abstraction de cette petite fille perdue dans les contrées désolées du tyrannique voisin de la RUNA.

—En faisant ce que vous faites le mieux, répondit-il. Nous avons besoin que vous tuiez quelqu'un.

—Oh! C'est tout?

Emil fronça les sourcils et s'abîma un instant dans ses pensées.

—Vous avez rencontré la servante d'une autre déesse, cette semaine..., dit-il enfin. C'est elle que vous devez éliminer.

Mae s'efforça de ne pas montrer qu'elle était surprise de l'entendre évoquer Callista. Comment pouvait-il être au courant?

—Je ne « dois » pas faire quoi que ce soit! s'insurgea-t-elle. Et je ne suis pas une tueuse à gages.

—Vraiment? rétorqua-t-il avec un sourire ironique. Dans ce cas, pourquoi acceptez-vous que l'État vous verse un salaire? Ne soyez pas stupide. C'est votre dernière chance d'embrasser votre destinée. Autrement... vous aurez à en subir les conséquences.

Mae se raidit.

—Des menaces, à présent que je ne veux pas faire votre sale besogne? Pourquoi vous en prendre, d'ailleurs, à une fanatique dans les territoires annexés?

—Parce que sa déesse et elle présentent un risque.

—Un risque pour Br...

Mae laissa sa phrase en suspens. Un doute terrible venait de s'emparer d'elle, qui lui retourna l'estomac. Apparemment, Justin n'était pas le seul à occasionner chez elle des erreurs d'interprétation quant à l'identité de ses interlocuteurs.

—Vous n'avez rien à voir avec Brödern, constata-t-elle.

Cela eut le don de déstabiliser Emil un instant.

—La mafia suédoise? s'étonna-t-il. Ces minables?

Lentement, de manière presque comique, il réalisa lui aussi de quoi il retournait.

—Vous ignorez tout, n'est-ce pas? reprit-il. Vous ne savez pas qui je suis.

—Je sais que vous êtes un type capable d'entrer chez moi par effraction pour balancer des promesses à propos de ma nièce en m'ordonnant de commettre un crime. Il me semble que ça fait déjà beaucoup.

Une lueur d'émerveillement faisait luire son regard.

—Incroyable! s'exclama-t-il. Ils ont enfreint les règles et ne vous ont pas montré la voie... Je pensais que vous aviez simplement déserté, comme beaucoup, mais on ne vous a jamais montré le chemin...

Dans un murmure, il acheva :

— Quel dommage… Vous êtes trop dangereuse pour changer à présent.

— Vous n'en avez pas idée !

Mae lança le bol, atteignant Emil à la tête. Il tituba un instant, puis, avec une surprenante rapidité, il se fondit dans les ténèbres du couloir. Elle se lança immédiatement à sa poursuite mais ne trouva pas trace de lui. C'était parfaitement illogique, impossible… Il ne pouvait être plus rapide qu'elle. Sans perdre de temps, elle se rendit dans sa chambre et alluma la lumière. Il n'y était pas non plus. En jurant tout bas, elle fonça dans la salle de bains, songeant que peut-être il avait pu s'y faufiler. Elle la trouva vide également. Le cœur battant, Mae revint dans le living-room. Une seule explication était possible : Emil devait s'être glissé dans la salle de bains pendant qu'elle fouillait la chambre, puis s'être éclipsé discrètement. C'était cependant hautement improbable. Toute la séquence avait duré à peine quelques secondes. Elle n'avait entendu ni porte ni fenêtre s'ouvrir ou se refermer – d'ailleurs, elle put vérifier que toutes étaient closes –, et le verrou était toujours en place sur la porte du débarras du premier.

Une nouvelle fois, Mae fouilla son appartement de fond en comble, vérifia toutes les cachettes possibles, même les plus improbables. Aucune trace d'Emil… Il était parti, s'était volatilisé. Plus par désœuvrement que pour se calmer, elle se mit à faire les cent pas. Que devait-elle faire à présent ? Appeler la police pour signaler l'effraction semblait raisonnable, mais qu'allait-elle pouvoir leur dire ?

— Bon sang !

Mae alla se rasseoir sur le divan et s'efforça de se calmer pour déterminer une ligne de conduite. Sauf qu'il n'y avait rien à faire. *C'est votre dernière chance d'embrasser votre destinée…* L'avertissement ne laissait pas d'être menaçant. Elle aurait aimé en parler à quelqu'un, mais à qui ?

Plus important encore : qui était cet Emil ? À cause de sa blondeur et des informations qu'il lui offrait sur sa nièce, il avait été facile de le prendre pour un des mafieux dont elle avait autrefois sollicité l'aide. Manifestement, ce n'était pas le cas. Comble de mystère, il s'imaginait qu'elle aurait dû savoir qui il était. Mae regrettait de ne pas avoir la mémoire de Justin et son talent d'analyse, afin de pouvoir décrypter les plus petits éléments de leur brève conversation. Il devait avoir laissé une piste dans ce qu'il lui avait dit. Mais tout ce qu'elle put conclure de son discours en y réfléchissant, c'est que la mystérieuse autorité qu'il représentait semblait de nature féminine.

La sonnerie de la porte d'entrée la fit sursauter. Elle avait failli oublier Whitetree… Le sexe était devenu la dernière chose dont elle avait envie, mais il lui sauta dessus à peine eut-elle refermé la porte. Elle découvrit au fond de ses yeux une lueur de convoitise animale tandis qu'il la serrait dans ses bras pour l'embrasser fougueusement. Ce baiser était inattendu et offrit à Mae l'occasion de chasser Emil de ses pensées. Se retrouver confrontée à lui avait mis ses sens et son corps en alerte, et elle avait besoin d'un exutoire. D'ordinaire, les prétoriens ne perdaient pas de temps en baisers et préliminaires, mais Whitetree, par un remarquable effort de self-control, parvint à l'entraîner jusque dans sa chambre au lieu de la prendre aussitôt sur le divan, contre le mur, sur le sol...

Une fois arrivé là, sa patience atteignit cependant ses limites et leurs vêtements commencèrent à voler. Dopé à la testostérone et dominé par son besoin de s'accoupler, il n'était plus en mesure de prêter attention aux injonctions rationnelles de son cerveau. Mae eut juste le temps de s'allonger avant qu'il ne se jette sur elle. Et d'un coup, il la pénétra. Ni préambule sensuel ni préliminaires... Elle ne lui opposa aucune résistance lorsque cette fureur animale se déchaîna. C'était âpre et rude, mais son propre désir avait fini par monter suffisamment en flèche pour lui permettre de s'en réjouir.

Ce fut également assez bref. Les ébats des prétoriens suivaient approximativement toujours le même schéma. L'explosion initiale de désir les poussait à chercher une libération aussi sauvage et rapide que possible. Son partenaire s'abattit sur elle, pantelant et trempé de sueur. Cette soif pure et basique de jouissance offrait un contraste agréable avec les complications émotionnelles de ces derniers jours. Rien d'ésotérique, là-dedans : juste la satisfaction de besoins naturels dans leur plus simple expression.

Cette fringale érotique initiale satisfaite, le désir de Whitetree, bien que toujours présent, s'apaisa quelque peu. Il roula sur le côté, son souffle retrouvant peu à peu son rythme habituel. Il ne lui faudrait pas longtemps pour récupérer s'ils désiraient remettre ça, et même si le deuxième round demeurait intense, il durait généralement un peu plus longtemps, permettant même parfois quelques préliminaires.

Mais pour l'instant, Mae était satisfaite. Même dans un laps de temps limité, son corps était parvenu à trouver l'extase, ce paradis instantané qui lui avait permis de chasser les soucis de son esprit troublé. Leurs mains tremblaient sous l'effet du travail fourni par leurs implants. À présent qu'ils étaient tous deux temporairement comblés, ceux-ci, n'ayant plus besoin de provoquer un afflux d'hormones, s'activaient à en métaboliser l'excès.

— C'est mon jour de chance, murmura enfin Whitetree.

— J'avais besoin de décompresser.

Il se mit à rire et repoussa sur le front de Mae une mèche de ses cheveux.

— Chouette ! plaisanta-t-il. Si tu as encore besoin d'une séance de thérapie, je serai là. Je reste encore un mois dans le coin.

— C'est donc ton mois de chance.

L'amertume qu'elle avait elle-même perçue dans le ton de sa voix la surprit.

— Hé ! Tu seras bientôt de retour dans le circuit ! s'exclama-t-il pour tenter de la rassurer.

Mae croisa les mains derrière sa nuque et reprit dans un soupir :

— J'aurais mieux fait de ne pas aller à ces funérailles…

Whitetree se redressa sur un coude pour la regarder dans les yeux.

— Elle l'a cherché, Koskinen… Elle t'a provoquée, sous les yeux d'une centaine de témoins.

— Tout le monde n'arrête pas de me répéter ça, mais peu importe. J'aurais dû réagir différemment et lui tourner le dos.

Penser à Kavi la faisait lourdement retomber sur terre. Au temps pour le moment de répit…

— Le seul point positif, reprit-elle, c'est que je n'ai pas causé d'autres dégâts qu'un court séjour à l'hôpital et un peu de rééducation.

— Pas si court que ça, marmonna-t-il. Elle y est toujours.

Mae se redressa brusquement sur son séant.

— Quoi ? Cela fait trois semaines ! Il ne faut pas tant de temps pour récupérer d'un os brisé. Elle devrait être en convalescence chez elle, à l'heure qu'il est.

— Je ne suis pas médecin. C'est juste ce que j'ai entendu dire. Addison a dû aller se faire soigner l'autre jour après s'être battu – pour défendre ton honneur, au fait.

Mae, qui n'avait pas encore digéré la nouvelle, l'entendit à peine. Pourquoi diable gardaient-ils Kavi à l'hôpital de la base ? Certes, elle l'avait laissée sur le carreau dans un état plutôt pitoyable, mais rien qui justifie une aussi longue durée de traitement. Du moins l'espérait-elle…

— Laisse courir, conseilla Whitetree en la forçant gentiment à se rallonger. Encore une fois ?

Mae y consentit d'un hochement de tête, au moins pour ne plus penser à Kavi. Lorsqu'ils eurent terminé, il lui offrit de s'attarder chez elle afin de pouvoir recommencer un peu plus tard, mais elle déclina l'offre. Ensuite, Whitetree lui ayant demandé s'il pouvait prendre une douche, elle le conduisit à la salle de bains et lui prépara une serviette. En s'efforçant de ne plus penser à Kavi, elle alla se rallonger sur son lit et se délecta du bien-être physique qui l'avait envahie. Cela ne fut pas un grand succès, car son esprit se focalisa sur ce qui s'était passé au Panama et sur l'ébouriffante expérience sexuelle qu'elle y avait vécue. Les plébéiens avaient beau ne pas pouvoir soutenir la comparaison pour ce qui était de la fréquence des rapports, ils faisaient plus que compenser leur handicap en les faisant durer et en laissant monter la pression par de savantes et lentes caresses.

Ces pensées traîtresses – surtout après ce qui venait de se passer avec Justin – provoquèrent sa colère et l'incitèrent presque à réclamer un troisième round à Whitetree. Cela lui aurait au moins permis d'effacer ces indésirables souvenirs, mais elle n'avait plus le cœur à ça. Quand il eut terminé, il lui proposa de le suivre à la fête des Ors à laquelle il se rendait, mais elle déclina également cette offre-là. En un geste particulièrement galant, il lui dit alors qu'il allait attendre qu'elle se soit douchée pour partir. Entre prétoriens, rien de plus naturel que de se séparer aussitôt après l'amour…

Mae était en train de se passer les cheveux au sèche-cheveux lorsqu'elle entendit Whitetree cogner contre la porte de la salle de bains en appelant son nom.

— Qu'est-ce qu'il y a ? demanda-t-elle en éteignant l'appareil.

— Ce type est là. Celui avec qui tu étais au sénat.

Mae fut certaine d'avoir mal entendu. Après avoir rapidement enfilé un peignoir, elle se rendit au living-room. Elle y découvrit effectivement Justin, bel et bien là, et très, très soûl.

— Je ne suis pas venu les mains vides, dit-il en lui tendant une bouteille de ree. Mais apparemment, il aurait mieux valu que j'appelle d'abord.

Mae resta figée sur place à le regarder fixement. Elle n'était pas prête pour ça. Elle avait encore besoin de temps pour digérer ce qui s'était passé à Mazatlán – ainsi que la visite d'Emil.

En passant sa chemise, Whitetree vint l'embrasser sur la joue.

— Je dois y aller, dit-il. Appelle-moi si tu changes d'avis.

En le regardant partir, Mae songea qu'un verre de ree ne serait après tout pas une si mauvaise idée que ça.

— Servez-vous un verre d'eau ! lança-t-elle à Justin. Je reviens.

Elle ignorait ce qui l'attendait, mais il n'était pas question qu'elle affronte ce qui allait suivre à moitié nue. Rapidement, elle enfila un tee-shirt et un pantalon de pyjama de flanelle. Ses cheveux humides ne la rendaient pas particulièrement élégante, mais en allant retrouver Justin, elle songea qu'il n'en garderait sans doute pas le moindre souvenir le lendemain.

Ignorant son invitation à se servir un verre d'eau, il s'était allongé de tout son long sur le divan, un bras replié sur le visage. Après être allée s'asseoir dans un fauteuil face à lui, elle attendit qu'il se décide à parler.

— C'était son unique rendez-vous ? finit-il par demander. Pas de deuxième chance pour les plébéiens ?

— Que faites-vous là ? répliqua-t-elle sans lui répondre. Ce ne peut être uniquement pour m'interroger sur ma vie privée ?

Mae n'avait pas oublié qu'elle avait décidé de se montrer patiente avec lui, en raison de son état mental, mais les circonstances ne lui facilitaient pas la tâche.

— Non, admit-il de bonne grâce. C'était juste un bonus. Vous ne voudrez jamais croire tout ce qui m'est arrivé depuis que nous nous sommes quittés tout à l'heure.

Étant donné qu'elle avait été courtisée par un sénateur et qu'on lui avait ordonné de commettre un crime, Mae était à peu près sûre que rien de ce qu'il lui dirait ne serait de nature à la surprendre.

— Savez-vous que Tessa est une dangereuse terroriste ? demanda-t-il. Elle a tenté de s'introduire clandestinement au sénat – enfin, dans les Jardins.

D'accord. À celle-là, Mae ne s'était pas attendue.

— Vous avez encore trop bu ce soir…

— Je ne plaisante pas, insista-t-il en scrutant son visage. Avec une de ses stupides copines, elle a escaladé le mur d'enceinte pour entrer de nuit dans les Jardins nationaux. C'est déjà grave pour un citoyen gemméen, mais pour une ressortissante panaméenne…

Réalisant qu'il était sérieux, Mae s'inquiéta :

— Est-elle… en prison ?

— Non. Elle a eu l'improbable et étonnante bonne fortune d'être attrapée et ramenée à la maison par deux prétoriens qui sont vos plus grands fans.

Mae ferma les yeux un instant.

— Non… Ne me dites pas qu'il s'agit de Dag et Val ?

— Ils ont vidé la moitié de mes réserves d'alcool, vous savez…

Justin marqua une pause et ajouta :

— D'accord, j'exagère un peu. Il en reste encore pas mal.

Sans trop savoir pourquoi, Mae n'appréciait pas qu'il ait pu rencontrer ses amis. Rien d'illicite à cela, mais leur amitié était une affaire personnelle et intime, qu'elle n'avait jamais partagée avec lui.

— C'est pour ça que vous êtes ici ? demanda-t-elle d'un ton provocant. Vous voulez que je vous rembourse ce qu'ils ont bu ?

Sa remarque amena sur ses lèvres l'esquisse d'un sourire.

— Non, répondit-il. Cela valait le coup de discuter avec les nobles défenseurs de notre pays.

Justin détourna les yeux quelques instants, et lorsqu'il reporta son attention sur elle, toute trace d'humour avait déserté son visage. Ses yeux sombres semblaient plonger profondément en elle.

— Pourquoi ne m'avez-vous rien dit ? s'enquit-il. Pourquoi ne pas m'avoir mis au courant, pour Porfirio et les funérailles ?

Mae se figea instantanément, incapable de lui répondre durant plusieurs secondes.

— Comment l'avez-vous appris ?

Mais la question était stupide. Val et Dag, incapables de garder un secret, lui avaient tout raconté.

— Vous auriez dû me prévenir ! lança-t-il d'un ton désespéré qui la surprit. Vous auriez dû me dire que votre mission de protection à mes côtés n'était pour vous qu'une punition, et que vous vous releviez à peine d'une tragique histoire d'amour. Bon sang, Mae ! Si je l'avais su, je n'aurais jamais… Je ne sais pas ! J'aurais fait les choses différemment.

Mae eut un instant l'impression que le monde se mettait à tourner autour d'elle avant de retrouver brutalement son assise. Quelque chose sembla se rompre dans sa poitrine, et d'un coup elle fut sur ses jambes.

— Non ! s'exclama-t-elle. Vous n'avez pas le droit de savoir ça. C'était à moi ! Tout le reste, vous me l'avez arraché. C'était la seule chose qui me restait, la seule que vous n'étiez pas parvenu à deviner avec vos « époustouflants » talents de limier. Vous ne pouvez savoir tout de moi. Vous n'en avez pas le droit !

Mae fut surprise de constater qu'elle avait les poings serrés. Son agitation avait même mis en branle l'implant. Ce n'était pas tant ce qu'il avait appris qui la mettait en colère. L'histoire de Porfirio et de ce qui s'était passé à ses funérailles était connue. Mais en éclaircissant ce dernier lambeau de mystère la concernant, c'était comme si Justin l'avait mise à nu. Elle se sentait fragile, exposée. Elle n'avait plus aucun moyen de lui échapper, et soudain elle le détestait à cause de cela.

Sa réaction violente semblait un choc pour lui, et c'était sans doute le seul élément positif dans toute cette affaire. Elle ignorait à quoi il s'était attendu, mais sa véhémente protestation n'en faisait manifestement pas partie. Enfin quelque chose qu'il n'était pas parvenu à anticiper…

— Mae…

Il ne put en dire davantage. Un autre événement à marquer d'une pierre blanche : Justin March à court d'éloquence.

— Vous vous croyez vraiment très malin, reprit-elle d'une voix sourde. Tout cela pour vous est un jeu, une vaste blague. Vous vous imaginez avoir le droit de fouiller à votre aise dans la tête des gens, mais vous n'avez pas le droit ! Vous ne pouvez pas faire ça !

Le visage de marbre, il médita un instant ses paroles.

— Je vous l'ai déjà dit, murmura-t-il enfin. Je ne peux pas m'en empêcher. Je ne peux m'empêcher de voir les choses que je vois.

Mae croisa les bras et se rendit à la cuisine. Elle ouvrit la bouteille de ree qu'il y avait déposée, revint au living-room et en avala sans autre forme de procès une longue rasade au goulot avant de reprendre la parole.

— Mais vous n'êtes pas obligé d'en faire étalage !

Elle préférait ne pas le regarder. Elle ne voulait pas qu'il puisse découvrir autre chose en elle. La voir nue n'avait rien de comparable au fait de pouvoir lire en elle à livre ouvert. À l'instant même, il devait être en train d'analyser son accès de colère, et elle se sentait déjà trop à vif et trop fragile. Peut-être parviendrait-elle, en lui tournant le dos, à lui cacher la blessure qu'il venait de lui infliger. Le silence qui était retombé entre eux lui semblait insupportable. Lorsque Justin s'exprima enfin, il le fit d'une voix à peine audible.

— Je suis désolé.

C'était déjà ça... Elle savait qu'il ne s'excusait pas beaucoup – voire jamais. Cela ne suffisait pas à tout effacer, mais elle éprouvait le besoin de lui montrer qu'elle l'avait entendu. Lentement, renonçant à se protéger, elle se tourna vers lui. La tête lui tournait : le ree commençait à produire ses effets, suscitant des picotements dans ses membres.

— Cela ne change rien au problème, dit-elle.

— Non, reconnut-il. Je ne peux effacer ce que j'ai dit, ni ce que je sais. Je suis désolé.

Il remettait ça... Mae déglutit discrètement et se composa un visage parfaitement neutre.

— Impossible de revenir en arrière, approuva-t-elle. Merci quand même pour les excuses.

— Mais elles ne sont pas acceptées...

— Qu'est-ce que vous voulez que je vous dise ! s'emporta-t-elle en lançant ses mains devant elle.

— Je n'en sais rien.

Justin se rallongea et poursuivit :

— Je pensais ce que je vous ai dit au Panama : vous êtes difficile à déchiffrer. Et je ne sais pas comment m'en débrouiller. Vous êtes toujours pour moi cette patricienne nordique au score de neuf à la beauté dévastatrice qui paraît triste parfois et qui ne supporte pas l'idée de perdre le contrôle. Je veux comprendre pourquoi. Enfin... je vous comprends peut-être un peu mieux maintenant. Pas beaucoup. Je sais que vous êtes convaincue que je n'ai aucun respect pour les femmes. Mais si j'avais su, je n'aurai pas tiré avantage de la situation au Panama. Et quand je vous ai servi ce bobard en prétendant ne jamais donner de second rendez-vous, j'aurais tellement voulu que... Non, rien – oubliez ça.

— Vous n'avez pas tiré avantage de la situation.

Mae but une autre rasade et enchaîna :

— Et je ne suis pas en deuil. Bien sûr, je ne voulais pas qu'il meure. Et je suis triste qu'il soit mort – vraiment triste. Mais tout le monde semble oublier que j'avais coupé les ponts avec lui. J'avais refusé sa demande en mariage.

— Pourquoi ? D'après ce que Val et Dag m'ont dit…

Justin s'interrompit abruptement et secoua la tête d'un air penaud.

— Désolé, maugréa-t-il. Horatio me signale avec son tact habituel que je recommence – à vous tirer les vers du nez. Désolé… cela ne me regarde pas.

Horatio. Le corbeau qui vivait dans la tête de Justin. Plongée dans cette nouvelle controverse, elle avait failli oublier…

— Qu'est-ce qu'il vous dit d'autre ?

Sous l'influence du ree, parler à des oiseaux imaginaires ne paraissait soudain plus si étrange.

— Il me dit que vous avez déjà tout oublié du type qui était ici.

Sans doute était-ce vrai. Mais c'était aussi une conclusion à laquelle il aurait pu parvenir de lui-même, sans l'aide d'aucun corbeau.

Mae soupira longuement.

— Voulez-vous savoir pourquoi je tiens à tout garder sous contrôle ? demanda-t-elle. C'est parce que l'on essaie de me contrôler depuis ma naissance. Seul mon père ne le faisait pas, mais cela fait bien longtemps qu'il est parti.

Sans comprendre ce qui l'y poussait, Mae ajouta :

— Je sais ce que vous aimeriez apprendre encore à mon sujet.

Elle aurait bien aimé rendre le ree responsable de cet accès de sincérité, mais une part d'elle-même éprouvait également le besoin de se confier. Justin s'était montré discret malgré tout ce qu'il savait d'elle, et de toute façon elle avait sur lui un bon moyen de pression.

— Vous voulez savoir comment une patricienne nordique de score neuf a bien pu finir dans l'armée, conclut-elle.

Les yeux de Justin lui confirmaient qu'il n'y avait rien au monde qu'il aurait préféré savoir. Il lui répondit cependant :

— Non. Cela ne me regarde pas.

— Ça vous regarde à présent. Installez-vous confortablement.

25

Mae se donne un but dans l'existence

Mae ne se faisait pas d'illusions sur ses talents de conteuse, mais en s'installant de nouveau dans son fauteuil et en commençant à parler, elle en vint progressivement à oublier où elle se trouvait et pourquoi Justin était là. Le passé prit le dessus, et les souvenirs qu'elle essayait à toute force de garder sous clé s'imposèrent soudain à elle.

Après la mort de son père, alors qu'elle n'avait que seize ans, elle s'était docilement pliée aux désirs de sa mère et au style d'éducation qu'elle lui imposait. Sans doute en partie à cause du chagrin, mais aussi parce qu'elle se sentait incapable de combattre l'omnipotence maternelle. Mae avait abandonné la pratique de la canne de combat, de même que le rêve de consacrer son cycle d'éducation tertiaire* à une matière en rapport avec le sport. Il n'existait qu'un nombre limité de sujets auxquels une jeune patricienne était supposée s'intéresser. En choisissant la musique, Mae avait donc opté pour le moins pire. Elle s'accrochait encore à l'idée que cela pourrait lui valoir un jour un job et un semblant d'indépendance, mais elle s'était naïvement leurrée en s'imaginant qu'Astrid Koskinen permettrait à sa fille d'accéder à ce genre de vie.

C'était deux jours après qu'elle avait obtenu son diplôme tertiaire de fin d'études que la mère de Mae avait planifié d'organiser la réception qui devait la lancer dans la vie. Mae ne s'était pas fait d'illusion à ce sujet. Elle avait parfaitement compris qu'en l'exhibant aux yeux de tous, Astrid Koskinen ne cherchait qu'à lui trouver au plus vite un mari. Après tout, n'était-ce pas ainsi que les choses se passaient pour toutes les jeunes filles de sa classe sociale ? Nombre de jeunes hommes étaient déjà venus en repérage, mais en dépit de l'opinion favorable que certains d'entre eux avaient suscitée chez sa mère, Mae était parvenue jusqu'alors à tous les repousser. Cela, au moins, lui donnait l'impression de rester maîtresse de son existence, et même si le formalisme et la lourdeur de son bal de débutante lui pesaient, elle savait au moins que le mariage ne faisait pas partie des choses qu'on pouvait lui imposer.

Il ne lui avait en revanche pas été possible d'échapper à la robe rose pâle. La tradition était ainsi faite. Mais Mae était parvenue à reprendre un peu confiance en elle en restant ferme sur le style : elle l'avait choisie en satin mat, avec des manches courtes, une encolure basse dénudant les épaules et une jupe droite et longue. Le souvenir de cette robe était encore parfaitement présent dans sa mémoire, de même que tout ce qui s'était passé cette nuit-là.

Sa mère avait insisté pour faire de cette réception le grand événement de l'année. Elle avait acheté de nouveaux meubles, et la maison avait été entièrement redécorée. Un personnel nombreux avait aussi été embauché pour recevoir dignement les invités – tous les patriciens nordiques d'influence auxquels elle avait pu penser, ainsi que quelques visiteurs plébéiens d'importance tels que le général Gan.

Mae avait joué son rôle à la perfection. Faire bonne figure, quelle que puisse être la teneur de ses sentiments personnels, était devenu une seconde nature pour elle. On l'avait vue danser, papillonner dans toute la salle, sourire aux compliments qu'on lui adressait. Elle avait éprouvé la sensation d'être un cheval de cirque, ou pire encore un mannequin que l'on exhibe, parfaitement vêtu et apprêté, n'ayant d'autre fonction que d'être admiré. Tout cela était exaspérant mais faisait partie du jeu. Plus éprouvante, en revanche, avait été la compagnie des hommes qui n'avaient cessé de la solliciter. On aurait dit que tous ceux qui étaient passés lui rendre visite un jour ou l'autre lorsqu'elle était plus jeune s'étaient soudain donné le mot pour l'assaillir. Ils ne s'étaient pas beaucoup intéressés à elle, se contentant la plupart du temps de lui faire miroiter leur richesse, qu'ils déposaient à ses pieds.

Lorsque Gan lui avait finalement adressé la parole, elle s'était sentie un peu intimidée de rencontrer un leader militaire plébéien, mais son sens des convenances l'avait empêchée de le montrer. Il lui avait offert les félicitations habituelles, puis il s'était engagé sur un terrain totalement inattendu, initiant une conversation qui était restée gravée à jamais dans la mémoire de Mae.

— J'ai visionné des vidéos de certains des tournois de canne de combat auxquels vous avez participé, lui dit-il. Vous étiez remarquablement douée. Je suis surpris que vous n'ayez pas tenté une carrière professionnelle.

Quelle qu'ait pu être son opinion sur le sujet, Mae n'allait pas confier ses malheurs à un étranger.

— C'était un amusement d'enfant, monsieur. Il me fallait grandir et passer à des choses plus sérieuses.

— Je ne pense pas qu'il y ait quoi que ce soit d'enfantin à exploiter les dons que la nature nous donne, fit-il remarquer. J'imagine que votre nature d'athlète vous pousse à réussir également dans d'autres disciplines ?

— Quand j'en ai le temps, oui.

Il était le seul à avoir abordé un tel sujet avec elle, et, même si Mae n'aurait pas demandé mieux que d'évoquer quelques sujets sportifs avec lui, elle savait se tenir.

— Qu'allez-vous faire de votre vie, maintenant ? s'enquit-il avec un petit sourire. Vous allez vous marier ?

— On verra, répondit-elle vaguement. J'ai consacré mes études tertiaires à la musique. Peut-être pourrai-je faire quelque chose de mon diplôme.

Gan opina du chef.

— C'est ce que j'ai entendu dire. Une gentille vocation partagée, j'en suis sûre, par la moitié des filles présentes ici ce soir… Pas vraiment ce qu'on aurait pu attendre d'une jeune athlète particulièrement douée…

Le ton sur lequel il avait dit cela traduisait avec éloquence ce qu'il pensait de cette « gentille vocation ». Mae se sentit humiliée mais parvint à ne pas se départir de son sourire.

— Il m'est impossible de mener à présent une carrière professionnelle, dit-elle. J'ai passé l'âge, quand bien même je le voudrais.

Et c'était un fait qu'elle n'aurait pas demandé mieux…

— Vous disiez vouloir passer à des choses plus sérieuses…

Gan avait prononcé cette phrase avec une intensité dans le regard que Mae devait par la suite apprendre à bien connaître.

— Peut-être êtes-vous trop âgée pour la canne de combat, reprit-il. Mais vous êtes dans la fleur de l'âge pour vous engager dans l'armée.

L'espace d'un instant, elle crut qu'il plaisantait.

— Dans… dans l'armée ? balbutia-t-elle. Je ne sais pas si… En fait, je n'y ai jamais réfléchi. Ce n'est pas une carrière dans laquelle se lancent les gens comme moi.

Par cela, elle voulait dire les patriciennes comme elle. Même un homme de sa caste aurait hésité à s'enrôler, alors qu'il lui était possible de vivre confortablement de l'argent de sa famille en sirotant des cocktails sous la véranda.

— C'est exactement le genre de chose que quelqu'un comme vous pourrait faire, assura-t-il d'un air grave. Avez-vous déjà voyagé en dehors de la RUNA, mademoiselle Koskinen ? Non, je suppose que non. Vous n'avez même sans doute jamais quitté cette concession. Je peux vous dire ce que vous avez manqué : la sauvagerie, la barbarie. Si vous pouviez voir ce qu'est devenu le monde, vous apprécieriez davantage ce que nous avons ici – et vous n'hésiteriez pas à donner votre vie s'il le fallait pour la gloire de notre nation. Nous sommes le dernier îlot de civilisation sur cette planète. Vous pourriez aller loin, acquérir un grade, des responsabilités beaucoup plus gratifiantes et utiles que celles d'une simple femme de patricien.

Sa tirade la laissa pantoise. Ou peut-être fut-ce plutôt l'expression qu'elle avait vu passer sur son visage. Que ses motivations aient été valables ou non, il croyait de tout cœur à ce qu'il disait.

— Je vous demande pardon, monsieur, mais…

Mae hésita un instant avant de poursuivre.

— On ne cesse d'obéir à des ordres, dans l'armée. En quoi est-ce différent de ce que je connais ici ?

Un petit sourire joua sur les lèvres de Gan.

— C'est différent en ce sens qu'à l'armée, vous choisissez d'y obéir. Et parce que cela vous donne un but. Avez-vous un but dans l'existence, mademoiselle Koskinen ?

Sa question fit remonter un frisson le long de son dos, mais Mae s'accrocha à son masque d'indifférence.

— Bien entendu, répondit-elle. Mais je vous remercie de votre suggestion. Vous m'avez donné matière à réfléchir.

L'expression de Gan lui fit comprendre qu'elle ne trompait personne.

— Si vous souhaitez que nous en reparlions, je reste ici une heure encore, annonça-t-il. Ensuite, il me faudra rentrer à l'hôtel *Gustav*. Un vol à prendre demain matin très tôt – autrement, je serais resté plus longtemps.

— Je comprends.

Quelqu'un l'ayant appelée, elle prit poliment congé de lui. Mae avait le cœur battant, mais elle n'était pas sûre de savoir pourquoi. Peut-être à cause de la glorieuse ambition qu'il avait décrite. Ou simplement parce que l'idée de ne pas faire ce que l'on attendait d'elle l'émoustillait. Ou peut-être encore parce qu'il s'était adressé à elle franchement, ce qui ne lui arrivait pas souvent. Pourtant, elle ne fit pas en sorte de pouvoir de nouveau l'aborder avant son départ.

La soirée se poursuivit ainsi, interminable. Toujours plus de sourires, de compliments, de danses… et de champagne. Sentant venir les prémices d'une migraine, à un moment donné Mae se dirigea discrètement vers la cuisine où elle espérait trouver un analgésique. Mais avant qu'elle ait pu l'atteindre, quelqu'un s'empara de son bras, la faisant sursauter.

— Mae, viens par ici…

Kris Eriksson se tenait dans l'embrasure de la porte du bureau du père de Mae, une mine de conspirateur sur le visage.

— Qu'est-ce que tu fais là ? lui demanda-t-elle sèchement.

Le voir violer ce lieu saint la surprenait davantage que de devoir répondre à ses sollicitations. Les Eriksson étaient des amis de longue date des Koskinen, et Kris devait être un de ses plus ardents soupirants. Mae l'aimait bien, mais elle n'avait jamais eu que des pensées amicales pour lui.

En jetant un regard autour d'elle pour s'assurer que personne ne la verrait s'isoler en compagnie d'un garçon, elle le suivit dans le bureau et referma la porte derrière elle.

— Qu'est-ce qu'il y a ? demanda-t-elle.

L'excitation faisait briller ses yeux bleus.

— Tout est réglé, expliqua-t-il. Je n'imaginais pas que ce serait si rapide. Je croyais qu'il nous faudrait attendre encore quelques semaines après cette nuit, peut-être même quelques mois. Je savais que tu recevrais nombre d'autres offres et je n'imaginais pas que ta mère accepterait la nôtre aussi rapidement.

Mae avait l'impression d'essayer de décrypter une conversation dans une langue inconnue.

— Qu'est-ce qui est réglé ? demanda-t-elle enfin.

— Toi et moi.

Kris se rapprocha d'elle et prit ses mains entre les siennes.

— Notre mariage, précisa-t-il gaiement. Nos familles ont réglé tous les détails. Ta mère obtient une part d'associée dans notre affaire, et nous pourrons nous marier dans l'année.

Un sourire, malicieux mais un peu figé, éclaira son visage. Les Eriksson n'avaient pas été épargnés par Caïn, et leur fils avait dû subir nombre de traitements.

— J'aurais préféré que ce soit plus tôt, confia Érik, mais je suppose qu'ainsi nous aurons le temps d'organiser de belles noces.

Mae avait l'impression qu'une boule de glace s'était formée dans son estomac.

— Personne ne m'a rien demandé, dit-elle. Tout ne peut pas être réglé. Et je ne voudrais…

Ses paroles moururent sur ses lèvres. Comment lui avouer qu'elle n'aurait pas voulu de lui pour mari ? Ou de qui que ce soit d'autre qu'on se serait « arrangé » pour lui imposer ?

Kris ne se laissa pas décourager pour autant.

— Je peux te faire ma demande dès ce soir, tu sais…

Alors, sous ses yeux effarés, il mit un genou à terre et sortit de sa poche un petit écrin. Et tout cela, dans le bureau du père de Mae. Il l'ouvrit d'un geste cérémonieux, lui donnant un aperçu d'une scintillante alliance hors de prix.

— Maj Erja…, commença-t-il sans cesser de sourire bêtement, comme s'il s'agissait d'un jeu. Veux-tu me faire l'honneur de devenir ma femme ?

Mae demeura figée durant quelques éprouvantes secondes, la bouche entrouverte. Finalement, elle parvint à lui répondre d'une traite :

— Non, je ne peux pas. Ce n'est pas correct. Quelque chose ne va pas.

Sans attendre de réponse, elle ouvrit la porte à la volée et se précipita dans le couloir menant à la cuisine. Là, sa mère était engagée dans une dispute avec Claudia, la sœur de Mae, tandis qu'appuyé contre un mur, leur frère Cyrus assistait au spectacle avec un sourire goguenard.

— Mère ! s'exclama Mae. Qu'est-ce qui…

En dressant une main devant elle, sa mère la réduisit au silence.

— Pas maintenant ! lui ordonna-t-elle. Il se passe ici quelque chose de grave.

— Plus grave que de vendre ta fille aux enchères ?

La confusion puis la compréhension succédèrent sur le visage d'Astrid Koskinen à l'expression de colère réservée à Claudia.

— Ah… ça, dit-elle.

Mae écarquilla les yeux, incapable d'en croire ses oreilles.

— Oui, ça ! s'exclama-t-elle. Comment peux-tu en parler ainsi ? Nous ne sommes pas dans une romance historique où tu pourrais m'échanger contre un confortable magot !

— Arrête de dramatiser…, protesta sa mère en levant les yeux au ciel. Tu sais bien que ce genre de transactions est monnaie courante.

C'était vrai. Bien que ringardisés par les pratiques plébéiennes, les mariages arrangés impliquant des transactions financières n'étaient pas rares dans les castes – surtout dans les classes supérieures.

— Certes, admit Mae. Mais habituellement, on demande leur avis aux parties concernées !

— Pourquoi ? Tu voudrais en épouser un autre ?

— Je ne veux épouser personne ! s'emporta Mae. Pas pour le moment.

— Maj…

Sa mère adopta une attitude qu'elle désirait sans doute rendre affectueuse mais qui parut plutôt condescendante à Mae, surtout quand elle poursuivit :

— Tu n'as tout de même pas pu t'imaginer que tu pourrais gaspiller ta jeunesse à ne rien faire d'utile, n'est-ce pas ? Regarde-toi… Tu es le dernier et le plus grand espoir de remettre cette famille à flot. Tu dois nous sauver de la ruine dans laquelle certains font tout pour nous précipiter…

Ce disant, elle avait foudroyé Claudia du regard. Alors, seulement, Mae, jeta un coup d'œil au visage de sa sœur. « Quelque chose de grave » devait être un euphémisme. Claudia était d'une effrayante pâleur et avait les yeux rouges d'avoir pleuré. Mal à l'aise, Mae observait alternativement sa mère et sa sœur.

— Que… que se passe-t-il ? demanda-t-elle.

— Il se passe, répondit sa mère, que ta sœur est une putain.

Le visage livide de Claudia devint instantanément écarlate.

— Ce n'est pas vrai ! cria-t-elle. Ce n'est pas ma faute !

— Vraiment ? Ce n'est pas toi qui t'es offerte au premier venu ?

— Ça ne serait pas arrivé si tu m'avais laissé garder mon implant !

Le visage figé de leur mère aurait suffi à glacer la pièce.

— Les jeunes filles de bonne famille n'ont pas besoin d'implant contraceptif une fois qu'elles sont pubères ! lança-t-elle sèchement. C'est insultant pour elles de devoir les garder. Ce qui me fait penser, Maj… tu vas pouvoir également faire enlever le tien une fois que tu seras mariée.

Mae eut la surprise de voir la colère de sa sœur se retourner contre elle. En la foudroyant du regard, elle lança d'une voix venimeuse :

— Incroyable ! Même avec ce qui m'arrive, elle s'arrange encore pour monopoliser l'attention…

Mae, qui restait perplexe, demanda d'un ton hésitant :

— Est-ce que tu… serais-tu enceinte ?

— Gagné ! s'exclama Cyrus avec un ricanement sinistre. Tu seras bientôt tante. Elle nous a battus d'une longueur, Philippa et moi…

— Mais c'est une bonne nouvelle, estima Mae. Il y aura sans doute des ragots, puisque Marius et toi n'êtes pas encore mariés, mais quand même… un bébé si vite !

Claudia, n'ayant pas eu autant de courtisans qu'elle, avait tardé à trouver chaussure à son pied. Mais un bébé dès le début d'un mariage était un véritable rêve, pour un couple de patriciens nordiques.

— Marius n'est pas le père, constata froidement leur mère. Le père n'est même pas nordique !

— Oh !

Mae n'avait pas besoin d'en entendre davantage pour comprendre ce qui rendait la situation si difficile. Un plébéien avait engrossé Claudia. Ce devait être la pire chose qui puisse arriver à une jeune patricienne. On serinait aux filles des concessions la primauté de la vertu dès leur plus tendre enfance, et une union avec un plébéien, considéré comme la lie de la lie, était inconcevable. Pourquoi risquer d'abâtardir de si nobles et précieux gênes ?

— Que comptes-tu faire ? demanda Mae à sa mère.

— Eh bien… un avortement n'est pas envisageable. Difficile de trouver un médecin fiable dans un laps de temps aussi court. Et si nous faisons appel à un vrai docteur, un dossier sera enregistré. Il serait confidentiel, certes, mais nous ne pouvons prendre le risque que la chose s'ébruite.

Après avoir secoué négativement la tête et soupiré longuement, elle conclut :

— Non, il n'y a qu'une solution. Nous allons devoir l'éloigner et trouver une raison valable pour retarder le mariage. Il existe des endroits spécialisés pour ce genre de situation. Il n'est pas très difficile de mettre au monde un enfant – ni d'en avoir un, apparemment. Ensuite, il faudra envoyer ce bébé hors du pays.

Rien n'aurait pu choquer Mae davantage que ce qu'elle venait d'entendre.

— Comme ça ! s'étonna-t-elle. D'un claquement de doigts...

— C'est facile, intervint Cyrus. Enfin... pas aussi facile qu'une fille comme Claudia, mais ça peut se faire. Cela arrive plus souvent qu'on ne le pense, et je connais des gens qui pourraient nous aider.

Mae préféra ne pas relever. Elle avait entendu les bruits qui couraient sur l'appartenance de son frère à Brödern, mais ce n'était pas un sujet qu'elle avait envie d'aborder pour l'heure.

— Comment peux-tu approuver une telle solution ? s'étonna-t-elle en s'adressant à sa sœur. Comment peux-tu envisager de te débarrasser de ton propre enfant ?

Même le cynique Cyrus parut surpris.

— Que veux-tu qu'elle fasse d'autre ? objecta-t-il. En gardant cet enfant, elle perdrait sa citoyenneté nordique...

— Ce bébé sera plébéien !

Leur mère avait pratiquement craché ce mot.

— Un génotype purifié par des générations successives, mélangé à un ramassis de je-ne-sais-quoi venu de je-ne-sais-où, enchaîna-t-elle sur le même ton. Quel genre d'enfant cela donnera-t-il ? Impossible de garder ça parmi nous. Je suis sûre qu'il sera très bien là où il finira. Maintenant, cesse de t'en faire pour ça. Ce n'est pas comme si tu étais personnellement concernée – fort heureusement ! Retourne dans la salle et souris... Et toi, disparais dans ta chambre ! Je ne veux pas que tu gâches le grand jour de Maj.

Cela s'adressait à Claudia, qui sortit de la pièce comme une furie, après avoir lancé des regards assassins à tous ceux qui s'y trouvaient.

— Attends un peu ! lança Mae à sa mère, qui s'apprêtait à tourner les talons. Nous devons parler des Eriksson.

— Ce n'est ni le moment ni l'endroit.

— C'est parfaitement le moment et l'endroit !

— Maj...

Voilà qu'elle recommençait à la prendre de haut.

— Tu as deux cents invités à divertir, poursuivit sa mère. Retourne là-bas, et nous discuterons de tout cela demain matin. Évite Kris pour ce soir si ça peut te faire plaisir, mais quand tu auras dormi, je suis sûre que tu comprendras que c'est un mariage idéal. Comme je te le disais, tu es notre dernier et plus grand espoir. Je sais que tu ne nous décevras pas.

Refusant d'en entendre davantage, Astrid Koskinen se glissa hors de la cuisine. Cyrus lui emboîta le pas, après avoir assené une tape dans le dos de Mae en lançant gaiement :

— Félicitations, sœurette !

Mae ne gardait aucun souvenir de la soirée après cette scène. Elle reprit son rôle, sans savoir ce qu'elle disait la plupart du temps. Ses pensées se partageaient entre son mariage forcé et la grossesse de Claudia. Au bout d'un moment, elle eut l'impression que son identité se mêlait à celle de cet indésirable bébé à venir : tous deux traités comme des objets par des gens engoncés dans une culture vieillotte et étriquée. Elle avait subi son éducation sans se rebeller, même quand sa mère l'avait privée de l'avenir qu'elle aurait souhaité. À présent, elle avait l'impression de pouvoir faire un pas de côté, et elle comprenait la petitesse et l'inutilité des traditions qui avaient guidé toute son existence. Rien dans cette vie qu'on lui faisait mener n'avait de sens.

Il n'y avait aucun but, derrière tout cela.

Mae quitta la galerie sans dire un mot à personne. Elle retourna dans la cuisine, où les domestiques étaient revenus à présent que le psychodrame familial avait cessé. Personne ne lui prêta attention lorsqu'elle traversa la pièce et sortit par la porte de service qui donnait sur le côté de la maison. Tout y était calme et obscur. Le luxueux patio dans lequel nombre d'invités étaient allés goûter à la fraîcheur de la nuit se trouvait à l'opposé. Se changer ou préparer un bagage ne lui traversa même pas l'esprit. Elle avait sur elle l'essentiel : ce qui restait de sa dignité, et son ego dans un petit sac à main. Elle n'avait besoin de rien d'autre.

Elle se mit à marcher dans la nuit, lourde de chaleur estivale et habitée par les bourdonnements des insectes. Elle trouva le chemin de terre qui contournait le domaine et le suivit jusqu'à l'endroit où il rejoignait la route principale menant à New Stockholm. Au bout de deux heures de marche, elle enleva ses souliers à talons et continua pieds nus. Au bout de trois heures de marche, un orage creva au-dessus d'elle et la trempa comme une soupe. Au bout de six heures de marche, elle atteignit les quartiers du centre-ville.

Tout le monde savait où se trouvait l'hôtel *Gustav*. C'était l'un des principaux immeubles dans le secteur ouest de la ville, et le seul établissement dans lequel les plébéiens étaient autorisés à résider sur le territoire de la concession. Par un comique hasard, Mae se présenta devant l'hôtel à l'instant où le général Gan en sortait pour se diriger vers une voiture qui l'attendait. Lorsqu'il la découvrit, il se figea sur place. Mae eut l'impression qu'en dépit de ce qu'il avait vu de par le monde, tomber sur une jeune fille aux pieds en sang, habillée d'une robe de débutante détrempée, ne devait jamais lui être arrivé.

— Hello, général..., lui dit-elle. J'ai décidé en fin de compte que j'aimerais avoir un but dans l'existence.

Lorsque Mae acheva son récit, elle eut l'impression que Justin, qui l'avait écoutée allongé sur le divan, s'était endormi. Le silence retomba, et au bout d'un moment elle le vit ouvrir les yeux.

— Si cela peut vous permettre de vous sentir mieux, dit-il, vous avez gagné l'honneur douteux d'être parvenue à me surprendre complètement. Je n'aurais jamais rien pu deviner de tout ça. Mon hypothèse principale était que vous vous étiez enfuie à la suite d'une amourette avec un soldat.

Cela la fit sourire. Mae était étonnée de constater à quel point sa confession lui avait fait du bien. Jusqu'à ce jour, elle n'avait rien confié de tout cela à personne.

— Vous n'étiez pas si loin de la réalité. Sauf que l'amourette était avec mon pays, je suppose...

— Parole de vrai soldat !

Justin étouffa un bâillement sous sa main.

— C'est pour cela que vous avez refusé d'épouser Porfirio, reprit-il. Vous en aviez définitivement soupé des propositions de mariage.

Il avait mis dans le mille – ou presque –, mais elle aurait dû y être habituée désormais.

— Sans doute, reconnut-elle. Et puis il y avait aussi le fait qu'il n'y est pas allé de main morte. Il s'imaginait que ce n'était qu'une formalité, je pense. Il ne pouvait imaginer que je lui dise « non ».

Exactement le même comportement que Kris, réalisa-t-elle soudain.

— Et puis, ajouta-t-elle, je crois aussi que devenir sa femme... ne m'emballait pas trop. Porfirio s'était libéré de certaines des vues sexistes communes aux patriciens, mais il était trop autoritaire et sûr de son bon droit. Il aurait naturellement présumé que je n'avais qu'à le suivre en tout : un peu à l'image de sa proposition de mariage.

Au souvenir de leur ultime rencontre, Mae ravala sa salive.

— Vous redoutiez qu'il ne cherche à vous contrôler, résuma Justin. Comme tous les autres.

— C'est ce que les gens font naturellement : chercher à prendre l'ascendant sur autrui. Que j'aie pu ouvrir les yeux quand j'ai appris que

Claudia était enceinte et que l'on décidait pour elle de son avenir n'est pas innocent. On réalise davantage l'injustice que l'on subit soi-même quand on la voit à l'œuvre chez les autres.

— Qu'est-il arrivé au bébé ?

— Je n'en sais rien. Exilé, sans doute. J'étais partie depuis longtemps.

Justin était trop fatigué pour repérer le mensonge qu'elle venait de proférer. Ou alors, peut-être finalement était-elle douée pour mentir... Elle lui avait déjà donné beaucoup, mais les pistes fournies par Emil, de même que ses propres investigations, au fil des ans, pour retrouver la fille de Claudia, elle tenait à les garder pour elle.

Les paupières de Justin papillonnaient. Mae se leva. Le ree avait depuis longtemps cessé de faire effet et n'entraînait que rarement de gueule de bois.

— Dormez, maintenant, suggéra-t-elle. Nous entreprendrons une analyse pour remédier aux dysfonctionnements de ma vie personnelle une autre fois.

— Tout le monde dysfonctionne, assura-t-il d'une voix pâteuse. La normalité n'existe pas.

Lorsque Mae revint avec une couverture, les yeux de Justin s'étaient fermés, mais il lui demanda néanmoins :

— Est-ce un problème de ne pas dormir ? Ça ne vous embête pas ?

— Non, c'est plutôt pratique.

— Parce que vous être prête à vous battre à chaque instant ?

— Eh bien, oui, mais... j'ai été une mauvaise dormeuse toute ma vie.

Elle n'avait que rarement offert l'aveu qui s'ensuivit.

— Je faisais des cauchemars. Mais plus maintenant.

— Pas de cauchemars, pas de rêves..., murmura-t-il.

Bientôt, son souffle se fit plus profond, et elle sut qu'il s'était endormi. Mae resta un long moment à étudier son visage, admirant non seulement ses traits mais aussi ce rare moment de paix, lorsque le brouhaha perpétuel de ses pensées ne le tourmentait plus.

Elle passa la nuit dans sa chambre, partageant le temps à parts égales à ruminer sur les événements des derniers jours, à lire, et à regarder quelques documentaires sur le flow. Régulièrement, elle se surprenait à observer sa fenêtre en se demandant ce qu'il était advenu d'Emil. Qui était-il ? Et qu'allait-elle bien pouvoir faire à son sujet ?

Quand le petit matin arriva, sa décision était prise. Mae se doucha, s'habilla, et elle était en pleine préparation du petit déjeuner lorsque Justin s'éveilla enfin. Il parut étonné de la découvrir aux fourneaux.

— Vous vous imaginiez que je ne sais pas cuisiner ? s'étonna-t-elle, presque offensée.

Bon… il ne s'agissait que d'œufs brouillés, mais quand même.

—Je me figurais que vous aviez grandi entourée de domestiques et qu'ensuite vous n'aviez eu qu'à vous rendre au mess, avoua-t-il.

La lumière lui arracha une grimace.

—Vous avez de l'aspirine ? demanda-t-il.

—Non. Je n'en ai pas l'utilité.

—Alors, la caféine suffira.

Refusant toute nourriture, il se contenta d'un mug de café géant. Mae était à peu près certaine qu'il avait dû également avoir recours à l'Exerzol, car dans l'heure il se retrouva d'attaque et l'œil vif.

—Que comptez-vous faire de votre dimanche ? s'enquit-il.

—Je vais aller voir Kavi.

—Est-ce vraiment une bonne idée ? s'inquiéta-t-il, un sourcil arqué. Je n'étais pas présent, mais d'après ce qu'on m'a raconté, elle pourrait ne pas apprécier votre visite…

—Je sais, répondit-elle tristement. Mais Whitetree m'a appris qu'elle est toujours à l'hôpital. Je n'arrive pas à y croire. Je dois aller voir ce qui se passe.

La discussion sur l'oreiller lui avait fichu un coup. Peut-être prêtait-elle trop d'attention à ces ruminations sur le sens de la vie, mais il lui fallait constater par elle-même le tort qu'elle avait causé à Kavi, et tant pis s'il ne devait en résulter qu'insultes et hostilité.

—Compris, conclut-il. Je vais vous laisser.

Justin vida son mug, et en le reposant près du vase de fleurs, il commenta :

—Jolies roses… C'est Whitetree qui vous les a offertes ?

—Non, c'est Lucian.

Elle s'attendit à une saillie sarcastique, mais rien ne vint.

—Aucun commentaire ? s'étonna-t-elle.

—Vous êtes libre de faire ce qui vous chante.

Il hésita un instant avant d'ajouter :

—Mais aura-t-il un second rendez-vous, lui ?

—Il n'en a pas eu de premier.

Il parut satisfait de sa réponse et quitta l'appartement peu de temps après. Mae se rendit à la base, où elle n'avait plus remis les pieds depuis les funérailles. La réceptionniste de l'aile dans laquelle se trouvait l'hôpital lui indiqua le numéro de la chambre, qui se trouvait dans un secteur sécurisé gardé par deux plantons en gris et marron. Cela accrut encore le malaise que ressentait Mae, mais il était vrai qu'un prétorien n'était pas un patient comme un autre. Il était normal que Kavi soit mise à l'écart. Sa chambre était située tout au bout du couloir, ce qui ajoutait encore à l'isolement.

La porte était ouverte et un moniteur, sur le côté, indiquait : Kavi, Drusilla – PRT. Mae se prépara au pire et entra dans la pièce. Plus moyen de reculer.

La patiente était allongée sur un lit d'hôpital réglementaire, sa jambe brisée encore immobilisée dans un plâtre. Un chariot de nourriture en partie vidé avait été repoussé non loin de là, indiquant qu'elle venait de prendre son petit déjeuner. Ses yeux restaient rivés sur l'écran de sa chambre, sur lequel défilait un reportage consacré à... Lucian Darling. Tandis que Mae s'approchait de son lit, elle finit par tourner la tête vers elle. Alors, le phénomène le plus étonnant se produisit : Kavi lui sourit...

Si Kavi lui avait un jour adressé un sourire, Mae était incapable de s'en souvenir. La prétorienne n'était pas une tendre, et même lorsque Porfirio et Mae étaient ensemble, elle n'avait jamais semblé apprécier la petite amie de son frère de cohorte. Pourtant, il n'y avait aucun doute possible ce jour-là : Kavi lui souriait, et il n'y avait rien de forcé ou de poli dans ce sourire.

— Mae ! s'exclama-t-elle. Quelle gentille surprise !

L'usage de son prénom surprenait Mae presque autant que le sourire inattendu qui l'accompagnait.

— Kavi – euh... Drusilla..., bafouilla-t-elle. Ravie aussi de te revoir. Tu as l'air en forme.

Kavi eut un petit rire et passa une main dans ses cheveux.

— Tu es trop gentille, mais merci quand même..., assura-t-elle. J'ai besoin d'une bonne coupe. Ou au moins, d'un sèche-cheveux digne de ce nom.

Mae s'efforça de lui rendre son sourire, mais ce surprenant accueil l'avait désarçonnée.

— Comment te sens-tu ? s'enquit-elle.

— Bien. Tout le monde est si gentil avec moi... J'aimerais rentrer chez moi, mais ils me disent que j'ai encore besoin d'un peu de temps. Les docteurs savent ce qu'ils font.

— Je suppose, oui.

Mais Mae ne comprenait toujours pas les raisons de ce long séjour. Qu'avait-elle donc fait ? Comment une simple jambe brisée pouvait-elle mettre tant de temps à se remettre ?

— Tu souffres ? reprit-elle au terme d'un éprouvant silence.

— Non, pas du tout.

D'un signe de tête, elle désigna sa table de chevet et ajouta :

— Regarde-moi ces lys que Newton m'a apportés... Les Indigos n'arrêtent pas de se pointer avec des fleurs. C'est pas gentil, ça ?

Le ton rêveur sur lequel elle s'exprimait, son regard embrumé, son insistance à trouver tout et n'importe quoi tellement « gentil » avaient fini par alerter Mae. On devait garder Kavi sous l'emprise de puissants neuroleptiques. Rien pour calmer la douleur, manifestement. Il devait s'agir davantage de faire en sorte qu'elle soit… « gentille » et se sente bien. En quoi un tel traitement était-il nécessaire pour une jambe brisée ? Peut-être Kavi s'était-elle rendue assez insupportable auprès de l'équipe médicale pour que celle-ci décide de se simplifier la vie.

— Ils sont magnifiques, assura Mae. J'aurais dû t'apporter des fleurs, moi aussi.

Les roses de Lucian auraient pu faire l'affaire.

— Ce n'est rien, répondit Kavi avec indulgence. Je sais combien tu dois être occupée.

Mae prit une profonde inspiration et décida de s'acquitter de l'obligation qu'elle s'était fixée.

— Écoute, Drusilla… Je suis venue… m'excuser pour ce que j'ai fait à ces funérailles. J'ai eu tort, et j'en suis désolée.

Le sourire de Kavi n'avait même pas vacillé.

— Tu n'as pas à t'excuser, répondit-elle. Nous étions tous un peu énervés.

Mae n'était pas certaine que le terme « énervé » était adéquat. Kavi l'avait traitée de « putain de garce castée », et avait quant à elle réduit son visage en bouillie.

— Je n'aurais quand même pas dû faire ça, ajouta-t-elle maladroitement.

— Il nous manque à tous, tu sais…

Enfin, le brouillard de contentement qui l'environnait sembla se dissiper quelque peu. Le regard perdu dans le vide, elle poursuivit :

— Il m'arrive de lui parler, à Porfirio. Enfin… j'en ai l'impression. Les docteurs disent que ça fait partie de mes symptômes. Ils m'ont donné davantage de médicaments, et maintenant je ne le vois plus.

Puis, se tournant vers Mae :

— Et toi, tu continues de le voir ?

— Je… non, bien sûr que non. Porfirio est mort. Les morts ne reviennent pas à la vie.

— Sans doute

Le visage de Kavi s'éclaira de plus belle quand elle ajouta :

— Mais s'il revenait, je suis sûre qu'il te pardonnerait. Il t'aimait tellement…

Mae se mordit la langue. Porfirio lui aurait pardonné, à elle ? Elle avait relégué le souvenir de leur dernière rencontre dans un coin très, très éloigné de sa mémoire, mais les paroles de Kavi l'avaient fait resurgir, plus vivace que jamais. Jusqu'à cette ultime entrevue, il s'était contenté de l'abreuver de sa colère par le biais de messages téléphoniques ou écrits.

Après l'avoir traitée de « garce castée », il lui avait donné du galon en lui donnant du « salope nordique ». En butte à ce harcèlement incessant, Mae avait eu de plus en plus de mal à le supporter, mais elle avait fait le gros dos, refusant de se laisser blesser par ces insultes. Sans doute Porfirio dut-il le sentir, puisqu'il finit par décider de venir chercher la confrontation à domicile.

Elle l'avait laissé entrer chez elle, dans l'espoir que ce geste de bonne volonté amènerait une discussion sereine, entre gens civilisés. Sa décision n'avait pas été très inspirée... Les motifs que Porfirio inventait pour expliquer son refus n'avaient jamais cessé de varier, et ce jour-là, il avait décidé qu'elle devait le tromper.

— Par qui tu te fais baiser ? hurlait-il. Par qui tu te fais baiser !

Rien de ce qu'elle aurait pu dire n'aurait été en mesure de le calmer, mais le silence qu'elle lui opposa ne fit que le rendre plus furieux encore. Une fois de plus, elle n'était qu'une « salope nordique » sans cœur, incapable du moindre sentiment. Des griefs qui recoupaient étrangement, en fait, ceux que lui avait adressés Kavi aux funérailles.

Mais Porfirio, lui, n'avait pas été brisé dans son élan.

— Qu'est-ce qu'il faudrait, hein ? avait-il éructé. Qu'est-ce qu'il faudrait pour que tu ressentes quelque chose ?

C'est là que le refrain familier s'était achevé. Les réflexes et l'instinct de Mae lui avaient fait défaut parce qu'elle n'avait jamais redouté que Porfirio, même au plus fort de sa rage, puisse s'en prendre à elle. Vif comme l'éclair il la jeta sur le sol, lui retenant les poignets et profitant de son avantage au poids pour l'immobiliser sous son corps. Il avait cessé d'un coup de hurler, et l'entendre reprendre sa litanie dans un murmure était plus effrayant encore.

— Tu vas sentir quelque chose..., lui promit-il. Tu es toujours à moi, et je vais te le montrer.

Mae avait effectivement senti quelque chose : la peur. Jusqu'à cet instant, elle n'avait jamais redouté le viol. Dans la concession nordique, son statut l'avait mise à l'abri dans un cocon, et quelques bagarres lors de son incorporation dans l'armée lui avaient suffi pour se faire respecter. Elle avait vécu confiante dans ses capacités à se défendre et sûre de sa force. Mais là, sur le sol, Porfirio lui était supérieur. Peut-être, lors d'un combat de canne, sa rapidité lui aurait-elle permis de compenser son handicap. Son implant lui donnait plus de force, mais il en allait de même pour lui. Au final, l'avantage que Porfirio tirait d'être un homme faisait toute la différence.

Les prétoriens plaisantaient souvent au sujet de vêtements arrachés pendant des joutes amoureuses, mais Mae n'avait jamais vu cela se produire vraiment. Elle avait immédiatement compris que Porfirio n'avait rien à redouter en la violant. La nature brutale et sans concession des relations sexuelles entre prétoriens rendait difficile à tracer la frontière entre le viol et le consentement. Il était tout à fait possible que l'on accuse Mae d'avoir voulu se venger en portant de fausses accusations. Tandis qu'il luttait pour baisser son pantalon tout en lui immobilisant toujours les poignets, elle ne perçut en lui aucune des manifestations caractérisant le désir chez les prétoriens. Bien sûr, la convoitise était là, mais elle ne naissait ni de la tendresse et de l'affection, ni d'une attirance sincère. Seule une rage noire l'habitait. Ainsi que le besoin impérieux de punir et de posséder.

Ruant, griffant, criant, Mae avait lutté de toutes ses forces, avec les moyens qui lui restaient, pour l'en empêcher. Cela n'aurait jamais dû suffire. Jamais elle n'aurait normalement dû pouvoir lui échapper. Aujourd'hui encore, elle en demeurait convaincue. Mais d'une manière ou d'une autre, elle avait réussi à puiser suffisamment de forces en elle pour se libérer un instant et bondir vers la table basse. Il avait tenté de la rattraper par une jambe, mais il n'y était pas parvenu avant qu'elle mette la main sur son arme.

Même shooté par son implant et au comble de la colère, Porfirio n'était pas assez fou pour ignorer cette menace. Il avait titubé vers l'arrière, tandis qu'elle se redressait et lui criait de partir. Il avait bredouillé quelque chose qui tenait plus de l'autojustification que de l'excuse, en s'efforçant maladroitement de reboutonner son pantalon. Mae n'avait rien voulu entendre et s'était avancée vers lui avec suffisamment d'assurance pour le faire détaler en toute hâte. Jamais elle ne l'avait revu.

Elle n'avait raconté à personne ce qui s'était passé, même si Val et Dag avaient tout de suite repéré les bleus qui lui encerclaient les poignets. Sans doute n'avaient-ils pas cru l'histoire qu'elle avait inventée pour expliquer leur présence, mais ils n'avaient rien pu y faire. S'ils avaient réussi à avoir la preuve de ce dont ils se doutaient certainement, jamais Porfirio n'aurait vécu suffisamment longtemps pour mourir lors d'une explosion.

Et soudain, dans la chambre de Kavi, en s'accrochant à ce sourire figé qui lui donnait des crampes, Mae eut une brusque révélation. Elle ne s'était jamais attardée sur ce qu'elle avait ressenti lors de cette tentative de viol, principalement parce que tout cela n'était pas cohérent. Seul l'instinct de survie l'avait guidée. Son seul but avait été de lui échapper. Mais à présent, elle se rendait compte qu'autre chose l'avait motivée que la peur et le besoin de se défendre.

Avec une clarté étonnante, elle se rappelait désormais d'une série de sensations qu'elle avait enfouies avec tout le reste. Une sorte d'outrage, d'indignation, et même un sentiment de sacrilège. Pour qui se prenait-il ? Qui était-il pour s'imaginer pouvoir la soumettre ? Elle n'était la possession d'aucun homme. Son corps était un temple dont elle n'ouvrait la porte qu'à ceux qui avaient su gagner son affection. Il ne pouvait être investi de force.

Peut-être n'y avait-il rien d'étrange à ressentir tout cela. Refuser d'être possédée contre son gré était une saine réaction. Mais il y avait eu davantage : la certitude que son corps était glorieux et sacré, ce qui rendait encore plus choquante la tentative de viol dont il était l'objet. À l'époque, elle n'avait vu dans tout cela que les conséquences du traumatisme qu'elle avait subi. Elle avait toujours présumé que ce surcroît de force qu'elle avait su trouver pour échapper à Porfirio lui avait été fourni par l'implant.

Mais il n'en était rien. Elle savait à présent qu'elle avait réussi à se débarrasser de lui parce que cette sombre présence qui s'emparait d'elle au combat l'avait soudain visitée. C'était elle qui avait suscité dans son esprit ces notions de profanation révoltante et de sainteté à préserver. Et en se remémorant le visage terrifié de Porfirio tandis qu'il reculait en désordre, Mae n'aurait su dire s'il n'avait été effrayé que par l'arme à feu, ou s'il avait perçu une présence supérieure en elle. Avait-il perçu ce que Justin affirmait qu'il voyait chaque fois qu'elle se battait ? Une déité cherchant à s'emparer d'elle ? Naturellement, c'était absurde...

À l'intention de Kavi, Mae annonça simplement :

— Je vais y aller.

Kavi hocha la tête sans se départir de son sourire rêveur.

— Bien sûr, dit-elle. J'espère que tu reviendras me voir. J'aimerais que nous soyons amies. Je suis sûre que Porfirio l'aurait voulu.

— Oui, murmura Mae en se retournant vers la porte. J'en suis sûre aussi.

26

Ils ont tous l'air si… blonds !

L'Exerzol et la caféine avaient permis à Justin de faire bonne figure devant Mae, mais lorsqu'il fut de retour chez lui, il eut l'impression que son crâne était sur le point d'exploser. Au moins personne n'était là pour assister à sa déconfiture. Souhaitant qu'ils resteraient tous partis le plus longtemps possible, il tituba jusqu'à sa chambre, où il récupéra un flacon d'un puissant analgésique. D'abord, il fit tomber dans sa paume autant de pilules qu'il pouvait en avaler sans tomber dans le coma. Mais un instant plus tard, il se ravisa et ne garda que la quantité nécessaire pour espérer juguler les effets de sa gueule de bois. Le souvenir de ce qui s'était passé à Windsor continuait de peser lourdement sur lui.

— *Belle sobriété…*, commenta Horatio. *Naturellement, à cause de l'accoutumance que tu as développée, tu sais sans doute qu'une si faible dose ne produira aucun effet.*

— *La ferme !* s'emporta Justin. *Le son d'une voix m'est aussi insupportable à l'intérieur qu'à l'extérieur de mon crâne !*

Ses vêtements n'étant déjà plus à cela près, Justin ne prit pas la peine de les enlever et s'écroula sur son lit. Il eut l'impression qu'il s'était écoulé à peine deux minutes, mais quand il consulta son ego après avoir été réveillé par sa sonnerie, il s'aperçut qu'il avait dormi deux heures. L'identificateur d'appels affichait le nom de Cornelia. Il envisagea brièvement de ne pas lui répondre, puis il songea qu'elle l'appelait peut-être pour lui annoncer que le meurtrier avait été arrêté et que l'affaire était close. Il décrocha en mode vocal uniquement.

— Réalisez-vous, lui dit-elle d'une voix glaciale, qu'il ne vous reste qu'une semaine avant la prochaine pleine lune ?

— J'en suis parfaitement conscient, lui répondit-il.

— Dans ce cas, pourquoi n'ai-je toujours rien d'autre à montrer de votre travail que d'exorbitants justificatifs de frais ? Vos frais de bouche à eux seuls sont ridiculement élevés. Impossible que la prétorienne Koskinen et vous avaliez autant de nourriture. J'en déduis donc que le Bureau finance également vos beuveries...

— La prétorienne Koskinen mange énormément, répliqua-t-il.

— Peut-être. Mais comme je n'ai pas besoin d'un serviteur inutile, vous feriez bien de mériter votre salaire.

Mae lui ayant expliqué ce que Lucian avait découvert, Justin faillit répliquer qu'un serviteur de plus ou de moins ne faisait pas grande différence, mais il s'en abstint.

— Vous n'êtes revenu en grâce que sur l'insistance du directeur Kyle, poursuivit sèchement Cornelia. Et s'il devait se produire un nouveau meurtre à cause de votre incompétence, il ne vous resterait plus à espérer que votre ami panaméen veuille bien vous reprendre. À présent, annoncez-moi que vous avez du nouveau.

Justin hésita à lui répondre. Même s'il avait rassemblé bon nombre d'informations, il hésitait à les partager en l'état du dossier. Il n'était pas encore parvenu à découvrir la trame, et il était dur d'avoir à reconnaître que quelque chose lui échappait.

Mais puisque Cornelia commençait à évoquer le Panama, il pouvait quand même se révéler utile de faire un effort. Aussi finit-il par lui en dire autant qu'il le pouvait, évoquant l'hypothèse d'un généticien revanchard éliminant ses créatures, puis la piste annexe des meurtres irrésolus de plébéiens possiblement liés à un sacrifice. Il prit bien garde de ne pas mentionner Callista mais évoqua des « contacts » susceptibles de l'aider à retrouver les coupables lorsqu'il parviendrait à les identifier.

Cornelia parut plus impressionnée qu'elle n'était prête à l'admettre mais ne put que souligner l'évidence :

— Vous n'avez toujours aucune idée de ce qui lie tout cela.

— Non, dut-il reconnaître.

— Et votre ami technicien n'est toujours pas parvenu à prouver que la vidéo est un faux.

— Non plus.

Cornelia poussa un soupir mélodramatique et conclut :

— Ce qui nous ramène au point de départ : vous n'avez plus qu'une semaine, et toujours aucun résultat.

— Il ne nous reste qu'une concession à visiter demain : celle des Nordiques. La clé du mystère pourrait s'y trouver, surtout si les relations de Mae là-bas nous permettent de pousser plus loin nos investigations.

Ce dernier point était complètement pipeau, mais il espérait l'avoir énoncé de manière suffisamment convaincante.

— Espérons, approuva Cornelia. Restez en contact.

Et sur ce, elle raccrocha.

Justin contempla un instant son ego avec stupéfaction, puis il fit l'effort de s'extraire de son lit pour reprendre figure humaine. Les autres occupants de la maisonnée ayant fini par rentrer, il passa le reste de la journée en leur compagnie, ce qui lui valut de remonter de quelques points dans l'estime de Cynthia, mais pas dans celle de Tessa quand il lui eut expliqué qu'elle était devenue sans le savoir l'objet d'une bonne blague prétorienne. Elle avait apparemment passé son temps à se morfondre en redoutant que les autorités viennent la chercher à tout moment, et plutôt que de la soulager, la révélation du pot aux roses ne fit que la plonger dans une fureur noire.

Pourtant, la journée s'écoula de manière relativement ordinaire, ce qui lui fit un répit appréciable après l'ouragan qui avait balayé sa vie au cours des derniers jours. Lorsqu'il se leva le lendemain matin, cependant, un autre coup de fil lui signifia que, avec le début de la semaine, l'univers entier semblait de nouveau décidé à se liguer contre lui. Après avoir raccroché, il se rendit à la cuisine où la routine du petit déjeuner matinal suivait son cours. Mae venait d'arriver et d'accepter l'invitation de Cynthia à se joindre à eux à table. Elle répondit de manière cordiale au salut de Justin, sans donner l'impression qu'elle le prenait pour un dangereux activiste religieux dérangé du cerveau.

— Tu peux enlever ton uniforme, annonça-t-il à Tessa. Tu n'iras pas au lycée aujourd'hui.

— Pourquoi ? s'étonna-t-elle en levant les yeux de son assiette d'œufs brouillés.

— Parce que les apprenties terroristes méritent apparemment d'être suspendues pour crimes contre la nation.

Elle ouvrit la bouche, mais dans un premier temps, rien ne se décida à en sortir.

— Mais… tu disais que ce n'était qu'une blague ! protesta-t-elle enfin. Que je ne risquais plus rien…

— C'est le cas, répondit-il. Mais le principal de ton lycée estime qu'il n'est pas juste qu'une élève ramenée chez elle sous escorte prétorienne puisse regagner son établissement sans avoir été punie. C'est censé donner le mauvais exemple, violer le code de bonne conduite du lycée, et je ne sais quoi d'autre encore. Tu écopes d'une suspension d'une semaine.

Une fois qu'elle eut compris qu'elle ne risquait pas d'être déportée, Tessa finit par se faire une raison. Cynthia, elle, ne l'entendit pas de cette oreille.

— Quoi ! s'insurgea-t-elle. Mais c'est complètement absurde ! Ils ne peuvent pas la suspendre à cause d'un événement survenu hors de l'enceinte du lycée… C'est un établissement d'éducation public. Ils sont dans l'obligation de l'accueillir.

—Eh bien, je suppose qu'ils considèrent qu'en s'attaquant à un monument public, c'est toute l'institution qu'elle a mise en péril.

Voyant le visage de sa sœur s'assombrir dangereusement, Justin s'empressa de préciser :

—Je plaisantais.

—Tu aurais dû l'inscrire dans le privé, lui reprocha-t-elle. Sans doute qu'en y mettant le prix, ils auraient fermé les yeux sur ses origines.

—J'ai essayé.

Tessa ne s'en plaignait jamais, mais Justin savait qu'elle éprouvait encore des difficultés à s'adapter à sa nouvelle condition. Sans doute se serait-elle mieux acclimatée ailleurs, mais les établissements qu'il avait approchés imposaient de très strictes conditions d'admission. S'il avait pu anticiper le problème, il en aurait fait une condition dans son contrat d'embauche.

—Écoute, Cyn…, reprit-il. Si tu veux te battre avec eux pour qu'elle soit réintégrée plus tôt, ne te prive pas. Je m'en chargerais bien, mais nous partons pour la concession nordique ce matin même.

Cynthia se rembrunit.

—Je vais aussi avoir une journée chargée, répliqua-t-elle. Le moins que tu puisses faire, c'est de l'emmener avec toi.

Justin, Mae et Tessa manifestèrent la même surprise en tournant la tête vers elle dans un bel ensemble.

—Je vais travailler, Cyn…, expliqua-t-il patiemment. Je ne pars pas en vacances. Je ne peux pas l'emmener.

—Qu'est-ce que tu dois faire ? demanda-t-elle. Renouveler quelques licences ? Rien que de la paperasse et des formalités. Je suis sûre que tu trouveras un peu de temps pour t'occuper d'elle.

Ce n'était pas une révélation pour lui : sa sœur n'avait pas une très haute opinion de ses activités professionnelles.

—Je peux rester ici, suggéra Tessa.

Cynthia n'était pas prête à céder.

—Collée à l'écran toute la journée ? s'insurgea-t-elle. Pas question ! Ce n'est pas pour ça que Justin t'a amenée ici. Tu as besoin d'explorer, de découvrir comment vivent les autres. Imagine les belles images que tu vas ramener…

Tessa fut immédiatement séduite par cette idée, amenant Justin à délibérer en son for intérieur. La jeune fille n'avait vraiment rien à faire sur une scène de crime d'un des dossiers les plus sensibles du Bureau, mais Cynthia ne se trompait pas en prédisant l'usage qu'elle ferait de sa journée si on la laissait seule. En désespoir de cause, il jeta un coup d'œil à Mae pour réclamer son aide.

— Le centre de New Stockholm est parfaitement sûr, expliqua-t-elle après y avoir réfléchi un instant. Elle ne devrait courir aucun risque en explorant les rues toute seule pendant que nous travaillerons.

Voilà qui convenait parfaitement à Justin, surtout que le temps leur était compté. En chemin vers l'aéroport, il s'arrangea pour trouver un billet supplémentaire en pianotant sur son ego, et il fut décidé qu'elle pourrait partager la chambre d'hôtel de Mae, évitant ainsi à Cornelia une nouvelle dépense.

À sa décharge, Tessa supporta bien mieux ce nouveau trajet en avion que son premier vol. Bien sûr, elle resta néanmoins tout le temps accrochée à son siège, mais à aucun moment elle ne donna l'impression de pouvoir défaillir d'un instant à l'autre. Elle parvint même à se distraire avec une liseuse et à entretenir un semblant de conversation. L'un dans l'autre, elle s'en tira donc comme une pro, même lorsque le moment fut venu de la laisser se débrouiller seule. Ils avaient pris leurs quartiers dans un hôtel situé en bordure du centre de New Stockholm, avant de se rendre à un poste de police situé tout à fait à l'opposé. Tessa les y avait accompagnés, et le moment était arrivé de la laisser filer.

En lui désignant une ligne de tram qui desservait dans les deux sens l'avenue dans laquelle ils se trouvaient, Mae expliqua :

— Toute cette artère et les voies adjacentes sont des rues commerçantes fréquentées par bon nombre de touristes. Plein de choses à voir et à faire. Et si tu veux rentrer à l'hôtel, tu n'as qu'à prendre le tram jusqu'au bout de la ligne.

Les yeux écarquillés sur le spectacle qui s'offrait à elle, Tessa acquiesça d'un hochement de tête et murmura :

— Ils ont tous l'air si… blonds !

— C'est le moins qu'on puisse dire, approuva Justin en observant la foule.

De ce fait, il était difficile de les distinguer les uns des autres, et il était à craindre que l'agoraphobie de Tessa ne s'en trouve renforcée. Mais comme pour tout le reste du voyage, elle rassembla son courage et redressa bravement les épaules, prête à affronter le monde.

— Bien ! se félicita Justin. Fais-moi voir ton ego.

Après avoir effectué quelques réglages sur le sien, il le synchronisa avec celui de Tessa en les approchant l'un de l'autre.

— La ville est à toi, annonça-t-il. Je t'ai crédité un peu d'argent de poche. Ne dépense pas tout au même endroit !

Tessa le remercia d'un grand sourire, le surprit en lui donnant une chaleureuse accolade et lui promit d'appeler en cas de problème. Il la regarda se fondre dans la foule en espérant que ces rues habituées à accueillir des touristes ne se révéleraient pas trop inhospitalières pour une jeune provinciale.

Leur contact au sein de la police nordique était une femme du nom de Dahlia Johansson, officier chevronné qui n'aimait pas les incursions fédérales dans son domaine mais qui détestait encore plus les affaires non résolues. Elle les escorta jusqu'à son bureau, où elle prit appui contre un mur, les bras croisés.

—Clara Arnarsson, indiqua-t-elle en désignant d'un coup de menton le portrait d'une jeune femme d'un blond vénitien qui s'affichait à l'écran. Vingt-sept ans. Tuée d'un coup de dague en argent en plein cœur.

Justin consultait sur son ego le profil de la victime.

—Et naturellement, dit-il, elle avait un score de huit. Il semble qu'elle ait été la seule à ne pas avoir été tuée à son domicile, mais... je suppose qu'il n'y a aucun témoin et que le crime a eu lieu dans une pièce virtuellement inviolable.

—Exact. Elle a été tuée dans son bureau.

Johansson reporta son attention sur Mae et poursuivit :

—Connaissez-vous la tour Sturluson ? Son bureau était situé au dixième étage, dans un secteur accessible par passe magnétique à un nombre restreint d'utilisateurs.

—Y a-t-il une fenêtre dans son bureau ? s'enquit Justin.

—Difficile d'imaginer qu'elle puisse servir de point d'entrée, estima Mae, les yeux plissés. La façade n'est pas facile à escalader et elle est très visible de la rue. Le crime s'est-il produit aux heures de bureau ?

Johansson acquiesça d'un signe de tête.

—Oui, ce qui rend la chose encore plus incroyable.

—Allons y jeter un coup d'œil, conclut Justin.

Il ne partait pas battu, mais il avait l'intuition qu'ils allaient se retrouver confrontés au même schéma : aucun indice probant sur la scène de crime, aucun mouvement religieux impliqué, et un faisceau de données techniques envoyées à Léo qui ne révélerait aucune manipulation visible.

Cette prédiction s'avéra assez proche de la vérité. Il était aussi difficile de pénétrer dans le bureau que Johansson l'avait affirmé. Les forces de police avaient au moins recueilli sur place un maximum de données scientifiques, ce qui permettrait à Léo de travailler vite et bien. Dans un surprenant élan de coopération policière, Johansson et son équipe étaient allées jusqu'à vider les lieux pour que Justin et Mae puissent travailler tranquillement. Leur contact leur évita même un déplacement en leur apportant le mari de la victime sur un plateau pour interrogatoire. Justin posa les questions habituelles et ne put s'empêcher d'éprouver de la compassion pour M. Arnarsson. L'homme était manifestement plongé dans l'affliction et donnait l'impression de ne pouvoir accepter la réalité de la disparition de son épouse. Comme tous ceux que Justin avait interrogés avant lui, il nia formellement tout lien de sa femme avec quelque groupe religieux que ce soit.

Lorsque Justin eut terminé, il chercha Johansson pour prendre congé d'elle mais il la trouva accaparée par une discussion animée avec ses officiers et y renonça.

— Suivez-moi, l'invita Mae alors qu'ils patientaient à distance. Allons faire un tour. J'ai vu un distributeur près des cabines d'ascenseur. Peut-être y aura-t-il cette boisson que j'aimais tant.

Le hall desservi par les ascenseurs ne faisant pas partie du périmètre de sécurité, quelques employés y devisaient en attendant patiemment de pouvoir regagner leurs bureaux. Après être allée faire son choix au distributeur, Mae lui rapporta une canette de boisson gazeuse aux fruits dont elle assura qu'il allait l'adorer.

— Manque de vodka..., maugréa-t-il après y avoir goûté.

Alors qu'ils buvaient leur soda, une Nordique d'une quarantaine d'années se risqua à les approcher. Elle paraissait assez nerveuse, et après les avoir rejoints, elle leur adressa un sourire gêné en laissant ses yeux fureter pour voir si personne ne les observait.

— Vous êtes du Bureau, n'est-ce pas ? demanda-t-elle d'un ton de conspiratrice. J'ai entendu dire qu'une secte serait impliquée dans cette histoire...

De manière compréhensible, Mae parut ne pas goûter l'intrusion.

— Je suis désolée, dit-elle, mais nous ne pouvons discuter d'une investigation en cours.

— Bien sûr, bien sûr...

Le regard de l'employée fureta de nouveau à travers le hall, se posant d'abord sur ses collègues, puis sur les forces de l'ordre, avant d'en revenir à Justin et Mae.

— Avez-vous exploré la piste de son amant ? demanda-t-elle d'un air gourmand.

En dépit de sa nervosité, leur contact se repaissait manifestement de cette diversion dans la banalité de son quotidien. Aussitôt, tous les sens de Justin se mirent en alerte. Au point où il en était, mêmes les ragots entre collègues ne pouvaient être négligés.

— L'amant ? répéta-t-il, gratifiant l'employée de son plus beau sourire.

Qu'elle ait été ou non portée sur les plébéiens, la quadragénaire parut apprécier et rougit de plaisir.

— L'amant de Clara, précisa-t-elle. Ils essayaient de se faire discrets, mais je les ai aperçus au restaurant une fois ou deux. Ils paraissaient toujours engagés dans des discussions passionnées. Je dois dire que je ne peux pas l'en blâmer... Ce type était splendide – bien différent de Siegfried, si vous voyez ce que je veux dire.

Oui, Justin voyait tout à fait. La victime était une femme superbe, comme on pouvait s'y attendre de la part d'un score huit, mais son mari avait été lourdement impacté par Caïn. En somme, le même cas de figure que pour les autres crimes.

L'employée avait surmonté sa nervosité et se repaissait à présent de l'attention dont elle était l'objet.

— Si vous voulez mon avis, poursuivit-elle, vous devriez laisser tomber la piste de la secte. Allez voir du côté du mari ou de l'amant. L'un des deux aurait pu ne plus se satisfaire de cet... arrangement.

— Très bonne idée ! répondit Justin, pour la plus grande joie de son interlocutrice. Et remarquable sens de l'observation de votre part... Vous êtes sûre de ne pas vous être trompée de carrière ? Avec l'instinct que vous avez, vous feriez un flic étonnant. Connaissez-vous le nom de cet amant, ou quoi que ce soit d'autre qui pourrait nous aider ?

Le contentement de l'employée en prit un coup.

— Non..., répondit-elle. Mais je sais à quoi il ressemble et pourrais le décrire en détail. Et je peux donner l'adresse des restaurants où je les ai vus.

Mae fit appel à un officier pour qu'il recueille la description de l'amant supposé et les coordonnées des restaurants. Pendant ce temps, Justin alla rejoindre Johansson.

— Le mari est-il toujours là ? demanda-t-il. Nous voudrions lui demander s'il savait si sa femme le trompait.

Elle alla vérifier, et Justin se demanda si cette nouvelle piste pouvait réellement donner quelque chose. Naturellement, il ne pouvait négliger aucune information qui s'offrait à lui. D'un autre côté, quelque chose d'aussi trivial qu'un crime passionnel cadrait mal avec la théorie du généticien vengeur ou celle du culte meurtrier. Il interrogea néanmoins une nouvelle fois M. Arnarsson, dont l'incompréhension se révéla plus grande encore que lorsqu'il lui avait demandé si sa femme était croyante.

— Il paraissait sincère, dit-il à Mae après coup. Mais si c'est lui le coupable, il a eu tout le temps nécessaire pour se préparer à faire face à ce type de questions. Et si c'est l'autre type, reste à savoir comment il a pu s'introduire dans le bureau. Qui sait ? Peut-être ce mystérieux amant est-il un contorsionniste ? Voilà qui ajouterait au sex-appeal de ses gènes parfaits...

Mae accueillit cette remarque d'un froncement de sourcils et parut sur le point de la commenter, mais Johansson les rejoignit et l'avertit d'un appel à son intention qui était parvenu dans leur PC. improvisé. Mae se redressa aussitôt comme si son général se trouvait devant elle et s'empressa d'aller répondre.

En son absence, Justin examina le portrait-robot établi d'après les déclarations du témoin. L'image donnait sans conteste du crédit à la piste du séduisant amant… L'homme paraissait avoir à peu près le même âge que la victime. Il avait cette blondeur et ce teint de peau sans défaut qui semblait faire les délices de la collègue de Mme Arnarsson.

— Il était parfait, je vous l'avais bien dit, commenta celle-ci. Pas un seul défaut. Pas une seule marque. Exactement comme la jeune femme qui vous accompagne.

La tâche d'identifier le suspect revenait maintenant à la police nordique. D'un coup d'œil à son ego, Justin s'aperçut qu'il était plus tard qu'il ne l'avait imaginé. Il allait bien falloir qu'ils retrouvent Tessa pour aller dîner. Étant donné qu'elle n'avait pas donné signe de vie, restait à espérer qu'elle n'avait pas commis un nouveau crime contre la sécurité intérieure…

L'un des officiers conduisit Justin jusqu'au bureau où le PC de fortune avait été installé. Là, il retrouva Mae en grande conversation avec quelqu'un dont l'image s'affichait à l'écran – mais pas le général austère qu'elle lui avait décrit.

— Mais parce que je suis ici pour le travail ! s'exclama-t-elle d'un air exaspéré.

— Et cela t'a empêchée de passer un coup de fil ?

L'interlocutrice, une de ces femmes d'un certain âge qui faisait tout pour s'accrocher à sa beauté passée, portait ses cheveux d'un blond foncé relevés sur la nuque en un chignon serré, dégageant ainsi un visage dont l'aspect lisse devait sans doute beaucoup à un récent lifting. Ses sourcils étaient moins bien dessinés que ceux de Mae, et elle n'avait pas ses pommettes hautes, mais ses yeux avaient la même teinte de bleu tirant sur le vert qu'il en était venu à admirer.

— Je suis occupée, c'est tout ! répondit Mae. Ce n'est pas le bon moment.

— Ce n'est jamais le bon moment, Maj. Cela ne l'a jamais été depuis trois ans en tout cas.

— Mère, s'il te plaît ! Ce n'est vraiment pas le moment.

Justin connaissait désormais suffisamment Mae pour reconnaître les signes indiquant qu'elle luttait pour garder le contrôle d'elle-même.

— Comptes-tu travailler toute la nuit ? insista sa mère sans se laisser décourager. Il te faudra sûrement manger. Rejoins-nous ce soir, je ferai en sorte que ton frère et ta sœur soient là. Tu peux également amener tes… collègues.

Les yeux de Mme Koskinen se posèrent soudain sur Justin, qui tressaillit. Il n'avait pas remarqué qu'il se trouvait dans le champ de la caméra.

—Est-ce l'un d'eux ? s'enquit-elle.

Mae se retourna vivement et, le découvrant derrière elle, ne chercha pas à masquer son exaspération.

—Oui, répondit-elle d'un ton lugubre. Mère, laisse-moi te présenter le docteur Justin March. Justin, je vous présente Astrid Koskinen.

À présent qu'il ne pouvait plus y échapper, Justin s'avança d'un pas et se résigna à entrer dans la conversation.

—Madame Koskinen, c'est un plaisir de vous rencontrer, assura-t-il. Je comprends à présent de qui Mae tient sa beauté...

Le compliment la laissa complètement froide.

—Docteur March, demanda-t-elle, avez-vous des plans pour le dîner de ce soir, ma fille et vous ?

Justin fut pris de court.

—Eh bien, je...

Un coup d'œil à Mae lui indiqua la réponse à donner, mais il était déjà trop tard.

—C'est bien ce que je pensais ! s'exclama Astrid, triomphante. Vous pouvez tous les deux arriver pour 19 heures.

—C'est un plébéien, indiqua Mae tout à trac.

—Oui, c'est ce que je constate, Maj.

—Il y a aussi quelqu'un d'autre avec nous.

Après avoir marqué une pause pour dramatiser son propos, Mae ajouta :

—Une jeune provinciale...

Mais sa mère n'était pas décidée à en démordre.

—Amène qui tu voudras s'il faut en passer par là pour que tu viennes. De toute façon, tu sais à quel point nous avons l'esprit ouvert.

—Non, je ne m'en étais jamais aperçue.

—À ce soir !

Le visage d'Astrid disparut de l'écran. Mae assena un grand coup de poing sur le bureau.

—Bon sang ! gronda-t-elle d'un ton menaçant.

—Je suis désolé, s'excusa Justin. Je n'ai pas réagi assez vite et...

—Non, vous n'y êtes pour rien, l'interrompit-elle. C'est sa faute à elle ! Et la faute également de celui de ses amis qui travaille dans cet immeuble et qui s'est empressé de la prévenir que j'étais en ville. Mon ego est réglé pour transmettre automatiquement ses appels sur répondeur, mais elle s'est débrouillée pour passer par la police.

—Je suis désolé, répéta-t-il.

Justin était sincère. Bien sûr, il y avait en lui une curiosité perverse qui ne demandait pas mieux qu'aller visiter l'endroit où elle avait grandi, mais après avoir entendu l'histoire qu'elle lui avait racontée dans la nuit de samedi, il ne tenait pas à infliger à Mae un retour là-bas.

— Nous pourrions peut-être ignorer l'invitation ? suggéra-t-il. Prétendre qu'une urgence s'est présentée à nous ?

Mae soupira longuement.

— Non, répondit-elle. Cela ne ferait qu'envenimer la situation. Je vais devoir me faire une raison.

Elle sortit du bureau le visage sombre et d'un pas traînant. Elle eut néanmoins le courage de se retourner pour ajouter avec un sourire sans joie :

— Pour voir le bon côté des choses, s'il existe encore quoi que ce soit que vous ignorez à mon sujet, vous devriez l'apprendre ce soir.

Il lui rendit son sourire, n'osant imaginer que cette prédiction se vérifierait.

27

La bienséance des Koskinen

Il leur fallut louer une voiture. Les Koskinen vivaient à l'extérieur de la ville, hors de portée des systèmes de transport public. Durant tout le trajet, Mae donna l'impression de se rendre à son propre enterrement. Ils traversèrent d'immenses terres agricoles couvertes de blé en herbe. Les castes avaient été fondées par des familles dont la fortune avait aidé la République naissante à se constituer, leur permettant ainsi d'échapper aux mandats. Au fil du temps, ces familles avaient investi leurs richesses dans les ressources et les industries qui prévalaient sur les territoires qui leur avaient été concédés. Dans le cas des patriciens nordiques, l'or vert de l'agriculture et des industries agroalimentaires qui nourrissaient la RUNA. De lourds nuages noirs pesaient sur les champs qui s'étendaient à perte de vue, en parfait accord avec ce qui semblait être l'humeur de Mae.

Au premier regard, la maison Koskinen semblait être une émanation du succès de l'agriculture nordique. Le domaine – parce qu'il n'y avait pas d'autre mot pour le désigner – donnait l'impression de sortir tout droit d'un film. Une vaste véranda à colonnettes et aux vitres gravées accueillait les visiteurs avec grandeur, et même avec une intimidante démesure. Deux ailes identiques rayonnaient à partir du bâtiment principal, magnifiques dans leur symétrie. Il y avait un étage, et nombre des pièces du premier donnaient sur des balcons. Justin nota même la présence de deux tourelles... La maison s'élevait sur un très vaste terrain dont une bonne partie ne servait qu'à l'ornementation, et derrière elle les vastes champs reprenaient leurs droits. Ici s'arrêtait la symétrie. La moitié de ces terres était en exploitation tandis que l'autre, mal entretenue, était laissée en jachère.

S'approcher de la demeure permettait d'accumuler d'autres indices. La peinture ocre des façades était passée et s'écaillait. Haies et buissons proliférant n'avaient plus été taillés depuis longtemps. De mauvaises herbes pointaient des parterres de fleurs. Tout cela était subtil. La maison ne tombait pas véritablement en ruine mais montrait des signes discrets de délabrement.

Une plébéienne en tenue noire vint leur ouvrir la porte.

— Miss Mae…, murmura-t-elle respectueusement.

Mae lui sourit et la serra rapidement contre elle, ce qui parut embarrasser la domestique.

— Hello, Phyllis…, lui répondit-elle.

Le corps central de la demeure était le plus vaste, et le salon où ils furent introduits en tirait pleinement avantage. Un grand lustre pendait du plafond voûté, cascade de cristal ruisselant sur sept niveaux différents. Justin nota cependant que certaines des ampoules qui l'éclairaient étaient grillées… Des œuvres d'art poussiéreuses chargées d'arabesques d'inspiration scandinave ornaient les murs, et sur un côté de la pièce, un escalier en colimaçon à rampe de fer forgé conduisait à l'étage. Dès qu'ils furent entrés au salon, Astrid Koskinen fit son apparition et descendit l'escalier d'un pas mesuré qui laissa penser à Justin qu'elle avait guetté d'en haut leur arrivée pour faire sa grande entrée.

— Maj…, dit-elle en déposant un baiser sur chaque joue de sa fille. Quel plaisir de te revoir.

Il n'y avait aucune chaleur dans cet accueil, et il n'y en eut pas davantage dans la réponse que lui donna Mae.

— Mère, laisse-moi te présenter le docteur Justin March et Tessa.

Justin sut immédiatement qu'un compliment flatteur – « Mère ? J'aurais pu vous prendre pour sa sœur… » – n'était pas de mise. Il opta pour un ton plaisant – mais pas trop.

— Madame Koskinen, merci de votre amabilité.

— Oui, merci…, renchérit Tessa, impressionnée par cette incursion dans l'aristocratie castale.

Astrid fronça les sourcils et demanda :

— Je vous demande pardon… vous pourriez répéter ?

— Je disais : « merci » ! redit Tessa un ton plus haut.

— Ce n'est rien, assura la mère de Mae. Je pouvais difficilement rater l'opportunité d'inviter Maj.

— Tu n'aurais pas dû te donner cette peine, répliqua l'intéressée.

— Venez, conclut Astrid en l'ignorant. Tout le monde est déjà à table. Normalement, nous mangeons à 19 heures.

Il y avait eu une nuance accusatrice dans le ton de sa voix. Dans un coin, une antique horloge à balancier indiquait que l'heure était passée de dix minutes.

— Docteur March, mademoiselle Cruz, reprit Astrid en montrant le chemin, merci d'avoir fait un effort d'habillement.

Elle avait dit cela on ne peut plus sérieusement, le message induit étant que sa fille, elle, n'avait fait aucun effort. Justin avait choisi un costume bleu marine et une cravate en soie, ainsi qu'il seyait pour une visite officielle. Sur un coup de tête, Tessa avait quant à elle passé la robe qu'elle avait achetée ce jour-là en ville. Mae, pour sa part, s'était contentée d'un pantalon noir et d'un débardeur vert. Sa tenue était élégante et raffinée, comme tout ce qu'elle portait, mais on aurait pu la trouver quelconque comparativement à la robe longue en taffetas de sa mère. Même s'il s'offusquait des accusations de sa sœur qui le traitait de « victime des marques », Justin avait effectué depuis son retour une rapide revue des tendances que son exil lui avait fait louper. Une vieille habitude datant de l'époque où il était plus jeune et où il essayait à toute force de masquer ses origines populaires. Mae était au top de la mode, comme d'habitude, même dans ses habits de tous les jours. La robe de sa mère, elle, datait de l'année précédente. Un petit détail, mais pas sans importance chez les castés.

Astrid les conduisit dans une salle à manger lourdement lambrissée, aux murs recouverts d'un papier peint à motifs bleus tourbillonnants. Justin ne comprit qu'après les présentations qui « tout le monde » pouvait bien être. Deux femmes et deux hommes étaient assis à une longue table, ainsi qu'un jeune garçon un peu plus âgé que Quentin. Tout ce petit monde était blond et arborait les yeux bleus ou verts typiques de la caste nordique. Des marques de Caïn étaient visibles ici ou là, et parmi eux Mae resplendissait comme une étoile de première magnitude dans un ciel nocturne. Sans certains éléments de ressemblance, Justin n'aurait jamais imaginé qu'ils puissent être apparentés.

Les présentations faites, les uns et les autres se révélèrent être le frère et la sœur de Mae, accompagnés de leur conjointe ou conjoint. Le garçon, neveu de Mae, était appelé par son prénom nordique : Niklis. Et mis à part Astrid, tous utilisaient le prénom grec ou latin de leur état civil, ce qui laissait supposer une plus grande ouverture d'esprit de leur part. Peut-être était-ce le cas, mais une chose devint très vite évidente : tous détestaient Mae.

Plus que de la haine, il aurait sans doute fallu évoquer en fait le ressentiment.

Ce ne fut pas immédiatement manifeste. Tout le monde se montrait tellement poli… Une transcription de la conversation n'aurait rien révélé, mais y assister en personne rendait un tout autre son de cloche. Chaque commentaire contenait une pique à destination de Mae et occasionnellement à l'usage de Justin et Tessa également.

— Eh bien, Mae ! lança sa sœur Claudia. Très gentil de ta part de venir nous voir… Je sais que Mère apprécie beaucoup. Je sais aussi qu'elle est ravie que tu aies amené tes amis avec toi.

Tandis que la gouvernante plaçait devant eux des assiettes – dont quelques-unes étaient ébréchées – d'un potage de pois jaunes, Claudia se pencha et demanda à Tessa :

— Utilisez-vous des couverts, dans les provinces ?

— Naturellement ! s'insurgea Mae, choquée par l'outrageante question. Bon sang, Claudia ! Elle vient d'Amérique centrale…

Sa sœur accueillit la réprimande d'un petit reniflement hautain.

— Oh, désolée ! Ce n'est pas comme si j'avais du temps à perdre à étudier les provinces…

Elle reporta son attention sur Justin et lui adressa ce qui devait être une tentative de sourire aguichant.

— Et vous, docteur March ? Pouvez-vous nous dire ce que vous faites exactement avec ma sœur ?

Cyrus et le mari de Claudia poussèrent un grognement amusé. Soudain très pâle, Astrid protesta sèchement :

— Claudia !

— Qu'y a-t-il ? protesta celle-ci avec une feinte innocence. Je m'intéresse à leur travail, c'est tout…

En clignant des paupières à l'intention de Justin, elle ajouta :

— La vie d'un serviteur doit être fascinante…

— *Elle est tellement amère et jalouse de Mae que c'est à peine si elle parvient à rester assise en sa compagnie*, nota mentalement Justin.

— *Tu ne devines pas pourquoi ?* s'étonna Horatio.

Justin le devinait tout à fait. Claudia Koskinen, petite, boulotte, était totalement dépourvue de la beauté et de la grâce que sa jeune sœur avait reçues en abondance. Caïn avait raréfié ses cheveux, et puisque les finances de la famille semblaient ne pas le permettre, elle ne recevait sans doute aucun traitement. Pour ne rien arranger, elle avait également l'air étriqué de celle qui n'a jamais quitté son coin et qui n'a pas grand-chose pour occuper ses journées. Et à en juger d'après les regards qu'elle lançait occasionnellement à son neveu, Mae n'était pas le seul membre de sa famille à susciter sa jalousie.

— *Elle est jalouse de toi également*, analysa Horatio. *Tu lui es inaccessible d'après leurs standards, mais à ses yeux tu fais partie de ce que Mae possède et qu'elle n'a pas : la compagnie d'un bel homme d'une certaine prestance et au charme exotique.*

— *Essaierais-tu de me draguer ?*

— *Tu vois ce que je veux dire. Regarde qui elle a épousé…*

Justin percevait la logique de l'argument. Le mari de Claudia, une brute épaisse à l'impressionnante mâchoire carrée, mangeait sa soupe en se salissant le menton et ne communiquait que par grognements. Un plébéien de basse extraction mais doté d'un peu plus de classe aurait été préférable. En fait, s'il fallait en croire l'histoire que Mae lui avait racontée, sa sœur avait effectivement un faible pour les plébéiens. Vu les grands airs qu'elle se donnait, il n'était pas difficile de l'imaginer capable de sacrifier un enfant pour sauver la face... et il était encore plus facile de croire qu'Astrid était du genre à l'y pousser.

— Mon job n'est pas si intéressant que ça..., protesta Justin. Mae m'accompagne simplement pour s'assurer qu'aucun fanatique ne me cherchera noise. Elle me garde en vie. On ne sait jamais à quoi s'attendre, avec eux.

Mae lui jeta un rapide coup d'œil, qui lui apprit qu'elle le classait toujours dans la même catégorie que ceux dont elle était censée le protéger.

Les paroles de Justin amenèrent un grand sourire sur les lèvres de Niklis.

— Tante Maj ! s'exclama-t-il. Est-ce que tu as un pistolet ?

— Bien sûr que non ! intervint Astrid. Maj n'amènerait jamais une arme dans cette maison.

— J'en porte deux, répondit Mae à son neveu.

Astrid faillit s'étrangler et protesta :

— Mais... pour quoi faire ?

— Parce que je suis en mission, Mère.

Après avoir simplement remué sa cuillère dans son assiette, Mae repoussa son potage devant elle. Ce masque impénétrable qu'elle excellait à présenter ne quittait pas son visage.

— Plus excitant que d'être la femme de Kris Eriksson, j'imagine..., commenta Cyrus.

Il n'était pas précisément agressif avec sa sœur, mais tout était pour lui sujet de raillerie. Celle-ci visant tous les membres de la famille, il fallait lui reconnaître un certain sens de l'équité. Sans rien demander à personne, il regarnit les verres de chacun et ajouta :

— Mae ne vous a jamais parlé de toutes les propositions de mariage qu'elle a écartées ? Elle aurait pu faire la fortune de cette famille.

— Mae a toujours fait tout ce qu'elle voulait, maugréa Claudia. Elle est toujours allée où elle voulait. Elle a toujours fréquenté qui elle voulait.

Un regard dédaigneux en direction de Justin et Tessa accompagnait ces dernières paroles.

Cela, plus que le reste encore, finit par avoir raison de la réserve que s'imposait Mae. Elle adressa à sa sœur une sèche réplique en finnois que Cyrus et sa femme saluèrent de ricanements grinçants. Ces deux-là semblaient réellement se croire au dîner-spectacle... À en juger d'après la réaction outrée d'Astrid, la réplique de Claudia, en finnois également, dut être tout aussi venimeuse.

— Vos manières ! s'emporta-t-elle, livide. Nos invités sont plus civilisés que vous.

Le sous-entendu étant naturellement qu'il était honteux de se laisser surpasser dans ce domaine par un plébéien et une provinciale.

— Souvenez-vous que notre famille s'honore de respecter les principes et la bienséance ! ajouta-t-elle sèchement.

Un silence crispé retomba sur la tablée. Le visage de Mae reprit son inexpressivité coutumière. Claudia, elle, faisait la tête, et Cyrus s'échinait à servir plus de vin que Justin ne pourrait jamais en boire. D'un coup d'œil en direction de Tessa, il constata que la jeune fille avait l'air d'avoir envie d'être partout ailleurs, sauf là… Il ne pouvait l'en blâmer. De manière surprenante, ce fut le mari de Claudia qui permit à la conversation de reprendre son cours de façon civilisée.

— Au fait, dit-il. Avez-vous vu que les Comets ont remporté leur match de barrage ?

Justin n'était pas amateur de sport, mais il avait constaté depuis longtemps que la plupart des gens l'étaient et que cela constituait un excellent terrain pour engager la conversation. Il faisait donc en sorte de se tenir au courant des principaux titres qui faisaient l'actualité, ce qui lui permit d'engager la discussion avec les hommes présents à table. Ceux-ci s'animèrent sur le sujet et donnèrent l'impression durant quelques instants d'avoir oublié qu'ils s'adressaient à un plébéien. Les femmes de la famille, pendant ce temps, restèrent silencieuses et renfrognées.

Lorsque le dîner prit fin, une heure et demie plus tard, Mae offrit à Justin et Tessa de leur faire faire le tour du propriétaire.

— N'oublie pas que cette maison n'est pas un musée, la prévint sa mère.

— Ne t'inquiète pas, répliqua-t-elle. Nous n'irons pas chez toi.

Si elle n'était pas un musée, cette demeure était en tout cas assez poussiéreuse pour être une antiquité. Justin, qui avait toujours fait appel à des spécialistes pour faire le ménage chez lui, était sur le point de réclamer un plumeau pour faire les poussières. Il apprit en s'étonnant de l'état de la maison que, après avoir disposé d'une domesticité nombreuse, la famille avait dû s'en passer au fur et à mesure que ses finances déclinaient.

— Qu'est-il arrivé à votre fortune ? s'étonna Justin.

Ils se trouvaient dans ce qui ressemblait à un bureau encombré. Un instant plus tard, Mae les conduisit dans un jardin d'hiver tout droit sorti du décor d'un film. Il lui avait posé une question personnelle, mais elle ne semblait pas s'en offusquer. Sans doute était-elle trop préoccupée par cette visite ou considérait-elle qu'il n'y avait plus guère de secrets entre eux.

— Je l'ignore, répondit-elle enfin. J'imagine que ma mère a dû mal gérer nos affaires après la mort de mon père.

Mae laissa courir sa main à la surface d'un piano, ses doigts laissant une trace dans la poussière. Justin fut brusquement assailli par un souvenir de cette nuit, au Panama, passée en sa compagnie, lorsqu'elle s'était assise, échevelée et trempée, pour jouer du Saint-Saëns. Cela n'avait rien d'une image érotique, mais elle réveilla en lui un peu de cette brusque attraction initiale qui l'avait poussé vers elle, quand au premier regard il avait estimé qu'elle était la femme la plus époustouflante au monde.

— *Elle l'est toujours*, estima le fidèle Magnus. *Elle pourrait être tienne, et le monde changerait pour toi.*

Le cœur soudain très lourd, Justin s'abstint de toute réponse.

Tessa rejoignit Mae près du piano.

— Il est joli, dit-elle. Plus que le nôtre.

Elle joua quelques mesures d'un morceau que Justin ne connaissait pas, ce qui lui remit en mémoire qu'elle avait elle aussi étudié la musique. À croire que sous toutes les latitudes c'était un passage obligé pour les jeunes filles de bonne famille…

— Où avez-vous appris à jouer ? s'étonna Claudia, incrédule, depuis le seuil où elle se tenait.

— Chez moi, répondit Tessa en retirant vivement ses mains du clavier.

Claudia n'aurait pas paru plus étonnée si un animal de compagnie avait accompli cet exploit sous ses yeux.

— Nous partons, Marius et moi…, annonça-t-elle.

Le visage de Mae se durcit.

— Je t'accompagne à ta voiture, j'ai un mot à te dire, dit-elle.

Puis, s'adressant à Justin et Mae :

— Vous n'avez qu'à m'attendre dans ma chambre, je vais vous y conduire.

En les entraînant dans le corridor, elle leur désigna une porte, juste en face de l'escalier.

— C'est là. Je vous y rejoins dès que j'aurai parlé à ma sœur.

Justin était conscient qu'il ne s'agissait pas pour elle que de lui dire au revoir, mais il la laissa à ses propres affaires. De toute façon, il fut bientôt trop absorbé par la découverte de sa chambre pour s'en inquiéter. Une autre facette de l'énigmatique patricienne de score neuf à découvrir… Comme dans toutes les autres pièces, la poussière recouvrait tout. On retrouvait dans la décoration l'empreinte des deux mondes entre lesquels Mae avait dû se partager. Le mobilier luxueux était trop chargé : le genre de chose qu'une mère choisit pour son enfant plus que le coup de cœur d'une gamine ou d'une ado. La penderie, dont les portes restaient entrouvertes, laissait apercevoir un alignement de robes plus élégantes les unes que les autres qui fit s'exclamer Tessa de stupeur. C'était l'aperçu d'un tout autre monde, moins artificiel et élégant, que l'on découvrait sur les posters-écrans ornant les murs quand on les activait. Là, tout n'était qu'effort physique, performances sportives, sourires d'athlètes victorieux et joies d'équipes triomphantes. Justin découvrit même ce qui avait tout l'air d'une vieille canne de combat abandonnée dans un coin et se promit qu'il lui faudrait découvrir ce drôle de sport.

Tessa, elle, fouillait un coffret à bijoux ouvert sur une commode. Elle n'avait pu résister à la curiosité d'examiner son contenu.

— Waouh ! s'exclama-t-elle en produisant un bracelet serti de saphirs qui n'avaient rien perdu de leur éclat. Mae a vraiment tout laissé derrière elle...

— Tu n'aurais pas trouvé une alliance, par hasard ?

En réponse à son regard interrogateur, il lui sourit et ajouta :

— Laisse tomber. Une mauvaise blague.

— Ils sont affreusement méchants avec elle, reprit Tessa. Je crois que moi aussi j'aurais pu tout laisser tomber pour me sauver loin d'ici.

Reposant le bracelet, elle l'échangea contre un collier de perles.

— Est-elle partie précipitamment ? demanda-t-elle.

— Comment le saurais-je ? répondit-il d'un air détaché.

Tessa arracha son regard à ses trésors et le toisa d'un air ironique.

— Comment pourrais-tu ne pas le savoir ! rétorqua-t-elle. Tu la regardais toujours avec ce regard... affamé. Comme si tu mourais d'envie de te glisser dans sa tête.

— Tu parles de moi au passé, s'étonna-t-il.

Tessa haussa les épaules et repartit à la découverte des bijoux.

— Rassure-toi, tu n'es pas encore mort, dit-elle. C'est juste que je me disais que tu dois tout savoir, à l'heure qu'il est.

Justin se mit à rire.

— Tu sais, reprit-il, si j'avais su au Panama que tu...

Il s'arrêta net en découvrant le bijou qu'elle venait d'exhumer.

— Qu'est-ce que c'est que ça ?

Tessa serrait entre ses doigts une chaîne en argent et le pendentif qui y était accroché. Celui-ci consistait en un motif élaboré d'arabesques représentant un oiseau.

— C'est joli, dit-elle. On dirait un corbeau.

— *C'est une corneille !* s'exclama Horatio au comble de l'indignation. *Elle ne sait donc pas faire la différence, tout prodige qu'elle est ?*

— *Les corneilles sont stupides*, renchérit Magnus. *Je les déteste !*

— Le même style d'arabesques qu'on trouve partout dans cette maison, commenta-t-elle.

— Non, c'est d'un style légèrement différent..., rectifia Justin, songeur. J'ai déjà vu ça quelque part. Mais où ?

Tessa n'en savait manifestement rien. Voyant qu'elle s'apprêtait à reposer le pendentif, Justin le lui prit des mains, s'efforçant de tirer une image précise des archives stockées dans son cerveau. Soudain, il retint son souffle et sortit son ego de sa poche pour y afficher la vidéo qui avait mis en déroute les meilleurs spécialistes de la RUNA. L'image était plus petite que sur un écran mural, aussi était-il plus difficile de discerner les détails, mais en regardant l'Irlandaise aux cheveux roux enlever ses bijoux pour la nuit... C'était bien cela, il en était certain, désormais : le pendentif en argent qu'elle avait enlevé de son cou avait exactement le même motif que celui de la boîte à bijoux de Mae. Il ne doutait pas qu'un examen plus attentif sur grand écran le lui confirmerait.

— Ce motif est celtique, pas scandinave, murmura-t-il.

— Pourquoi Mae aurait-elle un bijou celtique ? s'étonna Tessa.

— C'est ce que j'aimerais bien savoir.

L'esprit de Justin tournait à cent à l'heure, mais toute son intelligence ne lui servit à rien pour faire entrer ce nouveau développement dans l'une de ses théories.

Mae les rejoignit à cet instant. Son visage sombre tendait à prouver que la conversation avec Claudia s'était mal passée.

— Vous êtes prêts à partir ? s'enquit-elle.

Toujours sous le coup de ce qu'il venait de découvrir, Justin lui montra le pendentif et demanda :

— D'où cela vient-il ?

— Je n'en sais rien. La moitié de ce que contient ce coffret a toujours été là. Bijou de famille, je suppose.

Mae parut noter l'état d'excitation qui était le sien et s'étonna :

— Pourquoi ?

— La victime irlandaise, dans la vidéo... elle portait le même.

— Vous en êtes sûr ? Je ne me souviens pas de ça.

— Je viens de le vérifier. Pourquoi portiez-vous le même bijou que le sien ?

Mae secoua la tête, loin de paraître aussi troublée que lui.

— Je n'en sais rien, répondit-elle. Parce que c'était un bijou à la mode, une création d'un designer réputé apprécié des dames patriciennes ? Des coïncidences comme ça se produisent tout le temps.

— Mais le motif est celtique ! insista Justin. Pourquoi une Nordique porterait-elle un bijou d'inspiration celtique ?

— Parce que parfois il nous arrive d'aller en visite dans d'autres castes. Ma mère a des amis dans une caste celte. Sans doute l'un d'eux m'a-t-il offert ce bijou.

Son insistance commençait visiblement à l'irriter.

— Que cherchez-vous à prouver ? demanda-t-elle. Parce que manifestement, vous avez une idée derrière la tête.

— D'une manière ou d'une autre, vous devez être liée à tout cela.

Justin reposa le bijou et commença à faire les cent pas en tentant de mettre un peu d'ordre dans ses idées chaotiques.

— Nous faisions fausse route, reprit-il. Votre cas n'est pas à disjoindre de ceux des victimes. J'ignore pourquoi, mais c'est ainsi. Tous ces huit et neuf, du même âge... la coïncidence était trop grande, je le savais !

Mae paraissait atterrée.

— Nous avons déjà vérifié tout cela, protesta-t-elle avec lassitude. Léo vous a dit que mon profil génétique ne colle pas. Mon génotype n'a pas été trafiqué.

— Il l'a été, rectifia-t-il prudemment, conscient que ses paroles pouvaient causer de considérables dommages. Les analyses de Léo ont confirmé que votre génotype avait été... amélioré. Pas de la même façon que celui des victimes, mais il ne peut pas ne pas l'avoir été.

Les yeux écarquillés, Mae ouvrit la bouche pour parler, mais rien ne sortit de ses lèvres.

— Il ne m'a pas dit ça..., murmura-t-elle enfin. Vous ne me l'avez jamais dit non plus.

Ce n'était qu'un détail, mais Justin nota avec satisfaction qu'elle s'attendait davantage à entendre la vérité de sa bouche que de celle de la personne qui avait effectué le test.

— Il doit y avoir une erreur, s'entêta-t-elle. Je ne peux avoir été le résultat d'une expérience génétique interdite.

— Vous n'étiez donc pas là, au dîner ? fit-il mine de s'étonner. Pensez-vous vraiment que vous êtes issue de cette famille-là sans que la science ait eu sérieusement à intervenir ?

— Je n'ai rien à voir avec les victimes, s'entêta-t-elle d'un air buté. Léo l'a dit.

Justin se rendait compte que la panique montait en elle. Elle ne redoutait pas seulement d'être le fruit de pratiques illégales. Elle avait surtout peur d'avoir été dépossédée de ce qui la définissait le plus fondamentalement, d'avoir été manipulée, une fois de plus, d'avoir hérité d'un avenir choisi pour elle par d'autres. S'il voulait garder un peu de son estime, Justin savait qu'il valait mieux ne pas insister, mais cela lui était impossible – pas alors qu'il savait avoir raison.

—Peut-être étiez-vous pour votre part une expérience isolée, un ballon d'essai, que sais-je... Mais regardez les faits! Votre perfection physique et votre score ne peuvent être le fruit du hasard. Et maintenant, voici la « coïncidence » de ce pendentif. Je suis prêt à parier ce que vous voulez qu'il a une signification religieuse. Et je suis à peu près sûr que nous en trouverons d'identiques dans les possessions des autres victimes.

—Et qui est le coupable? s'enquit-elle d'un ton provocant. Un généticien vindicatif ou un culte de dingues?

—Je crois que Callista a vu juste: les deux!

—De mieux en mieux..., maugréa Mae. Parce que bien entendu, cette demi-folle constitue à vos yeux une autorité. N'essayez pas de m'attirer dans vos théories farfelues de fanatiques re...

Mae se tut brusquement en découvrant sa mère sur le seuil de la pièce. S'il fallait en croire l'expression horrifiée d'Astrid et la grande pâleur de Tessa, le ton avait monté entre Mae et lui sans qu'ils s'en aperçoivent dans le feu de la discussion.

—Est-ce que tout va bien? demanda Astrid.

—Parfaitement bien, répondit Mae. Je te présente mes excuses pour le dérangement.

Elle était redevenue la princesse de glace, mais l'incendie couvait encore au fond de ses yeux.

—Non, tout ne va pas parfaitement bien, rectifia Justin. Vous êtes tous tellement occupés à polir votre image et à peaufiner vos petits commentaires vachards que jamais rien ne se dit dans cette maison. Moi, je ne vais pas me gêner pour mettre les pieds dans le plat...

Sans se soucier qu'elle puisse le prendre pour un barbare de plébéien, il fixa Astrid au fond des yeux et demanda:

—Madame Koskinen, y a-t-il eu, oui ou non, manipulation génétique lors de la conception de votre fille?

Mae poussa un petit cri, probablement autant à cause du sujet abordé que du fait qu'il l'était sous ce toit. Justin ne quittait pas Astrid des yeux, guettant le moindre signe révélateur sur ce visage impassible. Dans l'art de maîtriser parfaitement l'image qu'elle donnait d'elle-même, la mère de Mae était manifestement devenue experte depuis des années. Toute son existence était bâtie sur des apparences, et même si Mae n'était pas mauvaise elle non plus à ce petit jeu-là, elle restait une novice à côté d'elle. La réponse qu'elle lui donna, cependant, rendit inutile toute tentative pour déjouer un mensonge.

—Oui, répondit-elle tranquillement.

28

La drogue de Mae

L'espace d'un instant, Mae en oublia de respirer. Elle regarda sa mère, s'attendant à ce qu'elle ajoute quelque chose, une explication, ou – de préférence – la révélation que tout cela n'était qu'une blague. Mais elle aurait dû se douter que rien de tel ne viendrait. Sa mère n'avait jamais été du genre à plaisanter.

— Tu… tu ne parles pas sérieusement ? balbutia-t-elle enfin.

— Je suis très sérieuse, confirma sa mère.

Parfaitement à l'aise, elle s'avança dans la pièce et alla s'asseoir sur la courtepointe en satin du lit, comme s'il s'agissait de prendre le thé.

— Le docteur March a fait preuve d'une grande perspicacité, reprit-elle. T'imaginais-tu réellement que tu étais le fruit du hasard génétique ? Après ton frère et ta sœur ?

— Ils n'ont rien de monstrueux, et ce sont tes enfants ! protesta Mae.

Elle s'efforçait désespérément de se rappeler jusqu'à quel point Justin et elle avaient divulgué des éléments de l'enquête en cours pendant leur conversation orageuse. Tessa les entendait en parler par bribes depuis des semaines, mais ce n'était pas une indiscrétion de sa part que Mae redoutait.

— Oui, Maj…, répondit sa mère. Ce sont mes enfants, et je les aime au même titre que toi. Mais toi, je t'ai aimée suffisamment pour te donner les meilleures chances qui puissent être en ce monde.

Mae ravala sa salive, incapable de réaliser qu'elle avait vraiment cette discussion avec elle.

— Ce que tu es en train de me dire… c'est que tu as violé la loi, résuma-t-elle. Ce que tu as fait est illégal et contraire à l'éthique !

Astrid Koskinen haussa négligemment les épaules.

— Parce qu'il est contraire à l'éthique de vouloir des enfants sains et résistants à la maladie ? répliqua-t-elle. L'État se montre bien trop paranoïaque.

Quel mal en a-t-il résulté ? Tu es ici, tu es en bonne santé, et Méphistophélès n'a pas été lâché de nouveau sur le monde…

— Je n'arrive pas à croire que Père ait pu donner son accord à ça.

— Il n'en a pas eu besoin. Vous avez tous été conçus in vitro. Cela se résumait à fournir au laboratoire ce dont ils avaient besoin et à les laisser faire leur travail. C'est déjà ce que nous avions fait pour ton frère et ta sœur. Ton père n'avait aucune raison de penser qu'en ce qui te concerne il se passerait autre chose qu'une simple fécondation. J'ai été inséminée, et tu es née.

À l'entendre, tout cela paraissait si simple que Mae en avait la nausée.

Les bras croisés, Justin s'était adossé à un mur avec un calme trompeur. Une lueur, au fond de ses yeux sombres, trahissait son tumulte intérieur.

— Plus tard, intervint-il, il a dû se douter de quelque chose quand le visage parfait de sa fille et ses performances athlétiques se sont affirmés. Des caractéristiques déjà remarquables chez une plébéienne, alors d'autant plus pour une cas… patricienne.

Astrid ne chercha pas à nier.

— Que pouvait-il bien faire ? demanda-t-elle. La rendre ?

Mae sentit la tête lui tourner et dut prendre appui d'une main sur la commode. Que son père ait pu ne pas avoir une once de responsabilité était le seul élément rassurant de ce conte de plus en plus incroyable.

— Qui a fait ça ? s'enquit Justin.

— Je ne m'en souviens pas, répondit la mère de Mae en balayant la question d'un geste de la main. Sans doute pourrais-je retrouver cela dans nos archives, mais je doute qu'ils soient encore en activité.

— Je suis sûr qu'ils ne le sont plus, reprit Justin. Et je suis sûr également qu'aucun nom que vous puissiez me donner ne me mènerait bien loin.

— Tu aurais dû me le dire, reprocha Mae.

Elle se sentait incapable d'en dire plus.

Sa mère parut s'amuser de sa réaction, même si ce fut d'une voix venimeuse qu'elle lui répondit.

— Pourquoi ? Cela aurait-il changé quoi que ce soit ? Serais-tu restée ici pour accomplir ton devoir ? Te serais-tu mariée dans le respect de nos traditions, pour nous permettre de couvrir nos frais, au lieu d'aller jouer les soldats et de t'offrir au premier plébéien venu ?

Dans ce que venait de dire sa mère, beaucoup de choses auraient pu la faire réagir, mais ce fut une expression qui attira l'attention de Mae.

— « Couvrir nos frais »…, répéta-t-elle. C'est donc pour cela que nos finances sont parties à vau-l'eau…

— J'ai dû contracter de lourds emprunts pour payer ta conception…, expliqua Astrid, confirmant ses soupçons. De lourds emprunts qui sont arrivés à échéance à peu près en même temps que ton bal de présentation. Il en faut, de l'argent, pour obtenir un « visage parfait »...

— Cette dette a-t-elle également été payée en monnaie de sang ?

C'était Justin qui venait de s'exprimer. La mère de Mae semblait avoir fini par oublier sa présence. Son attitude défensive, calme et composée, ne résista pas à l'étonnante question qu'il venait de poser. L'ébahissement se lut sur ses traits.

— Mais de quoi parlez-vous donc ? s'étrangla-t-elle.

— Je parle de ce culte avec lequel vous avez signé un pacte pour la conception de Mae. Ce culte qui réclame également des sacrifices humains pour prix de ses services.

Justin la dévisageait avec une attention soutenue, guettant la plus petite altération de ses traits. On voyait pourtant au premier coup d'œil qu'Astrid Koskinen paraissait effondrée, ce qui même aux yeux de Mae était un spectacle des plus rares.

— C'est...

Sa voix la trahit, comme s'il lui fallait soupeser les accusations de Justin pour s'assurer qu'elle n'avait pas rêvé.

— C'est absurde ! protesta-t-elle enfin.

Quelques instants plus tard, l'outrage fit place à la stupéfaction.

— Est-ce supposé être drôle ? s'offusqua-t-elle. Une blague d'un goût douteux ?

D'un pas décidé, Justin marcha jusqu'à la boîte à bijoux, dans laquelle il saisit le pendentif, qu'il brandit devant lui.

— Où avez-vous eu ceci ? demanda-t-il.

La mère de Mae plissa les yeux pour examiner le collier.

— Comment pourrais-je le savoir ? demanda-t-elle. Ceci est à Maj, demandez-le lui.

Mae n'avait pas l'intention d'entrer dans le jeu incompréhensible de Justin, mais elle ne put s'empêcher de préciser :

— Ce n'est pas moi qui me le suis procuré. Il était là, simplement.

— Alors, sans doute provient-il de ta grand-mère.

Astrid laissa son regard courir de Justin à sa fille et demanda :

— De quoi s'agit-il, exactement ?

— Rien de précis, répondit Justin en prenant une photo du pendentif avec son ego.

Mae ne doutait pas que le cliché allait être expédié aux services de police de toutes les concessions qu'ils avaient visitées pour vérifier qu'il ne s'en trouvait pas d'identiques dans les possessions des victimes. Ce qui ne serait pas le cas, cependant, Mae en avait la conviction. *Je n'ai aucun rapport avec les autres. Léo l'a dit.* Elle s'accrochait à cette certitude, même si elle n'aurait sans doute pas dû placer sa confiance dans un « spécialiste » qui n'était pas encore parvenu à découvrir de quelle manière une vidéo avait été trafiquée.

— Il est tard, dit-elle simplement. Nous devons y aller.

Justin tourna vivement la tête vers elle.

— Mais nous…, commença-t-il.

— Vous ne trouverez rien d'utile ici, l'interrompit-elle. Parce que tout cela – aussi absurde cette histoire puisse-t-elle paraître – n'a rien à voir avec ce qui nous occupe.

Il ouvrit la bouche afin de protester de plus belle, et elle lui adressa un regard comminatoire qui finit par le faire reculer. Tessa paraissait soulagée, et la mère de Mae avait suffisamment repris ses esprits pour faire comme si ce qui venait de se passer n'avait aucune importance. Mae s'attarda un instant près d'elle avant de se décider à suivre Justin et Tessa vers la sortie.

— Pourquoi me dire tout cela maintenant ? demanda-t-elle.

— Parce que ton « ami » m'a cueillie à froid, avoua-t-elle. Et puis aussi parce que c'est désormais de l'histoire ancienne. On ne peut rien y changer, et il n'existe aucune preuve de ma culpabilité, s'il te venait l'envie de me dénoncer.

Après lui avoir adressé un sourire dépourvu de chaleur, elle ajouta :

— Et je n'imagine pas que tu serais capable de dénoncer ta propre famille aux autorités.

Il était plutôt ironique de l'entendre dire cela puisque Mae, avant de rejoindre son ancienne chambre, avait eu avec Claudia une discussion orageuse à propos du bébé dont ils s'étaient débarrassés. Mae avait cherché à savoir si sa sœur était au courant que son enfant avait été expédié dans les contrées sauvages d'Arcadie. Claudia avait réagi vivement – mais pas à cause du sort réservé à sa fille.

— Mais que cherches-tu donc en faisant ça ? s'était-elle exclamée. Tu penses vraiment aller là-bas et la ramener ?

— Je n'en sais rien, avait-elle dû admettre. Je me renseigne, simplement.

— Tu risques de ruiner mon mariage si cela venait à se savoir ! Sans même parler de ma possible arrestation… Es-tu réellement aussi garce que ça, Mae ?

Elle ne lui avait pas répondu. La petite fille semblait bien trop loin, sa piste était bien trop froide, pour qu'elle puisse être retrouvée. Et sans elle, il n'y avait aucune preuve qu'un crime avait été commis.

Une tension presque palpable régna dans le véhicule pendant tout le trajet du retour. Justin était trop intelligent pour ajouter quoi que ce soit en présence de Tessa, et celle-ci bien trop futée pour poser des questions sur un sujet dont elle sentait qu'elle n'aurait pas dû entendre parler. Elle fut également assez délicate pour demander s'il lui serait possible de sortir un peu après leur retour à l'hôtel. Sans doute présumait-elle que Mae aurait besoin de solitude pour se reprendre.

— Ne t'éloigne pas trop, conseilla Justin. Il se fait tard.

Les rues étaient encore éclairées et pleines de monde étant donné que la pluie, finalement, s'était abstenue de tomber. En face de leur hôtel, un groupe donnait un concert dans un petit parc. Tessa lui promit de faire bien attention, et quand elle fut partie, Justin suivit Mae à l'étage.

— Il faut qu'on parle, lui dit-il.

Mae remonta le couloir sans l'attendre.

— Je n'ai pas envie de parler, décréta-t-elle.

— Bien sûr que si ! insista-t-il.

De guerre lasse, elle le suivit dans sa chambre. Il se dirigea aussitôt vers le mini-bar, puis parut se reprendre et alla plutôt s'asseoir sur le lit en tapotant du plat de la main un emplacement à côté de lui.

— N'avons-nous pas déjà fait ça ? demanda-t-elle avec lassitude.

Néanmoins, elle alla le rejoindre.

— La dernière fois, reprit-elle, vous m'avez avoué croire aux forces surnaturelles. Qu'est-ce que ce sera aujourd'hui ?

— Aujourd'hui, c'est à votre tour de briller. Comment vous sentez-vous ? Et surtout : que ressentez-vous ?

— Rien. Et je me sens vide.

— Impossible après ce que vous venez d'entendre. Vous devez ressentir quelque chose.

Les yeux fixés droit devant elle, Mae avoua :

— Principalement, je me dis que j'aurais dû découvrir la vérité par moi-même depuis longtemps. Peut-être suis-je trop naïve pour m'être imaginé que je pouvais naturellement avoir un score de neuf et être une athlète professionnelle.

Mae s'exprimait avec un calme surprenant, était donné qu'elle était malade de ce qu'elle venait d'apprendre. Savoir qu'elle avait été conçue dans une boîte de Petri n'avait jamais été pour la chagriner. Qu'en revanche quelqu'un ait pu manipuler son ADN avant sa naissance était une tout autre histoire. Son propre corps acquérait à ses yeux une étrangeté sinistre, presque inquiétante. En regardant ses mains, elle eut la curieuse impression qu'elles ne faisaient plus partie d'elle-même, qu'elles devenaient pour elle des objets étrangers.

— Tout ce qui me concerne n'est qu'un mensonge, murmura-t-elle.

— Ce n'est pas vrai.

Justin passa un bras autour d'elle et poursuivit :

— Le commencement n'est pas le plus important. C'est ce que vous êtes devenue qui compte vraiment.

Malgré elle, elle se laissa aller contre lui.

— Vous faites dans l'entraide, à présent ? En plus d'arracher leurs secrets aux gens ?

— C'est à peu près la même chose.

Mae ignorait si elle était tout à fait d'accord avec ça, mais au moins, quand quelqu'un savait presque tout de vous, il pouvait comprendre vos origines. Cela ne changeait pourtant rien à l'affreuse vérité.

— Pour elle, je n'étais qu'une marchandise. Mise au monde pour remplir les caisses…

— D'autres ont été mis au monde pour toucher l'aide d'État.

Mae s'en voulut aussitôt de sa maladresse et se sentit stupide.

— Désolée…

— Ne le soyez pas.

Tournant la tête vers elle, Justin la regarda au fond des yeux, avec cette intensité qui donnait à Mae l'impression qu'il plongeait jusqu'au fond de son âme. Elle se laissa captiver. Entre eux, il n'était plus question de désinvolture facile ou de jacasseries…

— Écoutez, je pense vraiment ce que je vous ai dit…, reprit-il. C'est ce que nous sommes devenus qui importe le plus. Ma mère m'a mis au monde pour disposer du cash qui lui payait sa drogue, ce qui ne m'a pas empêché de devenir diplômé et agent de l'État. Vous étiez quant à vous programmée pour devenir une jolie, gentille et complaisante créature destinée à porter les enfants du plus offrant, et vous voilà attelée à la plus noble tâche qui soit dans ce pays.

— Assurer votre protection ?

— Non, cette tâche-là vient immédiatement après… Je parlais de celle qui vous amène à vous jeter sans crainte dans les dangers les plus extrêmes pour la plus grande gloire de la RUNA. Vous avez réussi à déjouer le destin, Mae.

Tendrement, il lui caressa la joue et ajouta :

— C'est vous qui êtes aux commandes de votre vie.

Elle était sensible à ses paroles, qui s'insinuaient en elle et atteignaient une part d'elle-même dont peu soupçonnaient l'existence. La souffrance que lui causait ce qu'elle venait d'apprendre n'avait pas disparu, mais là, auprès de lui, elle s'atténuait un peu. D'un coup, l'une des boîtes dans lesquelles elle cadenassait ses émotions indésirables s'ouvrit en elle. Elle y avait relégué le désir qui était né entre eux au Panama, cette attirance irrésistible qui l'avait poussée dans les bras d'un homme au charme magnétique. Il lui avait fait l'amour avec une assurance qui n'était pas tant de la domination que la recherche d'un but qu'ils visaient tous deux.

Sans se laisser le temps de changer d'avis, Mae se pencha et embrassa Justin sur les lèvres. Elle avait voulu en faire un geste simple et doux, mais l'impact fut sur elle aussi ravageur que celui de leur premier baiser – sauf que celui-ci dura plus longtemps, beaucoup plus longtemps.

— C'était pour quoi ? demanda-t-il quand leurs lèvres se séparèrent.

— Je n'y crois pas…, fit-elle mine de s'étonner. Enfin quelque chose que le grand Justin March ne parvient pas à deviner ?

Mae demeura au plus près de lui. Si près qu'elle pouvait voir séparément chacun des cils qui encadraient ses yeux et sentir son eau de toilette, probablement la dernière création à la mode d'un designer branché.

Il parut y réfléchir quelques instants, incapable de résister à ce challenge, avant de se lancer.

— Est-ce parce qu'après avoir reçu toute votre vie les hommages d'hommes qui vous promettaient leur dévotion, je suis le premier à ne pas chercher à vous contrôler et même à encourager votre autonomie ?

Mae le repoussa vivement.

— Bon sang! protesta-t-elle. Pourquoi faut-il que vous gâchiez toujours tout ?

Il se mit à rire et la rattrapa par la main, l'attirant de nouveau contre lui.

— Cela signifie-t-il que j'ai raison ? demanda-t-il.

— Bien sûr que vous avez raison ! Vous avez toujours raison, même si je dois admettre que mon analyse était moins clinique que la vôtre.

Le sourire de Justin se fit plus éclatant quand il se pencha sur elle. La colère et la souffrance nées de leur première étreinte panaméenne étaient toujours là, mais les sensations qui s'étaient développées en elle à cette occasion aussi. Soudain, Mae vit Justin se troubler et lâcher sa main. En détournant le regard, il se redressa et conclut d'une voix neutre :

— Eh bien… Heureux de constater que mes facultés d'analyse sont toujours au top.

Mae n'y comprenait plus rien. Il la désirait, elle le savait… Alors, une cuisante vérité lui apparut, et elle se sentit comme une idiote.

— Justin…, dit-elle. Je dois m'excuser pour ce que je vous ai dit il y a longtemps. Ce truc à propos de « quelqu'un comme vous » et « quelqu'un comme moi ». Je me suis juste défoulée contre vous parce que je me sentais humiliée à cause de ce que je prenais pour une manœuvre de votre part. Je n'y crois plus à présent. Je sais que vous ne cherchiez pas à m'utiliser.

Le visage de Justin trahit fugitivement une certaine souffrance, aussi vite disparue qu'apparue, puis il lui adressa un petit sourire.

— Oui, mais c'est à présent que je vous utiliserais si je me laissais tenter. Vous venez il y a une heure à peine de voir votre monde mis sens dessus dessous. Ce n'est pas en essayant de le bouleverser d'une autre manière que tout va s'arranger. Les passions nées de bouleversements émotionnels ne se terminent jamais bien.

Mae se coula contre lui de nouveau, posant la main sur sa jambe et lui serrant la cuisse entre ses doigts.

— C'est peut-être moi qui vais vous utiliser, suggéra-t-elle. Vous, entre tous, pouvez comprendre le besoin d'arrêter un moment de réfléchir.

— Mouais..., grogna-t-il. C'est cette façon de penser qui m'a conduit à l'hôpital.

Derrière le ton désinvolte sur lequel il s'exprimait, il y avait une tension dans tout son corps et une accélération de son souffle prouvant qu'il ne restait pas de marbre.

Mae ne se laissait pas décourager. Elle était confiante et sûre de la manière dont tout cela allait finir. En se redressant sur les genoux, elle prit son visage en coupe entre ses mains.

— Soyez ma drogue..., lui susurra-t-elle tout bas. Aidez-moi à oublier.

Elle sentit les mains de Justin se refermer autour de sa taille, puis lentement descendre jusqu'à ses hanches. Ce n'était pas grand-chose, une infime caresse, mais c'était exactement ce dont les prétoriens manquaient tant. Aux yeux de Mae, à cette minute, ce geste était plus puissamment érotique que s'il l'avait simplement jetée sur le lit.

L'indécision se lisait toujours dans le regard de Justin. Plutôt rare, de la part de quelqu'un qui doutait si peu de ses capacités...

— Mae..., murmura-t-il. Ce n'est pas une bonne idée.

Elle abaissa ses lèvres jusqu'à son oreille et précisa à mi-voix :

— Nous pourrons laisser les lumières allumées.

Elle eut ainsi raison de ses dernières résistances. Quelques secondes plus tard, ils tentaient fébrilement de se déshabiller l'un l'autre. Et comme Mae l'avait espéré, effectivement elle oublia. Il devint sa drogue, l'enivrant d'un désir tel qu'elle n'en avait plus connu depuis très longtemps. Elle avait à ce point envie de lui que cela lui faisait presque mal.

Les retombées des révélations désastreuses de la journée se dispersèrent. Rien ne comptait plus que la chaleur de sa peau contre la sienne. Sa bouche alla lui réclamer un nouveau baiser. La passion et le désir qui l'animaient lui donnaient le vertige. Elle avait oublié à quel point le corps de Justin était somptueux, combien sans en donner l'impression il était fort sous ses vêtements de luxe. Son corps à elle réclamait le sien, et son esprit avait soif d'une délivrance d'une tout autre sorte, une libération de tout ce qui avait si lourdement pesé sur elle.

Lorsque leurs vêtements ne furent plus que tas épars sur le sol, elle s'installa au-dessus de lui, chevauchant ses hanches ainsi qu'elle l'avait fait une fois déjà. Il était dur, sous ses mains, et le besoin de le posséder échauffait son sang qui pulsait dans ses veines. Elle se retint cependant – ce qui n'était pas une mince affaire sous l'influence de l'implant –, car elle voulait savourer cet instant aussi longtemps que possible. Il y aurait ultérieurement d'autres opportunités pour la passion animale. Lentement, elle laissa ses mains remonter le long de son torse et se pencha en avant, approchant son visage du sien. Sous ses paumes, elle sentait son cœur battre à tout va.

— Tu es tellement magnifique ! glissa-t-il dans un souffle. Toujours d'une beauté dévastatrice… Faire ça dans le noir était un crime.

Justin tenta de repousser une mèche de cheveux du visage de Mae, mais aussitôt celle-ci retomba.

— Ils ne tiennent pas en place, dit-elle.

Ses propos venaient de réveiller en elle une vieille insécurité : la peur de laisser voir à ses amants les émotions qui la secouaient pendant l'amour. Elle espérait que Justin ne s'en apercevrait pas. Il lui avait fallu un temps fou pour pouvoir ne plus éteindre avec Porfirio… Justin était donc parvenu à sauter déjà toutes ces étapes ? Cela ne semblait pas possible, mais en s'autorisant cette vulnérabilité, elle découvrit qu'il y avait une justice à lui accorder cette faveur. Cela l'effrayait encore… mais cela l'excitait aussi.

— Ils sont magnifiques, rectifia-t-il.

De nouveau, il fit une tentative pour repousser la mèche, y renonçant finalement quand de nouveau elle s'échappa. De ses cheveux, ses doigts passèrent à son cou, descendirent jusqu'à son épaule, puis soulignèrent la courbe d'un sein. Une autre de ces infimes caresses dont les effets sur elle étaient phénoménaux…

— Même sans fleurs ? le taquina-t-elle.

La main de Justin se figea.

— Comment ?

Mae rit doucement et déposa un baiser sur ses lèvres.

— Tu ne te souviens pas ? s'étonna-t-elle. Ton éloquente proposition, à Windsor…

Sans attendre de réponse, Mae l'embrassa de nouveau, plus fort cette fois. Elle sentit son corps s'enflammer et comprit que le temps de savourer était bel et bien passé. Tout en l'embrassant, elle souleva son bassin, de manière à le prendre en elle afin de revivre ces bouleversants instants de fusion vécus au Panama. Une urgence guidait à présent chacun de ses gestes, celle de le sentir de nouveau se mouvoir en elle, de se réjouir de l'union de…

Justin agrippa ses épaules et la repoussa doucement, juste assez pour mettre un terme au baiser.

—Qu'ai-je dit exactement? demanda-t-il.

—Pardon?

—La proposition que je t'ai faite à Windsor: les fleurs…

Éperdue de désir, Mae comprenait à peine de quoi il lui parlait. Des instincts plus primaires la dominaient à présent.

—Nous en parlerons plus tard…, protesta-t-elle. Pour l'instant, tout ce que j'ai envie de faire, c'est de…

—*Que t'ai-je dit?*

La dureté du ton de sa voix doucha instantanément le désir brûlant qui animait Mae. En fronçant les sourcils, elle répondit:

—Je ne me souviens pas de tout. Tu insistais pour que nous cherchions en ville un certain type de fleur – des fleurs en forme d'étoiles. Tu voulais en faire une couronne pour la placer dans mes cheveux et…

Quelque chose de complètement inattendu se produisit alors. Justin la repoussa et s'empressa de mettre un terme à leur étreinte. Avoir été si proche de cet accomplissement pour se le voir si brutalement refuser constituait pour Mae une véritable souffrance. Mais même cela n'était pas pire que l'expression qu'elle découvrait sur le visage de Justin. Envolés l'humour léger, l'extase et l'adoration… Même son excitation sexuelle se dissipait rapidement.

Mae, elle, n'était pas sur la même longueur d'onde et ne pouvait comprendre ce brusque revirement.

—Que se passe-t-il?

Justin passa nerveusement une main dans ses cheveux.

—Ce serait une erreur, répondit-il. Nous ne pouvons pas faire ça.

Elle tendit la main pour toucher son bras, mais il se déroba.

—Bien sûr, que nous le pouvons! s'énerva-t-elle. Il y a même bien longtemps que nous aurions dû le faire.

Les yeux de Justin rencontrèrent les siens, et fugitivement Mae y vit un reflet de cette douleur et de ce désir qu'elle y avait déjà perçus. Une résolution inébranlable y succéda bientôt.

—Non, nous ne pouvons pas faire ça! insista-t-il. Ou plutôt, je ne peux pas. Écoute… écoutez: vous êtes magnifique, là n'est pas la question. Les hommes ont toutes les raisons de faire la queue autour du pâté de maisons pour avoir une chance de faire l'amour avec vous. Mais le fait est… que cela m'est déjà arrivé.

—Quoi? protesta faiblement Mae, qui n'y comprenait rien. Tu penses que quelqu'un d'autre mérite une chance de…

Justin secoua longuement la tête.

—Non, non, non! protesta-t-il. Je disais juste que… eh bien, pour moi, l'excitation est passée.

Mae le dévisagea longuement avant de constater sèchement :

—Tu me paraissais pourtant sacrément excité…

—Non, pas ici…

Du bout de l'index, il tapota son front et poursuivit :

—Vous n'étiez plus une nouvelle conquête – plus tout à fait. Ce que je vous ai dit au ministère était au moins en partie vrai. J'ai pour habitude de ne pas coucher avec une femme plus d'une fois. Pas pour je ne sais quelle fierté mal placée, mais parce que… je ne peux pas faire autrement. Je ne peux pas m'en empêcher. Une fois que j'ai goûté aux charmes d'une femme, elle n'a plus aucun mystère pour moi, ne représente plus aucune nouveauté. Aucune raison d'y revenir une fois que je sais ce qu'elle a à m'offrir et…

Il écarta ses mains devant lui avant de conclure, fataliste :

—… je sais ce que c'est, avec vous.

Mae ne ressentait plus ni excitation ni désir. Toute trace en avait disparu en elle.

—Vous mentez, dit-elle néanmoins.

—Le mensonge serait de faire ce que nous nous apprêtions à faire, et je vous respecte trop pour jouer à ce genre de jeu avec vous. Je vous aime bien. J'aime les moments que nous avons passés ensemble et je ne tiens pas à ruiner notre relation de travail. C'est pour cette raison que je vous dois la vérité. Et à cette minute, la vérité… c'est que faire l'amour avec vous ne m'intéresse pas.

Mae ne voulait pas y croire. Elle ne pouvait y croire. Ne l'avait-elle pas vu la regarder d'un air enamouré, quelques instants plus tôt ? Il la regardait encore à présent, et il n'y avait plus dans ses yeux ni tendresse ni ravissement. Son regard inflexible et ses paroles froidement débitées l'amenèrent à douter d'elle-même. Et avec ce doute, la colère et l'humiliation qu'il ait pu les mener à cette situation l'emportèrent. Elle s'empara de la première et la laissa dominer en elle, se drapant dedans pour qu'il ne puisse pas voir la terrible blessure qu'il venait de lui infliger. Le regard qu'elle lui adressa devait être le plus glacial qu'elle eût jamais adressé à un homme.

—Sortez ! s'écria-t-elle.

29

Détails techniques

— C'est ma chambre…, lui rappela-t-il.

Mae avait de nouveau son visage de princesse de glace, même si elle n'avait pas eu le temps de lui cacher qu'il venait de la poignarder en plein cœur. Justin se concentra sur le ressentiment que laissaient deviner ses yeux couleur de mer. S'il se focalisait sur autre chose, le risque était grand qu'il finisse par craquer. Elle offrait trop de distractions à ses yeux – ses seins, ses lèvres, son cou… Même ses cheveux emmêlés constituaient une irrésistible tentation, alors que quelques instants auparavant il avait pu sentir leur douceur sous ses doigts. Qu'elle se décide à le toucher une fois encore aurait suffi à sceller son sort : il aurait fait taire ses protestations et ses mensonges et lui aurait fait l'amour sur-le-champ, se condamnant à servir un dieu inconnu pour une autre nuit d'amour entre ses bras.

Mais Mae ne le toucha pas. Elle se leva et se mit à rassembler ses vêtements avec fureur. Dans un silence prudent, il s'efforça de ne pas la regarder s'habiller, mais la tâche était impossible. Pour ne rien arranger, la scène était bien plus érotique à ses yeux qu'elle aurait dû l'être.

—*Pourquoi faut-il qu'elle porte des dessous noirs?* songea-t-il avec découragement. *Cela serait beaucoup plus facile s'ils étaient beiges.*

—*Cela aurait été beaucoup plus facile si vous aviez fait l'amour et que tu avais accepté de prendre enfin ta place au service de notre maître,* le réprimanda Magnus.

—Je retourne dans ma chambre, lui annonça-t-elle quand elle eut fini de s'habiller. Rendez-vous demain dans le hall pour retourner à l'aéroport.

Sur ce, elle se dirigea à grandes enjambées vers la porte.

—Mae…

Elle marqua une pause sur le seuil et lui jeta un coup d'œil par-dessus son épaule. L'espace d'un bref instant, Justin eut l'impression de pouvoir encore sauver la situation. Sans doute aurait-il pu trouver un moyen attachant de se racheter du minable mensonge qu'il venait de lui servir. Plus improbable encore, il aurait pu lui dire la vérité, tout simplement. Mais il ne dit rien de tout cela, et Mae s'en alla sans rien ajouter.

Nu comme un ver, Justin se laissa tomber sur le lit, s'efforçant de donner du sens à ce qui ne pouvait en avoir. Rester allongé là ne faisait que lui faire penser à elle, d'autant plus que son parfum s'attardait sur les draps. Agacé, il se leva et s'habilla à son tour. La brève lutte sensuelle n'avait pas froissé ses vêtements, ce qui était une piètre consolation. Quand il eut rapidement arrangé ses cheveux, sans la douleur qui lui poignardait le cœur, il aurait même pu s'imaginer que cette débâcle n'avait pas eu lieu.

— *Je n'ai pas voulu cela. Je n'ai rien voulu de tout cela ! Votre dieu ne pouvait donc pas me laisser tranquille ?* lança-t-il à l'adresse des corbeaux. *Je n'aurais pas dû partir en exil. Je n'aurais pas été dans cette intenable position vis-à-vis du Bureau. Je n'aurais pas eu à lui dire tout ça...*

— *Tu es l'un des élus*, répondit simplement Horatio. *Elle aussi. Lorsque les dieux vous choisissent, il vous faut assumer les conséquences.*

Cette fois, Justin avait réussi à s'aliéner complètement Mae. Il l'avait compris lorsque chaque mot qui sortait de sa bouche l'avait atteinte comme une gifle. C'était d'autant plus efficace qu'il y avait un fond de vérité dans ce qu'il lui avait dit. Aussi honteux qu'il était de devoir le reconnaître, nombre de femmes avaient perdu à ses yeux tout attrait après le premier contact. Mae n'en faisait pas partie, mais elle n'en savait rien. Et après sa brillante et nauséabonde performance, elle ne risquait pas de l'apprendre un jour. Jamais il ne pourrait rattraper ça.

Sans doute était-il le seul fautif. Il avait laissé les choses aller trop loin. Il s'était laissé gagner par le besoin de la réconforter après ce qu'elle avait subi ce jour-là. Puis, quand étaient apparus les premiers signes inquiétants, il avait tenté de faire machine arrière, mais sans succès. Plus Mae l'avait caressé, plus sa voix s'était faite sensuelle, plus ses yeux s'étaient emplis de la lumière du désir... et plus il avait été facile de faire abstraction de vagues promesses faites en rêve. Même quand elle s'était retrouvée à califourchon au-dessus de lui, son corps nu nimbé de lumière, en tout point la « femme entre les femmes » qui lui avait été promise, même alors il avait failli oublier. C'était Mae elle-même qui l'avait ramené à la réalité en lui rappelant ses propres paroles et ces stupides fleurs dont, dans les brumes de l'alcool, il lui avait parlé.

Le temps était venu pour lui de sortir. Il avait repéré un petit casino, à côté de l'hôtel, et soudain ses vieux démons le rattrapaient. Il n'y aurait pas suffisamment de vices dans le monde ce soir pour l'aider à noyer sa mélancolie, et il allait finir par perdre la tête s'il restait dans sa chambre à se morfondre et à ruminer.

— *Peut-être aurai-je davantage de succès avec les dés*, dit-il aux corbeaux en se préparant à sortir.

— *Tu pourrais difficilement en avoir moins*, répondit Horatio.

Mais alors qu'il descendait l'escalier, Mae refusa de se laisser chasser de ses pensées. Une fois encore, il avait joué avec l'idée de lui dire la vérité, et une fois de plus, il y avait renoncé. Justin savait qu'elle ne tolérait qu'à peine ce qu'elle prenait pour sa croyance irrationnelle au surnaturel. Comment réagirait-elle s'il lui racontait l'intégralité du rêve de la pomme d'or, et surtout ce passage où elle lui avait été offerte par un dieu ?

Il lui avait raconté fidèlement son rêve, mais en omettant quelques détails de la conversation qui avait scellé son sort. Et ces détails-là, sa mémoire infaillible ne pouvait les avoir oubliés.

— Donne-moi la pomme et je te montrerai la voie de la sagesse, lui avait dit dans les bois le dieu à la figure à moitié mangée par les ténèbres. Ma mémoire et mes pensées te guideront, et nous t'offrirons les outils qui te permettront de surpasser tes ennemis.

— Mais je lui ai offert la même chose ! avait protesté la déesse aux yeux couleur argent. Et mon offre était plus appréciable...

— Ma sagesse est plus grande et plus ancienne que la tienne.

Le dieu au visage à demi masqué s'était alors tourné vers Justin et avait ajouté :

— Tu es trop ambitieux pour laisser ton intelligence se perdre. Quand tu m'auras juré fidélité, je partagerai ma connaissance avec toi et t'apprendrai mes sortilèges et mes charmes, dont le monde n'a plus connu de semblables depuis une éternité.

— Je ne crois pas aux charmes et aux sortilèges, avait assuré Justin, même si à cette perspective un frisson de joie anticipée l'avait secoué.

Le dieu s'était mis à rire et avait répliqué :

— Tu y croiras. Et je sais que tu crois aux charmes des femmes. Je t'en enverrai une. Une femme taillée dans la glace et le feu, qui sera de braise dans ton lit et qui à l'extérieur sera prête à risquer sa vie pour te protéger.

— Alors il serait impossible de promettre la sagesse, mais pas l'amour ! s'était exclamée la déesse.

Justin s'était alors entendu objecter :

— Il ne m'a pas promis l'amour, il s'est contenté d'insinuer.

Cela avait arraché un rire amusé à l'homme au visage à demi masqué, que la déesse aux yeux d'argent avait traité de rusé salaud.

Le dieu entièrement nimbé de fumée, lui, ne l'avait pas entendu de cette oreille.

— Tu veux des femmes ? avait-il demandé à Justin. Avec le pouvoir que je te donnerai, tu auras à tes pieds plus de femmes que tu pourras jamais en rêver.

— Il n'a besoin que d'une seule, avait assuré celui dont la pénombre masquait à demi les traits.

Même sans voir ses yeux, Justin avait senti son regard sombre se frayer un chemin jusqu'au tréfonds de son âme.

— Une femme entre les femmes, avait-il ajouté. Tu la reconnaîtras. Tu sauras que c'est elle à sa couronne d'étoiles et de fleurs. Et quand tu la conduiras dans ton lit pour la faire tienne, tu me jureras fidélité.

Soudain, le dieu avait sursauté et s'était exclamé de manière presque comique :

— Mais au fait... tu ne m'es plus d'aucune utilité si tu n'es plus en vie !

Justin avait alors éprouvé la sensation irréelle de se trouver à la fois dans son rêve et de retour dans son lit à l'hôtel, plongé en pleine fournaise. Il s'était arrangé pour se replonger dans le rêve et avait négocié avec le dieu à la demi-figure.

— Sauve-moi, et je te donnerai la pomme, avait-il proposé.

— Et tu accepteras toutes mes conditions ? Toutes les paroles échangées ici nous lient. Un serment fait en rêve engage ton âme.

Justin s'était empressé d'acquiescer.

— Oui, oui ! Mais sors-moi vite de là !

Justin lui avait tendu la pomme et s'était réveillé pour ne devoir son salut qu'aux corbeaux.

À part le fait d'avoir dû vivre en compagnie de deux oiseaux peut-être imaginaires sous son crâne, Justin n'avait pas beaucoup pensé à ce rêve, durant son exil. Il n'y avait eu ni femme somptueuse, ni charmes et sortilèges, ni apparitions divines. Mae l'avait néanmoins pris par surprise, et c'était tout juste s'il avait pu jouer sur les mots pour éviter d'avoir à tenir sa promesse. « *Tu sauras que c'est elle à sa couronne d'étoiles et de fleurs. Et quand tu la conduiras dans ton lit pour la faire tienne, tu me jureras fidélité.* »

Justin avait eu beau jeu d'arguer que selon les termes du marché, il n'avait à jurer fidélité qu'après avoir reconnu la femme en question à sa couronne de fleurs et l'avoir emmenée dans son lit. Puisqu'il n'avait pas su la première fois qui elle était, il n'avait pu « faire sienne » la femme couronnée. C'était un peu tiré par les cheveux, mais ce détail technique lui sauvait la mise... tant qu'il ne commettait pas l'erreur de céder à la tentation. Il avait joué sur le même genre de détail pour échapper à l'apprentissage des charmes et sortilèges qui lui avait été proposé – « proposé » étant ici le mot-clé. Justin n'avait rien promis. Le dieu avait simplement présumé qu'il sauterait sur l'opportunité.

— *Notre maître n'est plus disposé à présumer quoi que ce soit en ce qui te concerne*, assura Magnus de manière menaçante.

En arrivant au casino, Justin y trouva un public également partagé entre plébéiens et patriciens, les uns et les autres entretenant toutes sortes d'interactions. La plupart des plébéiens qui visitaient les concessions étaient en voyage d'affaires. Ils étaient faciles à repérer. Certains restaient seuls, d'autres se mêlaient aux Nordiques. Il y en avait également pour être en relation avec les patriciens de manière plus… intime. Ce genre de couple mixte n'était pas très bien vu dans la société gemméenne… ce qui ne signifiait pas que le phénomène n'existait pas. En fait, Justin avait déjà repéré les groupes de « mitigeurs » – le terme d'argot pour désigner les patriciens cherchant à s'encanailler –, à l'affût de l'aventure discrète et éphémère.

Justin synchronisa son ego avec la table de jeu pour commander ses jetons, conscient qu'il ne se serait pas ruiné autant s'il n'avait pas eu le moral à zéro. Cela n'avait aucune importance. Ce n'était pas l'argent à dépenser qui lui manquait, et comme Horatio l'avait souligné, sa chance ne pouvait le trahir davantage qu'elle ne l'avait fait avec Mae.

Et effectivement, elle ne le fit pas. Ce n'est pas pour autant qu'elle s'améliora significativement non plus, mais il parvint plus ou moins à se maintenir à flot, ce qui lui permit de s'adonner aux frissons des jeux de hasard. Des serveurs lui apportaient les verres qu'il commandait, estompant davantage encore le souvenir cuisant de sa dernière scène avec Mae. Les joueurs allaient et venaient autour de lui. À un moment donné, une jeune Nordique apparut à côté de lui. Elle ne jouait pas, se contentant de regarder la partie se dérouler.

— Vous ne savez pas jouer ? s'étonna-t-il.

Elle le gratifia d'un sourire timide et secoua négativement la tête.

— Non, répondit-elle. Et je ne peux pas miser.

— Ce n'est pas si difficile.

Généreusement, il lui donna quelques-uns de ses jetons et lui expliqua le jeu dans ses grandes lignes. Elle ne put saisir les subtilités de la stratégie, mais elle comprit suffisamment pour pouvoir risquer de petites mises. Certaines d'entre elles se révélèrent gagnantes, et chaque fois que c'était le cas, elle battait des mains de manière charmante.

Ils jouèrent ainsi pendant une demi-heure, puis la jeune femme – qui s'était présentée à lui sous le nom de Katrin – se rapprocha de lui et lui murmura tranquillement à l'oreille :

— Je n'étais en fait pas venue pour apprendre à jouer. Je suis venue pour vous. Cela ne me déplairait pas de vous apprendre à mon tour quelques petites choses.

— *N'y va pas !* gronda Magnus.

Justin observa sa compagne. Toute sa timidité semblait s'être envolée. Il y avait dans ses yeux une impertinence qui ressuscita d'un coup les désirs qu'il avait été obligé d'ignorer un peu plus tôt. Elle n'était pas une grande et époustouflante princesse de glace, mais elle avait des lèvres pulpeuses et portait une robe qui s'arrangeait pour mettre en valeur un corps idéal tout en ne montrant qu'un minimum de chair. Qui plus est, elle était blonde... Il semblait avoir trouvé une « mitigeuse », après tout, et sans s'être donné la peine de la chercher.

— Je suis toujours partant pour apprendre de nouvelles choses, répondit-il sur le même ton anodin.

Justin prenait garde de garder les yeux fixés sur la table de jeu afin de ne pas trahir leur manège auprès des autres joueurs.

— Certains hommes trouvent ce que j'ai à leur enseigner un peu... intimidant, reprit-elle tout bas.

— Je ne suis guère impressionnable.

— *Mais tu es tellement stupide!* se lamenta Horatio.

— *Une Nordique canon veut faire des choses « intimidantes » avec moi*, répliqua-t-il. *Ce qui serait stupide, ce serait de ne pas sauter sur l'occasion...*

Justin faillit demander à la jeune femme de le suivre dans sa chambre, mais le souvenir de Mae s'imposa de manière importune à son esprit. Il ne voulait pas voir Katrin dans ce lit.

— Avez-vous un endroit où nous pourrions aller ? s'enquit-il.

Elle ne lui répondit pas immédiatement, ce qui rendit les choses encore plus excitantes. Justin serra fortement dans sa main son verre de bourbon, dans l'attente d'une réponse qui semblait ne devoir jamais venir.

— Vous disiez ne pas être impressionnable, dit-elle enfin. Les toilettes pour dame sont-elles pour vous faire peur ?

Waouh! Justin ne s'était pas attendu à ça. Il s'était imaginé qu'elle allait lui indiquer une adresse à laquelle ils se seraient rendus séparément. Non pas que ce genre d'ébats lui posait problème... Dans sa jeunesse, quand il n'avait pas de chez lui où emmener ses conquêtes, il avait parfois dû se résoudre à ce genre d'expédient.

— Il en faudrait plus pour m'impressionner, dit-il.

Et de fait, plus il imaginait cette nordique créature écartant les cuisses sur un comptoir de lavabo, plus il se sentait en phase avec cette idée. Il y avait juste un problème.

— Mais ce ne serait peut-être pas assez... privé, reprit-il. Ce qui vu les circonstances pourrait s'avérer délicat.

— Pas question de faire ça à cet étage, approuva-t-elle. Mais il y a au rez-de-chaussée des vestiaires et des toilettes réservés aux employés qui ne sont pas très fréquentés. Vous voyez cet escalier, là-bas ? Il y a une porte de service qui vous y emmènera.

— *Elle semble parfaitement connaître l'adresse...*, fit remarquer Horatio. *Je me demande à combien d'hommes elle a fait la « classe » là-dedans...*

— J'y vais, poursuivit Katrin. Rejoignez-moi dans cinq minutes.

Elle encaissa ses jetons, puis, sans davantage s'occuper de lui, elle s'en alla. Justin joua quelques tours encore, tout en surveillant la pendule, puis il leva le camp pour son mystérieux rendez-vous. Il dut attendre que personne ne se trouve dans les parages pour s'engager dans l'escalier qu'elle lui avait indiqué. Il pouvait fort bien exister un système de surveillance vidéo, mais il était prêt à prendre le pari que les ébats sexuels dans les toilettes publiques, quoique sans doute mal tolérés, ne constituaient pas un crime, même chez les castés.

Un sous-sol donnant accès à l'extérieur constituait le niveau le plus bas de l'établissement. Le long corridor dans lequel il déboucha se terminait à l'autre extrémité par une porte en verre donnant sur l'arrière du casino. Autrement, le lieu paraissait peu fréquenté. De rares serveurs entraient et sortaient de zones de stockage, mais personne ne se trouvait à l'extrémité opposée à la porte de sortie, où il dénicha les toilettes. Après avoir inspiré à fond, il rejoignit la porte réservée aux dames, contre laquelle il cogna doucement. L'espace d'une seconde, il redouta que Katrin ne lui ait joué une sinistre blague. Peut-être allait-il se retrouver face à face avec une horrible matrone nordique ?

Mais ce fut bien elle qui ouvrit la porte, un sourire timide aux lèvres, et dans les yeux une ferveur qui démentait sa timidité. Elle l'attira à l'intérieur et referma derrière eux. Dans un premier temps, Justin fut surpris par l'endroit, beaucoup plus vaste qu'il ne l'avait anticipé. Tout ici était bleu marine, des murs peints aux deux cabines en faux marbre en passant par les sièges tapissés de satin près de la porte. Des haut-parleurs invisibles diffusaient la musique douce d'un violon et une odeur de freesias flottait dans l'air. Justin se demanda s'il s'agissait d'une spécificité des concessions ou d'un secret bien gardé de toutes les toilettes pour dames. Cela atténuait pas mal le côté salace de la chose, mais il n'allait pas s'en formaliser.

Katrin ne perdit pas de temps. À peine était-il entré qu'elle le poussa contre un mur et l'embrassa avec une intensité confinant à la voracité. Sa bouche avait un goût de rhum et de fraise. Du bout des dents, elle lui mordillait les lèvres. Justin laissa ses mains descendre jusqu'à ses hanches et remonta une de ses jambes, l'inclinant de manière à pouvoir lui caresser l'arrière de la cuisse. Sa peau satinée était douce sous ses doigts. Le tissu de sa robe céda facilement lorsqu'il le repoussa. Un désir ardent s'était emparé de lui, lui offrant un de ces rares moments où le mouvement incessant de son esprit cédait le pas à l'instinct et à l'émotion.

Il n'avait pas renoncé à installer sa conquête sur le comptoir du lavabo, et peu lui importait de savoir quelle face de sa personne elle lui présenterait. Mais lorsqu'il fit une tentative pour l'entraîner dans cette direction, les mains de Katrin se posèrent fermement contre sa poitrine pour le garder plaqué contre le mur. Peut-être cela faisait-il partie de ces pratiques « intimidantes » qu'elle lui avait promises ? Il y vit un parallèle de mauvais augure avec la domination que Mae aimait exercer. Restait à espérer que l'issue serait plus heureuse.

Ce ne fut pas le cas.

Il venait de réussir à ôter la culotte de Katrin quand il sentit le fil contre son cou.

Le baiser avait brutalement pris fin. Il ouvrit les yeux et put constater que l'expression de désir féroce qu'il avait découverte sur le visage de Katrin n'était plus qu'une expression de férocité tout court... Il tenta de parler, mais le fil mordant sa chair l'étouffait et l'en empêcha. Il parvint à la repousser, profitant d'un surcroît de force né de la terreur, s'arrangeant momentanément pour échapper à l'étranglement. Elle se jeta de nouveau sur lui avec une force comparable à la sienne, mais il parvint in extremis à éviter une nouvelle strangulation. Au jugé, Justin s'empara de la première arme qui lui tomba sous la main : un vase en céramique empli de freesias. Rejetant tout principe chevaleresque, il s'en servit pour la frapper à la tête, s'arrangeant pour l'atteindre à la tempe. Cela ne la ralentit que momentanément et bientôt, sans paraître le moins du monde étourdie, elle revint à la charge.

De manière ironique, ce fut Justin lui-même qui se retrouva coincé contre le comptoir du lavabo. Il balança le vase de plus belle, s'efforçant de la repousser autant que possible pour éviter ce satané fil, tout en s'efforçant de réfléchir à sa ligne de conduite. Passer à l'offensive n'était pas trop son genre, mais il se rendait compte que rester sur la défensive ne le mènerait pas bien loin. En se servant de nouveau du vase, il parvint à reconquérir un peu plus d'espace vital. Sa chance tourna cependant quand elle parvint d'un coup de pied à lui faire lâcher son arme improvisée. Le vase alla se fracasser à grand bruit sur le sol. Il parvint alors à lui décocher lui aussi un coup de pied, l'atteignant à la jambe, mais comme pour le coup à la tête, Katrin ne parut pas en souffrir beaucoup.

Cette succession de contre-attaques lui avait cependant redonné un peu l'avantage. Il parvint à atteindre la porte. Le temps qu'il lui fallut pour la déverrouiller permit cependant à son adversaire de le rattraper.

Lui saisissant le bras, elle le tira vivement en arrière. Agrippé fermement à la poignée, Justin se retrouva écartelé. Il parvint à se libérer au prix d'un effort surhumain. En ouvrant la porte à la volée, celle-ci alla percuter la jeune Nordique de plein fouet. Cela la déstabilisa suffisamment pour l'empêcher de le rattraper par l'épaule. Criant à l'aide, Justin se précipita dans le couloir de service et il n'eut qu'un instant pour se décider.

Sur sa droite, l'escalier qu'il avait descendu et l'extrémité du couloir où il savait que des employés devaient travailler. À l'autre bout, pas si loin que ça, la porte en verre qui donnait sur l'extérieur. Il ignorait où elle débouchait, mais à n'en pas douter elle lui permettrait de s'échapper. Ce fut donc dans cette direction qu'il se précipita.

Mais parvenu devant la porte, il la trouva verrouillée. Il chercha sans le trouver un moyen de l'ouvrir, ce qui lui fit perdre suffisamment de temps pour que Katrin le rattrape. Réussissant cette fois à l'attraper par l'épaule, elle l'envoya valser loin de la porte. Lorsqu'elle l'avait empoigné, une douleur inattendue s'était manifestée dans son dos, comme si plusieurs lames lui labouraient la peau. Le visage tordu par une grimace, elle bondit sur lui en brandissant son fil, mais ce n'était pas l'arme idéale sur une cible mouvante. Quand Justin parvint de nouveau à l'éviter, elle le laissa tomber et tira de sa robe étroite un couteau noir et brillant.

— Merde ! gémit Justin.

Le couloir qu'il apercevait derrière elle lui offrait la liberté, mais il ignorait comment la contourner pour le rejoindre. Il lui fallut se résoudre à avoir recours maladroitement à des coups de poings et de pieds qui ne paraissaient pas de nature à la stopper, ni même à la fatiguer. À un certain moment, la lutte bascula, et ils se retrouvèrent tous deux à rouler sur le sol, les membres emmêlés, mais pour un intermède qui n'avait rien à voir avec celui que Justin avait anticipé en descendant la rejoindre. Il sentit les doigts de Katrin lui labourer le dos. Une douleur identique à la précédente, mais plus forte encore, le fit sursauter. Si ces ongles lui faisaient mal à ce point, il n'osait imaginer les dégâts que sa dague pourrait lui infliger.

Sans trop savoir comment, il parvint enfin à la déstabiliser suffisamment pour aller se réfugier dans un réduit tout proche. Il lui claqua de justesse la porte au nez et pesa de toutes ses forces contre le battant pour le maintenir fermé pendant qu'il cherchait la lumière. Quand il la trouva, il eut du mal à croire en sa mauvaise fortune. S'il avait trouvé la porte en verre fermée à clé alors qu'il aurait voulu la trouver ouverte, celle-ci ne possédait pas de serrure ni de verrou alors qu'il aurait voulu pouvoir la fermer… Il ne lui restait rien d'autre à faire qu'à s'arc-bouter pour empêcher Katrin d'entrer. De l'autre côté, celle-ci parvint presque à le surprendre en tournant la poignée et en donnant un coup d'épaule.

La porte s'entrouvrit de quelques centimètres avant que Justin ne parvienne à la claquer de nouveau. D'une main, il fouilla sa poche et sortit son ego, mais dans la panique de l'instant, il lui fut impossible d'envoyer le moindre message.

— *Et maintenant, on fait quoi ?* demanda Horatio.

Justin était sur le point de répondre qu'il était ouvert à toute suggestion quand il réalisa que le corbeau s'adressait à Magnus. Depuis le temps qu'il accueillait ses « hôtes » sous son crâne, c'était la première fois qu'il les entendait converser l'un avec l'autre. Cela ajoutait encore à l'étrangeté d'une situation qui n'en manquait déjà pas.

— *Il nous faut faire quelque chose*, répondit Magnus.

— *Quoi, selon toi ? Lui becqueter les yeux ?*

La suggestion de son compagnon ailé semblait laisser Horatio incrédule.

— *Nous ne pouvons intervenir directement*, reprit-il. *Tant qu'il n'a pas juré allégeance, nous ne sommes même pas censés être là.*

— *Peut-être, mais il ne risque pas de prêter allégeance une fois mort, n'est-ce pas ?*

Katrin se jeta de nouveau contre la porte. Cette fois, elle dut prendre plus d'élan, car celle-ci s'entrouvrit davantage, et il fallut à Justin beaucoup plus longtemps pour la refermer.

— *D'accord*, admit Horatio à contrecœur. *Qu'est-ce que tu as en tête ?*

— *Tu restes là*, répondit bizarrement Magnus.

Alors, soudain, une douleur déchirante explosa sous le crâne de Justin, et il eut l'impression que quelque chose lui était arraché de la tête.

30

Les délires d'un vieux fou

Tessa avait beau ne pas savoir exactement sur quoi travaillaient Justin et Mae, elle était suffisamment au fait de la génétique et des lois en vigueur dans la RUNA pour réaliser les implications de ce que venait de révéler Astrid Koskinen. Ce genre de pratiques était totalement impossible dans un pays comme le Panama. Elle trouvait étonnant que Mae n'ait pas réagi plus vivement, mais peut-être était-ce par égard pour sa mère, que Tessa trouvait plus terrifiante encore que la sienne.

Néanmoins, elle avait vite décidé qu'il valait mieux pour elle débarrasser le plancher afin de laisser à Mae le temps de digérer ce coup dur. Sortir ce soir-là n'était de toute façon pas pour lui déplaire. Une fois qu'elle s'était habituée à l'étrangeté de déambuler dans une ville où tout le monde se ressemblait, sa curiosité naturelle avait repris le dessus. Des gens suffisamment attachés à leur identité ethnique et culturelle pour braver les risques de Méphistophélès et de Caïn ne pouvaient que la fasciner. Même en cette ère de progrès où les mandats de la RUNA s'assouplissaient, les patriciens tenaient farouchement à leur séparation du reste du pays tout en restant simultanément des citoyens parfaitement loyaux.

La plupart de ceux qu'elle rencontrait la prenaient pour une plébéienne d'origine gemméenne parfaitement ordinaire. Étant donné que leur hôtel était le seul habilité à accueillir des plébéiens, il y avait dans les rues environnantes tant de promeneurs à la peau sombre et aux cheveux noirs que les patriciens ne leur prêtaient guère attention. Mae lui avait cependant expliqué qu'en dehors du centre-ville, les préjugés étaient plus nombreux. Mais ici, nul ne la remarquait tandis qu'elle déambulait dans les boutiques encore ouvertes. Elle s'arrêta même dans un café pour y acheter une pâtisserie fourrée aux airelles. Elle n'avait jamais entendu parler de ces baies, mais les Nordiques semblaient en raffoler. En grignotant son gâteau, elle prit finalement le chemin du parc situé face à l'hôtel pour y écouter le groupe qui devait y jouer. Elle avait entendu quelques personnes qui discutaient de ce concert qualifier leur musique de « Fusion folk-synth norvégienne ». Tessa n'avait aucune idée de ce que cela pouvait donner mais elle se disait que leur prestation ferait de belles images pour son documentaire – à supposer qu'elle soit un jour autorisée à réintégrer le lycée.

À un moment donné, tout absorbée qu'elle était à manier sa caméra, elle fut complètement prise au dépourvu lorsqu'une main se posa sur son avant-bras. En poussant un petit cri, elle se tourna sur le côté et vit qu'un jeune Nordique se tenait à côté d'elle. Il avait des cheveux d'un blond lustré, et dans ses yeux brillait un regard un peu sauvage. Il lui sembla juste un peu plus âgé qu'elle. Trop surprise pour réagir immédiatement, Tessa se demanda si elle avait fini par tomber sur un de ces patriciens qui détestaient les plébéiens.

— Vous faites partie du BSSC, lui dit-il.

C'était inattendu…

— Je… pardon ? Non, pas du tout !

— Je vous ai aperçue au poste de police, insista-t-il. Je sais qu'une équipe du Bureau était ici aujourd'hui pour enquêter sur le crime Arnarsson.

— Euh… pas tout à fait, rectifia-t-elle. Ce sont mes… euh… amis qui enquêtent sur cette affaire. Moi je n'ai que seize ans, je vais encore au lycée.

Tessa avait surmonté sa frayeur. Elle se trouvait en public et se disait qu'il ne pouvait pas lui arriver grand-chose. Cependant, en réfléchissant à ce qu'il venait de lui dire, elle comprit qu'il avait dû l'épier toute la journée.

— Vous devez venir avec moi, reprit-il sans lui lâcher le bras. Voilà une éternité que j'essaie de convaincre le Bureau de venir enquêter ici ! Ils n'ont jamais répondu à aucune de mes requêtes. Maintenant que vous êtes là, vous ne pouvez pas vous défiler.

Ravalant sa salive, Tessa répéta, aussi calmement que possible :

— Je vous l'ai dit : je n'ai rien à voir avec le Bureau.

Il se pencha vers elle et annonça, un ton plus bas :

— Je sais des choses. Des choses qui pourraient permettre de résoudre le crime Arnarsson. Elle n'est pas la seule à avoir été assassinée.

Cela retint soudain l'attention de Tessa, même si elle ne savait toujours que faire. Une enquête sur un meurtre n'était absolument pas de son ressort. En fait, elle avait l'impression que ce type d'investigation n'était pas non plus du ressort de Justin, mais pour une raison connue de lui seul, il s'était tout de même retrouvé mêlé à ça.

— Je ne peux pas vous aider, conclut-elle fermement. Mais je peux vous faire rencontrer le serviteur qui enquête sur cette affaire. Vous pourrez lui parler.

Après avoir hésité un instant, le garçon donna son accord d'un signe de tête. Il la lâcha enfin, et Tessa prit son ego pour appeler Justin. Il ne lui répondit pas, et cela se compliqua davantage encore lorsque Mae ne décrocha pas non plus. Ils avaient beau jeu de lui dire d'appeler n'importe quand en cas de problème...

— Je n'arrive pas à les joindre, annonça-t-elle avec un sourire contrit. Mais si vous attendez demain...

— Pas question ! s'exclama-t-il. Ils ne me recontacteront jamais. Je sais comment fonctionne la bureaucratie... Ils ne veulent même pas croire que c'est un meurtre.

Tessa s'agita nerveusement, redoutant soudain d'avoir affaire à un déséquilibré.

— Euh... vous pouvez préciser ? Qu'est-ce qui ne serait pas un meurtre ?

— La mort de mon frère, maugréa-t-il. Ils l'ont tué. Ceux-là même qui ont tué Clara Arnarsson. Je peux aider le Bureau à les trouver.

— Pourquoi ne veulent-ils pas croire qu'il s'agit d'un meurtre ?

— Parce que le corps n'a jamais été retrouvé. Il est juste « porté disparu ». Mais moi je sais que c'est eux qui ont fait le coup ! Il a été assassiné par les adeptes d'une déesse maléfique de la mort et de la guerre. Venez parler à mon père, il vous dira tout.

Tessa ne savait que faire. Son histoire paraissait absurde – surtout cette histoire de « déesse de la mort et de la guerre » –, mais si vraiment ce garçon était en mesure de faire progresser l'enquête de Justin, cela pouvait s'avérer déterminant. Il ne le lui avait pas dit clairement, mais elle avait commencé à rassembler des indices prouvant que du résultat de cette enquête pouvait dépendre la possibilité qu'il reste ou non en RUNA. Une nouvelle fois, elle plaida pour que le jeune Nordique se montre patient, mais celui-ci ne voulut rien entendre.

— Non, pas question ! Écoutez... je ne vais pas vous entraîner dans une allée sombre ni rien de ce genre. Mon père est dans une maison de convalescence, pas loin d'ici. Un endroit totalement public.

— Pourquoi y a-t-il été admis ? s'étonna-t-elle.

— Parce que les médecins s'imaginent qu'il est fou.

Voilà qui n'était pas pour la rassurer. Mais plus elle observait ce garçon, plus elle se sentait désolée pour lui. Il avait un visage si franc, des yeux si implorants... Son histoire, il y croyait vraiment. Et puis... il était assez mignon, également, et même si cela n'aurait pas dû influer sur son jugement, elle n'y était pas insensible. Tout cela faisait qu'elle se sentait encline à se montrer patiente avec lui.

— Nous resterons dans la rue pour aller là-bas ? demanda-t-elle.

Il leva ses mains devant lui et répondit :

— Promis ! C'est à un quart d'heure de marche d'ici. Que des rues passantes pour y aller...

Tessa n'hésita plus très longtemps avant de consentir à l'accompagner. Le visage du jeune Nordique – qui s'était présenté à elle sous le nom de Darius – s'illumina. Il lui prit la main, l'entraîna hors du parc et il tint parole. Le trajet s'avéra sans danger, la maison de convalescence très proche de l'hôtel. En chemin, ayant apparemment décidé qu'elle était sa nouvelle meilleure amie, il se lança et lui raconta l'histoire de son frère.

— Ilias était plus vieux que moi, commença-t-il. Presque de dix ans. Nos parents n'étaient pas très fertiles, et il leur a fallu longtemps pour m'avoir. À cause de cette différence d'âge, nous n'avons pas joué ensemble en grandissant, mais il s'est toujours occupé de moi et m'a appris des tas de trucs. Il était super. Plein d'allant, beau comme tout. Tout le monde l'aimait.

Le visage sombre, Darius se tut un instant avant d'enchaîner, d'un débit de voix plus haché :

— L'année dernière, un type s'est pointé plusieurs fois pour voir Ilias et nos parents. J'ignore qui il est et ce qu'il leur a dit, mais tout le monde a réagi différemment. Ilias l'a pris sur le ton de la rigolade. Il était comme ça. Il ne prenait jamais rien au sérieux. Il parlait de ce type comme s'il était dingue. Mais nos parents... c'était bien différent. Chaque fois qu'il venait, ils étaient ennuyés. Plus qu'ennuyés en fait : apeurés. Au bout d'un moment, ils sont restés sans arrêt sur la brèche. Ça se voyait sur eux. Jusqu'à ce qu'un jour... ma mère finisse par craquer. Elle s'est suicidée, en s'ouvrant les poignets dans son bain.

Tessa tressaillit.

— Oh, mon Dieu ! murmura-t-elle. Je suis tellement désolée...

La conversation ne reprit pas après cela.

L'établissement dans lequel vivait le père de Darius faisait tout son possible pour ne pas ressembler à ce qu'il était en réalité. Sa façade semblait presque aussi grandiose que celle de la maison Koskinen, mais elle était en meilleur état. Le nom lui-même aurait pu convenir à un manoir campagnard : *La Roseraie*. Une horloge, dans le hall d'entrée, indiquait 22 heures, et Tessa se demanda s'ils trouveraient encore le père de Darius debout à cette heure.

En l'entraînant dans l'escalier, Darius expliqua :

— Il ne dort pas beaucoup.

La chambre se trouvait au deuxième étage. Un petit panneau, sur la porte, indiquait : OLAF SANDBERG.

Olaf avait l'apparence d'un homme devenu vieux avant l'âge. Assis à une table, il parlait tout seul en faisant glisser des pièces de puzzle à la surface d'un écran.

— Les lignes rouges s'assemblent avec… commencez par un coin, puis trouvez les autres… ne pas mélanger les pièces bleues avec les jaunes…

Darius prit une chaise en face de lui.

— P'pa…, commença-t-il gentiment. J'ai amené quelqu'un qui aimerait te parler.

— C'est gentil. Très gentil.

Mais les yeux d'Olaf ne quittaient pas l'écran.

— Cette jeune fille voudrait te parler de m'man et d'Ilias, reprit Darius.

Les mains du vieil homme s'affalèrent sur l'écran. L'expression d'une douleur intense tordit brièvement ses traits.

— C'est fini…, bredouilla-t-il. Bel et bien fini !

Par une brusque inspiration, Tessa mit en route sa caméra et la déposa sur une table proche. Ce n'était pas l'idéal, mais elle pensait que cela valait la peine d'enregistrer tout cela pour Justin. Elle alla ensuite s'asseoir sur une chaise vide entre les deux hommes, rendue nerveuse par l'instabilité d'Olaf. Elle n'avait pas le don de Justin pour mettre les gens en confiance et les faire parler, et elle ne savait même pas pourquoi elle était là. Elle laissa donc Darius prendre l'initiative et put à cette occasion voir un spectaculaire changement s'opérer en lui. Le désespoir qui l'avait habité n'avait plus cours, remplacé par un calme impressionnant et une bouleversante affection pour son père.

— P'pa… Elle voudrait en savoir plus sur cette déesse dont tu me parles souvent. Celle avec qui vous avez passé un marché.

— C'est fini…, répéta Olaf d'une voix tremblante.

— Est-ce elle qui a tué m'man ?

Le vieil homme redressa vivement la tête et les foudroya l'un et l'autre du regard.

— Non ! s'insurgea-t-il. Personne ne l'a emportée ! Elle s'est rendue d'elle-même. Vous comprenez ? Personne ne l'a prise. Elle était forte…

Tessa songea que si elle avait fini par se suicider, elle ne devait pas l'être tant que ça. L'expression résignée de Darius semblait indiquer qu'il avait déjà entendu tout cela mille fois et qu'il n'essayait de faire parler son père que pour qu'elle puisse l'entendre.

— Elle s'est sacrifiée pour Ilias ? hasarda-t-il.

— Elle voulait une vie. Cela aurait pu suffire.

Tessa s'était juré de ne pas intervenir, mais son désir de comprendre fut le plus fort.

— Votre femme… voulait une vie ?

— Non ! Bien sûr que non…

Olaf fit une pause afin de mettre en place une pièce de puzzle, puis il ajouta :

— Elle voulait une vie. La ténébreuse…

— La déesse ? insista Tessa.

— Elle réclamait une vie, oui. Cet homme disait que ce devait être celle d'Ilias, que c'était le prix à payer. Mais en quoi cela pouvait-il être important ?

Un poignant désespoir au fond des yeux, il redressa la tête et poursuivit :

— En quoi est-ce important ? Une vie n'en vaut-elle pas une autre ? Nous avions réglé notre dette envers elle.

— Pour Ilias ? suggéra Tessa.

— C'est elle qui vous l'avait donné, précisa Darius.

Olaf étendit ses mains à plat sur l'écran et marmonna :

— Sauf qu'il n'a jamais été à nous. Ils ont pris une fortune. Ils ont pris la vie de ce pauvre plébéien pour faire d'Ilias ce qu'il était. Mais ce n'était pas assez. Ils voulaient qu'Ilias se mette au service de la ténébreuse, mais lui ne voulait pas. Alors… elle l'a repris.

Le vieil homme inspira longuement.

— J'aurais dû faire comme Siiri, conclut-il avec tristesse. Peut-être lui devions-nous une autre vie. Une vie pour ce pauvre garçon, ce plébéien, une autre pour Ilias. Si nous nous étions tous les deux offerts à elle, peut-être qu'elle l'aurait laissé en paix.

Il y avait dans ce qu'il racontait bien plus que ce que Tessa était en mesure de comprendre. Soudain, un souvenir titilla sa mémoire : Justin, dans son bureau, se livrant avec elle à un brainstorming impromptu. *« Un certain nombre de plébéiens connaissent une mort violente l'année précédant celle où ces patriciens 'parfaits' sont conçus. Coïncidence, là aussi ? »*

— Quel était le score d'Ilias ? s'enquit-elle.

— Mon frère était un neuf ! répondit fièrement Darius.

— Ça nous a coûté une fortune ! se lamenta Olaf. Et il s'agissait bien plus que d'argent… bien plus. Ils voulaient qu'Ilias se donne à elle.

Tessa s'efforça de penser comme un serviteur.

— Vous voulez dire… qu'il se mette au service de la déesse ?

— Ilias s'est contenté de lui rire au nez ! poursuivit le père de Darius sur sa lancée. Aurait-il dû le suivre ? Je n'en sais rien.

Le regard d'Olaf se perdit dans le vide.

— Peut-être a-t-il pris la bonne voie…, poursuivit-il. Elle ne le méritait pas. Elle est mauvaise, maléfique… Nous avions accepté qu'ils lui donnent son enseignement, mais nous avons reculé. Nous n'aurions pas dû le promettre à la ténébreuse, mais nous ne savions pas ce qui allait se passer. Nous n'avions pas réalisé ce qui arriverait à ce garçon.

Il n'était guère facile à suivre…

— Le plébéien ? s'enquit Tessa, pour clarifier son propos.

— Il était innocent, mais nous nous en fichions. Que représentait un plébéien, pour nous ? Mais maintenant, je vois le sang que j'ai sur les mains.

En disant cela, Olaf avait retourné ses mains et contemplait ses paumes avec attention.

— Siiri aussi, ajouta-t-il. Elle s'est libérée de sa faute, mais cela n'a pas suffi à sauver Ilias.

Tessa s'efforça de trouver un lien, dans tout ce qu'il venait de dire, en y mêlant les bribes qu'avaient laissées échapper Justin et Mae en sa présence.

— Donc... cette déesse et ses adeptes... ont conclu un marché avec vous et votre femme... pour concevoir votre fils grâce à d'illicites manipulations génétiques.

— Non, cela s'est fait par magie, rectifia Olaf. La ténébreuse n'a besoin d'aucun labo.

— Hum ! D'accord. Donc, ils exigeaient en échange beaucoup d'argent... et le sacrifice d'un plébéien.

Soudain rattrapée par l'horreur de ce qu'elle était en train de dire, Tessa marqua une pause.

— Ils voulaient également que vous fassiez de votre fils un adepte de la déesse... ce que vous avez refusé. Et c'est pour cela qu'ils sont venus vous réclamer des comptes... et que finalement ils l'ont... repris.

Par sympathie pour le vieil homme et son fils, Tessa n'avait pu se résoudre à dire qu'Ilias avait été tué. Elle avait également décidé de ne plus rien dire à propos de Siiri Sandberg. Celle-ci devait avoir compris le sort qui attendait son fils et elle s'était tuée dans l'espoir que son sacrifice suffirait à régler leur dette. Mais apparemment, les adeptes de cette terrible déesse ne se satisfaisaient que des meilleurs gènes...

— Quel est son nom ? demanda-t-elle. Cette déesse, comment s'appelle-t-elle ?

— Mort, guerre et ténèbres..., murmura Olaf.

Secouant la tête d'un air désolé, Darius précisa :

— Je ne l'ai jamais entendu prononcer son nom, et il m'a raconté cette histoire de nombreuses fois. Soit il ne le connaît pas, soit il ne veut pas le dire.

— Qu'en est-il de cet homme qui venait vous rendre visite ? reprit Tessa. C'était lui qui vous disait que la déesse allait « reprendre » Ilias ?

Les yeux d'Olaf s'embuèrent lorsqu'il répondit :

— Il nous avait prévenus. Il a essayé de persuader Ilias de se joindre à eux quand il serait plus âgé, mais il n'a rien voulu entendre. C'était un bon garçon.

— L'homme qui menaçait Ilias... Comment s'appelle-t-il ? Avez-vous des informations sur lui ?

Voyant que son père ne répondait pas, Darius le fit à sa place.

— Pas de nom, que je sache, mais c'était l'un de nous. Blond. Pas trop marqué par Caïn.

Il fronça les sourcils pour se concentrer et rectifia :

— Pas de marques du tout, même ! Il était comme Ilias.

Lorsqu'il devint évident qu'Olaf Sandberg ne dirait rien de plus, ils s'apprêtèrent à partir. Darius l'aida doucement à se mettre au lit. Le vieil homme s'endormit presque instantanément.

— Alors, tu vas pouvoir nous aider ? demanda Darius quand ils se retrouvèrent dehors. Vous allez pouvoir retrouver ces gens ?

— Je te l'ai dit… je ne fais pas partie du Bureau, répondit Tessa. Mais je vais montrer la vidéo à ceux qui…

Son ego se mit à sonner à cet instant, et le nom de Mae s'afficha à l'écran.

— Est-ce que ça va ? s'enquit celle-ci, affolée, lorsque Tessa décrocha.

— Euh… oui, répondit-elle. J'ai des choses… étranges à vous raconter. Vous êtes où ?

— Je me trouve au bar, sur le toit-terrasse de l'hôtel.

Il y eut un long silence, puis :

— Je ne sais pas où est Justin.

— D'accord. Je te retrouve là-bas. Il faut… qu'on parle.

Après avoir raccroché, Tessa se retourna vers Darius.

— Je vais justement rejoindre cette amie qui travaille sur l'enquête, mais c'est mon autre ami qui pourra véritablement faire quelque chose.

S'il y avait réellement quelque chose à faire. Pour ce que Tessa en savait, elle venait juste de recueillir les délires d'un pauvre fou.

Darius hocha la tête avec empressement et la surprit en prenant ses mains dans les siennes.

— Tu pourras m'appeler quand vous en saurez plus ? demanda-t-il avec urgence. S'il te plaît ! Je veux que justice soit rendue à Ilias.

— Bien sûr, répondit-elle.

Ils synchronisèrent leurs egos pour échanger leurs coordonnées. Ce faisant, Tessa se demanda si elle venait de donner son accord pour qu'il cherche à la joindre toutes les heures.

Après s'être répandu en remerciements, Darius partit de son côté, laissant Tessa regagner son hôtel. Il était plus de minuit et elle se sentait épuisée, mais elle trouva sans difficulté le bar. L'endroit bruissait d'activité, pris d'assaut par les clients noctambules. La terrasse offrait une belle vue sur le parc où la foule commençait à se faire moins dense. Sans doute le concert touchait-il à sa fin.

Assise à une table près de la rambarde, Mae avait le regard perdu dans le vague. Une expression troublée et empreinte de tristesse, sur son visage, s'effaça aussitôt qu'elle eut repéré Tessa.

— Salut ! lança-t-elle en prenant place face à elle.

Un mojito intouché se trouvait devant Mae.

— Salut, répondit-elle. Tu as des choses étranges à raconter ? De quoi s'agit-il ?

— Ce n'est peut-être rien, mais... j'ai été accostée par un garçon qui disait avoir des informations concernant ce meurtre sur lequel vous enquêtez.

— Accostée ? répéta Mae en se redressant subitement.

— Je vais bien..., assura Tessa en hâte. Ce garçon n'avait aucune mauvaise intention. Il voulait juste demander mon aide. Heureusement, j'avais ma caméra et... Aaaah !

Un énorme oiseau noir, après avoir survolé la rambarde, venait de se poser sur leur table. En proie à la panique, Tessa renversa sa chaise en se levant, mais Mae demeura assise, les yeux écarquillés. L'oiseau fit le tour de la table, puis il s'immobilisa devant elle et parut la regarder droit dans les yeux. Encore plus étrange, la prétorienne sembla se laisser totalement captiver par lui. En retenant son souffle, elle soutint sans ciller le regard du volatile. Puis, celui-ci poussa un croassement et s'éleva en faisant battre ses ailes puissantes. Il traversa la terrasse en diagonale, effrayant d'autres consommateurs. Après être demeuré un instant en vol stationnaire au-dessus de l'escalier de secours, il tourna la tête vers Mae et s'engouffra dans l'ouverture.

Soudain très pâle, Mae regarda fixement l'escalier quelques secondes. Sans un mot, elle courut s'y engager à son tour.

31

Walkyrie vengeresse

Mae était parfaitement consciente que tout cela n'avait aucun sens. Et en descendant quatre à quatre l'escalier, elle se demanda si elle n'allait pas sous peu avoir l'air d'une idiote. Pourtant, lorsque l'oiseau – non : le corbeau, d'une manière ou d'une autre, cela ne faisait aucun doute pour elle – l'avait fixée droit dans les yeux, elle avait senti le temps suspendre son cours. Le monde s'était arrêté de tourner, et plus rien n'avait existé que ce regard noir et perçant. Puis, plus improbable encore – elle aurait pu le jurer, elle en était certaine –, elle avait entendu une voix croasser dans son crâne : « *Viens !* ». Un sentiment d'urgence absolue s'était emparé d'elle. Sans hésiter, elle s'était lancée à la poursuite du corbeau.

Celui-ci l'attendait au bas de l'escalier. Quand elle le rejoignit, il reprit son vol en direction d'un petit immeuble voisin de l'hôtel, au-dessus duquel il fit un instant du surplace, avant de plonger dans la nuit noire en direction du sol. Après avoir observé où il s'était posé, Mae s'y précipita. Une volée de marches conduisait à une porte en verre éclairée donnant sur le sous-sol du bâtiment. Des bruits sourds en provenaient et il paraissait y avoir du mouvement à l'intérieur. Mae dévala l'escalier et, devant la porte, elle se retrouva confrontée à la vision inattendue d'une jeune Nordique en robe de soirée couleur cuivre s'efforçant d'enfoncer à coups d'épaule une porte en bois. Stupéfaite, Mae actionna la poignée pour ouvrir la porte en verre, mais celle-ci était fermée. En l'apercevant, la jeune femme la dévisagea, les yeux écarquillés par la surprise et l'horreur.

Mae n'eut pas besoin d'en savoir plus. Un basculement s'opéra en elle. Aussitôt, elle se retrouva prête au combat, oubliant le mystère de son informateur ailé. Sans grande difficulté, elle s'empara d'une des jardinières qui garnissaient la trémie de l'escalier et l'envoya de toutes ses forces contre la paroi de verre. Celle-ci n'y résista pas. Mae se glissa dans l'ouverture aux bords coupants qu'elle avait ménagée, sans se soucier des coupures occasionnées à ses bras. La jeune Nordique recula et lui lança une sorte de couteau noir qu'elle évita sans difficulté. Mais dans le bref instant où elle avait vu l'arme foncer sur elle, Mae aurait juré que d'improbables flammèches noirâtres l'enveloppaient. Encore fumant, le poignard alla atterrir sur le sol.

Cela ne ralentit en rien Mae, ce qui surprit la jeune femme. Elle parut légitimement effrayée de la voir foncer sur elle, et c'est alors que l'incroyable se produisit.

Sous les yeux de Mae, la Nordique se transforma en jaguar.

Du moins crut-elle reconnaître un jaguar… Elle n'était pas experte en matière de faune sauvage, mais lorsqu'on ne dort pas la nuit, on en vient fatalement à regarder pas mal de programmes télévisés improbables, dont nombre de documentaires animaliers. Elle n'eut pas le temps de se demander comment elle avait pu tomber dans ce cauchemar. Le fauve bondissait sur elle, et les réflexes de défense de Mae se mirent en branle. Sa force et son entraînement ne l'aidèrent pas à résister au choc qui résulta de l'impact. Le jaguar la renversa à terre, et sa tête alla violemment heurter le sol. La douleur, jugulée par l'implant, ne fut pas pour la gêner. Mais il lui fut impossible, hélas, de repousser le félin dont elle sentit les griffes s'enfoncer dans sa chair. Il feula au-dessus d'elle, révélant une pleine gueule de crocs meurtriers, et s'apprêtant à l'achever.

Soudain, ces ténèbres glacées qu'en temps ordinaire elle redoutait s'emparèrent de Mae. Un flot de puissance et de force l'inonda de la tête aux pieds. Elle se détendit et sans le moindre effort, elle parvint à se débarrasser du fauve en l'envoyant valser à quelques pas de là. Aussitôt, l'animal se tassa sur lui-même, prêt à bondir de nouveau, mais Mae le vit soudain hésiter. Elle connut elle aussi un instant de flottement. Le besoin de se battre qui l'animait semblait se heurter à un mur invisible qu'elle ne pouvait franchir. Le jaguar, également, paraissait paralysé. Quelques secondes plus tard, Mae parvint au prix d'un gros effort de volonté à triompher de cette étrange apathie. Le temps reprit son cours, et le jaguar détala sans demander son reste le long du corridor. En se lançant à sa poursuite, Mae vit fugitivement Justin ouvrir la porte que la jeune Nordique avait tenté d'enfoncer, l'air hagard, une main posée sur son front.

Même une prétorienne n'était pas de taille à rattraper un jaguar. Mais alors que le fauve s'approchait de l'escalier… il reprit son apparence humaine antérieure. Mae dégaina et tira au jugé mais rata son coup. La jeune Nordique, déjà, se précipitait dans l'escalier. Mae ne se faisait aucun souci. À présent qu'il ne s'agissait plus de poursuivre une bête de la jungle, elle ne doutait pas de pouvoir rejoindre sa cible. C'était juste une question de temps.

Elles débouchèrent presque ensemble en haut de l'escalier, dans la grande salle d'un casino. La jeune femme se jeta dans la foule, sans se soucier des personnes qu'elle bousculait sur son passage, dont certaines chutèrent sur le sol. Profitant d'une nouvelle ouverture, Mae tira une deuxième fois. La balle effleura l'épaule de la jeune femme, la faisant trébucher quelques instants avant qu'elle ne reprenne sa course éperdue. Un tir d'arme à feu dans un endroit aussi peuplé ne pouvait que susciter la panique. Des cris s'élevèrent, une bousculade s'ensuivit tandis que les clients du casino cherchaient à se réfugier sous les tables ou à se jeter au sol. Mae, concentrée uniquement sur la jeune femme, ne s'en souciait pas le moins du monde. Celle-ci était en train de gagner la porte de sortie.

Lorsque Mae émergea à son tour à l'extérieur, elle vit sa cible traverser l'avenue en courant sur un passage piétons. La foule qui occupait le parc s'était considérablement clairsemée, mais il restait suffisamment de promeneurs attardés pour que la jeune Nordique puisse se fondre parmi eux.

— *Jumalauta!* [1] s'exclama Mae.

Il lui fallait trouver une autre tactique. L'adrénaline coulait à flots dans ses veines. Elle ne se rendait compte à quel point cela lui manquait en temps ordinaire que lorsqu'elle se retrouvait en pleine action. Mais l'implant n'améliorait pas que ses capacités physiques. Il lui dopait également l'esprit, ce qui lui permit de rapidement établir un plan d'action efficace.

Dès qu'elle eut atteint le parc, Mae sauta d'un bond sur la première table de plein air qui se présenta à elle, sans se soucier de la nourriture qu'elle renversait ni des cris de ses occupants. De cette hauteur, il lui fut facile de repérer sa proie. La jeune femme zigzaguait au hasard à travers la foule. Reprenant la poursuite, Mae renouvela plusieurs fois l'opération pour ne pas perdre sa trace. Elle gagnait peu à peu du terrain. Mais à un moment donné, juchée sur une nouvelle table, Mae vit son adversaire obliquer en direction de la scène improvisée. Le cœur battant, les muscles répondant au quart de tour, elle fonça pour la rattraper avant qu'elle n'y parvienne.

La jeune femme grimpa cependant la première sur scène, au grand étonnement des musiciens qui s'arrêtèrent de jouer. Agrippant à bras-le-corps le chanteur, elle le tint devant elle et le menaça en posant sur sa gorge une autre de ces lames brillantes et noires qu'elle semblait apprécier. Mae stoppa net et prit le temps d'analyser ce nouveau développement. La mystérieuse force noire, qui n'avait cessé de la pousser en avant, lui rendit la pleine maîtrise de ses pensées et de ses actes en s'estompant aussitôt. Des cris horrifiés montaient de la foule, mais peu cherchèrent à fuir les lieux. D'un coup, le spectacle était devenu trop passionnant…

1. « Nom de Dieu ! », en finnois. *(NdT)*

— Arrière ! cria la jeune femme, qui reculait lentement sur la scène avec son otage. Sinon, je lui tranche la gorge !

Elle disparaissait presque entièrement derrière le corps de l'homme, qui lui fournissait un bouclier efficace.

Tirer sur une cible mouvante n'était pas facile. Mais pour Mae, atteindre une cible mouvante se déplaçant lentement et n'offrant qu'un angle de tir réduit ne posait pas de problème particulier. Elle n'hésita même pas. En l'espace d'un battement de cœur, elle éleva son arme, tira, et atteignit sa cible en pleine tête.

Cela finit par susciter dans la foule une réaction de panique semblable à celle qui s'était produite dans le casino. Brandir une arme à feu dans une rue gemméenne n'était déjà pas courant. S'en servir et provoquer un carnage l'était encore moins. Près de Mae, bouche bée, main tremblante, un type s'efforçait d'immortaliser la scène sur son ego. Mae le foudroya du regard et lança sans aménité :

— Appelez la police !

Les choses se précipitèrent ensuite. Johansson, l'officier qui les avait accueillis, faisait partie des forces de police qui ne tardèrent pas à investir les lieux. Elle ne se montra pas ravie de la tournure prise par les événements. Pourtant, contre une prétorienne, confrontée qui plus est à une prise d'otage, elle ne pouvait que s'incliner.

À présent que leur sécurité était rétablie, les spectateurs s'attardaient pour assister au dénouement du drame. Mae s'efforçait de les ignorer, autant que les flashs de leurs egos.

— Je suis vraiment curieuse de savoir ce que vous allez trouver quand vous allez scanner la puce de votre concitoyenne ! lança Mae à Johansson.

L'officier de police, qui observait les alentours en plissant les yeux, se tourna vers elle et répliqua d'un air surpris :

— Vous croyez qu'elle est Nordique ?

— Naturellement ! Que pourrait-elle être d'autre ?

— Ne le prenez pas mal, prétorienne, mais vous êtes restée trop longtemps loin de chez nous.

Un sourire franc éclaira le visage tanné par le soleil et l'âge de Johansson quand elle ajouta :

— J'ignore d'où elle vient, mais elle n'est pas Nordique. Même après ce que vous avez fait de son visage, je peux vous le garantir.

Sa présence n'étant manifestement ni souhaitée ni requise pour le bon déroulement de l'enquête, Mae battit en retraite dans le casino en se demandant si le lieutenant avait vu juste. Loin du champ de bataille, elle pouvait de nouveau penser clairement. L'implant avait terminé de métaboliser l'excès des substances qu'il avait libérées dans son corps et elle ne tremblait presque plus.

Elle fit un tour d'inspection dans la salle du casino et dans son sous-sol, et en revenant à l'étage, elle trouva Justin en train d'achever sa déposition. Sans trahir sa présence, elle l'observa un long moment, regrettant de ne pouvoir faire abstraction de la souffrance que lui inspirait encore le rejet qu'il lui avait infligé. Étant donné qu'elle venait de réduire en bouillie le visage d'une femme, elle s'en voulait d'entretenir ce genre de sentiment frivole et trop féminin.

— Merci, docteur March..., conclut l'officier en glissant son ego dans sa poche. Nous joindrons votre témoignage au rapport officiel et...

Il jeta un coup d'œil nerveux à Mae qui venait de les rejoindre et ajouta :

— Devons-nous également en faire parvenir une copie à vos services, madame ?

— Oui, répondit Justin à la place de Mae. Et au Bureau également.

Après le départ de l'officier de police, Mae s'assit à la table de Justin et soutint sans flancher le regard de tous ceux qui autour d'eux les observaient curieusement. Le bruit s'était répandu qu'elle était prétorienne, et tous détournèrent en hâte les yeux en s'apercevant qu'ils avaient attiré son attention.

— Ma walkyrie vengeresse ! lança Justin en guise de salut.

Il y avait une familiarité dans ce commentaire qu'elle n'aimait pas, étant donné ce qui venait de se passer entre eux.

— J'ai entendu ce que vous affirmiez dans votre déposition, dit-elle. Que cette jeune femme vous a attaqué alors que vous descendiez au sous-sol pour utiliser les toilettes.

— C'est exact.

— Dans ce cas, pourquoi ai-je retrouvé sa petite culotte dans les toilettes pour dames ?

Justin soutint son regard sans ciller, mais il ne lui répondit pas aussitôt.

— Comment le saurais-je ? demanda-t-il enfin. Je n'y étais pas. Et comment savez-vous que cette culotte lui appartient ?

— Intuition féminine ? Si vous étiez à la recherche d'une nouvelle conquête, vous ne pouviez que tomber sur elle. Heureusement pour vous, j'ai fait disparaître la culotte embarrassante.

Mae n'en était pas particulièrement fière. C'était une destruction de preuve, mais la fusillade en plein parc allait déjà créer assez de remous comme ça. Elle ne tenait pas à ce que s'y ajoute une sordide affaire sexuelle, même si elle n'était en rien concernée.

— Eh bien... merci quand même, dit-il d'un air gêné.

D'une voix parfaitement neutre, Mae enchaîna :

— Mais ce n'est pas ça qui me tracasse, voyez-vous. Je suppose que vous n'avez pas mentionné le jaguar dans votre déposition ?

— Quel jaguar ? demanda-t-il avec une feinte innocence.

— Arrêtez ça ! protesta-t-elle sèchement. Je sais que vous l'avez vu comme moi. Cette femme s'est transformée sous mes yeux en un putain de jaguar !

— Bien sûr que je l'ai vu. Mais moi je suis un fanatique farfelu. L'avez-vous déjà oublié ?

Refusant de polémiquer, Mae secoua la tête d'un air obstiné.

— Cela ne peut pas être vrai, maugréa-t-elle.

— Mae..., reprit-il patiemment. Si vous avez une autre explication, je suis tout ouïe. Croyez-moi, cela me simplifierait grandement la vie.

Mae ne disposait d'aucune autre explication, et elle le savait fort bien.

— Les dieux n'existent pas, s'entêta-t-elle néanmoins. Il ne peut y en avoir. Tout cela n'est que mensonge.

Mais elle n'avait pu empêcher sa voix de trembler. Elle avait vu ce qu'elle avait vu. Cela s'était produit dans la vraie vie, pas dans un film. Et même s'il lui était possible de croire aux merveilles que la technologie pouvait faire naître, elle n'ignorait pas qu'une telle transformation était au-delà des possibilités humaines. Elle n'avait pas oublié non plus l'intervention de cette puissance ténébreuse en elle, et l'instant d'hésitation qui en avait résulté devant la femme-jaguar.

— Les dieux nous suivent, reprit Justin à mi-voix. Les dieux peuvent être tenus pour responsables de meurtres et de manipulations génétiques. Les dieux ont placé deux corbeaux sous mon crâne.

— Au fait... j'ai vu l'un d'eux.

Surpris, il se tourna vivement vers elle.

— Un dieu ? s'étonna-t-il.

— Non... un de vos corbeaux. Enfin je crois... Il m'a rejoint sur la terrasse de l'hôtel, et c'est lui qui m'a montré où vous trouver.

Justin n'aurait pu paraître plus estomaqué.

— Vous avez vu Magnus ?

— J'ignore lequel des deux c'était.

— Il m'a abandonné brièvement. C'est pour cela que j'avais si mal à la tête.

Mais sa stupéfaction céda bien vite le pas à l'émerveillement.

— Personne n'avait jamais vu l'un d'eux..., murmura-t-il. Savez-vous ce que cela représente pour moi ? De savoir qu'enfin je ne suis pas le seul à pouvoir enregistrer leur présence ?

— Cela ne vous empêchait pas de croire en eux, objecta-t-elle.

— Oui. La plupart du temps. Mais c'est tout de même un soulagement.

— Je ne sais que faire de tout ça, reconnut-elle franchement. Cela. Ce que ma mère a révélé. En une soirée, les bases les plus stables de mon existence ont été ébranlées. Je préférerais presque être devenue folle.

— Oui, cela m'arrive aussi.

— Comment parvenez-vous à supporter ça ?

— Un jour à la fois.

— Vous m'avez raconté votre rêve, mais... que savez-vous réellement de tout cela ? Quel est le schéma d'ensemble ?

Justin secoua la tête d'un air découragé.

— Cela fait cinq ans que je m'efforce de le découvrir, répondit-il. Je me débrouille. J'essaie de mener une vie normale. Je rassemble autant d'informations que possible. Malheureusement, il n'existe guère d'autorité supérieure à consulter dans ce domaine. Callista m'aide un peu, mais il reste tant de questions en suspens...

Un peu plus calme, Mae put se concentrer davantage sur lui et remarqua son épaule, où des déchirures ensanglantées fendaient sa chemise.

— Elle... elle vous a blessé avec ses – hum ! – griffes ?

— J'en ai d'autres dans le dos, l'informa-t-il. Et elle les a faites avant même de se transformer.

— Vous devriez consulter.

Un ricanement sarcastique monta de ses lèvres.

— Pas question ! répliqua-t-il. Je suis trop excité par ces nouveaux développements pour perdre du temps chez un toubib. Ce n'est pas très profond. Vous pourrez soigner ça tout à l'heure dans ma chambre.

L'évocation de sa chambre raviva entre eux le souvenir de leur bref moment de passion.

— Mae..., commença-t-il.

Quoi qu'il ait pu avoir en tête, elle n'avait pas envie d'entendre ce qui allait suivre. Mae préféra changer de sujet.

— Cette... chose qui s'empare de moi. Elle a eu une drôle de réaction, confrontée au jaguar. C'était un peu comme si pendant un instant ils avaient refusé le combat, tous les deux.

Bien que manifestement à contrecœur, Justin accepta sagement d'en revenir à leur conversation précédente.

— Des déesses refusant de combattre entre elles ? hasarda-t-il. Je suis curieux d'apprendre ce que la police va trouver sur cette femme. J'aimerais bien savoir qu'il l'a envoyée.

— Cela ne vous paraît pas évident ? Le groupe qui doit être à l'origine de ces meurtres...

— Pas si sûr… le jaguar, l'obsidienne – ce n'est pas leur style. Sinon, c'est une dague en argent qu'elle vous aurait lancée.

— Ils les gardent peut-être pour les grandes occasions…

Justin dévisagea longuement Mae avant de reprendre :

— Vous réalisez à présent que tout est lié, n'est-ce pas ? Vous, les victimes, votre déesse… Vous faites partie intégrante de ce tableau, quoi que puissent en dire les tests de Léo.

Mae s'apprêtait à protester quand elle s'aperçut que Tessa venait de les rejoindre.

— Vous parliez de déesses ? demanda-t-elle.

Justin coupa court en grognant :

— On parlait boulot.

Tessa parut sceptique, mais elle n'insista pas.

— Est-ce que ça va, vous deux ? s'inquiéta-t-elle. J'ai vu ce qui s'est passé dans le parc depuis la terrasse…

Elle paraissait davantage surprise qu'affolée, probablement parce que les tirs d'armes à feu n'étaient pas rares dans les rues panaméennes.

— J'ai entendu un policier dire que cette femme avait agressé Justin, reprit Tessa. C'est vrai ?

— Il y a de ça, répondit vaguement Mae. C'est une longue histoire.

Puis, se souvenant de leur conversation précédente :

— Au fait, et toi ? Que t'est-il donc arrivé ? Qui t'a accostée ?

Justin redressa la tête et répéta, l'air inquiet :

— Accostée ?

— Mauvaise formulation de ma part, répondit Tessa avec une grimace d'excuse.

Il n'y avait personne autour d'eux, mais elle n'en observa pas moins les alentours nerveusement avant d'ajouter :

— Je crois que nous ferions mieux de monter. J'ai quelque chose d'important à vous montrer.

32

« Aux grands maux... », etc.

« Quelque chose d'important », c'était peu de le dire...
Justin n'aurait jamais imaginé que les révélations d'Astrid Koskinen et le combat avec une femme-jaguar pourraient être surpassés cette nuit-là par quoi que ce soit. Apparemment, pour une fois il se trompait. Tout aussi incroyable se révéla l'interview d'Olaf Sandberg par Tessa. Que sa protégée puisse être intelligente, cela n'avait jamais fait l'ombre d'un doute pour lui, mais il était à présent impressionné par sa capacité à poser les bonnes questions. Bien que n'ayant aucune vue d'ensemble de cette affaire, son instinct l'avait guidée pour recueillir le maximum d'indices dans la bonne direction.

Mais même les prodiges avaient besoin de dormir, et au milieu du troisième visionnage de la bande, il s'aperçut que Tessa piquait du nez. Aussi l'envoya-t-il se coucher pendant que Mae et lui tenaient un conseil de guerre improvisé dans sa chambre... aussi loin que possible du lit et des souvenirs qu'il éveillait en chacun d'eux. L'Exerzol avait donné à Justin le petit coup de fouet dont il avait besoin. De toute façon, avec le flot d'informations nouvelles que brassait son cerveau, il lui semblait douteux qu'il aurait pu dormir cette nuit-là. Mae, bien que techniquement réfractaire à la fatigue, avait sur le visage l'expression de quelqu'un que les événements ont épuisé.

— Tout est là ! s'exclama-t-il en faisant les cent pas dans la pièce. Il y a bien un motif, et nous sommes presque sur le point de le découvrir.

— J'aurais plutôt dit que nous pataugeons en plein merdier...

— Oui, ce n'est pas faux non plus. Mais écoutez plutôt cela... Des patriciens aux gènes « améliorés » sont conçus – à l'aide de pratiques magiques ou pas – par l'entremise d'une secte. Pour ce faire, ladite secte procède au sacrifice d'un plébéien, réclame une somme faramineuse, de même que la future allégeance du bébé « amélioré ».

Justin se remémora sa conversation avec Callista. Qu'un dieu puisse désirer des adeptes au génotype parfait ne l'avait pas surprise outre mesure, mais elle lui avait fait part de son étonnement que celui-ci puisse ensuite chercher à les éliminer. Désormais, il savait pourquoi.

— Lorsque ces patriciens parfaits, devenus grands, refusent d'honorer leur « dette », ils sont purement et simplement supprimés, « retournant » ainsi à leur déesse. Ilias Sandberg a catégoriquement refusé de se prêter à la magouille. Aucune des autres victimes n'a signalé à son entourage avoir été approchée de la sorte, mais toutes étaient farouchement opposées aux pratiques religieuses, ce qui suggère qu'aucune ne pouvait accueillir favorablement la perspective d'adorer une déesse de la guerre et de la mort – donc, il a fallu s'occuper d'eux.

— Dans ce cas, la vidéo n'est pas un faux…, intervint Mae. Ce que nous avons vu, c'est véritablement un assassin d'origine surnaturelle à l'œuvre…

Justin pouvait deviner à quel point ce constat lui coûtait.

— Il faut croire que oui, approuva-t-il. Mae…

L'espace d'un instant, il ne put en dire plus. En étudiant les traits ravissants de son visage, il aurait désespérément voulu ne pas avoir à évoquer un sujet qui ne pouvait que semer le trouble entre eux. Mais l'enjeu était trop important, il ne pouvait reculer.

— Je vous demande – s'il vous plaît –, de m'écouter jusqu'au bout, reprit-il enfin.

L'expression contrariée de son visage montrait qu'elle s'attendait à ce qui allait suivre.

— OK, répondit-elle néanmoins.

— Nous savons à présent que votre conception a fait l'objet d'une manipulation génétique elle aussi. Vous avez un âge identique à celui des victimes, et un score comparable. Vous faites l'objet des assiduités d'une certaine déesse « noire » adorant la violence, qui vous investit chaque fois que vous participez à un combat. Je ne suis pas en train de dire que cela nous mène directement à la guerre et à la mort, mais nous n'en sommes plus si loin, reconnaissez-le.

À son grand soulagement, Mae n'explosa pas de rage, se contentant de se raccrocher à sa bouée habituelle.

— Mon profil génétique ne correspond pas à celui des victimes.

— Je sais. Mais pouvez-vous m'en dire davantage sur cette déesse qui s'empare de vous parfois ? Les corbeaux n'ont pu en avoir qu'un aperçu. Ils ne savent pas tout, même s'ils aiment se donner de grands airs. Vous êtes le lien le plus direct que nous ayons. Je vous demande d'y réfléchir, s'il vous plaît. Y a-t-il quoi que ce soit concernant cette déesse que vous puissiez me dire afin de nous aider à retrouver ces gens avant leur prochain crime ?

Justin serait bien allé interroger de nouveau Astrid Koskinen. Elle devait en savoir plus sur ce culte qu'elle avait bien voulu le dire. Et pourtant... elle avait su se montrer si convaincante en niant avoir avec lui quelque rapport que ce soit.

— *Elle est sûrement plus douée que toi pour mentir*, fit valoir Horatio.

— *Je sais. Je pourrais la faire arrêter comme témoin privilégié, mais cela mouillerait par trop Mae, et cela risquerait d'impliquer sa mère dans une sale affaire.*

— *Elles ne semblent pas être dans les meilleurs termes, toutes les deux...*, lui rappela le corbeau.

Il avait raison, mais s'il pouvait trouver un autre moyen d'obtenir l'information qu'il cherchait, il devait d'abord l'essayer – si on lui en laissait le temps. Mae semblait elle aussi aux prises avec un rude débat intérieur. Sans doute commençait-elle à accepter qu'il y avait trop de coïncidences dans son existence, mais faire son aggiornamento sur tout le reste représentait un sacré défi. Il la vit déglutir longuement avant de répondre enfin :

— Peut-être. Il y a bien cet homme qui...

La sonnerie de l'ego de Justin retentit à cet instant. Irrité de cette interruption, il s'apprêta à le réduire au silence lorsqu'un coup d'œil à l'identificateur lui révéla un numéro bloqué à Mexico.

— Transfert d'appel sur écran ! ordonna-t-il.

Il décrocha, et Callista Xie apparut devant eux sur le mur. Elle les foudroya tous deux du regard et demanda :

— Où avez-vous trouvé ça ?

— Trouvé quoi ? s'étonna Mae.

Se retrouver confrontée à Callista avait suffi à chasser son malaise. De nouveau, elle était la prétorienne en pleine possession de ses moyens.

Justin, lui, savait à quoi la prêtresse faisait référence. Avant sa sortie malavisée au casino, il avait envoyé la photo du pendentif de Mae aux forces de police des différentes castes. Et sur un coup de tête, il avait ajouté Callista à la liste des destinataires.

— Certains de mes patriciens génétiquement parfaits en portaient un identique..., expliqua-t-il, passant volontairement sous silence que le pendentif appartenait à Mae. Est-ce que ça te dit quelque chose ?

— C'est le symbole des adorateurs de Morrigan !

Aussitôt, Justin parcourut son fichier mental de dieux et créatures mythiques.

— Celtique..., conclut-il, en proie à une brusque appréhension. Elle aide les guerriers au combat et elle apparaît aux mourants avant leur trépas.

Mae lui lança un regard incrédule et s'étonna :

— Vous saviez qu'il existe une déesse de ce type et vous n'avez pas fait le rapprochement ?

— La définition s'applique à une centaine de dieux de par le monde, se justifia-t-il. Je ne pouvais savoir duquel d'entre eux il s'agissait. La mort et la guerre constituent des invariants de l'expérience humaine...

Puis, se tournant vers Callista :

— Il me semble qu'elle est liée à autre chose également.

— L'argent et la lune ? suggéra Mae d'un air caustique. Voire les corbeaux ?

— Exact, dut-il admettre. Et les vaches aussi, bizarrement... Certains ont également émis l'hypothèse qu'elle était une déesse au triple visage et possédait d'autres attributs correspondant à ses différents aspects.

— Pas dans les croyances de ses adeptes les plus récents, rectifia Callista. Ils étaient – ils sont – largement focalisés sur ses aspects les plus sombres. Ils préfèrent la puissance à l'illumination.

— Comment se fait-il que vous soyez tellement bien informée ? demanda Mae, suspicieuse.

— Parce qu'Amarantha est elle aussi une déesse guerrière, et que je me fais un point d'honneur de bien connaître mes rivaux.

— Je croyais qu'Amarantha était déesse de la magie.

— Elle est les deux !

Agacée, Callista fixa son regard sombre sur Justin.

— Tu dois arrêter les serviteurs de Morrigan au plus vite ! lui ordonna-t-elle. Sinon, ils vont tuer de nouveau.

— Tu t'imagines que je ne le sais pas ? s'exclama-t-il. Que crois-tu que je suis en train de faire ? Puisque tu es si bien informée, tu devrais pouvoir me dire où je peux les trouver ?

Callista parut toute penaude.

— Je ne sais pas, avoua-t-elle. Probablement sur le territoire d'une concession celtique.

— Voilà qui m'aide beaucoup..., grommela Justin.

Parmi les motifs justifiant le dédain que portaient les plébéiens aux patriciens figurait la difficulté qu'il y avait à définir le profil d'un groupe ethnique. Parfois, les gènes suffisaient. Souvent, les castes se définissaient surtout par leur phénotype, ce qui ne simplifiait pas les choses lorsque plusieurs apparences physiques cohabitaient au sein d'une même ethnie. Les castes celtiques n'étaient pas toutes d'accord sur l'apparence de leurs ancêtres. Certains optaient pour les cheveux et la peau claires, d'autres faisaient valoir que les peuplades celtes ayant émigré d'Ibérie ne pouvaient qu'avoir le teint et le poil plus sombres. Les castes celtiques rivales – les Eriniens et les Hiberniens – étaient à cet égard particulièrement difficiles à suivre. La plupart du temps, les caractères physiques reconnus par chacune d'elles devaient beaucoup à l'arbitraire. La caste galloise avait tranché parmi les caractères physiques revendiqués par les celtes : la plupart de ses citoyens avaient la peau pâle, des cheveux noirs, et des yeux bleu foncé ou bruns. Il existait également deux castes « métaceltiques » brassant différentes nationalités, un peu comme les Nordiques regroupaient les populations originaires de tous les pays scandinaves et de la Finlande.

Par conséquent, il existait plusieurs concessions celtiques où ce culte meurtrier pouvait se cacher. S'emparant de son ego, Justin appela à l'écran tous les rapports de serviteurs ayant trait à Morrigan. Il en résulta un dossier d'enquête et la suppression de licence qui en avait résulté vingt-six ans plus tôt, ce qui avait un sens puisque c'était à cette époque que la conception de patriciens « génétiquement améliorés » avait apparemment cessé. Leur dernier lieu de culte connu avait été fermé dans une cité plébéienne… ce qui compliquait encore les choses.

—Ils n'ont pas disparu, intervint Callista. Nous aussi nous les avons perdus de vue, mais nous avons suffisamment d'indices de temps à autre pour savoir que leur culte est toujours en activité.

—Certes, admit Justin. Mais il me faudrait un peu plus que des « indices ». Sans doute n'est-il pas abusif de présumer qu'il s'agit d'une caste où les cheveux clairs sont en faveur, s'il faut en croire la description du type qui a rendu visite aux victimes.

Justin se sentit soudain visité par l'inspiration.

—Attends un peu ! lança-t-il à Callista.

Il pianota une série de commandes sur son ego, et l'écran se divisa en deux moitiés, le visage de Callista apparaissant sur la première. L'autre consistait en une carte des différentes concessions patriciennes situées dans la région des Grandes Plaines. Des points rouges indiquaient les victimes patriciennes au sein de leurs castes respectives, et des points verts les autres castés de score huit et neuf encore vivants. Les points jaunes, hors des frontières, indiquaient les disparitions suspectes de plébéiens.

—Il y a bien plus de plébéiens que de patriciens, fit remarquer Callista. Même en comptant ceux qui sont toujours vivants.

—Parce que nous ne prenons en considération que ces cinq concessions-là, répondit Justin. Les adeptes de Morrigan travaillaient sans doute également pour d'autres castes. Dans lesquelles d'autres morts n'ont pas encore attiré notre attention. Je suis prêt à parier qu'il doit exister pratiquement un patricien « amélioré » pour chacun des plébéiens disparus indiqués sur cette carte. Et puis n'oublions pas que, statistiquement, il doit rester quelques morts de plébéiens non liées à notre affaire.

Mae se leva d'un bond et s'exclama :

— Il y a un motif !

— Il y a toujours un motif..., rectifia Justin.

— Non : regardez !

Du doigt, elle traça un périmètre sur l'écran, en expliquant :

— Tous les décès de patriciens et de plébéiens répertoriés décrivent un cercle autour de cette concession. N'est-ce pas celle des Panceltes ?

— Exact ! approuva Justin, en se laissant gagner par l'excitation de Mae. C'est aussi l'une des « méta » : cheveux clairs, exactement comme le portrait-robot.

— Un vaste territoire pour se cacher..., constata Callista avec consternation.

Justin secoua la tête d'un air amusé.

— J'aimerais croire que ta compassion pour les pauvres victimes puisse être à l'origine de ton ardent désir de voir leurs assassins démasqués, plaisanta-t-il. Mais quelque chose me dit que tu es davantage motivée par la disparition d'une menace pour ton propre groupe...

— Elle a raison de l'être, intervint Mae. Parce qu'ils veulent la tuer.

Justin et Callista en restèrent un instant pantois.

— Comment le savez-vous ? demanda-t-il enfin.

— Je le sais parce que j'ai été approchée par eux pour la tuer. C'est ce type qui est allé rendre visite aux victimes qui m'a contacté. Il a dû venir deux fois.

— Quoi ! s'insurgea Justin. Et c'est maintenant que vous vous décidez à en parler ?

— Ne me parlez pas sur ce ton ! s'emporta-t-elle. Je n'avais pas fait le rapprochement, pas plus que vous n'aviez identifié Morrigan à partir des éléments dont nous disposions pourtant ! Je pensais qu'il essayait de me recruter pour la mafia suédoise.

— De quoi parlez-vous ? demanda Callista, qui n'appréciait pas d'être laissée sur la touche.

— Oh, j'ai dû oublier de t'annoncer que la force incontrôlable qui s'empare de temps à autre de Mae n'est autre que Morrigan ! lança Justin.

Voyant la prêtresse, choquée, s'apprêter à s'insurger, il prit les devants :

— Inutile d'exiger des réponses ou de porter des accusations : on s'en occupe.

Puis, s'adressant à Mae :

— Il vous a réellement demandé de la tuer ?

Mae acquiesça d'un signe de tête et précisa :

— Sans entrer dans les détails. Et sans parler de dague en argent.

— Vous a-t-il menacée ? insista-t-il, soudain inquiet.

Même lorsqu'il avait émis l'hypothèse que Mae puisse être liée d'une manière ou d'une autre à cette affaire, il n'avait jamais envisagé qu'elle puisse être véritablement en danger. Après tout, n'était-elle pas une patricienne invulnérable ?

— Ce qu'il m'a dit importe peu, répondit-elle.

— Comment cela ? Mais c'est votre vie qui est en jeu !

— Certainement pas. Je ne suis pas poursuivie par une créature insaisissable et fantomatique. Occupez-vous plutôt de ces patriciens qui ont été assassinés.

— Et n'oublie pas non plus qu'ils ne semblent pas rechigner à éliminer leurs rivaux également ! intervint Callista, le visage rouge de colère. Tu comprends à présent pourquoi ils doivent absolument être stoppés ? Il faut les démanteler, les détruire !

Justin, toujours inquiet à l'idée qu'il puisse arriver quelque chose à Mae, sentait sa frustration monter.

— Oui, oui, je sais..., maugréa-t-il. Mais nous ne pourrons rien faire tant que nous ne les aurons pas trouvés.

Après lui avoir décoché un regard glacial, la prêtresse lâcha sèchement :

— Alors je te conseille de les trouver sans tarder. Quant à vous...

C'était Mae qu'elle foudroyait du regard à présent.

— ... vous avez intérêt à ne pas prendre tout cela à la légère si vous ne voulez pas être la suivante. Je vous l'ai déjà dit. Si vous voulez être libre, il vous faut briser les liens qui vous relient à elle... Vous pourriez ainsi sauver votre peau... et celle d'autres également. Et si vous le voulez... je pourrais éventuellement vous aider.

— Je n'ai pas besoin de votre aide, assura Mae.

— C'est cela, vous vous débrouillez parfaitement toute seule ! commenta Callista d'un ton ironique. Débrouillez-vous : arrangez ça – et vite !

Sur ce, elle mit fin à la communication.

Mae contempla un instant encore l'écran éteint.

— Je ne l'aime vraiment pas ! constata-t-elle enfin.

— Oui, bon..., tempéra Justin. Elle nous a donné un bon coup de main, cette fois-ci : nous avons un nom. Et puis... nous en savons un peu plus sur vous, que cela vous plaise ou non.

Justin passa une main lasse dans ses cheveux en soupirant. L'effet de l'Exerzol commençait à se dissiper.

— Mais nous ne savons toujours pas où se trouvent ces cinglés, conclut-il. J'aurais aimé que vous me parliez de ce type avant.

— Pour que vous veniez courageusement vous interposer entre nous ?

Justin commençait à comprendre que les effets du fiasco de leur impromptu amoureux n'étaient pas près de s'effacer...

— Ce sont mes affaires, pas les vôtres, reprit-elle fermement. Et je n'avais pas perçu les implications possibles avec notre affaire. Je croyais qu'il voulait me faire chanter à propos de ma nièce.

En quelques phrases, elle lui fit un résumé de ses différentes rencontres avec le dénommé Emil, ce qui laissa Justin plus perplexe encore.

— Enfin, au moins..., commença-t-il.

La sonnerie de son ego, de nouveau, interrompit la conversation. L'écran afficha le nom de Léo. Justin décrocha, et le visage de son ami apparut. Nullement fatigué, il avait sur le visage une expression qu'il connaissait bien : celle du type qui vient de dévaliser la banque...

— J'ai réussi, annonça-t-il. Je sais comment ta vidéo a pu être trafiquée.

C'était un coup porté aux théories les plus audacieuses et les plus récentes de Justin. Il avait commencé à s'habituer à celle de l'assassin d'origine surnaturelle se glissant tel un courant d'air sous les portes. Cependant, s'il était possible de prouver que la vidéo était un faux, cela signifiait que les assassins avaient eu recours à un stratagème... mais cela n'excluait pas pour autant l'implication des adeptes de Morrigan.

Justin était cependant si pressé d'en avoir le cœur net qu'il changea aussitôt leur plan de voyage pour le lendemain. De la caste Nordique, ils se rendraient directement à Portland. Il envisagea brièvement de laisser Tessa les accompagner, mais il finit par la laisser rentrer à Vancouver par le vol initialement prévu. Déjà, elle avait été bien trop impliquée dans cette affaire.

En pénétrant le lendemain avec Mae dans la maison de Léo, ils eurent la surprise de tomber sur un véritable studio de cinéma... Des caméras et tout un équipement que Justin ne pouvait identifier avaient été installés sur le pourtour du living-room. Un écran de plastique transparent était tendu devant l'un des murs.

— Qu'est-ce que c'est ? s'enquit Justin en observant ce capharnaüm d'un œil effaré.

— La réponse que tu attendais ! assura Léo, tout excité.

Sa moitié – la pire, selon Justin – arriva sur ces entrefaites. Dominic paraissait aussi mal embouché qu'à l'accoutumée.

— Je viens de voir un reportage sur un tir d'arme à feu dans la concession nordique, annonça-t-il innocemment. Ils disent qu'une prétorienne serait impliquée.

— Cela a dû être un soulagement pour eux d'en avoir une sous la main, commenta posément Mae.

Léo, qui pouvait à peine contenir son impatience, mit fin à leur échange.

— Allons-y ! lança-t-il gaiement.

Il enfila une combinaison moulante assez semblable à celles que portent les plongeurs, sauf que la sienne était plus brillante et rabattit sur sa tête la capuche dont elle était dotée. Il actionna ensuite quelques interrupteurs sur l'équipement qui l'entourait, puis il installa l'écran de manière à l'interposer entre eux. Alors, comme par magie, sa silhouette devint translucide et embrumée. Il s'élança à travers la pièce, et son reflet sur l'écran parut filer tel une traînée de fumée. Son exploit accompli, Léo les rejoignit, baissa sa capuche, et les dévisagea à tour de rôle, épiant leurs réactions.

— Ce n'est pas assez rapide, estima Mae, se décidant enfin à parler.

— Aucune chance qu'ils aient pu installer tout ce matériel sans se faire repérer de la victime, ajouta Justin.

Il ignorait s'il devait se montrer déçu ou soulagé que l'expérience ne se révèle pas concluante. Pour ménager la susceptibilité de son ami, il ajouta :

— Bel effort, Léo... Vraiment ! Mais je ne pense pas que ce soit ça.

— Bel effort ?

Les yeux de Léo lui sortaient presque de la tête.

— Tu sais combien de temps ça m'a pris pour mettre ça sur pied ? protesta-t-il avec véhémence. Pour mettre la main sur ce genre d'équipement de réfraction de la lumière ? J'ai potassé le code de cette vidéo des milliers de fois ! Elle n'a pas été trafiquée. Ce qui s'y trouve, quoi que cela puisse être, s'est produit sur les lieux du tournage. Si ce n'est pas ça, alors ce ne peut être qu'une espèce d'apparition mystique !

Justin et Mae échangèrent un regard.

— Cela devient de plus en plus probable, répondit-il. Je suis désolé, Léo, mais ce n'est pas ça.

Léo paraissait toujours chagriné que son exploit ne soit pas reconnu, mais il n'insista pas.

— Je peux essayer de trouver autre chose, suggéra-t-il.

— Je ne pense pas que ce soit vraiment nécessaire, estima Justin. Ce qu'il nous faut, c'est dénicher un culte clandestin consacré à une déesse celtique de la mort.

— Ce devrait être dans vos cordes..., intervint Dominic, une pointe de défi dans la voix. C'est ce que vous faites tous les jours, non ?

— C'est un peu plus difficile lorsqu'un culte est clandestin, répliqua Justin.

Léo n'en paraissait pas si sûr.

— N'avais-tu pas certains contacts avec des sectes prohibées ? s'étonna-t-il.

— Très rapprochés, les contacts..., marmonna Mae.

Comme frappée par une évidence, elle fronça les sourcils et demanda :

— Et si vous essayiez avec l'autre – Geraki ?

La suggestion prit Justin par surprise, mais il finit par secouer négativement la tête avec énergie.

— Non, répondit-il. Ce n'est pas une source fiable. Une nuisance, tout au plus...

— Je ne l'aime pas non plus, insista Mae. Mais si quelqu'un est qualifié pour détenir ce genre d'informations, c'est bien lui, non ? En plus, il proclame qu'il veut vous aider. Il vous a même d'une certaine façon déjà aidé...

— Certes, mais il est timbré.

En plus de cela, Geraki n'avait rien à voir avec Callista. Superficiellement, ils avaient pas mal de points communs. Tous deux étaient rusés et charismatiques. Tous deux étaient suffisamment intelligents pour tirer les ficelles et se faire obéir de leurs adeptes sans se faire repérer. Mais il y avait quelque chose chez Geraki qui lui donnait la chair de poule.

— *Parce que tu es en lien avec lui*, expliqua Magnus. *Et parce qu'il sait beaucoup de choses à ton propos.*

— *Il pourrait t'aider si tu lui en offres l'opportunité*, ajouta Horatio. *Et c'est probablement le moment idéal. Il répondra à ton appel. Il est temps que tu commences à t'engager dans la voie.*

— Justin ?

Mae l'avait rejoint et se penchait sur lui, le visage inquiet. Il comprit alors qu'il s'était absenté et qu'il devait avoir les yeux dans le vague. Non sans un certain effroi, il prit sa décision. *« Aux grands maux... », etc.*

Justin poussa un profond soupir, se dirigea vers la porte et lança à la cantonade :

— Excusez-moi un petit instant.

Laissant les autres assez perplexes, il sortit et ordonna à son ego :

— Appel Demetrius Deveraux ! Mode vocal seulement.

— Justin ! s'exclama Geraki en décrochant. Quelle bonne surprise... Et moi qui m'apprêtais à passer une journée assommante !

Même sans le voir, il imaginait sans peine son sourire suffisant.

— Vous prétendiez vouloir m'aider, la dernière fois ! lança-t-il sans préambule. Est-ce toujours vrai ?

— Pas de parlottes inutiles, hein ? Quel genre d'aide un mégalo dans mon genre pourrait-il vous apporter, docteur ?

Justin grinça brièvement des dents avant de répondre.

— J'aimerais savoir s'il existe un culte religieux clandestin dans la concession pancelte. Un culte consacré à Morrigan.

— Voilà un petit moment que je n'ai pas entendu ce nom-là. Mais dites-moi... pourquoi saurais-je quoi que ce soit à propos de cultes clandestins ? Vous faites erreur sur la personne. Ce qui est rare, je le sais...

— Bon sang, Geraki ! Je n'ai pas le temps de jouer à vos petits jeux. Nous savons tous les deux que vous mentez. Je ne vous demande pas de vous trahir, ni de mettre en danger l'absurdité que vous dirigez, quelle qu'elle puisse être.

Justin inspira à fond pour se calmer et reprit un ton plus bas :

— Je ne dirai rien au Bureau. Mais je dois absolument savoir où se trouve ce groupe. Ils tuent des innocents. Et même si vous êtes dingue, je ne pense pas que vous souhaitiez avoir du sang sur les mains.

— « Dingue » est un terme assez subjectif, docteur... Et vous-même ne me semblez pas des mieux placés pour juger de la santé mentale d'autrui.

Mais Justin nota qu'il n'avait pas refusé. Au bout d'un moment, Geraki ajouta :

— S'il m'était possible de vous rendre service – et je ne dis pas que cela m'est possible –, que me donneriez-vous en échange ?

— Ce que vous voulez ? suggéra-t-il. Mais ne me demandez pas quelque chose d'illégal.

— Tout ce que je veux, c'est que vous fassiez ce que je vous ai demandé la dernière fois que nous nous sommes vus.

— Vous m'avez demandé pas mal de choses. Et je n'ai pas compris la plupart d'entre elles. Parce qu'elles n'avaient aucun sens.

— Vous avez compris ce que je voulais dire en vous demandant de renoncer aux étoiles et aux fleurs.

La voix de Geraki s'était faite basse et insidieuse.

— Cela ne me semble pas trop exigeant, reprit-il. Un marché avantageux pour obtenir des informations sur un groupe dont vous affirmez qu'il tue des gens. S'il m'est possible de dénicher pareille chose, bien sûr...

Justin sentit son cœur se serrer tandis que les paroles de Geraki à leur précédente rencontre lui revenaient en mémoire. « *Mon deuxième message est pour vous conseiller de renoncer aux fleurs et aux étoiles et d'accepter l'habile compromis.* »

— Je sais ce que signifient ces étoiles et ces fleurs, mais pas le reste, objecta Justin. Je ne peux faire ce que je ne comprends pas.

— Je suis certain que notre maître clarifiera les choses le moment venu. Quand il le fera, promettez que vous le ferez.

— Très bien ! céda Justin en se demandant jusqu'à quel point il allait le regretter. Je le ferai, si vous pouvez me trouver ce que je demande.

— Vous devez jurer que vous le ferez, précisa Geraki. Et que ce n'est pas un stratagème pour vous défiler.

— Je le jure ! lança-t-il promptement.

— Sur quoi le jurez-vous ?

— Est-ce que c'est vraiment important ?

Justin était à peu près sûr que Geraki devait sourire.

— Non, répondit-il. Votre parole suffit. Elle vous engage, alors n'essayez pas de la renier. Patientez un peu, je vous rappelle.

Quand il eut raccroché, Justin se demanda combien de temps exactement il était supposé patienter.

Il eut sa réponse quelques minutes plus tard et la trouva, de manière surprenante, assez détaillée, quoiqu'un peu ridicule. Mais Justin prit note consciencieusement de tout ce que Geraki lui dictait. Puis, après lui avoir promis une dernière fois de s'en tenir à leur mystérieux marché, il rejoignit les autres à l'intérieur.

— Et voilà, leur annonça-t-il. J'ai ce qu'il nous faut. Il semble que nous devrions nous intéresser à un entrepôt à grain de la concession pancelte.

— Classe ! Tu comptes réclamer un raid pour en venir à bout ? demanda Léo.

— Je ne sais pas.

Justin s'appuya à un mur et fit passer son ego d'une main dans l'autre.

— Je le pourrais, ajouta-t-il, mais si le tuyau est percé, je risque de gros ennuis pour avoir déclenché les foudres de l'armée sur un innocent bâtiment agricole patricien sans preuve valable – surtout si je dois laisser Geraki en dehors de tout ça. J'ai eu ce matin un message vocal incendiaire de Cornelia à propos de ce qui s'est passé la nuit dernière chez les Nordiques. Un tir en public n'est jamais une bonne chose. Si je fais encore parler de moi sans obtenir de résultat spectaculaire, je pourrais me retrouver dans les ennuis.

Mae croisa son regard et compatit en silence. Elle avait beau être furieuse contre lui, elle savait ce qui était en jeu.

— Et si nous faisions une visite préliminaire ? suggéra-t-elle. Officieuse, bien sûr. Ce ne doit pas être très difficile de s'introduire dans un entrepôt. Nous jetons un coup d'œil, et si nous trouvons la preuve que vous cherchez, vous n'aurez plus qu'à appeler la cavalerie. Si nous ne trouvons rien, il ne nous restera plus qu'à repartir tranquillement.

Léo laissa fuser un grand rire.

— Culotté ! commenta-t-il. Mais comment comptez-vous vous introduire à l'intérieur ? Possédez-vous une expertise technique dont nous ignorons tout, prétorienne ? Même un simple entrepôt à grain doit être équipé d'un système de sécurité.

— Qu'il devrait être facile à un petit génie de la technique comme toi de désactiver…, enchaîna Justin.

C'était un plan complètement dingue, mais ils avaient depuis longtemps dépassé les frontières de la dinguerie.

— Nous avons tous les deux des définitions différentes de ce qui est facile et de ce qui ne l'est pas ! répliqua son ami.

— Léo…, reprit Justin d'une voix qui flanchait un peu. Je ne veux pas faire dans le mélo, mais réussir cette mission pourrait s'avérer essenti… bénéfique pour moi. Je n'aurais pas recours à de telles extrémités, autrement.

— C'est elle qui l'a suggéré, objecta Léo.

Mais il paraissait évident qu'il y réfléchissait.

Dominic faillit s'étrangler.

— Vous êtes tous dingues ! s'exclama-t-il. Entendez-vous ce que vous êtes en train de dire ?

— Nous sommes en train de dire que vous avons l'opportunité de résoudre cette affaire et de démanteler un culte qui tue les gens et se livre à des procédures génétiques illégales !

À présent qu'il était lancé, Justin poursuivit avec fougue :

— Tout ce dont nous avons besoin, c'est d'un début de preuve… Bon sang ! Si nous parvenons déjà à prouver qu'un culte illégal tient ses réunions dans ce bâtiment, nous aurons gagné notre journée ! Nous allons mettre tous les atouts de notre côté en rassemblant le maximum de documentation pour préparer l'expédition. Histoire que tu puisses savoir dans quoi tu mets les pieds, Léo.

Dominic, toujours aussi interloqué, semblait loin d'être convaincu.

— Léo, si tu y vas, j'y vais aussi, prévint-il. Non pas que je t'encourage à y aller…

Léo et son mari se regardèrent au fond des yeux. Durant quelques instants, la tension fut palpable entre eux.

— D'accord ! décréta-t-il enfin. Nous irons en voiture. Dom n'apprécie pas les transports publics.

D'un coup, Justin se rappela pourquoi il n'aimait pas Dominic.

— En voiture ! répéta-t-il. Mais… ça va prendre une éternité !

— Juste vingt-quatre heures, précisa Léo. Nous conduirons à tour de rôle et dormirons en route.

Justin toisa Dominic sans aménité et demanda :

— Qu'avez-vous à offrir dans cette aventure loufoque ? De quoi boire en route ?

— Dom est quelqu'un qu'il vaut mieux avoir à ses côtés, assura Léo. Laisse Mae faire le sale travail, et garde-le en appui, en cas de coup dur.

Léo sourit à son mari, un peu tendu, et ajouta :

— De toute façon, moi j'aime sa compagnie.

Une fois la décision prise, ils s'activèrent tous à préparer la mission. La journée s'écoula à récupérer les clichés satellitaires et les cartes qu'il leur était possible de réunir dans un laps de temps aussi court, et à mettre au point les détails de la logistique. Quand le soir tomba, ils disposaient d'un plan d'attaque aussi solide que possible. Malheureusement, il allait falloir presque deux jours à Léo pour mettre la main sur un quelconque équipement essentiel selon lui – ce qui les amènerait sur zone la veille de la pleine lune.

— *Ça va être serré...*, estima Horatio dans le train qui ramenait Mae et Justin à Vancouver.

— *Rien d'autre à faire maintenant qu'attendre et voir comment tout ça va se mettre en place*, répondit Justin.

— *Tu veux dire que c'est toi qui attendras*, rectifia Magnus. *Pendant qu'elle se tapera tout le boulot... Elle va risquer sa vie pour toi.*

Justin jeta un coup d'œil en biais à Mae. Assise à côté de lui, elle consultait son ego, ses cheveux encadrant son visage d'un voile doré.

— Mae..., commença-t-il.

Elle leva les yeux trop rapidement, lui laissant à penser qu'elle ne devait pas être véritablement absorbée dans sa lecture.

— Merci de faire ça pour moi, poursuivit-il. Je suis conscient du risque que vous prenez.

Rien ne vint troubler son visage de marbre quand elle répondit :

— C'est pour mon pays que je le fais.

En la voyant retourner à son ego, Justin sentit son cœur se serrer.

— *Je suppose que je dois me contenter de ça*, songea-t-il.

— *Tu peux l'aider*, assura Horatio.

— *Comment ? Je ne suis pas prétorien. Ni même une armoire à glace comme Dominic...*

— *Au-delà de la force physique, tu as tout ce qu'il faut pour utiliser un grand pouvoir. Il te suffirait de t'ouvrir à lui.*

— *Votre entraînement mystique ne m'intéresse pas. Je ne sers aucun dieu.*

— *Quel mal peut-il y avoir à lancer juste un charme ?*

Horatio marqua une pause pour souligner son propos.

— *Un charme qui pourrait assurer sa sécurité*, conclut-il.

— *La seule chose susceptible d'assurer sa sécurité serait qu'elle reste chez elle.*

Mais Justin était intrigué, et après avoir jeté un autre regard en biais à Mae, il demanda :

— *Qu'est-ce qu'il faudrait que je fasse ?*

La jubilation des corbeaux ne fit aucun doute pour lui.

— *Ferme les yeux*, expliqua Magnus. *Et concentre-toi sur le symbole que nous allons te montrer.*

33

Armes humaines

— Franchement… vous en connaissez, des gens qui ont la phobie des transports publics ? Comment fait-il sans les emprunter ?

Ce devait être la cinquième fois que Justin posait la question depuis le début du voyage.

— Il reste chez lui, répondit Mae alors qu'ils se dirigeaient vers leur hôtel. À faire pousser son raisin.

Deux vols les avaient conduits jusqu'à Sioux Falls, la plus grande des villes plébéiennes proches de la concession pancelte.

Justin secoua la tête et ajouta, morose :

— C'est pour le sexe, non ? Je ne vois que ça pour que Léo tienne tant à lui… Pourtant, Dominic ne m'a pas frappé comme l'exemple type du mec créatif.

Léo et Dominic avaient quitté leur domicile en voiture la nuit précédente et devaient les rejoindre à leur hôtel quelques heures plus tard. Il leur était de toute façon impossible de se lancer dans leur petite escapade avant la tombée de la nuit, mais Justin ne parvenait pas à accepter ce qui lui apparaissait comme une perte de temps. Mae était fatiguée de l'entendre se lamenter, mais elle avait l'impression que c'était pour lui un moyen de tromper le stress provoqué par l'issue incertaine de leur mission. Se plaindre de l'attitude de Dominic lui permettait de ne pas trop s'appesantir sur ce qui l'attendait en cas d'échec. La pleine lune se lèverait le lendemain soir, et ils ne savaient ni l'un ni l'autre ce qui adviendrait de lui si un nouveau meurtre devait être commis.

Arrivés à leur hôtel, ils synchronisèrent leurs egos avec le terminal du comptoir de réception. Un instant plus tard, un employé les rejoignit pour leur remettre les clés de leurs deux chambres ainsi qu'un paquet qu'il tendit à Mae.

— C'est arrivé pour vous cet après-midi, expliqua-t-il.

Mae le remercia et étudia le paquet en gagnant en compagnie de Justin les cabines d'ascenseur. Une étiquette imprimée mentionnait clairement son nom et l'adresse de l'hôtel. Le coupon d'acheminement indiquait qu'il s'agissait d'un envoi en express, et il n'y avait d'autre mention que le nom et les coordonnées d'une société spécialisée, sans nom ni adresse d'expéditeur.

— Qu'est-ce que c'est ? demanda-t-elle à Justin.

— Comment pourrais-je le savoir ? Ce n'est pas moi qui vous l'ai envoyé.

— Qui d'autre sait que nous sommes ici ?

— Callista..., admit-il, un peu penaud. Ne me regardez pas comme ça ! Elle tient à ce que ces dingues soient mis hors d'état de nuire autant que nous. Il était normal que je la tienne au courant. À présent, ouvrez-le.

Dans le paquet, Mae découvrit un couteau – plus exactement, une dague. Trois bandes d'ambre jaune ornaient le manche, et une frise de pierres multicolores embellissait la garde. Mae soupesa l'arme et la trouva bien équilibrée. Manifestement, c'était de la belle ouvrage.

— Aucune trace d'argent, dit-elle en laissant courir son doigt sur la lame en acier.

Il ne s'agissait pas d'une fabrication ancienne. L'arme était manifestement neuve, en dépit de la joliesse des embellissements.

— Les adeptes de Morrigan se simplifieraient la vie en se servant de ça..., commenta-t-elle, pince-sans-rire.

— Même sans ça, ils semblent ne pas trop mal se débrouiller, lui rappela Justin. Aucune carte, aucune explication ?

Mae vérifia le fond de la boîte.

— Rien, répondit-elle. Peut-être Callista s'en voulait-elle de m'avoir fait perdre une de mes armes. Je n'ai jamais récupéré le couteau que j'ai lancé sur Raoul Menari.

Même si l'idée d'accepter un cadeau de Callista ne l'enchantait guère, Mae était conquise par la beauté de cette dague et la force qui s'en dégageait. Elle s'adapterait également parfaitement à la gaine qu'elle avait fait coudre dans l'une de ses chaussures. Aussi décida-t-elle de la garder, pour le plus grand amusement de Justin. Mais comme elle avait coutume de le dire : on n'est jamais trop armé.

— Vous voulez que nous allions dîner une fois les bagages défaits ? suggéra-t-il. Encore une heure ou deux avant que Dominic et Léo ne se pointent...

Mae hésita longuement avant d'acquiescer.

— OK.

Plus tard, elle regretta de n'avoir pas refusé. Après ce qui s'était passé entre eux dans la concession nordique, il lui était impossible de retrouver l'aisance et le badinage qu'ils partageaient auparavant. Les tentatives de Justin pour entretenir la conversation lui portaient sur les nerfs. Elle ne pouvait penser à rien d'autre qu'à une certaine réplique lancée ingénument dans la chambre d'un hôtel nordique. *« Une fois que j'ai goûté aux charmes d'une femme, elle n'a plus aucun mystère pour moi, ne représente plus aucune nouveauté. Aucune raison d'y revenir une fois que je sais ce qu'elle a à m'offrir et… je sais ce que c'est, avec vous. »*

Ce fut donc un soulagement de voir enfin Dominic et Léo arriver. Après avoir procédé aux formalités, ils gagnèrent tous deux leur chambre en promettant de redescendre sous peu. Justin les regarda s'éloigner, la mine sombre.

— Avez-vous vu comme Léo a l'air fatigué ? demanda-t-il. Pas étonnant. Personne ne peut réellement dormir, en voiture.

— Dominic, lui, m'a l'air en pleine forme.

— Ouais, mais ce n'est pas de son génie technique dont nous avons besoin.

Ils empruntèrent tous les quatre la voiture de location de Dominic et Léo pour se rendre dans la concession, en faisant usage du droit d'entrée de Mae. Son statut de patricienne lui permettait le passage ainsi qu'à quatre accompagnateurs au maximum. Justin aurait pu lui aussi les faire entrer, mais il craignait en se faisant reconnaître comme serviteur d'attirer trop l'attention – même si une prétorienne armée ne pouvait passer inaperçue non plus.

Une fois qu'ils eurent passé la frontière, ils allèrent attendre dans un bar que tournent les aiguilles de la pendule. Léo examina en compagnie de Mae une image satellite de l'entrepôt qu'il avait réussi à récupérer, pointant du doigt les zones les plus probables où devait se concentrer la surveillance vidéo. Même si elle avait désormais davantage confiance en ses capacités, le mot « probables » lui arracha une grimace de dépit.

L'heure du départ sonna alors que le bar fermait ses portes et que ses clients se résignaient à rejoindre leur lit. Ils prirent quant à eux la route de l'entrepôt, situé un peu à l'extérieur de la ville, et ils se garèrent dans un endroit d'où il leur était possible d'observer le bâtiment sans s'en approcher de trop près afin d'éviter les caméras. Un épais rideau d'arbres et l'absence d'éclairage sur la route assuraient également la discrétion de leur véhicule.

— Je devrais t'accompagner…, grogna Dominic, s'adressant à son époux.

Assis à côté de lui à l'arrière, Léo posa sa main sur la sienne et répondit :

— Je resterai en contact. Il vaut mieux éviter d'introduire trop de monde là-dedans. Et si nous nous faisons prendre... je préfère que tu ne sois pas là.

— Vous ne vous ferez pas prendre, assura Justin avec davantage d'assurance qu'il n'en ressentait sans doute. Tant que vous ne vous faites pas repérer par le système de surveillance, vous ne courez aucun risque. Entrez, trouvez la preuve, sortez, et le tour est joué !

Mae lui jeta un coup d'œil et constata qu'en dépit de sa désinvolture affichée, Justin n'en menait pas large. Notant l'attention dont il était l'objet, il fit une tentative pour lui sourire qui ne se révéla pas concluante.

— Soyez prudente, lui dit-il. Je préférerais que vous n'ayez pas à faire mon job pour moi.

— C'est pour ça que je suis là, non ? Je ne voudrais tout de même pas que vous salissiez vos beaux habits...

Voyant que cela ne le faisait pas rire, elle ajouta :

— Tout ira bien, vous verrez.

Elle n'en était pas plus certaine que lui, mais elle tenait à lui faire croire le contraire. Voyant qu'à l'arrière Léo et Dominic procédaient à leurs propres adieux, elle se rapprocha de Justin et ajouta à mi-voix :

— Et puis... peut-être que vous aurez ainsi l'occasion de faire un peu mieux connaissance avec Dom.

Son expression de dégoût cadrait déjà mieux avec le Justin qu'elle connaissait.

— N'y comptez pas trop, répondit-il. Au fait, Mae...

Il amorça le geste de lever la main pour lui caresser la joue, puis il y renonça. À la place, après l'avoir longuement dévisagée, il la surprit en déposant vivement un baiser sur sa joue.

Mae n'eut pas l'occasion de s'en offusquer. Le baiser en lui-même lui avait fait trop d'effet pour cela. Ce n'était pourtant rien qu'un baiser à peine esquissé, mais il lui brûlait la peau et pas de manière métaphorique : elle avait réellement senti ses lèvres brûlantes sur sa joue. L'image flamboyante d'un étrange symbole apparut dans son esprit. Celui-ci ressemblait à un Y majuscule que chapeautait un trait supplémentaire en son sommet. Une fois ce flash passé, en clignant des yeux, elle vit ce symbole apparaître sur ses paupières. Atterrée, elle se tourna vers lui et demanda :

— Qu'avez-vous fait ?

Justin n'eut pas le temps de lui répondre. Léo venait de descendre du véhicule, lançant à Mae :

— Tu viens ?

Mae adressa un dernier regard interloqué à Justin et descendit à son tour. Elle avait l'impression que sa joue demeurait brûlante, et le mystérieux symbole semblait clignoter sous son crâne. *Qu'a-t-il donc fait ?* se demanda-t-elle, troublée. Ce baiser avait été chargé d'une puissance qu'elle ne comprenait pas. Quand Justin avait-il commencé à se servir de pouvoirs surnaturels au lieu de simplement se documenter sur eux ? Cette démonstration de puissance magique, si réellement c'en était une, lui paraissait aussi indésirable que les intrusions épisodiques de Morrigan.

Une lune presque pleine apparut entre les nuages lorsque Léo et Mae traversèrent le champ qui les séparait de leur objectif. Aucun signe de vie nulle part. Le bâtiment demeurait plongé dans le noir. Une simple lumière brillait sur la façade principale, éclairant la porte d'entrée. Pour cette mission, elle avait choisi de s'habiller tout en noir. Simple mesure de camouflage, mais cela ne lui faisait pas moins un drôle d'effet, comme si elle avait voulu pour se rassurer porter une parodie de son uniforme.

— Qu'est-ce que ça fait d'être un soldat de la République qui enfreint ses lois ? murmura Léo.

Sur ce, il releva la bandoulière de son sac sur son épaule. Selon ses dires, il avait un parfait arsenal technologique sur lui.

— Des lois supérieures proscrivent le crime et les cultes clandestins, répondit-elle.

Elle préféra ne pas évoquer les craintes qu'elle nourrissait à propos de Justin. Sa motivation principale, en suggérant cette manœuvre de la dernière chance, avait été de l'aider. Elle ne l'aurait admis pour rien au monde, mais les menaces à peine voilées de Cornelia ne laissaient pas de l'inquiéter.

Léo se mit à rire doucement et ajouta :

— Pratique de choisir les lois qu'on respecte ou pas.

Une mise au point semblait s'imposer.

— Quel est ton problème ? s'enquit-elle. C'est juste parce que je suis prétorienne, où y a-t-il quelque chose chez moi que tu n'aimes pas ?

— J'ai de l'estime pour toi, assura-t-il, redevenant sérieux. Mais j'ai eu l'occasion de fréquenter nombre de prétoriens. Ils sont imprévisibles. À présent, cessons de nous chamailler et faisons le job.

Ils avaient presque atteint l'arrière du bâtiment. À cet endroit, le mur était plus bas que sur les côtés et ne comportait pas de fenêtres.

— Il ne devrait pas y avoir de surveillance de ce côté, expliqua-t-il en le lui désignant. Tu es sûre de pouvoir grimper ?

Mae examina attentivement le mur, sa texture, l'appareillage des coins du bâtiment. La présence d'une fenêtre l'aurait aidée, mais il était à supposer que cela aurait suffi à disqualifier ce point d'accès.

— Naturellement, répondit-elle simplement.

— Naturellement, répéta-t-il.

Elle ne pouvait le voir, mais elle aurait juré qu'il levait les yeux au ciel.

— Prends ça, reprit Léo.

Il venait de lui tendre un boîtier métallique carré qui se logeait parfaitement dans la paume de sa main.

— Une fois que tu seras sur le toit, poursuivit-il, vois si tu peux trouver un point de vue sur le panneau de contrôle de la sécurité, à côté de la porte. Il devrait y avoir dessus cinq voyants rouges allumés – c'est le système le plus courant pour une construction comme celle-ci. Tu braques ce boîtier dans la direction du panneau, et tu appuies sur ce bouton argenté qui est là. Cela enverra un signal qui désactivera le mode de surveillance. Les caméras tourneront toujours, mais elles ne déclencheront pas d'alarme. Nous effacerons les bandes une fois que nous serons à l'intérieur.

— Une secte clandestine impliquée dans des meurtres sacrificiels n'utiliserait-elle pas un système plus perfectionné ? s'étonna Mae.

Cela le fit rire, de nouveau.

— Théoriquement, admit-il. Mais un simple entrepôt disposant d'un tel système ne pourrait qu'attirer l'attention.

— Vous autres avez chez vous un dispositif impressionnant pour des particuliers…

— Parce que je sais que de telles choses existent. Si tu ne vois pas les cinq lumières rouges, ne fais rien et reviens me voir. Cela me compliquerait la tâche mais ne suffirait probablement pas à la rendre impossible.

— Probablement ?

— Je ne fais pas de miracles. Bonne chance !

Au pied du mur, Mae espéra qu'elle ne s'était pas trop avancée en prétendant pouvoir l'escalader sans problème. L'implant répondit immédiatement présent. Elle sentit toutes ses capacités s'intensifier et sentit sa confiance en elle revenir. Elle pouvait le faire. En prenant suffisamment d'élan, elle courut jusqu'au mur et commença l'escalade dès que ses pieds entrèrent en contact. Une prise de la main au coin du bâtiment lui assura suffisamment de stabilité pour chercher de l'autre un point d'accroche au bord du toit. Sentant ses doigts déraper, elle se prépara mentalement à la chute, mais le peu de prise qu'elle avait lui permit de lancer son autre main pour en trouver une meilleure. Un instant plus tard, ses deux mains ayant trouvé à s'accrocher lui permirent une brusque traction et un rétablissement qui l'amenèrent à quatre pattes sur le toit.

Le cœur battant, elle escalada celui-ci, passant entre les chiens-assis triangulaires permettant à la lumière du jour de pénétrer à l'intérieur. Après s'être approchée le plus possible du mur de façade, elle s'allongea à plat ventre devant la dernière lucarne et laissa son regard plonger en contrebas. Cinq petites lumières rouges, sur le panneau de contrôle, semblaient lui faire de l'œil. Il ne restait qu'à actionner le bouton que Léo lui avait montré. Dès que ce fut fait, un déclic se fit entendre et les lumières virèrent au vert.

En regagnant le bord du toit, Mae préféra de ne pas penser au type de technologie nécessaire pour court-circuiter un système de sécurité tel que celui-ci. Ce n'était pas le genre d'équipement qu'on pouvait trouver dans le commerce. Sans doute Léo devait-il de le posséder au fait d'avoir travaillé pour la Sécurité intérieure.

— As-tu versé une seule goutte de sueur ? demanda-t-il.

— Tu aimerais que ce soit le cas ?

Ils contournèrent le bâtiment et purent sans difficulté actionner la poignée de la porte et entrer à l'intérieur. Léo fit une pause pour envoyer le signal convenu avec Dominic sur son ego. Pendant ce temps, Mae, peu rassurée par le manque de visibilité, s'efforça de scruter les alentours. Les fenêtres étroites placées en hauteur n'offraient qu'une faible luminosité. Même les torches électriques très puissantes dont ils avaient pris soin de se munir n'éclairaient pas intégralement les lieux, ce qui laissait à d'éventuels agresseurs bien trop d'opportunités de leur tomber dessus.

Léo examinait un autre panneau de contrôle dans l'embrasure de la porte.

— Je vais couper les caméras et effacer les séquences déjà enregistrées, expliqua-t-il.

Pendant ce temps, Mae entreprit une fouille systématique des lieux. Justin leur avait donné une liste d'indices probants à rechercher en priorité, depuis les plus évidents – comme une dague sacrificielle en argent – jusqu'aux plus discrets – comme des écrans disséminés dans la salle. Hélas, elle ne trouva rien d'autre que des rangées de sacs de grain parfaitement empilés. Si un culte dangereux se réunissait réellement entre ces murs, il prenait soin de ne pas perturber les nécessités du stockage... Un petit bureau sur le côté paraissait prometteur, mais aller fouiller dans l'ordinateur de bureau dépassait de loin ses capacités. Le faisceau d'une autre torche se joignit à la sienne lorsque Léo la rejoignit. Lui n'eut aucun complexe à allumer l'écran, mais rapidement son désappointement fut évident.

— Sécurité basique, là aussi..., commenta-t-il en pianotant quelques commandes. Sans doute parce qu'il n'y a pas grand-chose à trouver là-dedans.

Pourtant, il s'installa devant le bureau et entreprit de forcer le système en utilisant ses compétences plus ou moins légales et plus ou moins secrètes.

— Vois si tu peux trouver quelque chose sur la passerelle, lui conseilla-t-il ce faisant.

Mae ne trouva rien. Son inspection en hauteur lui permit seulement d'avoir une vue d'ensemble du niveau le plus bas. Rien de particulièrement étrange ne lui mit la puce à l'oreille, mais au moins put-elle s'assurer qu'ils étaient bien seuls. Lorsqu'elle le rejoignit, Léo sortait du bureau.

— Rien à part de fascinants dossiers sur des hybrides du blé, commenta-t-il d'un air désabusé.

Une ultime inspection ne leur apporta rien de plus. Mae ne se rendit compte des espoirs qu'elle avait placés dans cette visite que lorsqu'il lui fallut regarder en face l'échec de leur mission. Le cœur lourd, elle rejoignit Léo près de la porte et jeta un dernier coup d'œil à l'entrepôt. Ce faisant, une étrange sensation se fit jour en elle. Elle eut l'impression que de vieux souvenirs ne demandaient qu'à surgir. Elle les avait presque à sa portée… mais ils s'obstinaient à lui échapper. Une impression subsistait néanmoins. Il y avait quelque chose, dans ce bâtiment, qu'elle aurait dû reconnaître, mais quoi ? Des images lui traversèrent brièvement l'esprit, mais il ne s'agissait que d'ombres insaisissables.

— Qu'est-ce qui ne va pas ? s'étonna Léo.

— Ce n'est pas le genre d'endroit où une déesse de la mort installerait ses quartiers, constata-t-elle.

Léo ricana brièvement et renchérit :

— Un entrepôt empli de sacs de grain ? Oui, voilà qui n'est pas pour rehausser son prestige. L'informateur de Justin a dû se moquer de lui.

Mae ne parvenait pas à se débarrasser de l'intuition que quelque chose lui échappait.

— Son temple serait plus sombre, approuva-t-elle. Pas de fenêtres…

Une idée lui traversa l'esprit.

— Y aurait-il un sous-sol ?

Il n'en fallut pas plus pour ressusciter l'intérêt de Léo.

— Ce n'est pas à exclure, répondit-il.

— Voilà un endroit qui conviendrait davantage au standing d'une déesse de la mort, ajouta Mae. Plus secret, également. Et puis, le pouvoir d'une telle déesse se manifesterait bien plus sous terre.

Dans la faible lumière environnante, Mae vit qu'il la dévisageait d'un air surpris.

— On voit que tu as passé beaucoup de temps en compagnie de Justin, dit-il. Il te donne des cours de symbolisme religieux ?

— Cela me semble coller, c'est tout…

— Si c'est vrai, reprit Léo, alors c'est là que doit se trouver le véritable système de sécurité.

Il avait de nouveau basculé en mode petit génie de la technique et paraissait excité à la perspective de cette nouvelle quête.

—Je sais ce que j'utiliserais pour protéger mon temple de la mort clandestin, poursuivit-il. Et un truc de ce genre doit dégager un énorme champ magnétique. Alors nous pouvons le trouver.

Après avoir repêché dans sa sacoche un autre de ses gadgets, il repartit fureter dans l'entrepôt d'un air déterminé. Reconnaissant une fois de plus ses limitations à ce stade des investigations, Mae se contenta de le suivre. Un quart d'heure plus tard, il tomba en arrêt devant une grosse machine qui devait être une trieuse à grain.

—Nous y voilà, dit-il en s'accroupissant devant elle. Aide-moi à la bouger.

La machine était lourde mais munie de roulettes qui leur permirent de la mettre de côté sans trop de difficulté. À l'emplacement qu'elle avait occupé, Mae ne découvrit ni panneau de contrôle sophistiqué ni trappe menant à un repaire clandestin de fanatiques.

—Éclaire-moi ! ordonna Léo, à quatre pattes sur le sol.

Après avoir longuement exploré le béton du bout des doigts, il poussa un grognement de satisfaction.

—Du beau travail, ajouta-t-il. Je suppose que tu n'as pas de couteau sur toi ?

Mae lui tendit celui qu'elle avait dissimulé dans sa chaussure et l'entendit marmonner :

—Satanés prétoriens…

Du bout de la lame, il effectua quelques essais avant de parvenir à soulever un vaste panneau dont les bords disparaissaient parfaitement dans la chape de béton. En dessous, une trappe de métal apparut, sur laquelle brillaient toutes sortes de voyants multicolores.

—Le beau bébé ! glissa Léo dans un souffle, les yeux écarquillés.

Mae eut la certitude que pour lui, l'expérience avait quelque chose de mystique.

—Envoie à Dom le message enregistré, dit-il en lui tendant son ego. Et installe-toi confortablement.

Mae n'eut qu'à jeter un coup d'œil aux instruments qu'il commença à extraire de son sac pour se convaincre qu'elle n'avait rien de mieux à faire. Après s'être assise en tailleur, elle fit parvenir à Dominic le message convenu et en tapa un autre à destination de Justin : « Léo est vraiment un génie. »

Aucune réponse ne lui parvint, si bien qu'au bout d'un moment elle demanda :

—Tu crois que ça va pour eux ? Justin vient de rater une occasion de m'agiter sous le nez sa supériorité en tout…

—Ne t'en fais, conseilla-t-il sans quitter les yeux le panneau de contrôle. Ce n'est pas eux qui sont sur le point de déclencher une alarme, c'est nous.

Mae redressa vivement la tête, s'attendant presque à voir des assaillants fondre sur eux.

—Ce n'est pas toi, le petit génie ? fit-elle mine de s'étonner.

—Je te l'ai dit, je ne fais pas de miracles.

Il se redressa, les sourcils froncés, et jeta un dernier coup d'œil à la trappe métallique avant d'ajouter :

—Mais je pense que cette fois on y est.

Avec un luxe de précautions, il laissa ses doigts se refermer sur les deux poignées, qu'il tira vers lui d'un geste sec. Tous deux se figèrent, mais aucune alarme ne s'était mise à hululer, et aucun fanatique n'était en train de se précipiter sur eux.

—Si l'alarme n'a pas retenti maintenant, elle ne devrait pas retentir ensuite, assura Léo. En principe.

Cette précision ne fut pas pour rassurer Mae.

Léo reposa doucement la trappe sur le côté et dirigea sa torche vers le bas, illuminant un escalier en colimaçon en béton dont les marches s'enfonçaient dans le noir.

—Comme c'est charmant…, murmura Léo. Allons-y, ne traînons pas.

Mae prit la tête, l'arme au poing, s'efforçant d'y voir clair autant que possible. L'adrénaline continuait d'inonder son système nerveux, avec autant d'efficacité que lorsqu'elle se trouvait en plein combat. L'implant pouvait maintenir ce régime un long moment encore, mais la descente n'en serait que plus violente ensuite. Elle atteignit le niveau inférieur sans encombre, et après avoir rapidement balayé l'espace autour d'elle avec sa torche, elle donna l'autorisation à Léo de la rejoindre.

—Aucune fenêtre, constata celui-ci. Il vaudrait mieux trouver un interrupteur. Ça nous aiderait à sortir plus rapidement d'ici.

Ledit interrupteur se trouvait au bas de la volée de marches de l'escalier. Ce fut Léo qui le découvrit, et en quelques secondes une lumière zénithale inonda l'endroit, révélant un large passage voûté donnant accès à une énorme salle.

Mae se retrouva alors plongée en plein cauchemar.

Les murs de la vaste chambre souterraine étaient couverts de fresques à dominantes noires et rouges. Celles-ci décrivaient l'agonie et la mort de dizaines de personnages dans les conditions les plus atroces : entrailles répandues, crânes explosés, expressions de terreur. Une odeur d'humidité et de pourriture empuantissait l'air ambiant. Au fond, un autel de pierre taché par une substance sombre était flanqué de deux piles d'ossements. La fresque qui se trouvait derrière représentait une femme monstrueuse, aux proportions inhumaines, dont la silhouette géante occupait toute la hauteur du mur. Son visage paraissait à la fois humain, reptilien et aquilin. Des voiles noirs enrobaient son corps et formaient dans son dos comme d'immenses ailes de chauve-souris. Une imposante couronne ceignait sa tête. Elle représentait une frise de treize visages tourmentés, avec en leur centre une image stylisée de corneille à base d'arabesques emmêlées. Le ciel représenté derrière cette entité cauchemardesque était de la couleur du sang. Et cette figure atroce se répétait à l'identique dans les treize masques noirs disséminés sur les murs de la salle, qui tous regardaient Mae.

—Complètement barré…, commenta Léo.

Mae, elle, était incapable de dire quoi que ce soit. C'était à peine si elle parvenait encore à respirer. Surpris par son manque de réaction, il se tourna vers elle et demanda :

—Qu'est-ce qui ne va pas ?

—Je suis déjà venue ici…, dit-elle d'une toute petite voix. Il y a… très longtemps.

L'air lui-même semblait oppressant et pesait lourdement sur elle.

C'était l'endroit où sa mère avait conduit Mae il y avait des années de cela. L'endroit qui avait continué de hanter ses cauchemars, les emplissant d'ombres menaçantes et de visages à demi formés. Durant toutes ces années, elle s'était imaginé que son imagination d'enfant avait déformé la réalité de ce qu'elle avait vécu. Mais la réalité s'avérait semblable aux horreurs qui avaient peuplé ses nuits.

Ma mère m'a menti, réalisa-t-elle soudain. *Elle ne pouvait rien ignorer de tout ceci.*

Cela faisait une éternité que Mae n'avait plus eu peur de rien, mais soudain, elle eut envie de détaler à toutes jambes.

—Est-ce que ça va aller ? s'inquiéta Léo.

Il va falloir, songea-t-elle. Ses expériences personnelles n'avaient pas à entrer en ligne de compte. Elle pourrait s'en occuper plus tard. Pour l'heure, ils avaient une mission à accomplir. C'était pour cette raison qu'ils étaient venus jusqu'ici. Désormais, même s'ils ne trouvaient aucun lien direct avec les meurtres de patriciens, ce temple souterrain en lui-même constituait une preuve suffisante pour que le Bureau intervienne, empêchant peut-être un meurtre qui devait se produire le lendemain. Justin était tout à fait habilité à faire intervenir les forces de police – voire l'armée – dès maintenant. Peut-être cela ne suffirait-il pas à le racheter aux yeux de Cornelia, mais cela pouvait fort bien lui éviter un retour au Panama.

—Je vais parfaitement bien, assura-t-elle après avoir pris une ample inspiration. Jetons un rapide coup d'œil et sortons d'ici. Je vais annoncer à Justin qu'il peut prévenir la cavalerie.

Après avoir envoyé le message, elle se joignit à Léo dans sa fouille du temple, même si tous ses instincts lui criaient de ne pas y aller. Elle se sentait oppressée et léthargique. Cette déesse infernale, avec ses yeux qui étaient partout à la fois, semblait vouloir la piéger. Elle n'avait jamais été sujette à la claustrophobie, mais elle avait pourtant l'impression que les murs allaient se refermer sur elle. Une chose était sûre, cependant : Mae ne sentait aucune force surnaturelle tenter de l'investir et de la dominer – aucun signe que Morrigan tentait de prendre le contrôle. Elle sentait bien une pression sur elle, comme si l'air ambiant la pressait de toutes parts. On aurait dit que pesait sur tout son corps le désir de la déesse de la posséder... autant que sa rage de ne pas y parvenir.

—Eh bien, eh bien..., roucoula Léo en s'accroupissant derrière l'autel.

Mae le rejoignit mais refusa de s'incliner. Précautionneusement, il sortit un plateau en bois d'une cache située à l'arrière. Trois dagues en argent portant l'emblème de la corneille stylisée y étaient disposées.

—Combien es-tu prête à parier que ce sont là les armes qui ont servi à sacrifier les victimes ?

Avec un sentiment de triomphe, Mae songea que Léo avait raison. Ces dagues allaient permettre de prouver l'implication des disciples de Morrigan dans les meurtres, et même si ceux-ci ne pouvaient être immédiatement retrouvés, le propriétaire de l'entrepôt allait devoir rendre des comptes. En remontant cette piste jusqu'à sa source, le Bureau pourrait mettre à bas tout le réseau.

Léo se redressait lorsque Mae aperçut quelque chose en périphérie de son champ de vision. Elle fit aussitôt volte-face, l'arme brandie devant elle. Son souffle se bloqua dans sa gorge quand elle vit des flots de fumée noire entrer par le passage voûté et envahir l'autre moitié de la salle. Ce phénomène était beaucoup plus rapide que les lois de la nature auraient dû le permettre, et il s'avéra qu'il n'avait rien de normal lorsque des formes distinctes commencèrent à en émerger. La panique dont elle avait commencé à ressentir les effets grimpa encore de plusieurs crans.

—Recule ! ordonna-t-elle à Léo.

Mae s'avança, ne sachant à quoi elle devait s'attendre mais certaine qu'il lui fallait faire face.

Sept formes humanoïdes venaient d'émerger du flot de fumée noire. Toutes étaient armées de dagues en argent, et toutes se déplaçaient à une vitesse surnaturelle. Elles foncèrent sur elle, et même si la raison de Mae lui dictait qu'elle ne pouvait les combattre, elle fit feu à plusieurs reprises. Comme venait de le prouver l'épisode de la concession nordique, elle était une excellente gâchette, mais les déplacements erratiques et trop rapides de ces ombres en faisaient des cibles difficiles à atteindre. Mae parvint néanmoins à faire mouche deux fois, et plutôt que de ne rencontrer que le vide comme elle s'y était attendue, les balles eurent un véritable impact. Les ombres qu'elles venaient d'atteindre se transformèrent sous ses yeux en humains véritables. Un homme blond et une femme rousse se matérialisèrent et allèrent s'effondrer sur le sol, le premier mortellement touché à la poitrine, la seconde blessée à l'épaule. Même dotés de pouvoirs surnaturels, ils demeuraient mortels. L'implant ne laissa pas à Mae l'opportunité d'y réfléchir plus longuement, car les cinq autres ombres la cernaient. De sa réactivité de tous les instants dépendait sa survie.

Ses assaillants redevenaient également palpables lorsqu'ils la frappaient, ce qui pouvait se comprendre étant donné le coup de dague mortel dont la vidéo avait gardé la trace. Elle se débarrassait d'eux à coups de coudes, à coups de pieds, et se glissait in extremis hors de portée quand leurs dagues tentaient de l'atteindre. Tout comme les balles, ses coups portaient sur des corps solides. En fait, chacun d'eux faisait que celui ou celle qu'il atteignait reprenait brièvement forme humaine. Durant ces brefs intervalles, la vitesse de ses assaillants redevenait normale. Elle en profita pour saisir l'un d'eux et l'envoyer heurter violemment le sol, ce qui fit se matérialiser un grand roux qui resta sur le carreau. La dague d'un autre attaquant ripa sur son bras mais ne fit qu'entamer le tissu de sa chemise. Elle contre-attaqua en lui tirant dans la jambe, le faisant crier et tomber à son tour sur le sol. Prête à finir le job, elle dirigea son arme vers sa poitrine… et entendit un bruit semblable à un soupir pneumatique. Aussitôt après, elle sentit une vive douleur à la poitrine et vit un petit dard pointer de sa chemise, qu'elle ne put enlever. Les armes à feu en RUNA étant particulièrement rares, les civils animés de mauvaises intentions avaient souvent recours à des sarbacanes pour tenter d'empoisonner les prétoriens. Ces dards produisaient un stress initial vite compensé par l'implant, capable d'identifier les toxines en un temps record et de les métaboliser. Quoi qu'on ait pu lui injecter, l'effet allait vite se dissiper. Mae était davantage concernée par celui qui venait de lui lancer ce dard. Au bas de l'escalier en colimaçon, près du passage voûté, se tenait Emil. Cinq autres fanatiques patientaient derrière lui.

— Tant d'ingratitude…, se lamenta-t-il. Après tout ce que vous avez reçu !

Mae n'avait pas de temps à perdre en soliloques imbéciles. Ses autres cibles ayant déclaré forfait, elle dirigea son arme sur Emil. Elle s'apprêtait à tirer quand une vive douleur lui mordit l'estomac et l'en empêcha. Sans doute fallait-il y voir l'effet de ce qu'il venait de lui injecter, supposa-t-elle. Un engourdissement commençait à se faire sentir dans tous ses membres. Elle tira néanmoins… et manqua sa cible. En grimaçant, elle fit une nouvelle tentative, mais ses mains tremblantes la trahirent. Elle paraissait ne plus rien pouvoir tenir. Le revolver glissa de ses doigts et tomba à terre. Ce qu'elle ressentait ressemblait à la phase de récupération qui suivait l'activation de l'implant – en plus violent. Ses jambes la trahirent à leur tour. Elle tomba à genoux tandis que la douleur qui lui vrillait l'estomac devenait plus forte et gagnait sa poitrine. Elle sentit vaguement que Léo tentait de la rattraper tandis qu'elle tombait.

— Un prétorien ne vaut que par ses armes ! lança Emil, un sourire suffisant au coin des lèvres. Et vos armes humaines ne valent rien.

— Vraiment ? s'insurgea Mae. Demandez-lui ce qu'il en pense.

D'un faible coup de menton, elle désigna l'homme qu'elle avait tué. Tous les membres de Mae tremblaient violemment, désormais, et sa vision devenait trouble.

— Il ne s'agit que d'un homme, répondit Emil.

Vaguement, elle eut l'impression qu'il marchait vers elle.

— Son sacrifice rendra plus forte notre déesse, poursuivit-il. Tout comme le vôtre. Vous n'avez pas voulu assumer vos responsabilités, à présent il va falloir en payer le prix. Il est temps pour vous de la rejoindre dans la mort et d'entrer à son service.

Mae tenta de lui répondre, mais cela lui fut impossible. Sa langue lui donnait l'impression d'avoir enflé et d'occuper tout l'espace disponible dans sa bouche. À côté d'elle, elle entendit Léo lancer d'un ton méprisant :

— Vous oubliez que la pleine lune, c'est demain !

Emil se mit à rire et répliqua :

— Tout dépend de la définition que l'on donne à ce mot. Il est plus de minuit. C'est déjà demain…

Telles furent les dernières paroles que Mae entendit avant de sentir son cœur exploser dans sa poitrine.

34

Personne ne s'attend jamais au couteau

— Avez-vous entendu quelque chose ? demanda Justin.

— Non…, grogna Dominic, assis sur le siège passager à côté de lui. Pas plus qu'il y a trente secondes.

Pour une fois, il pouvait lui pardonner son attitude, parce qu'il savait que Dominic était aussi inquiet que lui de ne plus avoir de signes de vie de Léo. Celui-ci s'était astreint à leur envoyer régulièrement des messages jusqu'à récemment. À présent, cela faisait dix minutes qu'ils n'avaient plus rien reçu. Et au message que Dominic avait fini par lui envoyer, Léo n'avait pas répondu non plus.

— Ils auront probablement trouvé quelque chose qui les a distraits, reprit Justin. Léo est trop génial pour mettre en branle une alarme, et Mae est une prétorienne, bon sang ! Ils vont bien.

C'était en fait bien plus lui-même que son voisin que Justin essayait de rassurer. Il devait lutter contre l'instinct qui lui dictait de se précipiter séance tenante dans l'entrepôt.

— Vous placez une foi aveugle dans les prétoriens, fit remarquer Dominic.

— Naturellement. Ils sont redoutables – sauf quand ils s'arrangent pour être soûls et se ridiculisent.

— C'est de cette manière qu'ils s'en sortent. Vous feriez la même chose, si vous deviez survivre à ce genre de style de vie. Ils passent d'un extrême à l'autre, sans arrêt – même quand ils ne sont pas en service. Ils jouent comme des lions, baisent comme des lions, se battent comme des lions, et ils sont capables d'activer le bouton « *on* » en l'espace d'un battement de cils. Avez-vous déjà vu Mae dans cet état ?

— Naturellement.

— En train de se battre contre quelques fanatiques bagarreurs ? Ça ne compte pas. Vous la voyez telle qu'elle est en ce moment, avec ce joli visage et ces belles manières, et vous vous imaginez que c'est une castée qui par ailleurs est également prétorienne. Mais en vérité, c'est une prétorienne qui par ailleurs est une castée. Lorsqu'elle met la gomme, sur un champ de bataille, qu'elle est à fond dans ce qu'elle fait… elle devient autre chose. Quelque chose dont le but essentiel consiste à se battre et à tuer. Il ne s'agit pas seulement de l'effet de l'implant et de l'entraînement. Ils ne choisissent pas les prétoriens uniquement à cause de leurs capacités physiques, vous savez… Il y a surtout un profil psychologique particulier qu'ils recherchent. Un profil qui encaisse parfaitement d'être constamment dopé – et n'allez pas imaginer que cela ne finit pas par laisser des traces.

—Vous n'aimez pas les prétoriens…, constata Justin, sachant qu'il s'agissait d'un euphémisme.

—Je ne leur fais pas confiance, rectifia-t-il. Ils sont dangereux pour autrui. Et ils sont dangereux pour eux-mêmes.

Justin n'ajouta rien de plus, préférant ne pas provoquer la paranoïa de son compagnon. Il était vrai que parfois Mae pouvait être effrayante, mais il avait néanmoins foi en elle. Il était moins certain, en revanche, de pouvoir compter sur le « charme » qu'il lui avait lancé pour assurer sa protection. Les corbeaux avaient passé les deux jours précédents à lui enseigner ce symbole dont ils affirmaient qu'il était l'un des plus grands mystères de leur maître. Ils l'avaient appelé « algiz » et n'avaient cessé d'en graver la forme et la signification en lui, encore et encore. Le problème était que les définitions qu'ils en donnaient variaient souvent. Initialement, il avait été censé représenter la protection, ce qui pour Justin paraissait tout indiqué pour une combattante s'apprêtant à monter au front. Puis, les corbeaux avaient approfondi leur propos à n'en plus finir. « Algiz » était également un élan, un if, la vie… Lorsqu'il leur avait démontré qu'il avait correctement mémorisé leur enseignement, ils lui avaient répondu avec condescendance qu'il ne pouvait savoir vraiment, qu'il fallait toute une vie pour comprendre. Ils avaient finalement décidé, cependant, qu'il en savait suffisamment pour accorder une bénédiction rudimentaire à Mae. Que celle-ci ait pu s'avérer efficace ou non, cela restait à vérifier.

—*Est-ce que tu as senti ça?* demanda soudain Horatio, le tirant brutalement de ses pensées.

—*Senti quoi?*

Mais Justin sentait effectivement quelque chose. Quoi, il n'aurait su le dire, mais cela se manifestait par un picotement sur sa peau. Il n'y aurait cependant pas prêté attention si le corbeau ne l'avait pas souligné. C'était cette même sensation qu'il ressentait parfois en présence de prêtres et de prêtresses véritablement doués.

—*D'où est-ce que ça vient?* demanda-t-il.

— *À ton avis?* répliqua dédaigneusement Magnus. *M'étonnerait que Dominic vienne d'être touché par la grâce…*

Justin n'attendit pas d'en entendre davantage. Ouvrant la portière à la volée, il lança ses jambes à l'extérieur, suscitant un cri de surprise de Dominic.

— Bon sang, mais qu'est-ce que vous faites?

— Il y a quelque chose qui cloche.

Sur ce, Justin piqua un sprint à travers le champ qui les séparait de l'entrepôt. Dominic n'eut aucun mal à le rattraper. En lui empoignant l'épaule, il lui lança:

— Vous allez tout droit vous fourrer là-dedans? Sans savoir ce qui vous attend?

Dans le noir, Justin chercha son regard et répliqua:

— De deux choses l'une: soit il ne se passe rien de grave et notre intervention n'aura pas de conséquence, soit il se passe quelque chose de grave et nous pourrons aider.

— Je pense que c'est un peu plus compliqué que ça.

— C'est vous-même qui trouviez, dès le début, cette mission trop dangereuse! s'emporta Justin.

Il se tourna vers l'entrepôt et ajouta, en guise d'ultimatum:

— Alors vous en êtes?

Dominic en fut.

Ils trouvèrent immédiatement des signes évidents du passage de Léo et Mae. La porte d'entrée était restée entrouverte, et tous les voyants du panneau de sécurité étaient au vert. À part cela, le grand édifice restait plongé dans le noir et le silence. Dominic passa le premier, scrutant les ténèbres et ne lâchant pas Justin d'un pas, ainsi que Mae aurait pu le faire. Soudain, il s'arrêta et le tira vivement derrière une pile de sacs avec lui. Les yeux de Justin avaient eu le temps de se faire à la pénombre. Il vit Dominic lui désigner un endroit, droit devant eux, où un carré de lumière se dessinait dans le sol. À côté se trouvait un homme qui ne pouvait être Léo. En faisant les cent pas, il paraissait monter la garde mais ne les avait pas encore repérés.

Justin s'apprêtait à demander tout bas ce qu'ils devaient faire quand il vit son compagnon bondir vers le trou. L'homme de garde fut trop lent à se rendre compte de ce qui se passait. Dominic le jeta au sol et en un rien de temps il le plongea dans l'inconscience en pressant fortement sa trachée-artère.

Après s'être hâté de le rejoindre, Justin constata que l'homme évanoui portait autour du cou un pendentif semblable à celui qu'il avait découvert dans la chambre de Mae.

— Pas de bruit! lui chuchota Dominic à l'oreille. Il pourrait y en avoir d'autres.

En se penchant sur la trémie de l'escalier conduisant au sous-sol, Justin sentit s'accentuer la sensation de picotement sur sa peau.

— Certes, approuva-t-il. Et ils sont là-dessous.

Dominic vérifia rapidement son ego, comme s'il espérait encore que Léo ait pu lui envoyer un message qui aurait in extremis réglé le problème. À le voir se rembrunir, il n'en était rien.

— Attendez-moi ici ! ordonna-t-il sèchement.

Justin lui emboîta néanmoins le pas dans l'escalier. Le mari de Léo secoua la tête d'un air exaspéré mais ne protesta pas davantage.

Ils descendirent les marches aussi silencieusement que possible, et en approchant du bas de l'escalier, Dominic ralentit l'allure. Un passage voûté leur apparut. D'un geste il fit signe à Justin de se tapir contre le mur, afin de pouvoir épier sans être vu, puis il serra les poings et se raidit en découvrant le spectacle qui s'offrait à eux.

La plupart du temps, le travail de Justin consistait véritablement en paperasses et entretiens, mais il avait également eu sa part de cultes clandestins complètement dingues. Comme il l'avait expliqué à Mae, il avait aussi été témoin de faits qui défiaient l'entendement. Pourtant, rien de tout cela n'était comparable au temple dédié à la mort et à la folie sanguinaire qu'il avait sous les yeux. C'était ce genre de chose que l'on mettait en scène, au cinéma, quand il s'agissait de mettre en garde contre le danger des religions en montrant au public les images les plus terrifiantes qui soient.

Mais le décor n'était rien comparativement à ce qui était en train de s'y passer. Deux patriciens de la concession pancelte se tenaient debout près de l'autel. Une de leurs complices, dans un coin de la salle, braquait un revolver ressemblant furieusement à celui de Mae en direction de Léo. Trois autres Panceltes étaient occupés à en soigner une quatrième grièvement blessée, tandis qu'un cinquième, affalé sur le sol, n'aurait plus jamais besoin d'aide. Détail plus horrible que tous les autres encore, Mae elle-même était allongée sur l'autel, tout son corps secoué de tremblements, les yeux fixes rivés au plafond qu'elle regardait sans le voir. Dominic prit une profonde inspiration. Il paraissait avoir le plus grand mal à se contrôler.

— Foutue épinéphrine…, murmura-t-il.

— Comment ? s'étonna Justin.

— L'épinéphrine. Ils lui en ont injecté une méga dose.

— L'épinéphrine, c'est de l'adrénaline…, précisa Justin. Ce n'est pas un poison.

— Ça peut très bien en être un pour un prétorien. Dans un combat, c'est le principal neurotransmetteur qui entre en action. L'implant en accélère la production dès qu'il détecte le plus léger excès dans le corps.

Vous voyez ce dard, planté dans sa poitrine ? Vu la taille, c'est une dose massive destinée à saturer l'activité de l'implant. Même elle n'est pas capable de supporter tant d'adrénaline dans le sang.

Justin contemplait avec horreur le spectacle de l'invincible Mae réduite à l'impuissance par ce qui devait faire sa force.

— Est-ce que ça peut la tuer ? s'inquiéta-t-il.

— Non. Mais chez vous, cela pourrait provoquer une crise cardiaque. Finalement, son implant va réaliser que le corps n'a pas besoin d'une telle quantité et va commencer à en effacer l'excès.

Dominic fit la grimace et ajouta :

— C'est un moyen très efficace pour mettre hors d'état de nuire un prétorien en n'utilisant qu'un produit facile à se procurer. En fait, plus efficace encore qu'un véritable poison.

— Comment se fait-il que vous sachiez tout ça ?

Dominic ignora sa question et suggéra :

— Je suppose que vous avez à présent suffisamment de preuves pour réclamer de l'aide ?

Sur ce point, il avait raison. Justin sortit son ego et composa le bref code qui conduirait toutes affaires cessantes les forces de police locales à l'endroit où il se trouvait. En le rempochant, il reporta son attention sur la scène macabre qui se déroulait devant lui. Les deux Panceltes debout près de l'autel étaient en grande conversation. À côté d'eux, Mae était toujours visiblement dans l'incapacité de réagir, même si ses spasmes paraissaient avoir baissé d'intensité.

— Je me demande pourquoi ils la gardent en vie, s'étonna Dominic.

— Pour pouvoir la tuer plus tard, répondit Justin en s'avisant que le plus grand des deux hommes tenait une dague en argent. Sans doute doivent-ils le faire selon un rituel précis.

Les pièces du puzzle se mettaient en place sous son crâne. Les ennemis « ordinaires » de Morrigan – par exemple Callista – pouvaient être tués de la manière la plus simple et la plus efficace. Mais en ce qui concernait ces créatures rétives qui refusaient de prêter allégeance à la déesse, il fallait avoir recours à un meurtre rituel : une dague en argent en plein cœur, par une nuit de pleine lune, de la main d'un des adeptes les plus appréciés. Ceux qui devaient leur perfection à Morrigan ne pouvaient être mis à mort n'importe comment, même si cela limitait à un seul le nombre de crimes commis chaque mois.

— Ils paraissent quand même prendre tout leur temps, ajouta Justin.

— Ils s'imaginent sans doute qu'ils l'ont mise KO pour un bon moment.

— Ce n'est pas le cas ?

Dans un haussement d'épaules, Dominic répondit :

— Probablement pas aussi longtemps qu'ils le croient. C'est ce qui me fait dire que les prétoriens sont si dangereux. Même quand vous trouvez le moyen de les arrêter, ils ne restent généralement pas KO très longtemps.

Avec inquiétude, il reporta son attention sur Léo, mais celui-ci semblait simplement être otage.

— Tant qu'ils ne se mettent pas en tête de tuer quelqu'un rapidement, conclut-il, nous devrions pouvoir attendre la police.

— *N'attendez pas !* intervint Magnus.

Le corbeau avait à peine achevé de s'exprimer que le plus grand des deux hommes se retourna vers la fresque occupant le mur du fond. Les bras levés, il s'exclama :

— Grande Reine ! Nous accomplissons votre volonté en vous rendant celle qui vous a trahie...

Sur ce, avec une vitesse qui prit Justin et Dominic par surprise, il se retourna vivement et brandit sa dague à deux mains au-dessus de Mae. Soudain, ses bras s'abaissèrent pour le coup mortel. Mais avant d'avoir pu se planter dans le cœur, la lame se figea au-dessus du corps, comme arrêtée par un invisible écran. Les sourcils froncés, le sacrificateur lâcha d'une main le manche de la dague et la porta à la poitrine de sa victime, qu'il put toucher sans rencontrer d'obstacle. Mais lorsqu'il fit une autre tentative pour la poignarder, une nouvelle fois la lame s'arrêta avant d'avoir pu remplir son office.

— *Il faut croire que tu n'es pas si nul, après tout...*, dit Horatio.

— Il y a un charme sur elle ! s'exclama l'homme, incrédule.

La mine sombre, il se tourna vers ses compagnons.

— Auriez-vous une autre lame ? demanda-t-il.

Quelqu'un lui tendit un couteau de chasse ordinaire. De la pointe de celui-ci, l'homme parvint sans problème à toucher la joue de Mae et hocha la tête d'un air satisfait.

— Un charme qui la protège du divin, confirma-t-il. Cela ne devrait pas durer très longtemps. Nous pouvons attendre.

Puis, faisant briller sa lame d'acier dans la lumière :

— Ou à défaut, notre maîtresse devra se contenter de la récupérer à travers une arme non consacrée.

— Nous ne pouvons pas attendre que ces malades se décident ! glissa Justin dans un souffle. Et pas davantage que la police se décide à arriver, apparemment...

Dominic acquiesça d'un hochement de tête, le visage sombre.

— Ils sont six, résuma-t-il. L'un dispose d'une arme à feu. C'est ça, le hic, si nous nous décidons à franchir la distance qui nous sépare d'eux.

— Mae a toujours deux armes à feu sur elle, précisa Justin. Ce qui veut dire qu'ils en ont peut-être une autre en réserve.

— Espérons qu'ils ne seront pas assez rapides pour l'attraper. Si je peux déjà me débarrasser de celle qui tient Léo en respect, le reste devrait être facile.

— Facile ? répéta Justin, qui n'en croyait pas ses oreilles.

— Il nous faut parvenir à la distraire sans risque de se faire tuer ce faisant, reprit Dominic.

Justin n'eut pas à y réfléchir longtemps.

— J'ai peut-être un moyen, assura-t-il.

— *Jusqu'à quel point détestez-vous les corneilles ?* demanda-t-il aux corbeaux.

Horatio comprit immédiatement où il voulait en venir.

— *Si nous faisons ça, tu auras très mal – beaucoup plus que la dernière fois.*

— *Je me débrouillerai*, répondit Justin en s'efforçant de ne pas grimacer. *Assurez-vous simplement que la femme armée n'ait pas l'occasion de regarder par ici.*

Et à Dominic, il conseilla simplement :

— Préparez-vous à y aller.

Et d'un coup, comme cela, les deux corbeaux se matérialisèrent devant eux, plus noirs que la nuit qui régnait à l'extérieur. Ils s'envolèrent à travers la salle et s'abattirent sur les deux hommes debout derrière l'autel, qu'ils attaquèrent à coups de griffes et à coups de becs. Les adeptes de Morrigan les regardaient avec effarement, et la femme qui tenait Léo en otage tourna la tête, les yeux écarquillés, pour voir ce qui se passait. L'espace d'un instant, Dominic parut paralysé par la surprise lui aussi. Justin, qui faisait tout son possible pour ne pas hurler de douleur, le poussa en avant.

— Allez-y ! gémit-il. C'est maintenant ou jamais.

Dominic fonça avec une vitesse stupéfiante et vint à bout de la femme au revolver avec aisance. Il la dépouilla de son arme en un tournemain, et lorsqu'elle se jeta sur lui pour tenter de la récupérer, il tira sur elle avec l'adresse d'un homme ayant manipulé des armes toute sa vie. Cela finit par attirer l'attention des autres, sauf du plus grand d'entre eux, toujours aux prises avec les corbeaux. Dominic fit face à ses nouveaux assaillants avec la même détermination, mais il se trouva confronté à une situation qu'il n'avait pas anticipée : leur capacité à se transformer en courants de fumée noire, insaisissables et ultrarapides. Après quelques ratés, il comprit vite cependant quand il lui était possible de les atteindre et il regagna peu à peu du terrain, soit en tirant sur eux, soit en les mettant au tapis au terme de stupéfiants corps à corps.

Mae..., songea Justin. *Il faut que je la sorte de là.*

Il s'élançait pour la rejoindre quand Léo, qui avait profité du tumulte pour s'échapper, le rejoignit.

—Qu'est-ce que tu fais ? s'étonna-t-il. Sors vite d'ici ! Laisse Dom s'en occuper.

—Je dois aller sauver Mae !

—Tu dois surtout appeler la police.

—C'est déjà fait.

Léo secoua la tête et expliqua :

—Je les ai entendus discuter. Il y a un système pour bloquer le signal, ici. C'est pour ça que nos messages ne vous sont pas parvenus. Retourne à la voiture et appelle-les.

Justin sortit son ego et, faisant fi de la douleur qui brouillait sa vision, composa le code qui permettait d'utiliser celui-ci loin de sa puce d'identification. Ensuite, il le fourra dans les mains de Léo et s'éloigna en lui disant :

—Appelle-les, toi !

—Attends...

De manière surprenante, Dominic avait éliminé quatre des six Panceltes encore debout. Déjà, il s'occupait d'un cinquième. Le plus grand de tous avait fort à faire pour se débarrasser de Magnus et Horatio. À un moment donné, sa lame atteignit celui-ci à l'aile et Justin tituba sous la morsure d'une douleur bien plus violente que celle que lui avait infligée le départ des corbeaux. Aussi instantanément qu'ils étaient apparus, tous deux s'effacèrent, et de nouveau il sentit leur présence familière au fond de son crâne.

—*Désolé*, dit Horatio. *La lame de l'homme de Morrigan était consacrée.*

—*Vous avez bien bossé,* assura-t-il. *Tous les deux...*

L'intention initiale de Justin avait été de profiter du tumulte de la bataille pour mettre Mae à l'abri, mais les corbeaux n'étant plus là pour le harceler, le sacrificateur était sur le point de s'en prendre à Dominic. Sans se donner le temps d'y réfléchir, Justin se jeta sur son dos, le faisant trébucher et lui faisant rater son attaque. Justin n'avait rien eu à disposition pour lui servir d'arme improvisée, et il ignorait totalement comment se battre à mains nues. Il avait espéré que son assaut suffirait à déstabiliser l'homme, et c'est ce qui s'était produit... mais pas pour longtemps.

Rétabli sur ses deux jambes, celui-ci fit brusquement volte-face et d'une brusque détente du bras donna un coup de couteau à Justin, l'atteignant à la joue. Une nouvelle et déchirante douleur fulgura en lui, bien plus vive que ce qu'il aurait cru possible.

—*Ah! Tu vois?* fit Magnus.

L'homme, qui semblait l'avoir reconnu, s'avança vers lui.

—Le serviteur..., commenta-t-il. Comme c'est inattendu.

—Pourquoi? Surpris que votre tueuse ne m'ait pas supprimé?

Derrière son adversaire, Justin vit que l'homme contre qui Dominic se battait avait dégainé le second revolver. Dominic avait toujours le dessus, mais ce dernier combat n'était pas pour lui aussi facile à mener que les autres. Justin devait se débrouiller seul.

—Ma tueuse? répéta le prêtre de Morrigan, une grimace comique d'incompréhension sur le visage.

—La fausse Nordique et vraie jaguar...

L'homme secoua la tête.

—Je ne perdrais pas mon temps à ça, prétendit-il avec mépris. Le dieu que vous servez, quel qu'il puisse être, n'est pas suffisamment puissant pour que ma maîtresse s'en soucie. Peut-être d'autres dieux vous haïssent-ils?

—Ah oui? Alors comment se fait-il...

Les paroles de Justin moururent sur ses lèvres lorsque Mae bondit soudain de l'autel. Sans la moindre hésitation, elle se jeta aussitôt sur le prêtre de Morrigan, la soif de tuer au fond des yeux. L'homme tomba mais se réduisit en fumée sans lui laisser le temps de donner suite à son attaque. Il réapparut sous forme humaine un instant plus tard, à bonne distance d'elle. Les sarcasmes qu'il avait adressés à Justin semblaient lui faire défaut. Il ne restait que la colère. Mae et lui commencèrent à se tourner autour en se surveillant. Chacun des deux guettait le plus petit geste de l'autre. Justin eut l'impression qu'un combat titanesque s'engageait sous ses yeux. Même la force divine en suspension dans la salle paraissait suspendue à l'issue de cet affrontement.

Ce que Dominic avait expliqué des remarquables facultés de récupération de Mae était donc vrai. Elle ne montrait plus aucun des signes de détresse physique qui l'avaient mise dans l'incapacité de se défendre. Les yeux plissés par la concentration, elle semblait engagée tout entière dans le face-à-face avec son adversaire. Mais soudain, surprenant celui-ci, elle se jeta en arrière et alla percuter l'autel de plein fouet. Celui-ci était composé d'un grand entablement de pierre que supportaient deux blocs plus petits, et sous le choc l'ensemble alla s'effondrer à grand bruit sur le sol. Un frémissement d'horreur parut agiter l'air ambiant. L'homme de Morrigan lâcha un cri de rage et d'effroi.

—Oups! Désolée..., fit-elle mine de s'excuser. C'est un problème pour vous, Emil?

Mae reculait lentement vers le mur. Sans quitter son adversaire des yeux, elle s'empara d'un des masques noirs et le jeta avec force sur le sol, où il se brisa en mille morceaux.

— Et ça, c'est un problème aussi ? reprit-elle.

Le visage de l'homme – Emil – avait pris une teinte rouge brique.

— Tu mourras pour cette profanation ! éructa-t-il.

— Je ne mourrai pas aujourd'hui, assura-t-elle. Et même si c'était le cas, je ne retournerais pas vers ta déesse !

— Elle t'a créée ! Tu lui appartiens !

— Elle n'a plus aucun droit sur moi.

Mae détruisit un nouveau masque et enchaîna :

— Ni sur aucun autre d'ailleurs ! Trop de sang a été versé.

Jusque-là, toutes les réactions d'Emil avaient été soigneusement calculées, tous ses gestes contrôlés. Mais désormais, il paraissait évident qu'il se laissait dominer par ses émotions. Il passa de nouveau à l'attaque en se transformant, mais sa métamorphose fut de courte durée. Il parut lui-même surpris de reprendre si vite forme humaine, mais il avait réussi à se rapprocher dangereusement de Mae, qu'il menaçait de sa lame consacrée.

Dominic, qui en avait terminé avec son dernier adversaire, pointait sur Emil l'arme qu'il avait confisquée à celui-ci. Justin le rejoignit en hâte et lui lança :

— Non, laissez-la faire.

— Elle n'est pas armée ! répliqua-t-il.

Mae entraînait son adversaire dans une course poursuite à travers la salle, détruisant au passage tous les masques l'un après l'autre. Cela aurait dû donner à Emil davantage d'opportunités de l'atteindre, mais au contraire, chaque destruction semblait l'affaiblir. Il ne se métamorphosait plus. Il demeurait dangereux et rapide, mais pas de manière surhumaine – et pas suffisamment pour pouvoir l'emporter contre une prétorienne non plus.

— Attendez, répondit Justin. Elle a besoin d'en terminer elle-même avec lui.

Après avoir achevé son œuvre de destruction, Mae regagnait à présent le centre de la salle, Emil sur ses talons. Trop tard, Justin réalisa qu'elle n'avait pas suffisamment surveillé ses arrières. L'une des Panceltes qui avaient été mis hors d'état de nuire se redressa sur son séant et parvint à attraper la jambe de Mae lorsque sa danse de mort l'amena à sa portée. Mae tomba, et Emil en profita pour se jeter sur elle, prêt à lui enfoncer sa dague dans le cœur. Justin ignorait totalement si le charme de protection qu'il avait opéré demeurait efficace, et il n'avait aucune envie de le vérifier. Heureusement, cela ne fut pas nécessaire.

Avec une souplesse de fauve, Mae effectua une roulade qui lui permit d'échapper à celle qui la retenait et simultanément de tirer de sa bottine la dague qu'elle y avait cachée. Emil était à ce point obnubilé par sa soif de vengeance qu'il ne vit pas le danger, pas même quand il se jeta sur elle.

Il parvint brièvement à l'immobiliser au sol sous son poids, mais pour lui il était trop tard. La dague de Mae lui transperça la cuisse, le faisant hurler de douleur et reculer précipitamment. Déjà, Mae passait à la contre-attaque. Bondissant sur lui, elle l'immobilisa au sol, sa dague brandie prête pour la deuxième frappe – en plein cœur. Justin vit l'homme écarquiller les yeux sous l'effet de la surprise, mais aucun cri de douleur ne lui fut arraché cette fois. Après avoir attendu quelques secondes, Mae récupéra sa dague et se redressa. Le visage parfaitement inexpressif, elle regarda sa victime se tordre convulsivement et saigner à mort à ses pieds. Enfin, au terme de quelques secondes d'horreur, Emil s'immobilisa. Un souffle de puissance magique balaya la salle puis disparut. Le picotement que Justin n'avait cessé de sentir sur sa peau avait cessé lui aussi.

—Personne ne s'attend jamais au couteau, commenta Mae platement.

Après avoir observé le cadavre d'Emil quelques instants encore, elle redressa la tête et constata avec surprise :

—Morrigan n'est plus là…

Elle alla attraper Justin par le bras et poursuivit :

—Vous sentez ça ? L'air… il est plus léger. Elle était là, tout à l'heure, à faire pression sur moi, à essayer de s'introduire en moi… Mais elle ne l'a pas pu. Tout cela grâce à vous, n'est-ce pas ? Grâce à ce baiser sur la joue…

—Je… n'en sais rien, admit-il honnêtement, ravi de la joie et de la lumière qu'il découvrait dans ses yeux. C'est juste… quelque chose que j'ai appris.

—Alors continuez d'apprendre, conseilla-t-elle. Ainsi, peut-être pourrons-nous la maintenir à distance.

—*Pas besoin*, assura Horatio. *Mae est libre. Morrigan a été défaite. Elle pourra peut-être reconstituer ses forces et revenir un jour, mais tous ses anciens liens ont été brisés. Tu l'as toi-même sentie quitter ce monde. La destruction de son temple et la disparition de ses adeptes lui portent un rude coup, et ce prêtre, en particulier, devait être son principal serviteur.*

—*Utiliser cette dague s'est avéré extrêmement efficace*, ajouta Magnus.

—*Qu'est-ce qui te fait dire ça ?* s'étonna Justin. *Il aurait difficilement pu survivre à un coup de poignard dans le cœur.*

—*La dague au manche d'ambre a été consacrée par une déité, tout comme l'était celle en argent*, expliqua Magnus. *Probablement par le dieu – ou la déesse – de la personne qui l'a offerte.*

—*La déesse de Callista ?*

—*Non.*

En évitant de préciser que l'arme qui lui avait servi à éliminer Emil avait été consacrée, Justin répéta à Mae ce que les corbeaux venaient de lui révéler.

Les forces de police arrivèrent sur les lieux peu de temps après, stupéfaites de découvrir la scène dantesque qui les attendait. Léo avait attendu leur arrivée à l'extérieur, et c'est en le voyant le rejoindre que Justin s'avisa de la disparition de Dominic.

— Où est-il passé ? s'étonna-t-il.

Le visage livide, Léo répondit :

— Il n'est jamais venu ici.

— Mais qu'est-ce que tu me chantes ! protesta Justin. Il est venu à bout à lui tout seul de la moitié de nos adversaires. Je l'ai vu faire !

— Moi aussi…, intervint Mae. Il était… incroyablement doué.

— Lorsque nous avons accepté de vous accompagner, expliqua Léo, nous ne pensions pas qu'il aurait à intervenir ainsi.

Il jeta autour de lui un regard inquiet aux policiers qui investissaient le temple et ajouta à mi-voix, à l'intention de Justin :

— Si notre amitié représente quelque chose pour toi, tu ne diras rien à personne de sa présence ici. C'est Mae qui est venue à bout de tous nos adversaires à elle seule. Quelle que soit l'histoire que tu raconteras – que nous ayons vu des gens se transformer en fumée, ou que nous ne les ayons pas vus –, je la soutiendrai. Tout ce que je te demande, c'est de ne pas mentionner Dominic.

La gravité de ses propos prit Justin au dépourvu. Il échangea un regard avec Mae, qui paraissait aussi surprise que lui. C'était un fait qu'il n'aimait pas Dominic, mais c'était lui qui leur avait sauvé la mise, et son amitié avec Léo pesait beaucoup dans la balance.

— D'accord, répondit-il enfin. Dominic n'a jamais mis les pieds ici.

Mae ouvrit la bouche pour protester, mais Justin lui adressa un regard d'avertissement qui la réduisit au silence. Léo s'empara de sa main et la serra fortement, éperdu de reconnaissance.

— Merci… Merci ! murmura-t-il. Je te dois une fière chandelle.

— Je ne sais pas, protesta Justin en secouant la tête. Je pense que c'est moi qui t'en dois une pour nous avoir conduits jusqu'ici.

Lorsque Léo fut remonté prendre un peu l'air, Mae rejoignit Justin et s'étonna :

— Est-ce vraiment une bonne idée ? Vous allez mentir à propos de Dominic ?

— Je m'apprête à mentir pour bien d'autres choses, répondit-il. Par exemple, quand je soutiendrai que vous étiez dans l'obligation de poignarder ce type en plein cœur, après lui avoir infligé à la cuisse une blessure qui suffisait à le mettre hors d'état de nuire.

Le visage de Mae s'assombrit.

—Je devais le faire, maugréa-t-elle. Il n'aurait pas cessé de me poursuivre et de poursuivre les autres. Elle n'aurait pas été bannie de ce monde si je ne l'avais pas fait. Je n'aurais pas été libre et…

Justin passa un bras autour de sa taille et l'entraîna vers l'escalier.

—Vous n'avez pas à me convaincre, l'interrompit-il. Je dis simplement que nous avions les uns et les autres nos propres raisons d'agir, cette nuit. Une fois que la Sécurité intérieure aura fait analyser ces dagues en argent et recueilli les témoignages confirmant qu'Emil harcelait les victimes, personne ne prêtera plus attention à la manière dont cette affaire s'est conclue.

La nuit était chaude et venteuse, l'air épais et chargé d'humidité. Les nuages avaient disparu dans le ciel, laissant derrière eux une nuit lumineuse, que magnifiaient la lune et les étoiles. Se retrouver dehors faisait du bien et permit à Justin de supporter un peu mieux son mal de crâne et ses diverses autres douleurs. Il aspirait néanmoins à pouvoir enfin mettre la main sur un puissant analgésique. Il avait entretenu l'idée de laisser tomber nombre de ses vices, mais c'était avant de se retrouver mêlé à une bataille entre forces surnaturelles…

Mae, pour sa part, paraissait au top de sa forme. En fait, en la regardant lever les yeux vers le ciel, il la trouva particulièrement belle – radieuse, même.

—*L'éclat de la liberté*, expliqua Magnus. *Plus aucun dieu ne pèse sur elle. Ce qui ne l'empêchera pas d'en choisir un autre, un jour – et d'autres viendront la courtiser.*

—*Si tu avais deux sous de bon sens*, ajouta Horatio, *tu pourrais même la convaincre de rejoindre notre bord.*

—*Je ne suis pas de votre bord!* répliqua Justin.

—Et qu'allez-vous écrire dans votre rapport, en ce qui vous concerne ? demanda Mae, ses yeux aussi sombres que le ciel étoilé. Pour ce qui est de la présence de tous ces dieux, et de leurs adeptes aux pouvoirs surnaturels…

Ses paroles lui remirent en mémoire le rapport fatal qu'il avait remis au Bureau quatre ans plus tôt.

—Je vais écrire ce qu'il faudra pour rester ici, répondit-il sans hésiter.

—C'est-à-dire ?

—Là est le problème. Je n'en sais encore rien.

35

Un reclus et un génie de la technique

Il fallut un peu de temps aux rouages administratifs du Bureau pour venir à bout de la conclusion du dossier. La machine militaire se révéla plus efficace. Mae n'attendit que deux jours pour recevoir une convocation au bureau du général Gan.

Enfin…, songea-t-elle en se présentant à l'entrée de la base. *Ce que j'attends depuis si longtemps !*

L'affaire n'étant pas entièrement terminée, elle était restée en contact avec Justin, et celui-ci lui avait appris que toutes les preuves espérées avaient été retrouvées. Personne ne pouvait nier que c'était un succès éclatant. Elle pouvait affronter son supérieur la tête haute, et bientôt elle pourrait retrouver ses camarades prétoriens que jamais elle n'aurait dû quitter.

— Un temple de la mort et un scandale génétique !

Le général se mit à rire de l'extravagance de ce qui s'était passé dans la concession pancelte et ajouta :

— Quand on m'a demandé de vous affecter à la surveillance de ce docteur March, j'étais loin de me douter de ce que ça allait donner…

La formulation qu'il avait choisie avait alerté Mae. Sans doute avait-elle passé trop de temps en compagnie de Justin pour ne pas y prêter attention…

— Quand on vous l'a demandé ? répéta-t-elle. Je pensais que vous m'aviez assigné cette mission de vous-même – pour me punir, sir.

— Ah oui ?

Gan secoua vivement la tête et poursuivit :

— Oh, non, pas du tout… À la réflexion, c'est venu d'un bizarre enchaînement de circonstances. Le Bureau nous avait demandé un prétorien pour assurer la protection du docteur March, et nous avions déjà choisi quelqu'un. Je ne me rappelle plus qui. Un Céladon, si je ne m'abuse. Quoi qu'il en soit, Francis Kyle est un jour venu à la base pour un rendez-vous avec le département Recherche. Apparemment, il s'est perdu et quelqu'un lui a indiqué son chemin – d'après lui, quelqu'un de chez nous, mais la description qu'il en faisait ne correspondait à personne que je connaisse.

— À quoi ressemblait cet homme ?

Mae n'avait aucune raison de lui demander ça, et Gan n'en avait pas davantage de lui répondre. Ce détail n'avait aucune importance, mais soudain elle avait envie de tout savoir des détours du destin qui l'avaient conduite là où elle en était.

Gan s'abîma dans ses souvenirs et répondit :

— Je ne me souviens pas de tout. Un homme âgé, en civil. Il avait un œil de verre. Peut-être est-ce pour cela qu'il a donné à Kyle d'aussi mauvaises indications.

Après avoir ri de sa propre blague, le général enchaîna :

— Bref, au lieu de l'envoyer au département Recherche, il l'a envoyé chez nous, où tout le monde se demandait ce qu'on allait bien pouvoir faire d'une prétorienne qui avait déclenché une bagarre lors des funérailles d'un de ses camarades.

Après y avoir brièvement songé, Mae préféra s'abstenir de préciser que ce n'était pas elle qui avait cherché la bagarre.

— En prêtant une oreille à ça, Kyle a tout de suite tilté sur le fait que vous soyez nordique. Comme vous l'avez sans doute remarqué, c'est quelqu'un de très… excitable.

C'était une façon de voir les choses, songea Mae en se souvenant de quelle manière le haut fonctionnaire avait quasi bavé à l'idée de faire la connaissance de Justin.

— Il m'a donc demandé de vous affecter à cette mission. Il pensait que votre statut de patricienne pourrait aider le docteur March dans son enquête au sein des concessions. Et c'est ainsi que vous vous êtes retrouvée embringuée dans cette histoire.

— Sans cela… quel sort m'auriez-vous réservé, sir ? ne put-elle s'empêcher de demander.

— Une tape sur les doigts, répondit-il en haussant les épaules. Et deux semaines de suspension, sans doute. Sans oublier l'interdiction du port de l'uniforme – ce qui aurait constitué votre seule véritable punition, en fait. Mais avant longtemps, nous vous aurions réaffectée au service actif.

Mae était abasourdie de l'apprendre. Deux semaines : ce n'était rien… Il s'était déjà écoulé deux fois plus de temps depuis l'enterrement de Porfirio. Quinze jours, et elle aurait été de nouveau autorisée à porter l'uniforme et à se battre sur le terrain, ainsi qu'elle était supposée le faire… À la place, une mission qui avait bouleversé son existence lui avait été assignée. Et il avait suffi pour cela qu'un inconnu se trompe en indiquant sa route à Francis Kyle…

—Nous sommes tous très satisfaits de la manière dont vous avez réglé le problème, avec ces fanatiques…, reprit Gan, qui ne se doutait pas des cogitations qui agitaient Mae. Vous aurez droit à une citation pour compenser le blâme qui vous a été infligé.

Sur ce, il la dévisagea comme s'il attendait quelque chose.

—Merci, sir.

—Et naturellement, vous récupérez le droit de porter l'uniforme.

Le souffle coupé, Mae sentit la joie l'envahir. Son uniforme ! En être privée s'était avéré être un fardeau plus lourd à porter qu'elle ne l'avait imaginé. Même si peu étaient au courant de sa punition, elle avait eu l'impression de devoir afficher sa disgrâce aux yeux de tous.

—Quoi qu'il en soit, ajouta Gan, j'ai bien peur que vous n'ayez pas l'occasion de le porter de sitôt.

Il n'en fallut pas plus pour la tirer de son rêve éveillé.

—Sir ?

Le visage du général s'assombrit et il expliqua :

—J'étais prêt à vous réintégrer dans vos fonctions habituelles une fois que l'affaire de ces meurtres de patriciens aurait été bouclée, mais la Sécurité intérieure a insisté pour que vous continuiez à faire équipe avec lui – le docteur March. Croyez-moi, je me suis battu contre ça, mais… j'ai perdu.

Mae se demanda s'il était déjà arrivé à Gan de devoir reconnaître une défaite.

—À vrai dire, poursuivit-il, après ce que vous avez dû affronter, je comprends leur souci d'améliorer la protection de leurs serviteurs. J'ai proposé d'affecter quelqu'un d'autre, mais le directeur Kyle a insisté pour que ce soit vous.

Après l'avoir dévisagée un instant, il jugea utile d'ajouter :

—C'est une mission honorable. Comme l'est toute mission d'un prétorien…

Mae ravala difficilement sa salive.

—Oui, sir…, répondit-elle. Naturellement. Je suis juste… un peu surprise, c'est tout. Savez-vous combien de temps durera cette affectation ?

—Aucune idée. Si vous avez un peu de chance, March finira peut-être par commettre une erreur qui lui vaudra de nouveau l'exil…

Gan se mit à rire. Mae parvint à afficher un sourire crispé.

—Quoi qu'il en soit, conclut-il, je suis sûr que vous excellerez dans votre mission. Comme toujours.

—Merci, sir. Puis-je vous poser une question sur un tout autre sujet ?

—Bien entendu.

Parfois, Mae avait l'impression que le général Gan était toujours curieux d'apprendre ce qui lui passait par la tête.

— Est-il déjà arrivé à un prétorien de... déserter ?

À cette question-là, il ne s'était manifestement pas attendu. Au bout d'un moment, son expression de surprise vira à l'amusement.

— C'est cette mission qui pourrait vous donner envie de... prendre le large ? s'enquit-il sur le ton de la plaisanterie.

— Non, sir..., répondit-elle en gardant elle-même difficilement son sérieux. Il me faudrait bien pire que cela. J'ai juste entendu quelques collègues un peu ivres en parler dans un bar. Une telle possibilité ne m'avait jamais traversé l'esprit. Cela paraît à peine croyable...

— C'est parce que vous êtes loyale et parce que votre loyauté – pardonnez-moi – vous empêche de voir ceux qui le sont moins. Oui, il arrive que des prétoriens disparaissent dans la nature – habituellement parce qu'ils ne veulent pas au terme de leur carrière qu'on leur enlève leur implant.

Son regard se perdit derrière elle. D'un air absent, il caressa entre ses doigts le galon noir à son col.

— Je me souviens parfaitement de ce que c'est..., confia-t-il d'un ton rêveur. Il existe certains moyens pour faciliter la transition, des drogues qui peuvent aider... mais cela reste difficile. Devoir renoncer à son implant, c'est devoir renoncer à un peu de soi-même. Mais cela n'en reste pas moins nécessaire – ne perdez pas ça de vue quand vous aurez quarante ans : l'implant est une faveur que nous fait notre pays et qui doit lui être rendue.

— Entendu, sir.

Aux yeux de Mae, la quarantaine était encore un horizon très lointain.

— Ces déserteurs doivent pourtant être rattrapés, non ? reprit-elle. Aucun d'eux ne doit pouvoir aller très loin.

— Certes, s'ils ne quittent pas le pays.

Il actionna une commande sur un panneau de contrôle de son bureau. L'écran accroché au mur situé derrière lui s'illumina.

— Affichage dossier Donovan ! ordonna-t-il.

Instantanément, cinq portraits d'identité s'alignèrent sur l'écran. Des noms et des dates figuraient en légende au-dessous. Trois de ces noms s'affichaient en noir, les deux autres en rouge. Gan pointa du doigt la première photo et précisa :

— Ce dossier a été nommé d'après Virgil Donovan, le premier prétorien à avoir jamais essayé de déserter avec son implant. Il a été rattrapé, comme l'ont été deux autres qui ont suivi son exemple, mais les deux derniers...

Il marqua une pause, le visage renfrogné, avant de conclure :

— Ils se sont enfuis en province. Si on les retrouve un jour, ils seront exécutés pour trahison, vol et recel de technologie militaire.

— Ont-ils été repérés dans les provinces, sir ?

Elle était surprise que la RUNA n'ait envoyé personne pour récupérer ces déserteurs.

— Non, mais il n'y a aucun autre endroit sur terre où ils pourraient se trouver, répondit-il. S'ils étaient ici, leur puce d'identité les aurait déjà trahis.

Mae observa plus attentivement le visage des deux ex-prétoriens : un homme, une femme. Elle ne reconnut ni l'un ni l'autre.

— Il existe des puces contrefaites, sir…

Gan acquiesça d'un signe de tête.

— Certes, admit-il. Mais une puce contrefaite ne peut leurrer que des capteurs localisés. Tout lecteur de puce relié au Registre détecterait immédiatement la fraude. Et vu la vitesse à laquelle la technologie évolue, une puce contrefaite nécessite de constantes mises à jour, même pour des contrôles locaux. Il faudrait avoir un petit génie de la technique sous la main pour s'amuser à ça, ou devenir un reclus évitant tous les lieux publics pour éviter de se trahir.

— Ils doivent donc bien être en province, conclut-elle.

Mae jeta un dernier coup d'œil aux portraits, en se focalisant sur l'homme qui n'avait pas été retrouvé : Alexander Srisai. Son visage ne lui disait toujours rien.

Gan la dévisagea longuement avant de lui demander :

— Vous êtes sûre de ne pas avoir envie de me filer entre les doigts ?

— Certaine, sir…, le rassura-t-elle, comprenant qu'il ne plaisantait plus. Merci d'avoir répondu à mes questions.

Il était midi lorsqu'elle sortit de la base, plus tard qu'elle ne l'avait anticipé. Un coup d'œil à une grille horaire lui prouva qu'elle avait encore le temps d'effectuer le voyage qu'elle avait projeté, et après avoir passé un rapide coup de fil, elle se retrouva à bord d'un train à destination de Portland. Mae atteignit la maison de Léo et Dominic en fin d'après-midi. Ce fut Léo qui vint lui ouvrir, et même si leur relation s'était considérablement réchauffée, il ne paraissait toujours pas entièrement ravi de la voir.

— Dominic est de sortie? s'enquit-elle en jetant un coup d'œil autour d'elle lorsqu'il la fit entrer.

— Il est à un séminaire de vignerons en Californie qui examine les interactions entre la composition du sol et les nouveaux hybrides de chardonnay.

Il y avait dans cette réponse un souci du détail qui rappelait à Mae l'histoire – inventée de toutes pièces, selon Justin – qu'il lui avait racontée quand elle lui avait demandé comment Dominic et lui s'étaient rencontrés.

— Quand revient-il ? demanda-t-elle.

— Pourquoi ? s'étonna-t-il, sur ses gardes.

— Simple curiosité. J'aurais aimé lui dire bonjour.

Elle se garda bien de rappeler ce qui s'était passé dans le temple de Morrigan, et au bout d'un moment, Léo parut se rendre compte de son attitude hostile et répondit avec une décontraction un peu forcée :

— Dans un mois. Tu devrais expliquer à Justin où il se trouve. Je suis sûr que ça lui inspirera un commentaire très spirituel. Du genre : « J'espère qu'il y apprendra enfin quelque chose ! »

En souriant, Mae renchérit :

— Je pourrais peut-être lui ramener une bouteille... Il semble que nous ne serons pas débarrassés l'un de l'autre de sitôt.

— Oh ? s'étonna Léo en scrutant son visage. Et ça te fait quoi ?

— C'est mon boulot.

— Ouais. Mais ce n'est pas exactement l'idéal pour quelqu'un comme toi. Je sais comment fonctionnent les prétoriens.

Oui, songea-t-elle. *J'en suis sûre.*

— Les prétoriens font ce qu'ils sont supposés faire, ajouta Mae.

— C'est bien ça, oui..., approuva-t-il, non sans un soupçon d'amertume.

Après avoir discuté ainsi quelques instants encore, Léo en vint à la raison de la visite de Mae.

— Donc ! lança-t-il en la faisant entrer dans son labo. L'idée d'aller tirer le portrait de tes gènes n'est pas pour me déplaire, mais je ne comprends toujours pas ce qui t'y pousse.

— Simple intuition, répondit-elle vaguement.

Un chaos indescriptible régnait dans la pièce, mais il n'eut aucun mal à mettre la main sur une boîte de seringues neuves.

— Il va me falloir quelques heures pour obtenir les résultats, annonça-t-il en procédant à la prise de sang.

Soudain mal à l'aise, il poursuivit :

— Je vais devoir surveiller tout ça régulièrement, mais si tu veux... je ne sais pas... manger un morceau, autre chose ?

— Ne t'inquiète pas pour ça, répondit-elle en le dispensant de son devoir d'hospitalité. J'ai du travail à faire, et une petite balade dans vos vignes ne serait pas pour me déplaire. Je reviendrai quand ce sera fini.

En vérité, Mae n'avait aucun travail à effectuer. Elle avait bien un coup de fil à passer, mais elle préférait attendre d'être rentrée chez elle pour cela. Elle n'avait néanmoins pas menti au sujet de la balade, et ce fut d'un bon pas qu'elle se mit à arpenter les terres de Dominic, admirant les rangées bien nettes de sarments dont les pousses vertes commençaient à escalader les piquets. L'élaboration d'un vin restait un mystère pour elle, mais Dominic avait manifestement investi énormément d'énergie dans ce projet. Avoir à entretenir ces terres lui offrait en outre une excellente excuse pour ne pas sortir beaucoup.

Justin s'imagine que c'est simplement parce qu'il est parano et antisocial, songea-t-elle. *Il pense que c'est pour cette raison que Léo tient tant à ce que son nom ne soit pas cité dans le rapport.* Peut-être, au fond, était-ce aussi simple que cela. Après tout, Justin n'était-il pas le grand spécialiste des déductions brillantes, aux mérites reconnus ? Mae, bien que se sachant elle-même intelligente, ne prétendait pas avoir les mêmes facilités que lui à décrypter les petits et grands secrets d'autrui. Elle avait cependant toute confiance en son instinct – le suivre était souvent ce qui lui avait permis de survivre –, et ce que son instinct lui dictait à présent n'avait rien à voir avec la vision que Justin avait de Dominic.

Penser à Justin suffit à orienter ses pensées dans une tout autre direction. Elle n'avait pas eu l'occasion de communiquer avec lui autrement que par écrit, mais il demeurait très présent à son esprit. Une fois de plus, il s'était arrangé pour brouiller la perception qu'elle avait de lui. L'homme qui avait risqué sa vie pour la protéger d'Emil, le visage farouche et débordant d'affection pour elle, n'avait pas grand-chose à voir avec le goujat qui lui avait soutenu qu'au lit, elle ne présentait plus aucun intérêt pour lui. Et toujours, encore et encore, le souvenir de l'amant passionné du Panama revenait la hanter. Toutes ces images de lui l'avaient marquée en profondeur. Elle ne pouvait se résoudre à oublier – ni à pardonner – aucune d'elles.

Quant aux résolutions qu'elle avait prises de ne pas céder aux avances de Lucian Darling, ses messages et appels continuels les rendaient légèrement plus difficiles à tenir. Sa dernière requête en date avait été pour les inviter, Justin et elle, en tant qu'invités d'honneur d'un gala de charité. Lucian avait écrit : « Nous pourrions nous offrir une danse ou deux, et personne n'y trouverait rien à redire. » Mae ne lui avait pas encore répondu.

Elle repoussa toutes ces considérations et revint à la maison de Léo alors que le ciel virait au pourpre. Lorsqu'elle découvrit son visage bouleversé, elle redouta qu'il ne soit parvenu à deviner ses conclusions concernant Dominic.

— Que se passe-t-il ? demanda-t-elle.

Il secoua la tête, vivante image de la stupéfaction.

— Tu ne vas pas y croire, la prévint-il.

— Tu serais surpris de ce que j'ai été amenée à croire ces derniers temps, répliqua-t-elle.

Il la conduisit devant deux écrans situés côte à côte. Chacun d'eux affichait ce qu'elle reconnut comme étant un séquençage d'ADN, agrémenté de colonnes de chiffres qui n'avaient aucun sens pour elle.

— Ici, tu as ce que tu m'as fait parvenir il y a deux semaines, expliqua-t-il en désignant l'écran de gauche. Ton bilan génétique réalisé par l'armée lors de ton incorporation. Et là, celui que je viens de réaliser à ta demande. Ils ne sont… ils ne sont pas identiques !

Comme elle ne lui répondait pas, il redressa la tête et s'étonna :

— Tu ne parais pas surprise.

— Je le suis…, assura-t-elle lentement. Manifestement, je devais me douter qu'il y avait quelque chose de bizarre, sinon je ne t'aurais pas demandé de vérifier, mais je ne savais pas à quoi m'attendre. Peut-être les dossiers ont-ils été mélangés ?

— C'est l'explication que je retiendrais si les résultats étaient complètement différents… mais il existe trop de ressemblances entre eux pour que ce puisse être le cas. Quand on les compare avec soin, il devient évident que le premier – celui de l'armée – a été trafiqué. Ce séquençage a été altéré de manière à paraître… plus vrai.

— Mais… dans quel but ?

— Dans le but de ne pas ressembler à ça, répondit-il en désignant l'écran de droite. Ce que révèle l'analyse que j'ai faite aujourd'hui, c'est que tu as bénéficié d'un « coup de pouce » génétique semblable à celui des victimes patriciennes. Une perfection indescriptible ! Un génotype de toute beauté… Quelqu'un s'est donc donné beaucoup de mal pour introduire de petits défauts dans les données du premier séquençage afin de le rendre plus… quelconque. Je n'aurais jamais voulu y croire si je n'avais pas moi-même effectué la prise de sang.

Léo paraissait presque embarrassé de n'avoir pas su repérer la fraude. Sans doute, aux yeux d'un petit génie des biotechnologies, cela devait-il ressembler à une faute inexcusable. Quant à Mae, elle ne pouvait détacher ses yeux de l'écran ni calmer les battements précipités de son cœur.

— La dernière pièce loufoque de ce puzzle complètement dingue, dit-elle d'une voix qu'elle ne reconnut pas. Voilà qui officialise la chose…

— Après tout ce qui s'est passé, commenta Léo, le « loufoque » semble être devenu la norme. On a fait de toi un bébé « amélioré » par l'intervention – au choix – de manipulations génétiques interdites ou d'une déesse de la mort ? Et alors… À côté de tout ce à quoi j'ai assisté l'autre nuit…

Plus aucune forfanterie, de la part de Léo. Rien que le doute.

— Eh bien…, reprit-il d'une voix défaite. J'avoue que je ne sais plus que croire. Je suis toujours du côté de la science, mais je mentirais si je disais que je n'ai pas été ébranlé de vous voir, Justin et toi… prendre cela comme si tout allait de soi. C'est peut-être ça, au fond, qui m'a fait le plus peur.

— En parlant de science… as-tu une idée de la raison pour laquelle l'armée a voulu rendre mon profil génétique plus « normal » ?

Léo sortit de sa méditation morose et se fit caustique.

— J'ai appris il y a bien longtemps qu'il n'y a rien dont les militaires soient incapables. Ils accumulent secret sur secret.

Il marqua un temps d'hésitation, puis ajouta :

— Surtout en ce qui concerne les prétoriens.

Mae soutint son regard sans ciller.

— Tu sembles en savoir beaucoup sur les prétoriens, dit-elle.

— Je ne suis plus aussi au fait qu'autrefois.

Léo lui adressa un sourire dont ils savaient tous deux qu'il était faux, avant de conclure :

— Je ne suis qu'un type qui travaille dans les implants contraceptifs…

Quand ils en eurent terminé tous les deux, Mae déclina son offre de rester. Cette soirée passée ensemble, ils ne l'auraient appréciée ni l'un ni l'autre. Il y avait un train de nuit pour Vancouver, et le sommeil n'était pas un problème pour elle. Cela avait en revanche une incidence sur le coup de fil qu'elle voulait passer, et elle dut laisser la nuit s'écouler très lentement en attendant que le monde s'éveille. Elle s'essaya à lire un livre et à regarder des films, mais son esprit refusait de se concentrer. Enfin, le jour se leva, et Mae décida que c'était une heure suffisamment raisonnable à New Stockholm pour qu'elle puisse appeler sa mère.

Ce fut Astrid Koskinen qui décrocha, habillée et maquillée comme d'ordinaire à la perfection. Manifestement, elle ne l'avait pas réveillée, ce qui avec un peu de chance la rendrait prête à coopérer.

— Maj, quelle surprise ! Nous avons eu davantage de contacts au cours du mois qui vient de s'écouler que nous n'en avons eu en toute une année. Je m'étonne que tu trouves un peu de temps à consacrer à ta famille alors que t'assaillent la gloire et le succès… Tout le monde ici ne parle que de ce happening que tu as réussi à donner dans ce parc au cours de ta dernière visite.

Il n'y avait que sa mère pour considérer qu'abattre en public une preneuse d'otage d'une balle en pleine tête constituait un « happening ». Mae n'était pas surprise que l'on ait fini par découvrir chez elle l'identité de la prétorienne impliquée dans cette affaire. C'était déjà une bonne chose de n'avoir pas fait la une des médias nationaux.

— Tu m'as menti ! lança-t-elle sans préambule. Tu as prétendu que tu avais passé un marché avec un laboratoire génétique, sans implication religieuse d'aucune sorte. Mais ce n'est pas vrai. Je me souviens à présent ! Je suis allée dans son temple étant petite. C'est toi qui m'y as emmenée. Mon histoire recoupe celle de dizaines d'autres. Ils ont tous reçu comme moi ce pendentif représentant une corneille. Comment as-tu pu faire une chose pareille ? Comment as-tu pu accepter de payer un tel prix pour avoir un bébé parfait ?

Elle ne parut aucunement choquée, ce qui en quelque sorte était déjà un aveu.

— Et voilà que tu recommences à mettre le mot « parfait » à toutes les sauces ! railla-t-elle. Tu as vraiment une haute opinion de toi-même.

— Quelqu'un est mort pour moi. Tu as lié mon existence au culte d'une déesse de la mort. Tu as mis en péril les finances de notre famille.

— Non ! protesta sa mère sèchement. C'est toi qui les as mises à mal en préférant la loyauté envers un uniforme à la loyauté envers les tiens. Notre famille est l'une de rares dont le sang possède davantage d'apports finnois que suédois. Sais-tu à quel point c'est rare ?

— Ma loyauté envers vous ? répliqua Mae. Tu as contracté un emprunt que tu ne pouvais rembourser. Tu as fait le pari que tu pourrais me vendre au plus offrant et en tirer profit, et ton plan a échoué.

— J'ai échoué dans un grand nombre de domaines, Maj. Je n'aurais pas dû laisser à ton père les libertés que je lui ai laissées. Quand il m'a réclamé des comptes à propos de ta conception, j'ai eu un accès de panique. Je ne lui aurais jamais laissé avoir autant d'influence sur toi si j'avais pu deviner le gâchis que cela ferait.

— Quoi ? s'insurgea-t-elle. Mais son influence est au contraire la seule chose qui m'a permis de tenir le coup !

Ces attaques contre son père lui faisaient autant de mal que celles contre l'uniforme. Des détails de son enfance, entièrement différente de celles de Cyrus et de Claudia, lui revenaient en mémoire. Toujours, dans le moindre détail, leur mère avait contrôlé l'éducation que recevaient son frère et sa sœur – mais pas celle de Mae. Sa mère avait pesté et grommelé, mais elle s'était inclinée lorsque son père l'avait encouragée à pratiquer la canne de combat, l'autorisant à manquer nombre de thés mondains et d'assommantes leçons d'étiquette qui faisaient l'ordinaire des jeunes patriciennes nordiques. Ce n'est qu'à la mort de son père que sa mère avait pu exercer sa vengeance.

— Quel marché avais-tu passé avec lui ? demanda Mae. Il fermait les yeux sur ce que tu avais fait, et en échange il avait la haute main sur mon éducation ? Est-ce pour cette raison que je n'ai pas eu à rejoindre ce culte de malades mentaux ?

Astrid Koskinen ferma les yeux, laissant brièvement transparaître la souffrance sur son visage. Après avoir pris une ample inspiration, elle les rouvrit et expliqua :

— Tu as échappé à ça parce que chaque fois que je te menais à eux, tu faisais une scène insupportable. Au bout d'un moment, ils m'ont demandé d'arrêter, préférant venir te donner leur instruction à domicile. Mais tu réagissais très mal également aux visites de leurs prêtres. Tu réveillais toute la maison avec tes cris.

En proie au vertige, Mae réalisa que les cauchemars qui l'avaient tourmentée avant qu'elle ne se joigne aux prétoriens n'étaient que le fruit de ce marché impie, la manière qu'avait trouvée son subconscient pour s'adapter à une situation aussi tordue.

— Père y a mis fin également, n'est-ce pas ? L'instruction de ces prêtres, leurs visites à domicile... Il ne pouvait supporter de me voir endurer ces tourments.

Mae vit le visage de sa mère s'assombrir.

— C'est moi qui ne pouvais le supporter ! rectifia-t-elle. Je ne suis pas aussi dépourvue de sentiments que tu veux bien le croire. Quoi qu'il en soit, il était déjà un peu trop tard. Ces cauchemars n'ont jamais totalement cessé.

— C'est parce qu'elle ne s'est jamais totalement retirée..., murmura Mae, qui n'en revenait pas que sa mère puisse discuter si sereinement de tout cela. Tu m'avais promise à elle. Elle n'était pas prête à renoncer.

— Certaines rumeurs circulent, commenta Astrid d'un ton léger. Des rumeurs qui ne font pas la une des médias. J'ai entendu dire que le temple de Morrigan a été démantelé, grâce à l'intervention d'un serviteur et d'une prétorienne. Il semble bien que le pouvoir de cette déesse n'est plus ce qu'il était.

Les yeux plissés, sa mère la regarda fixement et demanda :

— Comment sont tes rêves, à présent ?

— Je ne rêve pas. Je ne dors pas.

Mae garda le silence un instant avant de rétorquer :

— Et les tiens, comment sont-ils ? Savoir que tu as mis ma vie en péril ne t'empêche pas de dormir ? Ils ont dû te dire ce qui se passerait si je n'acceptais pas de rentrer dans le rang...

— Je pensais que nous pourrions régler le problème plus tard.

C'était tellement typique d'elle...

— De toute façon, reprit-elle avec insouciance, tu me sembles aller parfaitement bien, non ?

Non, pas si bien que ça...

— Comment as-tu pu si inconsciemment passer un marché avec un tel culte, Mère ? Et que t'imaginais-tu – ou que t'imagines-tu encore ?

Qu'ils auraient recours pour me créer à une technologie interdite ou qu'ils se serviraient de pouvoirs magiques ?

Astrid Koskinen haussa les épaules avec agacement.

— Quelle différence cela fait-il ? J'avais entendu parler des résultats qu'ils obtenaient, et après la déception causée par ton frère et ta sœur, il me fallait réagir. Aux grands maux, les grands remèdes… Mais notre meilleur espoir s'est révélé être un investissement hasardeux.

Mae avait toujours mal vécu le fait de n'être pour sa mère qu'une marchandise. N'être considérée que comme un simple investissement, c'était pire encore.

— Je suis ta fille, dit-elle simplement.

— Et tu t'arranges en plus pour n'être pas la meilleure fille qui soit.

Sa mère jeta avec impatience un coup d'œil à son ego et poursuivit :

— J'ai rendez-vous avec Dorothy Olsen. S'il n'y a rien d'autre à propos de quoi tu doives te plaindre, je vais y aller. Ainsi, tu pourras retourner jouer aux petits soldats, ou quoi que ce soit d'autre à quoi tu passes ton temps.

— Je suis au service de la plus puissante force de ce pays, Mère.

— L'es-tu vraiment, Maj ?

Sa mère accomplit l'exploit de lui adresser un sourire qui était condescendant et nostalgique à la fois, avant de conclure :

— La prochaine fois que tu jetteras un coup d'œil à ce visage « parfait », ou que tu accompliras une incroyable performance sportive… demande-toi où se situe véritablement le pouvoir, de nos jours.

36

L'autre motif

Justin écrivit deux versions de son rapport sur ce qui s'était passé au temple de Morrigan. Dans un cas comme dans l'autre, il savait que Mae et Léo confirmeraient ses dires. La décision lui revenait à présent de choisir laquelle il allait envoyer, et il ne cessait de la remettre à plus tard. Puisque le Bureau lui fichait la paix depuis près d'une semaine, cela ne semblait poser de problème à personne. Finalement, un message dans le plus pur style passif-agressif de Cornelia lui apprit qu'elle désirait programmer un rendez-vous avec lui, et qu'il pourrait être « utile » qu'elle reçoive son rapport auparavant, afin de pouvoir déterminer quel objet aurait cette rencontre.

Naturellement, elle grossissait le trait. La police avait désormais une idée assez précise de ce qui s'était passé cette nuit-là, et il avait appris que la Sécurité intérieure avait touché le jackpot en recueillant suffisamment de preuves pour attribuer sans aucun doute possible les meurtres de patriciens à ce culte. Néanmoins, ses propres termes, décrivant le détail des opérations, allaient apposer le coup de tampon final sur ce dossier – et peut-être sur sa vie.

Aussi hésitait-il, rechignant à agir, se jurant que lorsqu'il prendrait une décision, il le ferait en étant sobre, ce qui n'avait rien d'évident au cours de ces journées longues et vides où il lui fallait attendre le bon vouloir du Bureau. Il y avait un point commun dans les deux versions du rapport : un récit déchirant des actions héroïques de Mae, décrivant dans le détail comment elle avait triomphé d'un nombre d'assaillants qui aurait dû suffire à la faire succomber, et comment elle avait dû se résoudre, en état de légitime défense, à abattre Emil. C'était la faveur qu'il leur faisait, à elle autant qu'à Léo, et il espérait que cela l'aiderait à récupérer cette affectation dans le service actif à laquelle elle aspirait tant. Cela n'empêchait naturellement pas qu'elle devait encaisser mentalement les répercussions des manifestations surnaturelles dont elle avait été témoin, sans oublier les cataclysmiques révélations concernant sa conception. Mais Mae était forte. Elle y survivrait, irait de l'avant, et finirait en fin de compte par l'oublier.

— *J'avais cru que l'autoapitoiement et la tendance au mélo cesseraient après le Panama...*, intervint Magnus, un soir qu'il ruminait sur son sort. *Mais tu t'es arrangé pour les porter à de nouveaux sommets...*

— *Je ne cède pas au mélo!* protesta-t-il. *Je constate les faits, c'est tout. Elle répond à peine à mes messages, et c'est sans doute mieux comme ça. Pour nous deux. Elle a repris le fil de son existence, et je m'apprête à faire de même. Pas la peine de tourner en rond.*

— *En fait, c'est ce que tu fais depuis une semaine*, répliqua Horatio. *À moins que tu considères que ces deux copines avec qui tu es sorti la nuit dernière ne t'ont pas fait perdre ton temps.*

— *Pas le moins du monde*, assura Justin.

— *Tu as traversé tant d'épreuves, vu tant de choses...*, le tança Magnus. *Et pourtant te voilà de nouveau pris dans un tourbillon d'alcool, de femmes et de jeux. Tu pourrais au moins potasser les runes à temps perdu.*

— *Non. Une seule m'a suffi.*

Justin ne voulait plus entendre parler pour le moment d'acquérir des pouvoirs supérieurs. En exil, il avait fini par s'habituer aux corbeaux et à l'idée de leur divin patron le suivant à la trace. Mais se retrouver confronté aux manifestations surnaturelles stupéfiantes auxquelles il avait assisté dernièrement l'avait secoué, au point d'envisager avec un certain malaise son propre avenir. Même le charme mineur qu'il avait accompli pour protéger Mae l'avait ébranlé. Savoir, également, qu'elle était une élue n'était pas non plus pour le rassurer. Constater de visu de quoi une déité pouvait être capable lui faisait plus que jamais refuser d'en servir une, quelle qu'elle soit. Mae se retrouvait donc de facto hors de portée, et la distance qu'elle avait installée entre eux ces derniers jours l'aidait à tenir le coup. Mieux valait éviter de futures complications...

— *Non*, dit-il aux corbeaux. *Pas de Mae, pas de magie. Je vais passer un coup de fil pour régler le problème de ce foutu rapport, puis je l'enverrai. Ensuite, j'irai reprendre ma tournée des bars, en espérant tomber sur de nouvelles copines créatives – ou peut-être des jumelles.*

— *Tu ne feras rien de tel*, répliqua Horatio. *Tu dois assister à la projection de Tessa.*

Justin avait failli oublier le programme de la soirée. Tessa avait fini par réintégrer le lycée, et une projection était organisée dans le cadre de son cours de vidéo afin de présenter les documentaires réalisés par les élèves à leurs amis et à leurs familles. L'idée de s'infliger deux heures d'insipides travaux scolaires donnait à Justin l'envie de s'arracher les yeux, mais Cynthia avait menacé de lui arracher bien plus que cela s'il n'y allait pas.

Aussi, deux heures plus tard, alla-t-il prendre place en compagnie de sa sœur et de son neveu dans l'auditorium du lycée. La plupart des films se révélèrent aussi idiots qu'il l'avait craint, mais heureusement, aucun ne durait plus de dix minutes, ce qui lui laissa le temps de méditer encore sur son rapport. Il avait presque fini par se fixer une ligne de conduite lorsque vint le tour de Tessa.

Elle alla présenter son film sur scène, vêtue d'une des robes qu'ils avaient choisies ensemble au cours de la première semaine de son séjour. Ses cheveux demeuraient aussi longs qu'ils l'avaient toujours été, mais au moins n'y avait-il plus rien de provincial dans son apparence. Justin la trouvait adorable, et il aurait mis au défi quiconque de prétendre le contraire. En quelques phrases, elle fit une présentation succincte de son film, expliquant que celui-ci était inspiré par son expérience d'immigrée. Elle s'exprimait à voix haute et claire, mais il entendit autour de lui quelques personnes maugréer à cause de son accent. Dans ces conditions, la mauvaise humeur dont elle témoignait parfois en rentrant de ses cours n'était plus pour l'étonner.

Son film se révéla brillant, et Justin était convaincu que la partialité n'entrait en rien dans son jugement. Les notations de Tessa tendaient aux spectateurs gemméens un miroir dans lequel il leur était possible de repérer quelques-unes de leurs plus curieuses idiosyncrasies, mais sans doute la plupart de ceux qui le visionnaient ce soir-là n'y trouvaient-ils rien d'étrange. Tout cela avait un côté poignant qui lui fit la plus forte impression, mais l'honnêteté restait de son point de vue le principal mérite du documentaire. Les Gemméens aimaient se comporter comme si leur existence n'avait rien à cacher, illusion que confortait le flot d'images dans lequel ils baignaient, comme ces programmes qui se faisaient une spécialité de placer sous une loupe grossissante la vie des gens. Mais tout cela était le fruit d'une mise en scène destinée à composer une image de la réalité. Journalistes et réalisateurs définissaient la vérité – ce que lui-même, selon Tessa, faisait aussi dans le cadre de son métier. Elle ne faisait quant à elle pourtant rien de tel. Elle ne manipulait pas, ne cherchait pas le sensationnel, ne faisait pas dire à ses images autre chose que ce qu'elles avaient à montrer. Simplement, elle disait la vérité. C'était un talent – non : un don – qu'il ne lui avait pas soupçonné.

— Était-ce aussi mauvais que tu le redoutais ? demanda Cynthia, un peu plus tard, alors qu'ils remontaient une rue du centre.

Ils avaient décidé d'emmener toute la famille dîner en ville, et Poppy – dont Justin ne doutait pas qu'elle finirait un jour dans un Camp de redressement pour vilaines terroristes – les accompagnait. Quentin et les deux filles marchaient devant, et le neveu de Justin s'essayait au flirt comme on peut le faire à huit ans, ce qu'il prenait pour sa part comme un signe prometteur.

— Non, répondit-il.

Cynthia lui jeta un regard en biais et s'étonna :

— C'est là que tu ajoutes : « C'était pire » ?

Justin lui adressa un sourire et secoua négativement la tête.

— Non, ça ne l'était pas, assura-t-il.

En butte à son silence obstiné, sa sœur finit par s'énerver.

— Mais qu'est-ce qui t'arrive, ce soir ?

— Cyn…, commença-t-il d'une voix hésitante. À ton avis… qu'est-ce qui clochait le plus, en tant que parent, chez m'man ?

Cynthia trébucha sous l'effet de la surprise, et il dut la rattraper par le bras.

— Tu te fiches de moi, de me poser une question pareille ?

— Je ne parle pas de ce qui est évident, insista-t-il. Je veux dire… on sait tous les deux ce qui clochait, mais… il devait y avoir dans sa personnalité une composante intrinsèque, quelque chose qui pouvait avoir un impact énorme sur sa façon de nous élever.

— Il n'y a rien de mystérieux là-dedans, grommela Cynthia. C'est une camée. Les victimes d'addictions acquièrent une dépendance à certaines substances ou comportements qui deviennent pour eux plus importants que tout le reste, plus importants que les gens qui les entourent – et même que leurs enfants.

— Tu as pris des cours de psycho ?

— Toute ma vie ! répliqua-t-elle.

Justin regardait droit devant lui, apercevant à peine la foule qui les entourait et le clignotement incessant des panneaux publicitaires.

— Tu sais, quand ils m'ont fait entrer à Hart School…, reprit-il. Ils lui avaient proposé de te prendre également.

— Oui, répondit posément Cynthia. Je l'ai découvert ensuite.

C'était un sujet dont ils ne parlaient pas, mais qui subsistait entre eux comme un non-dit. Justin avait un jour été « découvert » sur le marché d'été d'Anchorage par une enseignante d'une école privée établie à l'autre bout de la ville, dans un quartier plus huppé. Étonnée par leur petit numéro de divination à l'usage des touristes, elle les avait longuement interrogés à ce sujet. Justin avait tout de suite réalisé qu'elle ne leur voulait que du bien et lui avait expliqué sa méthode, exerçant sur elle ce charisme dont il avait déjà, à onze ans, appris à se servir. Cynthia, plus jeune et plus méfiante, avait préféré se taire, redoutant qu'ils ne finissent pas avoir des ennuis.

Même s'ils lui avaient tous deux fait forte impression, l'enseignante n'avait pu dans un premier temps obtenir qu'une seule bourse d'études et avait choisi Justin. Ce coup de pouce avait changé sa vie. Se retrouver environné de membres bien éduqués et influents de la société avait suffi à le hisser à de tels niveaux, lui ouvrant des portes et lui offrant des opportunités que sa misérable existence n'aurait jamais pu lui offrir. Sa bienfaitrice avait ensuite trouvé un moyen détourné pour que Cynthia puisse en profiter aussi, mais il aurait fallu pour cela que leur mère accepte de se plier à plus de contraintes administratives qu'elle n'était prête à le faire. Ainsi la sœur de Justin était-elle restée sur la touche.

— Pourquoi n'a-t-elle pas voulu ? s'étonna-t-il. À sa manière, elle nous aimait. Il lui aurait suffi de remplir quelques dossiers et de trouver un job – n'importe lequel, même à temps partiel – pour qu'ils acceptent de financer tes études aussi. Elle aurait même pu bénéficier d'une aide pour déménager plus près de l'école…

— C'était trop risqué pour elle, répondit Cynthia. Elle aurait perdu ses rations et son allocation fédérale.

— C'était pourtant une joueuse dans l'âme, protesta-t-il. Et entre les subsides qu'on lui proposait et son job, elle aurait fini par gagner plus – et même beaucoup plus. Ce ne devait pas être pour lui déplaire.

— Trop risqué, répéta-t-elle. Sa vie n'était pas idéale, mais elle lui semblait agréable et familière. Si elle s'était donné toute cette peine pour me faire transférer également et que quelque chose avait foiré – que je déteste les cours, par exemple, ou qu'elle perde son boulot –, il lui aurait fallu repasser par toute la procédure d'admission à l'aide sociale.

— Mais te permettre d'accéder à la réussite ne valait-il pas la peine de prendre ce risque ? insista-t-il.

— Je préfère ignorer le sous-entendu – que je n'ai manifestement pas accédé à la réussite. Une chose est sûre : même si elle avait l'âme d'une joueuse, il y avait certains risques que m'man n'était pas prête à prendre lorsque son confort était en jeu. Elle ne lâchait pas la proie pour l'ombre.

La tête tournée vers lui, sa sœur scruta son visage et demanda :

— Pourquoi ai-je l'impression que ce n'est pas réellement notre chère mère qui te préoccupe ?

— C'est plutôt Tessa, avoua-t-il dans un de ses rares moments d'honnêteté. J'essaie de prendre une décision qui risque d'avoir une grande influence sur son avenir.

Il fallut quelques secondes à Cynthia pour assimiler ce qu'il venait d'annoncer, et quand ce fut fait, sa réponse fusa :

— Pourquoi hésiter ? s'étonna-t-elle, incrédule. Tu n'as pas le choix : tu dois décider ce qui est le mieux pour elle.

— Même si cela comporte un risque ?

— À toi de voir à quel point sa « réussite » importe à tes yeux.

Durant tout le dîner, Justin médita les paroles de sa sœur et se tint en retrait de la conversation. À leur retour chez eux, plus tard, il se rendit droit à son bureau et fit enfin parvenir à Cornelia l'un de ses deux rapports. Ce faisant, il remarqua un message de Lucian dont il n'avait pas pris connaissance.

« Justin,
La nouvelle s'est répandue, à propos de ce brillant serviteur et de cette vaillante prétorienne qui ont résolu le mystère des meurtres de patriciens. Ne t'inquiète pas, je vais leur laisser croire que tu es un génie, parce que c'est le genre d'ami que je suis pour toi. Pour m'en remercier, un ami aussi cher que tu l'es pourrait-il participer à un dîner organisé par mon parti afin de lever des fonds destinés à financer ma campagne ? Tu pourrais venir accompagné de ta vaillante prétorienne. C'est smoking obligatoire, mais je ferai en sorte que tu puisses être assis à côté d'une des plus jolies donatrices. Personne ne trouvera rien à redire au fait que des héros comme vous participent à un tel événement, même chez les patriciens. Réfléchis-y et essaie de la convaincre. Je l'ai déjà invitée mais n'ai encore reçu aucune réponse. C'est un habile compromis plutôt bien trouvé, qui me permettra enfin de passer un semblant de soirée avec elle sans que cela provoque un scandale à la une de tous les médias. »

Aussi grande ait pu être la satisfaction de Justin en apprenant que Mae ignorait toujours les avances de Lucian, elle se trouva aussitôt éclipsée par la mention que celui-ci avait faite d'un « habile compromis ». Les mains crispées sur les accoudoirs de son fauteuil, il eut l'impression que le monde s'arrêtait de tourner. *Habile compromis...* Tels étaient les mots employés par Geraki, dans la cellule d'interrogatoire de la Sécurité intérieure, quand il avait prétendu avoir un message de son dieu pour lui. *« Mon deuxième message est pour vous conseiller de renoncer aux fleurs et aux étoiles et d'accepter l'habile compromis. »*

Était-ce donc cela que son dieu désirait ? Que Justin aide Lucian à organiser un pseudo-rendez-vous avec Mae ? C'était ridicule !

— *Tu as promis à Geraki que tu le ferais*, le prévint Horatio. *Lorsqu'il t'a aidé à localiser le temple de Morrigan, tu as dit que tu te plierais à la volonté de notre boss.*

— *C'était avant de savoir de quoi il s'agit ! Pas question que je jette Mae dans les bras de Lucian, même pour tenir parole. Il la désire uniquement parce qu'elle ne peut être à lui. À part le fait que son pantalon moulait parfaitement ses fesses la première fois qu'ils se sont vus, il ne sait rien d'autre d'elle !*

— *Je croyais qu'elle ne t'intéressait plus ?* pointa Horatio.

— *Ce n'est pas de l'intérêt. Je ne fais que souligner un fait. Et toi, Magnus ? Pourquoi ne donnes-tu pas ton son de cloche ?*

L'autre corbeau parut bien triste lorsqu'il répondit :

— *Parce que je ne sais pas quoi faire. Nous devons obéir à notre dieu, mais je ne veux pas que nous offrions Mae sur un plateau à ce type. Je n'arrive pas à lui faire confiance.*

La seule chose qui ressortait de tout cela, c'était que Justin devait se résoudre à faire ce qui lui déplaisait le plus : parler à Geraki. Il n'y aurait cette fois ni caméra ni faux-semblants entre eux. Il allait devoir s'avancer à découvert autant que possible. Lorsqu'il l'appela, Geraki fit monter sa mauvaise humeur d'un cran en se déclarant ravi de cette rencontre. Rendez-vous fut pris pour le lendemain, juste avant le débriefing programmé avec Cornelia.

Lorsque Justin arriva dans le restaurant qui servait de lieu de rendez-vous, il trouva Geraki déjà installé à une table reléguée dans un coin sombre, comme si elle avait été dressée là tout spécialement pour lui.

— Vous ne pouvez imaginer à quel point votre coup de fil m'a ravi, la nuit passée...

Tout sourires, il le regarda s'installer face à lui et ajouta :

— Est-ce une infraction au mandat d'éloignement, si c'est vous qui cherchez à me rencontrer ?

— Tout dépend de ce que vous ferez.

Justin afficha l'écran du menu et commanda un bourbon. Après y avoir réfléchi, il changea sa commande et opta pour un double bourbon.

— Ça me manque, vous savez..., commenta Geraki. Avant, je ne crachais pas sur un bon pinot noir.

— Je connais un type qui en produit, mais sa piquette ne vaut pas grand-chose. Si ça vous dit, je peux vous avoir un prix.

Geraki désigna d'un coup de menton le verre d'eau posé devant lui.

— Je dois désormais préserver la pureté de mon corps, dit-il. Afin de pouvoir entendre mon maître me parler.

— Allons-nous enfin parler de votre dieu ? Celui dont personne ne veut me dire le nom ?

— Nous sommes ici pour parler de ce qui vous plaira. C'est vous qui m'avez contacté.

C'était maintenant ou jamais... Justin prit une profonde inspiration et se lança.

— J'ai fini par comprendre ce message que vous m'avez remis – celui à propos des étoiles et des fleurs. Je sais à présent ce qu'il veut dire.

— Moi pas.

Geraki sirota son eau comme s'il s'agissait d'un grand cru.

— Cela n'avait aucun sens pour moi et cela n'en a toujours pas, poursuivit-il. Je n'ai fait que relayer le message. Allez-vous vous décider à vous y conformer ? Vous avez juré, rappelez-vous… En échange de mon aide, vous lui avez donné votre parole.

— À votre maître.

— À notre maître, rectifia-t-il.

— Super. Nous voilà donc de nouveau frères ? Mon maître à moi est une femme à la coiffure moche qui me déteste.

— Pourquoi me poser des questions si vous ne croyez pas aux réponses que je vous donne ? s'étonna Geraki. Et quelle réponse attendez-vous que je vous donne à laquelle vous puissiez croire ?

— Je n'en sais rien, dut-il admettre.

Justin se sentait las et regrettait de ne pas avoir pris une dose plus importante d'Exerzol.

— Dans ce cas, reprit son vis-à-vis, pourquoi êtes-vous ici ?

— Parce que j'ai vu certaines choses – des choses merveilleuses et terribles – qui ne trouvent aucune explication rationnelle. Et j'ai fini par accepter – je l'ai fait il y a longtemps déjà – que des forces puissantes agissent en ce monde. Le fait est que je sais que quelque chose de plus grand encore se prépare. Je peux le sentir. Il s'agit de bien plus que d'un fatras de dieux et d'événements surnaturels. Il existe un motif, mais je ne parviens pas à le discerner – ni à comprendre de quelle manière j'en fais partie.

Geraki se mit à rire doucement.

— C'est irritant, pour vous, pas vrai ? demanda-t-il. De ne pas comprendre le plan d'ensemble…

L'arrivée de la serveuse qui lui apportait son bourbon empêcha Justin de lui répondre. Ses cheveux bruns étaient coupés court et elle ne portait pas de soutien-gorge sous son débardeur blanc. Un piercing en argent brillait sur sa langue lorsqu'elle parlait. Elle lui rappelait une fille avec qui il était sorti en fac. Après avoir flirté avec lui de manière éhontée, elle lui adressa un dernier sourire et s'éclipsa.

Geraki fit une grimace et maugréa :

— Vous ne perdez pas de temps.

— Ni les opportunités.

— Et pourtant, vous dédaignez une femme qui vaut dix fois celle-ci.

— Qui ça ? Mae ?

Justin secoua négativement la tête et poursuivit :

— Non. Il ne se passe rien de tel entre nous.

— Alors, c'est que vous êtes un idiot.

Cela parut ravir les corbeaux.

— Elle est une élue extrêmement douée, reprit Geraki. Elle attire le divin sans même en avoir conscience.

— Ouais. On avait remarqué, étant donné qu'il a fallu la libérer de l'emprise d'une déesse qui la poursuivait depuis sa naissance.

— D'autres, encore, essaieront de la séduire.

Un feu brûlait, dans ses yeux, qui faisait de lui à cet instant le prophète qu'il prétendait être. En l'observant, Justin eut un flash-back. Il revit Mae, irradiant de lumière et de vie, telle qu'elle lui était apparue dans le temple de Claude. Les corbeaux avaient prétendu qu'alors une autre déesse que Morrigan l'avait investie.

— Je serais curieux d'apprendre qui réussira à s'attacher ses services, murmura Geraki d'un ton rêveur. C'est une femme remarquable et magnifique.

— Si elle vous intéresse, elle est libre.

En découvrant son expression suffisante, Justin comprit ce qui allait suivre.

— Je ne me livre plus aux plaisirs de la chair, expliqua-t-il. Je vous l'ai dit : le corps d'un prophète doit rester pur, s'il veut entendre la voix de son dieu. Un prêtre, cependant…

Dans un haussement d'épaules, il conclut :

— Votre rôle est différent. Vous n'avez pas à vous priver d'une femme comme elle.

— Et moi je vous dis qu'elle ne m'intéresse pas.

— Alors vous devez être un idiot, répéta Geraki. Ce qui rend plus étrange encore le fait que vous ayez été choisi par notre dieu. Mais laissons de côté ce glorieux spécimen de féminité dont vous prétendez qu'il ne vous intéresse pas. Manifestement, si ce n'est elle, vous avez vu d'autres choses qui vous intéressent.

— J'ai vu un tas de choses. J'ai vu les adeptes d'une déesse de la mort se transformer en fumée et acquérir une vitesse et une force surnaturelles. J'ai vu des êtres humains génétiquement modifiés créés à partir de sacrifices à cette même déesse. Je me suis battu contre une femme qui s'est transformée en jaguar. J'ai vu vos « prophéties » se réaliser. J'ai vu deux corbeaux sortir du néant et me sauver la vie, et à présent ils ne me laissent plus en paix.

Justin ignorait ce qui le poussait à avouer tout cela. Au moins, si Geraki s'avisait de le répéter, personne ne le croirait.

Celui-ci souriait. Il avait hoché la tête, satisfait, tout le temps qu'avait duré sa confession.

— Ah, oui…, dit-il. La Pensée et la Mémoire sont en vous. Vous êtes-vous habitué à eux ? J'ai eu d'abord un peu de mal à me faire aux loups, mais désormais je les aime bien. Il est vrai que je passe tant de temps à méditer dans la solitude qu'il est agréable d'avoir un peu de compagnie.

Il était arrivé à Justin d'aspirer à rencontrer des gens qui comme lui entendaient des voix, mais ce n'était pas ainsi qu'il avait imaginé cette rencontre.

— Vous pensez manifestement avoir une bonne notion de ce « plan d'ensemble » dont vous parliez. Comptez-vous continuer à me l'agiter sous le nez ou allez-vous vous décider à cracher le morceau ?

L'expression de suffisance et de cynisme disparut du visage de Geraki. Penché au-dessus de la table, il demanda :

— Vous voulez la vérité, serviteur de la vérité ? Je vais vous la donner… Quand vous bannissez les dieux de la surface du globe, ils finissent par revenir – et par se venger. Les humains ne peuvent se tenir à l'écart des dieux, tout comme ceux-ci ne peuvent se passer des humains. C'est dans l'ordre naturel des choses. Le traitement infligé par notre pays au divin après le Déclin s'est révélé trop sévère. Les nôtres ont repoussé les dieux trop longtemps, à présent c'est eux qui font pression. C'est pour cette raison que s'agitent tant de forces divines autour de nous. Il y a un vide, ici, et des entités dont nous n'avons plus entendu parler depuis très longtemps s'y précipitent, à la recherche de partisans. La croyance est ce qui maintient les dieux en vie, et ceux-ci choisissent leurs élus pour conduire leurs affaires en ce monde.

Ses paroles lui donnaient d'autant plus froid dans le dos qu'au fond de lui, Justin sentait qu'il disait vrai.

— Comment ces élus sont-ils choisis ? s'enquit-il.

— Selon toutes sortes de critères. Parfois, c'est à cause de ce qu'est leur sang, leur héritage. D'autres fois, seules leur force et leur utilité entrent en ligne de compte – ou leur habileté reconnue. Tout ce qui peut correspondre aux attributs d'un dieu ou à ses projets. Nous sommes des pièces sur un échiquier, docteur March, et certaines de ces pièces sont plus puissantes que d'autres. Vous. Moi. Elle. Nous sommes ceux que les dieux désirent. Ceux qu'ils se battraient pour obtenir. Naturellement, mon allégeance à moi est déjà scellée.

— Et je suppose que sur cet échiquier, vous vous prenez pour le roi ?

— Vous n'avez sans doute pas joué aux échecs depuis très longtemps, docteur March. Le roi est la pièce la plus faible de ce jeu.

Geraki fixa longuement Justin au fond des yeux et conclut :

— C'est la reine, la plus forte.

— Quel est donc le rôle que vous et votre dieu espérez me faire jouer ? Utiliser mon « habileté reconnue » pour convertir de nouveaux fidèles ?

Geraki haussa les épaules.

— Ce serait un commencement. Plus de fidèles, cela signifie plus de foi, ce qui confère de nouveaux pouvoirs. D'autres feront de même pour leurs dieux. Nous ne sommes pas les seuls à être au courant de ce qui est en train de se passer. Vos maîtres humains le savent également, ainsi que des personnalités puissantes que vous ne suspecteriez même pas. Tout cela ne pourra rester caché, et chacun devra combattre pour le dieu qu'il se sera choisi. Et si vous choisissiez le camp victorieux, docteur March ? Nous devons nous battre pour les nôtres.

— Je n'ai juré « allégeance » à personne, rappela Justin.

— Certes, reconnut Geraki dans un soupir. Ce qui est une honte. Vous ne connaîtrez pas l'étendue de sa sagesse et vous ne bénéficierez pas de tous ses pouvoirs tant que vous ne l'aurez pas accepté. Lui l'a déjà fait. Vous portez même sa marque.

Geraki remonta sa manche, et Justin eut l'impression que son cœur allait s'arrêter de battre. Là, sur le poignet, tatoué en bleu, se trouvait un symbole identique au dessin de la cicatrice qui lui restait des brûlures infligées lors de l'incendie : ce « F » majuscule d'une forme étrange.

— D'où tenez-vous ça ? demanda-t-il dans un souffle.

— Je me le suis fait faire par un tatoueur de Brooks Street. Oh ! Vous voulez parler de l'inspiration ? C'est notre dieu qui me l'a fournie.

Justin eut l'impression que la pièce se mettait à tourner autour de lui. Pourtant, son verre n'était qu'à moitié vide.

— C'est impossible, assura-t-il.

— Vraiment ?

Les yeux de Geraki semblaient voir jusqu'au fond de lui.

— Il nous a marqués tous les deux, reprit-il. J'entendrai sa parole, et vous vous chargerez de la répandre. Tout ce que je vous ai dit à propos des puissances qui reviennent en ce monde… vous savez que c'est vrai. Je sais que vous le sentez. Vous comprenez que vous avez un rôle à jouer. Alors pourquoi ne pas choisir votre camp ? D'ailleurs, j'ai du mal à comprendre que vous en soyez déjà à ce stade, avec une marque divine et les corbeaux en vous, sans avoir juré fidélité.

— C'est parce que votre maître s'est planté. Il m'a livré les marchandises avant de me les faire payer.

Ses coudes en appui sur la table, le visage pensif, Geraki se pencha vers lui et murmura :

— Vous devez être très futé si vous êtes parvenu à vous jouer de lui. Mais vous n'êtes pas tiré d'affaire pour autant, n'est-ce pas ? Il se serait désintéressé de vous si c'était le cas. Les corbeaux ne seraient plus là.

En fait, il prend son temps… dans l'attente de ce qui doit se produire. Qu'est-ce que ça peut bien être ? Sur quelle ligne êtes-vous en train de danser qui vous amènera fatalement à son service ?

Une femme entre toutes les femmes.

— Une ligne que je ne risque pas de franchir.

Geraki se redressa et s'exclama :

— Pourquoi combattre l'inévitable ?

— Parce que les dieux font de terribles choses aux êtres humains.

— Et des choses incroyables… Vous devez être au courant. Les corbeaux ne vous ont-ils pas parlé de merveilles à venir ?

Songeant aux quatre années qui venaient de s'écouler, Justin demanda :

— Vous voulez parler de leurs harcèlements incessants à propos de mes décisions et choix de vie ?

— *Tu t'es trompé*, intervint Horatio. *C'est « leurs sages conseils », qu'il fallait dire, pas « leurs harcèlements incessants ».*

— Je veux parler des runes et des charmes, et des autres clés de la connaissance qui s'offrent à vous.

En butte au silence de Justin, Geraki parut déstabilisé.

— Attendez… quel genre de marché avez-vous passé ? reprit-il. N'avez-vous pas promis de suivre sa voie ?

— Seulement si je lui donne allégeance.

Voir Geraki complètement déconcerté valait assurément le déplacement…

— Comment quelqu'un d'aussi narcissique que vous pourrait-il ne pas être intéressé d'apprendre les secrets d'un des dieux les plus avisés et les plus sages ? s'étonna-t-il.

— Un dieu dont j'ignore le nom.

— C'est quelque chose qu'il vous faut découvrir par vous-même. C'est un passage obligé de l'initié.

— Pratique… Et je suppose qu'il ne pourrait pas venir me parler en personne ?

— Je pensais qu'il l'avait déjà fait, répondit Geraki, légitimement surpris. Ne vous est-il pas apparu en rêve ?

— Un rêve ne signifie rien. J'ai rêvé que je chevauchais un dinosaure, l'autre nuit.

— Il ne peut s'incarner dans le monde juste pour répondre au caprice d'un mortel ! s'insurgea-t-il, faisant écho à ce que les corbeaux avaient déjà dit à Justin. Simplement pour entendre sa voix, j'ai dû jeûner, méditer et endurer toutes sortes de tourments.

— Je vois : pas d'alcool, pas de sexe.

Justin appela la note à l'écran de la table et poursuivit :

— Cela ne diffère en rien des autres religions auxquelles j'ai été confronté au fil des ans. Peut-être existe-t-il des dieux dans le monde. Peut-être y en a-t-il un qui s'imagine que je suis son élu. Mais pour des entités qui souhaitent recruter des fidèles, ils ne leur facilitent pas l'existence... Et ils ne leur donnent pas plus de réponses concrètes ni d'assistance, d'ailleurs. Pour cela, les pauvres mortels doivent se débrouiller seuls.

— L'homme avisé n'a pas besoin de réponses concrètes. Par définition, il a besoin de sagesse, ce dont vous manquez visiblement.

C'était exactement le genre de commentaire sans queue ni tête que Justin était fatigué d'entendre. Il fut surpris de constater qu'il en éprouvait une certaine déception.

— L'homme avisé a besoin de réponses concrètes ! s'entêta-t-il. Je n'ai pas l'intention d'apprendre quoi que ce soit de quelqu'un d'aussi nébuleux, et encore moins de lui jurer fidélité. Quelqu'un dont je n'ai même jamais vu le visage. Quelqu'un dont je ne connais pas le nom.

Geraki paraissait exaspéré. Justin devait l'avoir poussé à bout.

— Comment pouvez-vous dire ça ? Il vous a parlé en rêve. Il vous a envoyé les corbeaux. Il a placé une femme extraordinaire sur votre route. Et cela ne vous suffit pas encore ? Vous avez besoin d'un nom et d'un visage avant de suivre son chemin ? C'est cela qu'il vous faut ?

— Ça pourrait faire l'affaire, répondit Justin, satisfait de lui avoir fait perdre son calme. Vous pensez pouvoir m'arranger ça ?

— J'ai mes limites, admit-il. De même que notre dieu.

— C'est bien ce que je pensais.

Après avoir réglé la note avec son ego, Justin se leva, dégoûté.

— Attendez ! lança Geraki, qui s'était repris. Vous pouvez peut-être esquiver tout le reste, mais il existe une chose qui n'est pas négociable : renoncer aux étoiles et aux fleurs et accepter l'habile compromis. Vous avez juré, et même si vous ne voulez pas vous engager dans sa voie, je sais que vous croyez en lui et en ses pouvoirs. Trahir votre parole serait très grave.

Justin se figea et objecta :

— Respecter cette parole-là irait à l'encontre d'une autre que je lui ai donnée. Il y a contradiction dans les termes.

— Il ne vous revient pas de chercher à comprendre les plans d'un dieu.

— C'est bien ça le problème, n'est-ce pas ?

Justin se détourna et lança par-dessus son épaule :

— Votre eau est pour moi. À bientôt. Pour votre prochaine inspection.

Mais en sortant du restaurant, il sut ce qu'il avait à faire.

37

Stephanotis

Des manifestants occupaient de nouveau le parvis de la Sécurité intérieure lorsque Justin y parvint pour son rendez-vous de l'après-midi. Ils criaient des slogans favorables à la liberté religieuse, et en se faisant contrôler par le cordon de sécurité, Justin se demanda, mal à l'aise, si leurs manifestations de plus en plus fréquentes avaient à voir avec le petit jeu auquel s'adonnait Geraki.

En atteignant la réception du bureau de Cornelia, au vingtième étage, il découvrit Mae dans la salle d'attente, occupée à consulter son ego. Sa présence illuminait la pièce. La surprise qu'elle lut dans ses yeux suscita chez elle un amusement non déguisé.

— Vous ne vous attendiez pas à me trouver là, n'est-ce pas ?

— Non, admit-il. En ne recevant pas de vos nouvelles, je me suis dit que la star des prétoriennes devait avoir récupéré son uniforme et être trop occupée par un épique combat.

— J'ai effectivement été occupée. Et j'ai bien récupéré mon uniforme. Mais je n'ai pas de raison de le porter s'il s'agit toujours pour moi de suivre un serviteur comme son ombre.

Justin ne s'était pas attendu à ça, et s'il fallait en croire son visage soigneusement impassible, cela ne devait pas être pour la ravir.

— Eh bien… félicitations, répondit-il. Heureux de vous accueillir à bord, même si je sais que cela manque un peu d'action pour vous.

Elle lui lança un regard en biais et protesta :

— Vous plaisantez ? Vous ne pouvez tout de même pas avoir déjà oublié ce qui s'est passé le mois dernier ?

Une assistante vint les chercher pour les introduire dans le bureau de Cornelia. Le visage de la jeune femme s'illumina quand elle reconnut Justin.

— Hé ! Salut… Je me demandais ce que tu étais devenu, quand tu ne m'as pas rappelée.

Il se rappelait vaguement être sorti une nuit avec elle.

— Tu sais comment c'est…, répondit-il vaguement. J'ai juste été très occupé, Flora.

— Flavia ! rectifia-t-elle, chagrinée.

— C'est ce que je voulais dire.

Il lui adressa un sourire aussi conquérant que possible et ajouta :

— Il faudra qu'on remette ça, un de ces quatre.

Impassible, Mae passa devant lui et pénétra dans le bureau.

Cornelia les accueillit d'un énergique :

— S'il vous plaît, asseyez-vous ! Nous avons beaucoup de choses à nous dire. Et même si cela doit être un désappointement pour vous, nous ne sommes pas ici pour vanter votre intelligence et votre bravoure. Parlons plutôt de ce qui s'est réellement passé chez les Panceltes.

— Une réussite exceptionnelle ! s'enthousiasma Francis.

— Qui viole une bonne dizaine de nos règles…, tempéra Cornelia.

Justin s'adossa à son siège, s'efforçant de paraître bien plus sûr de lui qu'il ne l'était en réalité.

— Et moi qui pensais que notre règle principale était de démanteler de dangereuses religions illicites…, dit-il. Il me semble que nous avons parfaitement respecté celle-ci, en plus d'avoir résolu un mystère d'envergure nationale.

— Nous réussissons dans l'ordre et la discipline, Justin. Vous n'êtes pas un héros ramenant la justice dans une terre sans lois. Avant d'agir, vous auriez dû nous notifier votre découverte et attendre qu'une force militaire investisse le site. Nous aurions eu quelques suspects de plus à interroger si vous l'aviez fait.

Cornelia n'avait aucune autorité sur les militaires, mais il était clair que cette dernière réprimande visait l'enthousiasme meurtrier de Mae.

— Vous imaginez-vous à quelle vitesse la rumeur d'un raid militaire se serait répandue ? répliqua-t-il. Si j'avais agi ainsi, vous n'auriez eu aucun suspect à interroger, parce qu'ils se seraient enfuis avec toutes les preuves avant notre arrivée.

Et de fait, Justin n'avait toujours pas compris comment Emil et ses amis avaient eu vent de leur présence. Son hypothèse la plus vraisemblable était que la nouvelle de l'arrivée d'une prétorienne avait dû filtrer depuis le poste frontière.

— *Ce peut être ça… ou quelqu'un qui vous a trahi*, hasarda Magnus.

Les lèvres de Cornelia, semblables à un trait, montraient avec éloquence ce qu'elle en pensait.

— Quoi qu'il en soit, conclut-elle en s'emparant d'une liseuse, ce n'est pas de cela dont nous devons discuter mais de votre rapport.

Nous y voilà..., songea Justin. Il parvint cependant à ne pas broncher sous le regard inquisiteur que lui lançait sa patronne.

— Il est très détaillé, annonça-t-il.

— C'est un fait, approuva-t-elle. Beaucoup plus que je ne l'aurais souhaité. Et il est encore pire que le précédent que vous m'aviez remis. Réalisez-vous au bas de quoi vous avez apposé votre signature, docteur March ? Cette idée qu'une antique déesse celtique ait pu réparer grâce à je ne sais quel sacrifice magique les dommages causés par Caïn dans les gènes de ces patriciens...

Du coin de l'œil, Justin observa l'effarement manifesté par Mae. Sans doute n'avait-elle pas imaginé qu'il irait jusque-là. Après ce qui lui était arrivé à la suite de son rapport précédent, elle avait dû s'imaginer qu'il mentirait de bout en bout sur ce qui s'était réellement passé dans le temple. Peut-être aurait-il dû le faire, mais il ne pouvait plus désormais reprendre ce coup de dés qu'il avait lancé.

— Je n'affirme pas que cela s'est effectivement produit, rectifia-t-il. Juste que les choses se sont passées ainsi. Peut-être était-ce de la magie. Peut-être était-ce un généticien travaillant secrètement à son service. Il a certainement fallu un petit génie pour obtenir de tels scores...

— Vous ne vous êtes pas montré aussi vague au sujet de ces imaginaires assaillants d'origine surnaturelle, reprit Cornelia. Ces gens qui prétendûment se transformaient en fumée et acquéraient des super pouvoirs...

— Ils n'avaient rien d'imaginaire, précisa-t-il tranquillement. Je les ai vus. La prétorienne Koskinen également, de même que Léo Chan.

Cornelia fit semblant de n'avoir pas entendu.

— Tout cela est absurde !

— C'est la vérité ! s'exclama Francis.

Et pour une fois, il n'avait pas l'air d'un fan enamouré.

— Cornelia, ce genre de choses se produit partout, et vous le savez fort bien, poursuivit-il. Nous ne pouvons continuer à prétendre que cela n'existe pas. Nous avons besoin de découvrir de quoi il s'agit et de le contrôler avant que cela ne nous contrôle.

Il n'en fallut pas davantage à Justin pour comprendre que son coup de dés était gagnant. Cornelia s'était toujours contentée de réponses neutres et de vagues commentaires quand il lui avait fait part de ses doutes par le passé. Elle ne l'avait pas accusé d'être fou, mais rien dans son attitude n'aurait pu lui faire penser qu'elle était au courant que de mystérieux phénomènes se multipliaient. À présent, c'était une tout autre histoire que son regard trahissait. *« Nous ne sommes pas les seuls à être au courant de ce qui est en train de se passer*, lui avait expliqué Geraki. *Vos maîtres humains le savent également, ainsi que des personnalités puissantes que vous ne suspecteriez même pas. »*

Francis désigna la liseuse d'un coup de menton et regarda Justin d'un air pénétrant en lui expliquant :

— Ce n'est pas la première fois que nous avons à constater de tels phénomènes. Et vous en avez vu d'autres également. De nombreux serviteurs sont confrontés aux mêmes constats mais ne l'avoueraient pour rien au monde. Ils travestissent les détails dans leurs rapports de peur de perdre leurs jobs. Vous avez été suffisamment courageux pour dire la vérité.

Ou assez stupide, songea Justin.

— Que voudriez-vous que je fasse ? demanda-t-il.

— Continuer à faire ce que vous faites, répondit-il. Nous avons une liste de cas qui nécessitent davantage que de remplir des paperasses et de mener des entretiens de routine. Pas seulement ici, en RUNA, mais également dans les provinces.

— Pourquoi devrions-nous nous en soucier ? s'étonna-t-il.

Mais ce n'était pas pour le surprendre : c'était ce dont Lucian avait parlé à Mae, ce qu'il avait découvert en s'enquérant des raisons d'un surcroît d'embauches de serviteurs.

— Parce que nous avons besoin d'apprendre tout ce qu'il nous est possible d'apprendre.

Les coudes posés sur la table, Francis se pencha en avant et poursuivit :

— Peu importe où se produisent ces phénomènes. Le monde est en train de changer. Des puissances fantastiques se dissimulent juste sous nos yeux, et vous serez notre tête chercheuse pour les découvrir.

— Même si vous n'avez pas la moindre idée de ce qu'« elles » peuvent être ? objecta Cornelia. Tout ce que nous allons trouver, c'est une bande de fanatiques fabriquant des « miracles » que par manque d'habileté nous ne serons pas parvenus à démasquer.

— Si c'est le cas, alors nous en aurons fait la preuve, et nous nous en tiendrons là, répondit Francis.

Mais au ton de sa voix, il paraissait évident qu'il n'y croyait guère. Cornelia ne fut pas dupe et passa à la contre-attaque.

— Vous faites le lit d'idées qui vont à l'encontre de ce sur quoi notre pays est fondé ! lança-t-elle d'un ton accusateur. Si nos concitoyens commencent à croire qu'il existe réellement des forces surnaturelles en ce monde, alors le chaos régnera et nous aurons droit à un nouveau Déclin.

— Notre pays est fondé sur la vérité, objecta fermement Francis.

Cornelia soutint son regard sans ciller, faisant totalement abstraction de la présence de Justin et de Mae.

— Et si cette vérité est dangereuse ? demanda-t-elle.

— Alors, la découvrir nous permettra de mieux la dissimuler, répondit Francis comme s'il n'y avait rien de plus simple. Nous sommes très doués pour ça, et je suis sûr que le docteur March n'aura aucun scrupule à garder ses découvertes secrètes. En tout cas, nous aurons mis la main sur ceux qui semblent réellement détenir ces pouvoirs. Quel dommage que nous ayons perdu Emil Fitzpatrick.

— Nous voilà devenus chasseurs de têtes ? s'étonna Justin.

Il n'avait pas vu cela venir.

— Je ne dirais pas cela comme ça, rectifia Francis d'un ton sévère. Vous êtes un serviteur de la vérité, et vous ferez donc tout votre possible pour la découvrir. Nous avons besoin de savoir ce qui se passe, et vous, docteur March, allez vous en charger. Vous bénéficierez d'une liberté plus grande et d'une influence accrue, ainsi que de tous les autres pouvoirs dont vous pourrez avoir besoin. Vous n'aurez pas droit à un nouveau titre, mais...

Il se leva et serra chaleureusement la main de Justin avant de conclure :

— Félicitations ! Je dirais que vous venez de recevoir une promotion. Le genre d'avancement qu'aucun de nous n'avons jamais eu... J'espère que vous êtes prêt pour ce qui vous attend.

— Moi aussi, murmura Justin.

Il avait réussi : le jackpot était à lui. Depuis son retour du Panama, il avait vécu dans la peur de ce qui allait lui arriver. Il avait été à peu près certain que personne n'aurait eu l'utilité de le garder s'il n'était pas parvenu à résoudre le mystère de ces crimes, mais même son avenir en cas de succès n'avait pas été clair pour lui. Après tout, il était un serviteur qui croyait en l'existence des dieux et du surnaturel. Cela n'existait pas. Cela ne pouvait exister. Mais plus il y avait réfléchi – surtout après ce qui s'était passé dans le temple de Morrigan –, plus il avait réalisé que sa personnalité et son passé représentaient beaucoup aux yeux de ses supérieurs. Francis, tout spécialement, était obsédé par cela. Et lorsqu'il avait pu constater des signes de plus en plus évidents que des forces surnaturelles agissaient dans le monde, il avait commencé à comprendre un certain nombre de choses.

L'une d'elle était que le Bureau ne risquait plus de se débarrasser de lui après le succès plein et entier de sa mission. D'un coup, son passé douteux ne comptait plus. Son implication dans ce dossier était suffisamment évidente pour qu'ils ne puissent se permettre de virer un employé bénéficiant d'une telle notoriété. Justin avait également réalisé qu'en rendant un rapport édulcoré, ne faisant aucune mention de pouvoirs surnaturels, nul n'allait lui poser de questions. En faisant cela, il aurait récupéré sans problème son ancien job, avec son cortège familier de renouvellements de licences et d'inspections.

Pourtant, même avant d'avoir rencontré Geraki, Justin avait compris que le Bureau avait un sérieux problème. Ils allaient devoir s'en occuper, et nul n'était mieux placé qu'un serviteur gardant l'esprit ouvert et bénéficiant d'une excellente réputation pour ce faire. Ils avaient besoin de quelqu'un comme lui, mais ils ne seraient probablement pas allés le chercher s'il avait feint de fermer les yeux sur la composante surnaturelle de ses aventures. En assumant ce qu'il avait constaté, il s'était offert de nouvelles opportunités – des opportunités dont le public n'aurait pas connaissance et qui lui apporteraient effectivement le pouvoir accru et l'influence que Francis venait de déposer à ses pieds.

Souhaitait-il véritablement se retrouver mêlé davantage encore à tout cela ? C'était la grande question. Il n'aurait rien eu contre une petite vie tranquille, mais en acceptant cette promotion, il allait permettre à sa famille d'accéder à une existence plus gratifiante. Un homme qui acceptait le pouvoir que la Sécurité intérieure venait de lui confier allait avoir la possibilité de faire d'une petite provinciale une élève d'un lycée privé qui saurait apprécier ses talents. Ainsi pourrait-il passer le relais, faire pour Tessa ce qu'une autre avait fait pour lui. Il pourrait également faire de grandes choses pour Cynthia et Quentin. Un seul problème demeurait : il ne savait toujours pas ce que cela signifierait pour lui.

Puisqu'il s'agissait ensuite de régler les détails logistiques et administratifs de son nouveau poste, Mae avait été priée de se retirer. Même si elle faisait officiellement équipe avec lui, elle dépendait techniquement de l'administration militaire et n'avait pas à ce titre à être mêlée à la cuisine interne de la Sécurité intérieure. Justin vécut d'autant plus cruellement son absence qu'elle était une des rares personnes à pouvoir réellement comprendre ce dans quoi il était impliqué.

Il lui fit parvenir un message après la réunion, afin de pouvoir lui parler. Elle lui répondit qu'elle était prise par une rencontre amicale de canne, mais qu'il était le bienvenu s'il voulait la retrouver ensuite. Elle lui fit parvenir les indications pour rejoindre la salle de sport, un vaste complexe permettant la pratique de différents arts martiaux, pour l'entraînement comme pour la compétition. On le dirigea à l'accueil vers la salle où elle se trouvait. Justin, qui n'avait jamais mis les pieds dans ce genre d'endroit, se sentait dans son costume déplacé parmi la poignée d'autres spectateurs.

Mais il ne regrettait pas de pouvoir découvrir ce sport étrange, assez semblable à ce que Val et Dag lui en avaient dit : de l'escrime avec des bâtons, agrémentée par quelques mouvements acrobatiques. Mae et son adversaire portaient la tenue réglementaire, bien loin des vêtements de fête dans lesquels Porfirio et elle s'étaient apparemment battus. Mais même dans la tenue légèrement capitonnée et sous le masque qui lui protégeait le visage, elle était immédiatement repérable. Pas seulement en raison de ses formes féminines, mais aussi à cause de sa façon de bouger, avec une grâce et une vitesse naturelles démultipliées par l'implant. Elle était ensorcelante, mais ce qui avait plus d'importance encore, aucun éclat divin n'émanait de sa personne.

Elle remporta chacune de ses manches, et lorsque son adversaire et elle ôtèrent leurs masques, Justin vit qu'elle s'était battue contre un homme d'allure chagrine. Ils se serrèrent la main, et tandis que Mae rassemblait ses affaires et s'apprêtait à céder la place aux combattants suivants, elle aperçut Justin et le rejoignit sur son banc. Ses cheveux étaient rassemblés en une queue-de-cheval assez lâche, et le tee-shirt qu'elle portait sous son veston était trempé de sueur. Elle n'en avait pas moins l'air aussi heureuse que radieuse.

— Il semble que je ne puisse combattre ces temps-ci que des hommes qui s'imaginent pouvoir facilement l'emporter contre une femme, fût-elle prétorienne.

Dans un sourire, elle ajouta :

— Ils n'y parviennent jamais.

— Voulez-vous fêter votre victoire autour d'un verre ? suggéra-t-il.

Les yeux de Mae s'appesantirent un long moment sur lui. Son sourire s'estompa et son visage reprit sa neutralité coutumière.

— Il y a une sorte de gargote sans prétention au coin de la rue qui sert également de la nourriture. Pensez-vous pouvoir l'honorer de votre auguste présence ?

— Hé ! protesta-t-il. J'ai fréquenté plus que ma part de bouges infâmes...

Mais lorsqu'ils y firent leur entrée, Justin put constater que ses vêtements paraissaient encore plus déplacés en ce lieu que dans l'arène sportive. C'était en tous points un rendez-vous de cols bleus, où des consommateurs sommairement habillés buvaient un alcool bon marché en jouant au billard et aux fléchettes. Ils trouvèrent une table tranquille dans un coin, et Mae, qui avait besoin de recharger ses batteries après le train d'enfer que l'implant avait imposé à son corps, commanda la moitié du menu.

— Quoi de neuf ? demanda-t-elle. De nouveaux développements après mon départ ?

— De nouveaux développements bien avant.

Il lui fit un compte rendu de sa bizarre rencontre avec Geraki, en établissant des liens avec ce qui s'était passé dans le bureau de Cornelia. Naturellement, il prit soin de passer sous silence tout ce qui la concernait. Par exemple, comment ils étaient supposés tous deux contracter une union divine, ou sa propre implication dans les manigances du dieu de Geraki. Ici, dans un bar empli de rires et du bruit des verres qui s'entrechoquaient, les forces surnaturelles paraissaient bien lointaines.

— Pensez-vous qu'il dit la vérité ? s'enquit-elle entre deux bouchées de son hamburger. Qu'il y a réellement une grande bataille de forces divines qui se prépare ?

Mae n'était pas encore entièrement à l'aise avec cette idée de dieux intervenant dans le monde des hommes, mais elle commençait à en accepter le principe. Le fait de n'être plus régulièrement investie par une déesse devait l'y aider un peu...

Justin pianota un instant sur son verre avant de lui répondre.

— Je pense que oui. Je ne sais ni comment, ni pourquoi, mais je sens qu'il dit la vérité. J'aimerais simplement savoir à quoi m'attendre.

Mae acquiesça d'un hochement de tête pensif. La découvrir ainsi, au naturel, mangeant de la *junk food*, constituait une primeur pour lui. Elle demeurait époustouflante, et il était difficile de ne pas se souvenir de la douceur de ses lèvres et du goût de sa peau. Il devait à tout prix ne pas perdre de vue le danger qu'elle représentait pour lui. Une autre nuit entre ses bras achèverait de l'impliquer dans un jeu qui le dépassait. Il n'y avait pas que cela. Pour être honnête, il devait s'avouer également qu'il ne pouvait oublier la mise à mort d'Emil. Les paroles de Dominic insinuant qu'elle était prétorienne avant d'être patricienne l'avaient marqué. Mae était réellement le prédateur contre lequel on l'avait mis en garde. Il put en avoir encore un exemple lorsqu'un verre fut brisé près du bar et qu'elle redressa subitement la tête, les sens aux aguets. Tout en souriant et en discutant avec lui, elle ne cessait d'avoir un œil sur chaque nouvel arrivant, dont elle évaluait la dangerosité.

Et pourtant, à cet instant... une sorte de paix s'était installée entre eux. Une aisance, un naturel et une évidence qu'il ne se souvenait pas avoir partagés avec une autre femme. La plupart des conversations sérieuses qu'il avait pu avoir avec sa dernière petite amie en date, cinq ans plus tôt, avaient dégénéré en disputes pour savoir où pouvait bien mener leur relation. Il lui fallait néanmoins mettre tout cela de côté et faire ce qu'il était venu faire.

— Mae... il y a quelque chose que je voulais vous dire.

Elle fut immédiatement sur ses gardes quand il reprit :

— Je... je n'ai pas été totalement honnête avec vous, à propos de Lucian. Il existe de vieilles rivalités entre nous, et j'ai un peu... forcé le trait, en ce qui le concerne.

Chaque parole lui était une torture. Il se força à poursuivre :

— C'est en fait un mec plutôt bien, et vous devriez lui laisser une chance.

Ce n'était pas entièrement un mensonge. Lucian n'avait pas que des défauts. Simplement, Justin avait du mal à s'effacer devant lui.

Manifestement, c'était la dernière chose à laquelle s'était attendue Mae.

— Vous… vous voulez que je sorte avec Lucian Darling ?

— Peut-être pas… exactement, répondit-il. Mais au moins, accepter de lui parler, de le rencontrer. Ce dîner de gala auquel il nous invite me paraît être une bonne idée. Cela vous permettrait de faire sa connaissance sans attirer sur vous le grand cirque des médias. En plus, ce n'est pas tous les jours qu'on a l'occasion d'assister à ce genre de pince-fesses, déguisé en pingouin.

Pour éviter d'avoir à grincer des dents, Justin souriait.

— Bon sang ! ajouta-t-il avec un entrain forcé. Rien que pour ça, je pourrais y aller vous livrer à lui sur un plateau…

Un peu tard, il réalisa que c'était la pire chose à dire à une femme ayant passé sa vie à redouter de ne pas s'appartenir, d'être le jouet d'autrui. « *Vous livrer à lui sur un plateau…* » L'expression qu'elle affichait lui prouvait qu'il avait gaffé. Elle ne paraissait plus ni étonnée ni choquée. Son visage parfaitement figé ne trahissait plus rien, sauf peut-être une lueur de déception au fond des yeux.

Cela le prit au dépourvu. Était-il possible qu'en dépit de tout ce qu'il lui avait fait subir elle veuille encore de lui ? Justin préféra ne pas trop y penser et se concentrer sur ce qui importait vraiment : il avait tenu la promesse faite à Geraki.

— Eh bien… merci du conseil, dit-elle d'un air pincé. J'irai peut-être. Et peut-être pourrai-je sauver cette robe mauve…

Se rendait-elle compte du coup bas qu'elle venait de lui infliger ? Justin s'accrocha à son sourire forcé et commenta :

— Super ! Je suis sûr qu'il sera conquis. Vous voulez un autre verre ?

Il ne s'imaginait pas pouvoir empêcher qu'elle le déteste. Mais peut-être pourrait-il l'amener à le détester un peu moins ?

— J'ai des choses à faire, dit-elle.

Ils savaient tous deux que ce n'était pas le cas.

— Un seul verre ! plaida-t-il. Je ne vous ai pas encore donné toutes mes lumières sur les manœuvres du Bureau.

Après quelques secondes d'une attente insupportable, elle finit par hocher la tête sans enthousiasme.

— OK, dit-elle.

Justin ramassa les verres vides. En attendant au bar sa nouvelle commande, il leva les yeux sur un écran diffusant – naturellement – l'extrait d'un discours prononcé par Lucian à San Francisco et reprenant sa grande idée de la nouvelle ère inconnue qui les attendait. Il sentit qu'il ne pourrait plus échapper désormais à la migraine qui le menaçait depuis qu'il était entré dans ce boui-boui.

— Foutus politiciens ! maugréa quelqu'un. Pas un pour rattraper l'autre. Comment faire confiance à ces ronds de cuir ?

Justin leva les yeux et observa celui qui venait de s'exprimer. Les cheveux gris acier, assis sur son tabouret devant un verre de vin, l'homme ressemblait à un businessman en goguette. Parce qu'il n'était entouré que de gens ayant à cœur la sécurité nationale et la loyauté envers l'État, Justin ne détestait pas de temps à autre se frotter aux grincheux et autres conspirationnistes.

— Je suis un de ces ronds-de-cuir..., annonça-t-il.

L'homme l'étudia un instant. Quelque chose, dans son regard, surprit Justin. La lumière se reflétait de manière différente sur ce qui devait être un œil de verre très sophistiqué. On le distinguait à peine de l'autre, et à en juger d'après le costume de prix qu'il portait, ce type avait de l'argent à ne savoir qu'en faire. Il arborait même un brin de petites fleurs blanches à son revers. Avec lui, il devait être l'homme le mieux habillé dans ce bar.

— Ah oui ? répondit-il. Dans ce cas, vous pourrez peut-être me répondre : dois-je m'inquiéter des répercussions que la fameuse « ère des Miracles » promise par ce type pourrait entraîner pour l'humanité ?

C'était une bonne question.

— Eh bien... je n'en sais rien, répondit Justin. Mais le sénateur Darling, lui, a l'air de penser qu'il faut en attendre monts et merveilles. Et il a l'air de savoir de quoi il parle.

— Bien sûr, qu'il le sait ! répliqua l'homme dans un ricanement. Les jeunes gars de votre âge s'imaginent toujours tout savoir, mais croyez-moi : on n'a jamais fini d'apprendre.

— Ce n'est pas mon cas. Je suis quant à moi un grand partisan de la recherche de la connaissance.

L'homme laissa son regard dériver jusqu'à Mae et ajouta :

— Moi, c'est elle que j'aimerais apprendre à connaître. Elle est avec vous, non ? Votre fiancée ? Votre femme ?

— Ni l'un ni l'autre. En fait, en ce moment même... elle ne m'aime pas beaucoup.

— Une chance pour moi !

L'homme vida son verre d'un trait et se leva.

— Je vais lui parler, décréta-t-il.

De manière incroyable, c'est bien ce qu'il fit, en marchant droit jusqu'à la table où attendait Mae. Les inconnus venant lui faire des avances n'avaient rien d'une nouveauté pour elle. Elle l'écouta lui faire son baratin avec un sourire poli. Elle sembla même le remercier lorsqu'il lui glissa effrontément derrière l'oreille le brin fleuri qu'il portait à la boutonnière. Après l'avoir saluée en inclinant la tête, l'homme s'éclipsa.

— Il vous a fait du plat ? demanda Justin en la rejoignant avec leurs verres.

— Lui ?

Mae se mit à rire, ce qui réchauffa agréablement l'atmosphère.

—Pas vraiment, reprit-elle. Mais il s'est montré un peu pressant. Vous pourriez très bien lui ressembler, dans trente ans... Il était plutôt d'humeur poétique, il en a fait des tartines sur ma beauté, disant qu'elle serait célébrée à jamais par la pensée et par la mémoire. Et en m'offrant ça...

Ôtant de ses cheveux le brin de petites fleurs blanches en forme d'étoiles, Mae les examina et conclut :

—... il m'a dit que ce n'était qu'un humble hommage. En tout cas, elles sentent bon.

—Stephanotis..., dit-il, tirant l'information de son encyclopédie mentale sans y penser. Du mot grec signifiant « couronne »...

Mae fronça les sourcils.

—Stephanotis ? répéta-t-elle. N'est-ce pas cette fleur dont vous m'aviez parlé à Windsor ?

Justin faillit en lâcher son verre. Du regard, il fouilla la salle, à la recherche de l'homme à l'œil de verre, sans le trouver.

—Je reviens ! grogna-t-il.

De retour au bar, il attira l'attention de la jeune et jolie serveuse. Elle était en train d'avaler ce qui ressemblait à de l'aspirine, ce dont lui-même aurait bien eu besoin étant donné que sa migraine lui pilonnait le crâne.

—Sans doute ne pourrez-vous pas me renseigner..., commença-t-il. Peut-être connaîtriez-vous le nom du type avec qui j'ai parlé tout à l'heure... l'homme bien habillé, aux cheveux gris. Vous l'avez peut-être remarqué quand il a scanné son ego ?

La serveuse rechignait visiblement à lui livrer cette indiscrétion, mais après y avoir réfléchi un instant, elle poussa un gémissement et expliqua :

—Il ne l'a pas scanné. Je le lui ai réclamé, mais il a commencé à me demander si je joue aux échecs, et ensuite j'ai oublié. Mon boss va me tuer ! C'est notre vin le plus cher...

Mais Justin, qui avait tourné les talons, ne l'écoutait déjà plus.

—Je dois partir, annonça-t-il à Mae.

—Mais... pourquoi ?

Elle l'examina attentivement, sans chercher à cacher l'inquiétude qu'elle se faisait pour lui et ajouta :

—Qu'est-ce qui ne va pas ?

Justin déglutit péniblement.

—Rien du tout, mentit-il. C'est juste que... eh bien, la serveuse a bientôt fini son service et m'a invité à sortir avec elle ce soir. Je ne pouvais pas manquer ça...

Pour faire bonne mesure, il afficha ce qu'il espérait être son plus exaspérant sourire de dragueur sûr de son coup.

Cette fois, ce qu'en pensait Mae ne fut pas un mystère pour lui. À juste titre, elle était furieuse qu'après avoir insisté pour qu'elle reste, il puisse la laisser tomber pour une autre.

— Je vois, dit-elle en se levant. Alors allez-y, je m'en voudrais de vous faire rater ça. Merci pour le verre. On se voit demain au Bureau.

Et sans un regard en arrière, elle sortit du bar, raide et glaciale.

Triste et abattu, Justin la suivit du regard tant qu'il le put.

— *Tu t'apitoieras plus tard sur ton triste sort*, intervint Horatio. *Tu veux tes réponses, oui ou non ?*

Justin les voulait. Il devait à tout prix savoir – enfin. Il sortit à son tour, après avoir ramassé les fleurs abandonnées sur la table. De retour chez lui, il retrouva l'agitation familière de sa famille qui l'accueillait. En les ignorant complètement, il fonça droit dans son bureau, dont il fit claquer la porte derrière lui.

— Je dois faire une recherche, annonça-t-il à l'écran avant même de s'être assis dans son fauteuil. J'ai besoin de toutes les références à la suite de mots « la pensée et la mémoire ».

L'ordinateur lui donna satisfaction de manière bien trop détaillée pour qu'il puisse en tirer quoi que ce soit. En pianotant du bout des doigts sur son bureau, Justin ajouta :

— Filtrer les résultats pour ne garder que les contextes religieux et mythologiques.

Cela eut pour effet de réduire la liste considérablement. En fait, toutes les références conservées se rapportaient à un même sujet. Il ouvrit le premier lien qui s'offrait à lui et qui consistait en une simple entrée d'encyclopédie.

« Dans la mythologie nordique, le dieu Odin ("Wotan" dans un contexte germanique) est accompagné de deux corbeaux – Huginn ("Pensée") et Muninn ("Mémoire") – qui le conseillent et lui rapportent les informations glanées dans le monde. »

Justin se sentait un peu nauséeux. Les légendes relatives à Odin ne lui étaient pas inconnues. C'était un dieu vers lequel on se tournait souvent quand il s'agissait dans les castes scandinaves de ressusciter une religion antique. Chaque serviteur se devait d'avoir une somme de connaissances conséquente sur cette divinité majeure du panthéon nordique. Justin avait jusqu'alors été convaincu que c'était son cas, mais apparemment ce détail crucial lui avait échappé, et d'invisibles compagnons dont il ne pouvait se débarrasser n'avaient pas jugé utile de compenser ce manque…

— Je veux une compilation sur le dieu scandinave Odin, reprit-il à l'intention de l'écran. Attributs, sources principales, folklore.

La machine s'exécuta sans tarder, et à chaque phrase dont il prit connaissance, Justin sentit le monde s'effriter sous ses pieds.

« Odin, ou "le père de tout", est l'un des Ases – dieux du panthéon nordique – associé à la sagesse, à la ruse, à la connaissance, à la guerre et aux batailles, à la magie et à la mort. Il est généralement considéré comme le roi des dieux scandinaves.

C'est au prix de nombreux sacrifices qu'Odin a acquis sa sagesse. Il a sacrifié l'un de ses yeux pour pouvoir boire l'eau de Mimirsbrunn, la source de sagesse. Il s'est également pendu aux branches de l'arbre du monde, Yggdrasil, dans le but d'acquérir le savoir des runes, qui donnent la connaissance du présent et de l'avenir. »

— J'ai besoin d'une table des runes, annonça Justin.

L'écran afficha une série de symboles, chacun d'eux souligné d'une légende. La plupart n'avaient aucun sens pour lui, mais l'un d'eux lui était connu, puisqu'il le voyait sur sa peau chaque matin. Lorsqu'il demanda à l'écran de l'identifier, une définition apparut : « Ansuz : rune à la signification controversée généralement associée aux Ases, et plus particulièrement à Odin. » Un peu plus bas, Justin repéra « algiz », la rune protectrice que lui avaient enseignée les corbeaux.

Cela continuait ainsi, et en rassemblant ces bribes d'informations, Justin voyait sa vie défiler devant lui. À force de lire, ses yeux commencèrent à fatiguer. Il s'apprêtait à aller se coucher quand une ligne attira son attention. « Odin est également accompagné par deux loups, Geri et Freki. »

— Efface la recherche ! lança-t-il à l'écran. Et appelle Demetrius Devereaux.

Geraki répondit au bout de quelques secondes seulement, si bien que Justin se demanda s'il demeurait pendu à son téléphone comme une gamine enamourée. Il décida d'attaquer bille en tête.

— Avez-vous envoyé un gars avec un œil de verre pour entamer la conversation avec moi et commencer à m'appâter avec quelques fleurettes et des allusions aux corbeaux ?

— Je n'ai pas la moindre idée de ce dont vous me parlez, répondit posément Geraki. Je ne dois pas être suffisamment intelligent pour suivre votre esprit affûté comme une lame de rasoir.

Balancer quelque chose sur l'écran ne risquait pas d'arranger quoi que ce soit. Justin se contenta donc d'inspirer à fond et fit une nouvelle tentative.

— Un homme m'a parlé dans un bar ce soir. Il avait un œil de verre et déblatérait sur la recherche de la connaissance. Il a fait le même cinéma que le vôtre à propos de la beauté de Mae. Il est même allé lui parler de « la pensée » et de « la mémoire », et il lui a offert quelque chose dont j'étais le seul à avoir connaissance.

Justin marqua une pause et demanda fermement :

— Est-ce vous qui avez manigancé ça ? Est-ce vous qui me l'avez envoyé ?

Geraki paraissait complètement abasourdi, ce qui aurait pu se révéler appréciable en d'autres circonstances. Soudain, il parut réaliser de quoi il retournait. Les yeux écarquillés par l'émerveillement, il rougit violemment et s'exclama :

— Il vous est apparu ! Comment ? Pourquoi ? Vous n'avez pas cessé de lui manquer de respect, alors que je le sers fidèlement, mais c'est vous qu'il choisit pour se montrer en chair et en os ?

Un instant plus tard, Geraki ferma les yeux, l'air chagriné.

— Je n'aurais pas dû dire ça, gémit-il. Je n'ai en aucun cas le droit de douter des actions de mon dieu. Je ne suis sur terre que pour écouter sa voix.

— Vous pouvez aussi l'appeler par son nom, maintenant..., intervint Justin. Odin.

Geraki ouvrit les yeux et s'étonna :

— Vous connaissez son nom ?

— Ouais. Il m'a fallu cinq secondes pour le découvrir grâce au flow. Pourquoi un dieu nordique en a-t-il après moi ? Pourquoi pas quelqu'un comme Mae ? Vous disiez qu'ils pouvaient choisir des gens dont le sang et l'héritage leur correspondent.

— Une dizaine de sangs d'origines différentes coulent dans vos veines, expliqua-t-il. Et l'un d'eux est probablement originaire de cette région.

Le radotage religieux étant la spécialité de Geraki, il paraissait de nouveau dans son élément.

— Sans compter, reprit-il, que comme je vous l'ai dit aussi, un dieu sage et avisé cherchera un prêtre possédant ces qualités.

— Je ne suis pas son prêtre. Ni même un adepte.

Un sourire qui rappela à Justin de pénibles souvenirs de visites annuelles fleurit sur les lèvres de Geraki.

— Peut-être, répliqua-t-il, mais vous êtes sur le point de devenir l'un de ses apprentis. Je vous ai demandé ce soir ce qu'il faudrait pour que vous acceptiez de suivre son chemin. « Un nom et un visage », m'avez-vous répondu. Vous avez les deux. Vous n'auriez pas dû les avoir, mais vous les avez à présent.

Justin se sentit pris au piège. Il avait effectivement dit cela.

— Apprendre ne signifie pas servir ou jurer fidélité, objecta-t-il.

— Certes, mais c'est un pas important dans la bonne direction – et n'essayez pas de vous défiler cette fois.

Justin avait, naturellement, cherché une faille à exploiter. Comment avait-il pu se montrer aussi stupide ? Il n'avait réussi, au prix de mille prudences, à échapper au piège que Mae représentait pour lui que pour se précipiter tête baissée dans un quelconque apprentissage divin…

— Votre mémoire est infaillible, insista Geraki. Vous aurez beau retourner notre conversation dans tous les sens, ce qui est dit est dit.

— C'est vrai…, reconnut-il, espérant encore pouvoir se tirer d'affaire. Mais rappelez-vous : je vous ai simplement répondu : « Ça pourrait faire l'affaire ».

Mais en répétant cela, il se rendit compte, la mort dans l'âme, que cette fois cela ne suffirait pas.

— Ces paroles vous lient, conclut Geraki. Vous avez parié, et vous avez perdu. Vous ne pourrez échapper à ce qu'elles signifient. Il vous faut répondre à l'appel.

Le fanatisme religieux faisait étinceler ses yeux. Il n'en aurait pas fallu davantage à Justin pour le faire coffrer.

— Bienvenue au service d'Odin, frère… Il me tarde de travailler avec vous.

Glossaire

Alliance de l'Extrême-Orient (AEO) : L'État-frère de la RUNA. Formé à partir de régions de l'ex-Chine et de l'ex-Russie, ce pays partage bon nombre des lois concernant la génétique de la RUNA (avec qui il a procédé après le Déclin à des « échanges » de population). L'AEO est en revanche moins stricte sur le plan religieux. Le niveau technologique et l'organisation de la société y sont à peu près comparables à ceux de la RUNA. Sa langue officielle principale est le mandarin, le russe étant la seconde.

Arcadie : Entité territoriale formée après le Déclin, regroupant une partie du sud et du sud-est des anciens États-Unis d'Amérique. Modérément axé sur la technologie, ce pays possède un gouvernement centré sur la religion. Des tensions récurrentes existent entre lui et la RUNA, tant à cause de disputes frontalières que du sentiment très vif entretenu par les Arcadiens d'avoir été abandonnés après le Déclin.

Asiatique : Terme désignant les citoyens et citoyennes de l'Alliance de l'Extrême-Orient (AEO).

Bureau de surveillance des sectes et cultes (Bureau) : Service du ministère de la Sécurité intérieure pour lequel travaillent les serviteurs chargés de faire respecter le mandat antireligieux. Également appelé plus simplement « Bureau ».

Caïn : Ensemble de malformations génétiquement transmissibles causées par le virus Méphistophélès. Il cause principalement des problèmes cutanés et capillaires, ainsi qu'un déclin de la fertilité et des crises d'asthme.

Castes : Terme d'argot désignant les groupes de patriciens qui s'accrochent à leur héritage ethnique, et qui ont obtenu en échange de leur soutien financier à la fondation de la RUNA, après le Déclin, d'être exemptés du respect de certains mandats. Les patriciens revendiquent leur culture d'origine (irlandaise, égyptienne, etc.) et les caractéristiques physiques qui lui sont associées. De nombreux patriciens vivent encore de leur fortune d'origine et ont recréé de mini-sociétés semi-aristocratiques au sein de territoires spéciaux – appelés « concessions » – qui leur ont été concédés.

Casté(e)s : Terme d'argot péjoratif pour désigner les patriciens membres des castes.

Consul : L'un des deux leaders du Sénat de la RUNA. Les consuls sont élus par leurs pairs. Le sommet de la hiérarchie politique.

Concessions : Enclaves régionales de la RUNA dans lesquelles les patriciens d'un groupe donné sont autorisés à vivre ensemble. La plupart sont situés dans le centre du pays. Même si l'on y parle la langue en faveur dans chaque caste, la loyauté envers l'État y est entière et les officiels gemméens y ont librement accès.

Contrôle des naissances : Les femmes gemméennes ne sont autorisées à avoir que deux enfants avant d'être stérilisées, à moins qu'elles ne soient en mesure de prouver qu'elles peuvent subvenir aux besoins et à l'éducation d'une progéniture plus nombreuse. Dans ce cas, la limite est portée à quatre enfants, sans aucune exception possible.

Éducation primaire : En RUNA, enseignement public de premier cycle (correspondant à nos écoles maternelles et primaires).

Éducation secondaire : En RUNA, enseignement public de deuxième cycle (correspondant à nos collèges et lycées).

Éducation tertiaire : En RUNA, enseignement public de troisième cycle (correspondant à nos facs, grandes écoles et universités). Ce cursus de deux ans auquel chaque citoyen doit se soumettre dès l'âge de dix-huit ans est sanctionné par un diplôme. Contrairement à l'éducation primaire et à l'éducation secondaire, très généralistes, l'éducation tertiaire est plus spécialisée, en phase avec les intérêts de chaque individu, dans l'espoir d'encourager la poursuite des études par un cursus universitaire de quatre années. Les citoyens effectuant leur cursus universitaire avant un certain âge voient leurs études payées par l'État.

Église de l'Humanité : Une « religion séculaire », la seule officiellement soutenue par l'État. Bien que pratiquée dans des temples desservis par des prêtres, elle n'adore aucun dieu. Elle vise à encourager un style de vie décent et humaniste en harmonie avec les lois et les principes de la RUNA.

Ego : Un petit appareil à main qui fonctionne à peu de chose près comme un smartphone amélioré. Il permet d'accéder aux réseaux de télécommunication et à celui du mediaflow. Il permet également l'identification de son propriétaire et constitue un moyen de paiement. À moins d'y entrer un code spécial, un ego ne peut fonctionner s'il se trouve trop éloigné de la puce d'identité de son propriétaire.

Ère du Déclin (Déclin) : Appellation officielle pour désigner les cinquante années séparant l'apparition du virus Méphistophélès de la découverte du vaccin.
Ère des Miracles : Terme politique ironique pour désigner l'étape ultérieure du développement de la RUNA, son « ère inconnue » à venir.
Ère du Renouveau : Appellation officielle pour désigner la période qui suivit la découverte du vaccin contre le virus Méphistophélès et la rapide reconstruction de la société gemméenne.
Gemméens(ennes) : Terme pour désigner les citoyens et les citoyennes de la RUNA. Il découle de la devise latine de cet État : *Gemma mundi*, soit « le Joyau du monde ».
Implant contraceptif : Implants que doivent obligatoirement porter toutes les femmes de la RUNA dès la puberté et jusqu'à leur vingtième année pour éviter les grossesses précoces.
Mandats génétiques (mandats) : Législation mise en place au sein de la RUNA pour protéger la population du virus Méphistophélès en imposant le brassage génétique. Pour y parvenir, des pans entiers de la population d'origine ont même été « échangés » avec d'autres de l'État-frère, l'Alliance de l'Extrême-Orient. Durant toute l'histoire de la RUNA, les citoyens n'ont été autorisés à se reproduire qu'avec des partenaires susceptibles de générer une descendance offrant la meilleure résistance génétique possible. Ultérieurement, ces lois ont été assouplies pour permettre une plus grande liberté de reproduction, des pénalités financières frappant les couples ne répondant pas aux critères d'optimisation génétique. À l'époque contemporaine, ces pénalités ont été remplacées par des primes destinées aux couples correspondant au mieux à ces mêmes critères.
Mediaflow (flow) : L'équivalent gemméen de notre Internet. Il donne accès aux données essentielles du pays, à ses services administratifs, aux bases de données et aux réseaux de divertissement (il n'existe pas de chaînes de télévision séparées). Le mediaflow est un service public librement et gratuitement accessible à chaque citoyen par le biais des egos ou des ordinateurs-écrans personnels. Également appelé plus simplement « flow »).
Méphistophélès : Appellation triviale d'un virus lâché sur le monde au début du XXIe siècle et responsable de la disparition de la moitié de la population du globe. Les individus porteurs d'un héritage génétique diversifié présentent une plus grande résistance à ce virus et aux malformations génétiquement transmissibles qui en découlent (marque de Caïn). Un vaccin mis au point en RUNA cinquante ans après le début de la pandémie a pratiquement permis de l'éradiquer.
Patriarcats : Groupes particuliers de population qui revendiquent leur héritage ethnique et s'y accrochent. Les patriarcats ont été exemptés du

respect de certains mandats en récompense de leur contribution financière à la fondation de la RUNA. On leur a également accordé de vivre dans des communautés semi-aristocratiques établies sur des territoires spéciaux appelés « concessions ». « Caste » est le terme d'argot pour désigner un patriarcat.

Patricien(ne)s : Membres des patriarcats, également appelés « castés » en argot gemméen.

Plébéien(ne)s : Terme désignant la très grosse majorité de la population de la RUNA, résultant de programmes volontaristes de diversification génétique. La plupart des plébéiens ont la peau mate et les cheveux et les yeux foncés.

Prétorien(ne)s : Les « super soldats » de la RUNA. Les prétoriens sont rassemblés en cohortes portant des noms de couleurs et restent en service actif de l'âge de vingt-deux à quarante ans. On leur a greffé dans le bras un petit implant de rétroaction positive qui démultiplie les neurotransmetteurs produits à un moment donné par le cerveau afin d'améliorer leurs performances. Par exemple, lors d'un combat, quand le corps sécrète de l'adrénaline, celle-ci sera presque instantanément produite en plus grande quantité grâce à l'action de l'implant.

Provinces : Terme générique utilisé par les citoyens de la RUNA pour désigner toute partie du monde située en dehors de leur territoire et de celui de l'AEO. Ce terme péjoratif n'est pas en usage dans les régions concernées, complètement retournées à la barbarie ou qui bénéficient encore d'États plus ou moins organisés.

Puce d'identité : Puce électronique implantée dans le gras de la main gauche de chaque citoyen gemméen. La puce est synchronisée à l'ADN de chaque individu et répertoriée dans le Registre national contenant toutes les informations personnelles de son propriétaire. Des scanners de puce sont disséminés dans tout le pays pour réguler les entrées et les sorties du territoire, mais également pour localiser les criminels et les étrangers.

Registre national : Base de données regroupant les informations relatives à chaque citoyen de la RUNA, et contenant ses informations personnelles et génétiques. Les puces d'identité sont connectées au Registre, et chaque citoyen a l'obligation de porter un prénom inspiré de l'antiquité grecque ou romaine.

Résistance (score) génétique : Échelle graduée de 1 à 10 qui détermine la résistance d'un individu au virus Méphistophélès et aux marques de Caïn. Plus la mixité génétique des personnes est grande, plus élevé sera leur score. La plupart des plébéiens ont un score compris entre 8 et 10. Le patricien moyen, lui, se situe aux alentours de 5.

République unifiée nord-américaine : Communément appelé RUNA, ce pays s'est formé après le Déclin à partir du Canada et de certaines régions des États-Unis. Il s'agit du pays politiquement le plus stable et technologiquement le plus avancé dans le monde. Sa langue officielle principale est l'anglais, l'espagnol étant la seconde.
RUNA : (Prononcer ROUNA). Voir : République unifiée nord-américaine.
Sécurité intérieure : Ministère du gouvernement gemméen chargé d'assurer la sécurité de l'État et de chaque citoyen à l'intérieur des frontières. (Le Bureau de surveillance des sectes et cultes, pour lequel travaillent les serviteurs, est un département de ce ministère.)
Serviteur : Du latin *servitor veritatis* : « serviteur de la vérité ». Fonctionnaires du ministère de la Sécurité intérieure chargés d'accorder les « licences de vénération » aux groupes religieux et de surveiller leurs activités. Bien que le plus gros de leur travail consiste en tâches administratives et en entretiens, certaines situations qu'ils ont à affronter peuvent devenir dangereuses, ce pour quoi ils bénéficient d'un accès privilégié permettant l'intervention rapide des forces policières et militaires. Le département qui les emploie au sein du ministère s'appelle le Bureau de surveillance des sectes et cultes.
Territoires annexés : Territoires récemment conquis par la RUNA, qui connaissent généralement des temps troublés avant d'adopter intégralement le mode de vie et le système politique gemméens.

BRAGELONNE – MILADY, C'EST AUSSI LE CLUB :

Pour recevoir le magazine *Neverland* annonçant les parutions de Bragelonne & Milady et participer à des concours et des rencontres exclusives avec les auteurs et les illustrateurs, rien de plus facile !

Faites-nous parvenir votre nom et vos coordonnées complètes (adresse postale indispensable), ainsi que votre date de naissance, à l'adresse suivante :

Bragelonne
60-62, rue d'Hauteville
75010 Paris

club@bragelonne.fr

Venez aussi visiter nos sites Internet :
www.bragelonne.fr
www.milady.fr
graphics.milady.fr

Vous y trouverez toutes les nouveautés, les couvertures, les biographies des auteurs et des illustrateurs, et même des textes inédits, des interviews, un forum, des blogs et bien d'autres surprises !

Achevé d'imprimer en janvier 2014 par Aubin Imprimeur
N° d'impression 1311.0092
Dépôt légal, février 2014
Imprimé en France
35294727-1